ㄴ편의 극을
보았다

나는
한 편의 글을
보았다 2

초판 1쇄 인쇄일 2016년 4월 21일
초판 1쇄 발행일 2016년 4월 27일

지은이 | 전유정
펴낸이 | 김기선

편집장 | 김은지
디자인 | 금장미

펴낸곳 | 와이엠북스(YMBOOKS)
출판등록 | 2012년 7월 17일 (제2014-17호)
주소 | 서울시 도봉구 노해로 379, 1005호(창동, 대성빌딩)
전화 | 02)906-7768 / 팩스 | 02)906-7769
E-mail | ymbooks@nate.com

ISBN 979-11-322-3709-9 (04810)
ISBN 979-11-322-3707-5 (set)

© 전유정 2016 Printed in Korea

값 12,800원

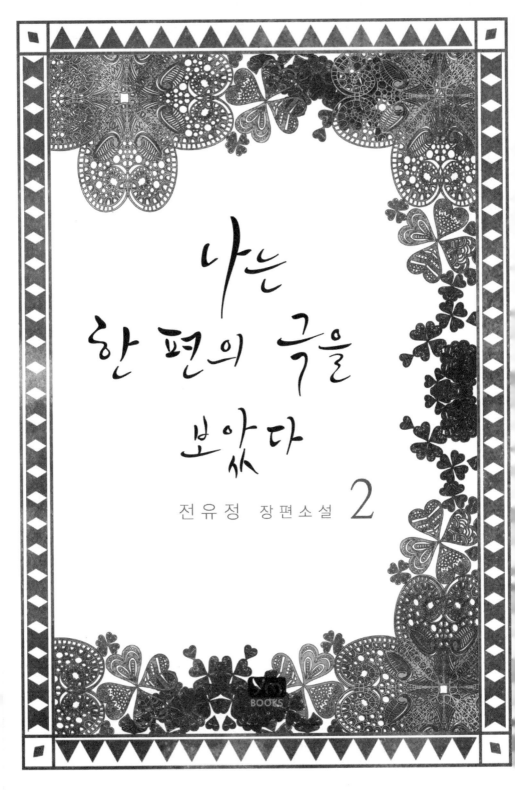

나는
한 편의 극을
보았다

전유정 장편소설 2

YO
BOOKS

차 례

15막. 진실 ...7

16막. 회상 ...51

17막. 전조 ...83

18막. 준비 ...126

19막. 신년 파티 ...165

20막. 진동 ...209

21막. 떨림 ...238

22막. 납치 ⋯276

23막. 약속 ⋯300

24막. 흑막 ⋯345

25막. 청혼 ⋯388

26막. 행복 ⋯431

에필로그 ⋯450

15막. 진실

유모의 폭탄과도 같은 발언에 좌중이 술렁였다. 회의 내내 크게 동요를 보이지 않던 황제조차도 놀라 눈동자를 크게 떴다.

"……네년이 죽고 싶은 모양이로구나."

숨이 막힐 정도의 적막 사이로 높지도 낮지도 않은 음성이 흘러나왔다. 무덤덤한 말투와 달리 목소리에 담긴 살기는 당장이라도 유모를 찢어발길 듯 섬뜩했다.

줄기줄기 뿜어 나오는 적의와 살기에 놀란 기사들이 황제의 명령이 떨어지지 않았음에도 본능적으로 발검 자세를 취했다.

"흥분을 가라앉히세요, 엘리언트 후작."

유모에게 향해 있던 아버지의 시선이 천천히 1황비 쪽으로 움직였다. 살기를 뿜어내고 있는 아버지의 얼굴은 서리가 내린 듯 차가웠다.

"지금 1황비마마의 행동, 저와 엘리언트 가문을 모욕하는 것이라 생각해도 되겠습니까?"

1황비는 아버지의 살기를 정면으로 맞으면서도 태연자약했다.

"그럴 리가 있겠습니까. 지금이야 이리 불쾌해하지만 나중에는 나에게 고마워하게 될 겁니다."

쾅!

탁자를 내려치며 일어선 아버지의 눈빛이 1황비를 죽일 듯이 노려보았다. 검을 쥐고 있었다면 당장이라도 1황비를 향해 달려들 것처럼 보였다.

"놀라는 마음 십분 이해합니다. 엘리언트 후작, 저 또한 사실을 알고서 경악을 금치 못했으니까요."

"엘리언트 후작, 자리에 앉게."

아버지가 1황비에게 달려들기 직전, 황제의 소리 없는 명령을 받아 든 기사들이 몸을 움직여 아버지의 행동을 막았다.

아버지의 살기 어린 시선이 기사들을 거쳐 황제에게로 닿았다. 평소 냉정함의 대명사로 불리던 아버지다. 그런 아버지가 나를 대신해 화를 내며 황제 따위는 안중에도 없다는 듯 살기를 뿌려 대고 있었다.

황제의 명령을 거부하듯 서서 노려보는 아버지를 향해 황제는 화를 내는 대신 나직이 한숨을 내쉬었다.

"회의는 아직 끝나지 않았네."

아버지에게 보란 듯이 황제가 나를 가리켰다. 살기등등했던 아버지의 눈동자가 내 모습을 담자마자 아프게 일그러졌다. 보이지는 않지만 아버지의 가슴에 깊은 상처가 난 것을 느낄 수 있었다.

이 회의는 비록 1황비가 개최한 것이기는 하나 내가 원했기에 마련될 수 있었던 자리였다. 살을 내주고 뼈를 취한다는 말이 있다. 적장을 잡기 위해서는 나 또한 희생을 감수해야 한다는 뜻이다. 1황비는 결코 만만한 적이 아니었다. 그녀를 잡기 위해서는 내 모든 것을 걸고 상대하는 수밖에는 없었다.

이 일로 내 사람들이 상처받는 것을 원치는 않았지만 이번만큼은 어쩔 수 없는 일이다. 아프더라도 썩은 살은 도려내는 것이 앞으로의 일을 생각한다면 옳은 일이었다.

나는 아버지를 향해 괜찮다는 듯 웃어 주었다. 지금 내가 할 수 있는 거라고는 아버지를 안심시키는 것밖에는 없었으니 말이다.

"엘리언트 후작."

서서 한참 동안 나를 바라보던 아버지가 황제의 부름에 마지못해 다시 자리에 앉았다. 아버지가 이성을 되찾았다고 판단한 황제가 엎드려 있는 유모에게로 시선을 옮겼다.

"무슨 말인지 자세히 고하라. 네년이 거짓을 입에 담는다면 너는 물론이고 네 가족까지 능지처참을 당할 것이다."

유모의 눈동자가 다시 파르르 떨렸다. 그녀의 시선이 재빨리 1황비를 찾았다.

"네가 아는 진실만을 말하면 아무 일도 없을 것이다."

"시오나 아가…… 아니, 돌아가신 엘리언트 후작 부인께서는 후작 각하의 무심함에 마음고생이 심하셨습니다."

아버지에게 목매달았던 후작 부인을 기억하고 있는 몇몇이 유모의 말에 공감하듯 고개를 끄덕였다.

"외로움에 괴로워하시던 후작 부인께서 결국 외로움을 달래고자 부적절한 관계를 맺으셨고, 그 관계의 증거가 지금 저기 서 계신 비욘느 아가씨입니다."

회의실 안이 또다시 경악으로 술렁였다. 유모의 폭탄 발언에도 동요를 보이지 않던 이들까지 유모가 구체적으로 설명하자 조금씩 동요를 보이기 시작했다.

"내가 엘리언트의 핏줄이 아니다? 꽤 흥미로운 말이로구나."

다른 누군가가 떠들어 대기 전에 내가 먼저 입을 열었다. 유모를 향해 달려들듯 몸을 일으키려던 아버지와 내 시선이 얽혔다. 나는 아버지에게 고개를 가로저어 보이며 천천히 유모에게로 다가갔다.

아버지의 심정을 모르는 것은 아니다. 이것은 비단 나와 후작 부인의 불명예에 국한된 문제는 아니니 말이다.

좁게는 엘리언트 후작가와 피스온 백작가의 명예가 바닥에 추락할 일이었고, 넓게는 황실, 더 나아가 제국의 권위가 사람들의 조롱거리로 전락할 일이었다.

내가 황태자의 약혼녀가 아니었다면 그저 귀족가의 수치스러운 일로 끝났을지도 모른다. 하지만 나는 엄연히 황태자의 약혼녀였고, 나의 불명예는 곧 황태자인 시스의 불명예나 마찬가지였다. 미래의 황제로 내정되어 있는 시스의 수치는 곧 제국의 수치와도 같다. 단순히 한 가정의 치정 싸움이라 단정 지을 수 없는 일이었다. 그만큼 내 출생에 관한 일은 섣불리 건드릴 만큼 간단한 사안이 아닌 것이다.

1황비 또한 유모의 발언이 나에게만 국한되는 일이 아니라는 것을 모르지 않았다. 그 예로 그때의 나는 수많은 구설수를 안고서도 무리 없이 황태자비가 되었으니 말이다.

조심스럽고 의심 많은 1황비가 이렇게까지 일을 크게 키웠다는 것은 그때와 달리 지금은 나를 끌어내릴 확실한 증거를 가지고 있다는 뜻이다. 결정적인 패를 들고서도 가만히 있는 것은 바보 같은 짓이다. 1황비는 바보가 아니었고, 나를 바닥으로 떨어트리기 위해 그녀는 만반의 준비를 갖추었을 것이다.

엄밀히 말해 1황비가 노리는 대상은 내가 아니라 시스였지만 그녀의 입장상 시스만 황좌에서 멀어지게 할 수 있다면 수단과 방법을 가리지 않을 터였다. 1황비의 입장에서 시스의 뒷배가 되어 줄 내가 도리어 그의 약점이 될 수 있는 절호의 기회였다. 더구나 운 좋게도 현재 시스는 여러모로 무력해져 있는 상태였다. 1황비는 자신이 가지고 있는 모든 것을 동원해서라도 이 기회를 잡아야 했다.

여전히 바닥에 엎드려 있는 유모의 바로 앞에서 발을 멈추었다. 그런 나를 유모가 고개를 들어 올려다보았다.

"증거는?"

"아가씨께서 더 잘 알고 계신 사실이 아닙니까."

"글쎄, 난 유모가 미쳤다고밖에는 생각이 들지 않는데?"

빈정대는 내 말에 유모가 이로 입술을 짓이기며 자신의 품을 뒤졌다.

"이것이 그 증거입니다."

유모가 품에서 꺼낸 책을 들어 올렸다. 낡아 오래된 것처럼 보이는 책을 들며 유모는 나를 향해 의기양양한 표정을 지었다.

"후작 부인의 일기장입니다."

또다시 주변이 웅성거렸고, 명령을 받은 시종이 다가와 유모에게서 일기장을 받아 황제에게로 다가갔다. 나는 그 모습을 가만히 지켜보기만 했다.

"후작 부인의 일기장이 어째서 증거가 된다는 것이냐."

"한때의 일탈로 비욘느 아가씨가 태어나고 후작 부인께서는 괴로움에 서서히 미쳐 가셨습니다."

웅성거림은 소란스러움으로 변했고, 황제의 미간이 불쾌함으로 찌푸려졌다. 아버지는 무표정한 얼굴로 앉아 있었지만 유모를 노려보는 눈빛은 당장이라고 그녀를 찢어 죽일 듯 살벌했다.

"그 일기장에는 후작 부인께서 부적절한 관계를 가지신 일부터 자살하시기 전까지의 일들이 모두 들어 있습니다."

"자살이라니!"

누군가가 외치고 회의실엔 경악성이 울렸다. 후작 부인의 죽음은 아버지의 명령에 따라 철저하게 비밀로 부쳐진 일이었다. 황제가 놀란 얼굴로 아버지를 돌아보았다.

"저 말이 사실인가, 엘리언트 후작?"

"사실입니다."

아버지가 입을 열기 전에 내가 먼저 황제의 질문에 답했다. 황제는 물론 회의실 안에 있는 모든 이의 시선이 나에게로 향했다.

"유모의 말이 사실이라면 말이지요."

"무슨 뜻이냐?"

"어머니의 죽음을 목격한 자는 제 유모이자 어머니의 젖동무인 저 여자

뿐이었습니다."

나는 황제 쪽으로 한 발자국 움직였다.

"대답을 하기 전에 먼저 그 일기장을 봐도 되겠습니까?"

황제가 시종을 통해 나에게 일기장을 건네주었다. 얇지도 두껍지도 않은 일기장은 세월의 흐름을 담고 여기저기 해져 있었다.

일기장의 앞부분에는 정갈하게 써진 글씨로 아버지를 향한 후작 부인의 사랑이 절절히 담겨 있었다. 종이를 빠르게 넘기고 후반부로 가자 군데군데 자신이 저지른 일에 대한 후회와 자신의 사랑을 돌려주지 않는 아버지에 대한 원망, 그리고 나에 대한 분노와 저주 섞인 말들이 적혀 있었다.

나는 탁 소리가 나게 일기장을 덮고 옆에서 기다리고 있던 시종에게 일기장을 넘겼다.

"확실히 어머니의 필체로군요."

나의 확답에 유모의 입술이 비틀려 올라갔다.

"하지만 어머니의 일기장은 아닙니다."

의기양양하던 유모의 얼굴이 바로 일그러졌다.

"분명 후작 부인의 일기장입니다. 진실을 왜곡하지 마십시오, 아가씨!"

나는 몸을 돌려 유모를 똑바로 바라보았다. 그녀는 몸을 반쯤 일으켜 나를 노려보고 있었다.

"하늘이 알고 땅이 아는 일입니다. 손바닥으로 하늘을 가린다 한들 진실이 가려지는 것이 아니라는 말입니다!"

그녀는 마치 어린아이를 꾸짖듯 나를 향해 호통을 쳤다. 나는 그런 그녀를 물끄러미 바라봤다. 나를 똑바로 직시하고 있는 눈동자에는 독기와 적대감이 가득 서려 있었다.

나에 대한 적대감은 이해할 수 있었다. 후작가에서 호의호식하던 그녀를 무일푼으로 쫓아낸 것이 바로 나였으니 말이다. 하지만 후작 부인은 달랐다. 그녀와 후작 부인은 어린 시절부터 함께해 온 젖동무였다. 유모는 대체 무엇 때문에 저리 독기를 품으며 자신이 오랜 세월 모셔 온 후작 부인을 매도하고 있는 것일까.

　새삼 그때의 유모가 떠올랐다. 모든 사람들이 나를 매도하고 등을 돌렸어도 꿋꿋이 내 곁을 지키던 유모였다. 그녀는 모두가 나를 비난할 때에도 무조건적으로 내가 옳다고 속삭이고 내가 하는 일들이 틀리지 않았다고 말을 해 주었다.

　'그것이 과연 충심에서 나온 행동이었을까?'

　피식 웃음이 나왔다. 이제 와서 그것이 무슨 상관일까. 현재 그녀는 나에게 적의를 드러내고 있었고, 나는 그런 그녀를 내 앞에서 완전히 치워 버릴 생각이었다.

　"네 말이 모두 맞는다고 치고, 어째서 지금이지?"

　나는 나를 올려다보고 있는 그녀를 내려다보며 비웃었다.

　"사실을 밝힐 기회는 얼마든지 있었을 텐데. 어째서 지금 이 자리냐고 물었다."

　"아가씨를 위해서였습니다."

　"날 위해서였다?"

　나를 죽일 듯이 노려보는 모습으로는 어울리지 않는 말이었지만 나는 그녀를 향해 모르겠다는 듯 고개를 갸웃거리며 되물었다.

　"사생아 따위에게 눈이 멀어 저를 쫓아내실 때에도 아가씨의 행복만을 바랐습니다. 하나 점점 망가져 가는 아가씨를 더는 두고 볼 수 없다고 생각했습니다."

　유모의 눈동자에 물기가 서리며 지켜보는 이들이 안타까울 정도로 뚝뚝 눈물이 흘러내렸다.

　"진실을 가리기 위해 사랑하던 남자까지 죽이려 하시다니요. 어찌 그러실 수 있습니까!"

　유모가 절규하듯 소리쳤다. 이 자리에서 그녀의 말을 듣지 못한 자는 단 1명도 없으리라. 고개를 돌려 1황비를 바라봤다. 나와 마주친 그녀의 입가에 만족스러운 미소가 걸렸다.

회의실의 문이 열리고 한 남자가 시종의 부축을 받으며 들어섰다. 파리한 얼굴과 갈라진 입술은 그가 병자라는 것을 확연히 보여 주고 있었다. 유모가 그를 가리키며 소리쳤다.

"아가씨가 진실을 감추기 위해 죽이려고 한 남자입니다. 이래도 진실을 외면하실 생각이십니까?"

유모의 말이 끝나기가 무섭게 시종의 부축을 받은 에반이 황제를 향해 무릎을 꿇고 고개를 숙였다.

"피스온 상단의 에반 리가 제국의 태양을 뵈옵니다. 부상을 입어 예를 갖출 수 없음을 하해와 같은 마음으로 용서해 주시기 바랍니다."

"이것이 대체 어찌 된 일인가?"

황제가 1황비를 돌아봤다.

"피스온 상단의 상단주는 분명 죽었다고 하지 않았나?"

"분명 그는 엘리언트 영애의 칼에 찔려 몰래 야산에 묻힌 것이 맞습니다."

1황비가 황제의 물음에 차분히 대답하며 나에게 시선을 돌렸다.

"엘리언트 영애는 그가 죽었다고 생각했겠지요."

1황비의 입가에 나를 향한 비웃음이 서렸다.

"땅속에 묻혀 죽어 가고 있던 그를 살린 것이 바로 저기 있는 저 여인입니다."

1황비가 나에게서 시선을 떼지 않은 채, 손가락으로 유모를 가리켰다. 유모는 기회를 잡은 양 소리쳤다.

"더 이상 아가씨의 극악무도한 행동들을 가만히 지켜볼 수는 없었습니다. 죽은 후작 부인을 위해서라도 진실을 바로잡아야 한다고 생각했기에 1황비마마의 도움으로 이 자리에까지 오게 된 것입니다."

흐느끼던 유모가 황제를 향해 머리를 조아렸다. 황제는 유모에게서 시선을 떼고 에반을 바라보았다.

"저 여인의 말이 사실인가?"

황제의 물음에 에반의 시선이 나에게로 향했다. 마지막으로 보았을 때보다도 훨씬 초췌한 모습이었다. 나는 그를 마지막으로 본 날을 떠올렸다.

'이제 제가 무엇을 하면 되겠습니까.'

'나를 원망하고 증오하세요, 에반.'

그는 물었고 나는 대답했다. 나의 대답에 에반의 눈가가 불편하다는 듯 찌푸려졌다. 나는 그런 그를 보며 조용히 웃었다.

'진짜로 미워하라는 소리는 아니에요. 나는 내 기사에게 진짜로 미움받고 싶지 않으니까요.'

나의 농담 섞인 말에 그의 눈가가 미미하게 펴졌다.

'1황비는 신중한 성격입니다. 웬만한 패로는 결코 움직이지 않을 겁니다. 그래서 나는 그녀에게 강력한 패를 쥐어 줄 생각이에요. 절대 움직이지 않고는 못 견딜 패를 말입니다.'

나는 손가락을 에반을 가리켰다.

'에반, 당신이 1황비의 패가 되어 주세요.'

나와 에반에 관한 소문은 무성했고, 대부분의 사람들이 나와 에반의 관계를 의심했다. 1황비도 예외는 아니었다. 그녀의 눈이 에반의 근처를 살피고 있다는 것을 알고 있었다.

사람들을 시켜 몰래 에반을 야산에 묻어 버리는 척을 했다. 에반의 부상이 심하기는 했지만 목숨이 위태로울 정도는 아니었기에 실행할 수 있는 일이었다.

에반은 죽어 가는 척 연기를 했고, 1황비의 사람들은 그런 그를 의심 없이 거뒀다. 실제로 에반은 복부에 검으로 찔린 부상을 입고 있었고, 1황비의 눈들이 에반이 야산에 묻히는 것을 똑똑히 목격했다. 누구라도 믿을 수밖에 없는 상황이었다.

에반은 정신을 차리자마자 피스온 상단을 움직여 엘리언트가를 압박했다. 그는 사랑하는 여자에게 배신당해 분노한 남자의 전형적인 모습을 행동으로 보여 주었다.

1황비뿐만 아니라 그 누구도 의심하지 못할 만큼 엘리언트가를 공격하는 에반의 행동은 저돌적이고 집요했다. 유모라는 패를 손에 쥐고 있었음에도 기회만을 엿보고 있던 1황비가 속아 넘어갈 정도로 말이다.

에반과 유모는 평민이었지만 그들이 쥐고 있는 것은 결코 쉬이 넘길 수 있는 것들이 아니었다. 유모는 나를 어릴 때부터 키운 사람이었고, 에반은 피스온 상단의 주인이었다. 내가 황태자의 약혼녀라 한들 그들의 증언을 무시할 수는 없는 일이었다.

"말하라. 저 여인의 말이 사실인가?"

"아닙니다."

에반의 단호한 대답에 유모의 얼굴이 일그러졌고, 미소 짓고 있던 1황비의 얼굴이 경직되었다.

"무슨 헛소리를 하는 게요!"

본능적으로 무언가 잘못되었다는 것을 느낀 유모가 에반에게 소리쳤다. 에반의 시선이 유모를 지나쳐 황제에게로 향했다.

"저 여인이 한 말은 모두 거짓입니다."

"저자가 거짓을 아뢰는 겁니다! 사랑에 빠진 남자가 사랑하는 여인을 위해 무엇인들 못 하겠습니까. 그는 지금 아가씨의 꾐에 빠져 사리 분별을 하지 못하고 있습니다."

유모의 외침에도 에반은 반박하지 않았다. 그는 그저 무릎을 꿇고 앉아 고개를 숙인 채, 황제의 말을 기다릴 뿐이었다. 황제가 흥미롭다는 듯 그런 에반을 바라보았다.

"정신 차리시오. 아가씨의 손에 죽을 뻔하고도 그대는 여전히 거짓을 입에 올릴 생각이시오?"

황제가 자신의 말에 귀를 기울이지 않자 유모는 에반에게 호소하기 시작했다.

"분명 아가씨에게 복수한다 하지 않았소. 그 결심을 정녕 잊은 게요?"

"저리 말하는데, 그대는 할 말이 없는가?"

황제의 물음에 에반이 천천히 고개를 들었다. 정면을 향한 그의 눈동자는 흔들림 없이 곧고 진지했다.

"저들이 지레짐작하고 오해했을 뿐, 저는 단 한 번도 저런 말을 한 적이 없습니다."

"숨긴다고 숨겨질 일이 아니란 말이오! 그대는 또다시 아가씨에게 배신당하고 버려지고 싶은 거요?"

유모가 발악하듯 소리쳤다. 에반은 그런 유모의 발악이 들리지 않는다는 듯 그녀의 외침에도 표정 변화조차 없었다.

황제가 1황비를 바라보며 수염을 쓸어내렸다. 그의 입가엔 약간이지만 웃음기가 서려 있었다.

"이것 참, 증인이라고 불러온 자가 오히려 아니라고 대답하고 있으니 당최 무슨 일인지 모르겠군. 1황비는 누구의 말이 맞는 것 같소?"

황제의 놀림과도 같은 말에 1황비의 턱이 단단하게 굳어졌다. 동요하지 않는 것처럼 의연하게 앉아 있었지만 그녀의 흰 손등에 시퍼런 핏줄이 도드라진 것이 보였다.

내 시선을 눈치챘는지 1황비가 나에게로 고개를 돌렸다. 그녀와 나의 시선이 얽혔다. 나는 여태껏 그녀가 나에게 보여 주었던 것과 동일한 미소를 돌려주었다.

"당사자인 엘리언트 영애는 어찌 생각하는가?"

황제가 나를 돌아보며 물었다. 나는 짓고 있던 미소를 지우고 황제를 향해 공손히 읍했다.

"부끄럽게도 오래전부터 저를 음해하던 소문이 있었습니다. 마치 누군가가 일부러 작정을 하고 퍼트린 듯 매우 고약하고 끈질긴 소문이었지요."

"어허! 어찌 그런 일이!"

황제는 마치 못 들을 말이라도 들은 듯 과장된 탄성을 내뱉었다.

"하여, 피스온 상단주의 도움을 받아 약간의 함정을 팠습니다. 제 결백을 주장하려면 먼저 소문을 퍼트린 주범부터 찾아야 했으니까요."

"오호! 좋은 생각이로구나. 그래서 그 범인은 잡았느냐?"

나는 대답 대신 일그러진 얼굴로 서 있는 유모를 바라보았다. 굳이 말로써 대답하지 않아도 황제는 물론 이 자리에 있는 모두에게 답을 한 셈이 되었다. 모두의 시선이 자신에게 모이자 유모가 발작하듯 소리쳤다.

"속지 마십시오. 피스온 상단의 상단주가 무엇 때문에 아가씨를 돕겠습니까. 모두 저 두 사람이 부적절한 관계를 맺고 있기 때문에 가능한 일입니다!"

몇몇 귀족들이 불쾌하다는 듯 얼굴을 찌푸렸다. 더러는 불편한 얼굴로 나와 에반을 번갈아 바라보는 이들도 있었다. 그들이 무엇을 상상하고 있을지 충분히 짐작되었다.

나와 에반 사이를 음해한 소문들은 많았다. 그가 나의 정부라는 소리부터 이미 아이까지 낳아 어딘가에서 기르고 있다는 소리까지 각양각색이었다. 더러는 그럴듯해 보이는 소문도 있었지만 대부분은 허무맹랑한 소리가 태반이었다. 모두 내 명령에 의해 퍼진 소문들이었다.

그럴듯해 보이는 한 가지 말뿐이라면 사람들은 그 소문의 진실 여부에 관심을 가지게 되지만 허무맹랑한 소리가 많아질수록 소문에 대한 신뢰를 잃어버리기 마련이다. 나는 바로 그 부분을 노렸고, 대다수의 귀족들은 은연중에 자신이 유리한 쪽으로 생각하게 되었을 것이다. 나를 적대시하는 자들은 그 소문이 진짜이기를 바라고 있을 것이고, 나를 적대시하지 않는 이들은 터무니없이 허무맹랑한 소문에 쉽게 휘둘리지 않을 터였다.

나는 나를 바라보고 있는 그들의 얼굴을 면밀히 훑어보았다. 그들의 얼굴에 떠오른 표정만으로도 누가 적이고 아군인지 분별할 수 있을 정도였다.

"피스온 상단의 상단주가 저를 돕는 것은 당연한 일입니다."

"어째서 말이냐?"

황제의 물음에 미소를 지어 보였다.

"제가 바로 피스온 상단의 실질적인 주인이기 때문입니다."

"거짓이다!"

1황비의 동생인 모이튼 후작이 소리치며 몸을 일으켰다. 그와 동시에 비대한 그의 엉덩이를 지탱하고 있던 의자가 바닥에 쓰러져 나뒹굴었다.

"감히 여기가 어디라고 거짓을 아뢰는가!"

모이튼 후작의 외침에 1황비의 얼굴은 더욱 굳어졌고 내 미소는 짙어졌다. 아무리 멍청이라고 불려도 한 가문의 수장이었다. 자신들에게 불리하게 돌아가는 상황을 눈치채지 못할 리가 없었다. 그가 멍청이라고 불리는 것은 다른 것 때문이 아니었다. 나설 때와 나서지 않아야 할 때를 구분하지 못하기 때문이었다.

"한낱 우매한 계집이 상단의 주인이라니, 가당키나 한 말이냐!"

1황비의 그늘 속에서 호의호식하면서도 모이튼 후작은 남성우월적인 성향을 갖고 있는 극우주의자였다. 그에게 여자란 필요할 때 성욕을 달래 주는 도구 그 이상도 이하도 아니었다. 능력도 없이 우월감에만 빠진 돼지. 신경 쓸 가치도 없는 자였다.

"무슨 문제라도 있습니까?"

"당연하지 않느냐. 너 따위가 어찌 상단의 주인이 될 수 있단 말이냐?"

"잊으신 듯합니다만 전 피스온 상단의 주인은 제 외조부셨습니다."

비록 사돈 관계이긴 하지만 엘리언트 후작가와 피스온 백작가는 데면데면한 사이였다. 피스온 상단과의 관계도 후작 가문과 상단과의 거래만 있을 뿐, 딱히 친밀한 관계는 아니었다.

외할아버지가 돌아가시기 직전까지 나를 자주 만나러 오고 아나샤가 후작가를 자주 들락거리긴 하지만 그것은 대외적으로는 알려지지 않은 사실이었다. 내 외가가 피스온 백작가라는 사실을 머리로는 알고 있어도 실질적으로 얼마만큼 영향력을 가지고 있는지 그들은 전혀 모르고 있었다는 말이다.

더구나 그들이 알고 있는 피스온 상단의 주인은 에반이었다. 가문을 계승할 수도 없는 여자인 내가 상단의 주인일 거라고는 그들은 짐작조차 하지 못했을 것이다.

"피스온 백작가의 시조는 '로사트 리들 피스온'입니다. 제 풀 네임은 '비욘느 롯사 엘리언트'이지요."

오랜 세월 고위 귀족으로 군림해 오던 이들은 내 말이 무엇을 뜻하는지 대번에 알아들었을 것이다. 시조의 이름을 미들 네임으로 갖는다는 것은 가문의 모든 것을 이어받을 수 있는 권리를 갖는 것이나 다름없었다. 시조의 이름이 가지는 권리는 그 무엇보다 우선된다. 그 말인즉, 가주의 유언도 무시할 수 있는 힘을 가지고 있다는 뜻이었다.

시조의 이름을 부여하는 것은 가주의 의지대로 할 수 있는 일이지만 회수는 마음대로 할 수 없었다. 뒤늦게 시조의 이름을 미들 네임으로 부여한 것을 후회해도 소용없는 일이다. 한번 부여한 이름은 당사자가 죽지 않는 한 바뀌지 않았다. 그만큼 시조의 이름을 붙인다는 것은 신중의 신중을 기해야 하는 일이었다.

물론, 시조의 이름을 미들 네임으로 가지고 있다 한들 본인에게 그 이름이 가진 권리를 휘두를 힘이 없다면 말짱 헛것일 테지만 나는 내 이름이 가진 권리를 휘두를 힘이 충분히 있었다.

현재 피스온 백작가는 가주가 부재중인 상태였다. 외할아버지가 죽은 후, 백작가의 모든 권리는 내 것이나 다름없는 것이다. 사실과는 조금 다르긴 하지만 저들은 그렇게 믿고 있는 편이 나았다.

"이름이 무슨 상관······."

"닥치시오."

최근 시조의 이름을 미들 네임으로 쓰는 자는 거의 없었다. 그도 그럴 수밖에 없는 것이 자신의 유언도 뒤집어엎을 수 있는 이름을 어느 가주가 쉽게 후계자에게 내줄 수 있겠는가. 그래서인지 젊은 나이의 귀족 중에는 시조의 이름이 가지는 권리를 모르는 사람이 많았다. 대부분 신흥 귀족으로 가문이 보잘것없거나 공부에 나태했던 자들이었다.

모이튼 후작은 당연히 후자에 속했고, 그는 1황비의 노여움 섞인 외침에 억울한 표정을 지었다.

"하나 누……."

"닥치라고 하였소, 모이튼 후작."

서늘한 1황비의 외침에 찔끔한 모이튼 후작이 급히 입을 다물었다. 서늘한 1황비의 시선이 모이튼 후작을 지나쳐 나에게로 닿았다.

"영애가 상단의 실질적인 주인이라는 것은 잘 알겠습니다. 하나 그렇다 한들 그것이 그자와의 부적절한 관계에 대한 해명이 될 수는 없지 않겠습니까."

어느새 평정을 되찾은 1황비가 끈질기게 물고 늘어졌다. 이미 예상하고 있던 일이기에 나는 여유롭게 되받아쳤다.

"1황비마마께서 말씀하시는 부적절한 관계는 대체 어떤 관계이옵니까?"

당돌한 내 질문에 몇몇 귀족들이 얼굴을 붉히며 헛기침을 했다. 당황해하는 귀족들과 달리 1황비는 표정 하나 바뀌지 않고 나를 바라봤다.

"1황비마마께서 입궁하시기 전에 처녀 인증을 하셨다고 들었습니다. 저도 제 결백을 위해 이 자리에서 처녀 인증이라도 해야 믿으시겠습니까?"

나의 빈정거림과도 같은 말에 1황비의 입가가 부들부들 떨렸다.

처녀 인증이란 앵무아라는 새의 생피를 팔목에 떨어트려 손목에 묻어나면 처녀, 아니면 처녀가 아니라고 판단하는 일종의 처녀 감별법이었다. 과학적이지도 않고 실질적으로 처녀를 감별해 내지도 못하는 관습이었지만 30년 전까지만 해도 으레 처녀를 감별할 때 쓰던 방법이었다.

예부터 행해 오던 그 관습을 폐지한 것이 바로 내 앞에서 분노에 몸을 떨고 있는 1황비였다. 그녀 또한 입궁 전에 처녀 인증을 받았지만 우연인지 필연인지 그녀의 손목에는 앵무아의 생피가 묻지 않고 흘러내렸다.

그 일은 후에 1황자가 황제의 자식이 아니라는 소문을 뒷받침하는 근거가 되었고, 1황비는 권력을 손에 쥐자마자 그 관습을 없애 버렸다. 물론, 비밀리에 암묵적으로 행하는 자들은 있었지만 어찌 되었든 처녀 인증은 공식적으로 사라진 것이나 마찬가지였다.

"영애가 그렇게까지 말한다니 믿을 수밖에 없겠군요."

"감사합니다, 1황비마마."

나는 그녀를 향해 고개를 살짝 숙여 보이고 빙긋 웃었다. 이 자리에 있는 귀족들의 대부분이 한 가문의 수장들이었다. 그 말은 이 자리에 있는 대다수의 사람들이 당시의 일을 기억하고 있다는 소리다. 1황비는 모멸감이라도 느끼는지 나를 노려보며 입술을 잘근 씹었다.

나는 1황비에게서 몸을 돌려 에반에게 다가갔다. 내 의도를 눈치챈 에반이 주먹 쥔 오른팔을 들어 자신의 심장에 가져다 대었다. 주인을 가진 기사들만이 할 수 있는 기사의 예였다.

에반의 행동을 지켜보던 귀족들이 믿을 수 없다는 듯 눈을 부릅떴다. 나는 그런 그들을 비웃듯 돌아보았다.

내 의도는 명백했다. 그는 나의 기사이니 머릿속의 더러운 상상 따위는 집어치워라. 그와 나를 여전히 부적절한 관계로 본다면 너희와 너희에게 기사의 맹세를 한 그들 또한 부적절한 관계이다.

내 의도대로 그 누구도 섣불리 입을 열지 못했다. 나는 여전히 일그러진 얼굴로 나를 노려보고 있는 유모에게 시선을 돌렸다. 이제 그녀와의 인연을 끝낼 때가 되었다.

나의 눈짓을 받은 에반이 자신의 품에서 책 한 권을 꺼냈다. 유모가 후작부인의 일기장이라고 주장했던 것과 비슷한 종류의 책이었다. 대기하고 있던 시종이 재빠르게 다가와 에반에게서 책을 받아 들었다.

"피스온 백작가에 남겨져 있던 어머니의 일기장입니다. 유모가 어머니의 일기장이라고 주장한 것과 비교해 보시겠습니까?"

황제가 시종이 전달한 일기장을 받아 들었다. 회의실 안에서는 한동안 종이 넘기는 소리만이 들렸다.

"어떠십니까?"

"두 권 모두 같은 필체를 쓰고 있군."

"두 권 모두 어머니의 일기장이기 때문입니다."

"아까는 일기장이 아니라고 하지 않았느냐?"

황제의 날카로운 질문에 나는 고개를 끄덕였다.

"유모가 증거라고 내민 것 또한 분명 어머니가 직접 쓴 일기장이 맞습니다. 하나, 오롯이 어머니가 쓴 일기라고는 할 수 없습니다."

후작 부인이 처녀 시절부터 일기를 썼다는 것은 예전부터 알고 있었다. 유모는 그때의 나에게 후작 부인의 일기를 한 자 한 자 직접 읊어 주며 말했다. 후작 부인이 죽은 것은 모두 후작과 란트 때문이다. 여기 그들을 원망하며 불쌍하게 죽은 후작 부인의 일기를 보아라. 그때의 내가 그토록 아버지와 란트를 증오하고 원망했던 것은 유모의 그러한 세뇌에 가까운 말 때문인지도 몰랐다.

그때에 본 후작 부인의 일기는 정갈한 필체와 달리 일기장 안의 내용은 중구난방이었다. 군데군데 빈 페이지도 많았고, 날짜의 순서도 뒤죽박죽이었다. 그녀는 그날 그날 펼쳐진 페이지에 생각나는 대로 일기를 쓰는 버릇이 있었다. 그날 있었던 일을 사실 그대로 쓴 날도 있었고, 꿈이나 허황된 망상을 쓴 날도 있었다.

하지만 유모가 증거라고 내민 일기장은 그때의 내가 본 일기장과 달리 시간의 흐름대로 사건들이 차례대로 나열되어 있었다. 마치 어떠한 사실을 의도적으로 알려 주려고 하는 것처럼 말이다.

"폐하께서 보시는 것처럼 두 권의 일기장은 한 사람의 필체가 맞으나 일기를 쓰는 스타일은 천지 차이일 겁니다."

황제가 고개를 끄덕였다. 한눈에 보기에도 두 권의 일기장은 각기 다른 사람이 쓴 것처럼 스타일이 전혀 달랐다.

"제 어머니의 일기장에 유모의 의뢰를 받은 자가 필체를 흉내 내어 내용을 덧붙였기 때문입니다."

다친 에반을 이용해 연극까지 벌였던 이유는 조심성 많은 1황비를 믿게 만들어 이 일을 공론화시키려는 의도도 있었지만, 이렇듯 그들이 가진 패를 뒤집어 나에게 유리하게 만들기 위해서이기도 했다.

그들은 나에게 배신당했다고 생각한 에반을 구슬려 그가 가진 능력을 이용하려 했고, 에반은 나에게 복수를 한다는 명목 아래 그들의 뜻을 순순히 따라 주는 척을 했다. 에반은 그들 속에서 복수에 눈이 먼 남자를 연기하며 그들이 계획한 모든 것을 나에게 낱낱이 전달해 주었던 것이다.

나는 잠시 숨을 고르고 눈을 감았다 떴다. 모두의 시선이 나를 향해 있었다.

"글씨가 있는 부분에 촛불을 가까이 가져가 보시겠습니까?"

황제가 손짓하자 대기하고 있던 시종이 들고 있던 촛불을 황제의 앞에 내놓았다. 황제는 빨갛게 일렁이는 촛불에 일기장을 가까이 가져다 대었다. 일기장은 촛불의 열기에 약간 그을렸을 뿐, 아무런 변화가 없었다. 황제가 의아한 듯 나를 돌아보았다.

"다른 일기장도 똑같이 해 보십시오, 폐하."

황제가 다른 일기장을 들었다. 유모가 증거라고 내놓은 일기장이었다. 그 일기장은 아무 변화가 없던 일기장과 달리 촛불의 열기가 닿자마자 검은색의 글씨들이 군데군데 붉은색으로 변하기 시작했다.

"이번에 피스온 상단에서 개발한 잉크를 썼기 때문입니다. 평소에는 오래전에 쓴 것처럼 빛바랜 검은색을 띠지만 열을 가하면 붉은색으로 변하게 됩니다."

놀랍다는 탄성이 여기저기에서 들려왔다. 나는 에반을 돌아보았고, 에반은 품에서 검은색 액체가 든 작은 병을 꺼냈다. 나는 눈짓으로 시종을 불러 에반에게서 병을 건네받았다.

"이 액체가 일기장에 쓰인 잉크입니다."

황제의 명령을 받은 시종이 나에게서 잉크를 받아 종이에 글을 쓰고 촛불에 가져다 대었다. 오래전에 쓴 글자인 듯 빛바랬던 검은색이 순식간에 붉은색으로 변했다.

"그 일기장은 유모, 아니 저 여인이 거짓을 말했다는 증거입니다."

유모의 얼굴이 흉하게 일그러졌다. 그녀는 악을 쓰듯 나를 향해 소리쳤다.

"저 일기장이 가짜라 한들 아가씨가 후작 부인의 외도로 태어났다는 사실이 거짓이 되는 것은 아닙니다!"

나는 유모를 외면하며 1황비를 바라보았다. 나의 반격에 잠시 동요하는 모습을 보였던 그녀는 어느새 자신의 감정을 감추고 의연한 모습으로 앉아 있었다.

사실 1황비의 입장에서는 유모의 말이 거짓이라고 밝혀져도 손해 볼 일은 없었다. 내 출생에 대한 문제가 공식적으로 거론된 것만으로도 1황비의 목적은 이미 달성한 것이나 다름없었다.

지금은 그때와는 달랐다. 그때에는 음지에서 수군거리고 비난할지언정 그 누구도 내 출생에 대한 문제를 공론화시키지 못했다. 지금처럼 물고 늘어질 증거가 없었을 뿐 아니라 1황비 쪽에서 무언가를 대비할 틈도 주지 않고 성인식과 동시에 결혼식을 준비시켰던 황제의 빠른 행동력이 있었기 때문이었다.

내 출생에 대한 문제가 공론화된 이상 이 자리에서 내 출생에 대한 것을 정확히 밝히지 못한다면 나는 시스와 파혼을 하게 되는 것은 물론이거니와 평생 사생아라는 꼬리표를 달고 살아야 했다.

1황비는 황태자인 시스를 흠집 내기 위해서라면 그 어떤 작은 빌미라도 끈질기게 물고 늘어질 사람이었다. 그녀는 절대 이 기회를 놓치지 않을 테니 말이다.

"평생을 죄책감에 시달리다 자살한 후작 부인을 위해서라도 결코 진실을 감출 수는 없습니다.”

　유모의 외침에 저절로 입술이 비틀어져 올라갔다. 죽은 여인을 비난할 생각은 없지만 웃음이 새어 나오는 것은 어쩔 수 없었다.

　후작 부인은 누구보다 내가 더 잘 안다고 할 수 있었다. 모전여전이라는 말처럼 아버지에게 미쳐 있던 그녀와 시스에게 미쳐 있던 그때의 나는 쌍둥이처럼 닮아 있었으니 말이다. 지금껏 그리 알고 있었던 것처럼 후작 부인은 스스로 목숨을 끊었을 수도 있다. 하지만 그녀가 자살한 것이 사실이라 하더라도 결코 죄책감 때문이 아니라고 확신할 수 있었다. 그녀는 죽기 전까지 나를 향해 악다구니를 썼고 내가 남자아이가 아님을 원통해했다.

　원통함이 사무쳐 자살했다고 하는 것이 훨씬 현실성 있는 말이다. 그래서 나는 지금까지 후작 부인이 아버지와 란트를 원망하며 자살했다는 유모의 말을 믿어 의심치 않았다. 당시의 유모는 내게 거짓을 말할 이유가 없었고, 미친 여자의 행동은 머리로 납득하고 이해할 수 있는 수준이 아니었으니 말이다.

　하지만 지금에 와서 의문이 들기 시작했다.

　‘후작 부인은 진짜로 자살한 것일까?’

　당시 그녀의 곁을 지키고 있던 것은 유모 한 사람뿐이었다. 후작 부인이 무슨 이유로 창문에서 떨어져 죽었는지 진실을 알고 있는 사람도 유모뿐이라는 말이다.

　유모는 평생을 후작 부인의 곁에서 그녀의 수발을 들었다. 그런 그녀가 새삼스레 후작 부인을 해칠 이유는 없어 보였지만 열 길 물속은 알아도 한 길 사람 속은 모른다는 말처럼 어쩌면 다른 사람이 모르는 그녀들만의 사정이 있었을지도 모른다.

　하지만 진실이 따로 있다 한들 이제 와서 그게 다 무슨 상관이란 말인가. 어차피 후작 부인은 죽었고 나는 이미 내 눈앞에 있는 유모를 치워 버리기로 마음먹었는데 말이다.

　나는 유모를 향해 천천히 다가갔다. 갑작스런 내 움직임에 그녀가 움찔하는 것이 보였다.

지금은 아닐지라도 그때의 나에게 유모는 단 하나밖에 없는 내 사람이었다. 오롯이 그녀의 말만을 믿었고, 그녀만을 의지했다. 그때의 나는 유모가 무조건적인 내 편이라 믿었기 때문이었다. 하지만 지금의 그녀는 어떠한가. 욕망에 가득 찬 눈으로 거짓을 말하고 나를 기만하고 있다. 이것이 그때의 나는 절대 보지 못했던 유모의 진짜 모습일 것이다.

'가여운 비욘느. 어리석은 비욘느. 네가 보던 세상은 끝까지 거짓이었구나.'

새삼스레 자괴감이나 동정심은 들지는 않았다. 예전부터 어쩌면 그럴지도 모른다는 느낌이 있었으니 이제 와 그녀에게 배신당했다는 생각도 들지 않았다. 하지만 무덤덤하다고 해서 덮고 넘어갈 생각은 없었다.

나는 주인을 향해 이를 드러낸 개를 살려 둘 만큼 너그럽지 않았다. 그때의 나에 대한 예우는 단 한 번으로 족했다.

"으윽……."

유모의 입에서 고통에 찬 신음성이 흘러나왔다. 유모의 손가락이 내 구두굽 아래에서 빠져나가려고 꿈틀거렸다.

"너는 분명 나에게 란트 때문에 어머니가 자살했다고 했었다. 사생아를 낳아 온 아버지를 저주하며 죽어 갔다고 했지."

내 표정이 어떠한지는 모르겠지만 목소리만은 차분하게 흘러나왔다. 누군가 그런 나를 보며 마른침을 삼키는 소리가 들렸지만 나는 유모에게서 시선을 떼지 않았다.

"사생아인 란트를 내치라 말하던 그 입이 이제는 나를 사생아라 말하는구나."

"으으으윽!"

발바닥 밑에서 바르작거리는 움직임이 거슬려 발에 더욱 힘을 주었다. 유모의 이마에서 굵은 땀이 맺히기 시작했다.

"어릴 적 키워 준 정을 생각해 목숨만은 거두지 않았거늘 분수도 모르고 덤비는 꼴이라니."

"너야말로 나와 하등 다를 것도 없는 주제에!"

유모가 충혈된 눈을 부릅뜨며 몸을 일으키려 했다. 바로 옆에서 대기하고 있던 기사들이 재빠르게 다가와 그런 그녀의 몸을 내리눌러 무릎을 꿇렸다.

"네가 누구의 씨인 줄 알고도 그리 뻣뻣하게 고개를 들 수 있을까?"

기사들에게 잡힌 몸을 버둥대며 그녀가 저주를 퍼붓듯 악을 썼다.

"사창가에서 굴러먹던 남창 중의 하나가 네 아비다. 네가 누구의 씨앗인지도 모를 정도로 굴러먹던 것이 네 어미……. 아아악!"

서걱대는 소리와 함께 바닥으로 붉은 피가 흘러나왔다. 어느새 다가왔는지 무심한 듯 무표정한 얼굴로 아버지가 유모의 발등에 꽂아 놓은 검을 천천히 빼고 있었다.

바닥으로 흐르던 피는 검을 빼자 작은 분수처럼 위로 솟아올랐다. 검을 휘둘러 피를 털어 내는 아버지의 뒤에는 두 눈 멀쩡히 뜨고서도 순식간에 허리춤의 검을 강탈당한 기사가 믿을 수 없다는 얼굴로 서 있었다.

"엘리언트 후작, 이게 무슨 짓입니까!"

"황제 폐하께서 계시는 신성한 회의장 안에서 검을 휘두르다니요!"

뒤늦게 아버지의 행동을 인식한 귀족들이 노한 고성을 터트렸다. 황제가 있는 곳에서 검을 소지할 수 있는 사람은 황제를 지키는 근위 기사나 황제가 인정한 사람뿐이었다. 귀족들의 지적은 당연한 것이었고, 재수 없으면 황제를 시해하려 했다는 이유로 반역죄에 엮일 수도 있는 일이었지만, 아버지는 그런 것 따윈 안중에도 없다는 듯 유모만을 노려보았다.

"엘리언트 후……."

"뚫린 입이라고 잘도 지껄이는구나. 한마디만 더 그 입을 함부로 놀린다면 다음엔 목을 치겠다."

살기가 담긴 아버지의 차가운 음성이 고성을 터트린 귀족들을 향한 것인지, 아니면 피를 흘리는 발등을 감싸 쥐고 신음을 내뱉고 있는 유모를 향한 것인지 알 수가 없었다. 하지만 아버지의 나직한 말 한마디는 시끄럽게 떠들던 귀족들이 꿀 먹은 벙어리처럼 입을 다무는 효과를 가져왔다.

회의가 시작되기 전, 아버지는 무슨 일이 있어도 내가 원하지 않는 한은 나서지 않겠다고 약속했었다. 아버지가 움직인 것은 순식간에 벌어진 일이었다. 유모의 말을 듣는 순간 머리보다 몸이 먼저 반응을 보인 듯싶었다.

유모에게 고정되어 있던 아버지의 눈동자가 슬쩍 나에게로 향했다. 가면과도 같은 무표정한 얼굴 아래 타인은 알아보지 못할 낭패감이 서려 있었다. 누구도 섣불리 입을 열지 못하는 긴장감을 깬 것은 유모의 고통에 찬 신음 소리였다.

"으으으윽!"

그녀는 피가 철철 넘쳐흐르는 발등을 감싸 쥔 채, 이를 악물고 있었다. 아버지의 시선이 다시 유모에게로 향했다. 그녀는 그런 아버지를 향해 악을 썼다.

"저를 죽인다고 해서 그 추악한 진실이 감춰질 것 같습니까?"

고통으로 일그러져 있는 얼굴과 달리 번들거리는 눈동자에는 독기가 가득 차 있었다. 흡사 악귀와 같은 모습이었다.

"진실을 아는 자를 모두 죽인다 한들 저 몸에 흐르고 있는 천한 피는 절대 바뀌지 않을 것입니다!"

절대 명제를 말하듯 손가락으로 나를 가리키는 유모의 모습은 당당했다. 그런 유모의 태도만 보면 거짓을 말하는 것이 아니라 진실로 그리 믿고 행동하고 있는 것처럼 보였다.

거짓을 말하면서도 유모가 저리 당당하게 구는 이유는 하나였다. 아직까지 제국에는 혈통을 증명할 만한 확실한 방법이 없기 때문이었다.

유모의 말대로 이미 공식적으로 거론된 내 혈통에 대한 의문은 유모를 죽인다 해서 해결되는 문제가 아니었다. 귀족 모독죄를 들어 유모를 해하려한다면 오히려 진실을 은폐하려 한다는 오해를 살 수 있었다. 자기에게 유리한 패를 묵과하고 지나갈 1황비가 아니다. 그녀라면 무슨 짓을 해서라도 이 일을 꼬투리 삼아 나를 공격하는 무기로 사용할 터였다.

움직이려던 아버지의 팔을 재빨리 잡았다. 유모를 죽이는 것은 모든 일이 끝난 후에 해도 늦지 않았다.

애초에 이 일에 유모가 관계되었다는 사실을 안 순간부터 그녀를 살려 둘 생각은 없었다. 빠르건 느리건 유모는 죽게 될 것이다. 유모의 말 따위는 어차피 나에게 아무런 영향을 주지 못했다. 지금 우선해야 할 것은 유모의 생사 여부가 아니라 내 혈통을 증명하는 일이었다.

잡고 있던 아버지가 팔에서 힘을 빼는 것과 동시에 1황비가 입을 열었다.

"이것 참 곤란하게 되었군요."

그녀는 전혀 곤란해 보이지 않는 얼굴로 말을 이었다.

"후작 부인이 살아 있었다면 모를까, 영애의 혈통을 확실히 증명할 방법이 없으니 참으로 곤란하게 되었습니다."

"1황비마마께서는 정녕 그리 생각하십니까?"

"당사자이니만큼 누구보다 절실한 일이겠지만 세상일이라는 것이 어디 마음먹은 대로 쉽게 되더이까?"

1황비의 입가에 비웃음이 서렸다. 절대 증명할 수 없을 거라는 자신감을 내포하고 있는 비웃음이었다. 그런 그녀의 믿음을 깨 버릴 수 있다는 생각에 나 또한 그녀와 비슷한 비웃음이 입가에 걸렸다.

"삼십오 년 전에도 비슷한 일이 있었지요. 저는 태어나지도 않은 때라 그때의 상황을 잘 알지 못하지만 이곳에 계신 분들은 당시에 있었던 일을 잘 알고 계시리라 생각합니다."

1황비의 얼굴에서 순식간에 웃음기가 사라졌다.

"엘리언트 영애는 자신이 무슨 말을 하고 있는지 알고서 하는 말인가?"

그녀의 음성에 노기가 서렸고, 나를 향한 눈동자에선 살기가 배어 나왔다. 1황비뿐만 아니라 황실의 치부와도 같았던 1황자의 혈통 문제는 1황비에게 있어선 역린과도 같은 일이었다.

전에도 1황비의 역린과도 같은 그 일을 언급한 적이 있었다. 당시의 그녀는 내가 그때의 일을 더 이상 거론하지 못하게 막기에 급급했지만 지금의 그녀는 평소와 달리 내 말에 예민하게 반응하고 있었다.

　그도 그럴 것이 이곳은 뒷말하기 좋아하는 여자들만의 싸움터가 아니라 공식적인 회의가 열리는 장소였기 때문이다. 이 자리에서 나오는 말들은 모두 서면으로 기록되며 후대까지 자료로 남겨지게 되어 있었다. 자칫 또다시 1황자의 혈통 문제가 공론화될 소지가 있었던 것이다.

　"너 따위가 감히!"

　한껏 독기가 오른 1황비는 지금껏 쓰고 있던 가면을 벗어던졌다.

　"폐하, 저 어린 계집이 황실을 모욕하고 있습니다. 가만히 두고 보실 생각이시옵니까?"

　"황실을 모욕하다니요. 억울하옵니다."

　"뚫린 입이라고 말은 잘하는구나. 감히 금기로 정한 그때의 일을 거론하고도 네가 무사할 줄 알았더냐."

　"공식적으로 금기한 일은 아니지요. 안 그렇습니까, 폐하?"

　황제의 암묵적 동의와 1황비의 권력으로 금기시하던 일이었을 뿐 공식적으로 금기된 말은 아니었다.

　황제는 당시의 일을 끄집어내려는 나를 묘한 눈으로 내려다보았다. 그의 표정은 나를 향한 눈빛처럼 모호했는데 언뜻 보면 불쾌해 보이는 것 같기도 했고 다르게 보면 흐뭇해하는 것 같기도 했다.

　"영애의 말이 옳다. 공식적으로 금기한 일은 아니지."

　"폐하!"

　1황비가 비명처럼 황제를 불렀지만 그의 시선은 여전히 나에게 머물러 있었다.

　"하나, 황실에서 터부시하던 일이다. 영애는 그 말의 무게를 알고 하는 말이겠지?"

나는 여전히 검을 든 채로 내 곁에 서 있는 아버지에게 다가가 그의 손에 내 손을 가져다 대었다. 바닥에 검이 떨어지는 소리와 함께 아버지가 내 손을 마주 잡았다. 커다랗고 따스한 아버지의 온기가 내 손을 감싸 줬었다. 나는 황제를 똑바로 바라보며 입을 열었다.

"제 혈통을 부정당했습니다. 모든 것을 이용해서라도 진실을 밝혀야 되지 않겠습니까?"

황제의 입가가 슬쩍 비틀어져 올라갔다.

"계속 말해 보거라."

"폐하!"

황제의 시선이 1황비에게로 향했다.

1황비는 흥분으로 벌게진 얼굴로 황제와 나를 노려보고 있었다.

"엘리언트 영애의 혈통을 밝히려고 시작한 회의가 아닌가? 엘리언트 가문에도 반론한 기회는 줘야 하겠지."

"증명할 방법은 없습니다."

1황비가 단언하듯 소리쳤지만 황제는 피식 웃기만 했다.

"그건 엘리언트 영애의 말을 끝까지 들어 보면 알 수 있는 일이지."

황제는 더 이상 거론할 거치가 없다는 듯 1황비에게서 시선을 떼고 나를 바라봤다. 절대 내 혈통을 증명할 수 없을 거라 생각했는지 1황비는 나를 노려보며 서서히 흥분을 가라앉혔다.

"대체 어떤 궤변을 늘어놓을지 궁금하군요."

마주 잡은 아버지의 손에 힘이 들어가는 것이 느껴졌다. 이미 모든 계획을 들어 알고 있음에도 아버지는 불안한 듯 보였다. 나는 아버지를 올려다보며 안심하라는 의미로 웃어 보였다.

아버지는 그 누구보다도 강한 사람이었다. 그런 아버지가 내 앞에서 흔들리는 모습을 보이고 있었다. 항상 냉철하고 이성적이던 사람이 분노에 못 이겨 황제가 있는 회의장에서 검을 휘둘렀다. 모두 내가 관련된 일이었기에 벌어진 일이었다. 머리로는 그다지 좋은 행동은 아니었다고 생각하지만 심장이 간질간질해지는 느낌은 싫지 않았다.

"저는 아버지의 딸인가요?"

내가 아버지의 딸임을 믿어 의심치 않는다. 하지만 그럼에도 왠지 마지막으로 아버지에게 확인받고 싶어졌다. 아버지가 그런 나를 내려다봤다.

"누가 뭐래도 너는 내 딸이다."

아버지의 목소리는 불변의 법칙이라도 되는 듯 단호하고 확고했다. 나는 아버지에게서 시선을 떼고 좌중을 돌아보았다. 그런 내 입가에는 만족스런 미소가 피어올랐다.

"삼십오 년 전, 1황자 전하의 혈통에 대한 논란이 있었습니다."

모두의 시선이 나에게 향해 있었다. 몇몇 이를 가는 소리가 들렸지만 무시해 버렸다. 황제의 승낙이 떨어진 이상 누구도 내 말을 막을 수 없었다.

"그 논란을 종식시킬 수 있었던 이유는 검은 사제들의 인정이 있었기 때문이라고 들었습니다. 저 또한 검은 사제들의 인정을 받으려 합니다."

웅성웅성.

1황자가 수많은 구설수에도 불구하고 황제의 장자로서 자리매김할 수 있었던 이유는 황제와 쏙 빼닮은 용모 때문이기도 하지만 검은 사제들의 암묵적 인정이 있었기에 가능한 일이었다.

검은 사제들은 예부터 황실의 혈통을 지키는 수호자들이었다. 그들이 누구인지, 대체 몇 명으로 구성되어 있는지 황제를 제외하고는 아무도 알지 못했지만 단 하나 확실한 것이 하나 있었다. 바로 그들이 황가의 혈통을 증명할 방법을 가지고 있다는 사실이었다. 검은 사제들은 평소 존재하지 않는 것처럼 모습을 드러내지 않지만 황실의 혈통에 문제가 생길 경우 나타나 문제를 종식시키곤 했다.

"하, 검은 사제의 인정이라니!"

"폐하께서 오냐오냐하니 기고만장하기가 하늘을 찌를 것 같습니다."

"허어!"

누군가는 어처구니가 없다는 듯 콧방귀를 뀌었고, 또 다른 누군가는 나의 어리석음을 비난했다.

"영애, 검은 사제들이 어떤 자들인지는 알고서 하는 말인가?"

황태자파에 속한 노귀족 1명이 안쓰럽다는 얼굴로 나에게 물었다. 그는 아무것도 모르는 내가 헛된 희망에 매달리고 있다고 생각한 듯, 작게 혀를 찼다.

"검은 사제들은 황실에 적을 둔 황족이 아니라 황가의 혈통을 지키는 자들이네. 영애는 황족도 아닐뿐더러 황가의 혈통은 더더군다나 아니지."

노귀족의 말처럼 검은 사제들이 지키는 것은 황실이 아닌 프리스턴 가문의 혈통 그 자체였다. 그 말은 프리스턴 가문의 혈통이 아니면 검은 사제의 인증을 받을 수 없다는 뜻과 같았다.

"말씀해 주셔서 감사합니다만 이미 알고 있습니다."

노귀족은 순수하게 나를 걱정했기에 한 말이었다. 그의 말에는 결코 날 비난하거나 무시하려는 뜻은 없었다. 그런 그에게까지 날을 세울 필요는 없었다. 나는 그의 호의에 호의가 담긴 미소를 지어 보였다.

"제 증조모께서는 황가의 일원이셨지요. 제 몸에도 황가의 피가 흐르고 있습니다."

선선대의 후작 부인, 즉 아버지의 할머니는 황실에서 시집을 온 황녀였다. 비록 후궁 소생의 황녀였지만 그녀는 분명 프리스턴 가문의 혈통을 이어받은 황가의 핏줄이었다. 그녀의 피가 아버지를 통해 나에게로 전해졌다. 비록 세대에 걸쳐 옅어지긴 했겠지만 황실의 혈통에 민감한 검은 사제들이 그것을 눈치채지 못할 리가 없었다.

그들은 한때 황실의 대가 끊길 위험에 처했을 때 평민 속에 섞여 있던 프리스턴 가문의 혈통을 찾아낸 전적이 있었다. 검은 사제들의 혈통 인증은 그만큼 절대적이고 경이로운 것이었다.

"쿡, 참으로 순진하군요, 엘리언트 영애."

"무엇이 말이옵니까, 1황비마마."

"검은 사제들은 황제 폐하의 명도 따르지 않는 자들입니다. 그런 그들이 고작 후작가 영애의 혈통을 인증해 줄 거라 생각했습니까?"

1황비의 말처럼 검은 사제들은 황제의 명을 따르지 않았다. 그들은 그들이 가진 규율을 가지고 황실의 혈통을 지킬 뿐이었다. 그 예로 그들은 1황자의 혈통에 논란이 일었을 때에도 적극적으로 1황자의 혈통을 증명해 주지 않았다. 그들은 단지 1황자가 황제의 장자로서 황태자에 버금가는 권력을 휘두르는 것을 암묵적으로 방치했을 뿐이다. 그것만으로도 1황비는 1황자의 혈통에 관한 논란을 잠재워 버렸다.

기본적으로 검은 사제들은 황족끼리의 황위 쟁탈에는 끼어들지 않았다. 프리스턴가의 혈통이라면 누가 황제가 되었든 신경 쓰지 않는다는 소리였다.

시스가 태어나기 전까지 1황자는 황제의 장자로서 황위에 가장 가까운 사람이었다. 1황자가 황제의 핏줄이 아니라면 검은 사제들이 가만히 있을 리가 없다는 1황비의 주장으로 1황자의 혈통에 관한 논란은 종식되었던 것이다.

엘리언트 가문의 역사상 황녀가 시집을 온 경우는 증조모 말고도 종종 있었다. 1황비라고 그것을 모를 리가 없었다. 그럼에도 1황비가 내 혈통을 증명할 수 없을 거라 단언했던 것은 그러한 검은 사제들의 특성 때문이었다. 하지만 1황비의 그 단언은 곧 깨질 것이다.

"아직도 시간이 더 필요하십니까?"

평이하듯 고저 없는 내 목소리가 회의장 안에 울려 퍼졌다.

쾅.

"그럴 리가 있겠습니까. 레이디를 기다리게 하는 것은 기사의 덕목이 아닌 것을요. 그 레이디가 나의 약혼녀라면 더더욱 기다리게 할 수 없지요."

회의실의 상황과는 전혀 어울리지 않는 경쾌한 목소리가 내 물음에 답했다.

"황, 황태자 전하!"

회의실의 문을 활짝 열고 들어오는 은발의 남자를 보며 앉아 있던 귀족들이 죄다 놀라 벌떡 일어섰다.

빛나는 황금색 눈동자가 회의실 안을 천천히 훑었다. 그와 시선이 마주친 이들의 반응은 각양각색이었다. 반가움에 얼굴이 밝아진 이들이 있는가 하면, 생각지도 않은 그의 등장에 처참하게 구겨진 얼굴들도 있었다. 개중에는 잘못이라도 저지른 듯 그의 시선을 피해 고개를 돌리는 자들도 있었다.

"제가 너무 늦은 것은 아니겠지요?"

"조금만 더 늦었으면 엘리언트 후작이 이곳을 죄다 뒤집어엎었을 게다."

황제의 대답과 동시에 가면처럼 무표정한 얼굴로 내 옆에 서 있던 아버지의 미간이 실금이 가듯 찌푸려졌다.

"그렇다면 제일 먼저 엘리언트 후작의 화부터 풀어야겠지만 안타깝게도 제 눈에는 아름다운 제 약혼녀만이 보이는군요."

시스가 나에게 다가와 내 손을 잡아 올렸다.

"그동안 수고 많았습니다. 뒷일은 나에게 모두 맡겨 주세요, 나의 비이."

은근슬쩍 아버지와 내 사이를 비집고 들어오는 그를 못마땅한 얼굴로 바라보자 그가 눈웃음을 치며 내 손을 자신의 입술에 가져다 대었다.

"부디 내게도 그대를 지킬 수 있는 기회를 줘."

나만이 들을 수 있는 작은 목소리로 속삭이며 그가 황금색 눈동자를 슬쩍 옆으로 움직였다. 그의 시선을 따라가자 여전히 무릎을 꿇은 채 앉아 있는 에반이 있었다.

시스의 시선이 다시 나를 향했다. 애정이 담뿍 담겨 있는 애교스런 표정과 달리 그의 눈동자에는 에반을 향한 질투가 서려 있었다.

에반이 나의 기사라는 것을 알면서도 시스는 그가 나의 곁에 있는 것을 탐탁지 않아 했다. 대외적으로는 피스온 상단의 주인이었기에 내 곁에 있을 수 있는 시간은 거의 없었음에도 불구하고 시스는 에반의 이름이 거론될 때마다 불편한 심기를 감추려고도 하지 않았다.

심지어 이번 일에 에반의 도움이 절대적으로 필요하다는 말에 화를 내며 계획 자체를 반대하기도 했었다. 끝내 내 뜻을 꺾지는 못했지만 시스는 여전히 에반의 개입이 못마땅한 듯 그를 향한 질투심을 노골적으로 드러냈다.

결국 한숨을 내쉬며 시스가 나서는 것을 승낙했다. 어차피 유모뿐이라면 모를까, 황족인 1황비까지 끌어내리기 위해서는 같은 황족인 시스가 전면에 나서는 편이 좋았다.

내가 뒤로 물러서겠다는 뜻을 비치자 시스가 기쁘다는 얼굴로 또다시 눈웃음을 쳤다. 비록 대외용이었긴 하지만 시스는 평소에도 미소가 잦은 남자였다. 하지만 최근에는 그 미소가 한층 더 업그레이드된 듯했다.

또다시 나오려는 한숨을 누르고 있던 내 이마에 그의 입술이 깃털처럼 내려왔다 떨어졌다. 나에 대한 애정을 과시하듯 보여 주는 시스의 노골적인 행동에 몇몇 귀족들의 얼굴이 일그러지는 모습이 보였다. 이번 기회에 자신의 딸을 시스의 옆자리에 앉히려던 꿍꿍이를 가지고 회의에 참석했던 이들이었다.

시스는 그들의 얼굴을 눈동자에 새겨 두려는 듯, 1명씩 곱씹어 가며 눈여겨보기 시작했다. 시스의 날카로운 눈빛과 마주친 이들은 그의 시선을 외면하며 고개를 모로 돌렸다.

회의장 안을 맴돌던 시스의 시선이 한 곳에 멈췄다. 얼음처럼 차가운 눈빛과 달리 그의 얼굴은 꽃이 만개하듯 더욱 화사해졌다.

"공사다망하신 분들이 이리 한자리에 모여 계시다니, 제가 자리를 비운 동안 무슨 큰일이라도 났었나 봅니다?"

눈치가 조금이라도 있는 자라면 시스의 등장만으로도 그동안 그의 중환이 거짓이었음을 충분히 눈치챘을 것이다.

모르긴 몰라도 지금 이 순간 1황비의 머릿속은 섬광보다도 빠르게 돌아가고 있을 터였다. 하지만 썩어도 준치라는 말처럼 시스를 대하는 1황비의 모습은 조금 경직된 것을 제외하면 평소와 다름없이 의연했다.

"의식조차 없다고 하여 심히 걱정하고 있었습니다. 이리 건강한 모습을 직접 보니 참으로 다행입니다, 황태자.”

“걱정해 주셔서 감사합니다, 1황비마마. 이제 보니 제가 이리 무사히 깨어난 것은 모두 1황비마마께서 걱정해 주신 덕분인 것 같습니다.”

시스의 입매가 부드럽게 곡선을 그으며 올라가는 것과 달리 1황비의 입가가 경련을 하듯 잘게 떨리며 올라갔다.

“한데, 그동안 꽤 바쁘셨던 모양입니다?”

“내가 아무리 바빴다 한들 황태자만 했을까요.”

두 남녀 사이에 보이지 않는 불꽃이 튀었다. 두 사람 사이에서 시작된 팽팽한 긴장감이 회의실 안을 가득 채웠다.

“물론 저도 꽤 바빴지요. 분수도 모르고 제 것이 아닌 것을 욕심내는 그 누구 때문에 말입니다.”

이를 앙다문 듯 입가가 단단해지는 1황비와 달리 시스의 미소가 더욱 짙어졌다. 사르륵 달콤하게 접히는 눈가와 달리 그의 눈동자는 사냥감을 노리는 맹수의 그것처럼 살기를 품었다.

“안으로 들어오시지요.”

시스의 말이 끝나자마자 또다시 회의실의 문이 열리고 검은 로브를 깊숙이 둘러쓴 세 인영이 회의실 안으로 들어왔다.

“검, 검은 사제!”

“그들이 어째서⋯⋯.”

귀족들 사이에서 경악성이 터져 나왔다. 로브를 깊숙이 눌러쓴 탓에 얼굴은 볼 수 없었지만 그들이 입고 있는 검은 로브와 금실로 소매에 수놓아진 국화꽃만으로도 그들의 정체를 충분히 알 수 있었다.

사실 검은 사제들의 얼굴을 아는 사람은 없었다. 그들이 모습을 드러내는 일은 극히 드물었고, 그들은 역사상 단 한 번도 자신들의 얼굴을 공개한 적이 없었으니 말이다.

3명의 검은 사제 중 가장 앞에 서 있던 검은 사제가 황제를 향해 고개를 살짝 숙였다.

"중계자가 제국의 태양을 뵙습니다."

남자인 듯 혹은 여자인 듯 성별을 알 수 없는 목소리가 회의실 안을 울렸다.

"어서 오시오, 검은 사제들이여."

검은 사제는 환영한다는 황제의 인사말에 목례를 하는 것으로 예의를 다했다는 듯 바로 몸을 돌려 나에게 다가왔다.

"엘리언트 영애."

기계음이라도 섞인 듯 묘한 울림이 담긴 검은 사제의 목소리가 나를 불렀다.

검은 사제를 보는 것은 이번이 처음은 아니었다. 그들은 황제의 즉위식에는 언제나 모습을 드러냈고, 즉위하는 황제가 정통 혈통임을 제국민들이 보는 앞에서 증명했으니 말이다. 검은 사제들은 당연히 시스의 즉위식에서도 모습을 드러냈었다. 나는 황후로서 시스의 바로 곁에서 검은 사제들을 보았다. 그때나 지금이나 그들의 소리 없는 움직임이나 기묘한 목소리는 인간 같아 보이지 않았다.

"손을."

검은 사제가 나를 향해 손을 내밀었다. 검은 장갑에 감싸인 그의 손은 내 손보다 조금 커 보였다.

손의 크기만큼 검은 사제의 키는 나보다 한 뼘 정도 컸다. 나에게 가까이 다가온 그를 자연스럽게 올려다보는 형국이 되었다. 무슨 방법을 썼는지 바로 앞에서 올려다보고 있음에도 검은 사제의 얼굴은 로브에 가려 전혀 보이지 않았다.

내가 그를 향해 손을 내밀자 뒤에 서 있던 또 다른 검은 사제가 찰랑거리는 투명한 액체가 담긴 그릇을 가져왔다.

차가운 장갑의 느낌과 함께 따끔거리는 통증이 손가락에서 느껴졌다. 날카로운 단도의 날을 타고 흘러 내려간 붉은 피가 퐁당거리는 소리를 내며 액체가 담긴 그릇으로 떨어졌다. 맑은 물에 잉크 방울이 퍼지듯 붉은 피가 투명한 액체 사이로 빠르게 퍼져 나갔다.

꿀꺽하는 마른침을 넘기는 소리가 들렸다. 그것이 타인이 낸 소리인지 내가 낸 소리인지 구분할 수 없을 만큼 긴장하며 그릇 안을 주시했다.

검은 사제가 그릇을 살짝 흔들자 그릇에 담긴 액체가 회오리를 치며 움직였다. 붉었던 피는 액체의 움직임에 따라 희석되어 색이 옅어지는 듯 보였다.

"오오!"

"저럴 수가!"

사라지는 듯했던 붉은색이 차츰 황금색으로 변하기 시작했다. 황실의 핏줄을 상징하는 황금색이 떠오른 것이다.

"거짓이야! 모두 거짓이란 말이다!"

2명의 기사에게 몸이 단단히 잡힌 유모가 몸부림치며 악을 썼다. 황제는 미친 사람처럼 고함을 지르는 유모를 가리키며 소리쳤다.

"황실을 우롱한 저 계집을 끌어내라. 내 친히 저 계집의 죄를 물어 단죄할 것이다."

"이럴 수는 없어! 이럴 수는 없단 말이야! 더럽게 운도 좋은 년……!"

유모의 몸을 붙들고 있던 기사가 악을 쓰던 그녀의 머리를 칼등으로 쳐 기절시켰다.

정신을 잃은 채 기사들에 의해 질질 끌려가는 유모를 바라보는 내 손을 따스한 손이 감싸 쥐었다. 어느새 다가온 아버지가 안쓰럽다는 눈빛으로 나를 내려다보고 있었다. 숨은 의도야 어쨌든 그녀는 부모에게조차 방치되다시피 했던 나를 키워 준 사람이었다. 그런 그녀의 악귀와 같은 모습에 아버지는 내가 상처라도 받았을까 염려하고 있는 듯했다.

"괜찮습니다."

아버지를 안심시키려고 하는 말이 아니라 정말로 아무런 느낌이 들지 않았다. 원망, 분노 그 어떤 것도 말이다.

"비욘느?"

유모가 기사들에 의해 끌려 나가고 회의장이 어수선해진 순간 찌르는 듯한 시선이 느껴졌다. 본능적으로 시선의 근원지를 향해 몸을 돌렸다. 갑작스럽게 몸을 트는 나를 아버지가 의아한 듯 불렀지만 나는 그런 아버지의 부름에 바로 대답할 수가 없었다.

검은 사제의 눈동자와 마주쳤다고 느낀 순간, 주변의 소음이 모두 차단되고 검은 사제와 나 둘만이 독립된 공간에 존재하는 것처럼 느껴졌기 때문이었다.

분명 이상한 일이었다. 로브를 둘러쓰고 있는 검은 사제의 얼굴은 여전히 티끌만큼도 보이지 않았다. 그럼에도 불구하고 나는 그와 눈이 마주쳤다고 본능적으로 느끼고 있었다.

스르륵 얼음 위를 미끄러져 오듯 검은 사제가 소리 없이 내 앞으로 다가왔다. 찰나라고도 할 수 있을 정도로 순식간에 일어난 일이었다.

장갑 낀 그의 손등이 내 뺨을 훑었다. 얼음보다 차가운 한기에 저절로 몸이 부르르 떨렸다. 그런 내 반응에 그가 웃는 듯 잘게 몸을 흔들었다.

"부디 이번 생엔 또다시 후회하는 일이 없기를 나……."

남자인 듯 혹은 여자인 듯 성별을 알 수 없는 그의 목소리와 함께 들리는 기묘한 울림에 머리카락이 쭈뼛 서는 느낌을 받았다. 그가 뒤에 무슨 말을 더 한 것 같았지만 둔탁해진 머리는 그의 말을 더 이상 담지 못했다.

"비욘느?"

몸이 흔들리는 느낌에 아득해졌던 정신이 돌아왔다. 눈을 몇 번 깜빡이고 나서야 천천히 시야가 확보되기 시작했다. 선명해진 시야에는 아버지가 걱정이 가득한 얼굴을 하고 나를 내려다보고 있었다.

"설마 어디 아픈 게냐?"

"아닙니다. 그보다 검은 사제가……."

"검은 사제들은 이미 돌아갔다."

아버지의 말에 정신이 번쩍 들었다. 서둘러 주위를 두리번거렸지만 아버지의 말대로 검은 사제들의 모습은 전혀 찾을 수 없었다. 마치 방금 전 일이 꿈이라는 듯이.

"그들이 언제 갔습니까?"

"네 혈통을 증명하고 바로 회의실을 나갔지 않느냐. 정말로 괜찮은 게냐?"

"안색이 너무 창백하군."

괜찮다는 말을 하기도 전에 시스가 나에게 다가와 손으로 내 이마를 짚었다. 나는 그의 손목을 잡아 내리며 다급하게 물었다.

"검은 사제가 제게 한 말을 들으셨습니까?"

나의 물음에 아버지와 시스의 얼굴이 동시에 의아하다는 표정으로 변했다.

"그들은 아무 말도 하지 않았다."

"너무 피곤한 모양이군. 뒷일은 모두 내게 맡기고 그대는 이만 돌아가는 것이 좋겠어."

시스가 안쓰럽다는 얼굴로 내 뺨을 감싸 쥐었다. 검은 사제에 대해 묻고 싶은 말은 많았지만 그저 고개를 저어 보이는 것으로 대신했다.

지금은 검은 사제에 대한 것보다 회의에 집중할 때였다. 내가 눈을 뜬 채로 꿈을 꾼 것인지, 아니면 그들이 무슨 특별한 능력을 써서 내게만 말을 남기고 간 것인지 알아보는 것은 회의가 끝나고 나서 해도 늦지 않을 것이다.

"괜찮습니다. 끝까지 남아 있겠습니다."

"하지만……."

"엘리언트 영애의 혈통에 아직도 이의를 제기할 자가 있는가?"

시스가 무슨 말을 더 하려 했지만 황제가 그보다 빨랐다. 1황비가 개최한 회의는 이제 끝을 향해 가고 있었다. 내가 눈짓을 하자 그와 아버지가 마지못해 황제에게로 시선을 옮겼다.

황제의 물음에 아무도 대답하지 못했다. 여기서 반박한다는 것은 황가의 혈통을 증명하는 검은 사제들을 정면으로 부정하겠다는 것은 물론, 더 나아가 그들이 수호하는 황가의 혈통 또한 부정하겠다는 말과 같았기 때문이었다. 앞으로 그 누구도 내 혈통에 대해 다시는 이의를 제기하지 못하게 된 것이다.

"1황비는 할 말이 있는가?"

"없…… 습니다."

황제의 물음에 1황비가 입술을 짓씹듯 힘겹게 답했다.

"엘리언트 영애의 혈통에 문제가 없음을 선포한다."

황제의 말은 공식적인 서면에 남을 것이고, 후에 이 일에 대해 또다시 이의를 제기하는 자가 있다면 황제의 이름으로 엄벌에 처해지게 될 것이다.

이로써 그동안 나를 둘러싸던 악의적인 소문들은 더 이상 나오지 않을 것이다. 그것을 위한 계획이었고, 결과는 내 승리로 끝났다. 그리고 마지막 싸움이 남아 있었다.

"이곳입니다."

병사의 안내를 받아 어둡고 축축한 지하실의 계단을 내려가니 창살 안으로 웅크린 여인이 보였다. 고문을 당한 흔적은 없었지만 한동안 씻지 못한 듯 여인의 행색은 더럽고 지저분했다.

나가라는 손짓을 하자 미리 언질을 받은 듯 머뭇거리는 기색도 없이 병사가 밖으로 나갔다. 병사의 발소리가 멀어지고 나와 여인만이 남은 감옥 안에는 침묵만이 감돌았다.

"꽤 볼만한 모습이구나."

정적을 깨는 내 목소리에 유모가 웅크리고 있던 몸을 폈다. 썩은 동태처럼 죽어 있던 눈동자가 내 얼굴을 보는 순간 독기로 차올랐다.

"감옥 구경이라도 하러 오셨소? 참으로 귀족다운 고상한 취향이시구려."

잔뜩 날이 선 목소리는 녹슨 쇠를 긁는 듯 거칠었다. 대답 대신 그녀가 있는 창살 안으로 주머니 하나를 던졌다.

툭.

투박한 소리와 함께 바닥에 떨어진 주머니의 입구가 열리며 흰색 가루가 흘러나왔다.

"네가 지니고 있던 거라 들었다."

유모가 입을 다물고 나를 노려보았다.

"사막에 카약이라는 식물이 있다더군. 카약의 진액을 말린 가루를 복용하면 불안이 가시고 심신이 안정되지만 장기간 복용을 하게 되면 중독이 되는 것은 물론 환각을 일으킨다지?"

유모의 얼굴이 굳어졌다.

카약은 사막에서도 가장 뜨겁고 건조한 지역에서만 서식하는 식물로 존재를 알고 있는 사람도 극히 드물었다. 나 또한 에반이 알려 주지 않았다면 그런 식물이 있다는 것조차 몰랐을 것이다.

"어머니에게도 그 가루를 먹인 건가?"

내 물음에 유모가 입술을 비틀어 올렸다. 굳이 그녀의 대답을 듣지 않아도 사실 이미 답은 알고 있었다.

카약이라는 식물에 대해서는 몰랐지만 주머니 안에 들어 있던 가루는 나에게 무척 익숙한 것이었다. 정확히는 은은하게 피어오르는 달짝지근한 카약의 향이 말이다. 말린 카약 가루에서는 그때의 내가 즐겨 마시던 차와 똑같은 향기가 났다. 유모는 나를 중독시켰던 것처럼 후작 부인도 중독시켰던 것이다. 누구도 모르게 천천히, 심지어 자기 자신조차도 모르게 말이다.

"큭큭, 겨우 그것이 궁금해서 예까지 오셨소?"

유모가 가래 섞인 소리를 내며 웃기 시작했다. 무엇이 그리 웃긴 것인지 한참 동안 큭큭거리며 웃던 유모가 얼굴에 웃음기를 지우고 몸을 일으켰다.

"더럽게 운도 좋은 년!"

악의로 번들거리는 눈동자가 정면에서 나를 노려봤다.

"진작 네년도 시오나처럼 만들었어야 했어!"

버석하게 마른 손가락이 창살을 부여잡았다. 시체처럼 창백한 피부 사이로 검푸른 힘줄이 성이 난 듯 불퉁거렸다.

"그래, 내가 그것을 네 어미에게 먹였다. 멍청한 년은 그것이 독인 줄도 모르고 잘만 처먹더군."

그녀의 얼굴에 또다시 비웃음이 서렸다.

"내 거짓말에 속아 질질 짜는 얼굴이 꽤 볼만했지. 후작의 사생아를 낳은 여자가 제 자리를 빼앗을 거라는 말에 벌벌 떨던 꼴이라니."

"……생각해 봤지. 왜 그랬을까?"

악에 받쳐 소리치는 유모를 향해 담담히 말을 시작했다.

"가만히만 있었어도 넌 내 곁에서 호의호식할 수 있었어. 그런데 왜 굳이 내 명령까지 어겨 가며 란트를 쫓아내기 위해 기를 썼을까? 네가 나에게 속살거린 것처럼 억울하게 죽어 간 어머니를 위해서?"

나는 잠시 숨을 고른 후, 이어 말했다.

"아니, 네게 어머니는 충성의 대상이 아니었어. 그저 그녀의 곁에서 기생한 것뿐이지."

"그게 잘못인가? 네 어미는 그저 운이 좋아 귀족으로 태어난 것일 뿐, 그 어느 것 하나 나보다 잘난 것이 없었어. 모든 면에서 그년보다 내가 훨씬 더 나았단 말이다! 그 멍청한 년이 아닌 내가 귀족으로 태어났어야 했다고!"

광기로 번들거리는 눈동자는 그녀가 온전히 제정신을 유지하지 못하고 있다는 것을 대변해 주고 있는 것 같았다. 어렴풋이 느끼고 있었지만 이로써 확실해졌다. 그녀는 후작 부인뿐만 아니라 자기 자신 또한 카약에 중독되어 있었던 것이다.

"저것을 어디서 구했지?"

악을 써 대며 말을 하던 그녀가 언제 그랬냐는 듯 입을 다물어 버렸다. 광기에 사로잡혀 있긴 하지만 적어도 제대로 생각을 하고 있다는 뜻이었다. 알아내고 싶은 것은 충분히 알아낼 수 있을 만큼 말이다.

"어머니가 남긴 재물이 생각보다 적더군."

"……."

"아버지와 결혼할 때 외할아버지가 장만해 준 예물만 해도 천문학적인 금액이라고 들었는데 말이야."

유모가 나가고 집안의 내정을 내가 맡게 되면서 의문이 생겼다. 후작 부인에게 배당된 금액은 대체 어디로 간 것일까? 그녀는 상당한 시간 동안 집 안에서만 두문불출했을 뿐, 사교 활동을 전혀 하지 않았다. 사교 활동을 하지 않은 그녀가 돈을 쓸 일은 많지 않았다. 그럼에도 불구하고 매년 그녀에게 배당되었던 금액은 단 한 푼도 남아 있지 않았다.

"너는 대체 그 돈들을 어디에 썼을까?"

사치에 빠져 있던 그때의 나는 사는 것에만 관심이 있을 뿐, 그 뒤 그 물건들이 어찌 되었는지는 관심을 둔 적이 없었다. 나는 한 번 걸친 장신구와 드레스는 다시 걸치지 않았고, 그것들의 처리는 유모가 모두 관리했었다. 내 명의로 되어 있는 영지에서 거둬들이는 세금과 내탕금의 관리까지 모두 말이다.

그때에는 몰랐지만 당시에 내 모든 사치를 감당했던 것은 피스온 상단이었을 것이다. 에반과 아나샤는 절대 외할아버지의 유언을 어길 사람들이 아니었다. 그들은 그들 나름대로 당시의 나에게 최선을 다했을 것이다.

그렇다면 유모는 그 많은 돈들을 어디에 썼던 것일까?

"너는 그렇게 많은 돈이 왜 필요했을까?"

붉게 충혈된 눈동자가 처음으로 가늘게 떨렸다.

그녀가 노골적으로 나에게 반기를 든 이유를 생각해 보았다. 아무리 복수가 하고 싶어도 그녀는 평민이었고 나는 귀족이었다. 목숨을 내놓지 않으면 결코 할 수 없는 일이었다. 목숨을 걸고 복수를 한다고 할 수도 있겠지만 나와 그녀는 철천지원수가 아니다. 적어도 표면상으로는 말이다.

그렇다면 그녀에게 목숨보다 중요한 것이 있다는 소리가 된다. 자신의 목숨을 걸고 1황비와 거래할 것이 무엇이 있을까?

"최근 서부의 어느 남작가가 돈을 물 쓰듯이 쓴다는 소리를 들었지."

유모의 얼굴이 점점 창백해지며 눈동자가 요동치기 시작했다.

"거의 망해 가던 남작가가 어디서 그 많은 돈이 생겼을까?"

"무, 무슨 소리를……."

창살을 움켜쥔 그녀의 손이 덜덜 떨리기 시작했다. 나는 미소를 지으며 그녀의 앞에 얼굴을 바짝 대었다.

"몸이 약해 어릴 때부터 요양을 떠나 있던 남작의 딸이 최근 돌아왔다지? 그런데 이상하단 말이야. 그 전에는 아무도 남작에게 딸이 있다는 소리를 들은 적이 없다더군. 심지어 남작의 혈육들조차 말이야. 왜일 거 같아?"

유모가 입술을 잘근잘근 씹으며 나를 노려봤다. 나는 얼굴에 머금고 있던 미소를 지웠다.

"자금줄이 끊어진 줄 알게 되면 남작이 그 딸을 어찌할까?"

나는 뜸을 들이듯 말을 멈추고 지그시 그녀를 바라봤다. 그런 내 태도가 그녀의 불안감을 더욱 부추기길 바라며 말이다.

"너도 알다시피 1황비는 절대 너와의 약속을 지키지 않을 거야. 네가 죽으면 네 딸 또한 남작가에서 버려지겠지."

"어떻게!"

유모가 믿을 수 없다는 듯 소리쳤다.

어떤 방법을 어떻게 썼는지 모르겠지만 유모는 아무도 모르게 딸을 낳았다. 그리고 자신의 딸이 자랄수록 욕심 또한 자란 것 같았다. 자신의 딸을 평민이 아닌 귀족으로 만들기 위해 명맥만 겨우 유지하고 있던 남작가와 계약을 했다. 자신의 딸을 남작의 딸로 둔갑시키는 대신 남작가에 필요한 모든 자금을 대 주겠다고 말이다.

란트를 기를 쓰고 내보내려고 한 것 또한 그런 이유 때문이었다. 란트가 존재하는 한 후작가의 모든 것은 내 것이 될 수 없으니 말이다.

"그 아이 널 닮았다더군."

에반은 내 명이 있은 후부터 계속 서부를 주시하고 있었다. 모든 초점이 데이샤 공작가에 맞춰져 있긴 했지만 꼼꼼한 에반은 주변도 소홀히 두지 않았다. 그런 에반의 눈에 최근 눈에 띄게 돈을 써 대는 남작 가문이 들어왔고, 남작가의 자금 출처를 조사하던 중 후작 부인이 처녀 적 쓰던 장신구들이 나왔다. 오래된 물건들이었지만 피스온 상단이 후작 부인의 장신구를 몰라볼 리가 없었다.

나의 부탁을 받은 시스는 남작을 압박했고, 결국 진실을 알아낼 수 있었다.

"그 아인 아무 잘못 없어! 그 아이를 건드린다면 가만두지 않을 거야! 널 죽여 버릴 거라고!"

"그 안에 있는 네가 무얼 할 수 있을까?"

"나는……."

"내일이면 형장의 이슬로 사라질 네가 할 수 있는 일은 없어. 네 아이가 어떤 식으로 처참한 삶을 살게 될지 혼령이 되어 구경하려무나."

"아아아아악!"

그녀의 비명을 들으며 몸을 돌렸다. 한 발 한 발 천천히 그녀와의 거리를 벌렸다.

"살려 주십시오!"

잠시 발을 멈추자 그녀가 애원하기 시작했다.

"그 아이만은 살려 주십시오. 제발, 제발 부탁드립니다, 아가씨."

"내가 왜 그래야만 하지?"

"제발, 옛정을 생각해서라도……."

그녀의 말이 끝나기도 전에 몸을 돌렸다. 그녀가 주저앉은 채로 나를 올려다보고 있었다. 나는 그녀에게 다가가 허리를 숙여 그녀와 시선을 똑바로 마주했다.

"더 이상 남아 있는 정 따위는 없지만 네 말대로 옛정을 생각해서 기회를 주지. 다시 한 번 묻겠다. 저 가루는 어디서 났지?"

유모의 시선이 차가운 돌바닥에 흩어진 하얀 가루를 향했다.

"저것은…… 저것은……."

불안한 듯 이리저리 눈동자를 굴리던 그녀가 급기야 손가락을 물어뜯기 시작했다.

"네 딸이 걱정되지 않나 보군."

"이, 이나야리입니다!"

"이나야리?"

내가 인상을 찌푸리자 유모가 재빨리 뒷말을 이었다.

"정확히는 이나야리와 거래를 하는 상인입니다."

"상인?"

"네, 자신은 약간이지만 이나야리의 피가 흐르기 때문에 그들과 거래를 할 수 있다며 이나야리만이 채취할 수 있는 진귀한 약품도 취급할 수 있다고 했습니다. 진귀한 거라 누구도 알아채지 못할 거라며……."

"정확히 그자가 누구지?"

"모, 모릅니다."

내가 또다시 인상을 쓰자 그녀가 다급하게 소리쳤다.

"정말로 모릅니다. 어쩌다 우연히 알게 된 자입니다."

"그에게서 물건을 살 때는 어떻게 하지?"

"약이 떨어질 때가 되면 그가 먼저 연락을 해 옵니다."

"연락 방법은?"

"매번 다릅니다. 돈으로 산 심부름꾼이 올 때도 있고 편지로 올 때도 있습니다. 정말입니다, 아가씨!"

그녀가 거짓말을 하는 것 같지는 않았다.

'예전에는 존재만 알고 있었던 이나야리가 어째서 이번에는 이토록 자주

언급되는 것일까?'

결국 유모에게 알아낼 수 있는 정보는 여기까지인 듯했다. 나는 미련 없이 몸을 돌려 그곳을 빠져나왔다. 뒤에서 그녀의 처절한 절규가 들렸지만 모두 그녀의 자업자득이었다.

나는 유모의 딸을 해할 생각도 없지만 굳이 도와줄 생각도 없었다. 그녀의 딸을 살려 두는 것만으로도 난 내 도리를 다한 것이다. 유모와의 연은 이제 모두 끝났으니 말이다.

16막. 회상

"무슨 일이지?"

"황태자 전하께서 오셨습니다."

집사의 보고에 저절로 미간이 찌푸려졌다. 그날 이후, 시스는 눈코 뜰 새 없이 바빴다. 황태자로서 여러모로 혼란스러워진 상황들을 수습해야 했기 때문이었다. 그는 최근 잠잘 시간도 없이 뛰어다니고 있었다. 한가하게 나를 만나러 올 시간 따위는 없을 터였다.

'그런 그가 왜 이런 늦은 시간에?'

그가 온 이유가 궁금하기는 했지만 바로 만나러 가기에는 정리해야 할 것들이 많았다. 어쩔 수 없이 집사에게 그를 맞이하라는 명령을 할 수밖에 없었다.

"응접실로 모시도록."

"알겠습니다."

집사가 나가고 보고 있던 서류와 초대장들을 서둘러 정리했다.

현재 아버지는 엘리언트 가문이 소유한 영지에 내려가 있는 상태였다. 아무리 수도와 가까운 곳에 위치해 있다고 하더라도 영지와 수도를 왕복하는 것만으로도 꽤 많은 시일이 필요했다.

하루 동안에도 가주의 결재가 필요한 곳은 많았다. 아버지는 떠나기 전 가주의 인장을 내게 건네줌으로써 가주의 부재 시 일어날 수 있는 모든 일에 대한 권한을 내게 위임해 놓은 상태였다.

대충 정리해 놓은 서류들을 한쪽으로 치우고 분류해 놓은 초대장 중 하나를 들어 올렸다. 엥그라일 후작가에서 온 티파티 초대장이었다.

귀족 여인들은 보통 성인식을 치른 후에 사교 활동을 시작했다. 파티의 종류와 규모는 소수 인원이 모이는 작은 티파티부터 황실에서 주최하는 황궁 파티까지 다양했다.

하지만 아무리 다양한 사교 장소가 있다고 한들, 열리는 모든 파티에 참석할 수 있는 것은 아니었다. 성인식을 치른 귀족이라 할지라도 초대장을 받지 않는 이상 파티에 마음대로 참석할 수는 없는 노릇이니 말이다.

그런 의미에서 황태자의 약혼녀인 나에게 오는 초대장은 손으로 다 꼽을 수 없을 정도로 많았다. 권력의 중심이 될지도 모르는 나와 조금이라도 가까워지길 원하는 이들이 많았기 때문이다.

사교계는 안중에도 없던 예전이라면 내 앞으로 온 초대장이 얼마나 되었든 무시했을 것이다. 하지만 지금은 그때와 달랐다.

이미 시스의 곁에 있기로 마음먹었다. 그의 곁에서 반드시 행복해질 생각이었다. 그러기 위해서 권력은 필수였다.

내가 원하든 원하지 않든 시스는 황제가 될 것이다. 그는 황제가 되기 위해 태어나 자라 온 사람이니 말이다.

적당한 각오로는 절대 그의 곁에서 버틸 수 없었다. 안일하게 생각했다가 실패하는 것은 한 번으로 족했다.

생각을 정리하며 책상을 두드렸다. 손가락 끝과 책상의 면이 부딪히며 톡톡거리는 소리가 리드미컬하게 울려 퍼졌다.

이리저리 생각해 봐도 엥그라일 후작 부인의 티파티는 여러모로 나에게 좋은 기회였다. 그녀는 대놓고 나서는 성격은 아니었지만 기본적으로 온화한 성품과 무난한 사교성으로 은근히 사교계 안에서 발이 넓은 편이었다.

그녀는 황족 출신의 고위 귀족이었지만 특이하게도 신분의 고하를 크게 따지지 않았고, 막역지우인 비즈델 남작 부인 덕에 예술에도 조예가 깊어 예술가들을 위한 살롱도 자주 열었다.

그래서인지 엥그라일 후작 부인이 여는 티파티나 살롱은 귀부인들에게 인기가 많았고, 다양한 인물들이 모이곤 했다. 내가 누구인지 보여 줄 자리로는 충분했다.

엥그라일 후작 부인의 티파티 초대장만을 따로 빼 두고, 나머지는 한쪽으로 치워 버렸다. 초대된 모든 곳을 방문할 필요는 없었다.

자리를 털고 일어나 서재 밖으로 나오니 집사가 나를 기다리고 있었다. 그는 미약하긴 했지만 충분히 알 수 있을 정도로 곤란한 표정을 짓고 있었다.

"무슨 일이지?"

원래대로라면 내가 응접실로 갈 때까지 그는 시스의 곁을 지키고 있어야 했다. 오랫동안 아버지의 곁에서 엘리언트가의 집사로 일한 그가 그러한 기본적인 사실을 모를 리가 없었다.

"황태자 전하는 란트 도련님이 모시고 계십니다."

"란트가?"

역시나 집사는 자신의 본분을 잊은 것이 아니었다. 하지만 집사의 대답은 몹시 뜻밖이었다.

"그 아이가 어째서?"

"저도 이유는 모르겠습니다만 황태자 전하를 응접실로 모시는 중에 란트 도련님이 오셨습니다."

란트는 시스뿐만 아니라 집안에 손님이 와도 나와 보지 않던 아이였다. 물론 엘리언트가에 온 손님이라고는 한 손에 꼽을 정도였지만 말이다.

어쨌든 란트는 잘 알지도 못하는 타인과 마주하는 것을 좋아하지 않았다.

아무래도 어릴 적 시녀들에게 당한 일이 트라우마가 된 것 같았다.

나와 아버지는 란트에게 사교성을 키우라 강요하지 않았다. 사교성이 없어도 살아가는 것에는 전혀 문제가 없기도 했지만 엘리언트 가문 정도라면 사교성이 없다 하더라도 사람들이 알아서 달라붙었다. 성격에도 맞지 않는 일을 벌써부터 강요할 필요가 없었다.

'무엇보다 란트에게 사교성을 기르라 잔소리할 만큼 나와 아버지의 사교성 또한 좋다고 볼 수 없단 말이지.'

"그럼 지금 시스, 아니 황태자 전하와 란트가 같이 있다는 거야?"

"네, 아가씨."

생각지도 않던 조합이지만 딱히 나쁘지는 않았다. 앞으로의 일을 생각하자면 둘이 친해지는 것이 좋을 테니 말이다. 형제가 없는 란트에게 시스는 좋은 형이 되어 줄 수도 있을 것이다. 상상만으로도 가슴이 따듯해지는 느낌이 들었다.

물론 그러한 생각은 응접실을 들어선 순간 언제 그랬냐는 듯 순식간에 사라졌지만 말이다.

"누님!"

"비이!"

응접실 안으로 들어서자마자 멀찍이 떨어져 앉아 있던 두 남자가 동시에 나를 부르며 다가왔다.

"누님이 오실 때까지 제가 대신 손님을 대접하고 있었어요."

시스보다는 란트의 행동이 더 빨랐다. 아이는 칭찬해 달라는 얼굴로 쪼르르 달려와 내 허리를 순식간에 감싸 안았다.

앳된 얼굴과 달리 란트는 나보다 한 뼘이나 더 크고 체격도 좋았다. 자기 딴에는 내 품에 안긴다고 한 것이었지만 실제로는 내가 란트의 품에 안긴 형상이 되었다.

애교를 부리듯 목덜미에 얼굴을 비비는 란트의 머리카락을 부드럽게 쓸어 주며 아이가 원하는 대답을 해 주었다.

"잘했구나."

나의 칭찬에 기분이 좋은 모양이지, 아이가 키득거리며 더욱 깊이 목덜미를 파고들었다.

으득.

이를 가는 소리에 고개를 드니 시스가 인상을 험악하게 구기고 나를 노려보고 있었다.

"무슨 일이 있으십니까?"

"무슨 이- 일?"

나의 물음에 그가 말끝을 길게 늘이며 더욱 인상을 구겼다. 나는 이해할 수 없는 그의 행동에 고개를 갸웃거릴 수밖에 없었다.

그가 이처럼 기분 나빠하는 모습을 본 것은 에반과의 사이를 오해하고 화를 냈을 때 빼고는 처음 있는 일이었다.

지금은 에반도 없었고 딱히 그의 신경을 건드릴 만한 일을 한 적도 없었다. 곰곰이 생각해 봐도 그가 기분 나빠 할 일은 딱히 떠오르지 않았다.

'하던 일이 잘 안 풀리는 건가?'

"일이 생각보다 어려운 모양이군요."

결국 생각나는 것은 한 가지밖에 없었다. 하지만 나의 대답이 틀린 것일까?

"하아!"

그가 기가 차다는 얼굴로 자신의 머리카락을 마구 헝클어뜨렸다. 목덜미에 얼굴을 묻고 있던 란트가 살짝 고개를 드는 것이 느껴졌다.

"빌어먹을!"

그가 또다시 얼굴을 구기며 거친 욕설을 나직이 내뱉었다. 황금빛 눈동자가 천적을 앞에 둔 듯 살벌하게 내 목덜미를 향했다. 그를 따라 시선을 내리니 란트가 나를 바라보며 배시시 웃고 있었다.

'이런.'

아이를 향해 마주 웃어 주며 여전히 인상을 구기고 있는 시스를 흘긋 바라보았다. 분위기를 보아 나를 기다리는 동안 란트와 무슨 일이 있었던 모양이었다.

잔뜩 화가 나 보이는 시스보다는 눈망울을 말똥거리며 나에게 집중하고 있는 란트에게 대답을 듣는 것이 훨씬 수월할 것 같았다.

"전하와 무슨 일이 있었니?"

"아니요."

란트가 영문을 알 수 없다는 얼굴로 고개를 저었다. 아이의 도리질에 부드러운 머리카락이 목덜미를 간질였다.

"쿡."

나도 모르게 웃음이 새어 나왔다고 느낀 순간, 거친 손길이 내 팔을 잡아챘다.

"이게 무슨 짓입니까?"

지금까지 한 번도 화내는 모습을 보이지 않던 란트가 굳은 얼굴로 소리쳤다. 시스가 그런 란트를 향해 이를 드러내며 으르렁거렸다.

"언제까지 붙어 있을 생각이었지?"

"언제까지 붙어 있던 전하와 무슨 상관이 있습니까."

"내 약혼녀다."

내 허리를 감싸고 있던 시스의 팔에 힘이 들어갔다. 강하게 당기는 힘에 내 몸이 자연스럽게 그의 품에 안겼다.

"제 누님입니다."

란트가 질 수 없다는 듯 소리치며 내 손목을 붙잡았다.

"형제보다는 남편이 더 가까운 법이지."

"누님에게는 아직 남편이 없습니다만?"

"곧 내 비가 될 예정이야."

"아직은 아닙니다."

진지한 얼굴로 공방을 펼치는 두 남자의 모습에 어처구니가 없어 할 말을 잃어버렸다.

"곧 결혼할 거라니까?"

"그거야 두고 보면 알겠지요."

"지금 그 말 나중에 후회하지 않을까, 처.남?"

"절대 그럴 일 없습니다, 황태자 전.하."

시스의 황금빛 눈동자에 불꽃이 튀였다. 란트 또한 그에게 지지 않겠다는 듯 두 눈을 부릅떴다.

란트야 어려서 그렇다 치고 이 남자, 애를 상대로 정말 유치하기 짝이 없었다.

"두 사람 모두 손부터 놔주시겠습니까?"

내 말에 화들짝 놀라며 재빨리 손을 놓는 란트와 달리 시스는 내 허리를 감싼 팔을 풀지 않았다.

"놓으시지요, 전하."

"시스."

그가 불퉁한 얼굴로 자신을 가리켰다. 아이 같은 그 모습에 결국 한숨을 내쉬고 말았다.

"놓아주십시오, 시스."

"싫어."

그가 거절을 말을 내뱉는 순간 욱하고 혈압이 치밀어 올랐다. 더 이상 말은 필요 없었다. 발을 들어 올린 다음 바로 그의 발등 위로 내리꽂았다.

"윽!"

신음 소리와 함께 내 허리를 감싸고 있던 시스의 팔에서 힘이 풀렸다. 그의 품에서 빠져나와 구겨진 드레스 자락을 정리하고 있자 란트가 조심스레 나를 불렀다.

"누, 누님?"

"왜 그러니, 란트?"

눈을 동그랗게 뜨고 입술을 뻐끔거리는 아이를 향해 온화한 미소를 지어 주었다. 란트가 혼란스러운 눈빛으로 발등을 잡고 낑낑거리는 시스와 나를 번갈아 바라보았다.

란트는 통쾌함과 걱정스러움이 섞인 오묘한 표정을 지으며 나를 향해 조심스레 물었다.

"괜…… 찮을까요?"

'그는 황태자잖아요!'

란트의 표정만으로도 무엇을 생각하는지 알 수 있었다. 지금껏 시스에게 대들던 용기는 어디로 갔는지 아이가 안절부절못하는 것이 보였다. 나는 푹신한 소파에 몸을 묻으며 어깨를 으쓱였다.

"방금, 무슨 일이 있었니?"

아무 일도 일어난 적이 없다는 듯 태연한 모습을 보이자 란트가 눈을 반짝였다. 아이의 얼굴에는 걱정스러움이 단박에 사라지고 통쾌함만이 남았다.

"아뇨!"

"크흡, 저는 가서 차를 준비해 오겠습니다."

한쪽에서 우리들의 모습을 지켜보고 있던 집사는 자신의 본분을 내세우며 노련하게 응접실을 빠져나갔다. 자신은 아무것도 본 것이 없다는 듯이.

"두 사람도 이제 자리에 앉는 것이 어떤가요?"

잽싸게 내 옆자리를 차지한 란트와 달리 시스가 원망 가득한 얼굴로 나를 노려봤다.

"오랜만에 만난 약혼자에게 이러기인가?"

"어린아이와 말싸움이나 하는 사람에게 그런 불평 듣고 싶지 않습니다."

"저 녀석이 어디를 봐서 어린애야!"

그가 삿대질을 하듯 란트를 가리키며 소리쳤다. 나는 고개를 모로 기울이며 그에게 대답해 주었다.

"아직 성인식도 치르지 못한 어린아이입니다. 딱히 할 말이 없으시면 다시 올라가 볼까 합니다만?"

"그대는!"

그가 울컥한 얼굴로 소리치려다 말고 끙 하는 앓는 소리를 내더니 이내 한숨을 내쉬며 소파에 주저앉았다.

"더 사랑하는 쪽이 진다더니, 옛말 그른 것이 하나 없군."

"그렇습니까?"

피식 웃어 보이자 그가 볼멘소리를 냈다.

"그렇게 웃지 마라. 이보다 더 빠져들면 내가 어찌 될지 나조차 무서우니까."

내가 여전히 웃음을 지우지 않고 빙글거리자 그가 밉지 않게 눈을 흘기며 툴툴거렸다. 자신만 소외되었다고 느꼈음인가. 란트가 이해할 수 없다는 듯 나를 향해 중얼거렸다. 정확히 한 단어에 힘을 주면서 말이다.

"그런데요. 누님, 이런 늦은 시간에 남.의. 집에 방문하는 것은 예의가 아니지 않나요?"

시스의 관자놀이에 푸른 힘줄이 도드라지는 것이 보였다. 또다시 2차전을 준비하는 두 남자의 모습에 고개를 절레절레 흔들었다.

"란트."

"네, 누님!"

란트가 배시시 웃으며 얼굴을 내 쪽으로 가까이 내밀었다. 습관적으로 란트의 머리를 쓰다듬으려다가 멈칫했다. 시스가 무시무시한 얼굴로 나와 란트를 노려보고 있었기 때문이다.

아이에게마저 질투하는 그의 모습에 또다시 삐져나오려는 웃음을 참고 란트의 이마를 손가락으로 두드렸다.

"잘 시간이 지난 듯 보이는구나."

"하지만!"

란트가 시스와 나를 번갈아 바라보며 울상을 지었다. 점점 일그러지는 란트의 얼굴과 달리 시스의 입가가 위쪽을 향해 씰룩였다.

"내일 아침 훈련이 있지 않니. 걱정 말고 가서 쉬려무나."

찹쌀떡 같은 볼을 살짝 잡아 흔들며 부드럽지만 단호한 어조로 말하자 란트의 얼굴이 소금에 절인 배추처럼 시무룩해졌다.

"란트."

"……네."

고집스레 입을 다물고 있던 아이가 이름을 부르자 마지못해 고개를 끄덕였다.

"좋은 밤 보내세요, 누님."

어느새 커다랗게 자란 손이 내 뺨을 감싸고 살포시 다가온 입술이 잠자리 날개 같은 키스를 남겼다.

"좋은 꿈꾸렴, 내 강아지."

란트의 보드라운 군청색 머리카락을 쓸어 주며 반듯한 이마에 살포시 굿나이트 키스를 해 주었다.

'다른 사람도 있는 자리에서 내가 너무 애 취급을 했나?'

예쁘게 미소 짓던 평소와 달리 부끄러운 듯 아이의 얼굴에 붉은 홍조가 올라왔다.

확실히 나날이 청년의 모습이 되어 가는 남자아이에게 너무 어린아이같이 취급한 경향이 있었다. 겉모습이 어찌 변하든 사랑스런 내 강아지라는 것에는 변함이 없지만 남들이 보는 곳에서는 자제해야 할 것 같았다.

고민하는 사이 소파에서 일어난 란트가 시스를 향해 고개를 숙였다.

"먼저 일어나 보겠습니다, 전.하."

마지막까지 미련을 버리지 못했는지 란트가 고집스런 얼굴로 유독 한 단어에 힘을 주어 말했다. 복잡 미묘한 얼굴로 나와 란트를 바라보고 있던 시스의 얼굴이 란트의 인사에 삽시간에 구겨졌다.

"내일 일찍 찾아올게요, 누님."

"그래. 내일 보자꾸나."

란트의 시선이 다시 한 번 시스를 향했다. 나에게서 뒤돌아선 란트의 얼굴이 어떤지는 모르겠지만 시시각각 험악하게 변하는 시스의 얼굴로 충분히 짐작할 수 있었다.

"대체 저 녀석은 뭐야?"

란트가 응접실을 나가자마자 집사가 타이밍 좋게 차를 내왔다. 나는 시근덕거리는 시스를 마주 보며 여유롭게 찻잔을 들어 올렸다.

"제 동생입니다만."

"그걸 지금 몰라서 묻는 말이 아니잖아."

차를 한 모금 머금고 그윽하게 입안 가득 퍼지는 차향을 음미했다.

"비이!"

"귀 안 먹었습니다."

"그대는……."

"어린아이입니다. 세상에서 제 누이가 제일인 줄 아는 착한 아이지요."

"대체 어딜 봐서 어린아이라는 거야. 그대는 모르는 것 같은데 그 녀석은 강아지의 탈을 쓴 늑대라고!"

"압니다."

"뭐?"

멍청한 얼굴로 되묻는 시스를 보며 찻잔을 내려놓았다.

털을 잔뜩 세우고 시스를 향해 으르렁거리던 강아지의 모습을 떠올리니 저절로 웃음이 나왔다.

자기 딴에는 나 모르게 한다고 노력한 것 같았지만 평소와 달리 유독 달라붙던 행동과 란트의 행동 하나하나에 발끈하는 시스의 모습에서 내 강아지의 재롱을 눈치챌 수 있었다.

'더구나…….'

"당연하지 않습니까. 제가 그리 키웠는걸요."

빙긋 웃으며 푹신한 소파에 몸을 기댔다.

"순둥이로 살아가기엔 세상이 그리 말랑하지 않으니 자신을 지킬 날카로운 이빨쯤은 지니고 있어야 하지 않겠습니까."

순한 강아지도 귀엽긴 하지만 보듬고 귀여워만 해 주기엔 세상은 그리 호락호락하지 않았다. 더구나 사생아라는 꼬리표가 평생 붙어 다닐 란트라면 더더욱 말이다.

"하아, 후작으로도 모자라 대형견까지……. 날 피 말려 죽일 셈인가."

그가 머리를 감싸 쥐며 신음성을 흘렸다.

"저 정도면 꽤 귀여운 재롱 아닙니까?"

"절대 공감할 수 없는 발언이군."

그가 공감하고 싶지 않다는 듯 한숨을 쉬며 어깨를 으쓱였다.

"아이의 눈엔 누이를 뺏으러 온 불한당으로 보일 테니 제 곁에 계시려면 감수하실 수밖에 없을 텐데요?"

그가 입을 다물고 나를 바라보았다. 깊이를 알 수 없을 만큼 진한 황금빛 눈동자에 내 모습이 오롯이 새겨졌다.

"그 말은 이제 더 이상 날 밀어내지 않겠다는 뜻인가?"

"밀어내기를 바라십니까?"

"아니."

그가 대답과 함께 다가와 나를 안았다. 소중한 것을 끌어안듯 부드럽게 나를 감싸는 그의 품이 포근하면서도 단단했다.

"다시는 날 밀어내지 마라. 다시는……."

고동치는 그의 심장 소리가 고스란히 전해졌다. 그가 내 목에 얼굴을 묻고 중얼거렸다.

"그대만 날 밀어내지 않으면 돼. 그깟 냉혈 수문장과 대형견쯤은 문제도 아니니."

"쿡, 힘드시면 포기하셔도 됩니다."

"그대는 교활해. 내가 무슨 대답을 할지 이미 알고 있지 않나."

"모르겠습니다만."

"모른다 해도 놔주지 않아. 절대."

그가 날 안은 팔에 힘을 주었다. 마치 자기 자신에게 다짐하듯이.

그의 마음이 직접적으로 느껴져 자연스레 입가에 미소가 번졌다. 그런 내 변화를 들키지 않으려고 부러 그의 팔을 살며시 밀어내었다.

"장난은 이제 그만하지요."

"장난이라니, 그대를 향한 내 마음이 보이지 않아?"

불만 가득한 얼굴로 투덜거리면서도 그가 순순히 안고 있던 팔을 풀었다.

"그보다 이 늦은 시간에 무슨 일이십니까."

"이 늦은 시간에 약혼자에게 오는 이유가 달리 뭐가 있을까?"

그가 손가락으로 내 턱을 훑으며 유혹하듯 눈웃음을 쳤다.

"딱히 볼일이 없으시면 이만 일어나 보겠습니다."

"하아, 정말 무정한 약혼녀. 그대는."

그의 손가락을 치우며 일어나는 시늉을 하자 그가 한숨을 내쉬며 항복하듯 어깨 위로 손을 들어 올렸다.

"당분간 그대 주위에 호위를 붙이려고 해."

"무슨 일이 있습니까?"

그의 얼굴에서 장난스러웠던 분위기가 순식간에 사라졌다.

"당장 무슨 일이 생긴 것은 아니지만 형님께서 아직 북부에 도착한 것이 아니니 조심할 필요가 있어. 더구나 지금은 후작도 없지 않나."

"가문의 기사들이 철통같이 지키고 있습니다."

"그대 가문의 기사들을 믿지 못해서 이러는 것이 아니야. 그것만으로는 내가 안심이 되지 않아서 그래."

그가 내 손을 조심스레 잡았다. 장난스러웠던 방금 전과 달리 그의 눈동자가 불안으로 떨리고 있었다.

"1황비와 형님은 절대 이대로 얌전히 있을 이들이 아니야. 그들이 어떠한 사람들인지는 다른 누구도 아닌 내가 제일 잘 알아."

"저도 철저히 대비하고 있습니다. 그러니……."

"비이."

그가 조심스레 나를 불렀다. 나는 하려던 말을 멈추고 그를 바라보았다.

"이번만은 내 뜻에 따라 줘. 부탁이야."

이중 삼중 대비하는 것이 나쁜 것은 아니었기에 순순히 고개를 끄덕였다. 그는 내 승낙에 그제야 안심이 된 듯 방긋 웃었다.

그의 불안이 이해가 되지 않는 것은 아니었다. 나 또한 1황비가 이대로 순순히 당하고만 있을 거라고는 생각하지 않았다. 실제로 그녀는 끝까지 나를 향해 이를 갈았으니 말이다.

나는 1황비를 마지막으로 봤던 그날을 떠올렸다.

"새로운 안건을 제기합니다."

"무엇이냐?"

"황태자 시해 혐의입니다."

"허한다."

회의가 끝났다고 여겼던 이들이 갑작스런 시스의 말에 웅성거리기 시작했다. 황제의 허락이 떨어지고 시스가 시종을 향해 손짓을 하자 두 남녀가 기사들에 의해 회의실 안으로 끌려 들어왔다. 마치 미리 짠 것처럼 눈 깜짝할 사이에 벌어진 일이었다.

"이거 놓아라. 내가 누군지 알고!"

양쪽 팔이 기사에게 단단히 잡힌 여자가 새된 비명을 지르며 몸부림쳤다.

"저 아이는 1황자의 빈이 아니냐?"

"네, 맞습니다, 폐하."

황제가 그녀를 알아보자 그녀는 반색을 하며 황제에게 호소하기 시작했다.

"폐하, 소인 억울하옵니다!"

"대체 무슨 일이냐?"

이미 모두 알고 있음에도 황제는 아무것도 모른다는 듯 능청스럽게 물었다. 1황자의 빈은 황제의 반응에 힘을 얻었는지 더욱 크게 소리쳤다.

"이 무도한 자들이 소인을 이리 끌고 왔습니다. 소인의 억울함을 풀어 주시옵소서, 폐하!"

"1황자의 빈이 어찌 이곳에 있는 것인지 황태자는 말해 보거라."

황제가 자신의 편을 들어주는 거라 생각했는지 억울하다 소리치던 빈이 급기야 눈물을 뚝뚝 흘리며 흐느끼기 시작했다.

가녀린 포즈로 구슬프게 우는 여인의 모습은 타인의 눈에 안타까움을 자아내기에 충분해 보였다. 물론 이 일에 대해 아무것도 모르는 타인일 경우에 말이다.

"최근 사냥 대회에서 누군가 일.부.러 일으킨 사고로 한동안 제가 사경을 헤매고 있었다는 사실은 모두 알고 계실 겁니다."

시스가 '일부러'라는 단어에 힘을 주며 말했다. 시스가 등장했을 때부터 눈치를 보며 눈동자를 굴리던 이들이 그가 회의를 주도하자 몸을 움츠리기 시작했다. 앞으로 벌어질 일들을 예상하고 눈치 빠르게 몸을 사리려는 자들이었다.

시스가 회의장에 등장함으로써 그의 병환이 거짓이라는 것을 1황비를 포함해 대부분이 눈치챘겠지만 아무도 그 사실을 꼬집어 말하지 못했다. 문제를 제기하기에는 그들의 주장을 뒷받침할 수 있는 증거가 없었기 때문이다.

내가 이렇게까지 일을 크게 벌인 이유는 크게 두 가지였다.

악의적인 소문을 퍼트린 배후를 수면 밖으로 끌어내는 것과 동시에 1황비의 모든 눈과 귀를 나에게 향하도록 만드는 것이었다.

사냥 대회가 끝난 후 바로 황태자 시해를 들먹이며 빈을 잡아들일 수 있었음에도 불구하고 연극까지 해 가며 내 약점을 노출시킨 이유는 1황비가 나를 공격하는 데 집중하여 방어에 소홀할 틈을 노리기 위함이었다.

만약 처음부터 회의의 주제가 황태자의 시해에 관한 것이었다면 절대 지금처럼 쉽게 회의가 개최되지 않았을 것이다.

"그 사고의 범인이 바로 1황자의 빈입니다."

"아닙니다!"

시스의 지적에 1황자의 빈이 경기를 일으키듯 소리쳤다.

"아니옵니다, 폐하. 황태자 전하께서 잘못 알고 계신 것이옵니다."

"저 남자의 얼굴을 모른다고 하지는 않겠지."

시스가 빈과 함께 기사들의 손에 끌려온 남자를 가리켰다. 발광하듯 소리치는 빈과 달리 남자는 모든 것을 포기한 얼굴로 바닥에 무릎을 꿇고 앉아 있었다.

"모르옵니다. 저는 모르는 자이옵니다."

"엘리언트 영애는 저자의 얼굴을 본 적이 있습니까?"

빈을 향해 차갑게 말을 내뱉던 모습은 사라지고 나에게 향한 시스의 목소리는 봄날의 바람처럼 온화했다. 확연하게 대비되는 그의 모습에 몇몇의 귀족들이 헛기침을 하며 불편한 속내를 감추었다.

'헛꿈 꾸지 마라.'

시스는 1황비를 공격하는 동시에 귀족들에게도 경고를 보내고 있었던 것이다.

"사냥 대회 날 본 적이 있습니다. 황실의 말을 관리하는 이라 했습니다. 가문의 하인 대신 제 말을 관리하고 있었습니다."

"그는 1황자궁 소속의 시종입니다. 정확히는 빈 처소의 관리인 중 한 명이지요. 엘리언트 영애의 말을 해한 자입니다."

"아닙니다! 저는 오늘 처음 보는 자입니다!"

빈이 도리질을 치며 부정했지만 시스는 그녀에게 눈길조차 주지 않은 채, 냉정히 말을 이었다.

"황실 인사 관리 서류입니다. 저자의 인적 사항 또한 상세히 기록되어 있습니다."

시종의 손에 들려 나오는 서류를 본 빈의 얼굴이 순식간에 새파랗게 질렸다. 시스는 멈추지 않고 남자에게 명령하듯 말했다.

"사실 그대로 토시 하나 빠트리지 말고 폐하께 고하거라."

"인력이 부족하다 하여 말 관리인의 보조로 사냥 대회에 따라가게 되었습니다. 한창 정신없이 일을 하고 있는데 빈께서 저를 부르셨습니다."

"거짓이다! 감히 네깟 놈이 나를 음해하려 하느냐!"

"빈은 조용히 하라."

황제의 단호한 음성에 발광하듯 소리치던 빈이 입을 다물고 몸을 움찔거렸다. 그녀의 얼굴엔 여전히 눈물이 흐르고 있었지만 황제의 표정엔 단 한 점의 동정도 보이지 않았다.

"계속 말해 보거라."

황제의 허락이 떨어지자 남자는 담담하게 말을 이었다. 말을 하는 남자의 모습은 자신의 생을 포함해 모든 것을 포기한 듯 초탈해 보였다.

"빈께서 말하길 엘리언트 영애가 낙마할 수 있도록 몰래 말고삐의 이음줄을 칼로 잘라 내라 했습니다. 그리고 그것만으로는 확실히 낙마시키지 못할 수 있으니 말이 확실히 날뛸 수 있게 사냥 대회에 쓰는 독화살을 쏘라고 명령하셨습니다."

"네 말을 어찌 믿을 수 있느냐?"

"빈께서 선금이라며 주신 팔찌입니다. 명령대로 하면 평생 놀고먹을 재산을 주겠지만 명령을 거부하면 저는 물론 가족까지 모두 쥐도 새도 모르게 죽일 것이라 했습니다."

"흔하디흔한 팔찌가 아니냐."

시종을 통해 팔찌를 전달받은 황제가 미간을 구겼다. 금과 다이아몬드로 장식된 팔찌는 특이한 디자인이긴 했지만 황제의 말대로 돈깨나 있는 귀족이라면 한두 개 정도는 가지고 있을 법한 팔찌였다.

"그것에 대해서는 제가 설명하도록 하겠습니다. 팔찌의 안쪽을 봐 주십시오."

남자가 빈에게 받은 것이라며 내놓은 팔찌는 루이아샤의 제품 중 하나였다. 루이아샤의 제품이라면 시스보다는 내가 설명하는 것이 나았기에 앞으로 나섰다.

"글씨가 써 있군."

"루이아샤의 제품은 모두 맞춤 제작으로 고객 한 명 한 명의 이니셜을 제품에 새겨 넣습니다. 상단의 장부를 확인해 본 결과 세 달 전 빈께서 직접 구매한 장신구 세트에 포함되어 있던 팔찌입니다."

루이아샤의 제품들은 허영심 가득한 귀족 여성들의 사치를 부추겼고, 1황자의 빈 또한 예외는 아니었다.

루이아샤의 고급 제품에 이니셜을 새기는 것이 비밀은 아니었지만 귀족 여인들은 그 사실을 깊게 생각하지 않았다. 그저 화려한 디자인에 홀려 남들보다 비싸 보이는 제품을 가지려 혈안이 되었을 뿐이다.

1황자의 빈 또한 그 부분은 깊게 생각해 보지 않았을 것이다. 자신의 팔찌가 이렇게 빌미가 되어 자신의 발목을 잡게 될 줄은 꿈에도 상상하지 못했을 테니 말이다.

"거짓입니다. 저자가 제 팔찌를 훔친 것이옵니다. 저는 결코 모르는 일……."

"저자가 엘리언트 영애의 말에 화살을 쏘는 것을 직접 목격했습니다. 또한 암살자에게 쫓겨 죽어 가던 그를 살린 것도 접니다."

빈의 말을 자르며 소리친 시스가 천천히 그녀에게 다가갔다. 그의 붉은 입술이 우아한 곡선을 그리며 비스듬히 올라갔다.

"암살자들에게 자신의 인장을 넘겨주다니 꽤나 다급하셨던 모양입니다."

"……!"

둔탁한 소리와 함께 빈을 상징하는 인장이 바닥을 굴렀다.

나로 인해 1황비에게 근신 형을 받은 빈은 충동적으로 일을 벌였다. 오며 가며 마주쳐 눈에 익었던 하인에게 나를 해하도록 시킨 것이다.

비록 충동적으로 벌인 일이었지만 그녀에게도 나름 굴릴 머리는 있었다. 후환을 없애기 위해 하인을 죽이도록 암살자에게 의뢰한 것이다.

황적에 이름을 올렸다고는 하나 그녀는 비도 아닌 1황자의 빈일 뿐이었다. 암살자들은 쉬이 그녀의 의뢰를 받지 않으려 했고, 빈은 천문학적인 금액을 의뢰비로 지불해야 했다. 하지만 그녀에게 그런 큰돈이 있을 리가 없었다. 그녀는 결국 거액의 금액 대신 암살자에게 자신의 인장을 담보로 잡힐 수밖에 없었다.

"사냥 대회가 진행되는 동안 제가 약혼녀인 엘리언트 영애의 곁을 지키리란 것은 누구나 알고 있던 일입니다. 영애를 해하려 했다는 것은 영애의 곁에 있던 저를 해하려 했다는 뜻입니다. 실제로 영애의 말이 미쳐 날뛰는 바람에 제가 낙마를 하여 사경을 헤매는 일이 벌어졌습니다. 명백히 황태자인 저를 시해하려 한 음모입니다."

"나, 나는 그저……. 그저……."

온몸의 혈액이 빠져나간 듯 새하얗게 질린 빈이 몸을 벌벌 떨었다. 공포로 이리저리 눈동자를 굴리던 그녀가 1황비가 앉아 있는 방향을 향해 기어가기 시작했다.

"살, 살려 주십시오, 마마. 저는 그저 재수 없는 엘리언트 영애를 혼내 주려고 했을 뿐입니다. 절대 황태자 전하를 해하려 한 것이 아닙니다. 믿어 주십시오, 마마!"

애처롭게 애원하는 빈을 보면서도 1황비는 어떠한 움직임도 보이지 않았다. 현재 모든 주도권은 이쪽으로 넘어온 상태였다.

빈의 죄가 명백히 드러난 지금 1황비가 선택할 수 있는 선택지는 그리 많지 않았다. 끝까지 버텨 빈과 같이 바닥으로 떨어지거나 빈을 도려내거나. 그리고 1황비가 무엇을 선택할지는 불을 보듯 뻔했다.

"황태자를 시해하려 한 저 계집을 당장 하옥시키십시오, 폐하."

"이, 이럴 수는 없습니다! 1황자 전하를 불러 주십시오. 전하라면 저를 구해 주실 것이옵니다. 1황자 전하!"

"닥쳐라! 감히 대역 죄인인 주제에 누굴 입에 담는단 말이냐! 기사들은 무엇하느냐? 당장 저 계집을 끌고 가지 않고!"

1황비의 고성이 회의장을 쩌렁쩌렁하게 울렸다. 역시나 예상대로 도마뱀이 꼬리를 자르고 도망치듯 1황비는 모든 것에서 발을 빼려 하고 있었다.

처음부터 1황비가 무엇을 선택할지는 알고 있었다. 시스와 시선이 마주쳤다. 그 또한 예상하고 있던 반응이라는 듯 입가에 느슨한 미소를 머금었다.

예상하고 있던 일을 대비하지 못하는 것은 바보나 하는 짓이다.

시스가 손짓을 하자 미리 대기하고 있던 시종들이 황제와 귀족들의 앞에 제법 두께가 있는 서류를 내려놓았다.

"서류에는 엘리언트 가문에 심어져 있던 첩자들과 그들이 접속한 자들, 그리고 최종적으로 그들에게 명령을 내린 자들의 이름이 적혀 있습니다."

서류 안에서 자신의 이름을 발견한 귀족들의 얼굴이 새파랗게 질렸다. 첩자들을 내 집안에서 활개 치도록 놔두었던 것은 그들의 눈을 속이려던 이유도 있었지만, 첩자들을 움직이는 선을 추적해 역으로 저들을 옭아맬 증거를 잡으려고 한 이유도 있었다.

시스는 1황비를 비롯해 모두의 시선이 나에게로 향한 틈을 타 귀족들의 행동을 주시했다. 그들의 움직임과 자금의 흐름, 그리고 그들이 이용하는 정보의 출처까지 한정된 시간 동안 최대한 많은 것을 알아내기 위해 시스는 꽤나 동분서주해야 했다.

"이번 일은 한낱 황자의 빈 따위가 벌일 수 있는 일이 아닙니다. 배후에 누군가가 있지 않고서야 절대 벌일 수 없는 일이지요."

시스의 시선이 천천히 좌중의 얼굴을 훑었다. 새파랗게 질려 있던 얼굴들이 시스의 시선이 닿자 흑색으로 변했다.

"여기에 적힌 대로라면 그 배후는 한 사람으로 귀결되는군."

황제가 읽고 있던 서류를 던지듯 내려놓았다.

"모이튼 후작, 변명할 말이 있는가?"

"저, 저는⋯⋯."

모이튼 후작이 얼굴을 벌겋게 물들이며 말을 더듬거렸다. 그는 이런 일이 벌어질 거라고는 짐작조차 하지 못했을 것이다.

첩자들을 움직이던 선을 거슬러 올라가니 대부분이 모이튼 후작에게 귀결되어 있었다. 후작에게 잘 보이기 위해 자발적으로 나선 자도 있었고, 모이튼 후작의 명령에 움직이던 자도 있었다.

모두 이번 기회를 틈타 부스러기라도 얻기 위해 기웃거렸던 것뿐이겠지만, 모이튼 후작은 우리에게 유리한 패로 사용하기에 딱 좋은 빌미를 제공해 주었다.

"기사들의 수가 보고한 것보다 상당히 많군."

"그, 그건⋯⋯. 살려 주십시오, 폐하!"

모이튼 후작이 황제를 향해 넙죽 엎드렸다.

털어서 먼지 나지 않을 사람은 없겠지만 작정하고 턴 모이튼 후작의 먼지는 생각했던 것보다 훨씬 더 많았다. 그중 가장 큰 것이 황제가 지적한 것처럼 그가 보유한 기사의 수였다.

작위에 따라 보유할 수 있는 기사의 수는 한정되어 있었다. 혹시나 벌어질지도 모를 반역을 방지하기 위해서 귀족들은 자신이 보유한 기사의 수를 정기적으로 황실에 보고해야 했다.

물론, 암암리에 귀족들은 몇 명 정도 기사를 병사라고 속여 황실에 보고하는 편법을 쓰기도 했다. 모이튼 후작 또한 그런 경우에 속했는데, 평소 거

들먹거리는 것을 좋아하던 모이튼 후작은 다른 귀족들에 비해 훨씬 더 많은 수의 기사를 속이고 있었다.

반역으로 옭아맬 수 있을 정도로 말이다.

"황태자를 시해하려 한 빈과 재상의 집에 첩자를 심고 기사의 수를 속인 모이튼 후작이라……."

황제의 시선이 1황비에게 향했다.

"내가 이걸 어떻게 해석해야 하는가?"

1황비가 하얗게 질린 얼굴로 입술을 짓씹었다. 연지를 바른 붉은 입술이 보기 흉하게 일그러졌다.

"말해 보라, 1황비."

1황자의 빈뿐이었다면 그녀를 내치는 것으로 발을 뺄 수 있었을 테지만 모이튼 후작은 빈의 경우와는 달랐다.

모이튼 후작가는 1황비의 친정이며 1황자의 뒷배가 되어 주는 가문이었다. 모이튼 후작가를 잃는다는 것은 1황비가 가지고 있는 힘의 상당 부분을 잃는다는 것과 동일했다. 한참 동안 침묵을 지키고 있던 1황비가 천천히 입을 열었다.

"모이튼 후작이 저지른 일은 중죄에 해당하나 그동안 제국에 헌신한 충신이었던바, 작위를 강등시키고 재산을 몰수하는 것으로 그 죗값을 치르는 것이 타당하다 생각되옵니다."

"중죄라……."

황제가 턱을 쓸며 비릿한 미소를 지었다.

"반역이 확실히 중죄이긴 하지."

"폐하!"

1황비의 붉은 입술이 파리하게 변했다. 황제의 말대로 반역이 중죄에 속하는 죄이긴 하지만 일반적으로 구분되어지는 중죄와 반역은 그 죗값이 판이하게 달랐다.

"반역이라니요. 이는 천부당만부당한 말씀이옵니다!"

"반역을 생각한 것이 아니라면 기사들의 수가 보고된 것과 다른 것을 어떻게 해석해야 하는가?"

"오해이십니다. 그저 기사라는 작위만 있을 뿐 실제로의 능력은 별 볼 일 없는 자들이옵니다. 결코 반역을 저지를 수 있는 수준이 아니옵니다."

모이튼 후작은 능력은 없고 욕심만 많은 자였다. 그런 모이튼 후작의 곁에 제대로 된 인물이 있을 턱이 없었다.

1황비의 말대로 모이튼 후작의 기사들은 겉만 번지르르할 뿐 속 빈 강정이나 다름없었다. 모이튼 후작이 자신에게 아첨하는 자들만을 곁에 둔 탓이었다.

황제를 비롯해 대부분의 귀족들은 그러한 모이튼 후작의 허영심을 잘 알고 있었고, 모이튼 후작의 그러한 행태는 지금껏 크게 문제가 되지 않았다. 1황비가 모이튼 후작의 관리에 소홀했던 것은 바로 그러한 이유 때문이었다.

매사 조심성이 많은 1황비라 할지라도 예전부터 묵인되어 왔던 일들이 새삼 흉포한 덫이 되어 자신의 목줄을 잡아챌 줄은 꿈에도 생각지 못했을 것이다.

"능력 있는 기사들이 있었다면 반역을 저질렀을 거라는 소리인가?"

1황비가 거칠어진 호흡을 진정시키려 애쓰며 황제를 노려봤다.

"원하시는 것이 무엇입니까."

"갑자기 무슨 말을 하는지 모르겠군."

"모른 척하지 마십시오. 이 모든 것이 제 손과 발을 자르려 작정을 하고 벌이신 일이 아닙니까. 모이튼 후작가를 통째로 드리면 되겠습니까?"

황제가 또다시 턱을 쓸며 비죽 웃었다.

"모이튼 후작 가문만으로는 수지 타산이 맞지 않는군."

"원하시는 것을 말씀해 보십시오."

"황위 계승권."

"……!"

1황비의 눈동자가 더 이상은 커질 수 없을 정도로 커졌다. 황제의 폭탄 발언으로 회의장은 침 넘기는 소리만이 요란하게 들렸다.

현재 제국에서 황위 계승권을 가지고 있는 사람은 시스와 1황자, 단 두 사람밖에 없었다. 1황자를 제외한 나머지 황자들은 시스가 황태자로 책봉이 된 것과 동시에 황위 계승권을 회수당했기 때문이었다.

보통 왕의 아들로 태어나면 별다른 일이 없는 한, 죽을 때까지 계승권을 가지고 있는 다른 나라와 달리 제국은 황태자가 정해지면 황자들이 가지고 있던 계승권을 회수했다. 훗날 벌어질 황위 다툼을 최소한으로 하기 위한 방책이었다.

물론 그 법칙이 절대적인 것은 아니었다. 1황자와 같은 예외도 있으니 말이다.

"설마 지금 황위 계승권을 내놓으라는 말씀은 아니시지요?"

황제는 대답하지 않았다. 1황비가 얼굴을 일그러트리며 소리쳤다.

"황위 계승권을 내놓으라니요! 1황자는 폐하의 장자이옵니다. 어린 황태자를 대신하여 그동안 물심양면으로 폐하를 도운 것이 대체 누구이옵니까? 그런 1황자를 지금 헌신짝처럼 버리시겠다는 뜻입니까?"

"그 때문에!"

황제가 탁자를 치며 큰 소리를 냈다. 분노한 1황비는 그런 황제의 반응에도 굴하지 않고 그를 노려봤다. 황제는 억누른 음성으로 말을 이었다.

"1황자는 장자라는 이유로 그동안 많은 혜택을 누려 오지 않았나."

"오랫동안 1황자가 해 온 일에 비하면 터무니없이 작은 혜택이옵니다."

보통 결혼을 하거나 나이가 차면 출궁해야 하는 황자들과 달리 1황자는 아직까지 궁 안에 머물고 있었다. 그것만으로 1황자는 황태자가 정해졌음에도 불구하고 여전히 황태자와 같은 권력을 누릴 수 있었다. 모두 황제의 배려가 있었기에 가능했던 일이었다.

열 손가락 깨물어 안 아픈 손가락이 없다고 했다. 그저 조금 더 아프고 덜 아프고의 차이일 뿐 고통을 느낀다는 것은 매한가지라는 뜻이다.

황제에게는 시스나 1황자나 모두 같은 아들이었다. 특히 1황자는 첫아들이었던 만큼 황제에게는 더욱 애틋했는지도 모른다.

'시스에게 조금이라도 결격사유가 있었다면 황태자는 바뀌었을지도 모르지.'

황제가 처음부터 시스에게 모든 힘을 실어 주었다면 이런 상황까지 오지 않았을지도 몰랐다. 황제는 시스가 황태자로서 두각을 나타낼 때까지 그와 1황자를 저울질했다. 황제의 그런 태도와 1황비의 욕심이 이런 상황까지 불러일으킨 것이다.

고개를 돌려 시스를 바라보았다. 그의 얼굴에서는 아무것도 알아낼 수 없었다. 내 시선을 느꼈음인가, 시스가 고개를 돌렸다. 황금빛 눈동자에 내 모습을 담자마자 한일자로 굳어져 있던 그의 입매가 부드럽게 풀리며 올라갔다.

이런 상황들이 아무렇지도 않다는 듯이 말이다.

"그대가 선택하라. 반역으로 엮일 것인가? 아니면 황위 계승권을 포기하겠는가?"

황제가 종지부라도 찍듯 싸늘한 어조로 말했다. 1황비의 얼굴이 흉하게 일그러졌다.

"폐하께서 제게 이러실 수는 없습니다!"

1황비가 몸을 일으키며 황제를 향해 비명 같은 소리를 질렀다.

"내가 무슨 마음으로 그 아이를 낳았는데!"

황제의 얼굴이 얼음을 뒤집어쓴 듯 굳어졌다. 1황비의 이글거리는 눈동자가 오롯이 황제만을 담았다. 다른 이들 따위는 안중에도 없는 것 같았다.

"이 자리에서 삼십오 년 전의 치부를 들추겠다는 뜻인가?"

한번 해볼 테면 해보라는 듯 황제가 입술을 비틀어 올렸다. 그러한 황제의 모습은 비아냥거릴 때의 시스와 꼭 닮아 있었다.

1황비의 몸이 분노와 수치심으로 가늘게 떨렸다. 아버지와 황제의 도움을 받아 나와 시스가 심혈을 기울여 만든 덫이었다. 아무리 날고 기는 1황비라 한들 쉽게 빠져나갈 수는 없었다.

1황비가 흥분을 가라앉히듯 숨을 들이켰다. 연지로 붉게 물들어 있던 그녀의 입술에 핏물이 배어 나와 번들거렸다. 1황비가 짓씹듯 입을 열었다.

"1황자가 돌아올 때까지 말미를 주십시오."

현재 1황자는 일 처리를 위해 동부에 머물고 있는 상태였다. 대외적으로는 병환 중인 황태자를 대신하여 민심을 살핀다는 이유였지만 실질적으로는 동부에 위치한 귀족들의 회유와 근접 국가들의 동향을 살피기 위함이었다.

1황자의 노림수를 뻔히 알면서도 그가 동부에 가는 것을 막지 않은 이유는 1황자가 없는 틈에 일을 벌이는 것이 여러모로 우리에게 유리했기 때문이다.

1황비의 아들답게 1황자는 여러모로 유능한 사람이었다. 아무리 철저히 준비했다 해도 1황비와 1황자를 동시에 상대하기에는 벅찬 감이 없지 않았다.

시스의 부상을 기회라고 생각한 1황자가 마침 자리를 비우지 않았다면 이렇듯 수월하게 목적을 달성하지 못했을지도 몰랐다.

"거절한다."

한 톨의 여지도 둘 수 없다는 듯 황제가 단번에 거절의 말을 내뱉었다.

"당사자도 없이 일을 처리하는 법은 없습니다!"

"동부는 카난 왕국과 국경을 마주하고 있지."

"그게 무슨……."

"1황자가 동부로 간 이유를 내가 모를 줄 알았나?"

"……."

입을 다물어 버린 1황비의 눈동자가 가늘게 흔들렸다.

1황비의 어머니, 즉 전대 모이튼 후작 부인은 카난 왕국의 공주였다. 정확히는 후궁 소생의 유명무실한 공주였지만, 두 국가 간의 우호적 동맹을 위해 당시 외교관이었던 전대 모이튼 후작과 결혼을 했다.

비록 외교관의 자리에 있긴 했지만 당시의 모이튼 후작은 후작이 아닌 백작에 불과했다.

일개 백작에게 공주를 시집보낸 카난 왕국의 처사는 얼핏 이해되지 않는 일이지만, 당시 카난 왕국은 어떻게 해서든 제국과 연결되고 싶어 했고 제국의 황실은 변방의 작은 나라에까지 신경 쓸 정도로 여유가 있지 않았다.

어떻게 해서든지 제국의 후광이 필요했던 카난 왕국은 외교 문제로 카난 왕궁에 머물고 있던 모이튼 후작에게 팔다시피 공주를 시집보냈고, 전대 모이튼 후작과 공주 사이에서 나온 자식이 바로 1황비였다.

"적어도 외부 세력은 끌어들이지 말았어야지."

"오해이십니다, 폐하."

"오해라……."

"네, 모두 오해십니다. 카난 왕국은 제게 사사롭게 외가가 되옵니다. 어찌 혈육의 정을 끊을 수 있겠습니까."

"카난 왕국에 제국의 자금이 흘러간 것도 혈육의 정 때문이라고 할 참인가? 그 자금이 어찌 쓰이고 있는지는 알고서 하는 말이겠지?"

"……!"

1황비는 말을 잇지 못하고 입술을 짓씹었다. 1황비를 향한 황제의 눈빛은 서릿발처럼 차가웠다.

"지금껏 조잘조잘 잘도 떠들더니 입을 다물어 버리는군. 왜 이것만큼은 대답을 못 하겠는가? 어서 말해 보라, 1황비."

귀족들의 자금줄을 추적하던 중 상당수의 자금이 카난 왕국에 흘러 들어가는 것을 알게 되었다. 피스온 상단은 제국뿐만 아니라 주변의 여러 왕국들도 상대하는 커다란 상단이었다.

쉽지는 않았지만 피스온 상단의 정보력을 이용하자 카난 왕국으로 흘러간 자금이 어떻게 쓰이는지 알아낼 수 있었다.

'대부분 사병을 키우는 군자금으로 쓰이고 있었지.'

정식 군대가 아닌, 용병들로 이루어진 군대는 카난 왕국이 자체적으로 운용하는 군대라기보다는 사병에 더 가까웠다. 제국과 주변국들의 눈치를 보며 전전긍긍하는 왕국에 공식적인 군대도 아니고 사병을 키울 여력이 있을 리가 없었다.

'결정적으로 나는 앞으로 일어날 일들을 이미 알고 있었으니까.'

아무리 시스에게 미쳐 있었다 하더라도 어쨌든 나는 제국의 황후였다. 제국에서 벌어지는 굵직한 소식들은 고스란히 나에게도 전해졌다는 말이다.

시스가 황위에 오르고 얼마 지나지 않아 카난 왕국에서 제국을 상대로 전쟁을 일으켰다. 표면적으로는 오래전 제국에 빼앗긴 영토를 찾기 위해서였지만 갓 황위에 오른 젊은 황제의 자리를 위태롭게 만들려고 한 1황비의 계략이었다.

'그 전쟁으로 시스는 결국 꽤 많은 세력을 잃어버렸지.'

최근까지도 나는 단지 카난 왕국이 영토를 회복하기 위해 일으킨 전쟁이라고만 알고 있었다. 하지만 카난 왕국으로 흘러가는 자금과 피스온 상단에서 모아 온 정보들을 종합해 보니 기존에 알고 있던 사실과는 다른 그림이 그려졌다.

'카난 왕국이 아닌 1황자의 개인 사병.'

얼핏 의연하게 서 있는 듯했지만 1황비의 몸은 불안한 듯 가늘게 떨리고 있었다.

1황비의 입장에서는 정식 절차를 밟아 시스를 실각시키는 것이 가장 좋은 방법이겠지만 엘리언트 후작가를 등에 업게 된 시스를 몰아내기에는 상황이 여러모로 여의치 않았다. 그녀 입장에서는 시스를 무력으로 억압하는 방법도 염두에 두고 있어야 했을 것이다.

아무리 황위 계승권을 가지고 있다 하더라도 황태자인 시스와 달리 1황자에게는 병권을 움직일 권한이 없었다. 대부분의 무력 세력들 또한 황제의 통제하에 있는 터라 1황비가 병권에 영향을 미치기는 어려웠다.

'황제의 눈을 피해 사병을 키우기도 어려웠을 테고 말이야.'

황제가 모이튼 후작의 사병들을 알면서도 모른 체했던 이유는 그가 보유한 기사들이 망나니에 가까운 자들이었기 때문이었다.

만약 모이튼 후작의 사병들이 정예로 채워졌다면 황제는 그것을 순순히 두고 보지만은 않았을 것이다. 황제는 1황자에게 꽤 너그러운 편이었지만 단 하나, 병력에 있어서만큼은 약간의 틈도 보여 주지 않았다.

병력에 민감한 황제를 알고 있던 1황비는 황제의 눈을 속이기 위해 제국이 아닌 카난 왕국 안에서 몰래 사병들을 키웠다. 모이튼 후작가와 카난 왕국은 오래전부터 꽤 우호적인 관계를 맺어 왔다. 황제의 눈을 속이고 자금을 보낼 수 있을 정도로 말이다.

시스에게 전폭적인 지지를 아끼지 않던 황제였지만 알게 모르게 1황자에게도 너그러운 면모를 보였다. 하지만 제국 내에서 벌어지는 정치 싸움과 외부 세력을 끌어들이는 전쟁은 달랐다.

"선택할 생각이 없다면 내가 골라 주지."

황제가 천천히 좌중을 둘러봤다. 1황자의 세력이라고 볼 수 있는 귀족파들의 얼굴이 새파랗게 질렸다.

그들이 이러한 사실들을 이미 알고 있었느냐는 중요하지 않았다. 황제의 입에서 반역이라는 말이 나오는 순간 이 자리에 있는 귀족들의 절반은 비정한 칼날을 피할 수 없을 것이다.

황제의 시선이 나에게 머물렀다.

'1황자에게 있는 황위 계승권을 회수하겠다.'

1황비와의 전쟁을 선포한 나에게 황제가 들려준 대답이었다. 황제의 결심은 굳건했고 이변은 있을 수 없었다.

아쉽게도 1황비를 반역으로 엮기에는 연관되어 있는 자들이 너무도 많았다. 반역이라 이름 붙일 칼날엔 눈이 없었고, 눈먼 칼은 자칫 애먼 자들까지 잡을 수 있었다.

'시스의 치세에도 안 좋은 영향을 미칠 수 있고 말이지.'

"1황자, '카이타 모호른 루이 프리스턴'을 아스텐 영지의 영주로 임명하고, 향후 이십 년간 타 영지로의 이동을 금한다."

"폐하!"

황제의 선언에 1황비가 새된 비명을 질렀다. 아스텐은 북부 지역에 위치한 영지로 꽤 넓은 영토를 가지고 있었지만 대부분이 돌산으로 이루어져 제국 안에서는 쓸모없는 땅으로 취급되는 영토 중의 하나였다. 더구나 북부에 위치한 영토답게 살이 에이는 추위로 유명한 곳이기도 했다.

그런 곳에서 20년간이나 다른 영지로 이동할 수 없다는 말은 실질적으로 유배를 보낸다는 말과 다름없었다.

"1황비는 내 명이 있을 때까지 1황비궁에서의 근신을 명한다. 그대의 처리는 차후 다시 논의할 것이다."

"어찌 제게 이러실 수 있단 말입니까!"

"목숨을 부지할 수 있다는 것만으로도 다행으로 알라."

"폐하!"

"무엇하느냐? 어서 1황비를 궁으로 모시지 않고."

황제의 명령이 떨어지자마자 대기하고 있던 기사들이 1황비를 에워쌌지만 섣불리 그녀에게 다가가지는 못했다. 죄를 지었을지언정 그녀는 황제의 여인이었으며 1황자의 어머니였다. 그녀를 끌어내지 못하고 미적거리는 기사들을 보며 황제가 혀끝을 찼다.

"1황비는 순순히 명을 받들라. 아니면 개처럼 끌려 나가야 정신을 차릴 텐가?"

으드득.

1황비의 입에서 이 가는 소리가 들렸다. 그녀가 죽일 듯이 황제를 쏘아보았지만 황제는 눈 하나 깜빡이지 않았다. 주먹 쥔 1황비의 손에서 핏방울이 바닥을 향해 방울방울 떨어져 내렸다.

“1황비를⋯⋯.”

“제 발로 가겠습니다.”

황제가 또다시 기사들에게 명령하려 했지만 1황비가 그런 황제의 말을 가로막았다. 그녀는 자신에게 가까이 다가오는 기사들의 손을 쳐 내며 몸을 돌렸다. 꼿꼿하게 자세를 바로 세운 그녀는 죄인이라기보다는 여전히 군림하는 권력자의 모습이었다.

또깍또깍.

모두가 조개처럼 입을 다물고 있는 가운데 대리석 바닥 위로 구두 굽 소리가 요란하게 울렸다. 문으로 향하던 그녀가 돌연 내 앞에 멈춰 섰다.

새파랗게 날이 선 1황비의 눈동자에 내 모습이 담겼다. 흉하게 피로 물든 그녀의 입술이 비틀어져 올라갔다.

“이것으로 모든 것이 끝났다고 생각하지 말거라.”

“나중을 기약할 수 있다고 생각하십니까?”

“⋯⋯!”

나는 그녀에게 답할 시간을 주지 않았다. 그녀의 입이 벌어지기도 전에 발을 움직여 그녀에게 바짝 다가가 귓가에 나직이 속삭였다.

“다시는 1황자가 수도의 땅을 밟는 일은 없을 겁니다.”

“네년이!”

1황비의 손이 나를 향해 움직였다. 대비하고 있던 나는 재빨리 몸을 뒤로 물렀다. 1황비의 손이 허공을 갈랐다. 휘두른 팔의 힘을 이기지 못한 그녀의 몸이 쓰러질 듯 휘청거렸다.

“1황비마마께서 충격을 많이 받으신 듯합니다. 어서 모시고 가십시오.”

내가 말하기도 전에 재빨리 움직인 기사들이 쓰러지려는 1황비를 잡았다. 기사들의 부축을 받아 몸을 세운 1황비가 죽일 듯이 나를 노려보았다.

“궁까지 모시겠습니다, 1황비마마.”

“놓거라.”

1황비가 또다시 기사들의 손길을 쳐 냈다. 분노로 번들거리는 눈동자가 여전히 내게서 떨어지지 않고 있었다. 불안함을 느꼈는지 시스와 아버지가 나를 보호하듯 가까이 다가왔다. 나는 두 사람을 향해 괜찮다는 의미로 미소를 지어 보였다.

그때의 내가 세상을 향해 품은 독기에 비하면 1황비의 분노 따위는 아무것도 아니었다. 나중을 기약하는 그녀의 말에 겁을 먹을 필요도, 걱정을 할 필요도 없었다.

"제게 하실 말씀이 더 남으셨습니까?"

"네년만은 기필코 가만두지 않을 것이다."

"결코 쉽지는 않을 테지만 기대는 하고 있겠습니다, 1황비마마."

이대로 승리감에 도취해 그녀를 얌전히 놔둘 생각은 애초에 없었으니 말이다.

17막. 전조

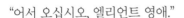

"어서 오십시오, 엘리언트 영애."

입궁을 하자 황태자궁 소속의 시종이 나를 맞이했다. 그는 나를 황태자궁으로 안내하며 시스가 남긴 말을 전했다.

"황태자 전하께서는 황제 폐하의 부름으로 잠시 자리를 비우셨습니다. 궁에서 기다려 달라는 전하의 전언이 계셨습니다."

나는 고개를 끄덕이고 시종의 뒤를 따랐다.

황태자궁은 내궁에서도 안쪽에 위치하고 있었다. 몇 개의 내궁을 거쳐 황태자궁으로 가는 길은 시간의 흐름에 맞춰 어느새 색색의 꽃길에서 하얀 눈길로 변해 있었다.

숨을 내쉴 때마다 차가운 공기 사이로 하얀 입김이 나풀거렸다.

시린 코끝과 달리 코트에 감싸인 몸은 추위를 전혀 느끼지 못했다. 보드라운 담비의 털가죽으로 만든 코트가 몸을 감싸고 있어 무척 따스했다.

'난 필요 없는 것이니 네가 쓰거라.'

사냥 대회 때 잡았던 것이라며 무뚝뚝한 얼굴로 던지듯 건네주던 아버지의 모습이 떠올랐다.

담비 가죽을 건네는 무심한 손길과 달리 아버지의 귀 끝은 붉게 물들어 있었다. 그런 아버지의 모습은 쑥스럽거나 당황했을 때의 란트와 꼭 닮아 있었다.

코트의 따뜻함에 저절로 미소가 나왔다.

"까르륵."

가까이에서 들려온 천진난만한 웃음소리에 상념이 깨졌다.

"앗, 차가워."

한 점의 그늘도 드리워지지 않은 듯 청명하고 맑은 목소리였다.

"나 이렇게 하얗고 차가운 건 처음 봐."

꿈에서조차 잊은 적 없던 목소리.

조금 전까지만 해도 추위를 전혀 느끼지 못했던 몸이 심장 안쪽부터 서서히 얼어붙기 시작했다.

"엘리언트 영애?"

앞서 걸어가던 시종이 걸음을 멈춘 나를 이상하다는 얼굴로 돌아보았다. 아무 일도 없다는 듯 발을 움직여 보려 했지만 발끝마저 얼어붙은 듯 몸은 꿈쩍도 하지 않았다.

"어엇!"

놀라는 비명 소리와 동시에 거센 돌풍이 내 쪽을 향해 불어왔다. 하얗고 복실거리는 자그마한 모자 하나가 돌풍에 밀려 내 발밑까지 데굴데굴 굴러 왔다.

"히잉, 내 모자……."

타닥거리는 발소리와 함께 울음기 섞인 목소리가 나에게로 다가왔다. 바로 앞에서 인기척이 느껴졌지만 차마 고개를 들 수 없었다.

"그거 내 모자인데……."

조르는 듯 말끝을 흐리는 특유의 말투. 리듬을 타듯 통통 튀는 발걸음.

굳이 얼굴을 보지 않아도 알 수 있었다. 목소리를 들은 것만으로도 내 심장은 기능을 잃은 듯 차갑게 얼어붙었으니 말이다.

"괜찮으십니까?"

시종이 다가와 내 안색을 살폈다. 크게 심호흡을 하며 천천히 고개를 들었다.

하늘색 실타래가 눈을 찌르듯 가장 먼저 망막에 가득 잡혔다.

"아가씨."

무너지려는 몸을 간신히 버티며 주먹을 그러쥐었다. 궁녀로 보이는 여자들이 수선을 피우며 그녀를 에워쌌다.

"아가씨, 괜찮으신가요?"

"히잉, 내 모자가……."

호박색 눈동자에 투명한 물기가 서렸다. 궁녀들의 시선이 그녀가 가리키는 손가락을 따라 내 발치에 머물렀다. 티끌 하나 없이 새하얀 모자는 어느새 내 발끝에 걸려 있었다.

"모자를 돌려주시겠습니까?"

궁녀들의 우두머리로 보이는 여자가 내 앞으로 나섰다. 굳이 기억을 더듬어 보지 않아도 그녀가 누구인지 바로 알 수 있었다.

어미 닭이 알을 품듯 그녀를 지킨다는 명분으로 사사건건 나에게 대들던 여인.

그때의 나에게 유모가 있었듯, 훗날 황비가 되는 그녀의 곁을 충견처럼 지키던 황비궁 소속의 궁녀장이었다.

'과연 너는 진짜 충견일까? 아니면 내 유모처럼 충견의 탈을 쓴 거머리일까?'

심장을 감싸고 있던 얼음이 파스스 부서지기 시작했다.

'나는 또다시 그때의 일을 반복할 것인가?'

스스로에게 질문하자 답은 쉽게 나왔다. 흔들리는 몸을 바로 세우고 발끝에 걸린 모자를 지그시 지르밟았다.

그때처럼 내 안의 감정을 소모할 생각은 없었다. 하지만 그것이 내 앞에서 건방지게 구는 것을 얌전히 두고 보겠다는 뜻은 아니었다. 나는 한쪽 입술을 비틀어 올렸다.

"무례하군. 어느 궁 소속이지?"

서늘한 목소리가 내 입을 타고 흘러나왔다. 그녀가 놀라 몸을 움츠렸다. 금방이라도 울음을 터트릴 것처럼 울먹거리는 그녀를 시녀들이 재빨리 보호하듯 에워쌌다.

마치 내가 그녀를 해하려 한다는 듯이.

"영애야말로 무례하십니다. 이분이 누구신 줄 알······."

짝!

고개가 꺾이고 궁녀장의 한쪽 뺨이 붉게 변했다. 순식간에 당한 일이 믿기지 않는지 여인은 고개도 바로 세우지 못하고 두 눈만 껌뻑였다.

거친 마찰로 얼얼한 손바닥을 털며 시녀들 사이에 몸을 숨긴 그녀를 바라보았다. 놀라 파들파들 떠는 모습은 기억 속의 모습과 한 치도 다르지 않았다.

"이게 무슨 짓입니까!"

그제야 충격에서 벗어난 모양인지 여인이 두 눈을 부릅떴다.

"귀족에게 고개를 빳빳이 쳐들고 대꾸하는 것은 어느 나라 예법이더냐. 시종, 하극상을 저지른 이에게 어떤 벌을 내리는지 읊어 보거라."

내 곁에서 조용히 읍소하고 있던 시종이 내 명령에 앞으로 나왔다.

"제국법상 직위와 죄질에 따라 다르오나 황태자 전하의 약혼녀이신 엘리언트 영애께서는 준황족에 속하시므로 평민인 저 여인의 죄는 황족 모독죄에 해당하옵니다. 하여, 영애의 뜻에 따라 저 여인의 목숨도 취하실 수 있사옵니다."

밖이라면 달라졌겠지만 이곳은 황권이 가장 강하게 발휘되는 황궁 안이었다. 황태자의 약혼녀로서 입궁한 나는 이곳에서만큼은 황족에 준하는 대우를 받았다.

시종의 말이 끝나기가 무섭게 그녀들의 얼굴에서 핏기가 사라졌다.

"그, 그런······."

"궁녀 주제에 기본적인 예법도 모르고 있었더냐."

여인이 자신의 입술을 자근자근 씹었다. 궁녀들의 우두머리 격으로 행동하는 여인이 이런 기본적인 예법을 모를 리가 없었다.

'필시 나를 우습게 여긴 것일 테지.'

황궁에서 벌어진 회의의 결과로 1황비와 1황자가 실각되고 나와 관련된 악의적인 소문은 가라앉았지만 오래전부터 밑에 깔려 있던 나에 대한 부정적인 이미지까지 사라진 것은 아니었다.

비단 눈앞에 있는 여인뿐만은 아니었다. 나에 대해 잘 알지도 못하면서 악의를 품고 있는 사람들은 꽤 많았다.

자신들이 믿고 싶은 것만을 믿고 자신이 알고 있는 것이 진실이라 믿는 자들이었다.

"궁녀로서의 자질이 없는 듯하니 오늘 안으로 궁을 나가거라."

자신들의 잣대에 맞춰 나를 재려는 이들에게 일일이 해명할 생각 따위는 없었다. 그들이 나를 어떻게 생각하든 나는 나였으니까.

"저는 궁녀입니다. 영애가 무슨 권리로 제게 궁을 나가라 하십니까."

"방금 시종이 한 말을 듣지 못하였느냐?"

"영애가 황태자 전하의 약혼녀이시기는 하나 궁녀의 인사권까지 관여하실 수는 없습니다."

고개를 빳빳 들고 눈에 날을 세우는 여인의 모습에 피식 웃음이 나왔다. 내가 누구인지 알면서도 이리 뻣뻣하게 나오는 이유는 단 하나다.

'데이샤 공작 영애.'

엄마 치맛자락에 숨은 어린아이처럼 여인의 뒤에 매달리듯 숨어 있는 데이샤 공작 영애를 보니 짧은 시간 동안 여인은 그녀의 환심을 사놓은 듯했다.

'그러니 저리 당당한 것일 테지만.'

"그래, 네 말대로 나에게는 인사권이 없지."

여인의 얼굴에 설핏 안도감이 서렸다. 하지만 내 말은 아직 끝나지 않았다.

"허나 궁녀 한 명 정도 내보내는 것이 내게 그리 어려운 일만은 아니지."

"그, 그런……."

나는 발을 떼어 여인에게로 한 발자국 다가갔다. 새하얗던 모자의 귀퉁이에는 발자국이 선명히 찍혀 있었다. 나는 천천히 여인의 귓가에 다가가 낮게 속삭였다.

"과연 공작 영애가 널 지켜 줄 수 있을까?"

"……!"

"무슨 일이지?"

얼굴이 새파랗게 질린 여인이 주춤거리며 뒤로 물러서려는 찰나, 익숙한 목소리가 들려왔다.

"황태자 전하."

그녀를 에워싸듯 몰려 있던 궁녀들과 시종이 그를 알아보고 서둘러 허리를 숙였다. 나는 심호흡을 하며 천천히 그가 있는 쪽으로 몸을 돌렸다.

"시, 시리우스!"

시녀들 틈에서 바들바들 떨던 그녀가 구명줄이라도 잡은 듯 그에게 달려갔다.

그에게로 향하는 드레스 자락이 눈에 아로새겨졌다. 나풀거리는 천 사이로 비치는 차가운 햇살에 눈이 시렸다.

"흑, 시리……."

눈물을 글썽이며 자신에게 다가오는 그녀를 보는 시스의 얼굴이 차갑게 굳어졌다. 그가 고개를 돌려 나를 바라보았다. 무슨 생각을 하고 있는지 알 수 없는 황금색 눈동자에 가슴이 철렁 내려앉았다.

'그대에게 실망하였다.'

이명처럼 그의 목소리가 머릿속 깊이 박혀 들었다. 차가운 말투, 찌르는 듯 따가운 시선, 그 모든 것이 생생하게 전해졌다.

"……."

힘겹게 입술을 달싹여 봤지만 소리가 되어 나가지 않았다.

기억 속의 허상일 뿐이라는 것은 알고 있었다. 머리로는 분명 그러한 사실을 인지하고 있었음에도 떨리는 몸은 쉬이 진정되지 않았다.

그와 시선이 마주쳤다고 느낀 순간, 황금색 눈동자가 거세게 흔들렸다.

"비이!"

강한 힘이 내 몸을 끌어안았다. 흐려지려는 의식 속에 다급한 목소리가 내 고막을 때렸다.

"숨을 쉬어!"

거센 힘에 몸이 흔들렸다.

"제발 숨을 쉬어, 비이!"

"하아……."

차가운 공기가 폐부 깊숙이 들어찼다. 기억 속의 허상이 깨어지고 당황한 시스의 얼굴이 망막에 가득 찼다.

"어서 궁의를 부르라!"

그가 날 안아 들며 명령하자 시종이 다급히 몸을 움직였다.

"괜찮……."

괜찮다는 말을 하려는 순간 그의 등 뒤로 방울방울 눈물을 흘리고 있는 그녀의 얼굴이 보였다. 반사적으로 그의 팔을 잡고 있던 손에 힘이 들어갔다.

"조금만 참아라, 비이."

그가 나를 안은 채로 성큼성큼 움직이기 시작했다. 그의 뒷모습을 바라보며 애처롭게 서 있는 그녀의 모습이 점점 멀어졌다. 나는 그의 품에 몸을 맡긴 채 눈을 감았다.

"비이."

문이 닫히는 소리가 들리고 그가 나를 조심스레 내려놓았다. 엉덩이에서 느껴지는 푹신한 감촉으로 그가 나를 내려놓은 곳이 소파가 아닌 침대 위라는 것을 알 수 있었다.

따뜻한 온기가 내 뺨을 조심스레 쓸어내렸다. 감았던 눈을 뜨자 시스가 걱정이 가득 찬 얼굴로 나를 내려다보고 있었다.

"조금만 기다리면 궁의가 올 거야."

"괜찮습니다."

괜찮다는 나의 대답에 그가 미간을 살짝 찌푸렸다.

"그리 하얗게 질린 얼굴로 괜찮다고 말하면 내가 무슨 대답을 할 거 같은가?"

"……."

찌르는 듯한 그의 시선을 외면하자 그가 깊은 한숨을 내쉬었다.

"내 시선을 피하다니, 그대답지 않아."

그의 두 손이 내 뺨을 감싸 쥐며 얼굴을 들어 올렸다.

"무슨 일이야?"

"……."

"대답하기 싫은 건가?"

그의 황금빛 눈동자 안에 내 모습이 오롯이 비쳤다.

"한 번이라도 그대가 나에게 기대면 좋겠다."

"기댈 수 있는 여인을 찾아보시지요."

생각도 하기 전에 날 선 말이 먼저 튀어 나갔다. 아차, 싶었지만 이미 입 밖으로 나간 말을 도로 주워 담을 수는 없었다. 나를 담은 시스의 눈동자가 잘게 흔들렸다.

"그대에게 이런 버릇이 있는 줄 몰랐는데."

그가 또다시 한숨을 내쉬며 엄지를 움직여 내 입술을 훑었다.

"하지 마라."

나도 모르게 입술이라도 짓씹고 있었는지 그의 손길이 닿은 곳이 화끈거렸다.

"무엇에 화가 났는지는 모르겠지만 스스로를 괴롭히지 마라, 부탁이야."

"……."

"하아."

내가 입을 꾹 다물고만 있자 그가 낮은 한숨을 내쉬었다.

"차라리, 나에게 화를 내는 것이 좋겠다, 비이."

"죄송합니다."

"괜찮아. 그대의 말에 상처받은 것이 한두 번도 아니고, 이 정도쯤은 이미 내성이 생겨 거뜬하지."

내가 대답한 것만으로도 기쁘다는 듯, 그가 어깨를 으쓱이며 장난스럽게 대꾸했다. 분위기를 바꿔 보려는 그의 노력이 가상해서 피식 웃어 보였다.

"미안해하라 제게 협박하시는 겁니까?"

"협박이라기보다는 투정이지. 어때, 양심에 좀 찔리기는 한가?"

그가 개구지게 웃으며 말을 이었다.

"나는 미안하다는 말보다는 키스 한 번이 더 좋은데 말이야. 어떤가?"

내 앞으로 자신의 얼굴을 바짝 내밀며 그가 손가락으로 자신의 입술을 툭툭 두드렸다.

"어서."

유혹하듯 속눈썹을 팔랑거리며 조르는 그가 얄미워 가늘게 눈을 흘겼다.

"물어 버릴지도 모르는데 괜찮으시겠습니까?"

"그대에게 키스를 받을 수 있다면야 그 정도의 부상쯤은 감수하도록 하지."

그가 천연덕스럽게 입술을 내밀며 눈을 감았다. 도자기 같은 매끄러운 피부, 섬세한 이목구비, 오뚝한 콧날, 보기 좋게 자리 잡은 붉은 입술은 신이 공들여 만든 하나의 예술품 같았다.

입술의 단아한 선을 따라 천천히 손가락을 움직였다. 손가락 끝으로 촉촉하면서 부드러운 감촉이 느껴졌다. 내 움직임에 따라 그의 긴 속눈썹이 파르르 떨리는 것이 보였다.

"후회하지 않으시겠습니까?"

뜬금없는 내 질문에 그가 감고 있던 눈을 떴다.

"무슨 뜻이지?"

'어쩌면 당신은 또다시 그녀를 사랑하게 될지도 모르니까요.'

머릿속을 맴도는 말이 차마 소리가 되어 입 밖으로 나오지 않았다.

내 대답을 기다리듯 그의 눈꺼풀이 느리게 움직였다. 깊이를 알 수 없는 황금색 눈동자가 눈꺼풀의 움직임에 따라 사라졌다 나타났다.

"그대는?"

"……."

"그대는 후회할 것 같은가?"

씁쓸함이 입안을 맴돌았다. 후회한다. 아니, 후회했다.

숨통이 막히고 창자의 마디마디가 끊어지는 고통에 몸부림치며 나는 스스로를 어리석다 비웃었다.

심장이 산산조각 나는 절망 속에서 다시는 후회하지 않겠다. 맹세하고, 또 맹세했었다.

절망에 빠져 또다시 스스로의 목숨을 끊지 않기 위해 나는 모든 것의 근원이라 할 수 있는 그에 대한 미련을 애초에 잘라 내 버리려 했었다.

'그럼에도 나는 또다시 그를 선택하고 말았지.'

여전히 그의 입술에 머물고 있던 내 손을 그가 커다란 손으로 감싸 쥐었다.

"비이."

그가 내 손을 쥔 상태로 자신의 입술을 눌렀다. 말캉한 입술의 감촉이 손바닥 안에서 느껴졌다.

"나는 절대 후회하지 않는다."

"어찌 그리 장담하십니까?"

"전에도 내게 그리 물었지."

그의 입술이 움직일 때마다 손바닥이 간질거렸다.

"그대의 말대로 어쩌면 후회를 하게 될지도 몰라. 하지만 비이……."

그가 잠시 말을 멈추고 부드러운 눈빛으로 나를 응시했다.

"그대와 함께라면 후회해도 좋아."

그가 내 손을 자신의 뺨에 조심스레 가져다 대었다.

"나의 이름을 불러 주는 그대의 목소리가 좋아. 내 손을 뿌리치지 않고 받아 주는 그대로 인해 행복함을 느껴. 그대의 미소가 내 심장을 미친 듯이 뛰게 만들어."

나직한 그의 고백에 불안한 마음이 서서히 찾아들기 시작했다.

"그대와 함께 가정을 이루고 그대의 곁에서 나이를 먹을 수 있다면 난 후회하더라도 행복할 것 같아."

나를 향한 달콤한 눈빛과 나를 감싸는 따스한 온기가 오롯이 내 것이라 그는 말하고 있었다.

"그녀는…….."

"그녀라니?"

간신히 입을 떼자 그가 영문을 모르겠다는 얼굴로 되물었다.

"설마 방금 전에 만났던 데이샤 공작 영애를 말하는 건가?"

대답 대신 그를 물끄러미 바라보았다. 그가 이해할 수 없다는 듯, 미간을 찌푸렸다.

"그녀가 왜?"

"이상형의 여인이 아닙니까?"

"뭐?"

그가 잡고 있던 내 손을 놓고 몸을 뒤로 물리며 반문했다.

"이상형? 나의?"

"네."

"어째서 그녀가 내 이상형이라고 하는 거지?"

"아름다운 영애더군요. 보호 본능을 일으킬 정도로 여리고, 순수한…….. 남자들은 보통 그런 여인을 좋아하지 않습니까? 더구나 시스도 제게 그리 말씀하시지 않았습니까?"

"내가 그런 여자가 취향이라고 말했다고? 언제?"

그가 눈을 크게 뜨며 자신을 가리켰다.

"잘 생각해 보시지요."

나의 대답에 그가 억울하다는 표정을 지었다. 나는 그의 시선을 외면하며 고개를 모로 돌렸다.

괜한 심술이라는 것은 알고 있었다. 그는 그때의 그가 아니다. 그 사실을 너무도 잘 알고 있음에도 부글부글 끓어오르는 심사는 쉽게 가라앉지 않았다.

'시리우스.'

이번에도 그녀는 그를 이름으로 불렀다. 그때의 나는 절대 부를 수 없었던, 오직 그녀에게만 허락되었던 그의 이름을 말이다.

'그는 또다시 그녀에게 이름을 허락한 것일까?'

턱을 괴며 생각에 잠겨 있던 그와 시선이 마주쳤다.

"아무리 생각해 봐도 그런 말을 한 기억이 없는데?"

"그녀가 당신의 이름을 부르더군요. 그건 어찌 설명하시겠습니까?"

"이름을 불렀다고? 나의?"

"시치미를 떼시는 겁니까?"

그가 자신의 턱을 매만지며 또다시 생각에 잠겼다. 시간이 길어질수록 그의 얼굴이 점점 굳어져 갔다.

"그러고 보니 내 이름을 불렀던 것 같군."

"이름을 허락하신 것이 아닙니까?"

"내가 이름을 허락한 것은 그대뿐이다."

"그럼 어째서……."

"……쿡."

얼굴 가득 불쾌감을 드러내고 있던 그가 별안간 웃음을 터트리며 나를 안았다.

"이거야 원, 이런 기분이었군."

"무슨……!"

그의 품에서 벗어나려 하자 그가 나를 안은 팔에 더욱 힘을 주었다.

"정말이지 어쩌자고 이리 귀엽게 구는 거야."

"시스!"

"질투하는 모습조차 이리 어여쁘니, 한시도 그대에게서 헤어나지 못하고 있질 않나. 이런 나를 어찌 책임질 텐가?"

녹아내릴 정도로 달콤한 그의 음성이 내 귓가에 속삭였다.

"내 이상형은 바로 그대다."

"하지만……."

"다른 여자 따윈 눈에 보이지도 않아. 그대만이 여자로 느껴져."

그가 팔을 풀고 자신의 이마를 내 이마에 가져다 대며 속삭였다.

"내 몸을 이리 달아오르게 하는 것도 오직 그대 한 명뿐이다. 나의 비이."

그의 길쭉한 손가락이 내 머리카락 속을 파고들어 간다고 느낀 순간 분홍빛 혀가 내 입술을 가르고 들어왔다. 내뱉는 숨결 한 조각조차 놓칠 수 없다는 듯 그가 내 입술을 강하게 빨아들였다.

고른 치열을 훑던 그의 혀가 입안 깊숙이 자리하고 있던 점막을 건드렸다.

"하아."

마치 제집인 양 입안을 헤집고 다니던 그의 혀가 잠시 빠져나가는 틈을 이용해 모자란 숨을 들이쉬었다. 밀어붙이는 그의 힘 탓에 침대 속으로 푹 파묻혔지만 그걸 느낄 사이도 없었다.

"으읏."

잠깐의 틈도 허용할 수 없다는 듯 그가 다시 강하게 입을 맞춰 왔다. 그의 혀가 마치 뱀처럼 내 혀를 부드럽게 감아 올려 자신의 영역 안으로 끌어들였다.

혀와 혀가 얽히는 질척한 소리만이 방 안을 가득 채웠다. 숨을 쉬는 방법조차 잊어버릴 정도로 그만이 내 머릿속을 가득 채웠다.

"훗!"

강하게 몰아치기만 했던 그의 입맞춤이 느릿하게 변했다. 탐험을 하듯 입안 구석구석 헤집고 다니는 그의 느낌에 몸이 달아올랐다. 사탕을 빨 듯 입술을 할짝거리던 그가 천천히 고개를 들었다.

그가 혀로 입술을 훑자, 서로의 입술을 잇듯 길게 이어지던 은색 실선이 순식간에 자취를 감추었다.

"예쁘다, 비이."

어느새 침대 위에 완전히 드러누운 내 위로 그가 덮치듯 올라타 있었다. 묵직한 그의 무게감이 온몸으로 느껴졌다.

그의 커다란 손이 소중한 것을 만지듯 부드럽게 내 얼굴을 감싸 쥐었다. 그의 황금색 눈동자가 초승달처럼 가늘게 휘어졌다.

"갖고 싶어."

내 대답은 듣지 않겠다는 듯 그가 바로 입술을 덮쳤다. 뜨거운 열기로 가득 찬 그의 손이 쇄골을 지나 아래로 내려갔다.

"하아!"

그의 입에서 만족스러운 한숨이 새어 나왔다.

거칠게 헤집으면서도 때때로 부드럽게 감싸는 그의 손길에 정신이 날아갈 것 같았다.

똑똑.

"전하, 궁의를 불러왔사옵니다."

"……."

"전하."

또다시 문을 두드리는 시종의 목소리에 그의 움직임이 멈췄다.

"젠장!"

"전하? 잠시 들어가겠……."

"기다리거라."

금방이라도 들어올 것 같은 시종의 기척에 그가 욕설을 내뱉으며 내 몸에서 손을 뗐다.

"빌어먹을!"

그가 거친 손길로 머리카락을 넘기며 나를 바라보았다. 그의 눈동자 안에는 피어오르기 시작한 정염이 가득 차 있었다.

"하아."

닫혀 있던 그의 입술이 열리고 복잡 미묘한 느낌을 담은 한숨 소리가 새어 나왔다.

그의 손이 천천히 내 가슴 쪽으로 다가왔다. 내 앞섶은 언제 벌어졌는지 하얀 속살을 드러내고 있었다.

"손버릇이 나쁘시군요."

"쿡, 나도 내 손버릇이 이리 나쁜 줄은 몰랐다."

그가 내 앞섶을 여며 주며 피식 웃었다.

"한두 번 해 본 솜씨 같지는 않습니다만."

허벅지까지 말려 올라간 치맛자락을 내리며 묻자 그의 얼굴에 불만이 서렸다.

"모두 그대 탓이다."

"억지 피우지 마십시오."

침대에 드러눕다시피 한 몸을 일으키며 대답하자 그가 뾰로통한 표정을 지었다.

"그리 무뚝뚝한 말투로 이리 사랑스러워 보이는 건 반칙이란 말이다. 그러니 내가 이리 짐승이 되는 건 전적으로 그대 탓이다."

방금 전 광폭했던 키스와 달리 나비의 날갯짓 같은 키스가 연이어 내 입술로 떨어졌다.

"으읏!"

따끔한 입술의 쓸림에 신음이 터져 나왔다. 몸을 밀치자 그가 순순히 입술을 떨어트리며 낮은 한숨을 내쉬었다.

"미안, 상처가 있다는 걸 잊었어."

그의 손가락이 차마 내 입술을 건드리지 못하고 주위를 배회했다.

"먼저 치료부터 받아야겠군."

그가 몸을 일으켰다. 그를 따라 나 또한 몸을 일으키려 했지만 그가 내 어깨를 잡으며 부드럽게 눌렀다.

의아한 듯 그를 올려다보자 그가 웃으며 침대에서 두어 걸음 물러서며 입술을 달싹였다.

"빠른 시일 내에 이어서 하도록 하지."

"……!"

"궁의를 들라 하라."

내가 뭐라 말을 하기도 전에 문이 열리고 시종과 궁의가 안으로 들어왔다. 나는 배부른 고양이처럼 흐뭇하게 웃고 있는 그를 향해 눈을 흘겼다.

"데이샤 공작의 등장으로 수도 전체가 술렁이고 있어요."

아나샤가 한숨을 내쉬며 내게 서류를 내밀었다. 서류 안에는 데이샤 공작이 수도에 올라온 후의 행적과 만난 사람들에 대한 자료가 들어 있었다.

태어나자마자 서부로 쫓겨나 30년이 넘는 세월 동안 단 한 번도 모습을 드러내지 않았던 데이샤 공작의 등장은 귀족들뿐만 아니라 평민들까지도 당황하게 만들었다.

사람들은 공작의 일거수일투족을 주시하며 그의 향방이 향후 제국에 어떠한 영향을 미칠 것인지 궁금해했다.

"계속 서부 쪽을 감시했어야 했는데, 모두 제 불찰이에요."

"자책하지 마세요, 아나샤. 그건 어쩔 수 없는 일이었어요. 데이샤 공작이 갑자기 움직이리라는 것은 아무도 예상하지 못한 일이었으니까요. 더구나 데이샤 공작을 감시하던 인력을 빼내 1황비와 카난 왕국을 감시하라고 지시한 것은 다른 누구도 아닌 바로 나예요. 잘못이 있다면 당신이 아니라 나에게 있겠죠."

이번 일은 확실히 내 불찰이었다. 상단을 유지하면서 1황비와 1황자를 동시에 주시해야 했기에 데이샤 공작에게까지 감시를 붙일 수가 없었다.

더구나 내 기억대로라면 공작과 공작의 딸인 그녀가 수도에 등장하는 것은 1년하고도 반이나 남아 있었다.

이 시기에 그들이 수도에 올 거라고는 전혀 짐작하지 못하고 있었기에 데이샤 공작을 감시하던 인원을 빼내는 것에 주저함이 없었다.

'설마 그 잠깐 사이에 움직일 줄이야.'

예상치 않은 그들의 움직임은 나를 혼란스럽게 만들었다.

"도대체 무슨 꿍꿍이인지 수도에 올라온 후, 데이샤 공작은 궁에서 한 발자국도 나오지 않고 있어요."

서류를 뒤척이자 아나샤가 부연 설명을 시작했다.

"수도에 저택이 없다는 이유로 외궁에 머물고 있긴 하지만 황실에서도 예의 주시하고 있는 모양이에요."

"생각보다 수행 인원이 적군요."

서류에 적힌 대로라면 현재 수도에 올라온 대공의 사람들은 딸인 그녀와 공작가 소속의 기사 5명이 전부였다.

"정말로 이 다섯 명이 전부인가요?"

"저도 의심이 들어 계속 알아보고 있긴 하지만 현재 알아낼 수 있는 인원은 그 다섯 명이 전부였어요."

'그때에는 어땠지?'

기억을 더듬어 봤지만 생각나는 것은 없었다.

'하긴 기억이 날 리가 없지.'

그때의 나는 서부의 촌것들이라며 공작과 그녀를 무시했다. 그들이 무슨 의도로 수도에 왔는지 수행 인원은 몇 명이었는지 궁금하지도 않았고 알아야 할 필요성도 느끼지 못했다.

지금 상황에서는 참으로 안타까운 일이지만 말이다.

"귀족들의 반응은 어떤가요?"

"크게 공작을 예의 주시하고 지켜보는 쪽과 어떻게 해서든 접근하려고 움직이는 쪽으로 나뉘고 있어요."

"접근하려는 쪽은 대체로 귀족파겠군요."

"아무래도 귀족파 쪽은 구심점을 잃은 상태니까요."

아나샤의 말대로 현재 귀족파는 1황자라는 구심점을 잃어 우왕좌왕하고 있었다. 그런 그들에게 데이샤 공작은 또 다른 구심점으로 삼기에 아주 좋은 상대였다.

비록 황위 계승권을 빼앗기고 황적에도 오르지 못한 이름이지만 그는 전 황태자의 유일한 자식으로 적통이었다. 그가 어떻게 움직이느냐에 따라 세력의 판도가 바뀔 수도 있는 일이었다.

그것이 아니더라도 황실은 현재 공작이라는 직위를 가지고 서부의 한 축을 담당하고 있는 그를 무시할 수는 없었다.

"1황자 쪽은 어떤가요?"

"현재로서는 자신의 영지에서 조용히 지내고 있어요. 아무래도 지금은 숨죽이고 있는 편이 이로울 테니까요."

손가락으로 탁자를 두드리며 생각을 정리했다.

동부에 있던 1황자는 황제의 명령에 의해 끌려가다시피 북부의 아스텐 영지로 이송되었다. 귀족파가 많은 동부와 달리 북부는 예전부터 대대로 황제에게 충성하는 이들이 많았다.

1황자가 황제의 명령을 어기고 수도에 오기 위해서는 2황자의 외가인 아스테이아 자작가를 비롯해 많은 북부 귀족들을 상대해야 할 터였다.

"이럴 때일수록 1황자와 1황비의 감시를 소홀히 하지 마세요."

한동안 모든 이들의 이목이 1황자와 1황비 쪽에 쏠릴 것이라는 예상과 달리 데이샤 공작의 갑작스런 등장으로 1황비와 1황자에 대한 감시망이 생각보다 빨리 느슨해졌다.

1황자는 몰라도 내가 아는 1황비는 이대로 얌전히 물러날 성격이 아니었다. 그녀는 어떻게 해서든 자신의 자리를 되찾기 위해 기를 쓰고 있을 터였다.

"폐궁은 안에서 밖으로 나오기도 어렵지만 반대로 밖에서 안쪽의 동태를 살피기도 어려운 곳입니다. 각별히 유의하세요."

유배되다시피 북부로 끌려간 1황자와 달리 1황비는 내궁의 후미진 곳에 있던 궁에 유폐되었다. 기존에 거처하고 있던 궁은 비워지고 그녀가 새롭게 머물게 된 궁은 황제의 명령으로 문이 폐쇄되었다.

이제 황제의 공식 명령이 아니고서는 그 누구도 1황비가 머물고 있는 폐궁에 들어갈 수도 나올 수도 없게 된 것이다.

쥐새끼 한 마리 드나들 수 없는 철통같은 경계는 1황비의 손발을 묶고 눈과 귀를 멀게 할 수 있지만, 반대로 우리들 또한 폐궁 안에서 어떤 일들이 벌어지고 있는지 알 수 없게 되었다는 뜻도 되었다.

"걱정하지 마세요. 1황비를 보좌하는 시녀들 속에 세작을 심어 두었으니까요."

"1황비가 자신의 수족이 아닌 자를 믿겠습니까?"

나의 물음에 아나샤가 득의양양한 표정을 지었다.

"어릴 때부터 1황비의 곁에서 수발을 들던 시녀이니 전혀 의심하지 못할 거예요. 상단과의 연결점도 전혀 없으니 안심하셔도 돼요."

실질적 주인이면서도 때때로 피스온 상단이 가지고 있는 저력에 놀라곤 했다.

외할아버지에게 거두어진 사람들은 제국은 물론 타국까지 곳곳에 퍼져 있었다. 대부분이 상단과 관련된 일을 했지만 더러 그렇지 않은 사람들도 있었다. 그들은 상단과는 상관없이 자신들의 생활을 영위해 가면서 주기적으로 주변에서 벌어지는 상황들을 전해 왔다. 그들에게서 받은 이야기들은 한곳에 모여 정보가 되었고, 지금까지도 피스온 상단의 눈과 귀의 역할을 해 왔다.

"다행이로군요. 앞으로도 잘 부탁해요, 아나샤."

"이야기 아직 안 끝났어요?"

살며시 문이 열리며 조그마한 머리가 빼꼼 모습을 드러냈다. 생각보다 이야기가 길어졌던 모양인지 기다림에 지친 엘의 볼이 빵빵하게 부풀어 올라 있었다.

"어서 들어오렴, 엘."

"헤엣, 비……. 어엇!"

"엘!"

"아가!"

내 이름을 부르며 달려오던 엘이 발이라도 접질렸는지 몸을 휘청거렸다. 소파에 앉아 있던 나와 아나샤 몸을 일으켜 엘을 잡으려 했지만 엘의 뒤에 서 있던 아이의 움직임이 더 빨랐다.

"엘, 괜찮니?"

"으윽."

한 덩이가 되어 바닥에 엎어진 두 아이를 향해 아나샤가 다급히 다가갔다. 밑에 깔려 신음하고 있는 아이 덕분인지 엘은 상처 하나 없이 멀쩡해 보였다.

"라이, 너는?"

"괜찮아요."

위에 있던 엘을 먼저 일으킨 아나샤가 곧이어 아래에 깔려 있는 아이를 일으켜 세웠다. 바닥에 쓸린 듯 아이의 팔에는 방울방울 핏방울이 맺혀 있었다. 꽤 아파 보이는 상처였건만 아이는 눈가를 찡그리기만 할 뿐, 울거나 칭얼거리지 않았다. 고집스런 입매와 개구쟁이 같은 눈매가 익숙했다.

'이나야리의 혼혈이었군.'

"이런, 치료를 해야겠네. 잠시만 기다리렴."

대화를 위해 시녀들을 모두 물린 상태였다. 아나샤는 약을 가지러 가기 위해 서둘러 밖으로 나갔다.

"라이, 많이 아파?"

"괜찮아. 하나도 안 아파."

앞을 보지 못하는 엘은 상대를 찾지 못하고 주위를 서성이며 불안한 듯 발을 동동 굴렀다. 그런 엘의 손을 라이가 잡아 다독였다.

"라이는 만날 괜찮다고 하잖아."

"정말로 괜찮은데……."

엘이 눈물을 글썽이기 시작하자 라이가 난감한 표정을 지었다.

"조금 까지긴 했지만 약을 바르면 괜찮아질 거야. 걱정하지 마렴, 엘."

나는 엘을 다독이며 소파 위에 앉혔다. 손을 잡고 있던 라이도 덩달아 엘의 옆에 따라 앉았다.

"정말 괜찮아?"

"그래, 약을 바르면 나을 거야."

"응, 다행이다."

나의 대답에 엘은 그제야 안심이 된다는 듯 고개를 끄덕였다. 그런 엘의 옆에서 라이가 볼을 부풀이며 볼멘소리를 냈다.

"거봐, 내가 괜찮다고 했잖아."

"하지만 라이는 거짓말쟁이잖아."

"내가 언제 거짓말을 했는데."

"만날, 만날 괜찮다고만 하잖아. 저번에도 다리 부러지고서 괜찮다고 했 잖아. 라이는 바보야!"

엘이 생각만으로도 분한 듯 라이를 향해 빽 소리를 질렀다. 엘의 거센 반 응에 라이가 아차 싶은 표정으로 볼을 긁적였다.

'저 아이들이 언제 저렇게 친해졌지?'

"자, 이제 그만하고. 상처 좀 보자꾸나."

어느새 돌아온 아나샤가 약을 든 채로 아이들 사이에 끼어들었다.

"이 정도면 다행히 흉은 지지 않겠다."

라이의 상처를 꼼꼼히 살펴본 아나샤가 다행이라는 듯 중얼거렸다. 그녀는 가지고 온 약을 살살 펴 바르며 방긋 웃었다.

"엘을 보호해 줘서 고맙구나, 라이."

아나샤의 감사 인사에 라이가 쑥스러운 듯 멋쩍은 표정을 지었다.

"그리고 보니 비욘느는 라이와 구면이죠?"

"네, 이곳에 있는 줄은 몰랐군요."

"아무래도 라이가 상단에 머무는 건 위험해 보여서요. 당신의 충고도 있었고 엘의 놀이 친구도 필요해서 백작저로 불렀어요."

현재 피스온 백작저에 머물고 있는 사람들은 말단 하녀 1명까지, 대대로 피스온 백작가에 충성을 해 온 사람이거나 상단과 관련이 있는 우리 쪽 사람들이었다. 확실히 이곳이라면 라이의 비밀이 새어 나갈 염려는 없어 보였다.

"아카데미에 입학하기 위해 엘과 함께 열심히 공부도 하고 있답니다."

아나샤의 말에 아이와 한 약속이 떠올랐다.

'비욘느를 지키기 위해 귀족이 되고 싶다고 했던가.'

라이는 여전히 엘의 손을 꼭 잡고 있었다. 방금 전 넘어지는 엘을 향해 몸을 던지던 아이의 모습이 떠올랐다.

"엘이 너의 비욘느였나 보구나."

"그, 그건……."

라이의 얼굴에 홍조가 올랐다. 아이는 말을 더듬으며 엘과 나를 번갈아 바라보았다.

"쿡, 심술궂네요. 비욘느."

"그런가요?"

대수롭지 않다는 듯 어깨를 으쓱이자 아나샤가 또다시 소리 내어 웃었다.

라이는 민망한지 고개를 숙이고 애꿎은 바닥을 발로 툭툭 찼다.

"내 이름은 엘이야. 비욘느 아니야."

엘이 이상하다는 듯 고개를 갸웃거렸다.

"비욘느는 비이인걸. 그치?"

순진무구한 엘의 물음에 라이의 얼굴이 불타는 고구마처럼 새빨갛게 달아올랐다.

"엘, 이름은 상관없단다. 중요한 것은 라이가 지켜야 할 대상이 바로 너라는 거지."

"무슨 말인지 모르겠어, 비이."

"엘이 더 자라면 저절로 알게 될 거야."

자그마한 엘의 머리를 쓰다듬어 주었다. 엘이 까르륵 웃으며 내 품에 안겼다. 엘에게서 풍겨 나온 달달한 향이 코끝을 간질였다.

여전히 얼굴을 붉히고 있는 라이를 향해 시선을 주었다. 나는 라이의 오렌지색 눈동자를 바라보며 입을 열었다.

"네가 말한 맹세를 꼭 지키기 바란다."

눈을 휘둥그레 뜨던 라이가 이내 고개를 끄덕였다. 고집스럽게 닫힌 입매가 아이의 성격을 고스란히 반영해 주는 듯했다.

아직 어린아이, 그것도 이나야리의 혼혈이라는 약점을 가지고 있는 라이가 얼마만큼 엘을 지켜 줄 수 있을지는 알 수 없었다. 하지만 적어도 훗날 상처받은 엘을 위로해 줄 누군가가 곁에 있다면 그것만으로 괜찮을 것 같다는 생각이 들었다.

지금이야 나이가 어려 느낄 수 없겠지만 성인식을 치르고 나면 엘 또한 란트와 마찬가지로 쉬이 사교계에 섞이지 못할 것이다. 그곳은 매우 배타적인 성향을 가졌고, 친모의 출신과 앞을 보지 못한다는 약점은 때때로 엘의 발목을 잡을 테니 말이다.

물론 아이들이 상처받을 때까지 얌전히 지켜보지만은 않을 것이다. 아이들이 사교계에 데뷔하기 전까지 해 놓을 일들이 많았다.

"데이샤 공작님께서 기다리고 계십니다."

집사의 보고를 받으며 외투를 벗던 나는 그의 말에 그대로 몸이 굳고 말았다.

"뭐라고?"

"데이샤 공작님께서 아가씨를 뵙자고 청하셨습니다."

"그가 왜?"

평소와 달리 날카로운 내 모습에 집사가 의아한 듯 바라보았다. 나는 그런 집사의 반응에 아랑곳없이 미간을 찌푸렸다.

"방문 요청은 없었던 것으로 아는데?"

"아가씨께서 외출하시고 얼마 지나지 않아 방문하셨습니다. 부재중이시라고 말씀드렸습니다만……."

"막무가내로 밀고 들어왔다는 말이군."

보통 귀족들이 다른 귀족의 저택을 방문할 때에는 미리 우편이나 인편으로 허락을 받고 약속 시간을 정하는 것이 예의였다. 이런 데이샤 공작의 예고 없는 갑작스런 방문은 상당히 무례한 축에 속했다.

'데이샤 공작이 이리 무례한 사람이었던가?'

기억을 더듬어 봤지만 데이샤 공작에 대해 딱히 떠오르는 것은 없었다. 그때의 나에게 데이샤 공작은 그저 죽도록 미운 그녀의 아버지 그 이상도 그 이하도 아니었으니 말이다.

"용건은?"

"아가씨를 뵙고 나면 말씀하시겠다고 하셨습니다."

데이샤 공작이 어째서 아버지도 아닌 나를 만나러 왔는지 이유를 알 수 없었다. 그를 만나고 싶은 마음은 없었지만 집까지 찾아온 그를 거절할 마땅한 명분이 없었다.

"준비되는 대로 내려가도록 하지. 잠시만 더 기다리시라고 전해."

결국 한숨을 쉬며 집사에게 말을 전했다. 집사가 방을 나가고 시녀들이 내 옷을 갈아입히기 시작했다. 가슴에 무언가 걸린 듯 답답했다.

"처음 뵙겠습니다, 데이샤 공작님. 비욘느 롯사 엘리언트입니다."

"만나서 반갑소, 엘리언트 영애."

응접실에 들어서자 데이샤 공작이 앉아 있던 소파에서 일어났다. 나이답지 않은 건장한 체격, 태양빛에 자주 노출되어 까무잡잡한 대다수의 서부인과는 확연히 다른 하얀 피부, 그리고 시스와 꼭 닮은 황금색 눈동자는 내가 기억하고 있던 그의 모습과 한 치도 다르지 않았다.

"우선, 주인도 없는 집에 멋대로 찾아온 무례는 사과하지."

"앉으십시오. 무례를 저지르실 정도의 급한 일이라 믿겠습니다."

데이샤 공작의 눈빛이 흥미롭다는 듯 반짝였다. 그는 소파에 앉으며 노골적으로 나를 관찰하기 시작했다. 집사가 차를 내오고 물러날 동안 공작과 나는 서로를 탐색하느라 말이 없었다.

"내가 왜 영애를 찾아왔는지 궁금하지 않은가?"

찻잔의 찻물이 반 정도 비워졌을 때에야 그가 먼저 입을 열었다. 나는 들고 있던 찻잔을 내려놓고 공작과 시선을 마주했다.

"말씀하시지요."

그의 입가가 재미있다는 듯 호선을 그으며 올라갔다.

"영애는 내가 무슨 말을 할지 짐작이라도 하고 있는 건가?"

"그럴 리야 있겠습니까."

"재미있군."

공작이 다리를 꼬며 소파에 등을 기댔다. 손가락에 깍지를 끼고 무릎에 가져다 대는 그는 마치 자신의 집에 있기라도 하듯 편안해 보였다. 왠지 주객이 전도된 것 같은 느낌에 불쾌한 기분이 들었다.

나는 공작과 이런 식으로 마주한 적이 없었다. 그때를 포함해 그가 나를 찾아온 것은 처음이었다. 공작이 무슨 의도로 나를 찾아온 것인지 짐작조차 가지 않았다. 기억하고 있던 것과 다르게 돌아가는 상황이 마음에 들지 않았다.

'1황비 때와는 상황이 달라.'

1황비의 일은 내 의도가 반영된 일이었다. 나 스스로 그녀를 자극하고 판도를 바꾸었기에 그때와는 다른 결과가 나왔다.

'설마 내가 조사하는 걸 눈치챈 건가?'

그때에도 그녀의 일을 제외하면 나와 공작과의 접점은 없었다고 봐야 했다. 더욱이 그녀와는 단 한 번 스치듯 만난 지금은 말할 것도 없었다.

황실에서 벌어진 회의 이후 내가 피스온 상단의 실질적인 주인이라는 것이 세상에 드러났다. 아무리 은밀히 움직였다고 해도 공작에게 걸리지 않았다고는 장담할 수 없는 일이었다.

'자신을 주시하는 피스온 상단의 움직임을 알아채고 나를 찾아온 것이라면?'

확실히 그것 말고는 공작이 나를 찾을 이유는 없었다.

"내 딸아이가 영애에게 신세를 졌다고 들었네."

"무슨 말씀을 하시는지 모르겠습니다."

짐작하고 있던 것과는 전혀 다른 이야기였다. 그의 의도를 전혀 모르는 상태였기에 나는 말을 아꼈다.

"그 아이, 어미 없이 자라 귀족들의 예의에 서툰 편이지. 나 또한 일이 바쁘다는 핑계로 딸의 교육은 신경 쓰지 못했다네."

"……."

"영애에게 꽤 호되게 혼이 났던 모양이야."

"무언가 잘못 알고 계신 모양입니다."

"그런가?"

그는 대수롭지 않다는 듯 입가에 미소를 머금었다. 나는 찻잔을 들어 올려 남은 찻물을 삼켰다.

"제가 혼을 낸 것은 공작 영애가 아니라 그녀를 돌보던 궁녀들이었으니까요. 신분을 망각하고 경거망동한 자들에게 주의를 주었을 뿐입니다."

"말이 잘못 전달된 모양이군."

공작이 피식 웃으며 혼잣말처럼 중얼거렸다.

입안에 머금은 찻물은 어느새 식어 미지근해져 있었다. 손짓을 하자 대기하고 있던 집사가 재빠르게 다가와 뜨거운 차를 내놓았다. 공작의 찻잔은 거의 비워지지 않았지만 찻물이 식기는 매한가지일 터였다.

집사가 공작의 찻잔도 바꾸려는 순간 그가 손을 들어 제지했다.

"나는 사양하지. 뜨거운 차는 영 취향에 맞지 않아서 말이야."

"차가운 것으로 다시 내올까요?"

"그래 주면 고맙겠군."

"잠시만 기다려 주십시오."

집사가 공작을 향해 고개를 숙인 후, 대기하고 있던 시녀에게 손짓했다. 시녀가 재빨리 응접실을 나가고 집사가 뒤로 몸을 물렸다.

"역시 명문가는 고용인들의 태도부터 다르군."

"과찬이십니다."

"그래서 내가 영애에게 부탁 하나만 할까 하네."

그가 소파에 기대고 있던 느슨한 자세를 풀고 내 쪽으로 몸을 기울였다.

"영애가 내 딸아이의 예절 교육을 도와주었으면 하네만."

"……."

나는 대답 없이 그를 바라보았다. 공작이 대체 무슨 생각을 하고 있는지 짐작조차 가지 않았다.

"아까 말한 대로 내 딸은 너무 자유롭게 자랐지. 수도의 귀족들의 눈엔 천둥벌거숭이로 보일 게야."

"필요하시다면 유능한 예절 선생을 소개시켜 드리겠습니다."

"유능한 선생이라……."

나갔던 시녀가 들어와 공작의 앞에 차가운 음료를 내려놓았다. 그로 인해 잠시 끊긴 대화를 공작이 이었다.

"영애가 아는지는 모르겠지만 서부는 꽤 거칠지. 또래조차 없는 곳에서 외롭게 자란 아이라 사실, 예절 선생보다는 친구가 되어 주었으면 한다네."

"죄송합니다, 공작 각하."

"거절이라는 뜻인가?"

"그렇습니다."

"어째서?"

"공작 영애와는 친해질 것 같지 않습니다."

"느낌인가?"

"예감입니다."

"이런, 나에게나 내 딸아이에게나 참으로 유감스러운 말이군."

아쉽다는 뉘앙스가 담긴 말투와 달리 공작의 얼굴은 기대도 하지 않았다는 듯 태연했다. 그는 음료를 마시면서도 나에게서 시선을 떼지 않았다.

"고민해 볼 여지도 없는 건가?"

"그렇습니다."

"단호하군. 더 마음에 드는걸."

굳이 대답할 필요는 없었다. 나는 침묵하는 것으로 대답을 대신했다.

"싫다는 사람에게 억지로 밀어붙이는 것도 예의가 아닐 테니 오늘은 이만 가 보겠네."

공작이 몸을 일으켰다. '오늘은'이라는 단어가 상당히 거슬리긴 했지만 부러 되묻지는 않았다.

"다음에 또 보도록 하지. 만나서 반가웠네, 엘리언트 영애."

"안녕히 가십시오, 데이샤 공작 각하."

공작을 태우고 떠나는 마차의 뒷모습을 보며 생각을 정리해 보았다.

'기억보다 이른 그들의 등장과 그때에는 없었던 공작의 방문은 대체 무슨 의미일까?'

분명 달라진 계기가 있을 것이다.

'그 계기가 무엇인지 알아봐야겠어.'

어느새 시야 가득 붉은 노을이 지고 있었다.

"어서 오세요, 엘리언트 영애."

"초대해 주셔서 감사합니다, 엥그라일 후작 부인."

"꽤 바빴을 텐데, 초대에 응해 줘서 고마워요."

엥그라일 후작 부인이 반가운 미소를 지으며 손수 문 앞까지 나와 나를 반겨 주었다. 후작 부인과 만나는 것은 회의가 있던 그날 이후 처음이었다. 나는 감사를 담아 그녀를 향해 정중히 고개를 숙였다.

"저번에는 도움을 주셔서 감사했습니다."

"마땅히 해야 할 일을 했을 뿐인걸요."

그녀가 나를 안으로 안내하며 별일 아니라는 듯 손사래를 쳤다.

"어머나!"

후작 부인의 안내를 받으며 응접실 안으로 들어서자 미리 와 있었던 것인지 다른 이들과 담소를 나누고 있던 비즈델 남작 부인이 반색을 하며 몸을 일으켰다.

"엘리언트 영애!"

남작 부인이 한달음에 나에게 달려와 두 손으로 내 손을 덥석 잡았다.

"소식은 들었답니다. 그동안 마음고생이 심하셨죠?"

그녀의 얼굴엔 나에 대한 걱정이 가득 담겨 있었다. 예술가에 가깝기 때문인지, 아니면 그녀의 천성이 원래 그런 것인지는 모르겠지만 그녀는 귀족이라고 보기에는 무척이나 천진하고 꾸밈이 없었다.

"남작 부인, 엘리언트 영애는 이제 겨우 도착했답니다. 자리에 앉을 시간은 줘야 하지 않을까요?"

"어머, 내 정신 좀 봐. 미안해요, 영애. 너무 반가운 나머지 나도 모르게 그만……."

비즈델 남작 부인이 미안함에 얼굴을 붉히며 어쩔 줄 몰라 했다.

"정말 미안해요, 엘리언트 영애."

"괜찮습니다, 비즈델 남작 부인. 걱정해 주셔서 감사합니다."

나의 미소에 남작 부인이 그제야 마음이 놓이는지 잡고 있던 손을 놓으며 자리를 비켜 주었다. 엥그라일 후작 부인의 안내에 따라 자리에 앉았다. 모두 안 보는 척하면서도 나를 주시하고 있다는 것이 느껴졌다.

약속된 시간이 아직 남았음에도 준비된 테이블에서 빈자리는 찾아볼 수 없었다. 무엇이 저들로 하여금 부지런을 떨게 했는지 짐작이 가고도 남았다.

황실에서 개최되는 회의는 후작 이상의 직위를 가진 자들만이 참석할 수 있었다. 그보다 낮은 직위의 귀족들은 회의에서 결정된 결과만을 전달받을 수 있었다. 그들은 그곳에서 어떤 말이 어떤 식으로 오고 갔는지 궁금해했고 최대한 알아내고 싶어 했다.

'자신들이 어디에 붙어야 유리할지 탐색하러 온 것일 테지.'

분위기를 보니 내가 제일 늦은 듯 보였다. 나는 그들을 향해 살짝 목례를 해 보이는 것으로 예의를 갖추었다.

"죄송합니다. 서두른다고 했는데 제가 조금 늦은 모양입니다."

"아니에요, 영애. 우리들이 약속 시간보다 조금 일찍 온 편이랍니다."

"그러시군요. 제가 늦은 것이 아니라니 다행입니다. 친절에 감사드립니다, 부인."

"제 남편은 베긴스 백작이시랍니다."

그녀는 내가 그 이름을 알고 있는 것이 당연하다는 듯 당당한 얼굴로 말했다. 자신이 속한 가문에 대한 자부심이 상당해 보였다.

그녀의 예상대로 나는 베긴스 백작을 알고 있었다. 그가 상단을 이용하는 고객 중에서도 특급에 속했기 때문이다. 베긴스 백작은 많은 광산을 소유하고 있었다. 광산에서 나오는 대부분의 자원들은 피스온 상단과 거래되었다. 직접 그를 대면한 적은 없었지만 특급 고객의 신상 정보 정도는 머릿속에 담아 두고 있었다.

'베긴스 백작은 나이가 많지 않았던가?'

짙은 화장을 하고 있었지만 눈앞의 여인은 많이 쳐줘야 20대 초반으로 보였다. 베긴스 백작에게는 이미 사십이 넘는 아들이 있었다. 후처인가?

'뭐, 상관은 없겠지.'

그녀가 후처이든 아니든 타인의 가족사에는 관심이 없었다. 그녀가 누구든 호의엔 호의로 악의엔 악의로 답하면 그만이었으니까.

"베긴스 백작 부인이셨군요. 만나서 반갑습니다."

"저야말로 소문으로만 듣던 영애를 이렇게 직접 보게 되어 반갑습니다, 호호호."

나의 응대에 여인이 호들갑을 떨며 웃었다. 나는 그러한 그녀의 반응에 담담한 미소로 답했다.

나는 그녀에게서 시선을 떼고 자연스럽게 주변을 훑어보았다. 홀 안에는 6개 정도의 테이블이 놓여 있었고, 테이블당 4~5명의 여인들이 앉아 있었다.

엥그라일 후작 부인의 배려인지, 아니면 원래 이런 모임이었던지, 이곳에 모인 이들은 대체로 젊은 편에 속하는 귀족 여인들이었다. 개중에는 아는 얼굴들도 있었고, 모르는 얼굴들도 상당히 많았다.

"영애는 이런 자리가 처음이었죠?"

"네, 후작 부인."

소규모로 이루어지는 티파티의 경우, 성인식을 이미 치렀거나 근시일 내에 앞두고 있다면 사교계 데뷔를 하기 전이라도 참석할 수는 있었다.

보통 귀족 부인들이 지인들에게 자신의 딸을 소개시키고 사교계 데뷔를 위한 예행연습으로 티파티를 이용하곤 했다.

내 경우는 사교계 데뷔 전에는 티파티에 데리고 나가 줄 사람이 없었고, 데뷔 후에는 참석할 이유가 딱히 없었기에 이번이 처음이었다.

'시스와 얽히지 않았다면 여전히 참석할 생각이 없었겠지만.'

귀족 사회에서 살아가기 위해서라면 적당한 교류는 필요했다. 실제로 시스와의 일이 없었다 하더라도 란트의 성인식 전후에 맞춰 사교 활동을 할 생각이었다.

'단지 시기가 문제였을 뿐이지.'

"다들 영애와 비슷한 또래이니 편하게 수다를 떨고 간다고 생각하세요."

"배려에 감사드립니다."

"저는 잠시 다른 분들과 이야기를 나누고 올 테니, 즐기고 계세요."

후작 부인이 일어나 다른 테이블로 자리를 옮겼다. 모임의 주최자로서 한 테이블에 오랫동안 머물 수는 없기 때문이었다.

"엘리언트 영애, 제가 저번에 보내 드린 물건은 잘 받으셨나요?"

"잘 받았습니다. 만나자마자 감사 인사부터 드렸어야 했는데 제 불찰입니다."

"아니에요. 별거 아니었는데요, 뭘."

비즈델 남작 부인이 손사래를 치며 얼굴을 붉혔다. 황궁으로부터 소환장을 받기 전, 선물에 대한 답례라며 비즈델 남작 부인에게서 작은 선물이 도착했다. 그녀의 말대로 별것 아닌 물건이었지만 인사 없이 지나갈 수는 없는 일이었다.

"그동안 경황이 없어 미처 인사드리지 못했습니다. 선물 감사합니다, 비즈델 남작 부인."

"저야말로 큰일 치른 분께 실례가 된 것은 아닌지 걱정했었답니다."

"그러고 보니, 며칠 전 광장에서 교수형당한 여인이 영애의 유모였다죠?"

못마땅한 얼굴로 나와 비즈델 남작 부인의 대화를 듣고 있던 베긴스 백작 부인이 재빨리 대화에 끼어들었다.

"얼마나 마음이 아프셨어요, 엘리언트 영애."

그녀가 안타까움이 가득 들어찬 얼굴로 나를 위로하듯 말했다. 마치 자신이 내 기분을 아주 잘 알고 있다는 듯이.

"정말 깜짝 놀랐답니다. 사람의 탈을 쓰고 어찌 그렇게 악랄할 수가 있는지. 소름이 다 나더군요."

테이블이 여러 개로 나뉘어져 있었지만 다른 테이블에서 나는 소리까지 못 들을 정도는 아니었다.

약간 톤이 높은 베긴스 백작 부인의 목소리는 이 자리에 있는 사람 모두에게 충분히 들릴 정도였다.

"그런 여인을 유모랍시고 가까이 두고 있었다니……."

베긴스 백작 부인의 말에 몇몇 여인들이 인상을 찌푸렸다. 그녀는 아랑곳하지 않고 계속 떠벌려 댔다.

"엘리언트 영애는 너무 착한 것 같아요. 그런 여자는 교수형에 처하는 것도 아깝습니다. 저였다면 절대 고이 죽게 내버려 두지 않았을 거예요."

"그만하세요, 베긴스 백작 부인."

듣다 못한 비즈델 남작 부인이 나서 제지하려 하자 베긴스 백작 부인이 발끈해서 소리쳤다.

"제가 틀린 말을 했나요? 저는 단지 그동안 마음고생이 심했을 엘리언트 영애를 위로하고자 했을 뿐이에요. 부인도 영애가 오자마자 안부를 묻지 않았나요? 그런데 마치 저만 못할 말을 한 것처럼 몰아세우시는군요. 그렇지 않나요, 엘리언트 영애?"

베긴스 백작 부인은 자신이 무엇을 잘못했냐는 듯 당당한 얼굴이었다. 반면, 비즈델 남작 부인은 민망한 듯 얼굴을 붉혔다.

너무나 익숙한 패턴이었다. 나는 비집고 나오려는 비웃음을 참으며 고개를 끄덕였다.

"그렇군요."

나의 대답에 베긴스 백작 부인이 의기양양한 표정을 지었다. 그녀는 비즈델 남작 부인을 비웃듯 바라본 뒤, 나에게 더욱 살갑게 말을 걸었다.

"저는 영애의 소식을 듣자마자 얼마나 마음이 아팠는지 모른답니다."

"절 그렇게 생각해 주시다니 감사합니다, 베긴스 백작 부인."

"어머, 별말씀을요. 호호호."

내가 호응하듯 반응해 주자 베긴스 백작 부인의 얼굴에 화색이 돌았다.

그녀의 그러한 반응들은 나에겐 너무나 익숙한 것들이었다.

힘 있는 자의 곁에 붙어 온갖 감언이설로 자신의 이익을 취하려 들고 자신의 이익이 될 것 같지 않으면 가장 먼저 돌아서는 자들.

"영애도 아시겠지만 제 남편과 피스온 상단은 꽤 오랫동안 가깝게 지내왔지요. 저도 영애와 가깝게 지내고 싶답니다."

"영광입니다."

"어머머, 저야말로 영광이지요!"

그녀가 배부른 살쾡이처럼 만족스런 웃음을 터트렸다. 나는 나긋한 어조를 유지하며 말을 이었다.

"하지만 제 유모에 관해서는 더 이상의 언급은 하지 않았으면 좋겠군요."

"……네?"

베긴스 백작 부인이 자신이 무언가 잘못 들었다는 듯, 어색한 미소를 지으며 되물었다. 나는 그녀를 향해 더욱 짙은 미소를 지어 보였다.

그때처럼 이런 이들에게까지 휘둘려 지낼 생각은 없었다.

"불편합니다."

베긴스 백작 부인의 얼굴이 황당함에서 민망함으로 붉게 물들었다. 내가 있는 테이블을 주시하고 있던 몇몇 여인들이 작게 키득거렸다.

차마 나를 향해 대놓고 화를 내지는 못하고 끓어오르는 화를 어찌지 못해 얼굴이 붉으락푸르락해지는 베긴스 백작 부인에게 신경을 끄고 모임 내내 말 한마디 없이 움츠리고 있는 소녀에게로 시선을 돌렸다.

"오랜만이에요, 레비나."

"오, 오랜만입니다, 엘리언트 영애."

자신에게 말을 걸 줄은 생각도 못했는지 레비나가 눈을 휘둥그레 떴다.

"이런, 우리 서로 이름을 부르기로 하지 않았던가요?"

"그, 그게……."

"비욘느예요, 레비나."

"비, 비욘느."

부끄러움에 새빨개진 얼굴로 레비나가 더듬더듬 내 이름을 불렀다.

대대로 아스테이아 자작가는 자유분방함을 가풍으로 삼았다. 레비나의 아버지이자 현 아스테이아 자작이 가문의 반대 없이 평민을 아내로 맞이할 정도로 말이다.

연금술을 배우겠다고 성인이 되자마자 궁을 뛰쳐나간 2황자의 자유분방함은 외탁을 한 탓일 것이다.

가풍이 그래서인지 모친의 영향을 받은 것인지 레비나는 보통의 귀족 여인이라기보다는 평범한 평민 소녀에 더 가까웠다. 그녀는 순진하고 아직 세상 물정을 몰랐다.

'그런 그녀가 레탄 후작의 부인이 될 줄은 아무도 예상하지 못했지. 그녀 자신조차도.'

레탄 후작은 '서부의 야수'라고 불릴 정도로 거칠고 자유분방한 사람이었다. 이나야리 족과 국경을 맞대고 있는 탓에 분쟁이 잦은 서부의 특성 탓도 있었겠지만, 레탄 후작은 기본적으로 싸움을 즐기는 싸움광이었다.

그런 그가 레비나에게 한눈에 반해 납치하듯 서부로 끌고 가 자신의 아내로 삼은 일은 두고두고 회자가 될 정도로 유명한 일이었다.

'그러고 보니, 얼마 안 남았군.'

기억대로라면 다가오는 신년 파티 때, 레비나와 레탄 후작이 만날 것이다. 황태자비가 되고 나서 처음 맞는 신년 파티였기에 똑똑히 기억하고 있었다.

새삼스레 레비나의 얼굴을 자세히 살펴보았다. 단정한 이마와 작지만 도톰한 입술, 사슴같이 순진해 보이는 커다란 눈망울이 제법 예쁘긴 했지만 딱히 납치까지 할 만큼 미인은 아니었다.

'제 눈에 안경이라는 것인가.'

콩깍지가 쓰이면 곰보도 보조개로 보인다고 했다. 레탄 후작의 눈에는 레비나가 절세가인으로 보였을 수도 있다. 어찌 되었든 중요한 것은 그녀가 후에 레탄 후작 부인이 된다는 것이다. 친해져서 손해 볼 일은 없었다.

'그러고 보면 나도 저 여자와 별반 다를 바 없을지도 모르지.'

차를 마시는 척, 찻잔을 들어 올리며 베긴스 백작 부인을 바라보았다. 붉게 달아올랐던 얼굴은 어느새 가라앉아 있었지만 노골적으로 나를 노려보는 폼이 단단히 벼르고 있는 듯했다.

'쯧, 고객 한 명을 잃었군.'

고객 한 명을 잃게 된 것이 아쉽긴 했지만 딱히 손해 볼 일은 없었다. 베긴스 백작이 소유하고 있는 광산들은 점점 자원이 고갈되어 가고 있었다. 어차피 백작가와의 거래는 갈수록 줄어들 터였다.

'더구나 재정 상태도 좋지 않고.'

정기적으로 올라오는 상단의 보고서를 떠올리며 베긴스 백작 부인에 대한 관심을 완전히 꺼 버렸다.

"수도에는 언제까지 있을 예정인가요, 레비나?"

"신년 파티까지요."

"그동안은 엥그라일 후작저에서 머무는 건가요?"

"네, 후작 부인께서 배려해 주셨어요."

레비나와 엥그라일 후작 부인은 사적으로 사촌지간이었다. 2황자와 엥그라일 후작 부인이 같은 어머니를 두고 있었기 때문이다.

"수도에는 사교계 데뷔 때문에 온 것이었죠?"

"네."

"아쉽게 되었네요. 레비나를 미리 만났다면 제 성인식에 초대를 했을 텐데요."

"아, 아니에요. 저는 지금이라도 비욘느와 가까워져서 좋은걸요."

아직 젖살이 빠지지 않아 통통한 볼을 빨갛게 물들이며 고개를 붕붕 좌우로 흔드는 그녀의 모습이 왠지 햄스터를 연상시켰다.

'강아지에 고양이, 그리고 햄스터까지. 왠지 주변에 동물만 꼬이는 것 같단 말이지.'

암갈색 눈동자를 반짝이며 나를 향해 살랑살랑 꼬리를 흔드는 란트와 맹수의 탈을 쓴 고양이 같은 시스를 떠올리자 설핏 웃음이 새어 나왔다.

생각하고 있는 바가 바로바로 얼굴에 나타나는 레비나의 모습이 나쁘지 않았다. 나이에 맞는 천진난만함이 약간은 사랑스럽게 보이기도 했다.

'그녀와 달리 말이지.'

레비나의 얼굴 위로 그녀의 모습이 겹쳐졌다. 시스를 향해 천진난만한 웃음을 짓던 그녀의 모습을 떠올리자 순식간에 피가 식는 듯했다.

"참, 소식 들으셨어요?"

"무슨 소문이요?"

다른 테이블에 앉아 있던 누군가가 갑자기 생각났다는 듯 손뼉을 치며 주의를 끌었다. 자신의 말에 주목하라는 의도가 다분히 섞인 행동이었다. 제각기 담소를 나누고 있던 여인들이 그녀의 의도대로 수다를 멈추고 그녀에게 집중하기 시작했다.

"데이샤 공작님이 수도로 올라 오셨다더군요."

"어머, 데이샤 공작님께서요?"

"세상에!"

여인들은 마치 처음 듣는 이야기인 양 호들갑을 떨었다.

데이샤 공작이 수도에 올라온 지는 이미 며칠이나 지나 있었다. 소문에 완전히 귀를 닫고 사는 사람이 아니고서야 그 소문을 모르는 사람은 없었다. 그럼에도 그녀들이 이리 호들갑을 떠는 이유는 따로 있었다.

"공작님은 대체 무슨 이유로 수도에 올라오셨을까요?"

누군가 모든 이를 대변하듯 의문을 제기했다.

데이샤 공작은 모습을 드러낸 것만으로도 수도 전체를 떠들썩하게 만든 것과 달리 궁 안에서 칩거하다시피 하고 있었다.

그를 만나기 위해 입궁을 하려는 이들은 많았지만 공작은 번번이 그들의 요청을 거절했다. 그들은 데이샤 공작에 대해 하나라도 더 알아내기 위해 귀를 쫑긋 세웠다.

"저도 들은 이야기이긴 한데……."

처음 이야기를 꺼냈던 여인이 은밀한 것을 이야기하듯 목소리를 낮추었다.

"데이샤 공작 영애의 사교계 데뷔 때문이라고 하더군요."

"세상에! 데이샤 공작님께 따님이 있었어요?"

"대체 결혼은 언제하신 거래요?"

여자들의 대화를 들으며 데이샤 공작에 관한 자료들을 떠올려 보았다.

공작에 대한 자료는 별로 없었다. 그나마도 피스온 상단이었기 때문에 그 만큼이나 모을 수 있었던 것이다. 데이샤 공작에 대한 것들은 대부분이 베일에 감춰져 있었다. 특히 공작 부인에 대한 것은 실마리조차 잡을 수 없었다.

'실존하는 인물인지 의심스러울 만큼.'

공작이 언제, 누구와 결혼했는지, 심지어 공작 영애가 공작 부인의 친딸이 맞는지조차 알 수 없었다.

'너무 깨끗해서 오히려 부자연스럽단 말이지.'

마치 감추는 것이 있다는 사실을 노골적으로 드러내는 듯하니 더 의심스러웠다.

"그러고 보니 엘리언트 영애는 공작 각하를 만나신 적이 있으시죠?"

데이샤 공작이 엘리언트가를 방문했었다는 것은 이미 알 만한 사람들은 다 알고 있는 일이었다. 그는 엘리언트가를 방문한 사실을 감추지 않았고 내 입장에서도 굳이 숨길 만한 일은 아니었다.

"네, 뵌 적이 있습니다."

"데이샤 공작님은 어떤 분이신가요?"

한 여인이 눈동자를 반짝이며 내게 물었다. 비단 질문을 한 그녀뿐만이 아니라 자리에 있던 모든 이들이 내 입을 주시하고 있었다.

나는 그녀들을 찬찬히 훑어본 후, 천천히 입을 열었다.

"제 좁은 식견으로 어찌 공작님을 평가할 수 있겠습니까."

실제로는 능구렁이를 몇백 마리쯤 삼킨 것같이 의도를 짐작할 수 없는 남자였지만 곧이곧대로 이야기해 줄 이유는 없었다.

나는 더 이상 할 말이 없다는 의미로 입안에 찻물을 머금었다. 나의 대답을 기다리던 이들이 아쉬운 표정을 지었다.

"엘리언트가는 무슨 일로 방문하신 건가요?"

내가 대답을 회피하고 있다는 것을 노골적으로 드러냈음에도 포기하지 않은 누군가가 조바심을 내며 물었다. 나는 찻잔을 테이블 위에 내려놓으며 덤덤하게 대답했다.

"데이샤 공작 영애의 친구가 되어 달라고 하시더군요."

"어머나!"

"세상에, 데이샤 공작님이 직접 말인가요?"

"공작님께서 따님을 그리 아끼신다더니 사실이었나 보네요."

모두의 시선이 말을 한 베긴스 백작 부인에게로 쏠렸다. 그녀는 잠시 뜸을 들이듯 부채를 살랑거렸다.

"제 남편이 데이샤 공작님과 친분이 좀 있어서요, 호호호."

"베긴스 백작께서 그리 인맥이 넓은 줄 몰랐네요."

"그러게 말이에요. 데이샤 공작님이라면 수도에 처음 올라오신 거잖아요."

"대단하세요!"

자신을 향해 여인들이 눈을 빛내자 베긴스 백작 부인이 나를 바라보며 의기양양한 표정을 지었다.

'데이샤 공작과 베긴스 백작이라…….'

보고서에는 둘의 만남이 없었다. 피스온 상단의 눈을 피할 정도로 은밀했거나 수도에 오기 전부터 교류가 있었다는 뜻이다.

베긴스 백작 부인은 자신이 말하고 있는 것이 어떠한 의미를 가지고 있는지 잘 모르는 듯했다.

'그러니 고작 자신의 자존심을 채우자고 함부로 입을 놀리는 것이겠지만.'

"베긴스 백작님께서는 생각보다 더 유능하신 분인 것 같군요."

"당연한 것이 아닌가요? 베긴스 백작가는 엘리언트 후작가만큼이나 유서 깊은 가문이랍니다."

턱을 들고 나를 내려다보는 듯하는 베긴스 백작 부인의 태도에 몇몇 여인들이 눈살을 찌푸렸다.

베긴스 백작 부인의 말이 뼛속부터 유서 깊은 귀족이라는 우월주의에 빠져 있는 그녀들의 심기를 건드린 듯했다.

같은 귀족이라 하더라도 그들 사이에는 서열이라는 것이 존재했다. 그것은 작위로도 구분이 되기도 했지만 때론 작위보다 가문이 가진 역사로 구분 짓기도 했다.

베긴스 백작 가문은 광산에서 나온 광물로 부를 축적한 가문이다.

광산이 개발되기 전까지만 해도 시골 촌구석에 위치한 작은 가문에 불과했기 때문에 중앙에 진출하여 이름을 알린 것은 고작 2세대 전부터다.

프리스턴 제국이 왕국이었을 때부터 개국 공신 가문에 속해 있던 엘리언트 가문과는 천지 차이라는 소리다. 이 사실을 제대로 인지하지 못하는 이들은 일명 신흥 귀족이라고 불리는 자들뿐이었다.

"엘리언트 영애는 지금 제 말이 우스운가요?"

나도 모르게 비웃음이 새어 나간 모양이었다. 베긴스 백작 부인의 눈매가 사납게 치켜 올라갔다. 나는 입가를 부드럽게 풀며 입을 열었다.

"그럴 리가 있겠습니까. 다만 유서 깊다는 말이 제가 알고 있는 뜻과 백작 부인께서 알고 계신 뜻이 다른 듯하군요."

"그게 무슨······!"

"그만하시죠, 베긴스 백작 부인."

한 여인이 나서 베긴스 백작 부인의 말을 잘랐다. 얼굴에 불쾌감을 드러내고 있던 여인들 중 한 명이었다.

"제가 무엇을 했다고 그러시나요, 레슬리어 백작 영애."

"듣자 하니 언사가 정말 무례하시군요."

"남의 대화에 끼어드는 분이야말로 무례하다고 생각지 않나요?"

'편 가르기가 시작된 것인가?'

사교계는 그동안 1황비의 힘에 눌려 쥐죽은 듯 조용히 지내 왔다. 소소한 잡음은 있었지만 그것 또한 1황비의 묵인하에 벌어진 일이었다. 1황비가 사라진 지금, 중심이 없는 사교계는 가히 폭풍 전야라 할 수 있었다.

더구나 지금 이 티파티에 참석한 이들의 대부분이 혈기왕성한 나이의 여인들이었다. 닳고 닳아 노련해진 구렁이들이 아니라는 뜻이다. 탐색전 따위는 이미 의미가 없다는 듯 그녀들은 자신들의 욕망을 노골적으로 드러내기 시작했다.

"쯧, 이래서 근본 없는 가문과는 상대도 하지 말아야 하는데······."

"근본 없는 가문이라니요!"

"어머, 발끈하시는 것을 보니 무언가 찔리는 것이 있나 봅니다."

침묵하던 이들도 서서히 자신이 유리한 쪽으로 붙기 시작했다. 파티의 주인인 엥그라일 후작 부인이 곤란한 표정을 지었다.

보통 엥그라일 후작 부인의 위치를 생각해서라도 이렇게까지 분위기가 험악해지지는 않을 터였다. 그럼에도 이들이 이처럼 격양된 반응을 보이는 것은 그만큼 사교계에 익숙하지 않은 풋내기들이라는 뜻이다.

'이용할 수 있을 것인가? 없을 것인가?'

머리를 빠르게 굴리며 베긴스 백작 부인과 레슬리어 백작 영애의 공방을 지켜보았다. 어느새 베긴스 백작 부인의 뒤로는 신흥 귀족이라 불리는 이들이, 레슬리어 백작 영애의 뒤로는 명문가라 불리는 이들이 대치하듯 자리하고 있었다.

제지하는 이조차 없다 보니 그녀들의 대화는 더욱 노골적으로 변해 갔다. 아직 어느 편에 서야 할지 갈피를 잡지 못한 몇몇이 불안한 표정을 지으며 눈동자를 굴렸다.

짝!

손뼉을 치는 것으로 주의를 모았다. 순식간에 나를 향해 모인 시선들을 향해 빙긋 웃어 주었다.

의도대로 되어 가는 것도 좋지만 오늘 이 자리의 주인은 엥그라일 후작 부인이었다. 그녀에게 피해를 줄 수는 없었다. 오늘은 이 정도까지만 하는 것이 좋았다.

"이 자리는 친목 도모를 위한 티파티라고 알고 있었는데, 제가 잘못 알고 있는 건가요?"

나의 천진난만한 얼굴에 핏대를 세우며 공방을 펼치던 여인들이 얼굴을 붉혔다. 그녀들은 무언가를 말하려 입을 뻐끔거렸지만 이때만을 기다렸다는 듯 엥그라일 후작 부인이 끼어들었다.

"후훗, 젊은 사람들만 있어서 그런지 열의가 대단하네요. 열띤 토론도 좋지만 새로운 다과도 즐겨 보는 것은 어떤가요?"

이런저런 모임을 자주 주최하던 사람답게 후작 부인은 순식간에 분위기를 바꿔 놓았다. 여자들의 치졸한 싸움을 말 한마디로 열띤 토론으로 바꾸는 솜씨는 가히 본받을 만할 정도였다.

한창 달아오르던 싸움은 강제로 소강되었지만 불씨가 완전히 꺼진 것은 아니었다. 그녀들은 눈을 부릅뜨고 서로를 노려보고 있었지만 방금 전처럼 함부로 입을 놀리지는 못했다.

후작 부인이 애써 바꾸어 놓은 분위기를 망친다는 것은 파티의 주최자인 후작 부인을 무시하는 것이다. 초대된 이 중에 황제의 딸이자 엥그라일 후작 부인인 그녀를 무시할 수 있는 사람은 없었다.

'대충 이곳에 온 목적은 달성한 것 같군.'

사교계에 몸담고 있는 이들이 무리를 이루고 있는 이유는 단 하나다. 혼자서는 그 안에서 버틸 수 없기 때문이다. 그것은 나 또한 해당되는 사항이었다.

좋건 싫건 사교계에 들어가기로 마음먹은 이상 누군가는 곁에 두어야 했다.

그때의 나는 나에게 아부하는 이들만을 곁에 두었다. 그들로 하여금 눈을 가리게 했고 귀를 막게 했으며, 종국에는 스스로 손발을 묶어 버렸다.

'또다시 반복할 수는 없지.'

1황비와 함께 사교계를 장악하고 있던 이들의 시간은 그녀의 몰락과 함께 끝났다. 그들이 사라진 사교계는 현재 속이 텅 빈 바구니와 같았다.

나는 티파티에 참석한 이들의 면면을 살펴보았다. 아직은 어리고 미숙한 자들이었지만 조만간 이들이 사교계 안을 가득 채우게 될 것이다.

'나에게 도움이 될 자, 방해가 될 자, 그리고 이용할 만한 가치가 있는 자.'

확인은 이미 끝났다. 이제 적당한 때를 기다리기만 하면 되었다.

곁에서 대기하고 있던 시녀가 내 손짓에 따라 빈 찻잔을 채웠다. 붉은 수색 위로 하얀 김이 모락모락 올라왔다. 찻잔을 들어 올리고 천천히 차향을 음미했다. 향긋한 향이 코끝을 간질였다.

18막. 준비

챙.

검과 검이 부딪치는 소리가 청명하게 울려 퍼졌다. 추운 날씨에 검을 들고 대련을 펼치는 두 남자의 입에서 거친 호흡과 함께 하얀 김이 품어져 나왔다.

"핫!"

짧은 기합 소리와 함께 란트가 에반을 향해 검을 휘둘렀다. 공기를 가르는 소리와 함께 은빛 호선이 잔상을 남기며 에반을 향해 쇄도해 갔다.

추운 날씨임에도 란트의 이마에서는 송골송골 굵은 땀방울이 맺혔다.

채챙.

또다시 검이 부딪치는 소리가 들렸다. 이번에는 에반이 먼저 움직였다. 그는 몸을 뒤로 빼는 듯 움직이다 곧바로 란트의 오른쪽을 파고들어 검을 휘둘렀다.

매서운 에반의 공격에 란트가 몸을 비틀어 간신히 피했다. 몇 번의 접전이 더 있고 나서 두 남자가 거리를 두고 잠시 호흡을 골랐다.

"날이 춥습니다, 아가씨. 이러다 감기라도 걸리시면 어쩌시려고요."

어느새 다가온 집사가 내 어깨에 두꺼운 코트를 덮어 주었다.

차마 들어가자는 말은 못 하고 안절부절 내 눈치만 살피고 있던 마리가 그제야 안도의 한숨을 내쉬는 것이 보였다.

그저 잠시 보고 들어갈 생각이었던지라 나는 물론이고 마리까지 안에서 입던 옷을 그대로 입고 있었다. 추위로 하얗게 질린 마리의 모습을 보자 미안한 마음이 들었다.

"먼저 들어가 있어. 나는 조금 더 있다 들어갈 테니."

"하지만……."

"아가씨 말씀대로 하거라."

고개를 흔드는 마리를 향해 집사가 조용한 어투로 들어가기를 종용했다. 잠시 머뭇거리던 마리가 이내 나와 집사를 향해 꾸벅 고개를 숙인 후, 건물 안으로 들어갔다.

"아버지는?"

"서재에 계십니다."

영지로 내려갔던 아버지는 볼일을 마치고 며칠 전에야 돌아왔다. 그는 돌아오자마자 서재에 눌러앉아 그동안 밀렸던 일들을 처리했다.

집안의 일이야 내 선에서 처리가 가능했지만 재상의 일이나 영지에 관련된 일까지는 대신 처리해 줄 수 없었기 때문이다.

"식사는?"

"생각이 없다고 하셨지만 아가씨께서 함께하자고 하시면 기뻐하실 겁니다."

에반을 향해 검을 뻗는 란트에게서 시선을 떼고 집사를 바라보았다. 눈이 마주치자 그가 눈을 가늘게 뜨고 웃었다.

"갈수록 능글맞아지는군."

"감사합니다."

"칭찬은 아니야."

"그렇습니까?"

집사는 태연히 웃는 얼굴로 대답했다. 나는 갈수록 뻔뻔해지는 그의 태도에 고개를 흔들었다.

"후우, 설마 아침도 거르신 건가?"

"네."

지끈거리는 관자놀이를 손가락으로 문질렀다. 아버지와 관계는 시간이 지날수록 좋아지고 있었다. 대화라고 부를 수 있는 시간들도 늘었고, 비록 미미하긴 했지만 예전에 비한다면 놀랄 정도로 서로에 대한 감정 표현도 다양해지고 가까워졌다.

그동안 몰랐던 단점들도 알게 될 정도로 말이다.

아버지는 겉으로 보이는 것만큼 실제로도 일 중독자였다. 수면 시간도 적었고, 툭하면 끼니를 거르기 일쑤였다. 그동안 그만큼이나 건강한 체력을 유지할 수 있었다는 게 신기하기만 했다.

'모두 집사의 능력이었겠지만.'

아버지의 개인 비서도 겸하고 있는 집사는 아버지의 그러한 습관들을 지금까지 옆에서 잘 조율해 왔던 모양이다.

'문제는 슬슬 나에게 떠밀고 있다는 거지.'

내 생각을 알기라도 하듯 집사의 미소가 짙어졌다.

"어떻게 할까요?"

집사의 의도가 뻔히 보였지만 나쁘지 않았다. 집사의 이러한 노력이 있었기에 이만큼이나마 아버지와의 관계가 개선되었으니 말이다.

"아버지께 같이 식사하자고 전해."

"알겠습니다."

집사가 물러간 후, 다시 대련을 하고 있는 두 남자에게로 시선을 돌렸다. 땀 한 방울 흘리고 있지 않은 에반에 비해 란트의 몸에선 하얀 김이 모락모락 피어오르고 있었다.

"하아, 하아……."

거친 호흡 소리와 느려진 몸놀림을 보아 대련은 조만간 끝날 듯 보였다.

"윽!"

아니나 다를까, 신음 소리와 함께 란트의 몸이 무너져 내렸다. 재빨리 검을 회수한 에반이 바닥에 주저앉은 란트를 향해 손을 내밀었다.

"큰 공격을 할 때마다 하체 쪽에 빈틈이 생기는군요. 하체 근력을 좀 더 키우시는 것이 좋겠습니다."

"감사합니다!"

에반의 손을 잡고 몸을 일으킨 란트가 씩씩한 목소리로 대답했다.

"오늘은 저번에 비해 꽤 오래 버티더구나."

대련에 빠져 누가 자신을 보고 있는지도 모르고 있던 란트가 놀라 나를 향해 몸을 돌렸다.

"누님!"

나를 발견한 아이가 환하게 웃으며 쪼르륵 달려왔다.

"추운데 왜 여기 서 계세요?"

"내 강아지가 잘하고 있는지 감시했지."

나는 란트의 볼을 잡아 늘리며 빙긋 웃었다. 손에 착 감기는 보들보들함이 찹쌀떡만큼이나 차졌다.

"가, 가기거려여."

볼따구니를 쭉 늘리고 있는 덕에 란트의 말소리는 웅얼거림이 되었지만 못 알아들을 정도는 아니었다. 더구나 걱정이 그득히 담긴 눈동자만으로도 아이가 무슨 말을 하려는지 충분히 짐작할 수 있었다.

"이 정도에 감기 들 정도로 허약하지 않단다. 두꺼운 외투도 입었고."

잡고 있던 볼을 놓고 손가락으로 외투를 두드리자 아이는 그제야 안도한 모습을 보였다.

"나보다는 네가 더 걱정이구나."

흠뻑 젖은 머리칼을 넘겨주자 아이가 배시시 웃었다.

"감기 걸리기 전에 어서 가서 씻고 오렴."

"네!"

우렁차게 대답한 아이가 몸을 빙글 돌려 에반에게 달려갔다.

"제게 시간을 내 주셔서 감사합니다. 많은 공부가 되었습니다."

허리를 깊숙이 숙여 의젓하게 인사하는 란트가 제법 기특했다. 그렇게 느낀 것은 나만은 아니었는지 에반의 입가에도 부드러운 미소가 걸렸다.

"저야말로 즐거운 시간이었습니다, 공자."

란트가 다시 한 번 에반에게 꾸벅 고개를 숙인 후, 안으로 들어갔다. 총총거리며 뛰어가는 아이의 뒷모습이 오늘따라 경쾌해 보였다.

아이의 모습이 사라진 것을 확인한 나는 에반을 향해 몸을 틀고 고개를 숙였다.

"몸이 낫자마자 무리한 부탁을 해서 죄송합니다."

"아닙니다. 오히려 굳어 있던 몸을 풀 수 있어 좋았습니다."

에반의 입가에 잔잔한 미소가 걸렸다. 워낙 건강 체질이었던지 에반의 부상은 예상한 것보다 빨리 회복되었다. 몸이 낫자마자 상단의 일에 뛰어들려는 그를 아냐샤가 막았다.

'넌 좀 쉴 필요가 있어. 젊어서 그리 몸을 혹사하면 나중에 늙어서 고생한다?'

에반의 눈앞에서 손가락을 흔들며 훈계하는 아냐샤는 남동생을 걱정하는 누이의 모습이었다. 나는 서슬 퍼런 아냐샤의 감시하에 옴짝달싹 못 하던 에반에게 거절할 수 없는 제안을 했다.

'제 동생의 검술을 봐주시겠습니까?'

최근 란트가 대련에 재미를 붙이고 있다는 것을 알고 있었다.

가문의 기사들이 있기는 했지만 가문의 검술만이 아닌 다른 검술도 보여 주고 싶었다. 그런 면에서 에반은 적합한 사람이었다.

그는 피스온 백작가의 검술을 알고 있을 뿐만 아니라 외할아버지를 따라 세계 곳곳을 돌아다니며 습득한 검술로 자신만의 기술도 가지고 있었다.

나는 에반에게 시간이 날 때마다 란트의 검술을 봐주기를 부탁했다. 에반은 그런 나의 부탁을 흔쾌히 들어주었다.

"제 눈에는 제법 그럴싸한 것 같은데, 보시기엔 어떻던가요?"

"근력과 민첩성 등 체격적으로는 나무랄 곳이 없습니다. 경험이 부족한 듯 보입니다만, 기초가 워낙 잘되어 있어 그 부분은 시간문제일 것으로 보입니다. 무엇보다 하고자 하는 노력과 집중력이 대단하더군요."

에반의 칭찬에 흐뭇한 미소가 절로 지어졌다. 내 강아지가 남들 눈에도 흡족해 보인다는 사실은 생각보다 훨씬 더 뿌듯하고 즐거운 일이었다.

"란트가 듣는다면 기뻐하겠군요. 이후에 특별한 일이 없다면 함께 식사라도 할까요?"

그가 물끄러미 나를 바라보았다. 나는 웃으며 말을 이었다.

"란트가 무척 좋아할 겁니다."

"……네."

그가 한 박자 늦게 고개를 끄덕였다.

"……."

"……."

"……."

"……."

침묵 사이로 식기를 놓는 소리만이 간간이 울려 퍼졌다. 그 무거운 분위기에 시녀들은 숨소리조차 죽이며 음식을 날랐다.

"모두 식사하시죠. 란트, 많이 먹으렴."

"네, 누님."

가자미눈을 하고 시스를 노려보고 있던 란트가 냉큼 대답하며 수저를 들었다.

또다시 찾아온 침묵은 입맛을 돋우는 애피타이저와 허기를 달래는 수프가 치워지고 메인 디시가 나올 때까지 이어졌다.

열심히 밥을 먹으면서도 흘끔흘끔 시스를 노려보는 것을 잊지 않는 란트와 굳은 얼굴로 먹는 둥 마는 둥 음식을 휘적거리는 시스, 그리고 묵묵히 식사에만 열중하는 듯하지만 은근히 불쾌감을 드러내고 있는 아버지와 무슨 생각을 하고 있는지 딱딱한 얼굴로 앉아 있는 에반의 모습에 절로 한숨이 나오려 했다.

'어쩌다 이리된 것인지 모르겠군.'

급하게 씻고 나온 듯 물기를 뚝뚝 떨어트리며 나타난 란트에게 잔소리를 하고 식당으로 향할 때까지만 해도 이런 불편한 자리가 만들어지리라고는 상상조차 못 하고 있었다. 식당에서 아버지와 대치 아닌 대치를 하고 있던 시스를 발견하기 전까지만 해도 말이다.

"자극적인 것을 싫어한다고 들어 최대한 담백하게 하라 일렀는데 음식이 입에 맞는지 모르겠군요, 에반."

"근래 먹은 것 중 가장 마음에 듭니다."

"다행이네요."

체할 것 같은 분위기를 조금이라도 풀어 보고자 에반에게 말을 걸었다. 어쨌든 그는 내가 초대한 손님이었고, 손님이 편히 식사할 수 있도록 배려하는 것이 주인 된 도리였으니까.

"나에게는 묻지 않는 건가?"

시스의 퉁명스러운 목소리가 끼어들었다. 그의 얼굴에는 '나 골났음'이 노골적으로 드러나 있었다. 갈수록 유치해져만 가는 시스의 모습에 헛웃음만이 나왔다.

그때의 그는 이런 유치한 신경전 따위는 벌이지 않는 남자였는데 말이다. 그래도 그때의 그보다 지금의 그가 훨씬 좋아 보이는 것은 나 또한 달라졌기 때문일 것이다.

"음식이 마음에 드시지 않습니까?"

"음식보다는 함께한 사람이 마음에 들지 않는군."

시스의 황금색 눈동자가 못마땅함을 가득 담고 에반을 노려보았다. 애같이 퉁퉁거리는 그의 모습에 그저 어깨를 으쓱이는 것으로 대답을 대신했다.

'에반과 관련만 되면 저리 날을 세우니 어쩐다.'

시스는 나의 약혼자고, 에반은 나의 기사였다. 두 사람 모두 나와는 떨어지려야 떨어질 수 없는 관계였다.

이번처럼 우연이라도 서로가 만날 일은 많았다. 사이좋게 지내는 것까지는 바라지 않았지만 볼 때마다 잡아먹을 듯 으르렁거리는 일만은 없었으면 하는 것이 내 바람이었다.

별다른 말을 하지는 않았지만 에반 또한 시스를 향해 날을 세우고 있다는 것을 느낄 수 있었다. 뾰족하게 날을 세우는 두 남자의 모습에 머리가 지근거렸다.

'하긴, 에반이 성인군자도 아니고 볼 때마다 자신에게 적의를 드러내는 사람에게까지 호의를 보일 수는 없겠지.'

"단주님, 부탁 하나만 드려도 될까요?"

란트의 느닷없는 부탁에 에반뿐만 아니라 나 또한 놀라 아이를 바라보았다. 원체 어릴 때부터 무언가를 해 달라 조르지 않던 아이의 부탁에 의아함이 서렸다.

"말씀하십시오, 공자."

"형이라고 불러도 돼요?"

"……!"

에반이 눈을 동그랗게 떴다. 굳이 거울을 보지 않아도 내 얼굴도 에반과 다름없음을 느낄 수 있었다.

"안 되나요?"

에반에게서 답이 없자 기대감으로 눈을 빛내던 란트의 얼굴이 시무룩하게 변했다.

살랑살랑 흔들리던 귀와 꼬리가 힘없이 축 늘어지는 것만 같은 환상이 보였다. 그러한 환상은 비단 나만 보이는 것은 아니었는지 에반이 당황하고 있다는 것이 느껴졌다.

"형이라 부르고 싶어요. 안 될까요?"

"……편한 대로 하십시오, 공자."

큰 눈망울을 촉촉하게 적시며 애절하게 부탁하는 란트의 모습에 결국 에반이 넘어가고 말았다.

'내 강아지가 언제부터 여우가 된 거지?'

에반을 향해 곰살맞게 구는 란트의 모습이 신기하기만 했다. 낯가림이 심한 란트는 교육을 담당하는 선생들에게도 예절에 맞춰 깍듯하게 대하기만 할 뿐, 저렇게 친근하게 굴지는 않았다. 에반의 어떤 부분이 아이의 마음에 들었는지 궁금해졌다.

"란트예요, 형."

에반이 고개를 끄덕이자 란트가 활짝 웃었다.

'뭐, 좋은 게 좋은 거겠지.'

란트와 에반의 사이가 가까워진다면 좋으면 좋았지 나쁠 것은 없었다. 란트는 뭐가 좋은지 에반을 향해 이것저것 질문을 하기 시작했고, 에반은 성심성의껏 란트의 질문에 대답을 해 주었다.

식사가 모두 끝나고 과일을 듬뿍 올린 생크림 케이크가 후식으로 나왔다. 케이크를 본 란트의 뺨이 불그스름해지는 것이 보였다.

어릴 때 기억 때문인지 란트는 유독 생크림 케이크에 사족을 못 썼다. 특히, 과일이 듬뿍 올려진 생크림 케이크라면 자다가도 벌떡 일어날 정도였다.

"형, 이거 먹어 봐요. 엄청 맛있어요!"

란트가 눈을 반짝이며 에반을 향해 말했다. 커다란 딸기가 먹음직스럽게 올려진 케이크는 보기만 해도 달달함이 느껴졌다.

기대감을 가지고 뚫어져라 자신만을 보고 있는 란트 때문인지 에반이 포크를 들고 케이크를 잘라 입으로 가져갔다. 맛을 음미하던 에반의 청회색 눈동자가 살짝 커졌다.

"맛있죠?"

"그렇군요."

케이크를 입에 넣기 전까지만 해도 내키지 않는 표정을 짓고 있던 에반의 입가가 슬며시 올라갔다.

란트가 에반에게 권한 케이크는 보이는 것만큼 달지 않았다. 오히려 색색이 올린 과일을 술에 졸이고 일반 꿀 대신 밤꽃 꿀을 넣은 탓에 달콤한 맛과 쌉싸래한 맛이 공존했다.

'어른 입맛 취향 저격이랄까.'

단것을 질색하는 아버지조차 거부감 없이 먹을 수 있을 정도로 케이크는 은근한 맛과 부드러운 풍미를 자랑했다.

"전하도 드셔 보세요."

란트가 자신의 앞에 있던 케이크 접시를 시스를 향해 쭉 밀어 주었다.

"맛있어요."

갑자기 바뀐 란트의 태도에 시스가 떨떠름한 표정을 지었다.

눈을 반짝이며 살랑거리는 아이의 행동에 꺼림칙한 시선을 보내던 시스가 결국 아이의 권유를 무시하지 못하고 포크를 움직였다.

케이크 조각을 입에 넣는 시스의 모습을 보며 해죽 웃는 란트의 뒤로 화살표 모양의 검은 꼬리가 살랑살랑 움직이고 있는 듯했다.

"읍!"

케이크를 입에 넣은 시스의 얼굴이 순식간에 일그러졌다. 괴로워하는 시스를 보며 란트는 천진난만하게 웃었다.

"제가 제일 좋아하는 거예요. 굉장히 맛있죠?"

"풋."

시스를 향한 아이의 노골적인 심술에 결국 웃음이 터지고 말았다. 원망 서린 시스의 시선이 따갑게 느껴졌지만 모른 체하며 케이크 조각을 입에 넣고 오물거렸다.

"하아!"

생글생글 웃는 란트와 대조적으로 시스의 얼굴이 심하게 구겨졌다.

에반이 먹은 케이크와 달리 란트가 시스에게 내민 것은 꿀에 적시다시피한 다디단 케이크였다. 전적으로 란트의 입맛에 맞춘 특제 케이크였기 때문이다.

끔찍할 정도로 느끼한 맛을 가지고 있는 아라크 열매의 속살도 아무렇지 않게 씹어 먹던 시스도 입안이 아릴 정도로 단 케이크는 면역이 없는 모양이었다.

"단것을 좋아하는 것을 보니, 생각보다 어리군. 처.남."

찻물로 입안을 헹군 시스가 란트를 보며 이죽거렸다. 처남이라는 호칭에 빵빵하게 부풀어 오른 란트의 볼이 푸르르 떨렸다. 시스의 말에 반박하려 막 입을 열려는 찰나 나직한 목소리가 란트의 입을 막았다.

"그 호칭은 아직 이른 것 같습니다, 전하."

지금껏 침묵하고 있던 아버지의 개입에 란트와 시스의 표정이 대번에 반대로 바뀌었다.

아버지가 자신의 편이라는 사실에 헤죽거리는 란트와 달리 시스가 떨떠름한 얼굴로 아버지에게 되물었다.

"비이의 성인식도 이미 치렀으니 시간문제 아니겠습니까?"

"글쎄요. 약속이란 깨질 수도 있는 것이죠."

"재상!"

시스가 벌떡 몸을 일으켰다. 아버지는 그런 시스의 반응을 예상했다는 듯 태연히 찻잔을 들어 올렸다. 아버지가 차를 마시는 모습은 교본으로 삼아도 될 만큼 절도 있으면서도 우아했다.

"더구나 이미, 한 번 깨질 뻔한 것을 잊으셨습니까?"

움찔!

아버지의 말에 시스의 몸이 크게 흔들렸다. 아버지는 천천히 찻잔을 내려놓았다. 푸른 눈동자가 시스를 지나쳐 나에게로 향했다.

"먼저, 일어나 봐야겠구나."

아버지가 몸을 일으키며 에반에게 시선을 주었다.

"내게 잠시 시간을 내주었으면 하네만."

"알겠습니다, 후작 각하."

에반의 시선이 잠시 나에게 머무르는가 싶더니 이내 아버지를 따라 일어섰다.

"하아."

아버지와 에반이 식당을 나가자마자 시스가 허탈한 한숨을 내쉬었다. 그는 아버지와의 대화가 힘들었던 듯 잠깐 사이에 몹시 지친 얼굴을 하고 있었다.

얌전히 무릎 위에 손을 올린 란트가 눈동자를 데굴데굴 굴렸다. 아이의 앞에 놓여 있던 케이크 접시는 어느새 깨끗이 비워져 있었다.

"케이크는 다 먹었니?"

"네."

고개를 끄덕이는 아이를 향해 타이르듯 부드럽게 웃어 보였다.

"그럼 이제 방으로 올라가 보렴."

"……"

란트가 머뭇거리며 시스를 흘금거렸다. 나는 다시 아이의 이름을 불렀다.

"란트?"

"……네, 누님."

란트가 고개를 주억거리며 일어섰다. 시스에게 짓궂은 장난을 치긴 했지만 기본적으로 악의가 있어 한 행동은 아니었다. 나는 다가온 란트의 볼을 잡고 살짝 흔들었다.

"장난은 여기까지. 알지?"

"네."

"어서 올라가 보렴."

순순히 고개를 끄덕이는 란트의 엉덩이를 팡팡 두드려 주었다. 볼을 불그스름하게 물들인 아이가 나가는 것을 보며 대기하고 있던 시녀들을 향해 나가라고 손짓을 했다.

시녀들마저 빠져나가고 식당 안에는 나와 시스 둘만이 남았다. 나는 천천히 시스에게 다가갔다.

"두 수문장을 동시에 상대하려니 생각보다 더 힘들군."

그가 나를 향해 힘없는 미소를 지어 보였다. 매사 자신만만했던 그가 이렇듯 풀이 죽어 있는 모습을 보니 안쓰러움이 들었다. 나는 이마에 흘러 내려온 그의 머리카락을 만지작거렸다.

실타래 같은 은빛 머리카락이 부드럽게 손가락 사이에 감겨들었다.

'그와 아버지 사이에 도대체 무슨 약속이 오고 갔던 것일까?'

분명 나와 관계된 일이었고, 그것에 대해 몇 번이나 물어봤지만 시스와 아버지는 자물쇠를 채운 듯 입을 열지 않았다.

도대체 무슨 일인지 궁금했지만 굳이 묻지는 않았다. 두 남자가 내게 숨기는 것은 무언가 이유가 있을 거라는 생각이 들었기 때문이다.

하지만 이렇듯 기죽어 있는 모습을 보니 이대로 모른 척하고 있는 것이 옳은 것인지는 알 수 없었다.

"저같이 유능한 여인을 곁에 두고자 했으면서 그 정도도 예상 못 하셨습니까?"

"훗, 예상은 하고 있었지만 상대가 만만치 않아서 말이지."

그가 나를 끌어당겨 두 팔로 허리를 감싸 안았다.

"오늘따라 조금 힘들군."

고양이가 애교를 부리듯 머리를 대고 비비적거리는 그의 등을 살며시 토닥였다.

"세상에서 누이가 제일인 줄 알고 큰 아이입니다. 약간의 심술 정도는 응당 감내하셔야 하지 않겠습니까? 그러니 조금 더 고생하세요."

"너무하는군. 그게 어디를 봐서 약간의 심술이야?"

그가 내 몸에 이마를 기댄 채로 툴툴거렸다.

"지금만큼은 내 편이 되어 주면 안 되는 건가?"

"겨우 이 정도에 우는 소리를 하시는 겁니까?"

"아무리 나라도 동시에 두 명은 무리라고, 비이."

그가 허리를 감고 있는 팔에 힘을 주며 약한 소리를 내뱉었다.

"더구나 후작은 일대일로도 벅찬 상대란 말이지."

"혹시 아버지와 무슨 일이 있었습니까?"

우리가 들어오기 전까지 식당 안에는 시스와 아버지 단둘밖에 없었다. 평소와 같이 무심한 얼굴이었지만 풍기는 분위기는 평소와 달리 날이 서 있었다.

"아아, 최대한 빨리 식을 올리고 싶다고 말했거든."

그가 내 품을 파고들며 중얼거렸다.

"설마 결혼식을 말씀하시는 겁니까?"

"······."

나의 물음에 그가 고개를 올려 내 얼굴을 물끄러미 바라보았다.

"설마라니? 그대야말로 설마 생각조차 안 하고 있었던 것은 아니겠지?"

찌르는 듯한 그의 시선을 피하지 않고 마주 보았다.

그와 함께하기로 결정을 내린 후, 언젠가는 식을 올리게 될 거라고 예상을 하고 있었지만 지금 당장은 왠지 내키지 않았다. 그런 내 마음을 눈치챈 것인지 시스의 미간에 살짝 금이 그어졌다.

"비이?"

"조금만 기다려 주십시오."

"언제까지?"

"······."

"설마 날 피 말려 죽일 셈인가?"

애교를 부리듯 나를 올려다보는 시스의 얼굴을 본 순간 란트와 겹쳐 보여 피식 웃음이 나왔다. 나는 란트에게 해 주던 대로 손을 올려 그의 머리카락을 살살 쓸어 주었다.

"인내는 쓰고 열매는 달다는 말이 있지요. 기다림이 길수록 돌아올 기쁨이 더 크지 않겠습니까?"

"그 전에 내가 먼저 죽지 않을까?"

"갈수록 어린아이가 되시는군요."

여전히 툴툴거리는 그에게 핀잔 아닌 핀잔을 주자 그가 억울함을 토로했다.

"그 녀석을 그대 곁에 두는 것만으로도 난 내 인내심을 모두 다 써 버렸다고. 이 정도면 많이 참은 것 같은데?"

"에반이 마음에 안 드십니까?"

"그대 같으면 내 곁에 다른 여자가 떡하니 붙어 있으면 좋겠나?"

그의 곁에 데이샤 공작 영애가 함께 있던 모습이 떠올랐다. 반사적으로 미간이 찌푸려졌다.

"……기분 나쁘긴 하군요."

"그렇지?"

그가 환하게 웃으며 재빨리 말을 보탰다.

"이참에 상단의 일에나 집중하라고 하는 건 어때? 어차피 그 녀석도 두 가지 일을 동시에 할 수는 없지 않나?"

그의 눈가가 배부른 고양이처럼 가늘게 접혔다.

"생각해 보도록 하지요. 그보다 은근슬쩍 어디다 손을 대시는 겁니까?"

슬금슬금 엉덩이 쪽으로 내려가는 그의 손등을 아프게 꼬집었다.

"안 보는 사이에 손버릇이 더 안 좋아지셨군요."

미적대는 그의 손등을 찰싹 쳐 내자 그가 마지못해 내 몸에서 손을 떼었다.

"쳇! 무정한 약혼녀 같으니라고. 저번에도 말했지만 모두 그대 때문이다. 이 정도 상이라도 있어야 내가 참고 기다릴 것이 아닌가?"

또다시 어린애처럼 툴툴거리는 그의 얼굴을 두 손으로 감싸 쥐었다. 어린애같이 구는 그가 싫지 않았다.

그의 이런 모습을 나만이 알고 있다고 생각하니 그동안 공허했던 가슴에 뿌듯한 충족감이 들어차는 것 같았다.

"그래서 싫으십니까?"

"누가 싫다고 했……."

구시렁거리는 그의 입술에 내 입술을 가져다 대었다. 말캉거리는 입술의 감촉과 함께 그가 움찔거리는 것이 느껴졌다.

혀를 움직여 닫혀 있는 그의 입술을 두드렸다. 경직되어 있던 그의 입술이 시간이 지나자 부드럽게 풀렸다.

입술을 가르고 그의 안을 침범해 들어갔다. 달콤한 케이크 맛이 혀끝을 통해 전해졌다.

부드럽게 치열을 훑고 말캉거리는 혀를 감아 올렸다. 내 움직임에 열렬히 화답하는 그의 반응이 좋았다. 그의 목울대에서 만족감이 가득 찬 신음성이 울렸다.

"하아!"

할짝.

그가 호흡을 하는 틈을 타 혀로 입술을 핥았다. 그가 눈을 동그랗게 뜨고 나를 바라보았다. 타액으로 번들거리는 그의 입술을 손가락으로 문질렀다.

"오늘은 이 정도로 참아 주십시오, 시스."

열에 달뜬 눈동자 속에 웃고 있는 내 모습이 비쳤다.

"엥그라일 후작 부인의 티파티에서 소란이 있었다지요?"

"소식이 빠르시군요."

"이 나이쯤 되면 굳이 알려고 하지 않아도 여기저기서 들려오는 이야기들이 있답니다."

러스틴 백작 부인이 군더더기 없는 우아한 태도로 나에게 차를 권했다.

적당한 온도로 적당한 시간 안에 우려낸 찻물의 수색은 옅지도 진하지도 않고 그야말로 딱 적당했다. 그녀의 성격만큼이나 한 치의 오차도 없이 말이다.

"티파티는 처음이라고 들었는데, 어떻던가요?"

"꽤 재미있는 시간이었습니다."

"의외로군요. 영애의 취향은 아니라고 생각했는데."

그녀가 재미있다는 얼굴로 찻잔을 들어 올렸다. 나 또한 그녀를 따라 찻물을 입안에 머금었다.

마시기에 적당한 온도의 찻물이 식도를 타고 부드럽게 흘러내렸다. 뜨거운 차를 즐기는 나에게는 약간은 미지근하게 느껴지는 온도였다.

한동안 침묵이 이어지고 찻물이 거의 바닥을 보일 때쯤, 그녀가 입을 열었다.

"그래서 어느 쪽을 취할 생각인가요?"

"제 짧은 소견으로는 무슨 말씀을 하시는지 잘 모르겠습니다."

시치미를 떼는 나를 향해 날카로운 시선이 닿았다.

러스틴 백작 부인은 1황비가 여왕처럼 군림하고 있던 사교계 안에서도 1황비와 대립하고도 자신의 입지를 단단히 굳힌 사람이었다.

그녀는 살벌한 사교계에서 살아남을 정도로 노련했고 그만큼 능력도 있었다.

"여러 사람들을 만나다 보면 상대방의 말투, 행동만으로도 그 사람이 어떤 사람인지 바로 알아볼 수 있지요."

주름진 러스틴 백작 부인의 눈가가 가늘게 접혔다.

"영애는 나를 어찌 생각하고 있는지 모르겠지만 나는 영애가 무척 마음에 듭니다."

"좋게 봐주셔서 감사합니다, 부인."

"영애보다 오래 산 입장에서 충고 하나를 하지요. 사교계는 일종의 정치판입니다. 정치란 혼자서는 할 수가 없어요. 마음에 들지 않는 이들이라 할지라도 곁에 두고 있어야 할 때가 있다는 소리입니다."

그녀가 나를 향해 인자한 미소를 지었다.

"왜요? 내가 이런 말을 하니 이상한가요?"

"제가 부인에 대해 잘못 알고 있었나 봅니다."

러스틴 백작 부인은 여장부 스타일이다. 그녀는 부러질지언정 결코 휘어지지 않는 대쪽 같은 성정을 지니고 있었다. 그런 그녀가 이런 식의 회유책을 내미는 것은 의외였다.

"나는 단단해야 버틸 수 있는 상황이었어요. 하지만 영애는 다릅니다. 영애가 오르려는 자리는 단단하기만 해서는 부러지기 십상이에요. 때로는 손에 피를 묻히는 것이 불가피한 자리입니다. 하지만 굳이 영애의 손을 더럽힐 필요는 없어요. 대신할 손을 곁에 두는 것이 영애를 위해서도 좋을 겁니다."

그녀가 남은 차를 마저 마시고 조심스레 찻잔을 내려놓았다.

"내 말이 매정하게 들리나요?"

"그럴 리가 있겠습니까."

나 또한 그녀를 따라 찻잔을 내려놓으며 생긋 웃어 보였다.

"이미 짐작하셨다시피 저도 그리 순진한 편은 아니라서요."

"내가 사람을 잘못 보지 않았다니 다행이로군요."

"제게 왜 이런 이야기를 하시는 겁니까?"

곁에서 항상 시중을 드는 시녀들은 그녀의 명령에 의해 모두 밖으로 나가 있는 상태였다. 그녀는 손수 포트를 들어 찻잔에 차를 채웠다.

"글쎄요. 그냥 영애가 마음에 들어서라고 해 두죠."

"그런 이유만으로는 제가 납득이 되지 않습니다, 부인."

의미를 짐작할 수 없는 백작 부인의 시선이 나에게 닿았다. 나는 그녀의 시선을 피하지 않고 마주 보았다. 한동안 침묵하던 그녀가 피식 웃었다.

"영애는 1황비를 닮았습니다."

그녀의 말에 나도 모르게 인상이 써졌다. 그런 나를 보며 백작 부인이 피식 웃었다.

"기분 나빴다면 미안합니다. 하지만 나쁜 의미는 아니었으니 기분 상하지 않았으면 좋겠군요."

"기분이 나쁘지는 않았습니다. 그저 의문이 들었을 뿐이죠."

"리비앙카…… 아니, 1황비 또한 영애처럼 자신이 납득하지 못하는 일들은 집요하게 물고 늘어지는 구석이 있었지요. 1황비가 황태자비 후보였다는 것은 알고 있나요?"

"처음 듣는 이야기입니다."

생각보다 담담한 목소리가 흘러나왔다. 하지만 담담한 목소리와 달리 머릿속은 복잡하기 그지없었다.

"그렇겠죠. 그때의 일을 떠올리고 싶어 하는 이들은 별로 없으니까요."

그녀는 목이 마른 듯 찻잔을 들어 목을 축였다.

"내 동생은 그녀를 참 좋아했습니다. 상사병으로 몸져누울 정도로 말이죠. 그래서 그녀가 내 동생을 선택해 주었을 때, 나는 누구보다 그들을 축복해 주었어요. 그녀는 내 가장 친한 친구이기도 했으니까요."

"……!"

놀라는 나를 보며 그녀가 또다시 피식 웃었다.

"믿기지 않는 것 같군요."

"솔직히 그렇습니다."

러스틴 백작 부인이 정면으로 1황비에게 대적한 적은 없었지만 그녀와 1황비가 대칭의 끝과 끝에 서 있었다는 것을 모르는 사람은 없었다.

그런 그녀와 1황비가 친구였다는 사실을 알고 있는 사람이 몇이나 될까?

"이런, 오랜만에 옛 기억을 떠올리다 보니 내가 너무 감상적이 되었나 봅니다. 늙은이의 주책이라 생각하고 이해하세요."

"아닙니다, 부인."

"후훗, 영애는 참 이상한 사람입니다. 때때로 세상을 다 산 노인과 같은 눈을 하고 있을 때가 있어요. 그래서 나도 모르게 속에 있는 말을 다 털어놓게 되는지도 모르겠군요."

그녀가 찻잔을 내려놓고 나를 지그시 바라봤다.

"영애도 짐작하고 있겠지만 조만간 사교계에선 세대교체가 있을 겁니다."

"……"

"나는 영애가 사교계를 휘어잡기를 바라요."

나는 아무런 말 없이 그녀를 지그시 바라보았다.

"지금까지 사교계는 모든 것을 1황비에게 의지해 왔습니다. 1황비가 사라진 지금 구심점 없는 사교계는 시끄러워지겠지요. 나는 사교계가 시끄럽게 되는 것을 바라지 않습니다."

"부인께서 구심점이 되는 방법도 있습니다."

"그럴 수도 있겠죠. 하지만 내 역량으로는 이미 분열되기 시작한 사교계를 하나로 모을 수는 없어요."

"제 역량으로는 그게 가능하다고 보십니까?"

"말했잖아요. 영애는 1황비를 닮았다고."

나를 바라보는 그녀의 눈가가 가늘게 휘어졌다.

"영애라면 충분히 가능하리라 믿습니다."

"저는 사교계를 하나로 모을 생각이 없습니다."

러스틴 백작 부인은 들어 올리려던 찻잔을 다시 내려놓았다. 그녀는 이해할 수 없다는 얼굴로 나를 바라보았다.

"한 사람의 힘으로 유지되는 세력은 그 한 사람이 사라지게 되면 누군가가 손쓸 겨를도 없이 무너지게 되지요. 지금의 사교계처럼 말입니다."

"그러니 영애에게 그 자리를 맡으라 하는 것이 아닙니까."

나는 그녀를 향해 살짝 고개를 저었다.

"그건 그저 악순환일 뿐입니다. 더구나 저는 그런 귀찮은 일은 별로 하고 싶지 않습니다."

"영애는 황후가 될 생각 없는 건가요?"

"황후라고 해서 사교계를 휘어잡으라는 법은 없습니다, 부인."

"사교계를 휘어잡지 못한 황후가 어떤 꼴이 되는지 몰라서 하는 말인가요?"

항상 예의범절에 어긋나지 않던 백작 부인의 목소리가 살짝 올라갔다.

"잘 알고 있습니다. 지금의 황후가 그러시니까요."

'예전의 내가 그랬듯이.'

"그런데도 가만히 있겠다는 소리인가요?"

"가만히 있겠다고도 하지 않았습니다."

"지금 나와 말장난을 하자는 건가요?"

그녀가 탐색하듯 나를 훑어보았다. 나는 찻잔을 들어 올려 남아 있는 차를 마저 마셨다. 그녀는 내가 찻잔을 내려놓을 때까지 조용히 기다렸다.

"한쪽의 세력이 다른 쪽보다 크면 전체적인 균형은 흐트러지기 마련이지요. 균형을 이루기 위해서는 비슷한 힘을 가진 세력이 여러 개 있는 것이 좋습니다."

"설마……."

"저는 앞에 나설 생각은 없습니다, 부인."

"……!"

그녀의 입에서 허탈한 웃음소리가 새어 나왔다.

"아무래도 내가 착각을 한 모양입니다. 방금 전에 한 말을 정정해야겠군요."

그녀가 흐트러진 자세를 바로 하고 나를 바라보았다.

"이제 보니 영애는 1황비보다는 황제 폐하를 더 닮은 것 같군요."

"제 아버님은 엘리언트 후작님이십니다."

"후후, 알고 있답니다. 그저 정치 성향이 폐하와 비슷한 것 같아 하는 말입니다."

"그런 것치고는 말에 뼈가 있으십니다."

"그런가요?"

그녀는 그저 조용히 미소 지었다. 하지만 황제를 거론할 때마다 그녀에게서는 약간이지만 불쾌한 감정이 드러났다.

"결코 쉽지 않을 겁니다, 영애."

"알고 있습니다."

"최근 귀족파의 움직임이 심상치 않다는 것은 알고 있습니까?"

"그것 역시 알고 있습니다."

"알면서도 하겠다는 거군요."

나는 대답 없이 그녀를 향해 미소를 지었다. 백작 부인은 나직이 한숨을 쉬었다.

"영애가 바라든 바라지 않든 조만간 사교계는 둘로 나뉠 겁니다. 그 주축의 한 곳이 누가 될지는 당연히 알고 있겠지요?"

"데이샤 공작 영애를 말씀하시는 건가요?"

"그래요. 데이샤 공작 영애가 사교계에 데뷔를 하게 되면 그녀의 성향이 어쨌든지 간에 많은 이들이 몰리게 될 겁니다. 그리고 그녀의 반대편에 영애가 서게 되겠지요."

"그렇게 되기 전에 제가 먼저 사교계를 휘어잡기 바라시는군요."

"그래요. 하지만 영애는 탐탁지 않은가 보군요."

백작 부인의 말대로 나는 그녀와 대립하는 것이 탐탁지 않았다. 아니, 그렇게 몰고 가는 상황 자체가 싫었다.

'그때처럼 그녀와 대립해서 나에게 남는 것이 대체 무엇이 있을까?'

나는 그녀와 대립할 생각이 전혀 없었다. 그때와 달리 지금의 시스는 내 사람이다. 내 것을 빼앗으려 한다면 철저히 밟아 줄 뿐, 나와 대등하게 맞서도록 놔두지 않을 것이다.

나는 그녀를 떠올리며 입술을 비틀어 올렸다.

"저는 1황비처럼 힘으로 누를 생각은 없습니다. 힘으로 누르는 만큼 반발력이 생길 테니까요. 부인께서 바로 그 산증인이지 않습니까."

"그렇지요."

"저는 그저 물 흐르듯 자연스럽게 놔둘 생각입니다."

"영애의 뜻대로는 되지 않을 텐데요?"

"그렇겠지요. 그래서 부인의 도움이 필요합니다."

"나보고 영애가 구상한 세력들 중에 한 축이 되라는 건가요?"

러스틴 백작 부인은 사교계에서 오랜 시간 살아남은 사람답게 내가 하고자 하는 말을 바로 알아들었다.

나는 내가 구심점이 되는 세력을 만들 생각이 없었다.

나만의 세력을 만든다는 것은 나를 보호하는 방패가 되기도 하지만 때로는 스스로를 옭아매는 올가미가 되기도 했다.

나에게 양날의 검은 필요 없었다. 굳이 위험 요소를 안고 가고 싶지도 않았다. 나에게는 나를 위하는 내 사람들만으로도 충분했다.

그 누구도 독주할 수 없도록 나는 사교계를 잘게 잘라 놓을 생각이었다. 서로가 서로를 견제하기 바빠 나에게 함부로 이를 드러내지 않을 수 있도록 말이다.

"내가 영애를 도와줄 거라 믿는 건가요?"

"저를 좋아하신다면서요."

그녀의 눈동자가 살짝 커졌다. 나는 그런 그녀를 향해 천진난만한 웃음을 지어 보였다.

"당연히 도와주실 거라 믿습니다."

그녀의 주름진 눈가가 가늘게 접혔다.

"비욘느와 함께 쇼핑을 나오다니 꿈만 같아요."

"저도 또래와 쇼핑하는 것은 처음이라 떨리는군요."

"정말요?"

레비나가 두 손을 맞잡고 눈을 반짝였다. 나는 그녀를 향해 고개를 끄덕여 보였다.

"전 정말 행운아인 것 같아요."

레비나는 환하게 웃었다. 그녀의 음성은 매우 들떠 있었다.

"루이아샤를 방문할 생각을 하니 심장이 두근두근해요. 비욘느는 생각해 둔 드레스가 있으신가요?"

"아직 없습니다. 레비나는 생각해 둔 드레스가 있나요?"

"저도 아직 잘……. 수도의 유행은 아직 잘 몰라서요."

그녀가 부끄러운 듯 얼굴을 붉혔다.

"마담 미엘라가 레비나에게 맞는 드레스를 추천해 줄 겁니다. 그녀는 드레스에 있어서만큼은 제국 제일의 전문가니까요."

"비욘느도 마담 미엘라의 도움을 받는 건가요?"

"네, 저도 매번 그녀의 도움을 받고 있답니다."

"마담 미엘라가 제 부탁을 들어줄까요?"

"물론이죠."

레비나가 손뼉을 마주치며 또다시 활짝 웃었다. 2황자의 외가라고는 하나 아스테이아 가문은 북부에 위치한 작은 가문일 뿐이다. 그런 그녀에게 파티 초대장을 보내는 가문은 몇 없었다.

엥그라일 후작 부인이 주최하는 소소한 티파티만이 그녀가 갈 수 있는 파티의 전부였다. 그런 그녀에게 이번 신년 파티는 그녀의 사교계 데뷔 이후 가장 큰 파티였다. 그녀가 미리부터 들떠 있는 것은 당연했다.

"레비나는 어떤 분이 이상형인가요?"

"……네?"

갑작스러운 내 질문에 그녀가 한 템포 늦게 반응했다.

"레비나의 이상형이 궁금해서요."

그녀의 뺨이 순식간에 복사꽃같이 발그레해졌다. 이제 갓 성인이 된 순진한 영애에게는 이런 질문은 자극적이었나 보다.

내가 그녀처럼 순진했던 적이 있었던가 싶을 정도로 그때의 기억이 가물가물하다 보니 어느 정도가 적정선인지 알 수가 없었다.

'뭐, 일단 내뱉은 말이니 어쩔 수 없지만.'

나는 그저 그녀가 무안해하지 않도록 재촉하지 않고 조용해 기다렸다.

"저, 저는 다정한 분이 좋아요."

자신이 말하고도 못내 부끄러운 듯 그녀가 빨개진 얼굴로 고개를 푹 숙였다.

기억을 더듬어 레탄 후작을 떠올려 보았다. 얼굴을 가로지르는 칼자국과 서부의 야수라 불릴 정도로 거친 성정이 떠올랐다.

아무리 봐도 레비나의 이상형이라고는 생각할 수 없는 모습이었다.

'자신을 피해 도망만 다니던 레비나를 참다못해 납치하듯 서부로 끌고 갔다고 했던가.'

그들에 대해 기억을 떠올려 보려 해도 그것 말고는 떠오르는 것이 없었다.

그도 그럴 것이 그때의 나는 레비나와 접점이 전혀 없었기 때문이다. 그저 수다스러운 여인들을 통해 들리는 소문만이 내가 아는 전부였다.

부끄러움에 몸을 배배 꼬는 그녀를 보며 고민했다. 이대로 별다른 변수가 없다면 좋건 싫건 그녀는 또다시 그때처럼 레탄 후작에게 끌려가게 될 것이다.

이대로 두고 볼 것인가, 아니면······.

"비욘느는요?"

언제 자신이 부끄러워했냐는 듯 레비나가 눈을 반짝이며 나에게 물었다. 생각보다 당돌한 면이 있는 아가씨였다. 그녀의 그런 성격이 나쁘지 않았다. 아니, 오히려 마음에 들었다.

"저도 다정한 분이 좋답니다."

"황태자 전하께서는 소문처럼 다정하신가요?"

'그는 다정한가?'

순간 떠오르는 것은 어린애처럼 골이 나 퉁퉁 부운 얼굴이었다.

"풋!"

나도 모르게 터져 나온 웃음소리에 레비나가 눈을 동그랗게 떴다.

"미안합니다. 황태자 전하께서는 제게 매우 다정하십니다."

"부러워요, 비욘느."

"레비나도 조만간 그런 분을 만날 수 있을 겁니다."

"그럴까요?"

레비나의 눈동자가 마치 백마 탄 왕자님을 꿈꾸듯 몽롱하게 변했다. 미리부터 그녀의 환상을 깨 줄 필요는 없었다.

일단, 레탄 후작이 어떤 이인지 만나 볼 필요성을 느꼈다.

레탄 후작 부인이 될 레비나를 이용할 생각이었지만 마음이 바뀌었다. 그녀가 끝내 레탄 후작을 좋아하지 않는다면 그의 손에서 벗어나게 도와줄 생각이다.

"다정한 분이면 되나요? 잘생긴 분은 이상형이 아닌가요?"

짓궂은 내 질문에 레비나의 얼굴이 또다시 달아올랐다.

"비, 비욘느요?"

'제법이네.'

손으로 달아오른 뺨을 감싸며 레비나가 질문을 질문으로 답했다.

"저야 당연히 잘생긴 분이 좋답니다. 황태자 전하는 무척 잘생기셨지요."

"저, 저도 잘생긴 분이……."

그녀가 미처 대답을 끝내기도 전에 달리던 마차가 섰다. 창밖을 보니 아직 목적지에 도착한 것은 아니었다.

마차의 한구석에서 얌전히 앉아 있던 마리가 잽싸게 밖으로 나갔다.

"무슨 일일까요?"

"글쎄요. 마리가 나갔으니 곧 알 수 있겠죠."

창밖으로 사람들이 모여 있는 것이 보였다. 길 한가운데서 문제가 생긴 것 같았다. 잠시 기다리고 있자 마리가 마차의 문을 열고 들어왔다.

"무슨 일이지?"

"사고가 난 모양이에요, 아가씨."

"사고라고?"

"네, 귀족 영애들이 다투고 있더라고요."

마리의 말에 나는 인상을 찌푸렸다.

지금 내가 있는 곳은 귀족들이 많이 다니는 비벌디 거리였다. 많은 사람들이 오고 다니는 만큼 약간의 소란스러움은 종종 발생하곤 했지만 그 소란스러움은 오래가지 않았다.

평민이라면 귀족들이 오고 가는 거리에서 언성을 높일 엄두조차 내지 못했고, 귀족들은 체면 때문이라도 오랫동안 소란을 피우지 않았다.

더구나 귀족 영애들이라고 하니 소란은 빠르게 수습될 확률이 높았다.

"잠시 기다리면 되겠군요."

나는 눈을 감고 소란스러움이 지나가기를 기다렸다. 레비나 또한 별말 없이 마차가 다시 움직이기를 기다렸다.

레비나와 레탄 후작을 어찌해야 할지 고민하고 있는데, 레비나의 중얼거림이 들려왔다.

"……쉽게 끝낼 생각이 없나 봐요."

"……."

금방 잠잠해질 거라고 예상했던 소란스러움이 시간이 갈수록 점점 커져 갔다. 마리는 어느새 창밖으로 고개를 빼 들고 고개를 갸웃거렸다.

"쉽게 가라앉을 것 같지 않군."

"직접 가 보시게요?"

내가 마차에서 내리려 하자 마리가 난감한 표정을 지으며 따라 움직였다.

"레비나는 이곳에 계세요."

"아니에요. 저도 같이 가요."

따라나서는 레비나를 굳이 말리지 않았다. 마차에서 내리자 마리가 구겨진 내 치마를 정리해 주었다. 개인 시녀를 대동하지 못한 레비나가 머쓱한 표정을 지었다. 그동안 눈치가 늘어난 마리가 잽싸게 레비나의 치마까지 정돈해 주었다.

"제법 시녀다운 모습이 됐구나."

"헤헤."

칭찬을 하기가 무섭게 마리가 헤실거리며 손가락으로 코끝을 훑었다. 시녀다운 몸가짐은 아니었지만 못 본 척 넘어가 주기로 했다.

'처음 만났을 때와는 천지 차이니까.'

마차를 뒤로하고 몇 걸음 걷지 않아 소란이 일고 있는 곳에 도착했다. 하지만 몰려 있는 사람들 때문에 가까이 가기가 용이하지 않았다.

"한동안은 마차를 움직일 수 없을 것 같군요."

무슨 일이 일어났는지는 모르겠지만 몰려 있는 사람들이 쉬이 떠날 것 같지는 않았다. 사람들이 움직이지 않으면 마차 또한 움직이지 못할 것은 당연했다.

그들이 해산되기를 바라는 것보다 목적지까지 걸어서 가는 편이 훨씬 빠를 것 같았다.

"걸어가는 것이 낫겠군요."

"비욘느의 말대로 그게 낫겠어요."

"그나마 목적지가 멀지 않으니 다행입니다. 괜찮겠습니까?"

루이아샤의 상점은 걸어서 10분 정도의 거리에 있었다. 보통의 귀족 영애라면 절대 그 거리를 걸어가려 하지 않을 터였다. 하지만 레비나는 보통의 귀족 영애가 아니었는지, 약간의 머뭇거림도 없이 고개를 바로 끄덕였다.

"물론이죠. 제가 이래 봬도 건강 빼면 시체예요!"

레비나가 자신감이 가득 찬 얼굴로 자신의 가슴을 통통 두드렸다.

"다행이군요. 그럼 가 볼⋯⋯!"

계속해서 몰려드는 사람들을 피해 몸을 돌리려는 순간, 눈에 익은 하늘색 실타래가 시선 끝에 잡혔다. 나는 바로 움직임을 멈추고 한 곳을 주시했다.

"아무리 당신이 공작 영애라고 해도 나에게 이리 무례하게 굴 수는 없습니다."

날카로운 음성이 공기를 갈랐다. 마리에게 눈짓하자 사람들 틈을 파고들어 길을 만들었다. 마리의 침입에 불쾌감을 내비치던 사람들이 나와 레비나의 모습에 서둘러 길을 열어 주었다.

"무례하시군요."

"무례? 지금 누가 누구에게 무례하다는 거야?"

한껏 격양된 목소리가 또다시 울려 퍼졌다. 사람들이 둘러싸고 있던 중심에는 티파티에서 말을 나눴던 레슬리어 백작 영애가 서 있었다. 그녀는 자신을 향해 대거리하고 있는 여인을 노려보며 시근덕거렸다.

"감히 내가 누군 줄 알고!"

"영애야말로 이분이 누구신지 아시면서 왜 이리 무례하게 구십니까."

"뭐라?"

레슬리어 백작 영애가 얼굴을 새빨갛게 물들이며 씩씩거렸다. 조금만 더 건드리면 뒤로 넘어갈 정도로 그녀는 잔뜩 화가 나 보였다.

짝!

"까악!"

레슬리어 백작 영애가 화를 참지 못하고 여인에게 손을 휘둘렀다. 시녀의 뺨이 한쪽으로 돌아가고 그녀의 뒤에 몸을 숨기고 있던 데이샤 공작 영애가 비명을 질렀다.

'쯧, 저 여자는 나에게 맞고 난 후에도 정신을 차리지 못한 모양이군.'

레슬리어 백작 영애에게 뺨을 맞은 여인은 얼마 전 나에게 대들다 궁녀의 자리에서 해임된 여인이었다.

궁에서 쫓겨나고서도 여전히 데이샤 공작 영애의 곁에 머물고 있는 것을 보니 공작가의 시녀라도 된 모양이었다.

"레아, 괜찮아?"

데이샤 공작 영애가 여인의 소매를 잡으며 눈물을 글썽였다.

"데이샤 영애는 지금 내 말을 무시하는 건가요?"

표독함이 드러나는 레슬리어 백작 영애의 외침에 그렁그렁 눈가에 매달려 있던 눈물이 기어코 뺨을 타고 흘러내렸다.

"나빠요!"

"지, 지금 뭐라고……."

"레아를 때리다니, 영애는 나쁜 사람이에요!"

"……."

레슬리어 백작 영애가 곧 졸도할 것 같은 얼굴로 입술을 뻐끔거렸다. 기가 막혀 말을 잇지 못하는 백작 영애를 보자 예전의 내 모습이 떠올랐다.

'쯧, 내가 저 마음 알지.'

데이샤 공작 영애는 그때나 지금이나 변함이 없었다. 여전히 무지하고 자신의 감정에만 충실했다. 지금 생각해 보면 그때의 나와 그녀는 서로가 지독히도 닮아 있었다.

'자석이 같은 극을 밀어내는 것처럼, 서로가 너무도 닮았기에 그토록 미워했던 것인지도 모르지.'

그때와 똑같은 그녀가 싫으면서도 변함없는 모습에 왠지 모를 안도감이 들었다. 내가 생각해도 이상한 감정이었다.

"너무하시는군요, 데이샤 공작 영애."

충격에 아무 말도 못 하는 레슬리어 백작 영애를 대신해서 누군가가 나섰다. 얼굴을 보니, 레슬리어 백작 영애와 어울려 다니는 무리 중 한 명이었다.

'케리언 남작 영애라고 했던가.'

"레슬리어 백작 영애에게 먼저 무례를 범한 것은 영애의 시종입니다. 그런데

도리어 이런 모욕을 주다니요. 영애는 지금 우리 모두를 무시하는 건가요?"

말 한마디로 데이샤 공작 영애를 한순간에 자신이 속한 무리의 공공의 적으로 만들어 버린 그녀의 언변에 나도 모르게 박수를 쳐 줄 뻔했다.

하지만 그녀는 데이샤 공작 영애를 너무 우습게 본 듯했다.

'겨우 이 정도로 말귀를 알아먹을 정도였으면 그때의 내가 넘치는 화를 주체 못 해 몇 번이나 졸도하는 일은 없었겠지.'

아니나 다를까, 데이샤 공작 영애가 우는 소리로 짱알거렸다.

"겨우 치마를 더럽힌 것뿐이잖아요. 레아는 얼굴에서 피가 난단 말이에요."

역시나 그녀는 내 기대를 저버리지 않았다. 전후 상황 다 무시하고 자신의 기준으로만 생각하는 그녀다운 말이었다.

데이샤 공작 영애에게는 사회인이라면 누구나 지켜야 하는 예의나 규범들은 머릿속에 들어 있지 않았다. 모든 것을 자신의 판단 아래 선과 악으로 구분했다.

그녀는 자신이 아는 것이 무조건 옳다고 믿었다. 그리고 자신이 옳다고 믿는 것을 타인에게 강요했다.

'바로, 지금처럼 말이지.'

"겨, 겨우라니요!"

떼를 쓰듯 막무가내로 우기는 데이샤 공작 영애를 상대해야 하는 어린 영애의 인내심은 종잇장만큼 얇디얇았다. 나이가 어려 경험이 적다 보니, 이런 일은 처음 겪어 보는 듯했다. 방금 전까지만 해도 조리 있게 말하던 영애의 얼굴이 순식간에 달아올랐다.

"레아에게 사과하세요."

커다란 눈망울이 물기를 머금고 영애들을 압박했다.

"폭력은 나쁜 거예요."

데이샤 공작 영애의 외침에 레슬리어 백작 영애뿐만 아니라 그녀의 주위에 모여 있던 다른 영애들까지 모멸감으로 몸을 떨었다.

그들은 뼛속까지 귀족이다. 평민보다 우월하다 믿고 있는 그들은 설령 자신의 잘못이 분명하다 하더라도 결코 평민에게 고개를 숙이지 않았다.

더구나 자신에게 대든 평민에게 사과한다는 것은 자존심으로 똘똘 뭉친 그녀들로서는 상상조차 하지 못할 일이었다.

'대충 감이 잡히는군.'

오고 가는 대화들과 바닥에 쓰러져 있는 남자, 그리고 더러워진 레슬리어 백작 영애의 치맛자락을 보니 무슨 일이 일어난 것인지 대충이나마 짐작할 수 있었다.

'실수한 시종을 무작정 감싼 거로군.'

레슬리어 백작 영애의 치마를 더럽힌 시종을 데이샤 공작 영애가 감싸고 돈 모양이다.

시종의 실수를 무조건 감싸는 것은 좋은 방법이 아니다. 그 상대가 귀족이라면 더더욱 말이다.

주인으로서 피해를 입은 귀족에게 정중히 사과하고 실수한 시종에게 상대 귀족이 납득할 만큼의 벌을 주어야 했다.

하지만 데이샤 공작 영애에게는 그런 개념이 없었다. 그녀의 눈에 레슬리어 백작 영애는 자신의 사람을 괴롭히는 악당, 그 이상도 그 이하도 아닐 테니까.

"지금 누가 누구에게 사과하라는 거야!"

레슬리어 백작 영애가 더는 참지 못하겠는지 고함을 질렀다. 움찔 놀란 데이샤 공작 영애가 재빨리 시녀의 등 뒤로 숨어 버렸다.

그런 데이샤 공작 영애의 행동에 더 화가 났는지, 레슬리어 백작 영애가 기어코 자신의 기사들을 불렀다.

"당장 저놈을 끌어내. 나에게 무례를 범한 저놈에게 직접 그 죄를 물어볼 테니까!"

레슬리어 백작 영애가 이를 갈며 바닥에 엎어져 있는 남자를 손가락으로 가리켰다.

주인이 있는 시종을 주인의 허락 없이, 더군다나 주인의 눈앞에서 벌을 준다는 것은 굉장히 무례한 일이었다.

데이샤 공작 영애가 아무리 덜떨어져 보인다고는 하나 그녀는 데이샤 공작의 하나밖에 없는 딸이다. 그런 그녀의 눈앞에서 그녀의 시종을 벌준다는 것은 데이샤 공작가에 정면으로 도전한다는 뜻과 다름없었다.

하지만 이미 분노로 눈이 뒤집힌 레슬리어 백작 영애에게 그런 법칙 따위는 안중에도 없는 모양이었다.

'아니면 믿는 구석이 따로 있던지.'

"뭐 하고 있는 거야!"

잠시 주춤거리던 기사들이 또다시 명령이 떨어지자 어쩔 수 없다는 듯 몸을 움직였다.

"안 돼!"

데이샤 공작 영애가 기사들 앞을 가로막았다. 그녀의 뒤를 지키고 있던 기사들도 그녀를 보호하기 위해 움직였다.

점점 살벌해지는 분위기에 구경하고 있던 이들이 하나둘 빠져나가기 시작했다. 그들은 귀족들의 싸움에 얽혀 괜히 피해를 볼까 우려한 것이다.

아무리 불구경만큼이나 재미있는 싸움 구경이라 할지라도 자신들의 목숨보다는 중요하지 않을 테니 말이다.

"아가씨."

"비욘느."

마리와 레비나가 동시에 불안한 얼굴로 나를 바라보았다. 빨리 이곳을 벗어나고 싶어 하는 그녀들의 마음을 모르는 것은 아니었지만 왠지 발길이 떨어지지 않았다.

"이 이상 다가오면 소리 지를 거예요."

"……."

'쯧, 이미 구경거리 다 된 마당에 하는 협박하고는.'

시종의 몸을 가리듯 두 팔을 벌리고 제 딴에는 비장하다는 듯이 말하고 있는 데이샤 공작 영애의 행동이 가소로웠다. 그러한 생각이 든 것은 나만이 아니었는지 레슬리어 백작 영애가 콧방귀를 뀌었다.

"질러 봐. 레슬리어 백작가는 데이샤 공작 가문에도 지지 않을 정도의 명문가지. 더구나 내 어머님은 황제 폐하의 따님이야. 어디 누가 이기는지 끝까지 해보자고."

'역시 믿는 구석이 있었군.'

작위로야 백작보다는 공작이 훨씬 더 높았지만 작위만 가지고 권력의 위계질서를 따지기에는 애매한 부분이 많았다.

데이샤 공작은 지금까지 자신의 영토에서만 지내 왔다. 당연히 수도에는 그의 지지 기반이 없었다. 귀족파들이 공작의 주위를 맴돌고 있었지만 현재까지는 서로 간에 이렇다 할 연결 고리는 없었다.

반면, 레슬리어 백작가는 엘리언트 후작가와 마찬가지로 제국의 개국공신 가문 중의 하나였다. 더구나 레슬리어 백작 영애의 말대로라면 그녀는 사사롭게 황제의 손녀가 되는 셈이다.

황제에게는 자식이 많았다. 특히, 딸은 1황녀를 비롯해 두 자릿수를 채웠다. 황제가 그 많은 딸들을 모두 기억하고 있는지는 알 수 없었지만 데이샤 공작가라 하더라도 레슬리어 백작가를 함부로 할 수 없다는 것은 확실했다.

"시, 시리어스……. 아니, 황태자 전하가 사실을 알면 절대 가만있지 않을 거예요."

"하!"

'갑자기 짜증이 치미는군.'

나와 하등 상관없는 일이라 보고만 있었지만 데이샤 공작 영애의 입에서 시스의 이름이 거론되는 순간 짜증이 치미는 것은 어쩔 수 없었다.

"황태자 전하께서 왜 가만있지 않으신다는 건가요?"

그들을 무시하고 내 갈 길이나 가야겠다는 생각은 이미 저만치 사라졌다.

나는 그들의 싸움에 끼어들었다. 서로를 노려보며 대치하고 있던 이들이 일제히 나를 바라보았다.

"……!"

"엘리언트 영애!"

데이샤 영애를 보호하듯 둘러싸고 있던 기사들 중 한 명이 나를 향해 살짝 고개를 숙였다. 내가 입궁할 적마다 종종 나를 호위하던 황실 소속 기사였다.

'이제 보니 한 명을 빼고는 전부 황실 소속의 기사들이었군.'

데이샤 공작 영애의 곁에 바짝 붙어 있는 기사를 제외하고 모두 가슴에 황실 소속 기사임을 나타내는 황금 사자가 수놓아져 있었다.

뭉뚱그려 황실 소속 기사라고 했지만 황실에 속해 있는 기사단에는 황제 직속 기사단인 근위대를 비롯해 여러 개의 기사단이 존재했다.

기본적으로 황제의 명령을 받는 기사들이긴 하지만 그들은 자신이 소속되어 있는 기사단이 어디냐에 따라 명령받는 주체가 달라졌다.

기사들은 소매의 색깔로 자신이 소속된 곳을 구분했다. 황태자인 시스에게도 그만의 기사단이 있었다.

나는 시선을 내려 기사들의 소매를 바라보았다. 햇빛에 반짝이는 은색이 눈부셨다. 시스의 상징은 그의 머리카락 색과 똑같은 은색이었다.

'시스를 거론한 이유가 있었어.'

저절로 입술 끝이 비틀어져 올라갔다.

"데이샤 공작 영애, 제 질문에 대답해 주시겠습니까?"

나조차 놀랄 정도로 나긋나긋한 말투가 내 입에서 흘러나왔다. 나는 그녀에게 최대한 내가 지을 수 있는 만큼 온화한 미소를 보여 주었다.

"왜 대답이 없으신가요?"

"……"

그녀가 대답 없이 입술을 꾹 다물었다. 그녀의 답답한 대응에 화가 부글

부글 끓어올랐지만 그 화를 사람들이 모두 보고 있는 대로변에서 풀 수는 없었다. 나는 끓어오르는 화만큼 더욱 화사하게 웃었다.

그녀의 고집이 쇠심줄보다 질기다는 것은 이미 알고 있던 사실이다. 그녀는 패악을 떨어 대던 나를 꿋꿋하게 견뎌 냈다. 그때의 내 괴롭힘은 웬만한 강단으로는 절대 버틸 수 없는 것이었다.

툭하면 눈물을 흘리고 징징거리는 모습과 달리 그녀의 신경은 그 누구보다 두꺼웠다.

'저 여린 겉모습에 속으면 안 되지.'

어차피 그녀의 대답을 듣고자 한 질문은 아니었다. 나는 기사들을 향해 고개를 돌렸다.

"어째서 황태자 전하의 기사들이 데이샤 공작 영애를 호위하고 있는지 알 수 있을까요?"

"……."

기사들이 서로의 얼굴을 바라보며 머뭇거렸다.

"나에게 이 정도의 질문을 할 권한은 있다고 생각합니다만, 제가 잘못 알고 있었던 건가요?"

"아닙니다, 엘리언트 영애."

나와 안면이 있는 기사가 입을 열었다.

"그럼 제게 이유를 설명해 주시겠습니까?"

"데이샤 공작께서 황태자 전하께 도움을 청하셨습니다."

데이샤 공작이 수도에 데리고 온 기사는 고작해야 다섯.

그 5명으로 데이샤 공작과 공작 영애 두 사람 모두를 지키는 것은 현실적으로 어려운 일이었다.

'하지만 굳이 시스의 기사일 필요는 없을 텐데?'

공작 영애의 외유를 위해 공작이 부탁한다면 황제는 흔쾌히 기사들을 내주었을 것이다. 하지만 지금 그녀와 함께 있는 기사들은 황제 직속 기사들이 아닌 시스의 기사들이었다.

시스의 성격에 스스로 기사들을 내주었을 리는 없었다. 그렇다는 것은 공작이 직접 시스에게 부탁했다는 뜻이다.

'대체 무슨 꿍꿍이지?'

기사와 대화를 나누는 와중에도 데이샤 공작 영애는 큰 눈동자에 눈물을 그렁그렁 매달고 여린 꽃잎처럼 몸을 파들파들 떨었다.

없던 동정심도 생길 정도로 불쌍해 보이는 그녀의 모습은 그 자체만으로도 상대를 못된 사람으로 만들어 버리기에 충분했다.

"그렇군요. 그런데 무슨 일로 다들 모여 계신 건가요?"

나와 시선을 마주친 영애들이 내 눈길을 피해 고개를 숙였다. 이제야 자신들이 대로변에서 무슨 짓을 벌였는지 자각한 모양이다.

"영애가 상관하실 일이 아닙니다."

아직 흥분이 가라앉지 않았는지, 레슬리어 백작 영애가 퉁명스레 대답했다.

"저도 지나치려 했습니다만 황태자 전하의 존함이 거론되어서 말이지요."

레슬리어 백작 영애가 흠칫 몸을 떨었다. 아무리 기세등등한 가문이라 하더라도 다음 대 황제인 황태자와 척을 질 수는 없는 노릇이었다. 그녀는 억울하다는 얼굴로 소리쳤다.

"데이샤 영애가 나와 내 가문을 모욕했습니다."

"정말인가요?"

"……."

역시나 데이샤 공작 영애에게서는 대답이 없었다. 그녀는 자신의 곁에 서 있는 기사의 소매를 부여잡고 구슬 같은 눈물방울만 뚝뚝 떨어트렸다.

그녀를 보호하고 있던 기사들뿐만 아니라 그녀를 지켜보고 있던 남자들이 눈물을 흘리는 그녀를 안쓰럽게 바라봤다. 새삼 느끼는 것이었지만 그녀의 몸짓과 말투는 남자들의 보호 본능을 자극했다.

"데이샤 영애, 레슬리어 영애의 말이 사실인가요?"

162

"저, 저 영애가 마틴을 끌고 가려고 했어요."

"천한 것이 먼저 내 드레스를 더럽혔잖아! 마땅히 벌을 받아야지!"

"영, 영애가 마틴을 때렸잖아요. 레아도 때리고……. 사람을 때리는 건 나쁜 짓이에요."

"뭐, 뭐얏!"

레슬리어 백작 영애가 또다시 펄펄 뛰었다. 레슬리어 백작 영애의 심정은 십분 이해되었지만 그런 격한 감정은 지금 이 상황에서 절대 도움이 되지 않았다.

"진정하세요, 레슬리어 영애."

"내가 지금 진정하게 됐습니까?"

"영애의 심정은 알겠지만 조금 자중하는 것이 좋겠습니다. 남들 보기에 좋지 않습니다."

최소한의 이성은 남아 있었던지, 푸드덕거리며 싸움닭처럼 날뛰던 레슬리어 영애가 내 말에 주춤거렸다.

"엘리언트 영애, 우리 모두 데이샤 영애에게서 큰 모욕을 받았습니다. 절대 없었던 일로 할 수는 없습니다."

어느새 화를 가라앉힌 케리언 남작 영애가 차분한 얼굴로 나섰다.

"당연합니다."

내가 자신들을 방해하기 위해 나섰다고 생각했던 것인지, 그녀들이 어리둥절한 얼굴로 서로의 얼굴을 바라봤다.

"하지만 시시비비를 가리기엔 장소가 마땅치 않다는 생각이 드는군요."

"……."

그녀들 또한 이 일이 자신들의 명예를 실추시킨다는 것을 모르지 않았다. 그럼에도 그녀들은 데이샤 공작 영애의 행태를 참을 수 없었던 것이다.

"엘리언트 영애의 생각으로는 우리가 어떻게 했으면 좋겠습니까?"

케리언 남작 영애가 내 의견을 물었다. 나는 싱긋 웃으며 간단히 답했다.

"우선, 이대로 조용히 댁으로 돌아가시기를 권합니다."

"말도 안 됩니다!"

"절대, 그럴 수 없습니다."

"어째서 저희가 그래야 합니까?"

레슬리어 백작 영애를 선두로 귀족 영애들이 거세게 반발했다. 어지간히도 데이샤 공작 영애가 싫은 모양이었다. 자신들의 명예를 실추시키는 한이 있더라도 절대 가만두지 않겠다는 얼굴들이었다.

"그리고 정식으로 항의하세요."

"……!"

"……네?"

"무슨……."

"이곳에서 잘잘못을 따지려 한들, 데이샤 영애가 인정할 것 같지 않군요. 그렇지 않나요?"

여전히 기사의 소매를 잡고 있는 데이샤 공작 영애를 보며 그녀들이 고개를 끄덕였다.

데이샤 공작 영애는 절대 자신의 시종을 내주지 않을 테고, 남은 것은 무력으로 해결하는 것뿐이다.

하지만 지금 데이샤 공작 영애를 호위하는 것은 황태자의 기사들이었다. 그녀들로서는 무척이나 꺼려지는 일일 터였다.

"그러니 각자 집에 돌아가셔서 데이샤 공작가에 정식으로 항의하시기 바랍니다."

데이샤 공작 영애가 말귀를 제대로 알아듣지 못한다면 그녀를 상대하지 않는 것이 현명한 일이다.

굳이 그녀를 상대하지 않더라도 문제를 해결할 방법은 있었다.

'일이 커진다면 더 좋고 말이지.'

능구렁이 같던 데이샤 공작이 어떻게 대응할지 심히 궁금해졌다.

19막. 신년 파티

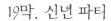

한동안 자잘하게 열리는 파티에 참석하느라 바쁘게 지냈다.

레슬리어 백작 영애를 비롯해 또래들과 두루두루 친분을 쌓고 사교계에 영향력을 가지고 있는 귀부인들은 찾아가 눈도장도 찍었다.

러스틴 백작 부인처럼 이미 자신의 세력을 가지고 있는 사람보다는 새롭게 중심이 될 사람들을 우선적으로 자극했다.

그들은 내가 의도한 대로 자신에게 이로운 사람들을 끌어모았고 세력을 만들어 가기 시작했다.

여기저기 씨앗을 뿌려 놨으니 이제는 씨앗이 발아하고 자라나는 것을 지켜보는 일만 남았다.

때때로 웃자란 것을 잘라 내고 시들어 가는 것이 있다면 잘 자랄 수 있도록 영양분을 주어야 할 테지만 지금 당장 내가 할 일은 없었다.

오랜만에 여유로운 시간이 생겼다. 드러눕듯 소파에 앉아 느긋하게 책을 펼쳐 들었다.

"……기다……."

"비……."

얼마나 시간이 지났을까. 집중하고 있는 내 귀로 누군가 다투는 소리가 들려왔다.

"……는 어디……."

"잠시만……."

"서재에 있는……."

두꺼운 책장이 벌써 반 이상 넘어가고 있었다. 내용이 점점 절정을 향해 가고 있는 시점이라 마저 끝까지 다 읽고 싶었지만 소란스러움은 점점 가까워지고 있었다.

"비이!"

문이 열리고 다급한 얼굴로 시스가 모습을 드러냈다. 그의 뒤에는 집사가 곤란한 얼굴로 서 있었다.

"미리 말씀드리려고 했습니다만 전하께서 먼저……."

"괜찮아. 가서 볼일 보도록 해."

집사의 말을 막으며 손을 흔들었다. 집사가 짧게 목례를 하며 입을 열었다.

"바로 차를 내오겠습니다."

집사가 나가는 것을 보며 흐트러져 있던 몸을 바로 세웠다. 시스가 그런 나를 아무 말 없이 내려다봤다.

"매번 방문이 거치시군요."

뒷내용이 궁금했지만 시스의 분위기를 보아하니 더 이상 느긋하게 책을 보고 있을 수는 없어 보였다.

탁.

책을 덮자 둔탁한 소리가 울려 퍼졌다. 잠시 머뭇거리던 시스가 결심한 듯 입을 열었다.

"……아니야."

"무엇이 말입니까?"

"데이샤 영애와의 일. 사실이 아니야, 비이."

그가 믿어 달라는 듯, 간절한 시선으로 나를 바라보았다.

"어떤 것을 말씀하시는지 모르겠습니다. 그녀에게 이름을 허락하신 일을 말씀하시는 겁니까? 아니면 드레스를 선물해 주신 일을 말씀하시는 겁니까? 아! 루이아샤에 데이샤 영애에게 어울릴 만한 장신구 세트도 예약하셨다지요?"

"……"

"그러고 보니 후원의 으슥한 곳에서 두 분이 껴안고 있었다는 말도 들리더군요. 이 일도 포함인 건가요?"

내가 말을 이어 갈수록 그의 얼굴이 참담하게 일그러졌다.

"오해야!"

"……"

나는 입을 다물고 그를 물끄러미 바라보았다.

"좀 오해가 있었어. 내가 다 설명해 줄게."

"설명하실 필요 없습니다."

"비……"

똑똑.

그의 말을 자르듯 노크 소리가 들렸다.

"들어가도 되겠습니까?"

"들어와."

문이 열리고 트레이를 든 집사가 들어왔다. 그는 능숙한 솜씨로 테이블 위에 다과상을 차렸다. 쪼르륵 차를 따르는 소리와 함께 은은한 차향이 풍겨 나왔다.

"그리 서 있지만 마시고 앉으시지요."

초조한 얼굴로 서성이던 시스가 내 말이 떨어지기가 무섭게 자리에 앉았다.

"그럼, 편히 이야기를 나누십시오."

단숨에 분위기를 파악한 유능한 집사는 목례를 한 뒤, 소리 없이 서재를 나갔다. 문이 닫히는 소리가 들리고 정적이 찾아왔다.

"……."

"……'

김이 모락모락 피어오르는 찻잔을 들어 올렸다. 무언가 말을 하려고 입술을 달싹이던 시스가 그런 내 모습에 입을 다물었다.

코끝으로 그윽한 차향을 음미하며 천천히 찻물을 머금었다. 시원하고 알싸한 맛이 입안뿐 아니라 머릿속까지 개운하게 만들었다.

눈을 감고 그 맛을 좀 더 느껴 보았다. 눈을 감고 있음에도 안절부절못하고 있는 시스의 모습이 느껴졌다.

"저번에도 말했지만 그대 말고는 내 이름을 허락한 적이 없어. 그녀가 멋대로 말하는 것뿐이야."

조바심이 났는지 눈을 뜨자마자 그가 속사포처럼 변명을 늘어놓았다.

"설명하실 필요 없다고 했습니다."

"변명 정도는 들어 줘야 할 것이 아닌가."

"무언가 여지를 주었기에 벌어진 일이겠지요."

그가 답답한 듯 거친 동작으로 머리카락을 쓸어 올렸다.

"내가 안일하게 대처했다는 것은 인정하지. 하지만……."

그가 몸을 일으켜 나에게 나가왔다.

"결코 소문처럼 그녀를 마음에 둔 것이 아니야."

그가 바닥에 무릎을 꿇고 나와 시선을 맞췄다. 황금색 눈동자가 불안감을 담고 일렁이는 것이 보였다.

"나에게는 그대뿐이다, 비이."

그의 손이 내 손등을 덮었다. 뜨거운 열기가 그의 손을 타고 나에게 전해졌다.

"돌아가신 어머님을 두고 맹세하지."

"알고 있습니다."

"뭐?"

"소문이 과장되어 돌아다니고 있다는 것쯤은 이미 알고 있다고 했습니다."

"……!"

그가 놀라 눈을 동그랗게 떴다.

"데이샤 공작 영애가 당신의 기사들을 끌고 돌아다니니 난 소문이겠지요."

"공작 영애를 호위할 기사가 필요하다는 데이샤 공작의 부탁을 거절할 명분이 없었어. 결코 내가 원해서 기사들을 내준 것이 아니야."

"그것도 알고 있습니다."

나는 그저 없는 목소리로 담담하게 대답했다. 그런 나를 그가 알 수 없다는 얼굴로 바라보았다.

"다 알고 있다면서 왜 화가 나 있지?"

"화나지 않았습니다."

"아니, 그대는 분명 화가 나 있어."

"왜 그렇게 생각하십니까?"

"내 몸 전체가 그대의 기분에 민감하게 반응하니까."

그의 긴 손가락이 내 뺨을 쓸어내렸다.

"화내도 괜찮아. 그대는 나에게 화낼 자격이 충분하니까."

그의 엄지손가락이 느릿하게 움직여 내 입술을 건드렸다.

"나쁜 놈이라고 소리를 지르고 화가 풀릴 때까지 때려도 좋아. 내가 다 받아 줄게. 그러니 제발 지금처럼 아무렇지도 않다는 얼굴로 날 밀어내려 하지 마."

"황태자 전하께 폭력을 쓸 수는 없지 않습니까."

한껏 긴장하고 있던 그가 심술 섞인 내 대답에 슬며시 미소를 지었다.

"지금까지도 꽤 맞았던 것으로 기억하는데?"

"저는 기억이 나지 않습니다."

"괜찮아. 매 맞는 남편도 할 만한 것 같으니. 나름 소질 있어 보이지 않아?"

"취향이 독특하십니다."

"그대와 결혼만 할 수 있다면야 뭔들 못 할까. 이제 좀 화가 풀린 것 맞지?"

그가 조르듯 팔목을 잡고 흔들었다. 그의 애교에 웃음이 나왔다.

"말씀드렸던 대로 화는 나지 않았습니다."

"그럼?"

"조금 짜증이 날 뿐이죠."

"나는 공작 영애에게 티끌만큼의 관심도 없어. 그건 알고 있지?"

"모르겠습니다."

"비이!"

내가 심드렁하게 대꾸하자 그가 툴툴거렸다.

"정말 너무하는 거 아냐? 이렇게 내 마음을 보여 주고 또 보여 줬는데 아직도 부족해?"

"글쎄요."

칭얼거리는 그를 외면하듯 고개를 돌렸다. 그가 두 손으로 내 머리를 꾹 잡아 자신을 향해 도로 돌려놓았다.

"대답을 제대로 못 하는 것을 보니 그대에게는 아직도 내 마음이 부족하다는 말이지?"

그가 씨익 웃으며 입술 한쪽을 위로 끌어 올렸다.

"그렇다면 내 마음을 모두 보여 줄 수밖에 없지. 지금보다 더 많이."

그의 눈빛이 위험스럽게 반짝였다.

"이번에야말로 확실히 알 수 있도록."

촉촉한 입술이 내 입술을 지나쳐 아래로 내려갔다.

"읏!"

그의 혀가 마치 그림을 그리듯 내 턱 선을 따라 움직였다.

"달다."

그의 목울대가 크게 움직이고 낮게 가라앉은 목소리가 그의 입술을 통해 흘러나왔다.

그의 입술이 목선을 타고 천천히 아래로 내려갔다.

"흡!"

새끼 고양이가 우유를 핥듯 할짝거리던 그가 쇄골에 입술을 대고 강하게 흡입했다. 야릇한 느낌에 뱃속 안쪽이 간질거리기 시작했다.

"비이."

나의 이름을 애타게 부르는 그의 목소리가 잔뜩 쉬어 있었다. 참지 못하고 손을 들어 그의 머리카락 속으로 손가락을 찔러 넣었다. 매끄러운 실타래 같은 감촉이 손가락 사이사이로 얽혀 들었다.

"하아, 부족해."

그의 입술이 한숨을 토해 내며 또다시 내 입술을 덮쳤다. 서로의 숨결이 오고 가고 몸에서는 열기가 피어올랐다.

그가 소파 위로 올라와 나를 가두듯 몸을 기댔다. 그의 팔이 내 허리를 감아 올렸다. 그에게서 풍겨 나오는 달큰한 스피어민트 향에 취할 것만 같았다.

"느껴져?"

그가 내 손을 잡아 자신의 심장에 가져다 대었다. 그의 가슴이 거칠게 오르락내리락했다.

쿵쿵.

심장의 강한 울림이 손바닥에서 전해졌다.

"내 심장이 그대만 보면 미친 듯이 뛰어."

"……"

"이러다 죽는 것은 아닌지 무서울 정도로."

그가 또다시 입술을 부딪쳐 왔다. 병아리가 먹이를 쪼듯 자잘한 키스가 이어졌다.

"내가 그대를 온전히 가질 수 있도록 하루라도 빨리 허락해 줘."

시선이 닿는 것만으로도 재가 되어 버릴 것 같은 뜨거운 눈빛과 단숨에 녹아들 것 같은 달콤한 목소리가 동시에 나를 흔들었다.

“제발 부탁이야, 비이.”

그의 애원에 지금이라도 당장 허락의 말이 나갈 것만 같았다.

마차의 문이 열리자마자 기다리고 있었다는 듯 시스가 나를 향해 손을 내밀었다. 뒤로 깔끔하게 넘긴 은색 머리카락과 대비되는 검은색 정복을 차려입은 그는 평소보다 차분하고 근엄해 보였다.

내밀어진 그의 손을 마주 잡으며 마차에서 내렸다. 수많은 시선이 노골적으로 우리를 주시하고 있다는 것이 느껴졌다.

“오늘따라 눈이 부실 정도로 아름답군요, 엘리언트 영애.”

“전하께서도 멋지십니다.”

1년에 한 번 있는, 황궁에서 주최하는 신년 파티가 열리는 날이었다.

신년 파티는 수도에 머물고 있는 귀족뿐만 아니라 자신의 영지에서 두문불출하던 이들도 만사 제쳐 놓고 참석해야 하는 아주 중요한 파티였다.

오늘은 제국의 모든 귀족들이 한자리에 모인다고 해도 과언이 아니었다. 평소보다 많은 시선에 거북함을 느끼는 나와 달리 그는 아무렇지도 않은 모양이었다.

“날 위해 이리 예쁘게 입은 건가?”

“어머!”

“꺅!”

그가 스치듯 내 뺨에 입술을 가져다 대며 속삭였다. 우리 두 사람을 주시하고 있던 몇몇 귀족 여인들이 호들갑을 떨며 탄성을 질렀다.

나 또한 남들이 들을세라 목소리를 낮춰 말했다.

“재미있으십니까?”

“이렇게라도 그대가 내 여자라는 걸 알리고 다녀야 주제 파악 못 하고 달려들려는 날파리들을 막을 수 있을 것이 아닌가."

"자신감이 그렇게 없으십니까?"

"나야 언제나 자신감이 넘쳐흐르지. 다만……."

그가 한 손으로 내 턱을 잡아 부드럽게 위로 들어 올렸다. 마주 바라본 그의 황금색 눈동자가 꿀처럼 달콤하게 반짝였다. 그의 얼굴이 가까워졌다고 느낀 순간 깃털 같은 부드러움이 내 입술로 내려왔다 떨어져 나갔다.

"그대에 한해서만큼은 아무리 대비를 해도 마음이 놓이지 않아."

"까악!"

"어머나!"

또다시 여기저기서 비명과 같은 탄성이 들려왔다. 그의 팔이 자연스럽게 내 허리를 감았다. 커다란 그의 손이 내 허리를 단단히 받치는 것이 느껴졌다.

"들어가시지요, 엘리언트 영애."

한순간에 신사의 모습으로 바뀐 그가 눈썹을 위로 쓰윽 올렸다 내렸다. 예의 바른 행동과 달리 장난기 섞인 그의 표정에 고개를 내저었다.

신년 파티는 많은 인원을 수용할 수 있는 에르하라크 홀에서 열렸다. 시스는 나를 에르하라크 홀까지 에스코트하기 위해 움직였다.

"황, 황태자 전하."

시종이 다급한 얼굴로 우리의 앞을 막았다. 시스의 얼굴이 살며시 찌푸려졌다. 한낱 시종이 황태자의 앞을 가로막는다는 것은 굉장히 무례한 일이었다.

황궁에서 일하는 시종이 그런 사실을 모를 리가 없었다. 무례임을 알면서도 앞을 막았다는 것은 그만큼 다급한 일이 생겼다는 뜻이다.

'나쁜 일이라도 생긴 것인가?'

시종이 재빠르게 다가와 그의 귓가에 무언가를 속삭였다. 굳어져 있던 시스의 얼굴에 불쾌함이 서렸다.

"그래서?"

"그, 그것이……."

기분이 좋지 않은 듯 시스의 입에서 흘러나오는 말은 차갑기 그지없었다. 시종은 그의 눈치를 보며 어쩔 줄 몰라 했다.

"무슨 일입니까?"

"데이샤 공작이 다쳤다는군."

"어쩌다가요?"

나도 모르게 찌푸려지려는 얼굴을 펴고 물었다. 시스는 여전히 못마땅한 기색을 거두지 않았다. 시스의 모습을 보아하니 대답해 줄 생각이 없는 듯했다. 나는 그의 앞에서 안절부절못하고 서 있는 시종에게로 시선을 돌렸다.

"어디를 얼마나 다치셨는가?"

"저도 자세하게는 모르겠으나 황태자 전하를 찾으셨습니다."

"다쳤으면 궁의를 불러야지 왜 나를 찾는단 말이냐."

시스는 데이샤 공작의 부름에 응할 생각이 전혀 없어 보였다. 시종은 주인의 명령을 이행하지 못할지도 모른다는 불안감에 발을 동동거렸다.

"일단은 가 보는 것이 좋을 것 같습니다."

"내가 왜?"

"지금은 공작과 대립해서 좋을 것이 없으니까요."

그의 얼굴엔 여전히 탐탁지 않은 기색이 역력했지만 계속 고집을 피우려 하지는 않았다. 시스의 입에서 나직한 한숨이 새어 나왔다.

"같이 가지."

"안내하겠습니다!"

금방이라도 시스의 마음이 변할세라, 우리들의 눈치만 보고 있던 시종이 재빨리 몸을 움직였다.

시스의 손이 부드럽게 내 등을 밀었다. 내가 가지 않으면 절대 가지 않겠다는 뜻이 역력했다.

"혼자 가시는 것이 어떻겠습니까?"

"그대가 가지 않겠다면 나도 갈 생각 없어."

"또 아이처럼 심통을 부리시는군요."

"아이 같다 해도 어쩔 수 없지. 그대를 홀로 두고 가는 것보다는 차라리 아이가 되는 것이 나으니까."

절대 번복할 생각이 없다고 고집을 피우는 시스의 모습에 결국 고개를 내젓고 말았다.

"알겠습니다. 함께 가지요."

결국 그를 따라 데이샤 공작이 있는 곳으로 향했다.

"또 보는군, 엘리언트 영애."

"비욘느 롯사 엘리언트가 공작님을 뵙습니다."

"하하, 아는 사이에 그리 격식 차릴 것 없다네."

데이샤 공작이 나와 시스를 향해 소파에 앉으라는 손짓을 했다.

"저를 찾으셨다고요?"

"무례를 범해 죄송합니다, 전하. 오늘은 제 딸아이에게 무엇보다 중요한 날인데 보시다시피 제가 이 꼴이라서 말입니다."

공작이 바지를 들어 올려 가려져 있던 자신의 발목을 드러냈다. 하얀 붕대로 칭칭 감겨 있는 그의 발목은 보기만 해도 고통이 전달될 정도로 퉁퉁 부어 있었다.

"창피함에 어디 가서 말도 못 하겠고, 체면 불구하고 황태자 전하께 도움을 요청하려 합니다."

"말씀해 보시지요."

"제 딸을 파티장까지 에스코트해 주십시오."

시스의 표정에서는 아무런 변화가 없었다. 하지만 심드렁했던 그의 분위기가 단번에 날카롭게 변했다는 것은 느낄 수 있었다.

제국의 모든 귀족들이 모이는 파티인 만큼 신년 파티를 사교계 데뷔 장소로 이용하려는 귀족 영애들이 많을 것 같지만, 실질적으로는 신년 파티를 데뷔 무대로 선택하는 아가씨는 거의 없었다.

신년 파티에는 제국의 내로라하는 이들이 모두 모였다. 갓 사교계에 데뷔한 귀족 영애가 주목받을 확률은 극히 낮다는 소리다.

데뷔 날에도 주목받지 못하는 아가씨는 사교계에서도 인지도를 올릴 수 없다고 봐야 했다. 자신을 돋보여야 하는 데뷔 날에 들러리가 되기를 바라는 귀족 영애는 없을 것이다.

'하지만 데뷔하는 영애가 데이샤 공작의 단 하나밖에 없는 딸이라면 이야기는 달라지지.'

데이샤 공작 영애는 데뷔 파티도 열어 주지 못하는 한미한 가문의 여식이 아니다. 더구나 그녀는 현재 공작과 함께 제국인들의 관심을 한 몸에 받고 있는 상태였다.

오늘 신년 파티에 참석하는 이들 중 그들보다 눈길을 끄는 자들은 없을 터였다.

1년 중 가장 규모가 큰 파티에서의 데뷔.

'노렸다고 볼 수밖에.'

그녀의 데뷔는 성공적일 터였다.

"제가 무례한 부탁을 한다는 것은 알고 있습니다. 하지만 아비의 실수로 파트너도 없이 사교계에 데뷔하게 된 제 아이의 처지를 조금만 생각해 주면 안 되겠습니까? 친한 사람도 없는 낯선 곳에서 파트너의 에스코트도 없이 홀로 파타장에 들어가라고 하는 것은 너무 가혹하지 않습니까."

"부탁할 상대를 잘못 선택하신 것 같습니다. 공작께서도 아시다시피 저에게는 이미 파트너가 있습니다."

시스가 보란 듯이 내 허리를 당겨 자신의 품에 안았다. 데이샤 공작의 굵은 눈썹이 꿈틀거렸다.

"엘리언트 영애에게도 부탁하지. 영애도 알다시피 이곳에는 내가 아는 사람이 많지 않다네. 내 기사들은 그 아이를 파티장까지 에스코트할 수 있는 자

176

격이 안 되고, 나는 영애의 눈으로 확인했다시피 춤은커녕 움직이기조차 힘든 상태이니 말이야. 그렇다고 생판 남에게 내 딸을 맡길 수야 없지 않은가?"

공작이 입가에 잔잔한 미소를 떠올렸다.

"영애에게는 에스코트해 줄 이가 많지 않나. 가여운 아이를 모른 체할 정도로 영애가 매정한 사람이라고는 생각지 않는다네."

'대체 속셈이 뭐지?'

공작 영애를 시스의 곁에 붙이려고 하는 수작이라면 방법부터가 잘못되었다. 이런 식의 접근은 오히려 나나 시스에게 경각심만 불러일으킬 따름이었다.

더구나 딸의 데뷔식이 걱정된다는 말과 달리 공작의 얼굴은 태연하기 그지없었다.

"영애도 데뷔식을 치렀으니, 그날이 여자에게 얼마나 중요한 날인지 잘 알고 있지 않나. 부디 내 딸을 가엽게 생각해 주시게. 평생에 단 한 번뿐인 데뷔 날이 아닌가?"

그가 소파에서 몸을 일으켰다. 휘청거리는 그를 호위하던 기사가 부축하려 했지만 공작의 고갯짓에 가로막혔다. 그는 힘겹게 몸을 바로 세우고 나를 향해 고개를 숙였다.

"이렇게 부탁하네."

이 분위기에서 거절을 한다면 나는 불쌍한 영애를 모른 체하는 것으로도 모자라 공작의 간곡한 부탁도 단박에 거절하는 이기적인 사람이 되는 것이다.

새삼 타인의 비난이 무서운 것은 아니다. 하지만 공작이 이렇게까지 함으로써 얻고자 하는 것이 무엇인지 궁금해졌다.

시스의 얼굴은 그다지 변화가 없었지만 내 허리를 잡고 있는 손에 힘이 들어가 있었다.

"몸도 성치 않으시니 우선 앉으시는 것이 좋겠습니다."

"영애가 허락하기 전까지는 서 있겠네."

"……"

한 발로 버티고 선 공작의 몸이 불안하게 흔들렸다. 주변에 대기하고 있던 기사와 시종들이 불안한 얼굴로 그런 공작을 바라봤다.

불편한 몸을 빌미로 나를 한쪽으로 몰아가려는 공작의 의도가 불쾌했지만 일단은 그가 유도하는 대로 따라가 보기로 했다.

"좋습니다."

"비이!"

시스가 믿을 수 없다는 얼굴로 나를 돌아보았다. 나는 데이샤 공작에게 시선을 고정시키고 빙긋 웃었다.

"평생에 한 번밖에 없는 데뷔식을 망칠 수야 없지요. 에스코트면 되겠습니까?"

"이왕이면 첫 춤까지 양보해 주었으면 하네만."

공작이 소파에 앉으며 만족스런 미소를 지었다. 나는 굳어지려는 얼굴 근육을 진정시키며 웃는 얼굴을 유지했다.

신년 파티에서의 데뷔, 황태자와의 첫 춤.

오늘의 주인공이 누가 될지는 파티가 시작되지 않아도 알 수 있었다.

'공작이 노린 것이 이것이었던가?'

나쁘지 않은 방법이다. 하지만 너무도 읽기가 쉬운 수였다.

내 감은 무언가가 더 있다고 말하고 있었다.

"부탁이라고 하기에는 꽤 과하시군요. 제가 승낙하리라 생각하십니까?"

"영애의 선처를 바란다네."

절대 거절당하지 않을 자신이라도 있는지, 공작이 느긋한 동작으로 소파에 몸을 기댔다.

"……승낙하겠습니다."

"비이!"

내 이름을 부르는 시스에게로 몸을 돌렸다. 그가 나를 내려다보며 고개를 저었다.

"데이샤 영애의 사정이 딱하지 않습니까."

"그렇다고 그게 그녀를 에스코트해야 할 이유가 되지는 않아."

"전하께서는 이 나라의 황태자이십니다."

"그게 무슨 상관이야?"

나는 두 손으로 그의 손을 감싸 쥐었다. 단단하게 굳어져 있던 그의 입매가 조금은 느슨하게 풀어지는 것이 보였다.

"데이샤 공작님은 사사롭게 전하의 종숙부가 되십니다. 그런 분이 고개를 숙여 가며 하시는 간곡한 부탁을 거절하실 생각이십니까?"

"내가 그대가 아닌 다른 영애를 에스코트하면 어떤 말들이 오고 갈지 몰라서 이래?"

"저는 괜찮습니다."

"내가 괜찮지……."

"아버지!"

시스가 말을 마치기도 전에 문이 열리고 새파랗게 질린 데이샤 공작 영애가 들어왔다.

"괜찮으세요, 아버지?"

말간 눈물을 눈동자에 매단 그녀가 공작의 발치에 주저앉듯 앉았다.

하늘색 긴 생머리카락을 자잘한 다이아몬드로 장식한 은사로 감아 길게 늘어트리고 하늘하늘 하얀색 시폰 드레스를 입고 있는 그녀는 제국의 꽃이라 불렸던 그때만큼이나 청순하고 아름다워 보였다.

데이샤 공작은 인자한 얼굴로 그녀의 뺨을 쓰다듬었다.

"괜찮단다. 걱정을 끼쳤구나."

그녀가 고개를 저었다.

"정말, 괜찮으신 거죠?"

"그래, 내가 언제 네게 거짓을 말한 적이 있더냐? 그보다 황태자 전하께서 나 대신 너를 파티장까지 에스코트해 주시기로 했단다."

"황태자 전하가요?"

그녀가 눈을 동그랗게 떴다. 그녀는 이제야 우리들을 발견했는지 벌떡 몸을 일으켰다.

"시리어스!"

호박색 눈동자에 시스를 담은 그녀가 반색을 하며 다가왔다. 시스의 얼굴에 노골적으로 떠오르는 불쾌감을 읽지 못했는지, 그녀의 얼굴엔 반가움만이 담겼다.

"정말 내 파트너가 되어 주는 건가요?"

"승낙하지 않았습니다."

"……네?"

그가 정색을 하며 대답하자 그녀가 고개를 갸웃거렸다.

"파트너가 아니라 단지 파티장까지만 에스코트해 달라는 부탁을 받았을 뿐입니다. 저는 승낙하지 않았고 말입니다."

"승낙하실 거죠?"

그녀가 티 없이 맑은 얼굴로 활짝 웃었다. 그가 거절할 것이라고는 전혀 고려해 보지도 않은 태도였다.

그에게서 대답이 없자 그녀가 고개를 모로 숙이며 큰 눈을 치켜떴다.

"시리어스?"

"저번에도 경고했습니다만 다시 말씀드리지요. 제 이름을 함부로 입에 담지 마십시오. 나는 영애에게 내 이름을 허락하지 않았습니다."

싸늘하기까지 한 그의 말투가 느껴지지도 않는지 그녀가 천진난만하게 대답했다.

"하지만 황태자 전하라고 부르는 건 너무 딱딱한걸요."

"……."

시스의 얼굴에 불쾌감과 황당함이 교차되었다.

"시리어스라고 부르는 것이 좋아요."

"제 이름을 부를 수 있는 것은 제 약혼녀인 엘리언트 영애뿐입니다."

그가 힘주어 말하는 것과 동시에 내 어깨를 감싸 안았다. 아이린스의 얼굴이 순식간에 시무룩해졌다.

"이런, 너무 야박한 것이 아닙니까, 황태자 전하?"

"무엇이 야박하다는 겁니까, 공작?"

"황태자 전하와 아이린스는 사적으로 육촌이 됩니다. 이름을 부르는 것 정도는 허락하시는 것이 어떻겠습니까?"

별것 아닌 일에 민감하게 반응하는 것이 아니냐는 데이샤 공작의 대응에 시스의 몸이 딱딱하게 굳어졌다.

"황태자의 이름을 부를 수 있는 것은 황제 폐하와 황후 폐하, 그리고 황태자비뿐입니다. 그중 무엇에도 해당되지 않는 데이샤 영애에게는 제 이름을 부를 수 있는 권한이 없습니다."

"흠, 내가 황실 예법에 익숙지 않아 그런지 납득이 가지 않는 이야기로군요. 그래 봐야 겨우 이름이 아닙니까?"

데이샤 공작의 입가에 비웃음 같은 미소가 걸렸다.

"겨우 이름이 아닙니다. 예법으로 정해진 것은 그만한 이유가 있기 때문입니다. 공작께선 제국의 예법부터 제대로 숙지하시는 것이 좋겠습니다. 제국에 속한 공작이 제국의 예법을 부정해서야 되겠습니까?"

"전하께서 이 사람의 아픈 곳을 찌르시는군요."

인자하게 웃고 있는 것과 달리 공작의 황금색 눈동자가 날카롭게 빛을 발했다.

날을 세우고 서로를 노려보는 모습은 모르는 사람이 보면 부자지간이라고 오해할 수 있을 정도로 닮아 있었다.

"내가 예법에 어색한 것은 어쩔 수 없습니다. 서부는 다른 곳과 달리 예법을 중시하기보다는 생존이 우선시되는 곳이니 말입니다. 오직 살아남기에만 급급한 자들에게 예법이란 하등 쓸모없는 것이지요."

강경책으로 나가던 공작이 자신의 방법이 먹히지 않는다고 판단했는지 노선을 바꿔 시스를 공격하기 시작했다.

"태어나 수도의 땅을 처음 밟아 본 나와 제 딸에게, 전하께서 조금만 배려해 주는 것이 어떻겠습니까?"

공작이 자신의 영지에서만 지낸 것은 공작 스스로의 결정이기도 했지만 타의에 의한 강제성이 전혀 없었다고는 말할 수 없었다.

지금이야 세월이 흘러 많이 희석되었다지만 데이샤 공작은 존재 자체가 황제에게 가장 껄끄러운 상대였다.

제국과 황실의 안정을 위해서라도 데이샤 공작의 행보는 조심스러울 수밖에 없다. 데이샤 공작은 바로 이 사실을 시스에게 꼬집어 묻고 있는 것이다.

'내가 제국의 예법에 무지한 것은 너를 포함한 제국과 황실 탓이다.'

소리가 되어 나오는 음성 대신 데이샤 공작의 표정이 모든 것을 말해 주고 있었다.

"……!"

잡고 있던 시스의 손을 힘주어 잡았다. 그가 공작에게서 시선을 떼고 나를 내려다보았다.

"허락하십시오, 전하."

이라도 앙다문 듯 그의 턱이 단단해졌다. 나는 일그러지는 그의 눈동자에서 시선을 떼지 않은 채, 그의 손바닥을 손가락으로 살살 간질였다.

결국 그의 입에서 미약한 한숨이 새어 나왔다.

"……에르하라크 홀까지 데이샤 영애를 에스코트하지요."

"에스코트만이 아니지 않습니까. 첫 춤을 추는 것까지. 내 기억이 맞는다면 그리 말했던 것 같은데 말입니다. 그렇지 않소, 엘리언트 영애?"

내 어깨를 감싸 쥔 시스의 손에 힘이 들어갔다. 나는 그의 허리를 감싸듯 손을 가져다 댔다.

그가 나를 내려다보고 있는 것이 느껴졌지만 올려다보지는 않았다. 나는 공작의 눈동자를 똑바로 직시하며 대답했다.

"제가 양보하는 것은 첫 춤까지입니다. 제게 그 이상의 배려는 바라지 마십시오."

"영애의 너그러움에 감사하지."

"별말씀을요. 그보다 시간이 많이 지체된 것 같습니다. 저는 이만 가 보겠습니다."

공작이 웃으며 고개를 끄덕였다.

"내가 영애의 시간을 너무 오래 빼앗은 것 같군. 오늘 영애가 베푼 은혜는 조만간 꼭 갚도록 하겠소."

치맛자락을 잡고 공작을 향해 무릎을 살짝 구부렸다.

"꼭 기억해 두고 있겠습니다. 어떤 식으로 그 은혜를 갚으실지 기대가 되는군요."

"영애의 기대에 부합할 수 있도록 노력해 보겠네."

공작의 입가에 의미심장한 미소가 떠올랐다. 이상한 기분이 들었지만 더 이상 그들과 할 이야기는 없었다.

나는 밖으로 나가기 위해 몸을 돌렸다. 나를 안고 있던 시스도 자연스럽게 나를 따랐다.

"전하께서는 제 딸과 함께 이곳에 머물다 가시는 것이 어떻겠습니까?"

"사양하지요. 파티가 시작되기 전에 에르하라크 홀 앞에서 뵙겠습니다, 데이샤 영애."

"저는……."

"엘리언트 후작이 있는 곳까지 바래다주지."

데이샤 공작 영애가 무언가를 말하기 위해 입을 열었지만 시스가 더 빨랐다.

매정하게 돌아선 그가 내 등을 부드럽게 밀었다. 데이샤 공작 영애에게는 차가웠던 시선이 나에게 닿자마자 봄볕에 눈이 녹듯 순식간에 녹아내렸다.

따스함이 듬뿍 담은 그의 눈동자가 오롯이 나만을 담았다.

망연자실하게 서 있는 데이샤 공작 영애를 뒤로하고 궁을 빠져나왔다. 시스가 돌연 후미진 곳으로 나를 끌고 갔다.

"대체, 무슨 생각인 거야?"

"……."

"자신의 딸을 나에게 밀어붙이려고 하는 공작의 의도를 몰라서 이래?"

"죄송합니다."

"사과를 듣자고 하는 말이 아니잖아. 어쩌자고 그리 쉽게 승낙을 하느냐 말이야!"

그의 얼굴이 우는 것처럼 일그러졌다. 그는 나에게 화를 내고 있다기보다는 자기 스스로에게 화가 난 듯했다.

"……미안해, 그대의 입장에선 거절하기 힘들었다는 것을 알고 있으면서도 화가 치밀어 오르는 것은 어쩔 수 없군."

아니나 다를까, 그가 바로 사과를 했다. 나는 그에게 다가가 두 팔을 벌렸다.

커다란 그의 몸은 내 품에 모두 들어오지 않았지만 그는 얌전히 나에게 안겼다.

"저는 괜찮습니다."

"그대는 어째서 항상……!"

팔을 길게 뻗어 그의 등을 쓰다듬었다. 그가 하던 말을 멈추고 입을 다물었다.

"그냥 하는 말이 아닙니다. 저를 사랑한다고 하셨지요?"

그가 대답 대신 내 목덜미에 얼굴을 묻었다.

"믿습니다."

"……!"

그가 크게 숨을 들이켜는 것이 느껴졌다.

"데이샤 영애와 춤을 추는 것만으로 흔들릴 정도로 저에 대한 마음이 가벼운 것입니까?"

"절대 아니야!"

그가 숙이고 있던 고개를 들었다. 나는 그의 뺨에 손을 가져다 대었다. 나를 향한 그의 모든 것이 보드랍고 따스하다.

"네, 알고 있습니다. 그래서 이런 객기도 부릴 수 있을 만큼 말입니다."

"객기?"

"매력적인 약혼자를 다른 여인에게 빌려 줄 수 있다고 자신 있게 말할 수 있는 객기 말입니다."

"쿡! 내가 그대의 눈에 매력적으로 보이기는 해?"

그가 내 손을 잡고 눈웃음을 쳤다.

"당연한 말씀을 하시는군요."

"하도 퇴짜만 놓기에 내가 매력이 없는 줄 알았는데?"

쪽.

"……!"

기습적으로 그의 입술에 입을 맞췄다. 그의 눈동자가 휘둥그레졌다.

"튕기는 게 제 매력입니다."

"하핫!"

그가 목젖이 보일 정도로 크게 웃었다. 내 품에서 빠져나온 그가 바로 팔을 벌려 나를 안았다. 내 몸이 그의 넓은 품에 맞춘 듯 쏙 들어갔다.

"너무 치명적인 매력이잖아. 나는 평생 그대의 매력에서 헤어 나오지 못하겠군."

그가 내 이마에 연달아 입을 맞췄다.

"헤어 나오고 싶지도 않지만."

그가 활짝 웃었다. 아이 같은 천진난만한 웃음이었다.

"이런 큰 파티는 처음이라 너무 떨려요."

레비나가 잔뜩 긴장한 얼굴로 주위를 두리번거렸다. 주변에는 수많은 귀족들이 삼삼오오 모여 담소를 나누고 있었다.

홀의 입구는 일찍부터 열려 있었지만 파티가 정식으로 시작되는 것은 황제가 들어와 파티의 시작을 알리고 나서부터였다.

귀족들은 파티가 시작되기를 기다리며 서로의 근황을 묻고, 친분을 쌓기 위해 부지런히 홀 안을 돌아다녔다.

"혼자 있기 힘들었는데 비욘느를 발견해서 다행이었어요."

레비나의 얼굴은 여전히 경직되어 있었지만 처음보다는 긴장이 풀린 듯, 목소리에 섞여 나오던 떨림은 잦아들어 있었다.

"저야말로 다행입니다. 레비나가 제게 오지 않았다면 아버지 곁에서 무척 곤혹스러웠을 테니까요."

아버지와 함께 홀에 들어서자 많은 귀족들이 몰려들었다.

그들은 한 번이라도 더 아버지와 대화할 수 있기를 바랐고 곁에 있는 나 또한 가만히 내버려 두지 않았다.

"우리 둘 다, 운이 좋았습니다."

나는 레비나를 향해 싱긋 웃어 보였다.

에르하라크 홀은 제국의 모든 귀족들을 수용할 수 있을 만큼 무척 넓었다. 이 안에서 특정한 누군가를 찾는다는 것은 매우 힘들었다.

엥그라일 후작 부인과 떨어져 덩그러니 서 있던 레비나를 발견한 것은 우연이었다.

"안녕하세요, 엘리언트 영애."

누군가 나를 부르는 소리에 몸을 돌렸다. 레슬리어 백작 영애와 케리언 남작 영애가 나를 향해 다가오고 있었다.

"안녕하세요, 레슬리어 영애, 케리언 영애."

고개를 꼿꼿하게 세우고 있는 레슬리어 백작 영애와 달리 케리언 남작 영애는 나에게 살짝 고개를 숙여 보였다.

"한참 찾았습니다, 엘리언트 영애."

"저를 말인가요?"

서두를 연 케리언 남작 영애 대신 레슬리어 백작 영애가 끼어들었다.

"네, 감사 인사는 드려야 할 것 같아서요."

그녀는 들고 있던 부채를 펴 들고 살짝 흔들었다.

"흠흠, 고마웠습니다, 엘리언트 영애."

레슬리어 백작 영애는 이런 일이 익숙하지 않은 모양이었다. 인사를 하는 그녀의 태도는 무척이나 뻣뻣했다.

"영애의 중재가 아니었다면 큰 망신을 당할 뻔했습니다. 감사합니다, 엘리언트 영애."

케리언 남작 영애가 나를 향해 정중히 허리를 숙였다. 레슬리어 백작 영애가 못마땅하다는 듯 입술을 삐죽였지만, 이미 서로 이야기가 되어 있었는지 방해하는 말을 하지는 않았다. 그녀는 괜히 애꿎은 부채만 흔들었다.

"별말씀을요. 딱히 제가 한 일은 없었는걸요."

"알아요. 그래도 도리상 인사는 해 둬야 할 것 같아서요."

"레슬리어 영애……."

톡 쏘는 레슬리어 백작 영애의 말투에 케리언 남작 영애가 난처한 얼굴을 했다.

"엘리언트 영애 덕분에 수월히 사과를 받지 않았습니까."

"흥!"

마땅히 대꾸할 말이 없었는지 레슬리어 백작 영애가 고개를 돌려 버렸다.

"제 충고가 도움이 되었다니 다행입니다."

"네, 데이샤 공작가에 정식으로 항의하자 만족할 만한 대답이 왔습니다."

"그렇군요."

결과가 어떠했는지는 이미 아나샤를 통해 전해 들었다.

레슬리어 백작가를 중심으로 그날 함께 있던 귀족 영애의 가문들이 데이샤 공작가에 공식적인 항의서를 보냈다. 정식 사과와 함께 무례를 범한 시종과 시녀에게 합당한 벌을 내려 달라는 내용이었다.

데이샤 공작은 바로 정식 사과문과 함께 시종과 시녀의 처리를 항의하는 귀족들에게 모두 넘겨 버렸다.

어떤 벌을 내리든 절대 관여치 않겠다는 서안과 함께 말이다.

'하지만 데이샤 공작 영애의 사과는 없었지.'

공작의 공식적인 사과는 많은 파장을 불러일으켰다.

항의하던 가문들은 데이샤 공작이 사과문과 함께 보내온 사례 물품에 만족한 듯, 기꺼이 공작의 사과를 받아들였다.

사례 물품의 가격이 가문의 몇 달치 예산을 호가했으니, 누구라도 혹하지 않을 수 없었을 것이다.

공작의 발 빠른 대처로 생각보다 큰 파장은 불러일으키지 못했지만 몇 가지 사실들은 알아낼 수 있었다.

'꽤 아쉽긴 하지만 적어도 공작이 가지고 있는 저력이 만만치 않다는 것은 알게 되었지.'

이번 일로 데이샤 공작이 보유한 재산이 심상치 않다는 것이 드러났다. 기민한 움직임과 탄탄한 재정은 그가 그동안 자신의 영지 안에서 얌전히 시간만 죽이고 있지만은 않았다는 것을 단적으로 보여 주고 있었다.

이번 일로 그와의 만남을 원하는 귀족들은 기하급수적으로 늘어났다. 데이샤 공작이 머물고 있는 외궁은 그를 만나려는 사람들로 매일 인산인해를 이루었다.

"엘리언트 후작님과 함께 들어오시는 것 같던데, 전하의 에스코트를 받는 것이 아니었나요?"

케리언 남작 영애가 조심스러운 어조로 물었다.

성인식 이후 처음 맞는 황실 파티였다. 특별한 문제가 없는 한, 나를 에스코트하는 것은 약혼자인 시스의 의무였다.

레슬리어 백작 영애도 궁금한지 고개를 돌린 상태에서도 귀를 쫑긋 세우는 것이 보였다. 나는 부끄러움을 감추려는 행동처럼 보일 수 있도록 부채를 펴 살짝 입가를 가렸다.

"아버님과 함께할 수 있는 마지막 신년 파티가 될 것 같아서요. 전하께 양해를 구했답니다."

"어머!"

"그런 깊은 뜻이 있었군요!"

케리언 남작 영애가 작게 탄성을 지르고 레비나가 감탄 섞인 말을 내뱉었다.

"전하께서 결혼을 서두르신다는 소문은 들었습니다. 날짜는 잡으셨나요?"

케리언 남작 영애가 궁금하다는 얼굴로 물었다. 주변에 있던 귀족들이 어느새 우리들의 대화를 주시하고 있다는 것이 느껴졌다.

"아직 정하지 못했습니다."

사람들 사이로 따끔거리는 시선이 느껴졌다. 시선이 느껴지는 곳으로 고개를 돌리니, 아버지가 귀족들에게 둘러싸인 상태로 나를 바라보고 있었다.

나와 아버지의 시선이 얽혀 들었다. 입가를 가리고 있던 부채를 치우고 아버지를 향해 살짝 웃어 보였다.

"······!"

갑작스런 내 행동을 의아하게 보던 영애들이 아버지를 발견하고 눈을 휘둥그레 떴다.

놀라고 있는 것은 영애들만이 아니었다. 나와 아버지의 사이에서 제각기 대화를 나누고 있던 사람들이 말을 멈추고 우리 두 사람을 번갈아 바라보았다.

"저는 될 수 있는 한 오래 아버님의 그늘에서 머물다 가고 싶습니다."

아버지에게 내 목소리가 들렸는지는 알 수 없었다. 말소리가 오고 가기에는 꽤 거리가 있었다.

기사 출신으로 일반인보다 청력이 좋은 아버지라 하더라도 내 목소리를 들었을 것 같지는 않았다.

하지만 아버지가 내 말을 듣지 못했다고 해도 상관없었다. 영애들에게 말한 내 마음은 진심이었고, 아버지 또한 나와 같은 마음이라는 것을 알고 있으니 말이다.

"엇!

"허어……."

"어머!"

여기저기서 탄성이 흘러나왔다.

언제나 한일자로 단단히 굳어 있던 아버지의 입가가 부드럽게 풀린 것과 동시에 일어난 일이었다.

"세상에! 살다 보니 별일이 다 있군요."

"그러게 말입니다. 제가 꿈을 꾸고 있는 건가요?"

"저야말로 꿈을 꾸고 있는 것 같습니다. 엘리언트 후작님이 웃는 얼굴을 보게 될 줄이야……."

비록 활짝 웃는 얼굴은 아니었지만 누가 보더라도 아버지가 웃고 있다는 것을 단번에 알 수 있을 정도로 입매가 호선을 그으며 올라가 있었다.

아버지가 이내 아무 일도 없었다는 듯 나에게서 몸을 돌렸다. 어느새 그는 평상시처럼 무뚝뚝한 얼굴로 돌아가 있었다.

소란스러움이 순식간에 사그라졌다. 아쉬워하는 한숨 소리가 곳곳에서 들려왔다.

"엘리언트 후작님도 웃을 수 있는 분이셨군요."

케리언 남작 영애가 넋이 나간 얼굴로 중얼거렸다.

"제게는 평범한 아버지시랍니다."

물론, 처음부터 평범한 부녀 사이였던 것은 아니다. 타인보다 못했던 나와 아버지의 관계는 시간이 흐를수록 가까워졌고, 지금은 꽤 다정한 부녀 사이가 되어 있었다.

두 영애가 자신들의 무리로 돌아가고, 안면을 익힌 몇몇 영애가 나에게 다가왔다. 수다스럽게 말을 늘어놓는 영애들의 말에 간간이 대꾸해 주며 눈으로는 홀 안을 훑었다.

황제가 등장할 시간이 얼마 남지 않았다. 웬만한 거물급 귀족들도 모두 홀에 모였을 시간이었다. 아무리 사람들이 많다 한들 외모부터 눈에 띄는 그가 보이지 않을 리 없었다.

주로 사람들이 모여 있는 곳을 집중적으로 훑어봤지만 생각과 달리 쉽게 찾을 수 없었다.

'분명 이곳에 왔을 텐데.'

시선을 옆으로 돌려 또래 영애들과 수다를 즐기고 있는 레비나를 바라보았다.

앞으로 자신에게 무슨 일이 일어나게 되는지 전혀 짐작도 못 하고 있는 그녀가 천진하게 웃고 있었다.

"……!"

홀의 입구에서부터 사람들이 웅성거리기 시작했다. 직감적으로 그가 도착했다는 것을 알 수 있었다.

"레탄 후작이에요!"

"분위기가 작년보다 더 날카로워졌군요."

"얼굴에 저런 큰 검상이라니! 저는 떨려서 얼굴을 바로 볼 수도 없을 것 같아요."

누군가 그의 이름을 내뱉은 것을 시작으로 사람들이 레탄 후작에 대해 이야기를 늘어놓기 시작했다.

"여전히 이나야리 사냥을 즐긴다면서요?"

"야만스럽네요!"

"소문으로는 이나야리의 생피를 뽑아 마신다더군요."

"세상에, 끔찍하기도 해라!"

나에게도 들리는 그에 대한 말들이 레탄 후작의 귀에 들어가지 않을 리 없었다. 그럼에도 그는 아무 소리도 들리지 않는 사람처럼 태연하게 움직였다.

무심한 듯 흘러가던 레탄 후작의 시선이 한 곳에서 멈췄다.

'레비나!'

레탄 후작의 시선을 느낀 것인지 레비나가 몸을 흠칫 떨었다.

'모르는 사람이 보면 원수인 줄 알겠군.'

레비나를 바라보는 레탄 후작의 시선은 그만큼 날카롭고 강렬했다.

"제, 제가 무엇을 잘못한 건가요?"

레비나가 고개를 푹 숙이고 잔뜩 소리 죽여 속삭였다. 가까이에 있던 영애들도 그의 시선이 불편한지 눈치를 보며 살금살금 뒷걸음질 쳤다.

"……!"

레탄 후작이 방향을 틀어 성큼성큼 레비나에게 다가왔다.

"황제 폐하 드십니다!"

시종의 외침에 그의 걸음이 멈췄다. 잔뜩 긴장하고 있던 레비나의 입에서 안도의 한숨이 새어 나왔다.

"제국의 태양, 황제 폐하를 뵈옵니다."

황제가 황후와 함께 모습을 드러냈다. 홀 안에 있던 귀족들이 일제히 황제를 향해 허리를 숙였다.

"모두 고개를 들라."

황제가 단상 위에 마련되어 있는 의자에 앉았다. 날카로운 시선이 홀 전체를 천천히 훑었다.

"올해도 무사히 신년을 맞이하게 되었군."

"모두 폐하의 은덕이옵니다."

합창을 하듯 모두의 목소리가 하나가 되어 홀 안에 울려 퍼졌다. 황제의 얼굴에 만족감이 서렸다.

"한 해 동안 묵혀 둔 것들을 모두 털어 버리고, 모두 새로운 해를 기쁘게 맞이하시오."

"황은이 망극하옵니다."

귀족들은 또다시 황제를 향해 고개를 숙였고 황제가 손을 들어 올렸다.

"파티를 시작하라!"

황제의 외침과 함께 연주가 시작되었다. 느리고 완만하게 흘러나오는 음악 소리는 초보자도 무난하게 춤을 출 수 있는 곡 중에 하나였다.

반주가 흘러나오고 황제와 함께 등장한 시스가 데이샤 공작 영애의 손을 잡고 앞으로 나왔다. 파티의 주인인 황제 대신 황태자인 시스가 첫 춤을 시작하는 것이다.

무표정한 시스와 달리 그의 손을 잡고 나오는 데이샤 공작 영애의 얼굴은 세상의 모든 것을 얻은 듯 행복해 보였다.

홀 중심에 다다른 시스가 그녀의 손을 잡아당겼다. 드레스 자락을 휘날리며 사뿐사뿐 그의 품에 안기는 그녀의 모습은 한 마리의 작은 나비처럼 사랑스러워 보였다.

'손안에 쥐고 부숴 버리고 싶을 만큼 말이지.'

가슴속에서 어두운 마음이 슬금슬금 흘러나왔다. 그녀 따위는 내 적수가 되지 않으니 무시하는 것이 낫다는 생각과 싹을 잘라 버리듯 그녀를 철저히 망가트려야 한다는 마음이 공존했다.

"어머나, 정말 잘 어울리는 한 쌍이로군요."

"그러게 말이에요. 정말 아름다운 한 쌍이네요."

춤이 시작되고 사람들이 수군거리기 시작했다.

"황태자 전하와 함께 있는 저 영애는 대체 누구인가요?"

"어머, 아직도 모르세요? 오늘 데뷔하는 데이샤 공작 영애잖아요."

"세상에! 저 영애가 그 데이샤 영애인가요? 소문보다 더 아름답군요."

사람들의 시선이 나와 춤을 추는 두 남녀 사이를 번갈아 오고 갔다.

"그런데 전하께서는 어째서 약혼녀인 엘리언트 영애를 두고 데이샤 영애와 첫 춤을 추시는 거죠?"

"글쎄요. 설마……."

웅성거림이 커지자 레비나가 걱정 가득한 얼굴로 나를 바라보았다. 나는 그녀에게 웃어 준 후, 춤을 추고 있는 두 사람을 향해 시선을 고정시켰다.

춤에 익숙지 않은 데이샤 공작 영애의 스텝이 불안하게 흔들렸다. 능숙한 시스의 리드로 큰 실수는 없었지만 중간중간 난이도가 높은 동작들이 매끄럽게 이어지지 않았다.

"이게 대체 무슨 일이냐?"

어느새 내 곁에 다가온 아버지가 낮은 목소리로 물었다. 그의 목소리엔 은은한 노기마저 서려 있었다.

"별일 아닙니다."

"비욘느."

화가 난 듯 내 이름을 부르는 아버지의 시선이 시스에게 고정되어 있었다.

"약혼을 파기할 생각이냐?"

파혼을 종용하는 것 같은 뉘앙스에 아버지의 옆얼굴을 물끄러미 바라보았다. 자세히 보지 않으면 전혀 눈치채지 못할 만큼 아버지의 입가가 미세하게 부들거리고 있었다.

"제가 파혼하기를 바라시는군요."

"……."

아버지는 입을 꾹 다물고 대답하지 않았다. 아버지의 속마음이 손바닥을 들여다보는 것처럼 훤히 보였다.

'이럴 거면 애초에 약혼을 시키지 마시지 그러셨습니까.'

한숨과 동시에 웃음이 나왔다. 요즘 아버지의 태도를 보고 있자면, 시스 자체를 싫어한다고 하기보다는 내가 결혼을 하는 것 자체가 못마땅한 것 같았다. 시스에게 심술을 부리는 란트처럼 말이다.

"전하께 심술 좀 그만 부리세요."

"……."

아버지의 표정에는 변화가 없었지만 광대 부근이 살짝 붉어진 것을 알 수 있었다.

음악이 멈추고 시스와 데이샤 공작 영애가 서로를 향해 예의를 갖춰 허리를 숙였다.

"시리……."

자신을 향해 손을 뻗는 데이샤 공작 영애를 앞에 두고 시스가 한 치의 망설임도 없이 몸을 돌렸다. 누가 봐도 알 수 있을 정도로 데이샤 공작 영애 따위는 안중에도 없다는 태도였다.

'나도 별수 없나 보군.'

유치하다는 것은 알았지만 데이샤 공작 영애에게 매몰찬 그의 태도에 은근히 기분이 좋아졌다.

사람들을 헤치며 시스가 나에게 다가왔다. 데이샤 공작 영애와 함께 춤을 추던 내내 무표정했던 얼굴이 나를 발견하자마자 환한 웃음꽃을 피웠다.

홀 안의 빛이란 빛은 모두 모아 놓은 듯, 반짝반짝한 그의 얼굴을 보며 몇몇 영애들의 입에서 감탄 섞인 한숨 소리가 새어 나왔다.

"제게 아름다운 분과 춤을 출 수 있는 영광을 주시겠습니까, 엘리언트 영애?"

시스가 내게 손을 내밀었다. 아버지의 얼굴에 못마땅하다는 기색이 역력했지만 방금 전, 내가 한 말 때문인지 별다른 말 없이 내 곁에서 한 걸음 물러서셨다.

"기꺼이요, 전하."

내밀어진 그의 손을 잡으며 활짝 웃었다. 그가 부드럽게 나를 이끌고 홀 중앙으로 인도했다. 두 번째 곡부터 파티에 참석한 자라면 누구나 자유롭게 춤을 출 수 있었지만 왜인지 아무도 나오지 않았다.

춤을 출 수 있는 홀 중앙에는 나와 그, 단둘밖에 없었다. 연주가 시작되고 그가 내 허리에 손을 가져다 대었다.

"이제야 제대로 된 파티가 시작되는 것 같군."

그가 이를 드러내며 웃었다. 나는 그의 리드에 맞춰 부드럽게 첫발을 떼었다. 느릿한 템포로 연주되던 음악이 서서히 빨라지기 시작했다.

그가 내 허리를 바짝 당겨 안았다. 나는 자연스레 그의 품에 안기며 고개를 들어 그의 얼굴을 올려다보았다.

"제가 말한 적이 있던가요?"

"무엇을?"

"저는 춤을 꽤 잘 춘답니다."

첫 춤을 추는 것은 파티를 개최한 사람의 권리였다. 황실에서는 한 달에 한 번꼴로 파티가 열렸고, 그때의 나는 황태자비가 된 후로 그 권리를 포기한 적이 단 한 번도 없었다.

'그것만이 내가 그녀에게 유일하게 우월할 수 있는 일이었으니까.'

보다 더 우아하게! 보다 더 아름다워 보일 수 있도록!

그녀보다 돋보여야 한다는 강박관념에 사로잡혀 발에 물집이 잡히고 피가 나는 것을 참아 가며 연습하고 또 연습했다.

대대로 뛰어난 기사를 배출했던 가문이여서인지, 다행히 내 운동신경과 체력은 나쁘지 않은 편이었다. 나는 쉬운 곡부터 어려운 곡까지 모든 춤을 완벽하게 마스터했다.

"망신당하고 싶지 않으면 잘 따라오십시오, 시스."

파티에서는 보통 쉬운 리듬을 가진 곡을 첫 곡으로 하고 그다음으로 이어지는 두 번째 곡을 가장 어려운 곡으로 선택하곤 했다. 정해진 규칙은 아니었지만 대부분의 파티에서는 그런 식으로 곡을 선정했다.

첫 곡은 파티의 주인에 대한 예의였고, 두 번째 곡은 춤 실력을 뽐내는 시간이었기 때문이었다.

첫 곡과는 비교조차 되지 않을 정도로 연주의 템포가 빨라졌다. 내 말에 잠시 놀란 표정을 짓고 있던 그가 이내 눈가를 가늘게 접었다.

"내가 하고 싶은 말을 하는군."

그가 강하게 나를 밀었다 당겼다. 내 몸이 그에게서 떨어져 팽그르르 돌다 다시 그의 품에 안겨 들었다.

경쾌한 연주에 맞춰 그와 나의 스텝이 리드미컬하게 얽혔다. 우리들의 내뱉는 호흡 하나하나가 오랜 시간 공들여 맞춘 듯 정확하게 들어맞았다.

그가 두 손으로 내 허리를 잡고 가볍게 들었다 내려놓았다. 발이 허공에 뜨고 꽃이 만개하는 것처럼 풍성한 치맛자락이 오므라졌다 펼쳐졌다.

"제법인데?"

그가 개구쟁이 같은 얼굴로 속도를 올리기 시작했다.

"놀라기엔 아직 이릅니다."

나는 그를 마주 보며 싱긋 웃었다. 연주는 점점 클라이맥스로 향해 가고 있었다. 미끄러지듯 우아하게 놀리던 발을 통통 튀었다. 그에 따라 우아하기만 하던 춤이 경쾌하게 변했다.

내 변화에 맞춰 그가 움직였다. 단단하게 나를 받치고 있는 그를 믿고 내 안의 모든 것을 춤에 쏟아 냈다.

"하핫, 이런 느낌 처음이군."

그가 큰 소리로 웃었다. 거친 움직임에 단정하게 넘겨져 있던 그의 머리카락이 살짝 흐트러졌다. 자연스럽게 내려온 그의 앞머리가 웃고 있는 그의 얼굴과 어울려 편안하게 보였다.

음악이 서서히 느려지고 이내 연주가 끝났다. 오랜만에 움직여서인지 숨이 차올랐다. 잠시 숨을 고르고 있는데, 그가 한숨과 같은 말을 내뱉었다.

"진짜, 그대 때문에 내가 미치겠다."

그가 나를 끌어안으며 이마에 입술을 꾹 눌렀다. 여기저기서 부러운 탄성이 터져 나왔다.

"핫핫핫, 오랜만에 멋진 춤을 보는구나."

황제가 호탕하게 웃으며 나와 시스를 향해 박수를 치기 시작했다.

"정말, 멋진 춤이었습니다."

"너무 아름다웠어요!"

"최고로 잘 어울리는 한 쌍이십니다."

"까아, 너무 부러워요!"

우레와 같은 박수 소리가 에르하라크 홀 전체에 울려 퍼졌다. 황제가 우리를 향해 손짓했다.

시스가 나를 이끌고 황제의 앞으로 다가갔다.

"오늘 짐을 즐겁게 해 준 두 사람에게 답례를 하도록 하지. 시종장."

황제의 부름에 시립하고 있던 시종장이 한걸음에 달려와 읍했다.

"부르셨습니까, 폐하."

"황태자와 엘리언트 영애에게 황궁 보고에 있는 광영의 반지를 내어 주거라."

"……!"

여기저기서 숨넘어가는 소리가 들렸다. 그만큼 황제의 발언은 파격적이었다.

광영의 반지는 다른 말로 '태양과 달의 반지'라고 불리는 황실의 보물 중의 하나였다. 이름에서부터 알 수 있듯이 광영의 반지는 황제와 황후를 상징하는 것으로 대대로 대관식에서 사용되어 왔다.

"폐……!"

"조금 피곤하군."

누군가 나서려는 기미를 보이자 황제가 재빨리 막았다. 방금 전까지 파안대소하던 황제가 급격히 피곤한 기색을 보이며 황후를 향해 고개를 돌렸다.

"몸이 피곤한 듯하니, 우리는 이만 일어나는 것이 좋겠소."

"뜻대로 하시옵소서, 폐하."

황제가 황후의 손을 잡고 일어섰다. 그는 자신을 향해 고개를 숙이고 있는 귀족들을 향해 손을 흔들어 보였다.

"모두 즐겁게 즐기다 가길 바라오."

"황공하옵니다, 폐하."

황제와 황후의 모습이 사라지자마자 사람들이 일제히 떠들어 대기 시작했다. 황제가 떨어뜨리고 간 폭탄은 파티장을 초토화시키기에 충분했다.

"폐하께 한 방 먹었군."

"즐거워 보이십니다."

"당연하지 않은가."

그의 얼굴에선 즐거운 기색이 역력했다.

우리에게 광영의 반지를 준다는 것은 다음 대 황위를 확고히 하겠다는 것과 동시에 조만간 우리들의 결혼식을 진행시키겠다는 황제의 선전포고나 다름없었다.

"무엇보다 지금 이 상황은 그대가 노리고 있던 것이 아닌가?"

그가 굵은 눈썹을 장난스럽게 들어 올렸다 내렸다.

그의 말대로 데이샤 공작 영애의 일은 내가 노린 일이 맞았다. 그녀가 춤에 익숙하지 않다는 사실을 알고 있었기에 벌일 수 있는 일이었다.

외모상으로 보면 시스와 데이샤 공작 영애는 누구도 반박할 수 없을 정도로 완벽하게 잘 어울렸다. 데이샤 공작 영애의 서툰 춤 실력쯤은 풋풋한 연인들의 사랑스러움으로 포장할 수 있을 만큼 말이다.

실제로도 시스와 데이샤 공작 영애의 춤을 본 사람들은 그들의 사랑스러움을 칭찬했다. 그래서 나는 누가 보더라도 완벽한 춤을 선보여 데이샤 공작 영애의 서투름을 부각시켜 주려 했다.

모든 것은 내 의도대로 되어 가고 있는 듯했다.

'무엇보다 춤을 추며 그렇게 즐거웠던 적은 처음이었으니까.'

하지만 황제의 느닷없는 폭탄선언은 내가 세웠던 계획에 들어 있지 않은 것이었다.

"마음대로 생각하시지요."

"흐응."

그가 흥얼거리며 의미심장한 표정을 지었다. 나는 그를 외면하듯 고개를 돌렸다. 그가 소리 내어 쿡쿡 웃었다.

"잠시 저들을 상대하고 와야겠군. 조금 이따 다시 오도록 하지."

시스가 아쉬운 얼굴로 내 손등에 입술을 찍었다. 황태자인 그는 파티라고 해서 노닥거리고 있을 수만은 없었다. 그는 자신을 기다리고 있는 귀족들에게로 다가갔다.

"하아."

피곤함이 급격히 몰려왔다. 사람들을 피해 쉴 곳을 찾아가던 중 익숙한 얼굴이 눈에 띄었다.

"역시 러스틴 백작 부인의 말대로 공작 영애와의 첫 춤은 데이샤 공작에 대한 예우였었나 보네요."

"그러게요. 전하의 표정이 데이샤 영애와 함께했을 때와는 천지 차이더군요."

"제가 그렇다고 하지 않았습니까."

여자들 사이로 부채를 손에 쥔 채, 입가를 가리고 있는 러스틴 백작 부인이 보였다. 나와 눈이 마주친 러스틴 백작 부인의 눈가에 주름이 잡혔다.

"폐하의 성심 또한 어디를 향해 있는지, 오늘 모두 확인하셨을 테니 더는 할 말이 없군요."

"광영의 반지를 내어 주실 줄은 정말 몰랐습니다."

"황태자 전하와 엘리언트 영애의 결혼은 이제 시간문제로군요."

"당연한 일이 아닙니까. 엘리언트 영애는 전하의 약혼녀입니다."

나를 향해 미소 짓고 있는 러스틴 백작 부인을 향해 살짝 고개를 숙여 보였다. 그녀 또한 다른 이들이 눈치채지 못하게 고개를 움직여 보였다. 사교계는 이미 움직이기 시작했다.

"엇!"

커튼이 내려지지 않은 발코니를 찾던 중이었다. 누군가가 급하게 커튼을 젖히고 나왔다.

"……레비나?"

"비, 비욘느!"

나를 발견한 레비나가 새파랗게 질린 얼굴로 몸을 떨었다.

"무슨 일인가요?"

"저는……. 저는……."

레비나가 말을 더듬으며 커튼이 내려진 발코니 쪽을 힐끔거렸다. 부들부들 떨고 있는 그녀의 모습은 흡사 사냥꾼에게 쫓기는 토끼와 같았다.

'설마…….'

"먼, 먼저 가 볼게요, 비욘느. 미안해요!"

커튼 뒤에서 인기척이 느껴지자, 레비나의 얼굴에 공포가 떠올랐다. 그녀는 내 대답조차 기다리지 않고 서둘러 사람들 틈으로 사라져 버렸다.

'레탄 후작!'

커튼이 열리고 장신의 남자가 모습을 드러냈다. 그는 레비나를 찾는 듯 고개를 좌우로 돌렸다.

그의 눈동자가 주변을 날카롭게 훑었지만 이미 사람들 틈으로 숨어 버린 그녀의 모습을 찾기란 어려웠다. 그의 미간이 미미하게 구겨졌다.

"그녀는 도망갔습니다."

일부러 그를 자극할 수 있는 말을 내뱉었다. 내 의도대로 거침없이 발을 떼던 레탄 후작의 움직임이 거짓말처럼 멈췄다.

레탄 후작이 내가 있는 곳을 향해 천천히 몸을 돌렸다. 나는 치맛자락의 한쪽을 잡고 고개를 숙였다.

"비욘느 롯사 엘리언트입니다, 레탄 후작님."

"……."

그는 아무 말 없이 나를 내려다보았다. 전쟁광이라는 별명이 괜히 붙여진 것은 아닌 모양이었다.

무생물을 바라보듯, 무심하게 나를 바라보고 있다는 것을 알고 있는데도 살기가 일렁이는 그의 눈동자를 마주한 것만으로도 몸이 떨려 왔다.

'레비나가 겁에 질려 도망갈 만하군.'

레탄 후작을 가까이서 보자, 레비나가 도망간 것이 이해가 되었다. 이런 무서운 남자의 곁에 있어야 한다면 나부터도 도망가고 싶어질 테니 말이다.

그의 눈동자가 슬쩍 옆으로 움직였다. 몸은 멈춘 상태에서도 그의 눈동자는 레비나를 찾아 움직이고 있었다.

"그대로 가신다면 그녀는 더욱더 도망칠 겁니다."

그의 눈동자가 움직임을 멈추고 숨 막힐 것 같은 살기를 폭발시켰다.

'도박을 해야 하는 건가?'

"저에게 위해를 끼치신다면 그녀는 후작님을 더욱 싫어하게 될 겁니다."

"……!"

그의 몸에서 뿜어져 나오던 살기가 주춤거리는 것이 느껴졌다. 그는 확실히 레비나에게 푹 빠진 것 같았다. 나는 멈추지 않고 확실한 쐐기를 박았다.

"저는 그녀와 가장 가까운 벗이니까요."

간신히 입가를 끌어당겨 그럴듯한 미소를 지었다. 피부를 찌르던 살기가 멈췄다. 그의 눈동자가 나를 가늠하듯 위, 아래로 움직였다.

'곤란한데…….'

여러모로 생각해 봐도 레비나에게 레탄 후작은 벅찬 상대였다. 레탄 후작은 맹수과의 사람이었다. 그에게는 불행하게도 레비나는 초식동물에 속했다.

초식동물이 맹수를 보자마자 도망가는 것은 본능이었다. 본능이란 쉽게 바뀌는 것이 아니다. 웬만하면 레탄 후작을 타일러 레비나를 놔주고 싶지만 레탄 후작의 눈빛을 보아하니 쉽게 그녀를 놔줄 것 같지 않았다.

'그렇다면 방법은 하나밖에 없지.'

"그녀가 도망가지 않을 수 있도록 도와드리겠습니다."

"……!"

레탄 후작의 눈썹이 위로 치켜 올라갔다. 표정의 변화는 별로 없었지만 그가 놀라고 있다는 것을 느낄 수 있었다.

'표정 변화 없는 아버지와 함께하다 보니 이런 특기도 생기는군.'

"……원하는 것은?"

놀랄 정도로 탁한 목소리가 흘러나왔다.

사실, 목소리보다 더 놀란 것은 그의 즉각적인 반응이었다. 그저 찔러나 보자는 심정으로 내뱉은 말에 그가 덜컥 걸려들 줄은 몰랐다.

레비나를 원하는 그의 마음이 짐작하고 있던 것보다 훨씬 더 강렬한 것 같았다.

'하긴, 그러니 황실과 연관이 있는 귀족 영애를 공개적으로 납치하는 미친 짓을 벌인 것일 테지.'

"없습니다."

"어째서?"

레탄 후작이 느릿한 말투로 물어 왔다. 그는 대화를 하는 것에 무척 서툰 것 같았다. 여러모로 불리한 상황이었지만 결정을 되돌릴 생각은 없었다.

"저는 그저 제 벗이 행복하기를 바랍니다. 후작님께서 그녀를 행복하게 해 주신다면 그것으로 족합니다."

"……"

"후작님께서 손해 볼 일은 없을 겁니다."

그는 생각에 잠긴 듯 말이 없었다. 그의 내면에서 갈등하고 있다는 것이 느껴졌다.

"아니면 도망가는 그녀를 납치라도 하실 생각이십니까?"

"……!"

레탄 후작의 눈썹이 또다시 꿈틀거렸다. 그의 눈동자에 당혹감이 서리는 것이 보였다. 처음부터 그는 레비나를 납치할 생각이었던 것 같았다. 단순한 그의 방식에 저절로 한숨이 나오려 했다.

"그녀가 평생 용서하지 않을 겁니다."

레탄 후작의 몸이 흠칫 떨렸다. 그 상황을 상상이라도 했는지, 그의 근육을 감싸고 있던 옷감이 팽팽해졌다.

"어떻게 하면 되지?"

"우선 무작정 쫓아가는 것부터 멈추십시오."

레탄 후작의 몸에서 또다시 살기가 피어올랐다. 의외인 모습을 보아서인지 아까만큼 몸이 떨리지는 않았다.

"여자는 쫓을수록 더 도망가는 법입니다. 평생 그녀 뒤만 쫓아다니실 겁니까?"

그는 그게 무슨 문제가 되느냐는 듯 나를 바라보았다.

'평생 쫓아다닐 생각이었군.'

레탄 후작에 대한 평가를 다시 해야 할 것 같았다. 그의 정신 구조는 일반인과 궤를 달리하는 듯했다.

"그녀가 후작님을 볼 때마다 울고불고, 비명을 지르는 것을 보고 싶으십니까?"

그의 미간이 찌푸려졌다. 그건 별로 마음에 들지 않는 모양이다. 그를 구슬릴 수 있는 방법을 찾은 것 같아 절로 안도의 한숨이 나왔다.

"그녀의, 아니 레비나의 웃는 얼굴이 보고 싶지 않으십니까?"

날카로웠던 그의 분위기가 순식간에 풀렸다. 상상의 나래라도 펼치고 있는지 무뚝뚝한 얼굴에 옅은 홍조가 올랐다.

"그녀의 이름이 레…… 비나인가?"

'이름도 몰랐던 것인가…….'

경직되려는 입가를 간신히 잡아 올렸다. 앞으로의 일을 생각하니 눈앞이 캄캄해졌다.

'괜한 일에 나선 건 아닌지 모르겠군.'

후회가 들기 시작했지만 이미 엎어진 물이었다. 더구나 그를 내 편으로 만들 수 있다면 이보다 더 든든한 우방은 없을 터였다.

"'레비나 이즐 아스테이아.' 그녀의 이름입니다."

그는 입술을 여러 번 달싹였다. 그가 그녀의 이름을 되새기고 있다는 것을 알 수 있었다.

"그녀가 후작님을 좋아할 수 있도록 도와드리겠습니다."

닫혀 있던 그의 동공이 활짝 열렸다. 만족할 만한 반응이었다.

내가 옆에서 아무리 지원사격을 한다 해도 지금의 그는 레비나에게 좋은 감정을 심어 줄 수 없었다. 외모부터 무섭게 생긴 그에게 호감을 가질 리 만무했기 때문이다.

'그나마 본판은 나쁘지 않아 다행이로군.'

위로 치켜 올라간 눈매와 얼굴의 반을 가로지르는 상처만 아니라면 레탄 후작의 얼굴은 준수한 편에 속했다.

'상대를 압박하듯 부릅뜬 눈만 아니었다면 더 좋았을 텐데.'

조금 아쉽긴 했지만 이가 없으면 잇몸으로 산다는 말처럼 외모를 바꿀 수 없다면 행동을 바꾸면 그만이었다.

"저와 한 가지만 약속해 주십시오."

"……."

"무조건 제 말대로 하셔야 합니다."

그의 눈썹이 크게 위로 치켜 올라갔다. 그는 내 말뜻을 제대로 이해하지 못한 듯했다. 그에게는 보다 자세한 설명이 필요해 보였다.

"레비나의 이상형은 자상한 남자입니다. 솔직히 말씀드리자면 지금의 후작님께서는 전혀 자상해 보이지 않으십니다. 오히려 그녀가 무서워하는 타입이지요."

그의 전신에서 불쾌감이 무럭무럭 피어올랐다. 하지만 그 안에서 살기는 느껴지지 않았다. 이제 조금만 더 구슬리면 완전히 넘어올 것 같았다.

"제 말대로만 하시면 레비나는 후작님을 좋아하게 될 겁니다."

무섭고 무뚝뚝해 보이는 남자의 자상한 배려는 소녀 감성을 지닌 레비나에게 제대로 먹힐 것이다. 더구나 나만은 특별하다는 느낌을 받게 된다면 십중팔구 사랑에 빠지게 될 것이다.

"제 말대로 하시겠습니까?"

그의 머리가 천천히 위아래로 움직였다. 승낙하겠다는 뜻이었다.

"우선 잠시 동안 수도에 머물고 계십시오. 그녀와 만날 수 있는 자리를 마련하겠습니다."

레탄 후작이 또다시 고개를 끄덕였다. 그는 대화가 끝나자마자 미련 없이 자리를 떴다.

레탄 후작의 모습이 시야에서 사라지자마자 다리에 힘이 풀렸다. 벽에 손을 짚어 휘청거리는 몸을 바로 세웠다. 나도 모르게 잔뜩 긴장을 하고 있었던 모양이다.

'좀 쉬어야겠군.'

방금 전 레비나와 레탄 후작이 있던 발코니로 향했다. 그곳에서 잠시 쉬고 있을 생각이었다.

"……!"

막 커튼을 치려는 내 손목을 누군가가 잡아챘다. 갑작스러운 습격에 당황해서인지 비명조차 나오지 않았다.

"설마 날 두고 바람을 피우고 있었던 것은 아니겠지?"

"시스!"

너무나 익숙한 품이 나를 감싸 안았다. 코끝으로 시원하면서도 달큰한 스피어민트 향이 스며들었다.

"놀랐잖습니까."

그가 내 허리 뒤로 두 팔을 교차해 자신의 품에 가두었다.

"왜?"

"그걸 몰라서 물으십니까?"

"바람피우던 것을 들켜서?"

"……!"

그의 질문이 하도 어처구니가 없어 대답하고 싶은 마음도 들지 않았다. 그가 개구진 얼굴로 고개를 모로 숙였다.

"레탄 후작과 무슨 이야길 한 거지?"

방긋방긋 웃는 얼굴과 달리 그의 눈빛은 날카롭게 날이 서 있었다.

"질투하십니까?"

"당연한 것 아냐? 그대 옆에 있는 남자는 모두 내 적이야."

당당한 그의 투정에 설핏 웃음이 나왔다. 팔을 뻗어 그를 마주 안았다.

"레탄 후작이 매력적이긴 하지만 제 취향은 아닙니다."

"레탄 후작이 매력적이라고?"

그가 못마땅하다는 얼굴로 눈을 치켜떴다. 갈수록 심해져 가는 그의 소유욕이 싫지 않은 것을 보니 나도 그에게 단단히 빠져든 것 같았다.

"네, 무척 매력적이더군요."

"설마 나보다 더 매력적인 것은 아니겠지?"

더 매력적이라고 하면 절대 가만두지 않겠다는 듯 그가 짐짓 화난 표정을 지었다. 나는 그를 올려다보며 배시시 웃어 보였다.

"그럴 리가요. 제 눈엔 시스가 가장 매력적으로 보이는걸요."

"날 가지고 노는 것이 재미있나 보군."

그가 허탈하게 웃었다. 발뒤꿈치를 들자 그의 얼굴이 가까워졌다. 나는 입술로 도장을 찍듯 그의 입술을 꾹 눌렀다가 떨어졌다.

"네, 무척."

"제길, 평생 원하는 대로 가지고 놀아!"

그가 잡아먹을 듯 내 입술을 물었다. 성마르게 침범해 들어오는 그의 혀를 기꺼이 받아들였다. 타액이 오고 가는 질척한 소리가 한동안 이어졌다.

"하아!"

입술이 떨어지고 그와 내 입에서 동시에 숨을 들이켜는 소리가 흘러나왔다.

"나가기 싫다."

그가 나를 안은 팔에 힘을 주며 중얼거렸다. 나와 달리 그는 자리를 오래 비울 수 없었다. 나는 위로하듯 그의 등을 토닥였다.

"사람들이 찾으러 올 겁니다."

"한 번 더 키스해 주면 얌전히 돌아가지."

그가 입술을 내밀며 눈을 감았다. 나는 어린아이에게 해 주듯 쪽 소리가 나게 입술을 맞췄다. 그가 불만 가득한 얼굴로 눈을 떴다.

"뽀뽀 말고 키스."

이번에는 그가 눈을 감지 않고 입술을 내밀었다. 나는 웃으며 그의 얼굴에 입술을 가져다 대었다. 내가 다가갈수록 그의 눈이 가늘게 휘어지는 것이 보였다.

입술과 입술이 맞닿는 것을 느끼며 눈을 감았다. 또다시 서로의 혀가 얽히고 그에게서 기분 좋은 울림이 전해졌다. 입술이 떨어지고 그가 이를 세워 내 귓불을 살짝 긁었다.

"그래서 후작과는 무슨 이야기를 나누었던 건데?"

"……"

그는 의외로 집요한 구석이 있었다.

20막. 진동

"적어도 너무 적군."

몇 장 되지도 않은 종이가 손안에서 바스락거렸다. 이미 몇 번이나 읽어 외우다시피 한 내용이었다.

아무리 피스온 상단의 정보망이라고 해도 검은 사제들에 대해 알아낼 수 있는 것은 얼마 없었다. 기껏해야 황제의 즉위식에는 반드시 모습을 드러낸다는 것이 그들에 대해 알아낼 수 있는 전부였다.

"역시 황제를 공략할 수밖에 없는 건가……."

종이를 든 채로 손가락을 이용해 탁자를 두드렸다. 박자를 맞춰 일정하게 들리는 소리에 복잡했던 심기가 조금은 가라앉는 것 같았다.

"쉽게 입을 열 것 같지는 않은데."

검은 사제에 관한 것은 기밀 중의 기밀이었다. 그들에 대한 모든 것은 황제의 권한 아래에 있었다. 은근슬쩍 몇 번이나 검은 사제들에 대해 운을 떼 봤지만 황제는 번번이 화제를 돌리는 것으로 대답을 회피했다.

"단도직입적으로 물어봐야 할까?"

아무리 머리를 굴려 보아도 황제의 입을 열게 할 방법이 생각나지 않았다. 황태자인 시스도 무언가 알고 있지 않을까 하는 생각이 들었지만, 바로 고개를 저었다.

황제가 함구령을 내렸다면 시스는 절대 입을 열지 않을 것이다. 아무리 내게 스스럼없이 구는 그라도 공과 사는 분명한 사람이었으니 말이다.

손을 들어 뺨을 만졌다. 그때 느꼈던 한기가 또다시 느껴지는 듯했다.

"역시 꿈이었던 것일까?"

아버지와 시스뿐만 아니라 당시 회의장에 있던 사람들은 모두 한결같은 대답을 했다. 검은 사제들이 사라지고 내가 한동안 그들이 사라진 곳을 보며 멍하니 서 있었다고 말이다.

남자인 듯 여자인 듯 묘하게 성별을 알 수 없던 검은 사제의 목소리와 소름 돋게 차가웠던 감촉이 이렇게나 생생한데도 확신이 서지 않았다.

'부디, 이번 생엔 또다시 후회하는 일이 없기를 나……'

이번 생.

검은 사제는 분명 이번 생이라고 했었다. 그 뜻은 대체 무엇이었을까?

"설마!"

불현듯 떠오르는 생각을 지우듯 머리를 흔들었다. 아무리 검은 사제라 하더라도 내가 '나'임을 알고 있을 리 없었다. 나조차도 그것이 꿈인지, 아니면 또 다른 생이었는지 알 수 없었으니 말이다.

"절대, 알 리가 없어."

왠지 모를 불안감에 가슴이 선득해졌다. 더구나 검은 사제의 말을 끝까지 듣지 못했다는 사실이 못내 찜찜했다.

"그는 대체 무슨 말을 하려 했던 것인가?"

'나'로 시작하는 문장들을 나열해 보았다. 가장 먼저 떠오른 것은 시스가 나를 부르는 호칭이었다.

'나의 비이.'

나는 또다시 고개를 저었다. 검은 사제가 나를 그렇게 부를 리가 없었다.

내가 검은 사제를 만난 것은 딱 두 번이다. 황후가 되어 즉위식을 올렸던 때와 얼마 전 내 혈통을 증명하던 때 말이다. 절대 그 말은 아닐 것이다.

'나'로 시작하는 문장들을 떠올려 보았다. 이것저것 떠올려 봐도 도무지 알 수가 없었다. 시간이 지날수록 점점 복잡해지는 생각에 머리가 지끈거렸다.

"하아."

숨을 크게 들이켜 답답한 숨을 뱉어 냈다. 답답함이 조금 가시긴 했지만 두통은 여전했다. 책상 서랍을 열어 상비해 둔 두통약을 찾았다.

"벌써 떨어진 건가?"

항상 같은 자리에 놓아두던 두통약이 보이지 않았다. 최근 연이어 터진 일들로 평소보다 빨리 소비해 버린 듯했다. 결국 약을 찾는 것을 포기하고 지끈거리는 관자놀이를 꾹꾹 눌렀다.

요즘 들어 습관처럼 두통이 찾아왔다. 주치의는 약을 내주면서도 웬만하면 먹지 말고 참으라 했지만 약을 먹지 않으면 두통은 쉬이 가라앉지 않았다.

똑똑.

"들어와."

의자 뒤로 목을 젖히고 눈을 감고 있는데 문을 두드리는 소리가 났다. 나는 몸을 바로잡고 대답했다.

"아가씨, 큰일 났습니다!"

집사가 평소와 달리 당황한 얼굴로 들어왔다. 그가 저렇게 허둥대는 모습은 후작 부인의 부고를 알리던 때 이후 처음 보는 것 같았다. 불길한 예감이 들었다.

"무슨 일이지?"

"1황자 전하께서 돌아가셨다고 합니다."

"……!"

집사의 말이 끝나기가 무섭게 벌떡 몸을 일으켰다. 앉아 있던 의자가 둔탁한 소리를 내며 바닥에 나뒹굴었지만 그 사실조차 제대로 인지하지 못할 정도로 나는 얼이 나가 있었다.

"어째서!"

"저도 잘 모르겠습니다. 지금 응접실에 피스온 상단의 상단주와 피스온 백작 부인이 와 계십니다."

귀족의 품위 따위를 찾을 겨를이 없었다. 나는 응접실을 향해 전속력으로 달렸다. 치마를 휘날리며 달리는 내 모습에 시중인들이 놀란 표정을 지었지만 그들을 신경 쓸 겨를조차 없었다.

쾅!

"이게 대체 무슨 일입니까!"

직접 응접실의 문을 열고 들어갔다. 에반과 아나샤가 침통한 얼굴로 몸을 일으켰다.

"1황자가 죽다니요!"

"저희도 방금 전 소식을 들었습니다."

"소식을 듣자마자 달려온 거예요."

응접실까지 달려오는 동안 혹시나 오보일지도 모른다는 기대를 했지만 그들의 반응을 보니 1황자가 죽은 것은 확실해 보였다.

"일단, 앉아서 이야기하지요."

흥분을 가라앉히고 그들에게 앉기를 종용했다. 내 뒤를 따라온 집사는 눈치 있게 시종과 시녀들을 밖으로 물렸다.

"자신의 영지에서 얌전히 있던 그가 무슨 이유로 죽었다는 건가요? 자세히 이야기해 보세요."

황제의 명령으로 북부의 영지에 감금되다시피 한 그는 자신을 감시하는 눈들을 의식해서인지 얌전히 지냈다. 그는 평소 지병도 없었고 또래의 다른 귀족들에 비해 건강한 편이었다. 그런 그가 별안간 죽었다는 사실이 믿겨지지 않았다.

"자살은 아닐 테고, 사고사인가요? 아니면……."

자살할 생각이었다면 황제의 병사들에 의해 북부로 끌려갈 때 이미 자살했을 것이다. 1황자는 자기 자신에 대한 자부심이 높은 사람이었다. 그런 사람들은 이를 갈며 뒷일을 도모할지언정 절대 자살 따위는 하지 않았다.

"타살입니다."

"……!"

불안한 예감은 비껴가지 않았다. 차라리 자살이나 사고사가 나았다. 지금 상황에서 타살이라는 말은 좋은 징조가 아니었다.

"원인은요?"

"독입니다."

이어진 에반의 대답에 신음성이 절로 나왔다.

"황실에서는 알고 있나요?"

"저희와 비슷한 시점에 알게 되었을 겁니다."

"좋지 않군요."

내 말에 에반과 아나샤가 동시에 고개를 끄덕였다.

비록, 황위 계승권을 박탈당하고 쫓겨난 1황자였지만 그는 시스 다음으로 황위에 가장 가까운 황자였다. 그런 그가 시스에게 밀려 귀양 가다시피 한 것으로도 모자라 누군가에 의해 죽임을 당했다면 귀결되는 결론은 하나밖에 없었다.

'시스……'

누군가 시스를 노린 음모가 분명했다. 진실이야 어찌 되었든 타인의 눈에는 시스가 1황자를 죽일 이유는 많았다. 시스와 관련된 몇 가지 증거만 뒷받침된다면 그가 덫을 빠져나오기는 쉽지 않을 터였다.

"범인이 누구인지는 알아보셨습니까?"

"아직 조사 중에 있습니다."

"최대한 빨리 알아보세요. 황실보다 먼저 알아내야 합니다."

"알겠습니다."

보다 많은 정보가 필요했다. 1황자를 누가, 무슨 이유로 죽인 것인지 최대한 빨리 알아내고 대비를 해야 마음이 놓일 것 같았다.

손바닥에서 식은땀이 배어 나왔다. 치맛자락을 잡고 주먹을 꾹 쥐었다. 빳빳하게 정리되어 있던 치마가 심하게 구겨졌지만 아랑곳하지 않았다.

"사용된 독은 어떤 건가요?"

"시신에 접근할 수가 없어 그것까지는 알아낼 수 없었습니다. 죄송합니다." 에반이 고개를 숙였다.

상대는 제국의 황자다. 황자의 시신을 함부로 조사할 수는 없었을 것이다. 자칫 잘못하다가는 범인으로 몰릴 수도 있는 일이었다. 위험을 안고 무리를 할 수는 없었다.

"아닙니다. 물리적으로 어쩔 수 없는 일이었겠지요. 그보다 시신은 어찌 되었습니까?"

"현재는 아스텐 영지에 있지만 황제의 명령에 따라 조만간 수도로 옮겨질 겁니다."

황실에 적을 두고 있는 황자나 황녀는 어디서 죽었건 반드시 황궁에서 장례식을 치렀다. 1황자도 예외는 아니었다. 어쩌면 소식을 들은 황제가 벌써 명령을 내렸을지도 모를 일이었다.

"최대한 많은 정보를 모아 오세요. 부탁드립니다."

아침부터 진눈깨비가 쏟아져 내렸다. 검은색 일색인 사람들이 줄을 지어 황궁 안으로 몰려들었다. 장례식을 치르기에는 좋지 않은 날씨였지만 시신이 심하게 부패하기 시작하여 더 이상 장례식을 미룰 수가 없었다.

황제의 명령으로 황궁으로 이송된 1황자의 시신은 추운 날씨임에도 상태가 좋지 않았다. 그의 몸을 잠식한 독이 평범하지 않았기 때문이다.

'아그렐리아.'

옛날 한 여인이 자신을 배신한 남자를 죽이기 위해 만들었다고 전해지는 이 독은 그녀의 이름을 붙여 아그렐리아라고 불렸다.

남부에서만 자생하던 타로트 꽃의 추출물로 한 방울을 섭취하는 것만으로도 즉사할 수 있는 극독 중의 극독이었다.

아그렐리아는 무색, 무취로 겉으로는 물과 쉽게 구별할 수 없는 독이었지만 중독된 시신을 빠르게 부패시킨다는 특징을 가졌다.

무엇이든 쉽게 상하는 여름이었다면 알아채기 어려웠을 것이다. 하지만 지금은 모든 것을 얼려 버리는 차가운 겨울이었다.

시간이 지날수록 무섭게 부패해 가는 시신의 상태가 어떤 이유 때문인지, 아그렐리아에 대해 조금이라도 알고 있는 사람이라면 누구나 눈치챌 수 있었다.

"황자, 어찌 이 어미를 두고 이리 허망하게 가신 겁니까!"

시스를 선두로 황자들의 손에 들려오는 1황자의 관을 보며 1황비가 울부짖었다. 그녀의 옆에는 1황자비와 빈들이 눈물을 흘리며 서 있었다.

죄인의 신분으로 근신 중이라고는 하지만 그녀는 1황자의 어머니였다. 자식의 장례식에 참석하지 못하게 할 수는 없었다. 황제는 1황비를 비롯하여 1황자비와 빈들의 근신을 일시적으로 풀어 주었다.

"황자!"

"흡! 전하……."

"흑흑, 전하……."

관이 내려지고 뚜껑이 열렸다. 1황자의 시신을 본 1황비가 자지러지게 소리를 질렀다. 공들여 치장을 했음에도 불구하고 시신의 상태는 썩 좋아 보이지 않았다. 수천 송이의 꽃향기 속에서도 시신 특유의 고약한 냄새가 흘러나왔다.

귀부인들은 슬픔에 빠진 시늉을 하며 손수건을 들어 입과 코를 막았다.

"황자를 이리 가게 한 자들을 내 기필코 가만두지 않겠습니다!"

"고정하십시오, 마마……."

"마마……."

1황비가 시신을 붙잡고 노성을 터트렸다.

1황자비와 빈들은 주춤거리며 관과 1황비의 주변만을 맴돌았다. 그동안 살을 부딪치고 살아온 남편이었다고는 하지만 지금은 고약한 냄새를 풍기는 시신일 뿐이다. 그녀들로서는 썩기 시작한 시신의 곁에 가까이하는 것이 꺼려지는 것이었다.

울부짖는 1황비를 보며 누구도 나서지 못하는 가운데 1황자의 시신 위로 노란색 장미가 떨어졌다.

"잘 가거라. 부디 다음 생에선 천수를 누리도록 하려무나."

황제가 어둡게 가라앉은 눈으로 1황자에게 작별 인사와 축복을 빌었다. 오로지 황제로서 살아온 그도 자식을 앞세우는 것은 버거웠던 모양인지 그새 몇 년은 더 늙어 보였다.

"폐하 때문입니다!"

"……."

"폐하께서 북부로 내쫓지만 않았어도, 내 아들이 이리 허망하게 가지 않았을 겁니다!"

1황비가 독기 찬 얼굴로 황제를 올려다보았다. 황제는 담담히 1황비의 폭언과도 같은 말을 듣고만 있었다.

"1황자는 폐하가 죽이신 겁니다!"

황제가 고개를 젖혀 하늘을 바라보았다. 그의 얼굴 위로 하얀 진눈깨비가 떨어져 내렸다. 눈을 잠시 감았다 뜬 그가 다시 고개를 바로 했다.

"그만하고 황비도 이제 황자를 보내 주시오."

"그럴 수는 없습니다. 절대 그냥은 보내지 않을 것이옵니다."

"황비……."

"반드시 범인을 잡아다 갈가리 찢어 황자와 함께 묻어 줄 것이옵니다!"

핏줄이 터져 빨갛게 충혈된 1황비의 눈동자가 시스를 노려보았다. 그녀는 시스를 범인으로 생각하고 있는 듯했다. 황제의 입에서 나직한 한숨이 흘러나왔다.

"1황비가 너무 흥분한 듯하니, 모시고 가거라."

"이거 놓아라!"

대기하고 있던 기사들이 1황비의 양팔을 잡았다. 그녀는 거세게 발버둥 치며 저항했지만 건장한 기사들의 힘을 당해 낼 수는 없었다.

"장례식이 끝날 때까지 잠시 쉬고 있으시오."

기사들에 의해 질질 끌려 나가는 1황비를 외면하듯 황제가 고개를 돌렸다. 황제의 시선이 자신들에게 향하자 1황자비와 빈들이 몸을 흠칫 떨었다.

"너희들은 1황자에게 작별 인사를 하거라."

황제의 명령에 1황자비와 빈들의 작별 인사가 끝나고 시스의 차례가 되었다. 그는 무표정한 얼굴로 관 앞에 섰다.

"시스……."

본의 아니게 평생을 라이벌로서 살아온 형제였다. 황실이 아닌 평범한 가정에서 자랐더라면 서로에게 든든한 버팀목이 됐을지도 몰랐다. 하지만 그들이 태어난 곳은 평범한 가정이 아니라 냉혹한 황실이었다. 살아남기 위해 그들은 서로를 물고 뜯고 할퀴어야만 했다.

서로 죽일 듯이 싸워 대긴 했지만 시스는 결코 1황자가 이런 식으로 죽는 것은 바라지 않았을 것이다. 어쨌든 그들은 피를 나눈 형제였으니 말이다.

그가 몸을 굽혀 바닥에 무릎을 대었다. 한차례 웅성거리는 소란이 일었지만 시스는 조금의 동요도 보이지 않았다.

"부디 다음 생에는……."

시스의 목소리가 점점 작아지며 뒷말이 들리지 않았다. 그가 몸을 일으키고, 노란색 꽃 한 송이가 1황자의 가슴에 내려앉았다. 시스가 물러나고 황자들이 그 뒤를 이었다.

수북이 쌓여 가는 노란색 꽃이 시신을 덮을 듯 넘실거렸다.

"기다리고 있었습니다, 영애."

장례식이 끝나고 집에 도착하니 에반이 나를 기다리고 있었다.

"알아본 것은 어찌 되었습니까?"

"현재 범인으로 가장 유력한 인물로는 1황자의 시중을 들었던 시종입니다."

"시종이라고요?"

황족이나 귀족들은 보통 자신이 가장 신뢰할 수 있는 이를 곁에 뒀다. 그 기준은 자신의 근처에서 수발을 드는 시종이나 시녀에게도 해당되었다. 특히 1황비를 닮아 교활한 뱀 같던 1황자라면 두말할 것도 없었다.

"1황자의 측근이 아니었던 건가요?"

"황궁에서부터 1황자를 모시던 시종이었습니다."

소파 등받이에 몸을 기대면 생각을 정리해 보았다. 황궁에서부터 아스텐 영지까지 1황자를 쫓아가 시중을 들 정도라면 생각했던 것보다 더 1황자의 신뢰를 받았던 사람이라는 뜻이다.

"배신인가요?"

"그것까지는 아직 알아내지 못했습니다. 현재 행방이 묘연한 상태라 황실에서도 그를 찾고 있습니다."

"그가 범인이 아닐 수도 있겠군요."

"그렇습니다."

현재 행방불명이라는 것은 그 시종이 범인일 수도 있지만 반대로 피해자일 수도 있다는 말이다.

'최악의 경우 살해되었을지도 모르지.'

실마리조차 잡지 못한 이 상황이 답답하기만 했다.

"귀족들의 분위기는 어떤가요? 역시 황태자 전하를 의심하고 있던가요?"

"그렇습니다."

이미 짐작하고 있던 사실이지만 확인까지 받으니 입안이 썼다.

시스가 범인이 아니라는 확실한 증거가 나오지 않는 한, 의심의 눈초리는 거두어지지 않을 것이다. 반대로 범인이라는 확실한 증거가 나오지 않는 이상 범인으로 몰고 가지도 못할 것이다.

나쁜 상황은 아니지만 그렇다고 낙관적으로 생각할 만한 상황도 아니었다.

"가필드 공작가는 어떻죠?"

"지금까지 보유하고 있던 아그렐리아의 수량을 밝히고 현재는 침묵하고 있는 상태입니다."

아그렐리아는 그 치명성 때문에 제국법으로 사용이 금지되어 있었다. 현재 아그렐리아를 소유하고 있는 곳은 공식적으로 황실과 가필드 공작가 단 둘뿐이었다.

일이 터진 후, 가필드 공작가에서는 자신들이 보유하고 있던 아그렐리아의 양을 공개함으로써 1황자를 독살하는 데 쓰인 아그렐리아가 자신들이 보유하고 있던 것이 아님을 증명했다. 자신들의 결백을 주장한 것이다.

'하지만 그건 황실 측도 마찬가지였지.'

기존에 있던 것이 아니라면 결론은 새로 만들어 냈다는 것이다.

아그렐리아를 제조할 수 있는 사람은 많지 않다. 제조 방법이 매우 까다롭고 보관 자체도 어렵기 때문이었다. 그나마도 제국에서 철저히 감시하고 있었기에 감시망을 피해 몰래 만들어 내는 것은 불가능에 가까웠다.

무엇보다 아그렐리아를 만드는 데 주원료가 되는 타로트 꽃은 이미 오래전에 멸종되었다.

"최대한 더 정보를 모아 보세요. 저도 개인적으로 알아보도록 하겠습니다."

"이번에도 직접 나설 생각이십니까?"

차분하기만 하던 에반의 목소리 톤이 높아졌다. 놀라 그를 바라보자 그가 바로 고개를 숙였다.

"언성을 높여 죄송합니다. 하지만 저는 이번 일에 영애가 나서지 않으셨으면 합니다.”

그의 목소리는 단호했다. 에반의 이런 모습은 처음이었다.

'무언가 심경에 변화가 있던 것인가?'

그가 내 안위에 민감하게 반응한다는 것은 알고 있었다. 나를 지키기로 기사의 맹세를 한 그로서는 당연한 것이었다. 하지만 최근 들어 그 강도가 심해졌다는 것을 느낄 수 있었다.

“아버님께 무슨 말을 들은 건가요?”

에반의 그러한 변화는 얼마 전 아버지와의 대화 이후 생긴 것이었다.

“무슨 일인지 제게 알려 주실 수 있겠습니까?”

“…….”

묵비권을 행사하는 에반의 모습에 한숨이 나왔다. 아버지와 시스도 그러더니 이번엔 에반이다.

분명 나와 관련이 있는 일임에도 이 남자들은 하나같이 입술에 본드를 붙인 듯 입을 열지 않았다. 답답하긴 했지만 일단은 그들의 생각을 존중해 주기로 했다.

'조만간 성질에 못 이겨 확 뒤집어엎을 것 같긴 하지만.'

“궁금하지만 지금은 더 이상 묻지 않겠습니다.”

“저는…….”

그가 무언가 말을 하려는 듯 입술을 달싹였다. 나는 그가 말을 시작하기를 가만히 기다렸다. 주먹 쥔 그의 손등에 푸른 핏줄이 도드라졌다.

“저는 영애가 다치지 않기를 바랍니다.”

“이렇게 저를 지켜 주시는 분이 계신데 다칠 틈이 어디 있겠습니까.”

별것 아닌 말임에도 말을 꺼낸 에반의 모습은 너무나 진지했다. 나를 지켜야 한다는 중압감에 너무 눌려 있는 것은 아닌지 걱정이 되었다. 나는 그 중압감을 덜어 주고자 가볍게 대꾸했다.

“너무 걱정하지 마세요, 에반. 저도 나름대로 대처 능력이 뛰어나답니다.”

"……."

여전히 굳어 있는 에반의 얼굴을 보니, 내 말은 그다지 효과가 없는 것 같았다. 어찌할까 고민하다 한 번 더 시도해 보기로 했다.

"한정된 장소만 오고 가는 귀족 영애가 위험해 봤자 얼마나 위험해지겠습니까. 너무 과한 걱정입니다."

"……."

에반의 고집에 결국 내가 지고 말았다. 나는 그를 향해 두 손을 올려 보였다.

"알겠습니다. 좀 더 조심하도록 하지요."

"제가 근처에 없을 때에는 경호 인원을 더 늘리겠습니다."

'지금도 꽤 많은 것 같은데?'

겉으로 보이지는 않지만 가문의 기사들뿐만 아니라 황실 기사들까지 이 저택을 철통같이 지키고 있었다.

내가 외출할 때에도 마찬가지였다. 모습을 드러내고 내 곁을 지키는 기사들의 배는 넘는 숫자가 몸을 감추고 나를 경호했다.

거기에 피스온 상단의 사람들까지 더한다니…….

어처구니가 없었지만 세 남자의 과보호가 마냥 싫지는 않았다. 내가 그들에게 소중한 사람이라는 느낌을 충분히 받을 수 있었으니까.

'그래서 매번 이 부분에 있어서만큼은 한발 물러서게 되는 건지도 모르지.'

"알겠습니다. 편한 대로 하세요. 그보다 데이샤 공작 측의 움직임은 어떻습니까?"

"아직 아무런 움직임을 보이고 있지 않습니다."

데이샤 공작은 여전히 황궁의 한편에 자리를 잡고 칩거 중인 상태였다. 아니, 칩거 중인 것처럼 보였다.

'아무리 생각해도 찜찜하단 말이야.'

내 덕분에 주목도가 떨어지긴 했지만 데이샤 공작 영애의 사교계 데뷔는 성공적으로 치러졌다. 데이샤 공작이 공식적으로 수도에 온 이유가 해결된 것이다.

그때에는 그녀가 시스와 사랑에 빠졌기 때문에 서부로 돌아가지 않았지만 지금은 달랐다. 그들은 더 이상 수도에 남아 있을 이유가 없었다. 그럼에도 아직까지 남아 있다는 것은 무언가 다른 꿍꿍이가 있다는 소리다. 왠지 1황자의 죽음과 데이샤 공작이 무관하지 않을 것 같다는 생각이 들었다.

1년 반이나 일찍 수도에 올라온 데이샤 공작과 그때에는 없었던 1황자의 죽음.

"그쪽에 대한 긴장을 놓치지 마세요."

분명 무언가 연관이 있을 것이다. 내 감이 그리 말해 주고 있었다.

"어서 오세요, 레비나."

"초대해 주어서 감사해요, 비욘느."

시녀가 나서서 레비나의 모자와 외투를 받아 주었다. 나는 레비나를 응접실로 안내했다. 그녀와 내가 자리에 앉자, 대기하고 있던 마리가 차를 내왔다.

"찻잎을 우려낸 우유에 꿀을 넣은 거랍니다. 마실 만할 거예요."

레비나가 찻잔을 들어 한 모금 마시더니 눈을 크게 떴다.

"정말 맛있네요!"

"입맛에 맞는다니 다행이군요."

나도 그녀를 따라 차를 마셨다. 달달한 맛과 은은한 계피 향이 기분을 좋게 만들었다.

"이곳까지 오느라 고생은 하지 않으셨나요?"

"아니요. 마차의 의자가 푹신해서 편히 왔답니다."

"엥그라일 후작 부인께서 좋은 마차를 내주셨나 보군요."

"그, 그게……."

그녀가 갑자기 얼굴을 붉히며 말을 더듬었다. 그녀가 부끄러워하는 이유를 알고 있었지만 시치미를 뚝 뗐다.

"왜 그러시나요?"

"저, 그러니까 마차는……. 레탄 후작님께서 마차를 빌려 주셨어요."

그녀가 고개를 푹 숙이고 기어 들어가는 소리로 중얼거렸다. 나는 놀란 것처럼 목소리 톤을 높였다.

"레탄 후작님께서요?"

"……네."

"레탄 후작님과 아는 사이였나 보군요?"

"그렇다고 하기보다는……."

그녀가 붉게 달아오른 뺨을 감추듯 손을 가져다 댔다.

"흐음, 왠지 제가 들을 이야기가 많은 것 같군요."

그녀는 대답도 하지 못하고 몸을 배배 꼬았다.

"제가 볼 때는 좀 무서우신 분 같던데……."

"아니에요!"

그녀가 내 말을 자르며 몸을 발딱 일으켰다. 자신의 행동에 스스로 놀란 듯, 그녀가 손으로 입을 가리며 눈동자를 이리저리 굴렸다. 어찌할지 몰라 당황해하는 것이 눈에 뻔히 보였다.

"훗, 레비나의 뜻을 잘 알겠으니, 일단 자리에 앉아서 마저 대화를 나누는 것은 어떨까요?"

"죄, 죄송해요."

"아니에요. 저야말로 잘 모르는 분을 제멋대로 판단하고 이야기했군요. 사과드립니다."

그녀가 소파에 앉으며 도리질을 쳤다.

"저도 처음엔 무서운 분이라고 생각했는걸요."

"지금은 아니라는 말이군요."

"네, 그분은 정말 다정하신 분이세요."

그를 떠올리기라도 하는 듯, 그녀의 뺨에 또다시 홍조가 일었다. 그녀의 그러한 반응은 그동안의 노력이 헛수고가 아니라고 말해 주는 듯했다.

내 말대로 레탄 후작은 신년 파티가 끝나고도 서부로 복귀하지 않았다. 나는 수도에 남은 그를 피스온 상단의 본점으로 불렀다.

상단에는 여심을 사로잡을 수 있는 방법을 알고 있는 전문가들이 많았다. 레탄 후작의 짝사랑을 알게 된 사람들은 자발적으로 그를 돕기 시작했다.

험악하고 야만적이게 보일 수 있는 그의 외모를 다듬어 위험하지만 섹시한 분위기를 풍기는 매력남으로 만들고, 소소하지만 여자가 감동할 수 있는 행동들을 혹독한 훈련을 통해 몸에 배게 만들었다.

대화에 서툰 것이 단점이 될 수도 있었지만 여자가 감동할 만한 단어들을 끊임없이 주입시킨 결과, 말은 별로 없지만 어쩌다 한번 내뱉는 말들은 자상한 남자의 콘셉트를 완성시킬 수 있었다.

'모두 레탄 후작의 피나는 노력 끝에 가능한 일이었지만.'

레탄 후작은 생각했던 것보다 훨씬 더 레비나를 좋아하는 것 같았다. 내 지시에 절대 토를 달지 않겠다고 한 약속을 그는 철저히 지켰다.

사람들의 수많은 지시에도 그는 군말 없이 따랐고, 의문을 표하는 법도 없었다.

물론, 우리 쪽에서도 갑자기 화술을 늘려야 한다거나 계속 미소를 지어야 한다는 둥의, 그에게 무리한 방법은 시키지 않았다.

최대한 그의 기본 성격에 맞으면서 레비나의 취향을 맞출 수 있는 방법을 찾았다.

'결과는 성공인 것 같군.'

행복하게 웃고 있는 레비나의 얼굴을 보니 다행이라는 생각이 들었다.

혹시나 내 판단이 그녀를 불행하게 만드는 것은 아닐까 불안하던 마음이 조금은 편안해졌다.

"그렇다면 다행이네요. 그런데…… 지금 입고 계신 드레스는 루이아샤의 신제품이 아닌가요?"

"네? 네."

찻잔을 들던 레비나가 깜짝 놀라는 것이 보였다.

"마담 미엘라가 꽤 공들인 드레스라 구하기 힘들었을 텐데, 용케 구하셨 군요."

"그, 그게 그러니까……."

"그것도 레탄 후작님께서 선물하신 건가요?"

"……맞, 맞아요."

그녀의 얼굴이 순식간에 불타는 고구마가 되었다. 레탄 후작에게 선물받은 것이라고 내게 말하는 것이 부끄러운 모양이었다. 찌를 때마다 확확 반응하는 그녀의 모습에 짓궂은 마음이 생겼다.

"그러고 보니 신년 파티 때보다 더 예뻐진 것 같네요."

"……!"

레비나의 얼굴이 더는 붉어질 수 없을 정도로 새빨개졌다.

"여자는 사랑에 빠지면 예뻐진다고 하던데, 설마……."

"비, 비욘느……."

결국 그녀가 울상을 지으며 내 이름을 불렀다.

'조금만 더 건드리면 울겠군.'

"두 분 사이에 무슨 일이 있었는지 좀 더 자세히 이야기해 주시겠습니까?"

"후작님께서……."

자신이 언제 부끄러움을 탔냐는 듯 그녀가 레탄 후작에 대해 재잘대기 시작했다. 그녀의 입에서 그와 함께한 소소한 일상들이 흘러나왔다.

대부분 알고 있는 이야기였지만 그녀의 입장에서 들으니 새롭게 들렸다. 그녀의 이야기는 계속 이어졌다.

"커다란 분이 제 앞에서 쩔쩔매시는데 불경스럽게도 무척 귀여워 보이더라고요."

물과 햇빛을 흠뻑 받아들인 꽃이 만개를 하듯, 그녀에게서는 사랑받는 여자들 특유의 사랑스러움이 물씬 풍겨 나왔다.

"레탄 후작님을 좋아하는군요, 레비나?"

"……네."

그녀가 수줍게 고개를 끄덕였다. 이대로라면 납치하듯 데려가 결혼을 강행했던 남자는 사라지게 될 것이다.

"행복한가요?"

"네."

내 물음에 그녀가 웃으며 답했다. 눈이 부실 정도로 아름다운 미소였다.

"다행입니다, 레비나."

"잠시 시간 좀 내주시겠어요?"

시스를 만나기 위해 입궁을 하던 중 반갑지 않은 얼굴이 내 앞을 가로막았다.

"황태자 전하를 뵈러 가는 중입니다."

"알아요."

"알면서도 이리 무례하게 구는 겁니까?"

"잠깐이면 돼요."

무언가 단단히 결심을 한 듯, 나를 보는 그녀의 얼굴이 비장했다. 매번 눈물을 글썽이는 얼굴만 보아 왔던 터라 평소와 다른 모습에 살짝 흥미가 일었다.

"잠깐이라면 시간을 내어 드리죠, 데이샤 영애."

복도에 서서 이야기를 나눌 수는 없었다. 별로 내키지는 않았지만 그녀가 머무는 궁으로 갔다. 데이샤 공작은 부재중인지 보이지 않았다.

"할 말이 뭔가요?"

"저는 시리……. 아니, 황태자 전하를 사랑해요!"

'저는 시리어스를 사랑해요!'

"하!"

헛웃음이 절로 나왔다. 그녀의 입에서 흘러나오는 말에 한순간 그때로 되돌아간 것 같은 착각이 들었다.

그녀는 그때와 한 치도 다르지 않았다. 그때의 그녀도 나에게 그를 사랑한다고 외쳤다. 내게 머리채를 잡혀 머리가 산발이 되고 얼굴에 할퀸 자국이 생겨도 그녀는 꿋꿋했다.

오물을 뒤집어쓴 듯 기분이 나빠졌다.

"그래서요?"

"……네?"

그녀가 멍청한 얼굴로 되물었다. 무얼 노리고 나에게 고백을 한 것인지는 모르겠지만 내 이런 반응은 예상치 못한 모양이었다.

"그래서 나보고 어쩌라는 건가요?"

"그, 그건……. 그러니까……."

"더 이상 할 말이 없다면 일어나 보겠습니다."

"잠깐만요!"

그녀가 다급히 나를 잡았다. 나는 일어서려던 것을 멈추고 다시 소파에 앉았다.

"빨리 끝내 주면 좋겠군요, 데이샤 영애."

"그를……. 시리어스를 내게 주세요."

사탕을 달라고 조르는 어린애 같은 그녀의 모습에 어이가 없었다. 백치도 이보다는 나을 듯싶었다.

'그때보다 더 덜떨어진 것 같다는 생각이 드는군.'

내 기억이 맞는다면 적어도 그때의 그녀는 이런 어처구니없는 말은 안했었던 것 같다.

"무언가 착각을 하는 모양이군요."

"무슨……."

"황태자 전하를 어찌 물건처럼 주고받을 수 있단 말입니까?"

"……."

"최소한 인간이라면 알아야 할, 기본적인 것들은 숙지해 두시기 바랍니다."

더 이상 대화를 나눌 생각이 사라졌다. 나는 그녀에게 양해조차 구하지 않고 자리에서 일어났다. 애초에 그녀와 대화를 나눈다는 것 자체가 시간 낭비였다.

"그도 나를 사랑한다고 했어요!"

그녀의 말이 막 돌아서려는 내 몸을 잡아챘다. 나는 다시 몸을 돌려 그녀를 바라봤다. 눈물을 매단 호박색 눈동자가 원망을 담아 나를 노려보고 있었다.

"시리어스는 내 거예요. 돌려줘요!"

그녀가 소파에서 몸을 일으키며 소리를 질렀다. 나는 성큼 걸어 그녀에게 다가갔다.

"도대체 무엇을 믿고 있기에 내 앞에서 그리 당당하게 말하는 것인지 모르겠군요."

그녀와 나는 비슷한 키였지만 킬 힐을 신은 덕분인지 그녀를 내려다보는 형국이 되었다. 오늘 킬 힐을 신고 온 내 스스로가 꽤 만족스러웠다.

"그가, 아니 황태자 전하가 어찌 영애의 것이 될 수 있습니까? 더구나 영애를 사랑한다고 했다고요?"

나는 입술을 비틀어 올렸다.

"사리 분별 못 하는 어린애들도 그런 거짓말은 입에 담지 않습니다."

"거, 거짓말이 아니에요!"

나는 팔짱을 낀 자세로 그녀를 삐딱하게 쳐다보았다.

"거짓이 아니라면? 전하께서 영애에게 직접 사랑 고백이라도 했습니까?"

"그, 그건 아니지만……."

내 기세에 잠시 움찔거리던 그녀가 이내 억울하다는 얼굴로 소리쳤다.

"분명 그는 날 사랑해요."

"하?"

"시리어스는 나와 결혼하게 될 거라고 아버지가 말했단 말이에요!"

끝을 모르고 치솟아 오르던 화가 차갑게 가라앉았다.

'공작이 그토록 의뭉스럽게 굴며, 노리고 있던 것이 기껏 그녀를 시스의 옆에 두는 것이었나?'

쉽사리 이해가 되지 않았다. 분명 그의 행동이나 데이샤 공작 영애의 말을 종합해 보면 그가 노리고 있는 것은 시스의 옆자리가 맞았다.

하지만 내 감은 보이는 것이 전부가 아니라고 말해 주고 있었다.

'내가 그를 너무 과대평가하고 있었단 말인가?'

지금 당장 고민한다고 해서 답이 나올 만한 것은 아니었다. 나는 데이샤 공작에 대한 생각을 한쪽으로 치워 버렸다.

'지금은 그게 중요한 것이 아니지.'

나는 내 앞에 있는 데이샤 공작 영애를 바라보았다. 그녀는 두려움에 몸을 가늘게 떨면서도 꿋꿋하게 나를 노려보고 있었다.

지금껏 내가 그녀를 내버려 뒀던 것은 상대할 가치가 없다고 판단했기 때문이다. 시스가 그녀에게 관심을 두지 않는 지금, 그녀는 나에게 아무런 의미가 없었으니 말이다.

하지만 이런 식으로 나를 자극하려 한다면 그때보다 더한 고통을 줄 용의는 충분히 있었다.

'말로 해서 못 알아듣는 상대라면 그에 걸맞은 대우를 해 주면 그만이지.'

시스를 사이에 두고 몇 년간이나 그녀와 싸웠다. 그녀에 대해서는 누구보다 잘 알고 있었다. 그녀는 말이 통하지 않는 상대였다. 말이 통하지 않는 상대와 싸워 봤자 내 입만 아플 뿐이다.

대화라는 것은 그것이 통하는 상대에게나 필요한 것이다. 자신만의 환상에 사로잡혀 있는 사람에게 아무리 구구절절 설명해 본들 아무런 소용이 없었다.

"뚫린 입이라고 함부로 지껄이는 것이 아니랍니다, 영애."

나는 그녀를 내려다보며 방긋 웃었다. 그녀가 주춤 한 걸음 뒤로 물러나는 것이 보였다. 나는 그녀가 물러난 만큼 더 다가갔다. 그녀의 눈동자가 가늘게 떨렸다.

"세상에는 할 말이 있고, 못 할 말이 있습니다."

나는 손가락으로 그녀의 하늘색 머리카락을 감아 돌렸다. 가늘고 보드라운 머리카락이 실타래처럼 손가락 사이사이에 감겨들었다.

"입을 함부로 놀린 대가는 꽤 험하지요."

"읏!"

머리카락을 감은 손에 힘을 주자 그녀의 입에서 신음이 흘러나왔다.

"시, 시리어…… 아악!"

인정사정 두지 않고 그녀의 머리카락을 잡아당겼다. 고통에 찬 비명이 방 안에 가득 찼다. 손안에는 뽑혀져 나온 그녀의 머리카락이 두어 가닥 쥐어져 있었다.

그때였다면 그녀의 머리카락을 죄다 뜯어냈을 테지만, 지금의 나는 그때와 달리 이성이라는 것이 존재했다. 그녀에게 고통을 줄지언정 겉으로 티 나는 짓을 할 생각은 없었다.

허공을 향해 쥐고 있던 손을 펼쳤다. 머리카락이 하늘색 곡선을 그으며 바닥으로 떨어졌다.

"말만으로는 말귀를 못 알아듣는 것 같아서요. 이제 조금 이해가 되시나요?"

그녀가 눈물을 뚝뚝 흘리며 바닥에 주저앉았다. 혼란스러워하는 눈동자를 보니 이 상황이 이해가 되지 않는 모양이었다.

이곳에 들어서기 전에 그녀를 시켜 시녀들과 기사들을 모두 물리게 했다.

그녀의 비명 소리를 들었다 한들, 이곳까지 오려면 시간이 걸릴 터였다.

"허락받지 않은 이름을 함부로 부르는 것은 좋지 않습니다, 영애."

나는 허리를 굽혀 그녀와 시선을 맞췄다.

"몇 번이나 주의를 받은 것으로 아는데요. 학습 능력이 떨어지시는군요."

"나, 나는……."

그녀가 입을 뻥긋거렸다. 하고 싶은 말이 소리가 되어 나오지 않는 것 같았다. 그녀에게는 안타까운 일이겠지만 나는 더 이상 그녀의 말을 듣고 싶지 않았다.

"무식한 건지, 용감한 건지."

그녀에게 더 이상의 존대는 필요 없었다.

"설마 내가 네 한마디에 물러설 거라고 생각한 것은 아니겠지?"

창백하게 질린 그녀의 뺨을 손등으로 훑어 내렸다. 공포에 질린 호박색 눈동자에 웃고 있는 내 모습이 비쳤다.

"무슨 배짱으로 날 도발한 건지는 모르겠지만 떼를 쓰는 것도 상대를 봐 가며 하는 거란다, 어리석은 아이야."

나는 그녀의 귓가에 바짝 다가가 속삭였다.

"그러니 이제부터 일어나는 일들은 모두 네가 자초한 일이라는 것을 알아 두렴."

손가락으로 그녀의 뺨을 툭툭 두드리고 몸을 바로 세웠다. 거친 발소리가 빠르게 다가오고 있었다.

"무슨 일이십니까?"

문이 열리고 기사와 궁녀들이 안으로 들어왔다. 나는 그들을 향해 민망한 듯, 어색한 미소를 지어 보였다.

"데이샤 영애가 바닥에 넘어져 도와주려 했습니다만 거절하시는군요. 제가…… 마음에 안 드시나 봅니다."

머뭇거리듯 살짝 뜸을 들이고 말끝을 흐렸다. 마치 호의를 거절당한 여린

아가씨처럼 말이다.

그때의 데이샤, 아니 아이린스가 즐겨 쓰던 방법이었다. 물론 그녀는 나와 달리 연기가 아닌 태생적으로 타고난 것이었지만 말이다.

"그러시군요."

선두에 서 있던 황실 소속 기사가 알 만하다는 표정을 지었다. 그는 고개를 돌려 뒤에 서 있던 궁녀를 향해 손짓했다.

"가서 데이샤 영애를 부축하시오."

기사의 명령에 궁녀들이 재빠르게 움직여 그녀를 일으켜 세웠다.

비 맞은 새처럼 부들부들 몸을 떠는 그녀는 무척이나 가녀려 보였지만 기사는 그런 그녀의 모습이 불쌍해 보이지도 않는지 시큰둥한 얼굴이었다.

똑같은 사람이, 똑같은 행동을 하더라도 상황에 따라 상대에게 받아들여지는 의미는 다른 법이다.

그때였다면 지금과 같은 상황에서 기사는 그녀를 동정하는 눈빛으로 바라봤을 것이다.

'그리고 나에게는 혐오하는 눈빛을 보냈겠지.'

실제야 어찌 되었든 그때의 그녀는 철저히 피해자였고, 나는 가해자였으니 말이다.

'하지만 지금은 다르지.'

아이린스가 시스의 이름을 부르고 다니는 것은 공공연한 비밀이었다. 시스는 사람들이 보는 앞에서 몇 번이나 주의를 주었지만 그녀는 막무가내였다.

제멋대로 구는 그녀의 행동을 귀엽게 봐주는 것도 한계가 있는 것이다. 그녀의 그러한 행동을 곱게 보지 않는 이들이 생겨났다.

여전히 많은 사람들이 그녀의 외모에 홀려 넘어갔지만 지금은 그때와 상황이 달랐다.

시스는 그녀가 아닌 나를 사랑하고 있었고 자신의 마음을 숨기지 않고 드러냈다. 더구나 최악이었던 그때와 달리 지금의 내 평판은 나쁘지 않았다.

아버지 대에서부터 바뀌긴 했지만 엘리언트 가문은 대대로 뛰어난 기사들을 배출해 낸 기사 가문이다.

기사들이 존경하는 역사적 인물 중에는 엘리언트 가문 사람들이 많았다. 그래서인지 기사들은 은연중에 나에게 호의를 보이곤 했다.

황태자에게 무례를 범하고 다니는 사람과 존경하는 인물이 속한 가문의 사람 중 어느 쪽에 무게가 쏠리게 되는지는 굳이 비교해 보지 않아도 알 수 있는 일이었다.

그녀가 남자들의 보호 본능을 일으킬 정도로 아름답다 하더라도 말이다.

"다행히 다치지는 않은 모양이군요. 다행입니다, 데이샤 영애."

그녀가 몸을 흠칫 떨며 뒷걸음질 쳤다. 나는 순진한 얼굴을 지으며 고개를 갸웃거렸다.

"많이 아픈가요? 그렇게 세게 넘어진 것 같지는 않았는데, 궁의를 불러 드릴까요?"

"당, 당신이 내 머리카락을 잡아당겼잖아요!"

그녀가 궁녀의 뒤로 몸을 숨기며 소리쳤다. 모두의 시선이 나에게로 향했다. 나는 어리둥절한 표정을 지었다.

"혹시, 아까 일으켜 세워 주려고 손을 뻗을 때 머리카락이 제 소매에 걸린 건가요?"

나는 내 소매를 살펴보는 시늉을 했다. 으레 귀족 영애들의 드레스가 그렇듯 내 드레스에도 자잘한 보석들이 달려 있었다. 손등까지 덮여 있는 드레스의 소매에는 붉은색 루비가 꽃처럼 장식되어 있었다.

머리카락 정도는 실수로 걸릴 정도로 섬세하게 말이다.

내 말에 이리저리 바닥을 살펴보던 궁녀 중 한 명이 바닥에 떨어져 있던 그녀의 머리카락을 발견했다. 그녀가 눈짓으로 다른 이들에게 알리는 것이 보였다.

"미안해요, 영애. 그런 줄도 모르고……. 제가 너무 부주의했나 보네요.

많이 아팠나요?"

나는 궁녀들의 움직임을 모르는 척하며 미안해 어쩔 줄을 모르겠다는 얼굴로 그녀의 주위를 서성였다.

"정말 미안해요, 데이샤 영애."

머리카락은 겨우, 두어 가닥뿐이었다. 일부로 머리채를 잡아당겼다고 하기에는 애매한 개수였다. 처음부터 미심쩍은 시선으로 나를 보던 이들까지 의심을 접은 듯, 난감한 얼굴로 아이린스를 바라보았다.

생떼를 쓰는 어린애.

사람들이 지금의 그녀를 바라보는 시선이었다.

"엘리언트 영애, 지금은 데이샤 영애가 조금 흥분하신 것 같으니, 다음에 다시 오시는 것이 어떻겠습니까?"

대답 없이 눈물만 뚝뚝 흘리고 있는 그녀를 향해 연신 사과하는 내가 안쓰러웠던지, 지켜보고만 있던 기사가 말을 걸었다.

"하지만……."

"그렇게 하세요, 엘리언트 영애."

"그러는 것이 좋겠습니다, 영애."

내가 머뭇거리고만 있자 보다 못한 궁녀들도 가세했다. 나는 결국 어쩔 수 없다는 듯 한숨을 내쉬었다.

"알겠습니다. 오늘은 그만 돌아가도록 하지요. 마음이 조금이라도 풀리시면 연락 주세요, 데이샤 영애."

미련이 남은 듯, 몇 번이나 뒤돌아서는 시늉을 하며 응접실을 나왔다. 기사와 궁녀들이 그런 나를 향해 고개를 숙였다.

"조심히 가십시오, 엘리언트 영애."

커다란 기둥이 즐비한 복도를 지나고 나서야 궁을 완전히 빠져나올 수 있었다. 나는 외궁의 경계에 도착하고 나서야 걸음을 멈췄다.

"하아."

한숨을 내쉬자 차가운 허공에 하얀 김이 머물다 사라졌다.

"그때나 지금이나 그녀를 만날 때마다 기력이 소모되는 것은 똑같군."

지끈거리는 머리를 손가락으로 지그시 눌렀다. 그녀를 상대할 때마다 두통은 더 심하게 찾아왔다. 그녀는 그때나 지금이나 여전히 거슬리는 존재였다.

"비이!"

물먹은 솜처럼 몸이 무거웠다. 시스에게는 전령을 보내고 집으로 돌아갈 생각이었다. 하지만 생각지도 않던 곳에서 그가 나를 부르며 빠르게 달려오고 있었다.

"비이!"

항시 그의 뒤를 따르던 사람들도 보이지 않았다. 그들이 쫓아올 새도 없이 급하게 뛰어온 모양이다.

"괜찮아? 데이샤 영애와 함께 갔다고 들었다. 어디 해코지라도 당한 것은 아니지?"

그가 걱정 가득한 얼굴로 조심스레 물었다. 티끌 하나라도 찾아낼 기세로 내 몸을 꼼꼼하게 살피는 그의 눈빛이 날카로웠다.

"왜 그쪽에서 오십니까?"

"그대라면 바로 돌아가 버릴 거라고 생각했으니까?"

"그래서 가는 길목을 지키고 서 있던 겁니까?"

"안 그랬으면 내 얼굴은 보지도 않고 가 버렸을 거 아니야?"

그의 말에 반박할 수가 없었다. 그는 나에 대해 너무 많은 것을 알고 있었다.

"그보다 안색이 안 좋은데? 그곳에서 무슨 안 좋은 일이라도 있었어?"

"아무 일도 없었습니다."

잠시 내 얼굴을 물끄러미 바라보고 있던 그가 나직이 한숨을 내쉬었다.

"그렇다면 다행지만, 그냥 무시해 버리지 뭐하러 그런 여자를 상대해?"

그의 얼굴에 짜증이 떠올랐다.

"대체 그 정신 나간 여자는 무슨 생각인 거야?"

'정신 나간 여자인 겁니까?'

질문이 입안에서 맴돌았지만 차마 소리가 되어 나오지 않았다.

시스의 관심이 오롯이 나에게 향해 있다는 것을 알고 있다. 그의 다정한 말투, 오로지 나만을 사랑하고 있다는 듯 나를 바라볼 때마다 별빛처럼 빛나는 눈동자, 꿀처럼 달콤한 미소까지 모두 내 것이었다.

그가 사랑하는 것은 그녀가 아닌 바로 나였으니까.

'하지만 그때는 이 모든 것이 그녀의 것이었지.'

그녀는 그저 아무 생각 없이 한 말이었을 테지만, 돌려 달라는 그녀의 말은 아주 틀린 것이 아니었다.

분명 그때의 그는 그녀의 것이었으니 말이다.

'그리고 그가 지금 그녀에게 치를 떨 듯, 그때의 그는 나에게 치를 떨었지.'

지금은 그때와 다르다는 것을 알고 있다. 지금에 와서 그를 그녀에게 빼앗길 생각도 없다. 설사 그가 그녀를 사랑한다고 해도 둘 다 내 손으로 죽이면 죽였지, 얌전히 그를 그녀에게 보내 주는 일 따위는 없을 것이다.

하지만 화를 내고 있는 시스를 보고 있자니, 기쁜 마음보다 심술이 먼저 튀어나오는 것은 어쩔 수 없었다.

"읍!"

손바닥으로 그의 두 뺨을 꾹 눌렀다. 그의 입술이 붕어처럼 툭 튀어나왔다.

"므, 므야?"

그가 눈을 동그랗게 뜨고 입술을 삐끔거렸다. 나는 그런 그의 얼굴을 사정없이 꾹꾹 눌렀다. 얼굴을 내게 잡힌 채, 그가 버둥거렸다.

"비- 이이?"

찰흙을 뭉개듯 한참 동안 그의 얼굴을 주물럭거렸다. 그의 힘이라면 손쉽게 내 손에서 벗어날 수 있었을 테지만 그는 그러지 않았다. 마치 마음껏 화를 풀라는 것 같았다.

'왠지 더 화가 나.'

주물럭거리던 것을 멈추고 그의 얼굴을 가까이 당겨 왔다. 그가 순순히 내 힘에 끌려왔다. 코가 닿을락 말락 한 거리에 그의 얼굴이 있었다.

죽은 전 황후를 빼다 박았다고 하더니 확실히 남자치고는 예쁜 얼굴이었다. 그가 눈가를 곱게 접으며 웃었다. 그의 미소에 주변까지 환해지는 것 같은 착각이 일었다.

'이러니 그때의 내가 첫눈에 반했던 거지만.'

"이제 좀 풀렸어?"

그의 얼굴을 더 바짝 당겼다. 입술이 스치듯 맞닿았다. 그의 입가에 달콤한 미소가 걸렸다. 나는 입술을 벌려 그의 코를 콱 물어 버렸다.

"윽!"

손을 펼쳐 고통에 찬 신음성을 흘리는 그를 놓아주었다. 그의 얼굴에 황당함이 서렸다.

"대체 왜……."

"오늘은 꼴도 보기 싫습니다."

"뭐, 뭐?"

그가 멍청한 얼굴로 되물었다. 나는 몸을 획 돌려 그를 외면했다.

"잠, 잠깐. 비이!"

성큼성큼 걸어가는 내 뒤로 시스가 따라오는 것이 느껴졌다. 나는 걸음을 멈추고 고개를 돌려 그를 노려보며 소리쳤다.

"따라오지 마십시오!"

그에게 잘못이 없다는 것은 알고 있다. 하지만 그의 얼굴에 화가 나는 것은 어쩔 수 없었다.

21막. 떨림

    타닥타닥 나무 타들어 가는 소리가 고즈넉하게 들려왔다. 눈가를 찡그리며 체스판을 노려보고 있던 란트가 조심스레 검은색 나이트를 움직였다.

    "제법이구나."

    "헤엣!"

    내 여왕을 노리고 나이트를 움직인 란트의 한 수는 제법 날카로운 것이었다. 이리저리 방향을 움직인다면 약간의 시간을 벌 수는 있겠지만 예정된 여왕의 죽음은 벗어날 수 없었다.

    내 턴이 지나고 다시 란트의 차례가 왔다. 아이는 망설이지 않고 나이트를 움직여 내 여왕을 잡아채 갔다.

    "하지만……."

    나는 란트의 진영 끝에 있던 폰을 움직였다. 어느새 폰이 사라지고 새로운 여왕이 태어났다. 새롭게 태어난 여왕은 단번에 게임의 판도를 바꿔 버렸다.

    "판을 볼 때는 항상 전체를 파악하고 있어야 하는 법이란다."

    나는 여왕을 움직여 검은색 일색인 란트의 왕을 위협했다. 사면초가, 검은 왕은 빠져나갈 구멍이 없었다.

"체크 메이트."

"어, 어?"

잠시 어리둥절한 얼굴로 눈만 껌뻑거리고 있던 란트가 이내 상황을 파악하고 울상을 지었다.

"이번에는 꼭 이길 줄 알았는데……."

"아쉽게 되었구나."

나는 허탈하게 앉아 있는 아이의 볼을 쭉 잡아당겼다. 탱탱한 볼살이 탄력 있게 늘어났다 바로 원상 복귀되었다. 나날이 차지는 란트의 볼살은 나이를 먹을수록 손맛이 제대로 났다.

'이제는 슬슬 그만둬야 하겠는데 쉽지 않단 말이지.'

란트가 성년이 되고 엘리언트 가문의 어엿한 후계자가 되면 중독된 이 손맛도 더 이상 느끼지 못할 터였다. 아직 몇 년은 더 있어야겠지만 벌써부터 아쉬움이 들었다.

"나날이 날카로워지는 공격에 간담이 서늘할 지경이야."

"하지만 또 졌는걸요."

란트가 시무룩하게 대답했다.

체스는 검술만큼이나 란트가 좋아하는 것이었다. 체스나 장기 같은 것들을 아이들에게 가르치면 기억력과 집중력에 좋다는 말이 어렴풋이 떠올라 가르치기 시작한 것이다.

재미 삼아 가르쳐 본 것인데, 아이는 제법 잘 따라 했다. 요즘 들어선 꽤 날카로운 공격들도 곧잘 해서 나를 놀라게 하기도 했다.

"오늘은 정말 간발의 차이였어. 어쩌면 다음번엔 내가 지게 될지도 모르겠구나."

"정말요?"

"그래."

환하게 웃으며 내 품을 파고드는 아이의 등을 천천히 쓸어 주었다. 이제는 너무 커져 내 품에 쏙 들어오지는 않았지만 내 눈엔 여전히 귀여운 강아지였다.

"······누님."

"왜?"

내 품에서 얼굴을 비비며 애교를 피우던 란트가 고개를 들어 나를 올려다보았다. 나는 헝클어진 아이의 머리카락을 정돈해 주며 대답했다.

"하고 싶은 말이 있으면 해 보렴."

란트가 입술을 달싹이며 머뭇거렸다. 나는 아이가 수월하게 이야기를 시작할 수 있도록 가만히 기다려 주었다. 아직은 매끈한 목울대가 마른침을 삼킨 듯 꿀렁거렸다.

"결혼······ 안 하시면 안 돼요?"

생각지도 못한 질문에 상당히 놀랐지만 다행히 놀란 기색을 내비치지는 않았다. 아이는 잔뜩 긴장한 얼굴로 나를 바라봤다.

"안 했으면 좋겠니?"

"······네."

"왜?"

"······."

란트가 대답을 하지 못하고 고개를 숙였다. 나는 아이의 머리를 쓰다듬으며 차분한 목소리로 되물었다.

"이유가 있니?"

"······싫어요."

"응?"

"누님과 계속 같이 있고 싶어요."

"내가 결혼한다고 해서 네 곁을 떠나는 것은 아니란다, 란트."

"하지만······."

란트가 시무룩한 얼굴로 고개를 숙였다. 결 좋은 군청색 머리카락이 부드럽게 흘러내려 아이의 얼굴을 가렸다.

"하지만 누님이 결혼하시면 이 집을 떠나실 테고, 그러면 매일 얼굴을 볼 수 없잖아요."

머리카락에 얼굴이 가려져 있어 어떤 표정을 짓고 있는지는 알 수 없었다. 하지만 아이의 떨리는 목소리에 물기가 서린 것은 알 수 있었다.

나는 손을 뻗어 아이의 얼굴을 들어 올렸다. 또롱이를 닮은 암갈색 눈동자에 물방울이 그렁그렁 맺혀 있었다. 처음 만났을 때 그대로 아이의 맹목적인 눈동자는 내 심장을 아릿하게 만들었다. 나는 촉촉하게 젖은 눈가를 매만져 주었다.

"한집에서는 살 수 없겠지만, 지금처럼 매일 얼굴을 보면 되지 않니."

"그렇긴 하지만……."

아이가 천천히 고개를 저었다. 믿을 수 없다는 뜻이었다.

아직 어린아이라지만 황궁이 말처럼 쉽게 들락거릴 수 있는 곳이 아니라는 것쯤을 란트도 잘 알고 있는 사실일 것이다.

나는 아이가 안심할 수 있도록 확신을 주어 대답했다.

"네가 원한다면 자주 집에 들르도록 하마."

"……정말요?"

아이가 눈동자를 굴려 나를 바라봤다. 내 말이 진짜인지 아닌지 헷갈려 하는 것처럼 보였다.

확실히 시스와 결혼을 하고 황실의 일원이 되면 쉽게 궁을 나올 수는 없을 것이다. 하지만 내 강아지가 원한다면 그깟 법도가 대수겠는가.

나는 손가락으로 아이의 볼을 툭툭 두드렸다.

"내가 네게 거짓을 말한 적이 있든?"

란트가 머리를 세차게 흔들었다. 이제야 좀 안심이 되는 듯 굳어져 있던 아이의 얼굴이 부드럽게 펴졌다.

"내가 궁을 나오는 것이 힘들면 네가 궁에서 사는 방법도 있단다."

"그래도 돼요?"

란트가 눈을 동그랗게 떴다. 이것저것 귀찮은 일들이 생기겠지만 내 강아지를 위해서라면 기꺼이 감수할 수 있는 일이었다.

'하지만 시스의 도움이 절대적으로 필요한 일이지.'

나는 아이의 정수리를 꾹꾹 눌렀다. 기분 좋은 듯 아이의 눈이 둥글게 휘었다.

"시스, 아니 황태자 전하가 허락하신다면 충분히 가능한 일이지."

"……."

"그러니 당분간만이라도 심술을 조금만 줄여 보렴."

아이의 얼굴이 순식간에 침울해졌다.

"……알고 계셨어요?"

"모두 눈치챘을걸?"

아이의 뺨이 불그스름하게 달아올랐다.

평소에는 순딩순딩하게 굴던 란트가 시스만 오면 앙칼지게 변모했다. 그러한 변화를 눈치채지 못한 사람은 적어도 이 저택 안에는 없었다. 시스를 향한 아이의 심술은 너무나 눈에 빤히 보이는 것이었으니까.

처음에는 둘의 대치를 조마조마하게 지켜보던 사람들도 이제는 누가 이길지 내기까지 하는 담력을 선보였다.

'시스가 란트의 심술을 너그럽게 봐주고 있다는 것을 눈치챈 것일 테지.'

실상은 란트와 같은 수준으로 유치하게 변해 버린 것일 뿐이지만 말이다.

"죄송해요."

"괜찮아. 귀여웠으니까."

평소 떼를 쓰는 법 없이 어른스럽게 구는 란트가 시스에게 심술을 부릴 때면, 제 나이 또래로 보였다. 그 구김살 없는 모습이 보기 좋았다.

'시스도 나름 즐기는 것 같고 말이지.'

란트의 심술이 거슬렸다면 그는 같이 유치해지는 것이 아니라 정색을 하며 화를 냈을 것이다. 그는 누가 뭐래도 제국의 황태자였다. 란트의 행동은 충분히 무례했고, 그는 란트의 무례를 지적할 수 있는 위치에 있었다.

대형견이니 뭐니 입으로는 툴툴거려도 시스가 란트를 마음에 들어 하고 있다는 것을 알 수 있었다. 란트를 바라보는 시스의 눈동자에는 어린 동생이 귀여워 어쩔 줄 몰라 하는 형의 자상함이 서려 있었으니 말이다.

'물론, 그는 쉽게 인정하지 않겠지만.'

란트의 손을 잡아 무릎 위에 올렸다. 내 손에 쏙 들어오던 고사리 같던 손이 어느새 굳은살이 단단히 박여 있는 남자의 손이 되어 있었다.

"란트."

"네."

"내가 널 사랑하는 거 알고 있지?"

"네. 알고 있어요."

란트가 행복한 얼굴로 환하게 웃었다. 내가 쏟은 사랑보다 더 큰 애정을 보이는 란트가 귀엽고 사랑스러웠다.

"란트, 나는 말이지……."

나는 웃으며 아이의 손을 힘주어 잡았다.

"너를 사랑하는 만큼 전하도 사랑하고 있단다."

아이의 몸이 움찔대는 것이 느껴졌다. 나는 달래듯 아이의 손등을 살살 쓸어내렸다.

"내가 전하를 사랑한다고 해서 너를 사랑하지 않게 되는 것은 아니야."

"……."

"너는 나에게 세상에 단 하나밖에 없는 사랑스러운 동생이야. 그건 내가 결혼을 하고, 아이를 낳고, 시간이 흘러 이 세상을 떠난다 해도 변하지 않는 진실이지."

란트가 진실로 두려워하는 것이 무엇인지 알고 있었다.

어린 시절 부모에게 버림받다시피 지내고 태어나면서부터 함께 있던 노예들과도 자신의 의지와는 상관없이 떨어져야 했다.

란트는 누군가와 헤어진다는 것에 심한 거부감을 보였다.

"그러니 걱정하지 마렴. 나는 결코 널 버릴 생각이 없으니까. 아니, 버릴
수 없단다."

"……."

"너는 누나를 빼앗기는 것이 아니라 네가 믿고 의지할 수 있는 형이 생기
는 거야."

란트는 아무런 말 없이 내 말을 듣고만 있었다. 나는 아이의 손을 토닥이
며 말을 이었다.

"지금 당장 그를 받아들이라는 말은 아니야. 단지 내가 사랑하는 두 남자
가 모두 행복해졌으면 좋겠구나."

"……노력해 볼게요."

란트가 웅얼거리며 머리를 무릎에 기댔다. 나는 아이의 군청색 머리카락
을 만지작거렸다.

시간이 얼마나 지났을까. 다리가 저리다고 느낄 때쯤, 아이의 숨결이 규
칙적으로 변했다는 것을 느낄 수 있었다. 고른 숨을 내뱉으며 안심한 듯 편
안한 얼굴로 잠이 든 것을 보니 깨우기가 미안해졌다.

시간이 늦었으니 기다리고 있다 보면 누군가가 우리를 부르러 올 것이다.
나는 그들이 올 때까지만이라도 이대로 있기로 했다.

"아가씨, 시간이 늦……."

"쉿."

마리가 안으로 들어오다가 내 손짓에 황급히 입을 다물었다. 나는 잠든
란트를 가리키며 작게 속삭였다.

"가서 기사를 불러오너라."

마리가 고개를 끄덕이며 밖으로 나가고 곧 기사들이 들어왔다.

"깨지 않도록 조심해서 옮기세요."

기사가 란트를 등에 업었다. 꽤 피곤했는지 몸이 흔들리고 있는데도 아이는 눈을 뜨지 않았다. 아무래도 깊게 잠이 든 듯했다.

"잠자리를 봐 드릴까요?"

"그래."

기사들을 따라 란트가 무사히 침대에 눕혀진 것을 보고 난 후에야 내 방으로 돌아왔다. 뒤따르던 마리가 재빨리 침대를 정리했다.

"편히 쉬세요, 아가씨."

내 옷까지 다 갈아입힌 뒤에야 마리가 밖으로 나갔다.

"피곤하군."

아이린스를 상대해서인지 오늘따라 유독 피곤했다. 나는 침대 속으로 들어가기 전에 어깨를 주무르며 고개를 좌우로 젖혔다.

막 이불을 젖히려는 찰나, 커튼이 크게 펄럭이고 찬바람이 방 안으로 들어왔다.

"누구……!"

"쉿!"

"시스!"

"이런, 조용히 하라니까."

그가 자신의 입술에 손가락을 가져다 대며 빙긋 웃었다.

"이 시간에 여긴 어떻게 오신 겁니까?"

그가 창문을 닫고 성큼성큼 내게 다가왔다.

"그대가 낮에 그리 가 버리니, 도무지 잠을 잘 수가 있어야지."

"그래서 이 늦은 밤에 찾아오신 겁니까?"

어처구니없다는 얼굴로 묻자 그가 어깨를 으쓱였다.

"사랑하는 약혼녀가 꼴도 보기 싫다며 가 버렸는데, 어떻게 편히 잠을 잘 수가 있단 말이야? 나는 그대가 아는 것보다 더 섬세한 남자라고."

그가 입술에 대고 있던 손가락을 좌우로 흔들었다.

"섬세해서 좋으시겠습니다. 그보다 경비가 삼엄했을 텐데, 어떻게 들어오신 겁니까?"

현재 엘리언트 후작가는 가문의 기사는 물론, 황실 기사단과 피스온 상단이 보유한 무력들까지 가문이 존재한 이후로 가장 철통같은 수비를 자랑하고 있었다.

그들 중 한 곳의 도움 없이는 절대 몰래 들어올 수 없다는 뜻이다.

"그야 당연히, 담 넘어 들어왔지."

"……."

그가 허리에 두 손을 짚으며 당당히 대답했다. 부러 유치하게 구는 그의 모습에 웃음이 나려 했다. 나는 그가 어째서 평소와 다른 행동을 하는지 알면서도 일부러 시치미를 뗐다.

"황실 기사단은 야간 경비에서 빼야겠군요."

시스의 명령을 들을 자들은 어차피 한 곳밖에는 없었다. 그가 얼굴에서 장난기를 걷으며 피식 웃었다.

"후작에게 들켜 검에 꿰일 각오까지 하고 몰래 들어왔는데, 정말 이러기야?"

"설마 황태자 전하를 검으로 찌르기야 하시겠습니까?"

"그대는 아직 후작이 어떤 자인지 모르는 모양이군."

"적어도 죽이지는 않으실 겁니다."

"그것참, 마음이 놓이는 소리군."

말과는 달리 그가 전혀 마음이 놓이지 않는다는 어투로 중얼거렸다.

"뭐, 이러고 있다 들키면 후작의 손에 죽는다 해도 할 말이 없겠지만."

투덜거리던 그가 두 팔로 내 허리를 감싸 안았다. 나는 그의 뺨에 손을 가져다 대며 미간을 찌푸렸다.

"식사는 하고 다니시는 겁니까?"

가까이에서 본 그의 얼굴은 며칠 안 본 사이 많이 초췌해져 있었다. 낮에는 왜 이런 그의 모습이 눈에 들어오지 않았는지 의아할 정도였다.

"생각보다는?"

"이럴 때일수록 끼니는 잘 챙기셔야지요."

"그대가 내 걱정을 해 주니까 기분 좋다."

그가 내 손을 감싸 쥐고 자신의 뺨에 비비적거렸다. 항상 매끄럽던 그의 피부가 꺼칠했다. 능청스럽게 구는 그가 얄밉다가도 이렇게 상한 얼굴을 보니 속이 상했다.

"일이 잘 안 풀리는 겁니까?"

"뭐, 쉽게 풀릴 일은 아니지."

"제가 도울 일이 있으면 말씀해 주십시오. 돕겠습니다."

"아니, 그대는 이번 일에 나서지 않았으면 좋겠어."

그가 단호하게 고개를 저었다.

"어째서입니까?"

"사랑하는 여자가 번번이 위험한 일에 뛰어들려는 것을 어떤 남자가 가만히 지켜볼까?"

"한 사람이라도 더 힘을 보태는 것이 낫지 않겠습니까? 더구나 제 뒤에는 피스온 상단이 있습니다. 그러니……."

"비이."

낮게 내려앉은 그의 목소리에 뒷말을 꿀꺽 삼켰다. 그가 내 손에 자신의 입술을 가져다 대었다. 거슬한 입술의 감촉이 손바닥을 통해 느껴졌다.

"그대는 상당히 유능하니까, 어쩌면 생각보다 더 빨리 문제를 해결할 수 있을지도 모르지."

"그러니 제가 돕겠다는 것이 아닙니까."

"하지만 비이……."

그가 말을 잠시 멈추고 내 정수리에 입술을 꾹 눌렀다.

"다시는 그때와 같은 느낌은 받고 싶지 않아."

"시스⋯⋯."

"그대를 잃게 될까 전전긍긍하며 지켜보기만 하는 것은 더 이상 하기 싫다."

나직하게 울리던 그의 목소리가 살짝 떨렸다.

"그런 일은 한 번으로도 족해. 또다시 그대가 홀로 버티고 서 있는 것을 본다면 내 심장이 남아나지 않을 테니까."

"지금은 1황비 때와는 다릅니다. 제가 표면에 나서는 것이 아니지 않습니까?"

"그보다 더 최악이지."

"시스!"

"상대가 누군지도 모르고, 정확히 무엇을 노리고 있는지도 몰라. 현재 나를 표적으로 삼고 있는 것처럼 보이지만 실상은 다른 누구를 표적으로 삼고 있는지도 모르지. 그 어떤 것도 확실한 것이 없어."

나를 바라보는 황금빛 눈동자가 짙게 가라앉아 있었다. 그의 분노와 불안, 공포가 고스란히 나에게도 전해졌다.

"난 그대를 그 어떤 위험에도 노출시키고 싶지 않아. 절대!"

"저는 그리 약하지 않습니다."

"알고 있어. 하지만 그래서 더 불안하다는 걸 그대는 알까?"

그가 씁쓸한 미소를 지었다.

"그대의 남자를, 나를 조금만 믿어 주면 안 될까?"

그의 눈동자가 상처를 입은 듯 일렁였다. 그가 커다란 손으로 내 뺨을 조심스레 감싸 쥐었다.

"그 누구라도 그대의 솜털 하나 건드리게 하고 싶지 않아."

"저도 마찬가지입니다."

그가 내 말을 기다리듯 물끄러미 나를 내려다보았다.

"당신이 힘들어하는 걸 보고 싶지 않습니다. 내가 할 수 있는 일이 있는데, 손가락만 빨고 있는 건 성미에 맞지 않습니다."

"⋯⋯."

"믿지 못해서가 아닙니다. 믿고 있기 때문에 조금이나마 힘을 보태고 싶은 겁니다."

"하아."

그가 허탈한 얼굴로 한숨을 내쉬었다.

"그대에게는 정말이지 못 당하겠다."

그가 내 목덜미에 얼굴을 묻으며 중얼거렸다.

"설득하러 왔는데 되레 설득당해 버렸어."

"설득할 생각이셨습니까?"

"그랬지."

"쓸데없는 생각을 하셨군요."

"아아……. 왠지 이럴 것 같다는 예감이 들긴 했지."

"다음부터는 그 예감을 좀 더 신용하시는 것이 좋겠습니다."

"쿡."

그가 여전히 내 목덜미에 얼굴을 묻은 채, 키득거렸다. 그의 몸에서부터 전해지는 자잘한 진동이 왠지 모르게 기분 좋게 느껴졌다.

"최소한 직접 나서는 일은 없을 거라고 약속하지요."

그가 내게 기대고 있던 얼굴을 들었다.

"저도 제 몸 귀한 줄은 알고 있습니다. 절대, 위험한 일을 할 생각은 없습니다."

어차피 내가 할 수 있는 일은 한정되어 있었다. 오히려 나보다는 표적이 된 시스와 발로 뛰고 있는 에반 쪽이 훨씬 더 위험했다.

내 주변의 남자들은 그렇게 생각하지 않는 것 같긴 하지만.

"그나마 조금 안심이 되는군."

그가 나를 감싸고 있는 두 팔에 힘을 주었다. 두근대는 그의 심장박동 소리가 고스란히 전해졌다.

"그런데 왜 내 얼굴이 꼴 보기 싫다고 했던 거야?"

"……."

"어서 대답해, 비이."

그가 내 정수리에 턱을 대고 슬슬 문질렀다. 그의 움직임에 따라 머리카락이 이리저리 헝클어졌다. 내가 입을 꾹 다물고만 있자 그가 고개를 숙여 내 눈동자에 시선을 맞췄다.

"왜 내 얼굴이 꼴 보기 싫었는데?"

"말하기 싫습니다."

그에게 내 못난 마음을 드러내고 싶지 않았다. 지금은 그때와 다르다는 것을 알고 있다. 하지만 그때의 나도 분명 나인 것 또한 부정할 수 없는 사실이었다.

"좋아, 그럼 다른 걸 물어보지."

어떤 방법을 써도 나에게 대답할 의사가 전혀 없다는 것을 느낀 모양이다. 그가 그 부분에 있어서는 더는 묻지 않겠다는 듯 숨을 크게 들이쉬었다.

"데이샤 공작 영애와는 무슨 이야기를 한 거야?"

"……."

"듣기로는 그녀가 먼저 그대에게 할 말이 있다고 했다던데? 이것도 말 안 해 줄 거야?"

이번만큼은 물러서지 않겠다는 듯 그가 내 몸을 단단히 옭아맸다. 대답할 때까지 절대 풀어 주지 않겠다는 뜻이었다.

"아무 일도 없었습니다."

"비이……."

그가 안타깝다는 듯 애절하게 내 이름을 불렀다. 나는 별것 아니라는 어투로 말을 이었다.

"그저, 경고를 해 줬을 뿐이죠."

"경고?"

"네, 경고요. 다시는 헛소리를 입에 담지 못하도록 따끔하게 경고를 해 주었을 뿐입니다."

"어떤 경고를 말인가?"

그가 이해할 수 없다는 듯 눈썹을 들어 올렸다. 확실히 그로서는 상상도 할 수 없는 일일 것이다.

"머리채를 잡아당겼습니다."

"……뭐?"

그가 마치 헛소리를 들었다는 얼굴로 되물었다. 나는 턱을 살짝 세우고 도도한 얼굴로 그와 시선을 똑바로 마주했다.

"제 것을 자신의 것이라 우기며 달라고 떼를 쓰기에 버르장머리도 고칠 겸, 있는 힘껏 머리채를 잡아 뜯었습니다."

"……!"

"힘을 조절해서 머리카락은 몇 가닥 뽑히지 않았지만, 머리 뿌리가 뽑히는 느낌이 제법 아팠을 겁니다."

그가 눈을 동그랗게 뜨고 입을 뻐끔거렸다. 나는 그런 그를 보며 어깨를 으쓱였다.

"제가 한때 머리채 좀 잡아 봐서 요령을 알고 있거든요."

그의 입술이 몇 번 달싹였다. 나는 뻔뻔하다고도 할 수 있을 만큼, 그를 향해 아무렇지도 않은 표정을 지어 보였다. 그런 나를 바라보는 그의 얼굴이 묘하게 바뀌었다.

"나 때문이야?"

그가 무슨 의미로 묻는 것인지 알 수 없었다. 내가 대답을 하지 않자 그는 내 침묵을 자기 멋대로 해석한 모양이다. 그의 입가가 씰룩이며 점점 벌어졌다.

"그녀가 날 자신의 것이라고 말해서 화가 난 거지?"

"……."

"그렇지?"

그가 조르듯 대답을 재촉했다. 장난감을 눈앞에 둔 아이 같은 모습에 미소가 지어지려는 것을 간신히 참고 새침하게 대답했다.

"두 눈 멀쩡히 뜨고 제 것을 빼앗길 수는 없지 않습니까? 저는 일방적으로 당하고 있을 만큼 성격이 좋지 않습니다."

"하하핫!"

그가 크게 웃으며 나를 번쩍 안아 들었다.

"이게 무슨 짓입니까, 시스!"

"이곳에 들어온 순간부터 상상해 오던 짓?"

그가 내 이마, 콧등, 뺨 순으로 병아리가 모이를 쪼듯, 자잘한 키스를 남겼다. 등 뒤로 푹신한 감촉이 느껴지고 그가 내 위로 올라타듯 엎드렸다. 그의 팔이 마치 기둥처럼 내 얼굴 양옆으로 단단히 자리를 잡았다.

"정말 그대를 어떻게 해야 좋을까?"

그의 얼굴에 기분 좋은 미소가 걸렸다.

"그대가 내게 소유욕을 드러낼 때마다 이리 기분 좋게 느껴지는 것은 내가 이상하기 때문일까? 아니면 그만큼 그대에게 미쳐 있기 때문일까?"

그가 손가락으로 하늘거리는 내 잠옷 자락을 들어 올렸다.

"점점 참기가 힘들어지는군."

반투명한 레이스 자락에 그의 입술이 꽃잎처럼 내려앉았다 떨어져 나갔다. 그와의 첫 만남이 생각나 반사적으로 얼굴이 화끈거렸다.

"이런 자극적인 옷을 입고 있는 그대를 보니 더더욱……."

그가 말끝을 흐리며 내 앞섶을 손가락으로 만지작거렸다. 그린 것처럼 보기 좋게 올라간 붉은 입술과 유혹하듯 가늘게 접힌 눈가가 섹시했다.

"참고 싶지 않단 말이지."

그의 손가락이 피아노 건반을 두드리듯 우아하게 옷자락 위를 돌아다녔다.

"그대 생각은 어때?"

옷자락 위를 헤매던 그의 손가락이 곧이어 빙글빙글 원을 그리며 돌아갔다. 뱀이 똬리를 틀 듯, 내 앞섶을 여미고 있던 줄이 그의 기다란 손가락에 꾸물꾸물 감겨들었다.

그가 손짓을 하듯 손을 움직이자, 스르륵 옷감 스치는 소리와 함께 단단하게 묶여 있던 매듭이 아무런 저항도 하지 못하고 쉽게 풀려 나갔다.

"아니, 그대는 대답하지 않는 것이 좋겠다."

그의 큰 손이 내 입술을 덮어 버렸다. 꼼짝도 할 수 없는 상황에 나는 눈을 크게 뜨고 그를 올려다보았다.

"듣고 싶지 않아."

그가 한쪽 손으로 내 입술을 막은 채, 다른 손을 들어 내 턱을 쓰다듬었다.

턱 선을 따라 맴돌던 그의 손가락이 천천히 아래로 향했다. 목선을 지나 쇄골을 더듬던 손가락이 점점 노골적으로 움직였다.

"……부드러워."

영역을 표시하듯 그의 입술이 지나가는 자리에 붉은 꽃이 피어났다. 감질 맛 나는 그의 움직임에 몸이 들썩거렸다. 목선을 타고 올라온 그가 이를 드러내 귓불을 살짝 긁었다.

"읏!"

"그대의 향기에 취할 것만 같아."

나직한 그의 숨소리와 함께 귓바퀴를 핥는 질척한 소리가 귓가에 쿵쿵 울렸다.

"상상했던 것보다 더 좋군."

그가 붉은 혀를 내밀어 마른 입술을 천천히 핥았다. 정염에 휩싸인 그의 눈동자가 위험스럽게 반짝였다.

"이대로 한입에 꿀꺽 삼켜 버리고 싶을 만큼 달콤해."

그의 입에서 만족스러운 탄성이 흘러나왔다.

"삼켜 버릴까?"

감상이라도 하듯 나를 내려다보던 그가 눈을 가늘게 접으며 웃었다. 내게 질문을 하면서도 그의 한쪽 손은 여전히 내 입을 단단히 막고 있었다. 마치 거절의 말은 절대 듣고 싶지 않다는 듯이.

정복자처럼 의기양양하게 나를 내려다보는 시스가 사랑스러워 보이면서도 그에게 눌리는 이 상황은 마음에 들지 않았다. 반듯한 그의 얼굴이 나로 인해 흐트러지는 것이 보고 싶었다. 생각은 길지 않았다. 혀를 내밀어 그의 손바닥을 핥았다.

"윽!"

그는 몸을 움찔거리면서도 내 입을 막고 있는 손을 치우지 않았다. 그가 내 눈을 똑바로 바라보며 서서히 몸을 밀착시켰다. 내리누르는 그의 무게가 묵직하게 전해졌다.

"어쩔 생각이지?"

그의 목울대가 출렁거리며 위협하듯 으르렁거렸다. 그의 모습은 먹이를 노리는 맹수의 그것과도 같았지만 전혀 무섭지 않았다. 오히려 털을 빳빳이 세우며 경계를 하는 고양이를 보는 것 같아 귀엽게 보였다.

손을 들어 내 입을 막고 있는 그의 손을 떼어 냈다. 그는 반항하지 않고 순순히 내 손길에 응했다. 나는 그의 눈동자에서 시선을 떼지 않았다. 그의 눈동자가 가늘게 흔들리고 있었다. 나는 그를 향해 나른하게 웃어 보이며 천천히 입술을 벌렸다.

"흡!"

하얗고 기다란 그의 손가락을 입안에 집어넣었다. 소금 한 알을 삼킨 듯, 짭짜름한 맛이 입안에 가득 퍼졌다. 그의 눈가가 붉은 열기로 달아오르는 것이 보였다.

"먹히는 것은 별로 내키지 않습니다."

입안에 넣고 있던 그의 손가락을 천천히 빼냈다. 그의 얼굴은 기대하던 대로 일그러져 있었다.

나로 인해 거칠어진 숨결과 뜨겁게 달아오른 그의 체온이 느껴졌다. 나로 인해 흐트러진 그의 모습을 보니 뿌듯하게 만족감이 채워졌다.

나는 맥박이 요동치는 그의 손목을 입으로 가져다 댔다. 하얀 살결 위로 푸른 실핏줄이 도드라져 보였다. 상처를 내듯 이를 세워 그의 피부를 긁었다. 그의 몸이 딱딱하게 굳어지는 것이 느껴졌다. 나는 그를 똑바로 바라보며 유혹하듯 입술 끝을 위로 올렸다.

"제가 먹는 쪽이라면 고려해 보도록 하지요."

"하……."

거친 한숨 소리와 함께 그가 쓰러지듯 나를 덮쳤다. 몸을 옥죄는 무게감에 움직이려 하자 그가 나를 꽉 안았다.

"잠시만, 잠시만 이대로 있어."

숨이라도 찬 듯 그의 호흡이 불규칙했다.

"시스?"

"제발, 부탁이야."

잔뜩 억눌러 탁해진 그의 목소리에 짜릿한 소름이 돋았다.

"젠장."

그가 나를 힘주어 안으며 나직이 욕설을 내뱉었다.

"내가 미쳐 날뛰면 말려야지 더 부추기는 이유가 뭐야? 진짜, 잡아먹히고 싶어?"

"먹히는 것은 내키지 않는다고 했습니다만."

그가 상체를 약간 들어 올렸다. 나를 내려다보는 그의 얼굴은 열기와 고통으로 잔뜩 일그러져 있었다.

"이거 정말, 큰일 날 여잘세. 지금 그 말이 무슨 뜻인지 알고서나 하는 말인가?"

"알고 있습니다."

"하아, 그대는 아무것도 몰라. 아무리 나라도 참는 것에는 한계가 있단 말이야."

"알고 있다고 했습니다."

"……!"

정염에 휩싸인 그의 눈동자가 나를 뜨겁게 직시했다. 단단히 굳어진 그의 입매와 아래에서 느껴지는 그의 욕망이 그가 나를 얼마나 원하고 있는지 알려 주고 있었다.

"힘들면 참지 않으셔도 됩니다."

말이 떨어지기가 무섭게 그의 입술이 내 입술을 거칠게 덮쳤다. 배려 없는 그의 입맞춤에 거부감은커녕 흥분으로 몸이 달아오르기 시작했다.

잡아먹을 듯 그의 입술이 내 입술을 욕심껏 빨아들였다. 화답하듯 입술을 벌리자 이때만을 기다리고 있었다는 듯 그의 혀가 내 입안을 구석구석 헤집고 다녔다.

타액이 오고 가는 질척한 소리가 방 안을 가득 울리고 그와 나의 숨소리만이 귓속을 가득 채웠다.

"하아, 하아……."

그가 나에게서 입술을 뗐다. 모자랐던 숨이 한꺼번에 폐 안으로 가득 들어찼다. 그가 내 입술을 덧그리듯 손가락으로 더듬었다. 그와의 거친 입맞춤에 부어오른 듯 입술이 얼얼했다.

그가 다른 손으로 내 머리카락을 쓸어내렸다. 어둠에 물든 내 머리카락이 뱀처럼 그의 손가락 사이사이로 감겨들었다.

"정말이지 미칠 것만 같아."

그의 눈빛은 금방이라도 나를 잡아먹을 듯 활활 불타오르고 있었다. 하지만 거친 눈빛과 달리 내 머리카락을 쓸어내리고 있는 그의 손길은 깨지기 쉬운 유리잔을 쥐듯 부드럽고 조심스러웠다.

"이대로 그대의 온몸에 나를 새기고 그대의 머리카락 한 올까지 내 향으로 물들이고 싶어."

그가 경배를 하듯 내 머리카락에 입을 맞추었다. 정염에 가득 찬 눈동자로 경건하게 입 맞추는 그의 모습은 마치 타락 천사를 눈앞에서 보고 있는 듯했다.

"태어나 처음으로 내 선택에 후회가 되는군."

"무슨 뜻입니까?"

"지금 당장 그대를 안을 수 없어 돌아 버릴 것 같다는 뜻이지."

"제가 허락한다고 하지 않았습니까?"

"그대가 허락하지 않아도 지금 당장 그대를 마음껏 탐하고 내 욕망이 이끄는 대로 엉망으로 만들고 싶어."

그가 조심스러운 손길로 뺨에 붙은 내 머리카락을 쓸어 귀 뒤로 넘겨 주었다. 고통에 얼룩진 얼굴을 하고 있으면서도 그는 고집스럽게 말했다.

"하지만 비이, 나는 말이지. 그대에게 티끌만 한 오점도 남기고 싶지 않아. 그것이 나로 인해서라면 더더욱 말이다."

"저는 상관없습니다."

"그렇게 말하는 그대라서 더 지켜 주고 싶다고 하면 그대는 웃을까? 나는 그 누구에게라도 떳떳하게, 순백의 모습으로 그대를 맞이해서 사랑하고 싶어."

잔뜩 흥분한 상태로 간신히 이성을 끈을 놓지 않는 그가 미칠 것 같이 사랑스러워 보였다.

"제가 선택해도 되겠습니까?"

"아니, 안 돼."

여전히 갈등하고 있는 얼굴을 하고 있으면서도 그가 단호하게 고개를 저었다.

"후회하실 텐데요."

"지금도 미친 듯이 후회하고 있는 중이니 자꾸 자극하지 말아 줬으면 좋겠군."

거짓말은 아닌 듯, 그의 이마에는 땀방울이 송골송골 맺혀 있었다. 참기 힘들어하는 모습이 고스란히 눈에 보이건만 그는 고집스럽게 말을 이었다.

"그대를 갖는 것은 결혼식이 끝난 후야. 그 전엔 안 돼."

"제가 그때까지 기다리기 싫다고 해도 말입니까?"

"하아, 제발 그만 좀 자극하라고. 이 여자야!"

그가 나를 안은 상태로 몸을 굴렸다. 시야가 돌아가고 어느새 내 몸은 그의 몸 위에 자리 잡고 있었다.

"그대가 자꾸 자극하지 않아도 이미 돌아 버릴 것 같단 말이야."

그의 목소리가 위험할 정도로 탁해져 있었다. 이런 상태에서도 그는 고집을 꺾을 생각이 없어 보였다. 나는 몸에서 힘을 빼고 그의 몸 위에 엎드렸다.

"사서 고생을 하시는군요."

"쿡쿡, 나도 그렇게 생각해."

그가 나직이 웃자 그의 몸이 가늘게 떨리며 잔잔한 진동을 만들었다. 나는 그의 가슴에 뺨을 대고 입가를 슬며시 올렸다.

"빨리 결혼식을 올렸으면 좋겠다."

그가 한숨 같은 말을 흘리며 내 머리에 손을 얹었다. 커다란 그의 손이 어린아이를 어르듯 천천히 움직였다.

쿵쿵거리는 그의 심장 소리와 따스한 체온이 내 몸을 단단히 감싸 안았다. 알게 모르게 긴장하고 있던 몸이 이완되며 까무룩 잠이 쏟아지기 시작했다.

"결혼만 하면 이리 편하게 잠을 재울 일은 없을 테니, 각오 단단히 하는 것이 좋을 거야."

무거운 눈꺼풀이 닫히고 자장가처럼 그의 목소리가 희미하게 들려왔다.

"현재 상황이 황태자 전하께 불리하게 돌아가고 있습니다."

에반의 말에 서재에 모여 있던 사람들의 얼굴에 그늘이 졌다.

외할아버지의 서재로도 쓰였던 피스온 백작의 개인 서재는 현재 주인이 없어 빈 상태였지만 임시로 내가 빌려 쓰고 있었다.

수집된 정보들을 정리하고 에반을 비롯해 피스온 상단의 사람들이 들락거리기 위해서는 엘리언트 후작가보다는 피스온 백작가가 훨씬 효율적이었기 때문이었다.

"문제로군요."

며칠째 피스온 상단의 모든 이들이 이 일에 매달리고 있었지만 진척되는 사항들은 생각보다 더디기만 했다.

"1황자를 독살한 범인은 찾았다고 들었습니다만, 어찌 되었습니까?"

"네, 말씀드린 대로 찾긴 했습니다만……"

피스온의 상단의 전체적인 정보를 맡고 있는 제난의 얼굴이 침통하게 변했다. 그는 잠시 숨을 고른 후, 말을 이었다.

"찾았을 때는 이미 죽어 있었습니다."

"……"

짐작하지 못한 것은 아니었다. 하지만 미리 짐작하고 있었다 하더라도 입안이 씁쓸해지는 것은 어쩔 수 없었다.

"죽은 자에게서 나온 것은 없습니까?"

"그것이……"

제난이 곤란한 표정으로 에반을 바라봤다. 에반이 그런 그를 향해 고개를 끄떡였다. 제난이 입을 열었다.

"시신의 품에서 황태자 전하의 인장이 찍힌 서신이 나왔습니다."

"황태자 전하의 명령에 의해 1황자를 독살했다는 내용이겠군요."

"……조금 다릅니다만 맥락은 같습니다."

내 말에 제난이 놀란 기색을 띠었다. 내가 미리 알고 있었던 것에 놀란 모양이다.

처음부터 시스를 노리고 시작된 일이었다. 유력한 범인이 사라졌다는 말에 어느 정도는 예상하고 있던 상황이었다.

문제는 시스를 범인으로 몰고 가려는 수작이 아니라 누가 이 일을 뒤에서 지휘하고 있느냐였다.

톡톡.

내 손가락이 어느새 탁자를 두드렸다. 그동안 내 버릇을 알게 된 사람들이 입을 다물고 내가 생각을 정리하기를 기다렸다.

"황태자 전하가 사라지면 누구에게 가장 이익이 될까요?"

"1황자가 사라진 지금 딱히 두드러지게 두각을 나타내는 황자는 없습니다."

애초에 1황비와 1황자는 자신들에게 위협이 될 수 있는 자들을 가만히 두고 보고만 있는 성격이 아니었다. 그들은 이유 불문하고 황권에 근접한 이들의 싹을 잘라 내었다. 그들이 끌어내지 못한 사람은 시스가 유일했다.

연금술에 미친 2황자를 포함해서 남은 황자들은 자의 반 타의 반으로 황권과는 거리가 먼 삶을 살고 있었다.

'숨죽이며 기회를 노리고 있던 자가 그들 중에 있었단 말인가?'

겉으론 황위에 관심이 없는 척, 모두를 속이고 있었을 가능성도 배제할 수는 없었다.

하지만 황제가 되기 위해서는 돈이든 권력이든 힘이 필요했다. 황제와 1황비의 눈을 피해 힘을 모으기는 쉽지 않았을 터였다.

'그렇다면 외부의 힘이라는 건데……'

"현재 주변국들의 상황은 어떤가요?"

"일단 1황자의 일에 연루된 카난 왕국은 제국의 눈치를 보는 중이라 모든 외교 활동과 군사 활동을 멈춘 상태입니다. 그 외 나라들도 이번 일로 자신들에게 불똥이 튈까 염려하여 제국의 눈치만 보고 있는 상황이고요."

"의심이 가는 나라는 없다는 말이군요."

"현재로서는 그렇습니다."

권력을 모으거나 전쟁을 벌이기 위해서는 필연적으로 많은 돈이 필요했다. 상단은 돈의 흐름에 가장 민감한 집단이다.

제국을 상대로 이런 일을 벌일 만한 이라면 많은 자금을 소유하고 있을 뿐만 아니라, 그 돈을 이용해 많은 일들을 꾸미고 있을 가능성이 컸다. 그런 거대한 돈의 흐름을 피스온 상단이 알아내지 못할 리가 없었다.

'결국 연관된 나라는 없다고 봐야 한다는 건데……'

나라가 아니라면 범인은 개인이라는 뜻이 된다. 이 정도의 일을 꾸밀 만큼 힘이 있는 개인은 많지 않았다. 추릴 수 있는 인물들은 추려 내고 가능성이 있는 자들을 선별하면 남는 것은 한 손에 꼽을 정도였다.

"데이샤 공작의 움직임은 어떻습니까?"

"궁에만 있던 예전과 달리, 데이샤 공작 영애의 사교계 데뷔 후에는 활발하게 움직이고 있는 편입니다. 공작 영애와 함께 초대받은 파티에 참석하거나 궁으로 찾아온 이들을 만나고 있습니다."

"특별히 이상한 점은 없었습니까?"

"만나는 이들이 대체로 귀족파에 치중되고 있습니다만, 공작 쪽에서 원해서 만나고 있다고 하기보다는 전적으로 귀족파 쪽에서 공작에게 접근하고 있습니다."

"공작은 귀족파들의 요청에 그저 응대만 해 주고 있다는 말이로군요."

"그렇습니다."

그의 행보가 딱히 문제가 될 것은 없었다. 하지만 내 감은 데이샤 공작을 조심하라고 계속해서 경고를 보내오고 있었다.

"공작의 자금은 추적해 보았습니까?"

"죄송합니다. 아직 파악하지 못했습니다."

제난이 고개를 숙였다.

데이샤 공작이 서부에 머물고 있을 때에도 알아내지 못했던 일이다. 새삼 실망할 일은 아니었다. 하지만 데이샤 공작의 자금력이 만만치 않다는 것이 드러난 지금, 나에게는 좀 더 많은 정보가 필요했다.

"계속 주시하다 보면 무언가 하나라도 걸리겠지요. 데이샤 공작이 수도에 머물고 있긴 하지만 서부 쪽도 경계를 게을리하지 마세요."

"명심하겠습니다, 영애."

서부가 워낙 폐쇄된 지역이다 보니, 아무리 피스온 상단이라 해도 정보를 모으는 것에는 한계가 있었다. 데이샤 공작이 수도에 머물고 있다고 해도 그 사실은 변하지 않았다.

무엇보다 서부에 대해 잘 알고 있는 사람이 필요했다.

'레탄 후작이라면 무언가 알고 있을지도……'

레탄 후작가는 대대로 서부 지역에 터를 잡고 이나야리의 침범을 경계하던 가문이다. 그러면 데이샤 공작에 대해 무언가 알고 있을 확률이 높았다.

"제가 무리한 부탁을 하고 있다는 것은 알고 있습니다. 힘드시겠지만 조금만 더 애써 주시기 바랍니다."

보이지 않는 적을 상대하는 것은 질색이었다. 활용할 수 있는 것은 최대한 모두 사용할 생각이었다.

"결혼을 축하드려요, 아스테이아 영애."

"정말 축하드려요, 영애. 꼭 행복하세요."

"감사합니다."

연이은 사람들의 축하 인사에 레비나가 수줍게 웃었다.

"축하드립니다, 레탄 후작님."

"아름다운 신부를 얻으셨군요. 축하드립니다."

레탄 후작이 레비나의 허리를 바짝 당기며 고개를 끄덕였다. 그의 노골적인 애정 행각에 여인들이 부러움 섞인 비명을 질렀다.

"허허, 젊음이 좋긴 좋군요."

나이 지긋한 노귀족의 말에 레비나의 얼굴에 홍조가 떠올랐다.

순결해 보이는 새하얀 드레스를 입고 레탄 후작의 옆에서 수줍게 미소 짓고 있는 레비나는 누가 보더라도 아름다운 신부였다. 신랑의 사랑을 듬뿍 받고 있다는 것이 확연히 드러날 정도로 그녀의 웃는 얼굴에서는 그늘 한 점 보이지 않았다.

'마담 미엘라가 자신의 역작 중의 하나라고 자신만만해할 만하군.'

내 결혼식 드레스에는 자신의 영혼까지 담겠다며 의욕에 불타던 마담 미엘라의 모습이 떠올라 피식 웃음이 새어 나왔다.

레비나의 마음을 얻었다고 확신한 레탄 후작의 행동력은 빨랐다. 그는 약혼식을 건너뛰고 바로 결혼식을 올리는 파격적인 행보를 선보였다.

귀족들의 결혼은 대부분 가문과 가문의 결합이었다. 야합을 하는 연인들처럼 순식간에 결혼식을 해치우는 레탄 후작의 빠른 추진력에 사교계는 발칵 뒤집혔다.

납치하는 것보다는 훨씬 나은 행동이었지만 그 사실을 알고 있는 사람은 아무도 없었다.

"결혼 축하해요, 레비나."

"비욘느!"

날 발견한 레비나의 얼굴에 반가움이 서렸다. 그녀는 날아갈 듯한 움직임으로 한걸음에 다가와 내 손을 잡았다.

"와 줘서 기뻐요, 비욘느."

"레비나의 결혼식인데 당연히 직접 참석해서 축하해 줘야지요."

"정말 고마워요."

그녀가 감격한 얼굴로 나를 덥석 안았다. 그녀의 뒤로 레탄 후작이 나를 바라보고 있는 것이 보였다.

"……"

그의 고개가 위아래로 살짝 움직였다. 나 또한 화답하듯 그에게 고개를 끄덕여 보였다.

"오늘의 주인공이 너무 한 사람에게만 머물고 있으면 좋지 않아요."

나를 꽉 끌어안고 놓지 않는 레비나의 몸을 조심스럽게 떼어 냈다. 그녀는 순순히 내 몸에서 떨어졌지만 얼굴엔 아쉽다는 기색이 역력했다.

"피로연이 끝날 때까지 있을 거죠?"

"그럼요."

내가 고개를 끄덕이며 답하자 그녀가 안심한 듯 활짝 웃었다.

"인사가 끝나는 대로 돌아올게요. 꼭 기다려 줘야 해요."

그녀는 못내 아쉬운 듯, 몇 번이나 내가 있는 곳을 돌아보며 레탄 후작의 곁으로 돌아갔다.

레탄 후작의 옆에는 많은 귀족들이 그들의 결혼을 축하하기 위해 몰려들고 있었다. 한동안은 저들에게 둘러싸여 나에게 신경 쓸 겨를이 없을 것이다.

"레탄 후작과 아스테이아 영애라니, 생각지도 못한 조합이로군요."

"오랜만입니다, 러스틴 백작 부인."

어느새 내 옆으로 다가온 러스틴 백작 부인이 부채를 펼쳐 들었다.

"영애의 작품인가요?"

"제 작품이라기보다는 자연스레 이어질 인연에 살짝 덧칠을 한 것뿐이지요."

내 대답에 그녀가 설핏 미소를 지었다.

"영애는 내가 짐작하고 있는 것보다 더 큰 그림을 그리고 있나 보군요."

그녀가 부채를 살랑거리며 입가를 가렸다. 다들 오늘 새롭게 부부의 연을 맺은 주인공들을 주시하느라 우리에게 관심을 보이는 사람은 없었다.

"어떻게 생각하고 계시는지는 모르겠지만 그녀의 일은 우연입니다."

"우연도 때론 필연이라고 하지요."

러스틴 백작 부인의 시선이 레탄 후작과 레비나에게 향했다.

"날카로운 눈과 귀를 가지고 있는 자라면, 이번 일에 영애가 관련되어 있다는 사실을 눈치챘겠지요."

굳이 숨기려고 한 일은 아니었다. 러스틴 백작 부인의 말대로 어느 정도의 정보력을 가지고 있는 자라면 나와 레탄 후작의 만남은 눈치채고도 남을 일이었다.

"상관없습니다."

러스틴 백작 부인의 얼굴에 의아함이 떠올랐다.

"어차피 저를 주시하고 있는 눈은 많습니다. 숨기려고 노력해 봤자 더욱 의심만 부추길 뿐이죠. 차라리 가감 없이 보여 주는 것이 낫습니다."

'숨어서 날 노리고 있는 사람을 자극하기도 쉽고 말이지.'

사람들 틈으로 데이샤 공작과 아이린스가 보였다. 그들은 꿀에 개미가 꼬이듯 달려드는 귀족들에게 둘러싸여 있었다.

"데이샤 공작이로군요."

러스틴 백작 부인도 그들을 발견했는지, 눈동자에 이채가 서렸다.

"베긴스 백작 부인이 데이샤 영애에게 꽤 공을 들이고 있다고 하더니 사실인 모양이군요."

피스온 상단과의 계약 종료 이후, 자금난에 허덕이던 베긴스 백작은 데이샤 공작에게 붙기로 결정한 듯했다.

베긴스 백작 부인을 비롯해 몇몇 귀족 여인들이 아이린스의 주변을 맴돌며 알랑거리고 있었다. 아이린스는 오늘따라 기분이 좋은 듯, 낭랑한 웃음을 터트렸다.

"쯧, 헛수고인 것을."

러스틴 백작 부인이 낮게 혀를 차며 부채를 흔들었다. 아이린스를 바라보는 그녀의 얼굴엔 약간의 짜증이 배어 있었다.

"데이샤 영애와 만난 적이 있으십니까?"

"예절 선생을 맡아 달라는 청을 받았습니다."

"거절하셨나 보군요."

아이린스를 향한 러스틴 백작 부인의 거부반응을 보니 확실해 보였다. 지금 그녀의 표정은 황태자비였던 나를 가르쳤을 때와 똑같았다.

아니나 다를까, 그녀가 서늘한 얼굴로 고개를 끄덕였다.

"귀머거리를 데려다 가르치는 것이 훨씬 더 효과적일 테니까요."

생각했던 것보다 더 냉혹한 평가였지만 이해가 가지 않는 것은 아니었다. 그녀의 말대로 아이린스에게 예절 교육을 시키는 것은 원숭이를 붙잡고 가르치는 것보다 더 어려운 일이니 말이다.

예절 교육에 있어서만큼은 바늘 하나 들어가지 않을 정도로 깐깐한 러스틴 백작 부인이라면 두말할 필요도 없었다.

"이대로라면 영애의 바람대로 되겠군요."

러스틴 백작 부인이 홀 안을 둘러보며 낮은 목소리로 속삭였다.

레탄 후작 부부의 결혼을 축하하기 위해 모인 자리였지만, 귀족들은 저마다 자신들이 이익을 취할 수 있는 곳을 향해 움직이고 있었다. 자신의 목적을 감추는 가면을 쓰고 삼삼오오 모여 있는 모습은 내가 의도하던 대로 사교계의 흐름이 바뀌고 있다는 것을 방증해 주고 있었다.

"하지만 데이샤 영애가 걸리는군요."

"그렇습니까?"

"그녀 자체만으로는 문제가 되지는 않겠지요. 하지만 데이샤라는 배경은 그녀를 사교계의 중심으로 만들어 줄 테니까요."

오늘의 주인공이 누구인지 헷갈릴 정도로 데이샤 공작과 아이린스의 주위에는 많은 사람들이 몰려들어 있었다. 귀족들은 그들과 한마디라도 더 나누기 위해 혈안이 된 얼굴로 데이샤 부녀의 주위를 맴돌았다.

러스틴 백작 부인의 걱정은 괜한 기우가 아니었다. 이대로 가만히 내버려 두면 아이린스로 인해 내 계획은 수포로 돌아갈 확률이 높았다.

"저는 조금 더 지켜볼 생각입니다."

"이대로라면 걷잡을 수 없을 정도로 커질 텐데요?"

러스틴 백작 부인이 의아한 듯 나를 바라보았다. 나는 아이린스에게서 시선을 거두고 러스틴 백작 부인을 마주 보았다.

"부인께서도 이미 만나 봐서 아시겠지만 데이샤 영애는 일반적인 귀족들과는 조금 다른 사고방식을 가지고 있습니다."

설익은 여드름은 뿌리까지 완전히 뽑아내기가 어렵다. 자칫 어설프게 손을 대었다가는 평생 지워지지 않을 흉터만 남았다. 하지만 어느 정도 여문 여드름은 오히려 뿌리째 뽑아내기 쉬운 법이다.

"지금은 눈치챈 자들이 적을 테지만, 데이샤 영애가 사교계에 모습을 드러내는 시간이 늘어날수록 그녀의 독특한 사고방식은 점점 두드러질 겁니다."

어차피 저들의 결속력이라는 것은 얄팍하기 그지없는 것이었다. 지금이야 저리 안달하며 달려들고 있지만 그들은 조만간 스스로 지쳐 나가떨어지게 될 것이다.

흔들리는 다리를 무너트리기는 쉬운 법이다. 초기에 잡겠다는 생각으로 섣불리 건드려 저들의 결속력만 공고히 만들어 줄 필요는 없었다.

"데이샤 영애는 저들이 바라는 것을 들어주지 않을 테니까요."

"······그렇군요."

잠시 생각에 잠겨 있던 러스틴 백작 부인이 곧 알겠다는 얼굴로 고개를 끄덕였다.

"확실히 데이샤 영애의 성격이 바뀌지 않는 한, 저들의 관계는 오래 지속되기 어렵겠군요."

청초하고 가냘픈 외모와 툭하면 눈물을 흘려 대는 습관 탓에 나약한 것처럼 보이지만 아이린스는 상당히 이기적이고 고집불통인 성향을 가지고 있었다.

어느 사회나 그렇겠지만 특히, 여자들의 세계에서는 적당한 예의와 약간의 거짓말이 필요했다.

예를 들어, 거짓이라 하더라도 못생긴 여자에게 귀엽다는 말 정도는 해주어야 하는 때가 있는 법이다. 그것은 거짓말이라고 하기보다는 원만한 관계를 위한 일종의 예의라고도 할 수 있었다.

하지만 모든 사고방식이 자신을 기준으로 돌아가는 아이린스는 빈말이라 하더라도 절대 귀엽다는 말은 하지 않을 것이다.

그녀는 자신이 느낀 것을 가감 없이 내뱉는 것이 당연하다고 알고 있었고, 그것으로 인해 상대방이 상처를 입을 수도 있다는 사실을 전혀 모르고 있었다.

'더구나 아이린스는 남이 하는 충고는 귓등으로도 안 듣지.'

귀족들이란 원래 자신들의 이익을 위해 움직이는 자들이었다. 지금이야 콩고물이라도 떨어질까 그녀에게 알랑거리고 있지만 자신들에게 이익이 되지 않는다고 느낀 순간, 그들은 순식간에 적이 되어 이를 드러낼 것이다.

'그때의 나에게 그랬던 것처럼……'

어느새 데이샤 공작과 떨어진 아이린스가 귀족 여인들에게 둘러싸여 있었다. 그때와는 여러모로 상황이 달랐다. 그녀의 장점이었던 것들은 더 이상 무기가 되지 못할 것이다.

'이번에는 내가 그렇게 두지 않을 테니까.'

러스틴 백작 부인과 헤어진 후 잠시 휴식을 취하기 위해 비어 있는 발코니로 나왔다.

시원한 바람이 피부를 스치고 지나갔다. 조금 있으면 봄이 지나고 더운 여름이 다가올 것이다. 지금 이 순간의 시원함을 마음껏 즐기고 싶었다.

"바람이 시원하군."

"……!"

"이런, 놀라게 했다면 미안하네."

갑작스럽게 들려오는 목소리에 흠칫 놀라 몸을 돌리자 데이샤 공작이 어깨를 으쓱이며 다가왔다.

"비어 있는 발코니가 없어서 말이야."

"제가 들어가겠습니다. 쉬십시오."

"그럼 내가 너무 미안하지 않은가."

그가 내 손목을 잡아챘다. 나를 바라보는 황금색 눈동자가 위험스럽게 반짝였다.

"가뜩이나 영애에게는 빚도 많아서 참 곤란하거든."

잡힌 손목을 빼기 위해 팔을 비틀었지만 그는 꿈쩍도 하지 않았다.

"손을 놔주시지요."

"영애가 도망가지 않는다면 놔주도록 하지."

"제가 왜 도망을 간다고 생각하십니까?"

"아닌가?"

"아닙니다."

데이샤 공작의 입술이 곡선을 그리며 올라갔다. 그는 내 손목을 잡고 있던 손에서 힘을 풀고 한 걸음 뒤로 물러났다.

"내 착각이었다면 사과하지."

그는 내게 위해를 끼칠 생각이 없다는 것을 드러내는 것처럼 두 손을 어깨 위로 들어 올렸다.

"그런데……."

데이샤 공작이 무언가를 찾듯 주위를 두리번거렸다.

"황태자 전하가 보이지 않는군."

"전하께서는 바쁘십니다."

"그런가? 항상 영애의 곁에 붙어 계시기에 이번 파티에도 참석할 줄 알았는데, 내가 잘못 생각했던 모양이군."

1황자를 독살한 범인을 찾기 위해, 시스는 몸이 2개라도 모자랄 정도로 뛰어다니고 있는 중이었다. 데이샤 공작이 그 사실을 모를 리가 없었다. 나는 눈을 가늘게 뜨고 그를 노려보았다.

"전하를 만나러 이곳에 오셨을 리는 없을 테고, 제게 하실 말씀이 있으십니까?"

"있다면?"

"하십시오."

어디 한번 들어나 보자라는 심정으로 데이샤 공작을 바라봤다. 그는 파티에 초대된 손님들이 발코니에서 쉴 수 있도록 마련되어 있던 의자에 앉았다.

"앉지."

"저는 괜찮습니다."

"올려다보는 것이 불편해서 그런다네."

내가 의자에 앉기 전까지는 절대 이야기를 시작하지 않겠다는 것처럼 그가 느긋한 자세로 다리를 꼬았다.

의도를 알 수 없는 데이샤 공작의 행동에 결국 몸을 움직여 의자에 앉았다.

"하실 말씀 있으면 하십시오."

"나와 있는 것이 불편한 것 같군."

"편하지는 않습니다."

"이런, 나는 영애와 꽤 친해졌다고 생각하는데?"

"착각이십니다."

당돌한 내 대답에도 데이샤 공작은 어깨만 으쓱일 뿐, 내 태도를 지적하거나 역정을 내지는 않았다. 오히려 그런 내 모습이 마음에 드는지 그의 입가에 부드러운 미소가 걸렸다.

"나는 영애와 친해지고 싶은데?"

"거절하겠습니다."

"어째서?"

"딱히 이유는 없습니다만, 굳이 물으신다면 싫습니다."

"크크큭."

데이샤 공작이 참을 수 없다는 듯 웃음을 터트렸다.

"아, 정말이지. 영애와는 대화를 하면 할수록 기분이 유쾌해진단 말이지."

그가 잔웃음을 흘리며, 웃느라 눈물이 맺힌 눈꼬리를 훔쳤다.

"이렇게 면전에 대고 내가 싫다고 하는 말은 오랜만에 들어 보는군."

데이샤 공작의 얼굴에서 웃음기가 사라지고 황족을 상징하는 황금색 눈동자가 나를 똑바로 직시했다.

벌꿀처럼 달콤하고 별처럼 반짝이던 시스의 눈동자와는 달랐다. 똑같은 황금색이었지만 데이샤 공작의 눈동자는 삭막하고 메마른 느낌이 들었다.

마치 그가 살고 있던 사막처럼.

"공작님을 싫어하는 사람이 저 말고 또 있었나 봅니다?"

"아아, 그랬지."

데이샤 공작은 손을 나를 향해 뻗었다. 흠칫 놀라며 몸을 뒤로 뺐지만 머리카락 한 줌이 그의 손에 잡혔다.

"그녀는 내 얼굴을 볼 때마다 악을 쓰며 저주를 퍼붓곤 했지."

주름진 데이샤 공작의 입가가 한쪽으로 비틀어져 올라갔다.

"왠지 모르게 영애는 그녀를 닮은 것 같기도 하군."

"누군지는 모르겠지만 그녀의 심정이 이해가 가는군요."

탁 소리가 날 정도로 그의 손을 쳐 냈다. 내 머리카락을 쥐고 있던 그의 손이 순순히 떨어져 나갔다. 매우 무례한 행동이었지만 먼저 무례를 범한 것은 데이샤 공작이었다.

잔뜩 경계를 하는 나를 보며 그가 피식 웃었다.

"누군지 궁금하지 않은가?"

"궁금하지 않습니다."

"흐음, 궁금하지 않단 말이지……?"

데이샤 공작이 턱을 쓸며 의미심장한 표정을 지었다. 나는 그의 양해도 구하지 않고 몸을 일으켰다.

"더 이상 할 말이 없으신 것 같으니 이만 가 보겠습니다."

"아이린스가 영애에게 무례를 범했다지?"

안으로 들어가려던 몸을 멈추고 그를 돌아보았다. 데이샤 공작이 천천히 몸을 일으키는 것이 보였다.

"저를 책망하려 붙잡으신 겁니까?"

"그럴 리가."

몸을 완전히 일으킨 데이샤 공작이 어깨를 으쓱였다.

"방금 말하지 않았나, 아이린스가 영애에게 무례를 범했다고."

도무지 그의 의도를 알 수 없었다. 저절로 찡그려지는 얼굴을 바로잡으며 그를 노려보았다.

"그렇게 노려보지 않아도 되네. 영애를 책망하려는 것이 아니니까. 그저 내 딸의 무례를 너그러이 봐달라는 말이라네."

"제게 양해를 구하시기 전에 천둥벌거숭이처럼 날뛰는 데이샤 영애의 행동을 제지시키는 것이 어떻겠습니까?"

"나는 굳이 그 아이의 행동을 제지해야 할 필요성을 느끼지 못하네만?"

데이샤 공작이 성큼 내 앞으로 다가왔다. 장난기 서린 말투와 달리 그의 눈동자가 위험스럽게 번들거렸다. 그가 이곳에서 나를 해칠 수 없다는 것을 알면서도 본능적으로 몸이 떨려 왔다.

데이샤 공작의 날카로운 시선 아래 벌거벗고 있는 것 같은 수치심이 들었다. 속이 울렁거리고 피부 위로 오소소 소름이 돋았다.

"안색이 좋지 않군."

데이샤 공작이 나를 향해 또다시 손을 뻗었다. 나는 치맛자락을 움켜쥐고 그의 손을 피해 몸을 뒤로 물렸다.

쿵쿵거리는 심장 소리가 스피커를 달아 놓은 듯 귓가에서 울렸다. 이명이 들리고 머리가 지끈거리기 시작했다. 어질거리는 시야 속에 곡선을 그리며 올라가는 데이샤 공작의 입가가 선명하게 보였다.

"원하는 것이 무엇입니까?"

"……."

있는 힘껏 쥐고 있던 주먹에 힘을 주었다. 손바닥 안으로 손톱이 박히는 아픔이 생생히 느껴졌다. 손바닥에 새겨진 고통에 심해지던 두통이 조금씩 잦아드는 것 같았다.

"데이샤 영애를 황후로 만들고 싶으신 겁니까?"

"황후라……."

데이샤 공작이 재미있다는 얼굴로 나를 바라보았다. 그의 의중을 알 수 없다면 직접 물어보는 것도 한 방법이었다. 그가 제대로 된 답변을 해 줄지는 그다음 문제였다.

"왜 그렇게 생각하지?"

"그걸 노리고 데이샤 영애가 시스, 아니 황태자 전하의 곁을 맴돌고 있는 것이 아닙니까?"

"뭐, 그것도 나쁘지는 않지."

그가 대수롭지 않다는 얼굴로 눈썹을 들어 올렸다. 시큰둥한 데이샤 공작의 모습에 오히려 내가 허를 찔린 것 같은 느낌이 들었다.

"원하는 것이 따로 있다는 말 같군요."

"글쎄, 영애가 보기엔 어떤 것 같은가?"

"황제의 자리라도 넘보시는 겁니까?"

느슨하게 풀리던 데이샤 공작의 분위기가 한순간에 팽팽하게 당겨졌다.

"나는 황제의 자리에 오를 수 없다는 것을 영애가 모를 리 없을 텐데?"

"황자들이 모두 사라진다면 불가능한 일도 아니지 않습니까?"

데이샤 공작은 명실상부 황실의 적통 핏줄이다. 황적에 이름을 올린 적이 없어 계승 순위에조차 오르지 못했지만 황위를 계승할 수 있는 황자들이 모두 죽는다면 데이샤 공작에게도 황제가 될 수 있는 기회가 생기는 것이다.

"그 예쁘장한 머리로 생각해 낸 것이 겨우 그 정도인가?"

"……."

"이거 실망인걸. 내가 영애에게 많은 기대를 했었던 모양이야."

그가 혀를 차며 팔짱을 꼈다. 그의 얼굴은 여전히 미소를 띠고 있었지만 눈동자만큼은 시퍼런 불길이 일렁이고 있었다.

"조금 더 참신한 이유를 생각해 보지그래?"

"황제의 자리도 성에 차지 않으신다면…… 세계 정복이라도 꿈꾸고 있으신 겁니까?"

"하하하핫!"

그가 재미있다는 듯 박장대소를 터트렸다. 허리까지 굽히고 한참 동안 웃음을 터트리던 그가 웃는 얼굴 그대로 눈물을 훔치며 몸을 바로 세웠다.

"이것 참, 실망하기가 무섭게 기대를 저버리지 않는 말을 하는군."

"과찬이십니다."

'그냥 빈정거리려고 한 말이었는데, 역시 정상은 아닌 거 같군.'

"큭큭, 정말 재미있어. 황태자가 왜 영애에게 목매달고 있는지 알 것 같군."

그가 나에게 바짝 다가왔다.

"나 또한 영애에게 반할 것 같단 말이야."

나는 그를 피하기 위해 조금씩 몸을 뒤로 물렸다.

"사양하지요."

"어째서?"

"애 딸린 유부남은 제 취향이 아닙니다."

"이런, 정말 아쉽군. 영애만 허락한다면 황태자와도 싸워 볼 생각이 있는데 말이지."

"절대 허락할 생각 없으니 헛소리는 그만하지시요."

이제 한 걸음만 더 가면 홀 안으로 들어갈 수 있었다. 데이샤 공작은 그런 내 움직임을 알면서도 가만히 나를 바라보고만 있었다.

"내 고백이 마음에 들지 않는 모양이군. 그럼 영애의 관심을 끌 만한 것을 말해 볼까?"

"……?"

공작의 입가가 슬며시 위로 올라갔다.

"내가 세계 정복이라도 노리고 있다면 어찌할 텐가?"

데이샤 공작의 말에 저절로 미간이 찌푸려졌다. 한두 살 먹은 어린애가 아니고서야 그런 허무맹랑한 꿈을 꿀 리가 없었다.

제국이 강대국이라고는 하지만 주변의 모든 왕국을 상대로 전쟁을 일으키기란 쉽지 않았다. 대지는 황폐해지고 백성들은 죽어 나자빠질 것이다. 세계 정복을 해 봤자 결국 남는 것은 아무것도 없다는 말이다.

"공작께서는 헛꿈을 꾸는 공상가처럼은 보이지 않습니다만."

"헛꿈이라……."

그가 말끝을 흐리며 피식 웃었다.

"영애의 눈엔 내가 헛꿈을 꾸고 있는 것으로 보인다는 말이군."

"그럼 아닙니까? 대체 공작님께서 얻고자 하는 것이 무엇입니까?"

데이샤 공작이 고개를 들어 하늘을 올려다보았다. 캄캄한 밤하늘 위로 반짝이는 별들이 총총히 아로새겨져 있었다. 공작의 눈빛이 잘게 흔들리는 것이 보였다.

"이런 밤하늘을 본 적이 있지."

그가 다시 고개를 내려 나를 바라보았다. 흔들리던 눈동자가 거짓이었다는 듯 그의 눈동자가 매섭게 빛을 발하고 있었다.

"나머지는 영애가 직접 생각해 보는 것이 어떤가?"

주름진 데이샤 공작의 눈가가 서서히 반달처럼 접혀졌다.

"조만간 영애에게 선물을 보내도록 하지."

"필요 없습니다."

"내 성의를 너무 무시하는군."

공작이 어깨를 으쓱였다. 웃고 있는 입가와 달리 그의 눈동자는 여전히 메마르고 퍼석했다.

"결정은 내 선물을 받고 나서 하게나."

"……"

"나를 막을지, 아니면 순순히 영애의 운명에 수긍할지 말이야."

22막. 납치

"오오!"

시녀들이 다과를 내오자 소파에 앉아 있던 남자가 며칠을 굶은 것처럼 게걸스럽게 달려들었다.

"아따, 역시 수도는 다르군요. 이런 맛난 것도 지천에 널려 있고 말입니다."

그가 입을 벌릴 때마다 과자 부스러기가 사방으로 튀어 나갔다. 눈살을 찌푸리게 하는 남자의 행동에 시녀들의 몸이 움찔거렸지만 그동안의 교육이 성과가 있었는지 아무도 티를 내지는 않고 있었다.

"캑캑!"

우악스럽게 과자를 집어 먹던 남자가 목이 막힌 듯 차를 벌컥 들이마셨다. 곧이어 찻잔이 뒤집어지고 남자가 괴성을 지르며 펄쩍 뛰었다.

"으악! 뜨, 뜨, 뜨거!"

응접실의 한쪽에서 대기하고 있던 시녀가 내 손짓에 재빨리 나가 얼음물을 들고 들어왔다. 그는 시녀가 내주는 얼음물을 단번에 삼키고 한참 동안 목을 잡은 상태로 쩔쩔매었다.

"아이고, 이런 추태가!"

방정맞게 응접실 안을 뒹굴던 그가 그제야 진정이 되었는지 히죽 웃으며 머리를 긁적였다. 남자의 머리는 며칠은 감지 않은 듯 부스스했다.

"정말 죄송합니다, 아가씨."

죄송하다는 말과 달리 그의 태도는 전혀 죄송스러워 보이지 않았다. 무례한 남자의 태도에 점점 얼굴이 굳어지는 시녀들을 향해 나가라는 손짓을 해 보였다. 그녀들은 내 명령에 마지못한 얼굴을 하며 밖으로 나갔다.

"어라? 왜 다들 나가는 겁니까?"

내 뒤에서 수문장처럼 지키고 서 있던 기사들까지 밖으로 나가고 난 뒤에야 그가 어리둥절한 얼굴로 나를 바라보았다. 나는 편안한 자세로 소파에 등을 기댔다.

"나는 시험을 별로 좋아하지 않습니다."

초승달처럼 휘어진 가는 눈매, 야위어 뾰족한 턱, 간사하게 보이는 남자의 얼굴은 이야기책에 나오는 꾀를 쓰는 여우를 떠올리게 했다.

레탄 후작은 레비나와 결혼식을 치르자마자 자신의 영지가 있는 서부로 가 버렸다. 레비나는 나와 헤어지는 것을 몹시 서운해했지만 레탄 후작의 결정에 반박하지는 않았다. 그와의 결혼을 선택한 이상 자신 또한 서부의 사람이 되어야 한다는 것을 그녀는 잘 알고 있었던 것이다.

레탄 후작은 서둘러 자신의 영지로 돌아가면서도 내 부탁을 잊지 않았다. 그는 서부와 이나야리에 대해 알고 싶어 하는 날 위해 자신의 보좌관을 수도에 떨궈 놓고 갔다.

그는 자신의 보좌관에게 내 질문에 정중히 답해 주라는 명령은 하지 않았다. 내 재주껏 그에게서 답을 얻어 내라는 뜻이었다. 레비나로 인해 조금 느슨해지긴 했지만 레탄 후작 또한 배타심이 강한 서부 사람이었던 것이다.

"무슨 말씀이신지……."

그가 또다시 머리를 긁적이며 고개를 갸웃거렸다. 가늘게 떠진 눈 사이로 이채가 서리는 눈동자만 아니라면 깜빡 속아 넘어갈 정도로 그의 행동은 능청스러웠다.

"나는 서부와 이나야리에 대해 알고 싶습니다. 그래서 레탄 후작님께 부탁을 했고, 후작님께서는 당신을 나에게 보냈지요. 달리 더 필요한 것이 있습니까?"

느른하게 풀어져 있던 그의 분위기가 순식간에 바뀌었다. 나를 탐색하듯 바라보는 남자의 시선이 느껴졌다. 찻잔을 들어 올려 차를 마시는 동안에도 남자의 시선은 나를 집요하게 따라다녔다.

'경계심이 많은 자로군.'

찻잔을 내려놓고 남자의 모습을 찬찬히 살펴보았다. 서부 사람 특유의 까무잡잡한 피부와 마른 것 같으면서도 전체적으로 단단하게 근육이 잡힌 몸매는 그가 머리만 굴리는 책상물림이 아니라는 것을 단적으로 보여 주고 있었다.

"아직도 나에 대한 평가가 끝나지 않았습니까?"

"……!"

"방금 전에도 말했다시피 나는 시험 당하는 것을 좋아하지 않습니다. 레탄 후작님에 대한 예우는 이 정도로 하지요."

"이거 참, 나름 숨긴다고 했는데, 그렇게 티가 났습니까?"

그가 손가락으로 볼을 긁으며 머쓱한 표정을 지었다.

"좋습니다. 제게 묻고 싶은 것이 무엇입니까?"

"이름이 카산이라고 했던가요?"

"……그렇습니다."

예상하고 있던 질문이 아니었던지, 그가 한 템포 늦게 대답했다. 눈치를 살피듯 이리저리 움직이는 그의 주황색 눈동자가 상당히 거슬렸다.

"당신……."

머리보다는 입이 먼저 움직였다.

"이나야리로군요."

"……!"

왜 갑자기 그런 느낌이 들었는지는 나도 알 수가 없었다.

확실한 것은 그의 눈동자를 정면으로 마주한 순간, 그가 이나야리라는 것을 본능적으로 알 수 있었다는 것이다.

내 말이 끝나기가 무섭게 카산의 몸이 시야에서 사라졌다. 차가운 칼날이 순식간에 내 목덜미에 닿는 것이 느껴졌다. 눈 깜짝할 새에 벌어진 일이었다.

나는 놀란 가슴을 진정시키고 태연하게 말했다.

"이곳에 들어오기 전에 무기를 검열했을 텐데, 용케 숨기고 왔군요."

"지금처럼 언제 무슨 일이 생길지 모르니까요."

담담한 말투와 달리 그의 전신에서는 날카로운 예기가 흘러나왔다. 나는 그를 똑바로 마주 보며 피식 웃었다.

"나를 해하고 이곳에서 무사히 빠져나갈 수 있다고 생각하는 것은 아니겠지요?"

응접실 안 곳곳에서 모습을 감추고 있던 기사들이 카산을 향해 살기를 뿌리며 천천히 모습을 드러냈다. 그는 여전히 단검으로 내 목을 겨눈 상태였다. 그가 눈동자를 굴려 자신을 압박하는 기사들을 경계하듯 훑어보았다.

카산의 검이 내 목을 겨누는 것과 동시에 기사들의 검도 그의 목을 겨누었다. 그가 빠져나갈 곳은 없었다.

"아가씨를 인질로 해서 빠져나갈 구멍을 만들어 볼 수는 있겠지요."

"당신의 경솔한 행동으로 레탄 후작가가 위험에 처할 수도 있다는 생각은 안 해 보셨습니까?"

"제국의 황제라 해도 레탄 후작가를 쉽게 처리할 수는 없습니다."

레탄 후작가를 거론하는 카산의 얼굴은 자신만만했다. 자신이 이곳에서 죽는다 하더라도 레탄 후작가에는 한 점의 피해도 가지 않으리란 믿음을 가지고 있었다.

그의 믿음은 어쩌면 당연한 것일 수도 있었다. 레탄 후작가는 대대로 이나야리를 상대로 싸워 왔다. 일반인보다 강인한 신체 능력을 가진 이나야리를 상대로 싸워 온 레탄 후작가의 기사들은 한 명 한 명이 정예병이었고, 일당백이라 칭할 수 있었다. 더구나 레탄 후작가의 영지가 있는 곳은 천연의 요새라고 불릴 정도로 절대적인 방어를 자랑하는 곳이었다. 웬만한 공격으로는 꿈쩍도 하지 않을 곳이 레탄 후작가였다.

그의 말대로였다. 제국의 황제라 하더라도 레탄 후작가를 건드리는 것은 상당히 껄끄러운 일이었다.

하지만 그가 간과한 것이 있었다. 치고받는 것만이 싸움이 아니다. 때로는 겉으로 드러난 것보다 더 강한 것이 존재했다.

"쯧, 레탄 후작의 보좌관이라고 하더니, 머리보다는 힘을 주로 썼던 모양이군요."

내 말뜻을 이해하지 못한 카산이 미간을 찌푸렸다. 나는 학생을 가르치듯 그가 이해할 수 있도록 차근히 설명해 주었다.

"레탄 후작 부인과 나는 둘도 없는 친우입니다. 당신의 손에 내가 다치거나 죽게 된다면 그녀가 어떻게 할까요?"

"……!"

"레탄 후작이 후작 부인을 어떻게 생각하고 있는지는 나보다는 보좌관인 당신이 더 잘 알고 있을 테지요. 더 이상의 설명이 필요한가요?"

가뜩이나 까무잡잡한 그의 얼굴이 흑색으로 변했다. 굳이 보지 않아도 그의 머릿속에는 미쳐 날뛰는 레탄 후작이 있음을 알 수 있었다.

"……하나만 물어보겠습니다."

내 목에 바짝 붙어 있던 칼날이 살짝 떨어졌다. 그에게서 더 이상의 예기는 새어 나오지 않았다.

"제가 이나야리라는 것은 어떻게 아셨습니까?"

그는 여전히 경계를 풀지 않고 나와 기사들을 번갈아 바라보았다.

나와 카산이 대화를 나누는 중에도 기사들은 미동조차 하지 않았다. 그들은 카산을 죽일 듯이 노려보고 있는 중이었다. 나를 지키고 있는 기사들은 내 안전을 일순위로 두고 있었다. 그들은 나에게 조금이라도 상처를 입히면 바로 달려들겠다는 의지를 노골적으로 드러냈다.

"그에게 겨눈 검을 치우세요."

"그럴 수 없습니다, 영애."

"명령입니다."

"죄송합니다, 영애."

내 명령에 기사들 중 하나가 고개를 저었다. 나는 나오려는 한숨을 삼키고 카산을 올려다보았다.

"먼저 이 목에 겨눈 검을 치우는 것이 어떻겠습니까? 이대로라면 대화가 되지 않을 것 같군요. 질문에 대한 대답은 이 상황이 정리된 후에 하도록 하죠."

챙그랑.

내 말에 잠시 생각을 하듯 눈을 감고 있던 카산이 단검을 내려놓았다. 그와 동시에 기사들이 그의 몸을 덮쳐 바닥에 눕히고 팔다리를 제압했다.

"그를 놓아주세요."

"그럴 수는 없습니다."

"그는 엘리언트가에 정식으로 초대를 받고 온 손님입니다. 가문의 역사상 손님을 이리 대한 적은 없습니다."

"영애에게 칼을 겨누었습니다. 그런 자를 조치도 없이 놓아줄 수는 없습니다."

"레탄 후작가와 척이라도 지겠다는 말입니까?"

내 말에 반발하던 기사가 입을 다물었다. 하지만 카산의 몸은 여전히 기사들에 의해 제압당해 있었다.

내 주위를 지키는 기사들은 각각 아버지와 시스, 그리고 에반의 명령을 받는 자들이었다. 나에게 위협이 되는 일이라면 내 명령도 무시하라는 언질을 미리 받은 듯했다.

상단의 기사들은 내 명령에 주춤거리며 물러났지만 엘리언트 가문의 기사들과 황실 기사들은 꿈쩍도 하지 않았다.

"모든 책임은 제가 지겠습니다."

나는 그들 앞에 최후의 카드를 내밀었다.

"마지막으로 말합니다. 그를 놔주세요."

"……!"

나는 지니고 있던 가주의 인장과 광영의 반지를 그들에게 내보였다. 인장과 반지를 확인한 기사들이 재빨리 무릎을 꿇고 내 앞에 부복했다.

아버지가 영지로 내려갔을 때 나에게 맡겼던 인장은 수도로 복귀했음에도 아직 회수해 가지 않은 상태였다. 엘리언트 가문을 상징하는 인장은 지금까지 내 관리하에 있었다.

가문의 인장은 가주의 뜻과 다름없다. 아무리 아버지의 명령이 있었다 하더라도 이곳에 아버지가 직접 있는 것이 아니라면 인장을 지니고 있는 내 명령이 우선하는 것이다.

광영의 반지는 황후를 상징하는 귀물이었다. 시스의 기사들 또한 광영의 반지를 지닌 내 명령을 무시할 수 없었다. 비록 시스의 명령에 반하는 명령일지라도 말이다.

그들은 탐탁지 않은 얼굴로 카산의 몸을 놓아주었다. 나는 카산에게 소파에 앉으라는 손짓을 했다. 그는 자신을 죽일 듯이 노려보는 기사들을 경계하며 자리에 앉았다.

"이야기를 편하게 하려면 단둘이 있는 것이 좋겠지만 그건 불가능할 것 같군요. 당신의 잘못이 없다고는 할 수 없으니, 양해 바랍니다."

아무리 가주의 인장과 광영의 반지를 가지고 있다 해도, 카산과 단둘이 남겠다고 한다면 기사들은 반발을 할 것이다.

카산이 날뛰지만 않았다면 기사들은 없는 것처럼 조용히 우리들을 지켜보고만 있었을 테지만 이미 엎질러진 물이었다. 나를 위하는 기사들의 마음을 알고 있기에 카산을 경계하며 나를 에워싸는 그들을 말리지 않았다.

"그건 분위기만 봐도 알 수 있는 일입니다만……."

당연하게도 카산은 여전히 경계심을 풀지 않았다. 조금이라도 틈이 보이면 바로 튀어 나갈 수 있도록 그는 긴장의 끈을 놓지 않고 있었다. 나는 다시 한 번 확언했다.

"당신이 나에게 위해를 끼치지 않는다면 그들은 나서지 않을 겁니다."

"그렇게 보이긴 하는군요."

"그리 경계심을 갖지 않아도 됩니다. 이곳에서 오고 간 말들은 절대 누설될 일은 없을 테니까요."

"제가 그것을 어찌 믿을 수 있습니까?"

나는 들고 있던 가주의 인장과 광영의 반지를 탁자 위에 올려놓았다. 카산의 눈동자에 이채가 서리는 것이 보였다.

"내 이름을 걸고 약속하지요."

"……이것 참, 우리 주인마님께서는 꽤 위험한 사람을 친우를 두셨군요."

인장과 반지를 뚫어져라 바라보던 카산이 이내 허탈한 얼굴로 머리를 긁적였다. 팽팽하게 긴장하고 있던 그의 몸이 느슨하게 풀렸다. 그는 모든 것을 포기했다는 얼굴로 투덜댔다.

"내가 이래서 남지 않으려고 했는데 말입니다. 이상하게 기분이 싸~ 하더란 말이죠."

"이제야 대화할 마음이 들었나 보군요."

"그 전에 듣고 싶은 대답이 있습니다. 제가……."

그의 시선이 기사들을 향했다. 그는 많은 사람이 있는 곳에서 말하기 꺼려진다는 표정을 지었다.

레탄 후작의 보좌관이 이나야리의 혼혈이라는 것이 알려지면 큰 파장이 일어날 것이다. 그는 그것을 걱정하고 있었다.

숨기고 싶은 그의 심정은 충분히 이해했지만 내가 배려할 수 있는 것은 여기까지였다.

애초에 대화로 쉽게 풀 수 있던 문제를 어렵게 꼰 것은 그의 잘못이었다. 그 또한 그 사실을 잘 알고 있는지 한숨을 내쉬는 것으로 현실을 인정했다.

"이나야리라는 것을 어찌 아셨습니까?"

"모릅니다."

"……네?"

실눈처럼 가느다랗던 그의 눈이 커지고 이질적으로 느껴지는 주황색 눈동자가 가늘게 흔들렸다.

"이나야리, 아니 정확히는 혼혈인 아이를 본 적이 있습니다. 당신에게선 그 아이와 같은 느낌이 나는군요."

"동공이 변하지 않는 이상, 이나야리를 알아챌 수 있는 사람은 없습니다!"

그가 흥분한 듯 몸을 일으키려 하자 대기하고 있던 기사들이 일제히 검을 빼 들고 그를 겨누었다.

"흥분을 가라앉히는 것이 좋겠군요."

"어떻게 알아내신 겁니까?"

그는 내 말을 믿지 않는 것 같았다. 차가운 칼날 아래에서 그의 동공이 살짝 수축하는 것이 보였다.

"나도 정확한 이유를 알 수 없습니다. 왜 내가 이나야리를 알아보는 것인지, 당신보다는 내가 더 궁금합니다."

내 말의 진실을 가늠하듯 그의 동공이 빠르게 수축과 확장을 반복했다. 라이를 통해 전에도 본 적이 있는 광경이었지만 여전히 이질적이고 거북했다.

"시간이 별로 없습니다. 조금 있으면 제 아버님이나 황태자 전하께서 달려오실 겁니다. 그럼 지금처럼 느긋하게 대화를 나눌 수는 없을 겁니다."

이곳의 일은 밖에 대기하고 있던 기사들을 통해 황궁에 있을 아버지와 시스에게 전해졌을 것이다. 내 안위에 민감한 두 남자는 분명 단숨에 이곳으로 달려올 테고, 오자마자 나를 카산에게서 떨어뜨려 놓고 절대 다시는 만나지 못하게 막을 터였다.

"이번엔 제가 묻지요. 이나야리에 대해 알고 있는 전부를 알려 주시기 바랍니다. 내가 어떻게 당신의 정체를 알아챌 수 있었는지는 당신의 대답을 듣고 난 후에 알게 될지도 모르는 일이니 말입니다."

유리창 너머로 마차가 빠져나가는 것이 보였다. 다행히 아버지나 시스가 오기 전에 대화를 끝마칠 수 있었다. 엘리언트 가문의 인장을 달고 있는 마차는 저대로 카산을 피스온 상단까지 데려다 줄 것이다.

나는 아직 그에게 물어볼 것이 많았다. 그를 서부로 보내 주는 것은 내 궁금증을 모두 풀고 난 뒤였다.

"이나야리……."

고개를 숙여 손바닥을 펴 보았다. 살을 파고든 손톱으로 인해 떨어져 나갔던 살점이 시간이 지나자 딱지가 앉고 아물어 가고 있었다.

"나는 어째서 그의 정체를 알 수 있었던 것일까?"

결론적으로 카산은 이나야리가 아니었다. 그는 라이와 같은 이나야리의 혼혈로 어릴 때 버려진 것을 레탄 후작이 거둬들였다고 했다.

카산은 이나야리의 혼혈은 이나야리나 이나야리의 혼혈만이 알아볼 수 있다고 했다.

그들은 서로에게서 특유의 기운을 느낄 수 있어, 동공이 변하지 않아도 서로를 알아볼 수 있다고 말했다.

일반인은 동공이 변하지 않는 한, 이나야리의 혼혈을 구분할 수 없다는 말이다.

처음부터 눈치챈 것은 아니었다. 그의 주황색 눈동자를 마주친 순간 온몸에 소름이 돋고 입에서 이나야리라는 단어가 튀어 나갔다. 카산에게는 라이를 봤을 때와 같은 느낌이라고 대답했지만 미묘하게 달랐다.

"그때보다 감각이 예민해진 것 같아."

주먹을 힘껏 쥐었다. 아직 완전히 아물지 못한 상처에서 아릿한 통증이 느껴졌다.

'경계를 오고 가며 약탈을 벌일 수 있는 것은 이나야리가 아니라 이나야리의 혼혈들입니다. 온전한 이나야리는 절대 경계를 넘지 못합니다.'

아버지나 시스가 도착하기까지 남은 시간은 많지 않았다. 카산은 짧은 시간 동안 이나야리에 대해 몇 가지 정보들을 알려 주었다.

그가 이야기하는 것들은 일반적으로 알려지지 않은 내용들이 많았다. 개중에는 세상에 잘못 알려진 것들도 있었다.

"이나야리의 특성은 알려진 것과 달랐단 말인가?"

자신들의 핏줄을 중하게 여긴다고 알려진 이나야리의 특성은 거짓이었다. 카산은 그들이 혼혈들을 거둬들이는 것은 경계를 넘지 못하는 자신들을 대신하기 위해서라고 말했다.

그들이 왜 경계를 넘지 못하는지는 카산도 알지 못했다. 어릴 때는 그들의 부락에 속해 있었지만 워낙 오래전에 버려진 터라 많은 것을 알고 있지는 못했다.

'데이샤 공작에 대해서는 저희도 주시하고 있었습니다. 이나야리들의 행동반경이 묘하게 그의 영지를 중심으로 움직이고 있더군요.'

레탄 후작은 이미 오래전부터 데이샤 공작을 주시하고 있었지만 심증만 있을 뿐, 확실한 증거는 잡지 못한 상태였다.

레탄 후작가는 경계 지역을 오고 가며 날뛰는 이나야리를 잡아 족치는 것만으로도 바쁜 사람들이었다. 기회를 노리고 몸을 낮추고 있는 데이샤 공작의 의도를 알아내기에는 레탄 후작가 힘만으로는 벅찬 일이었다.

"데이샤 공작과 이나야리라……."

'설마 이나야리를 이용해 정말로 세계 정복이라도 꿈꾸고 있다는 말인가?'

시원한 밤공기 사이로 파안대소를 하던 데이샤 공작의 모습이 떠올랐다.

처음엔 아이린스를 황후로 올리려는 계략일지도 모른다고 생각했었다. 하지만 아무리 생각해 봐도 데이샤 공작이 노리는 것은 그것이 끝이 아니라는 생각이 들었다.

자신을 막을지 운명에 순응할지 선택하라는, 그 얼토당토않은 말이 자꾸만 가슴에 박혀 들었다.

'그가 진실로 노리고 있는 것은 대체 무엇일까?'

얼마나 서 있었던 것일까. 창밖으로 황실 마차와 피스온 백작가의 마차가 동시에 들어오는 것이 보였다.

"누구지?"

황실 마차의 주인은 짐작이 가고도 남았다. 하지만 오늘 방문객 중 피스온 백작가의 사람은 없었다. 아나샤는 절대 예고 없이 엘리언트 후작가를 방문하는 법이 없었다. 그런 그녀가 갑작스레 마차를 보냈다는 것은 필시 화급을 다투는 일이 생겼다는 뜻이었다.

데이샤 공작을 생각하고 있어서인지 불길한 예감이 먼저 들었다.

"아가씨?"

시녀들이 움직이기도 전에 문을 박차고 나갔다. 놀란 시녀들이 서둘러 내 뒤를 따랐다. 복도를 지나 중앙으로 이어진 계단을 내려갔다. 계단 아래에는 시스와 피스온 백작 가문의 시종이 창백한 얼굴을 한 채, 집사와 함께 올라오고 있었다.

"무슨 일이지?"

"에, 에리얼 아가씨가 사라지셨습니다!"

평소에는 가깝다고 느꼈던 거리가 너무 멀게 느껴졌다. 피스온 백작가로 가는 동안, 내내 초조해하는 나를 시스가 품에 안고 달래 주었다.

"괜찮아, 아무 일도 없을 거야."

빠르게 달리느라 평소와 달리 심하게 덜컹거리는 마차 안에서 수도 없이 괜찮다는 말을 되뇌었지만 불안은 가시지 않았다.

"아나샤!"

"비, 비욘느……."

눈물로 범벅이 된 얼굴로 아나샤가 나에게 팔을 내밀었다. 나는 단숨에 달려가 그녀의 손을 잡아 주었다.

"엘, 엘이……. 엘이……."

"쉬이, 아냐사, 괜찮을 거예요. 엘은 곧 찾을 수 있을 겁니다. 괜찮아요."

불안감에 심장이 떨려 왔다. 하지만 하늘이 무너진 것 같은 얼굴로 주저 앉아 있는 아나샤를 보자, 내 불안감은 손톱만큼도 내보일 수가 없었다.

"대체 어떻게 된 일입니까?"

흐느끼는 아나샤를 품에 안고 에반을 바라보았다. 잔뜩 헝클어진 옷차림을 보니, 그도 소식을 듣자마자 이곳으로 달려온 모양이었다.

"저도 아직 자세한 사항은 듣지 못했습니다만, 자고 있던 아이가 감쪽같이 사라졌다고 합니다."

"자고 있던 아이가 사라지다니요?"

"낮, 낮잠 시간이었어요. 흑…… 평소처럼 방으로 들여보내고 일어날 시간이 지나 깨우려고 가 보니 엘, 엘이 사라졌어요. 흐윽……."

아나샤가 더듬거리며 상황을 설명하다가 또다시 울음을 터트렸다. 쉬지 않고 흐르는 눈물에 탈진하는 것은 아닌가 걱정이 되었다.

"일단, 의원을 부르도록 하세요. 의원이 오면 아나샤는 우선 몸부터 추스르도록 하고요."

"그, 그럴 수는 없어요. 엘이……. 엘이……."

"당신이 굳건하게 버티고 있어야 엘이 무사히 돌아올 수 있습니다."

나는 눈물로 잔뜩 일그러진 그녀의 눈동자를 똑바로 마주하며, 매정하다는 생각이 들 정도로 강하게 말했다.

"솔직히 지금의 당신은 엘은 찾는 데 방해가 됩니다."

"……!"

차갑기까지 한 내 말에 몇몇 사람들이 헛숨을 들이켰다. 나를 바라보는 아나샤의 초콜릿색 눈동자가 파르르 떨렸다.

매정한 말이라는 것은 알고 있었다. 하지만 엘을 찾기도 전에 아나샤가 먼저 쓰러질 것만 같았다. 이미 악역에는 익숙했다. 이것 하나 더 없는다고 해서 달라질 것은 없었다.

"엘을 찾고 싶거든 냉정해지세요, 아나샤."

나는 그녀를 밀어내고 몸을 일으켰다. 시녀들이 달려와 아나샤를 부축하는 것이 보였다. 시녀들을 따라 아나샤가 방으로 들어가는 것을 보며 에반에게 말을 걸었다.

"당장 저택에 있는 모든 이들을 불러 모으고 엘의 행방을 찾아봐야겠습니다."

"알겠습니다."

에반이 사라지고 시스가 내 곁으로 다가왔다. 그는 말을 거는 대신 내 어깨를 조심스레 다독였다.

"아무 일 없겠지요?"

"그래."

그의 커다란 손이 내 머리를 감싸고 자신의 품으로 이끌었다. 나는 순순히 그의 넓은 품에 안겨 들었다. 그에게서 나는 체향과 함께 따스한 온기가 내 몸을 감쌌다. 가늘게 떨리던 몸이 조금은 진정되는 것이 느껴졌다.

엘은 나에게도 매우 특별한 아이였다.

그때에는 존재하지 않던 아이가 지금은 살아 숨 쉬고 하루하루 예쁘게 자라나고 있는 중이었다.

내가 현재의 나임을 증명할 수 있는 존재, 그것이 바로 엘이었다.

"모두 다 모인 겁니까?"

"네, 이곳에서 일하는 사람은 모두 불렀습니다."

홀 안에 모여 있는 사람들을 찬찬히 살펴보았다. 대부분 익숙한 얼굴들이었다.

피스온 백작가에서 일하는 사람들은 대다수가 상단과 엮여 있거나 대를 이어 피스온 백작가에 충성을 바쳐 온 이들이었다.

나는 외할아버지가 살아 있을 적부터 지금까지 몇 번이나 피스온 백작가를 드나들었다. 오히려 그들의 얼굴을 모르는 것이 이상한 일이었다.

"혹시 빠진 사람이 있습니까?"

그들은 침울한 얼굴로 서로를 바라보며 고개를 가로저었다.

"저, 라이가 보이질 않습니다."

사람들 틈에서 눈치를 보고 있던 여인이 조심스럽게 손을 들었다. 그제야 라이가 없다는 사실을 눈치챈 사람들이 웅성거리기 시작했다.

"라이가 언제부터 안 보였습니까?"

"에리얼 아가씨와 함께 간식을 먹고 있던 것을 봤습니다."

뒤이어 나선 것은 엘을 담당하고 있던 시녀였다.

엘은 선천적으로 앞을 보지 못해 시녀들이 돌아가며 수발을 들었다. 거의 모든 시간을 시녀들과 함께한다고 봐야 했다.

하지만 라이가 백작가에 머물기 시작하면서 엘은 언제나 라이와 붙어 다녔다. 밥을 먹을 때는 물론, 공부를 하고 간식을 먹을 때에도 둘은 마치 쌍둥이처럼 꼭 함께 행동했다.

그 둘이 떨어질 때는 유일하게 잠을 자고 있을 때뿐이었다.

"엘이 낮잠을 자기 전이겠군. 그 후에는?"

"그 이후에는 보지 못했습니다. 아가씨의 잠자리를 봐 드린 후, 바로 별관의 일에 투입된 터라⋯⋯."

"별관?"

"며칠 전에 동쪽에 있던 별관의 기둥이 무너졌습니다. 최대한 저택의 인원으로 보수하려다 보니 일이 더뎌지고 있습니다."

"본관의 인력까지 동원해야 할 정도로 인원이 부족했다는 말이군."

"네."

백작가의 집사가 송구하다는 얼굴로 고개를 숙였다.

엘리언트 후작가를 비롯한 대다수의 귀족 가문과 달리 피스온 백작가는 절대 외부인을 고용하지 않았다. 상단을 운영하는 가문치고는 극단적이라고 할 수 있을 만큼 폐쇄적인 성향이었다.

하지만 피스온 백작가는 아주 오래전부터 부리는 사람 한 명 한 명 신중하게 들이는 것을 고수해 왔다. 적어도 2대 이상이 가문을 위해 일해야 백작가의 본관에서 일할 자격이 주어질 만큼 철저하게 사람을 가렸다.

현재 피스온 상단의 사람들은 대다수가 1황자를 죽인 범인을 쫓고 있었다. 상단의 일을 유지하랴, 데이샤 공작을 주시하랴, 인원은 턱없이 모자랐다. 함부로 외부인을 들이지 않는 피스온 백작가로서는 달리 인원을 보충할 곳이 없었을 것이다.

'설마 이것을 노린 것인가!'

평소였다면 피스온 백작가가 지금처럼 비어 있지는 않았을 것이다. 하지만 지금은 대부분의 인원이 내 명령으로 인해 밖으로 나가 있는 상태였다.

'내 잘못이다.'

"비이!"

자각하는 순간 눈앞이 캄캄해졌다. 휘청거리려는 내 몸을 시스의 단단한 팔이 붙잡았다. 그가 새하얗게 질린 얼굴로 나를 내려다봤다. 나는 그의 팔을 붙잡고 몸을 바로 세웠다.

'후회하는 것은 나중에 해도 돼. 지금은 엘을 찾는 것이 우선이다.'

턱에 힘을 주며 입술을 앙다물었다. 시스가 여전히 불안한 얼굴로 나를 보고 있는 것이 느껴졌지만 그의 얼굴을 보면 그에게 기대 약해질 것만 같았다. 나는 허리에 힘을 주고 고개를 꼿꼿하게 세웠다.

"그 후에 라이를 본 사람이 있습니까?"

이어진 내 질문에도 나서는 사람은 아무도 없었다.

"라이가 어디 있는지 아는 사람이 아무도 없습니까?"

날카로운 내 목소리에 웅성거림이 커졌다.

"혹시 그 아이가 에리얼 아가씨를 납치한 것이 아닐까요?"

"맞아요. 그 아이, 눈동자도 꺼림칙한 것이 누구의 자식인지도 모르고 느낌도 안 좋았어요."

"그러고 보니 자주 밖으로 나갔던 것 같아요."

막아 놓았던 말문이 터지듯 누군가가 서두를 꺼내자마자 여기저기서 라이에 대한 험담이 흘러나왔다.

"엘을 납치한 범인으로 라이가 의심스럽다는 말인가요?"

"……."

웅성거리던 사람들이 합죽이가 된 것처럼 동시에 입을 다물었다. 내 말에 소리로 대답하지는 않았지만 분위기를 보아하니, 대다수가 라이를 의심하고 있는 듯했다.

이곳에 있는 이들은 모두 오랜 시간 함께 지내 온 사람들이었다. 그들은 서로를 잘 알고 있는 만큼 서로를 믿고 있었다.

하지만 최근 저택에 들어온 라이는 이들에게 이방인이나 다름이 없었다. 이들이 라이를 의심하는 것은 어쩌면 당연한 일인지도 몰랐다.

"다들 라이가 의심스럽다고 하는군요. 어떻게 생각하십니까?"

"그 아이 또한 엘과 함께 납치당했을 가능성도 있습니다."

내 물음에 에반이 침통한 얼굴로 대답했다. 그는 라이를 믿고 있는 듯했다. 오랜 시간 봐 온 것은 아니었지만 나 역시 그 아이를 믿고 있었다.

무슨 일이 있어도 엘을 지키겠다고 맹세했던 아이의 눈은 결코 거짓이 아니었다. 나는 내 눈을 믿었다.

"시스, 부탁이 있습니다."

"그대의 부탁이라면 무엇이든 들어주지."

"황실 기사단을 불러 저택을 샅샅이 수색해 주세요. 먼지 한 톨까지 전부 조사해 주시기 바랍니다."

"……그러지."

그가 고개를 끄덕였다.

"안, 안 됩니다. 이곳은 피스온 백작가입니다. 아무리 아가씨가 백작님의 핏줄이라 해도 이리 함부로 집 안을 수색할 수는 없습니다."

집사가 새파랗게 질린 얼굴로 내 앞을 막아섰다. 홀 안에 모인 사람들 또한 경악으로 벌어진 입을 다물지 못했다.

황실 기사단을 불러들인다는 것은 피스온 백작가의 일에 황실의 개입을 허락하겠다는 뜻이나 다름없었다. 무척이나 위험천만한 일이었지만 나에게는 엘을 찾는 것이 우선이었다.

"그대는 엘이 중요한가? 아니면 백작가의 자존심이 중요한가?"

"피스온 상단이 있질 않습니까. 그들이라면 충분히 에리얼 아가씨를 찾을 수 있습니다."

노년의 집사는 목에 핏대를 세우며 결사적으로 외쳤다. 그는 상단의 일로 집을 자주 비우는 외할아버지를 대신해 피스온 백작저를 지켰다.

새하얗게 샌 집사의 머리카락과 얼굴 위에 그려진 자잘한 주름들은 그가 피스온 백작가를 지켜 온 시간들을 대신 말해 주고 있었다.

"절대, 황실 기사단이 저택의 땅을 밟는 것을 용납할 수 없습니다! 아무리 에리얼 아가씨를 위해서라지만 아가씨 한 사람보다 백작가의 위엄이 더 중요합니다."

그는 고지식한 남자였다. 융통성도 없고 부러질지언정 결코 휘어지지 않는 성정을 지녔다. 한 가문의 집사로서는 너무 경직된 사고방식이었지만, 피스온 백작가에 대한 충정만큼은 넘쳐흘렀다.

그의 집안은 대대로 피스온 백작가를 섬겼다. 평생을 피스온 백작가를 위해 살아온 그는 그 사실에 자부심을 가지고 있었다.

'하지만 너무나 곧은 충성은 때론 독이 되기도 하지.'

그는 피스온 백작가에 대한 충정이 넘치는 만큼 백작 부인으로서의 자격이 미흡한 아나샤를 탐탁지 않게 여기고 있었다. 신체적 결함을 가지고 태어난 엘은 말할 것도 없었다.

다음 대 피스온 백작은 엘과 결혼할 사람이다. 최근 라이와 가깝게 지내는 엘을 보며 그는 신경질적인 모습을 종종 보여 왔다. 아닌 말로 그로서는 내가 내쫓았던 피스온가의 친척 중 누군가가 대를 잇는 것이 낫다고 생각할 수도 있었다. 그만이 아니라 더 많은 이들이.

불만이 서린 눈빛, 싸늘한 경계.

'이걸 왜 이제야 눈치챈 거지?'

보이지 않던 강한 반발감이 느껴졌다. 원인은 외부인인 라이에 대한 거부감이겠지만 더 근원적인 것에 문제가 있었다.

이곳에 있는 사람들은 모두 피스온 백작가를 위해 오랫동안 헌신하던 사람들이다. 하지만 너무 오랜 세월 백작가를 위해 일해 왔기 때문인지, 그들에게는 치명적인 결함이 있었다.

너무나 자연스럽고 오랜 세월 익숙해져 있었기에 이 상황이 되어서야 겨우 인지할 수 있었다. 고인 물은 썩기 마련이라는 사실을 간과하고 있었던 것이다.

"겨우 집사 따위가 나를 막을 수 있을 것 같은가?"

나는 집사가 서 있는 곳을 향해 발을 움직였다. 나와 집사 사이에 있던 사람들이 내 움직임에 맞춰 굳은 얼굴로 길을 터 주었다.

맹목적인 충성이 가득한 집사의 시선이 나를 똑바로 바라보았다.

"피스온 백작가의 주인은 아가씨가 아닙니다!"

"그럼 네가 말하는 피스온 백작가의 주인은 누구지?"

"당연히 백……!"

집사가 말을 잇지 못하고 입을 닫았다. 나는 얼굴에 조소를 띠었다.

"왜? 말을 못 하지? 대답하기 어려운 질문은 아닐 텐데?"

집사는 여전히 대답하지 못했다. 나는 집사에게서 시선을 돌려 모여 있는 사람들을 천천히 훑어보았다.

"그럼, 그대들이 대신 말해 보아라. 이 집의 주인이 누구인가?"

"……"

나와 시선을 마주치자 대다수의 사람들이 침울한 얼굴로 내 시선을 피했다. 간혹 분한 얼굴로 나를 노려보는 이들이 있었지만 나는 그들을 향해 비웃음을 지어 보였다.

"아무도 대답을 하지 못하는군. 에반, 당신이 대답해 보세요. 지금 피스온 백작가의 주인은 누구입니까?"

"영애……"

에반의 얼굴에 고통이 스쳤다. 이제야 명확해졌다. 그 또한 이 저택 안에서는 이방인에 불과했던 것이다.

피스온 상단과 피스온 백작가는 그동안 주인이 같아 한 집단으로 보였지만 실상은 엄연히 다른 집단이었다. 그동안 피스온 백작가의 사람들은 피스온 상단을 백작가의 수족으로만 생각하고 있었던 것이다.

아나샤가 그동안 무슨 생각을 가지고 백작가를 지키고 있었는지 모를 일이다. 아니, 짐작 가는 것은 있었지만 이해하고 싶지는 않았다.

그녀는 진심으로 외할아버지를 사랑했다. 외할아버지가 남긴 모든 것을 고스란히 남겨 두고 싶어 할 정도로 말이다.

"조부님은 이제 이곳의 주인이 아니다."

"아가씨!"

집사가 얼굴을 붉히며 나를 향해 소리를 질렀다.

"어찌, 아가씨께서 그리 말씀하실 수가 있습니까?"

"왜 내 말이 틀렸나? 이미 오래전에 영면에 드신 분이다. 그런 분이 어찌

서 아직도 이곳의 주인이 될 수가 있지?"

외할아버지를 향한 아나샤의 사랑이 잘못된 것은 아니다. 하지만 엘을 위해서라면 이들을 이대로 놔두어서는 안 되는 일이었다.

피스온 백작은 엘이 선택하는 사람이 될 것이다. 그 누구도 엘의 선택을 좌지우지할 수 없었다. 오로지 엘이 사랑하는 사람만이 그 아이의 반려가 되어야 할 것이다. 그게 누가 되었든지 간에 말이다.

하지만 지금 이들은 엘의 선택은 물론 엘조차 안중에 두지 않는 듯했다. 너무 오랜 세월 가문 안에서 주인 의식을 가지고 생활해 왔기 때문이다.

'아니, 외할아버지가 너무나 이상적인 주인이었던 것인지도 모르지. 저들에게 피스온 백작가의 주인은 외할아버지 단 한 분뿐일 테니까.'

자신이 일하는 가문에 긍지와 자부심을 갖는 것은 좋은 일이다. 하지만 그것이 월권을 행사해도 된다는 말은 아니다. 누가 자신들의 주인인지 저들은 명백히 머리에 새기고 있어야 했다.

"백작님께서 아가씨를 어찌 대하셨는데, 어찌 그분을 이리 욕보일 수 있단 말입니까?"

"그대들이야말로, 어찌 그분을 욕되게 한단 말인가!"

내 목소리가 홀 안을 쩌렁쩌렁하게 울렸다. 나는 몸을 꼿꼿이 세우고 한 자, 한 자 힘주어 말했다.

"엘은 너희들이 주인이라 모시는 분의 핏줄이다. 이 가문을 이어 갈 유일무이한 사람이란 말이다."

"저는 인정할 수 없습니다!"

스르릉!

"비이!"

"영애!"

"헉!"

"까악!"

시스의 허리춤에 있던 칼을 빼 들었다. 생각보다 무거운 검의 무게에 몸이 살짝 흔들렸지만 쓰러지지 않도록 다리에 힘을 주었다.

부들부들 흔들리는 검의 손잡이를 두 손으로 꽉 움켜쥐었다. 시스와 에반이 불안한 얼굴로 나를 바라보고 있었지만 이 행동을 멈출 생각은 없었다.

시퍼렇게 날이 선 칼날이 집사에게 향했다. 그는 입을 꾹 다물고 칼끝만을 노려보았다.

"다시 말해 보아라. 네깟 것이 대체 뭐라고 백작가의 주인을 인정할 수 없다는 말을 하는지 궁금하군."

검을 살짝 휘둘렀다. 날카로운 칼날은 집사의 귓불에 상처를 내고 머리카락 한줌을 쏟아 내었다. 여기저기서 비명과 울음 섞인 소리가 들렸지만 나는 오로지 집사만을 바라보았다.

"착각하지 마라. 너희가 인정을 하든 인정하지 않든 현재 이곳의 주인은 '에리얼 아샤 피스온'이다."

집사가 눈을 부릅떴다. 그의 눈동자가 심하게 요동치는 것이 보였다. 나는 검을 들어 올려 집사를 향해 던지듯 내려놓았다.

쨍그랑.

"그것이 싫다면 지금 당장 이곳을 떠나라. 주인도 제대로 알아보지 못하는 이들은 필요 없으니."

대리석 바닥과 묵직한 쇠가 부딪히는 소리가 청명하게 울려 퍼졌다. 그 소리에 몇몇 심약한 여인들이 움찔 놀라 뒤로 물러섰다. 그녀들 사이로 희미하지만 익숙한 향이 풍겨 나왔다.

신경이 날카로워지고 온몸의 감각이 예민해졌다. 머릿속에 붉은 경보음이 울리기 시작했다. 나는 경고하듯 모여 있는 한 사람 한 사람의 표정을 자세히 살펴보았다.

침울하게 고개를 숙이고 있는 사람들 중에서 이질적인 표정이 시야에 잡혔다. 다른 이들과 똑같이 고개를 숙이고 침울한 표정을 하고 있었지만 그녀의 입술 끝이 살짝 올라가 있는 것이 보였다.

자세히 보지 않았다면 절대 눈치채지 못할 만큼 미미한 표정이었지만 예민해진 내 감각은 그녀를 잡아야 한다고 알려 주었다.

머리로 생각할 틈도 없이 손이 먼저 움직였다.

"까악!"

나에게 머리채를 잡힌 시녀가 눈물을 글썽이며 나를 올려다보았다. 방금 전, 라이를 마지막으로 봤다고 말했던 시녀였다.

"아, 아가씨……."

그녀의 얼굴엔 머리채를 잡힌 아픔과 황당함이 공존해 있었다. 자신이 어째서 이런 취급을 받아야 하는지 알지 못하는 듯했다.

"너, 어째서 카약을 가지고 있지?"

"무, 무슨……."

미미하게 풍기던 카약의 향기가 그녀를 잡아채자 확실해졌다. 나는 그녀의 품을 뒤졌다.

"이, 이거 놓으십시오. 악!"

그녀가 몸을 비틀어 내 손에서 빠져나가려 했다. 갑작스런 내 행동에도 별말 없이 지켜보고만 있던 시스가 그녀의 두 팔을 뒤로 돌려 잡았다.

그녀가 악을 쓰며 몸을 버둥거렸지만 시스의 힘을 당해 내진 못했다. 얼마 되지 않아 그녀의 품속에서 천 주머니 하나를 발견할 수 있었다.

"카약이 맞습니다."

재빨리 다가와 주머니를 열고 안의 내용물을 확인한 에반의 얼굴에 경악이 서렸다.

"네가 어째서 이것을 가지고 있지?"

유모의 일과 함께 카약에 대해 세상에 알려진 상태였다. 가루 형태의 실물을 본 적은 없겠지만 다들 카약의 이름과 성능에 대해서는 잘 알고 있었다.

"모, 모릅니다. 모르는 물건이에요. 살려 주세요, 집사님!"

시녀가 새파랗게 질린 얼굴로 집사를 향해 손을 뻗었다. 집사는 석상이라도 된 듯 멍청한 얼굴로 서 있었다. 나는 그를 외면하고 시스를 바라보았다.

"기사단을 부르세요. 이곳에 있는 이들 전부 조사해야 할 것 같습니다. 한 명도 빠짐없이 전부!"

"오해십니다! 저 아이는 태어났을 때부터 백작가를 위해 일해 온 아이입니다. 저 아이의 부모 또한 피스온 백작가를 위해 일하다 목숨을 잃었을 정도로 충직한 집안입니다. 절대 그럴 아이가 아닙니다."

"내 유모 또한 오랫동안 피스온 백작가를 위해 일해 온 사람이었지."

"……!"

핏기가 가신 집사의 얼굴은 시체처럼 창백해졌다.

"그녀는 내 유모였고, 그녀의 어미는 내 어머니의 유모였다. 이래도 내가 그대들을 믿어야 하나?"

먼지 한 톨까지 철저히 드러낼 것이다. 엘이 없다면 피스온 백작가도 없었다.

23막. 약속

쾅!

나는 두 손으로 책상을 내려쳤다. 부딪힌 손바닥이 얼얼했지만 그런 것쯤은 문제가 되지 않았다.

"엘이 사라졌습니다. 그런데 기사단을 내줄 수 없다니요?"

"지금 당장 움직일 수 있는 기사단이 없다."

흥분으로 달아오른 나와 달리 아버지는 평상시와 다름없는 얼굴로 나를 올려다보았다.

에반을 주축으로 하여 피스온 백작가 전체를 수색했다. 시스는 황궁에 연락을 넣어 자신의 기사단을 피스온 백작가로 불러들였다.

피스온 백작가의 사람들은 자신들 사이에서 배신자가 나왔다는 사실에 경악했다. 그들은 그 사실을 믿고 싶어 하지 않았지만 '카약'이라는 명백한 증거 앞에 자신들의 잘못을 인정할 수밖에 없었다.

한 번이라면 우연으로 치부할 수도 있을 것이다. 하지만 벌써 두 번이나 가문 내에서 배신자가 나왔다.

결코 우연이 아닌 것이다.

충성심이 과하여 월권을 행사하려 들긴 했지만 그들은 오랫동안 피스온 백작가를 지켜 온 사람들이었다. 피스온 백작가를 향한 그들의 애정만큼은 거짓이 아니었다. 백작가 사람들은 또 다른 배신자가 있을 것을 우려하여 자발적으로 서로가 서로를 감시하기 시작했다.

상단의 사람들과 기사들은 그사이 본관은 물론 별관과 하인들의 숙소, 그리고 창고와 마구간까지 백작가의 모든 곳을 샅샅이 뒤졌다. 먼지 한 톨까지 찾아낼 정도로 샅샅이 찾아봤지만 기대와 달리 엘의 행방은 찾을 수가 없었다.

설상가상으로 카약을 가지고 있던 시녀는 잠시 방심한 틈을 타 죽어 버렸다. 두 눈 멀쩡히 뜨고도 당한 것이다.

엘의 행방은 여전히 오리무중이었다. 누가, 어째서 엘을 납치한 것인지 모르는 만큼 경우의 수는 수천 가지나 되었다.

마음 같아선 계엄령이라도 선포하고 수도 전체를 수색하고 싶었지만, 현실적으로 불가능한 일이었다. 황족도 아니고 일개 백작 영애를 찾기 위해 수도 전체를 들쑤시고 다닐 수는 없는 노릇이었다. 더구나 수색에 가담할 수 있는 인력도 터무니없이 모자랐다.

최대한 인력이라도 충원하기 위해 아버지에게 도움을 요청했지만 단칼에 거절을 당했다. 서류를 검토하고 있던 모습 그대로 아버지는 의자에 앉은 채, 요지부동이었다.

이러고 있는 사이에 엘에게 무슨 일이라도 생기는 것은 아닌지 애가 탔다.

"다른 곳에 있는 기사들까지 동원해 달라는 것이 아닙니다. 저를 지키고 있는 인원이라도 움직여 주세요."

아버지의 명령에 의해 나를 지키고 있는 기사들은 후작가의 기사들 중에서도 최고의 정예들이었다. 고양이 손이라도 빌려야 하는 이 상황에서 그들은 큰 전력이 될 터였다. 하지만 기사들을 움직이기 위해서는 후작인 아버지의 승낙이 절대적으로 필요했다.

"불가하다."

"어째서입니까?"

"너를 위험에 빠트릴 수 없기 때문이다."

아버지의 입매가 단호하게 굳어졌다.

엘이 납치를 당했다. 그 어리고 약한 아이가 누군지도 모르는 괴한에게 납치당해 죽었는지, 살았는지도 모르는 상황에서 여전히 내 안위만을 고집하는 아버지가 이해가 되지 않았다.

도대체 아버지는 무엇을 그리 경계하고 있단 말인가?

"이제는 알아야겠습니다."

"……."

단단하게 고정되어 있던 아버지의 눈동자가 가늘게 흔들렸다. 나에게 무언가 숨기고 있다는 것을 알고 있으면서도 모르는 척 배려하는 것은 이제 그만두기로 했다.

"대체 무엇을 그리 두려워하시는 겁니까?"

"비이."

나를 부르는 시스의 얼굴이 난감하게 변했다. 나는 눈에 힘을 주고 두 남자를 바라보았다.

"제 일입니다. 알려 주십시오."

"……."

무표정한 아버지의 얼굴 위로 그늘이 졌다. 나는 그런 아버지에게서 시선을 떼지 않았다. 나와 아버지는 한 치의 양보도 없이 서로를 고집스레 바라보았다.

"후작, 비이의 말에도 일리가 있습니다."

시스가 한숨을 내쉬며 아버지를 설득하기 시작했다.

"그녀도 이제는 알아야 하지 않겠습니까?"

시스의 설득에도 아버지는 여전히 묵묵부답이었다. 아버지의 침묵에 답답해졌다.

"대체 제게 말하지 못하는 이유가 무엇입니까?"

"나는……."

아버지가 드디어 무거운 입을 열었다. 나는 아버지의 입을 주시하며 기다렸다.

"네가 다치는 것을 원치 않는다."

"감추고 계신 일을 제가 알게 되면 위험해지는 것입니까?"

"……그대에게는 충격이 될 수 있는 일이니까."

침묵으로 일관하는 아버지 대신 시스가 대답했다.

"저는 두 분이 생각하고 계시는 것처럼 약하지 않습니다."

무거운 침묵이 또다시 서재 안에 내려앉았다. 나는 입술을 한일자로 굳히고 아버지를 뚫어져라 바라보았다.

사실을 알려 주기 전까지는 절대 한 발자국도 움직이지 않을 생각이었다. 결국 아버지의 입술이 달싹거리고 낮은 한숨 소리가 흘러나왔다.

"일단 앉아서 이야기하자꾸나."

아버지가 의자에서 몸을 일으켜 서재 중앙에 있는 소파로 자리를 옮겼다. 나와 시스는 아버지를 사이에 두고 마주 앉았다. 원래대로라면 황태자인 시스가 상석에 앉아야 했지만 우리 세 사람에게 그런 형식은 중요하지 않았다.

우리가 소파에 자리를 잡자 기다렸다는 듯이 집사가 뜨거운 차를 내왔다. 그는 지금부터 나눌 대화들이 심상치 않음을 느꼈는지, 눈치껏 시녀들을 이끌고 서재 밖으로 나갔다.

뜨거운 김이 모락모락 피어오르던 차가 식어 가고 있었다. 하지만 세 사람 중 누구도 찻잔에 손을 댈 생각을 하지 않았다. 기다리다 지친 내가 먼저 운을 띄웠다.

"말씀해 주십시오."

"네가 평생 모르고 지내길 바랐다. 지금도 그 생각은 변함이 없구나."

"아무것도 모르는 척, 눈감고 지낼까도 했습니다. 하지만 지금은 도저히 그럴 수 없습니다. 저는 알아야겠습니다."

"어디서부터 말을 해 줘야 할까⋯⋯."

"처음부터 끝까지 알고 계신 모든 것을 알려 주십시오."

또다시 아버지의 입에서 한숨 소리가 새어 나왔다. 여전히 내게 말하는 것이 꺼려지는 듯, 아버지의 한숨 소리는 낮고 무거웠다.

"옛날 옛적 대륙 전체가 위험해 처한 적이 있었다. 하늘과 땅이 노하여 진동하고 괴물들이 판을 치던 그때에 네 명의 구원자가 나타났다."

"제국의 건국신화가 아닙니까?"

"네 말이 맞다. 프리스턴, 엘리언트, 피스온, 그리고 레탄, 그들이 제국의 건국신화에 나오는 영웅들이지."

건국신화에 나오는 영웅들은 황가인 프리스턴, 엘리언트 후작가, 피스온 백작가, 레탄 후작가로 그 피가 이어져 내려오고 있었다. 황실을 제외한 3가 문은 제국이 왕국이었을 때부터 이어 내려온 개국공신 가문들이었다.

"그것이 지금 이 상황과 무슨 관련이 있습니까?"

이 상황에서 왜 건국신화가 거론되는 것인지 이해할 수 없었다.

어느 나라나 그렇듯, 건국신화라는 것은 그 나라가 존재해야 하는 이유에 정당성을 부여하기 위해 만들어진 가공의 이야기일 뿐이다. 제국의 건국신화도 마찬가지였다. 신화에 나오는 4명의 영웅들은 인간의 능력을 뛰어넘는 초월적인 인물들로 그려지고 있었다.

"그 신화가 지금까지도 유지되고 있기 때문이다."

무엇이 그리 마음에 걸리는 것인지, 나를 바라보는 아버지의 표정이 좋지 않았다. 아버지의 얼굴은 미안함과 분함, 그리고 안타까움이 복잡하게 얽혀 있었다.

"제 안위에 그리 민감하게 구시는 것이 건국신화와 관련이 있습니까?"

"그 뒤부터는 내가 이야기하지."

침묵을 지키며 나와 아버지의 대화를 듣고만 있던 시스가 입을 열었다. 정면에서 마주한 그의 얼굴도 아버지와 별반 다르지 않았다.

"하십시오."

"세간에 알려진 건국신화는 거짓이 아니야. 오히려 축소되어 알려진 것들이 더 많다고 볼 수 있지."

부풀려도 모자랄 건국신화를 오히려 축소했다?

언뜻 이해가 가지 않는 말이었다. 나는 질문을 하는 대신, 자세를 바로잡고 시스의 말을 경청했다.

"대륙 전체가 멸망 직전까지 갔던 것도 모두 사실이야. 남겨진 기록들을 보면 멸망하지 않았던 것이 더 이상할 정도로 그 당시의 상황은 처참했으니까."

"기록이 아직까지 남아 있었습니까?"

벌써 몇천 년도 전의 일이다. 그때 당시의 일이 기록되어 남아 있다는 것이 신기하기만 했다.

"절대 잊으면 안 되는 일이었으니까."

"대체 뭡니까? 절대 잊으면 안 되는 일이."

"이나야리."

"이나야리라고요?"

"인류를 멸망 직전까지 몰아넣었던 괴물이 바로 이나야리다."

"……!"

머리를 둔탁한 흉기가 내리친 것 같은 느낌이었다. 내가 알고 있는 이나야리는 평범한 인간에 비해 육체적으로 조금 더 뛰어나고 흥분하면 동공이 변할 뿐, 인간과 별반 다르지 않았다.

'그런 그들이 대체 어떻게 신화 속의 괴물이 되어 인간을 멸망 직전까지 몰아갈 수 있단 말인가?'

"이나야리에게 그 정도의 힘이 있다고는 느껴지지 않습니다."

"그대가 알고 있는 이나야리는 진짜가 아니니까."

진짜 이나야리는 경계를 넘지 못한다고 했던 카산의 말이 떠올랐다.

"진짜 이나야리는 서부의 경계를 넘지 못한다는 말이 사실이었다는 겁니까?"

아버지와 시스가 놀라 나를 바라보았다. 시스는 잠시 무언가 생각하는 얼굴을 하더니 말을 이었다.

"이나야리에 대해 어디까지 알고 있는 거지?"

"경계 밖을 돌아다니는 이나야리들이 인간과의 혼혈이라는 것은 알고 있습니다."

"그들에 대해 알고 있다니, 설명하기는 쉽겠군. 그대도 알고 있다시피 진짜 이나야리들은 절대 경계를 넘을 수 없다. 그래서 그들은 혼혈들을 이용해서 경계를 넘나들고 있지."

"혼혈을 만들기 위해 사람들을 납치하고 있다는 말이 사실이었군요."

이나야리들은 예전부터 약탈을 즐겼다. 그들은 생활에 필요한 물품들을 약탈하는 것은 물론 종종 사람들까지 납치해 갔다. 단지 그들의 습성이라고만 생각했던 일이 혼혈을 만들기 위한 의도적인 행위였다는 말이다.

카산의 말을 의심한 것은 아니었다. 하지만 선뜻 믿을 수도 없는 이야기였다. 그러나 시스의 확언까지 받으니 믿지 않을 수가 없었다.

"진짜 이나야리들은 어째서 경계를 넘지 못하는 것입니까?"

"……."

"……."

아버지와 시스의 표정이 동시에 어두워졌다. 입술에 접착제라도 붙인 듯 입을 꾹 다무는 두 남자의 행동에 한 가지 가설이 머릿속을 스쳤다.

"설마 그들이 경계를 넘지 못하는 것이 저와 관련이 있습니까?"

아버지와 시스의 얼굴이 순식간에 창백해졌다. 굳이 대답을 듣지 않아도 알 수 있었다. 두 남자의 얼굴이 모든 것을 말해 주고 있었으니까.

"관련이…… 있는 겁니까?"

여전히 대답을 꺼리는 두 남자의 모습에 답답해 미칠 것만 같았다.

"대체 저와 이나야리가 무슨 관련이 있는 겁니까?"

아버지와 시스의 시선이 마주쳤다. 두 사람 중 먼저 입을 연 것은 시스였다.

"그대가 결계의 핵심이기 때문이다."

"결계의 핵심이라니요?"

"이나야리를 막고 있는 결계의 근간이 되는 것이 바로 그대라는 소리다."

"……!"

"이나야리들이 날뛰고 대륙 전체가 멸망 직전까지 몰렸을 때, 네 명의 영웅들은 이나야리를 막기 위해 결계를 만들었다. 그 결계의 중심이 된 것이 바로 피스온 가문의 시조인 '로사트 리들 피스온'이지."

"피스온 가문의 혈통이 결계를 유지하고 있는 것입니까?"

"그대의 말대로야. 이나야리를 막는 결계는 대대로 피스온 가문의 핏줄을 통해 유지되고 있는 중이지."

'엘!'

나도 모르게 몸을 벌떡 일으켰다.

"엘, 그 아이는 피스온 백작가의 적통 핏줄입니다. 그 사실을 알고 있으면서도 어떻게 이리 침착하실 수 있습니까?"

결계를 유지한다는 것은, 곧 결계를 깨트릴 수도 있다는 말과도 같았다.

엘이 위험했다.

"당장, 그 아이를 찾아야 합니다. 제 안위만을 걱정하고 있을 때가 아니라는 말입니다!"

"아니, 그 아이보다는 네가 더 중요하다."

"아버지!"

나는 아버지를 노려보았다.

"고집을 부리실 때가 아닙니다. 아버지 말대로라면 세상을 멸망 직전까지 몰고 갔던 이나야리가 다시 결계를 깨고 나올 수도 있는 일입니다."

"그래서 너를 지켜야 한다는 것이다."

"무슨……."

"나도 후작의 생각과 같아, 비이. 그 아이에게는 미안하지만 우리에게는 그대의 안위가 더 중요해."

매정하리만치 단호한 말이었다. 하지만 매정한 말투와 달리, 그의 얼굴은 고통으로 일그러져 있었다. 나는 울렁거리는 감정을 추스르며 최대한 담담하게 이야기했다.

"물론 저도 적통이라 할 수 있습니다만, 엘은 저보다 더 피스온 백작가의 적통에 가깝습니다."

현재 피스온의 핏줄을 가장 진하게 물려받은 것은 엘이었다. 그 사실을 모를 리가 없건만 아버지와 시스는 여전히 요지부동이었다.

나는 격해지는 감정을 누르지 못하고 결국 소리를 질렀다.

"아버지!"

"그 아이는 아니다."

"어떻게 장담할 수 있습니까? 엘은……."

"그대에게 증표가 있으니까."

"……무슨 뜻입니까?"

아버지와 나의 공방에 시스가 끼어들었다. 그는 앞으로 흘러 내려온 앞머리가 거슬리는 듯, 손으로 거칠게 밀어 올렸다.

"비밀리에 내려오는 기록에 따르면, 이나야리를 막고 있는 결계를 깨트리기 위해서는 결계의 핵심이 되었던 '로사트 리들 피스온'과 동일한 조건을 가지고 있어야 한다고 해. 피스온 가문의 시조는 대외적으로 붉은 머리카락에 갈색 눈동자라고 알려져 있지. 하지만 실질적으로 그는 금갈색 머리카락에 녹색 눈동자였다고 하더군."

허공에 떠 있던 그의 손가락이 내 머리카락을 가리켰다. 커다란 창 사이로 내리쬐는 햇빛을 듬뿍 받은 금갈색 머리카락이 마치 금발처럼 반짝거렸다.

"바로 그대처럼 말이야."

"금갈색 머리카락과 녹색 눈동자는 대륙에서 흔한 색입니다. 후작 부……

아니, 어머니도 녹색 눈동자였고요. 이것이 증표라고 하기에는 너무도 흔한

것이 아닙니까?"

"흔하지. 하지만 그 흔한 머리카락 색이 피스온 백작가에서만큼은 흔하

지 않아. 그대도 잘 알고 있는 사실이 아닌가?"

확실히 피스온 백작가뿐만 아니라 엘리언트 후작가에서도 금갈색 머리

카락은 흔한 것이 아니었다.

'하긴, 그래서 내가 아버지의 자식이 아니라는 소문이 났었던 것이지만.'

방계뿐만이 아니라 세대를 거슬러 올라가도 나와 같은 금갈색 머리카락

은 없었다.

"잠깐만요. 피스온 백작가의 시조는 남자입니다. 저는 여자고요. 동일한

조건이 아닙니다. 설마……."

"그대가 짐작하고 있는 것이 맞아. 남자로 알려진 피스온 백작가의 시조는

실질적으로 여자였다고 기록되어 있지. 롯사 리들 피스온, 여자는 가문을 이

을 수 없다는 법이 생기며 시조의 이름과 성별이 바뀌어 전해졌다고 하더군."

시스의 말에 머리가 점점 혼란스러워졌다.

"이해가 되지 않는 것이 있습니다. 금갈색 머리카락과 녹색 눈동자가 결계

를 유지한다는 증표라면 그동안 결계는 어떻게 유지되고 있었던 겁니까? 제

가 알고 있기론 저와 같은 외향을 가진 사람은 피스온 가문에 없었습니다."

"말하지 않았나. 결계를 유지하는 것은 피스온의 핏줄이라고."

그가 팔을 뻗어 내 얼굴을 어루만졌다. 뺨에 닿는 그의 손끝이 차가웠다.

"피스온의 핏줄이 이어지는 한, 결계는 유지될 수 있어. 하지만 그대는 다

르지. 그대는 결계의 핵, 그 자체니까."

이제야 그의 말뜻을 알아들었다. 나는 움직이지 않는 고개를 간신히 돌려

아버지를 바라보았다.

"알고······ 계셨습니까?"

"······!"

아버지가 눈을 감았다. 주먹 쥔 아버지의 손등 위로 푸른 힘줄이 도드라져 보였다.

"처음부터 알고 계셨던 겁니까?"

"아니, 몰랐다."

굳게 닫혀 있던 눈꺼풀이 올라가고 아버지의 푸른 눈동자가 나를 직시했다.

"내가 제대로 가문의 비밀을 계승하기도 전에 전대 후작인 내 아버지가 돌아가셨다. 안타깝게도 엘리언트 후작가에 내려오던 당시의 기록은 소실되었지."

"그럼 언제부터 알게 되신 겁니까?"

"육 년 전, 네 어미가 죽기 바로 전이다."

6년 전!

심장이 불규칙하게 뛰기 시작했다.

"습격이 있었다. 명백히 너를 노린 습격이었지. 소식을 들은 피스온 백작이 나를 찾아왔다. 엘리언트 후작가처럼 피스온 백작가도 대대로 전해 내려오던 것들이 있었으니까."

"습격이라니요?"

"역시 기억하지 못하는구나."

아버지가 한숨을 내쉬었다. 나는 점점 드는 불안감에 몸이 떨리기 시작했다.

"네 어미가 죽기 바로 전날 습격이 있었다. 하지만 너는 다음 날 아무렇지도 않은 얼굴로 나를 찾아왔지. 나는 그때의 충격으로 네가 기억을 잃은 것이라고 판단했다. 더구나 그때를 기점으로 네 성격도 바뀌었고 말이다. 기억을 잃을 정도로 충격을 받았다면 차라리 기억하지 않는 것이 낫다고 생각했다."

'그날이다!'

내가 나임을 자각했던 날이었다.

비욘느와 이지아의 모든 기억을 가지고 나는 그날, 어린 비욘느로서 깨어났다. 손을 들어 입을 막았다. 그렇지 않으면 비명 소리가 튀어 나갈 것 같았다.

'내 기억이 온전하지 않단 말인가!'

어렴풋이 의심하고 있었지만 이제는 확실해졌다. 내가 기억하고 있는 것들이 사실이 아닐 수도 있는 것이다. 더 이상 내 기억을 믿을 수 없었다.

"비이⋯⋯."

혼란스러워하는 나를 지켜보던 시스가 몸을 일으켜 나에게 다가왔다. 그는 잘게 떨고 있는 내 손을 잡아 주었다. 커다란 그의 손이 내 손등을 덮었다. 그의 따뜻한 체온이 전해졌다. 몸속을 휘몰아치던 한기가 조금씩 잦아들었다.

시스가 내 옆에 앉은 것이 못마땅한 듯, 아버지의 굵은 눈썹이 꿈틀거렸다. 하지만 나는 그런 아버지의 불만을 모르는 척, 바로 질문을 던졌다.

"그래서 저를 지키기 위해 황실과 손을 잡으신 겁니까?"

"⋯⋯그래, 그동안 가문의 비밀을 모르고 있었던 나는 너를 누구로부터 어떻게 지켜 내야 할지 막막했다. 대대로 이나야리를 경계해 온 황실이라면 너를 지켜 줄 수 있을 거라고 생각했지."

"만약 제가 죽으면 결계는 어떻게 되는 겁니까?"

순간, 내 손을 잡고 있던 시스의 몸이 딱딱하게 굳었다. 나를 바라보고 있던 아버지의 얼굴이 밀랍처럼 창백해졌다. 단단하게 굳어 있던 아버지의 입매가 부들부들 떨렸다.

"반드시 너를 지킬 것이다."

"저도 순순히 죽어 줄 생각 따위는 없습니다. 그러니 알려 주십시오. 제가 죽으면 결계는 깨지는 겁니까?"

"⋯⋯그래."

아버지가 내 시선을 피하며 무거운 어조로 대답했다. 직감적으로 아버지가 무언가 숨기려 한다는 느낌이 들었다.

"단지 제가 죽음으로써 결계가 깨어지는 것입니까?"

"비이……."

시스가 안타까운 목소리로 나를 불렀다.

"이제 와 더 무엇을 숨기려 하십니까?"

"하아."

세수라도 하듯 시스가 손을 들어 자신의 얼굴을 쓸어내렸다. 그의 목울대가 크게 움직이고 나직한 목소리가 흘러나왔다.

"결계를 풀기 위해서는 두 가지 조건이 필요하지. 시조와 동일한 조건을 갖춘 피스온의 핏줄과 의식을 치러야 하는 장소."

"결계를 깨기 위해서는 제가 정해진 장소에서 죽어야 한다는 말이군요."

"……그래."

그는 내키지 않는 얼굴로 마지못해 고개를 끄덕였다.

"장소는 어디입니까?"

"에르하라크 홀."

"생각지 못한 곳이군요."

에르하라크 홀은 황제의 대관식이나 황족의 결혼식 등, 황실의 큰 행사가 있을 때만 공개되는 곳이었다. 하지만 평상시에는 황실 기사단에 의해 철저히 지켜지는 곳이기도 했다.

"일부러 그곳에 홀을 만든 것인가요?"

"맞아. 남들이 눈치채지 못하게 하면서도 경계를 철저히 하기 위해서는 바로 눈에 보이는 곳에 두어야 했으니까."

확실히 그곳에서 일을 벌일 생각이라면 황실의 눈을 피할 수 없을 것이다.

"제가 지금 당장 죽으면 결계는 어떻게 되는 겁니까?"

아버지와 시스의 얼굴이 동시에 일그러졌다. 그동안 아버지와 시스가 입을 꾹 다물고 있었던 이유를 눈치챌 수 있었다.

"제가 에르하라크 홀에서 죽지 않는 한, 결계는 무사하겠군요."

현재 피스온의 적통은 엘뿐이다. 하지만 단지 피스온의 핏줄을 이은 이라면 방계에도 무수히 많았다.

결계는 피스온의 핏줄이 살아 있는 한 유지할 수 있다. 피스온의 핏줄을 다 잡아 죽이지 않는 이상 결계는 무사하다는 뜻이다. 결계를 깨트릴 조건만 갖추지 않는다면 말이다.

'나는 일종의 약점인 셈이로군.'

이 사실이 알려진다면 공포에 잠식된 사람들이 나를 죽이려 들지도 몰랐다. 아니, 그들은 언제 결계가 깨질까 두려움에 떠니 확실히 나를 죽이는 쪽을 택할 것이다.

나도 모르게 헛웃음이 나왔다.

"사람들이 이 사실을 알게 된다면, 벌 떼처럼 달려들겠군요."

아버지와 시스의 얼굴이 동시에 창백해졌다. 그들은 안타까움과 초초함이 뒤섞인 눈빛으로 내 눈치를 보았다. 나는 두 남자의 시선을 똑바로 마주했다.

"왜 그토록 비밀로 하셨는지 알겠습니다. 하지만 왜 제게까지 비밀로 하신 겁니까?"

"비이……."

"……."

아버지와 시스는 또다시 입을 닫았다. 그들이 무슨 생각을 하고 있는지 눈앞에 훤히 그려졌다.

"설마 이 사실을 알면 제가 자살이라도 할 줄 아셨습니까?"

그동안 두 남자가 나를 위해 얼마나 전전긍긍하고 있었는지 느낄 수 있었다. 진실을 알고 나니 오히려 머릿속이 깨끗해졌다.

"괜한 걱정을 하셨군요."

나는 아버지와 시스를 향해 빙긋 웃어 보였다.

"아직 제 성격을 모르시는 겁니까?"

나는 지극히 이기적인 사람이다. 아버지와 시스는 나를 어떻게 생각하고 있는지 모르겠지만, 나는 다른 사람을 위해 나를 희생하는 일 따위는 결코 할 생각이 없었다.

'대체 누구 좋으라고?'

내가 사랑하는 사람을 위한 희생?

내가 목숨을 바쳐 세상을 구한다 한들, 나를 진심으로 사랑하는 사람들이 그것을 기뻐할까?

아니, 그건 결국 자기만족일 뿐이다.

나는 착한 척, 모두를 위해 희생을 하는 짓 따위는 절대 하지 않을 것이다. 악착같이 살아남아 반드시 내가 사랑하는 사람들과 행복한 여생을 보낼 것이다.

나와 나를 사랑하는 사람들을 위해 반드시!

'세상의 평화 따위 개나 주라지!'

"저는 자살 따위는 하지 않습니다."

자살을 하는 것은 한 번으로 족했다. 더구나 내가 마지막이라는 보장은 어디에도 없었다.

내가 기껏 희생을 선택했는데, 바로 시조와 동일한 조건을 가진 이가 또다시 태어난다면 내 희생은 결국 개죽음밖에 되지 않았다.

"저 말고 시조와 동일한 조건을 가진 이가 태어난 적이 있습니까?"

아버지는 여전히 마음이 놓이지 않는다는 얼굴을 하고 있었지만 내 질문에는 순순히 답해 주었다.

"몇 번 있었던 것으로 알고 있다."

"그들은 어찌 되었습니까?"

대답 대신 아버지의 입가가 단단하게 굳어졌다. 떠올리기도 싫다는 얼굴로 미간에 내천 자를 그리는 아버지와 시스를 보니 굳이 대답을 듣지 않아도 알 수 있었다.

"죽었군요. 아니, 죽인 것이겠군요."

그들로서는 당연한 선택이었을지도 모른다. 위험을 무릅쓰고 나를 지키려고 하는 아버지와 시스가 오히려 이상한 일이니까.

어째서 피스온 백작가에 나와 같은 금갈색 머리카락을 가지고 태어난 사람이 없었는지 이제야 이해가 되었다. 금갈색 머리카락을 가진 이가 없었던 것이 아니다.

그들은 타인에 의해 존재 자체가 지워진 것이다. 세상을 위한다는 명목으로 말이다.

"저와 같은 이는 몇 년을 주기로 태어나는 것입니까?"

"대중은 없어. 하지만 짧지는 않지. 그대만 해도 몇백 년 만에 태어난 것이니까."

"이런, 이나야리 쪽에서는 반드시 이 기회를 잡으려 하겠군요."

"비이, 이건 그대의 목숨이 달린 일이야. 남의 일이 아니란 말이다!"

심드렁한 내 말투에 시스가 울컥한 표정을 지었다.

"알고 있습니다. 그래서 더 감정은 배제해 두고 생각하고 있는 중입니다."

나는 손가락으로 탁자를 툭툭 두드렸다. 시스는 여전히 못마땅한 표정으로 나를 보고 있었지만 또다시 말을 걸지는 않았다.

"제가 기록을 자세히 볼 수 있습니까?"

아버지와 시스의 이야기를 듣는 것만으로는 한계가 있었다. 최대한 많은 정보를 알기 위해서는 자료를 직접 보는 편이 나을 것 같았다. 내 질문에 아버지가 고개를 가로저었다.

"말했다시피 엘리언트 가문에 내려오던 자료는 소실되었다."

"피스온 백작가의 자료는요?"

"전 피스온 백작의 말로는 피스온 백작가의 비밀은 구두로만 전해진다고 하더군."

"기록된 것은 없다는 말이군요."

외할아버지가 돌아가신 지금, 누구에게 그 비밀이 전해졌는지 알 수 없었다. 어쩌면 에반이나 아나샤에게 전해졌을 수도 있지만 어차피 기록된 것이 아닌, 구전으로 전해진 것일 터였다.

'아버지가 전해 준 이야기와 별반 다르지 않을 테고 말이지.'

엘리언트 후작가와 피스온 백작가를 제외하면, 남은 것은 레탄 후작가와 황실뿐이다.

레탄 후작이 있는 서부로 가는 것은 시일이 너무 오래 걸리는 일이었다. 서부는 며칠 만에 오고 갈 수 있는 거리가 아니다. 아쉽지만 당장 볼 수 있는 것이 아니었다.

내 시선을 느낀 시스가 한숨을 내쉬었다.

"황실의 자료는 황제와 확정된 후계자만이 볼 수 있어. 그 자료의 보관은 검은 사제들이 맡고 있지."

"황실의 자료를 제가 보는 것은 불가능하겠군요."

차라리 황제가 보관하고 있었더라면 무슨 수를 써서든 볼 수 있었을 것이다. 하지만 검은 사제들이라면 방법이 없었다.

"그들은 저번에 저를 도와준 적이 있습니다. 이번에도 도와주지 않을까요?"

황제의 혈통 이외에는 전혀 관여한 적이 없던 검은 사제들이 내 혈통을 증명하기 위해 모습을 드러냈다. 역사상 단 한 번도 없던 일이었다. 나는 혹시나 하고 희망을 걸어 보았다.

"그들이 이번 일에 나섰던 이유는……."

시스의 얼굴에 곤란함이 서렸다. 망설이는 시스 대신 아버지가 나섰다.

"전하께서 그들과 거래를 했기 때문이다."

"거래라니요?"

"그들이 모습을 드러낼 때는 황제의 대관식 때뿐이지."

"설마!"

나는 놀라 시스를 바라보았다. 시스가 어색한 표정을 지으며 슬그머니 내 시선을 피했다.

"대관식 대신 제 혈통을 증명해 달라고 한 것은 아니겠지요?"

"혹시나 하고 부탁했던 것인데, 의외로 순순히 들어주더군. 다행이었지."

"미치셨습니까?"

이것 말고는 달리 할 말이 없었다. 그는 스스로 검은 사제들의 혈통 증명을 포기한 것이다.

"이미 내 혈통은 이 눈동자로 증명이 된 것이나 다름없어. 그러니 이제 와 검은 사제들의 증명은 필요하지 않아."

"제국의 역사상, 대관식에서 검은 사제들의 증명을 받지 못한 황제는 없습니다. 그것이 어떤 의미인지 누구보다 잘 아시는 분이 어째서 그런 어리석은 선택을 하신 겁니까!"

"나에게는 그대가 더 중요하니까."

황실의 적통을 상징하는 그의 황금색 눈동자가 나를 똑바로 직시했다.

"내 혈통을 증명하는 것보다 그대가 훨씬 더 중요해."

"하지만……."

"그대를 잃는다면 황제의 자리 따위, 나에겐 아무런 의미가 없어."

때때로 그에게서 보이던 장난스러움은 조금도 들어 있지 않았다. 시스의 어투는 진지하고 단호했다. 한 치의 거짓도 없다는 듯이.

시스는 태어났을 때부터 지금까지 1황비에게 목숨을 위협받으면서도 오로지 황제가 되겠다는 일념 하나로 지금껏 버텨 온 사람이었다. 그런 그가 황제의 자리가 필요 없다고 말하고 있었다.

바로 나를 위해서 말이다.

"이 일로 내 혈통에 대한 잡음이 생긴다고 해도 상관없어. 그대만 내 곁에 있다면."

입을 열기 위해 몇 번이나 입술을 달싹였다 하지만 결국 아무 말도 할 수가 없었다. 나를 향한 그의 사랑이 너무 크고 깊어 눈물이 날 것 같았다.

따뜻한 그의 온기가 나를 감싸 안았다. 그의 따스함에 기어코 눈에서 눈물이 흘러나왔다.

얼마나 울었는지 알 수 없었다. 정신을 차렸을 때에는 이미 그의 품에 폭 파묻힌 채였다. 언제부터인지 모르겠지만 그의 손이 아이를 달래듯 내 등을 천천히 토닥이고 있었다.

안에 쌓여 있던 것을 쏟아 낸 탓인지 속은 후련했지만 눈물이 멈추자 몰려드는 민망함과 어색함에 고개를 들 수 없었다.

"이제 진정이 됐어?"

어떻게 알았는지 시스가 등을 토닥이던 손을 멈추고 내 정수리에 입술을 꾹 눌렀다.

"하아, 두 번은 힘들겠군."

그의 움직임에 따라 낮은 울림이 정수리를 타고 온몸에 전해졌다.

외할아버지가 돌아가시던 날 이후로 이렇게 울어 보기는 처음이었다. 탈진할 때까지 울어 젖힌 탓인지, 몸에 힘이 들어가지 않았다. 하지만 언제까지고 그의 품에 안겨 있을 수만은 없었다.

"……무엇이 말입니까?"

그의 품 안에서 잠시 심호흡을 하고 아무렇지도 않은 척, 몸을 바로 세웠다. 그의 앞섶은 눈으로 보기에도 확연할 정도로 축축이 젖어 있었다.

차마 그와 시선을 마주치지 못하고 딴청을 부리듯 고개를 돌리니, 그의 손이 다가와 내 얼굴을 자신 쪽으로 돌렸다.

"그대가 울고 있는 모습을 보니, 어찌해야 할지를 모르겠어."

그가 손가락을 움직여 내 눈가를 쓸어내렸다. 아직 마르지 않은 눈물방울이 그의 손가락에 묻어 나왔다.

화끈거리는 얼굴을 감추고 싶었지만 그의 손이 내 얼굴을 단단히 붙잡고 있어 피할 수가 없었다.

"정말이지, 심장이 찢기는 줄 알았다."

그의 이마가 내 이마에 닿았다. 한숨과 같은 그의 숨결이 온기와 함께 느껴졌다.

"그대가 우는 것은 두 번 다시 보고 싶지 않아."

"제 우는 모습이 그렇게 추했습니까?"

"그런 말이 아니잖아, 비이."

그가 피식 웃으며 잡고 있던 내 얼굴을 놓아주었다. 나는 눈물을 훔치는 척하며 몸을 뒤로 빼려 했다. 하지만 그는 멀어지는 나를 용납할 수 없다는 듯, 내 팔을 잡아당겨 자신의 품에 가뒀다.

"나는 여자들이 우는 것이 싫어. 자신이 원하는 바를 위해 가증스럽게 떨구는 눈물은 끔찍할 정도야."

무언가를 떠올리기라도 하는 듯 시스가 진저리를 쳤다. 그가 왜 이런 격한 반응을 보이는지 어렴풋이나마 이해할 수 있었다.

시스는 황제의 수많은 후궁들 사이에서 자라났다. 여자들의 눈물이 어떤 식으로 무기가 되어 사용되어지는지 고스란히 지켜봤을 것이다.

여자의 눈물이라면 치를 떠는 그가, 그때에는 어째서 아이린스만을 예외로 두게 되었는지는 모르겠지만, 원래 눈에 콩깍지가 쓰이면 곰보도 보조개로 보이는 법이다.

'대상은 달라졌지만 그 콩깍지는 지금도 유효할까?'

왠지 그를 시험해 보는 것 같아 꺼림칙한 느낌이 들기는 했지만 쓸데없는 호기심과 은근히 치밀어 오르는 질투심이 그것을 눌러 버렸다.

"그래서 저도 싫으십니까?"

"그럴 리가."

그가 내 어깨를 감싸 쥐며 한 손으로 턱을 잡아 올렸다. 짙게 내려앉은 그의 눈동자가 오롯이 나를 담았다.

"정말 이상하게도 그대가 우는 모습은 싫지가 않아. 오히려, 내 눈을 의심할 정도로 아름답게 보이지.

"……."

"그대가 느끼는 슬픔에 가슴이 무너질 정도로 아프면서도 방울져 떨어지는 그대의 눈물방울이 너무 달콤해서 참을 수가 없어."

그가 혀를 내밀어 내 뺨을 핥아 올렸다. 눈물 자국이라도 지워 내려는 듯 혀의 움직임은 뺨을 지나 집요할 정도로 눈가를 맴돌았다.

"하지만 역시 그대가 우는 모습은 두 번 다시 보고 싶지 않아."

그의 입술이 깃털처럼 내 입술에 살포시 내려왔다 떨어져 나갔다. 그의 붉은 입술이 보기 좋은 호선을 그으며 올라갔다.

"물론, 침대 위에서라면 얼마든지 보고 싶지만 말이야."

"……!"

"그러니 울려면 침대 위에서만 울어, 비이."

시스의 갑작스런 발언에 할 말을 잃어버렸다. 나는 눈을 가늘게 뜨고 그에게 핀잔을 주었다.

"이런 상황에서 그런 말이 나오십니까?"

"이런 상황이 어때서? 사랑하는 연인을 침대 위에서 울려 보는 것은 남자의 로망……. 윽!"

뻔뻔스레 대꾸하는 그의 옆구리를 사정없이 꼬집었다.

"아버지도 계시는데 꼭 이러셔야겠습니까?"

"후작이 어디 있다고 그래?"

억울하다는 듯 웅얼거리는 그의 소리에 고개를 돌렸다. 그의 말마따나 아버지의 모습이 보이지 않았다. 그가 꼬집힌 옆구리를 문지르며 투덜거렸다.

"애초에 후작이 곁에 있었으면 그렇게 오래 그대를 품에 안고 있지도 못했어. 그대의 일이라면 이성부터 잃고 날뛰는 후작이 그런 나를 가만 놔뒀을 것 같아?"

시스를 괴롭히지 말라는 내 말에 조금 느슨해지긴 했지만 아버지는 여전히 시스를 탐탁지 않아 했다.

그의 말이 조금 과장되긴 했지만 아주 근거 없는 이야기는 아니었다.

시스가 조금이라도 나에게 신체적 접촉을 할라치면, 눈에서 레이저가 나오는 것이 아닌지 의심될 정도로 아버지는 시스를 노려보았다.

때로는 직접 몸을 움직여 나와 시스의 사이를 떼어 놓기도 했다. 결혼식 전까지는 절대 구설수에 오를 짓은 하지 말아야 한다는 명목으로 말이다.

확실히 아버지가 있었다면 내가 시스의 품에서 울고 있는 것을 가만히 지켜보고만 있지는 않았을 것이다.

"아버지는 언제 나가셨습니까?"

"그대가 내 품에 안기고 얼마 되지 않아 황궁에서 연락이 왔지."

아버지가 나가는 것조차 느끼지 못했다. 그만큼 감정에 복받쳐 있었다는 뜻이었다.

시스의 앞에서 너무나 흐트러진 모습을 보였다는 사실에 얼굴이 또다시 달아올랐다. 재빨리 손부채를 하며 달아오르는 뺨을 식혔다.

"급히 입궁하라는 폐하의 전언이었다."

"폐하의 부름에 아버지가 저를 두고 가셨다고요?"

시스의 말에 고개를 갸웃거렸다.

아버지는 황제의 신하다. 종종 신하답지 않은 언행을 하기는 하지만 어쨌든 아버지는 신하로서 황제에게 예의를 다했다.

예전이라면 울고 있는 나를 두고 가는 아버지를 당연하게 생각했을 것이다. 하지만 지금은 알고 있다. 아무리 황제의 명령이라고 하더라도 아버지는 울고 있는 나를 두고 절대 자리를 뜨지 않을 것임을 말이다.

시스 또한 잘 알고 있는 사실이었다.

"물론 평상시였다면 아무리 황명이라 해도 무시했겠지. 후작에게는 황제의 명령보다 그대가 더 우선이니 말이야."

"뭔가 문제가 생겼군요."

아버지가 우는 나를 내버려 두고 가야 할 만큼 큰일이 말이다. 시스의 얼굴에 씁쓸함이 떠올랐다.

"카난 왕국에서 전쟁을 선포했다고 하더군."

"전쟁이라니요? 카난 왕국의 병력은 이미 해산되지 않았습니까?"

1황자의 일로 병력을 증진하고 있던 사실을 들킨 카난 왕국은 살아남기 위해 자진해서 병력을 해산시켰다. 그런 그들이 대체 무슨 배짱으로 제국을 상대로 전쟁을 선포한다는 말인가?

"맞아. 그래서 더 의아해하고 있는 중이지."

"가 보셔야 하는 것이 아닙니까?"

"가 봐야겠지."

그가 고개를 천천히 끄덕였다. 제국의 황태자로서 당연히 제일 먼저 달려갔어야 할 그가 지금 이곳에 있는 이유는 자신의 품 안에서 울고 있는 나를 차마 내버려 둘 수 없었던 탓이다.

생각지도 않았던 일들이 연이어 터지는 바람에 잠시 약해지긴 했지만 지금은 나약하게 울고 있을 때가 아니었다. 나는 허리를 꼿꼿이 세워 자세를 바로 하고 그에게 명령하듯 말했다.

"어서 가 보십시오. 저도 따로 이 일에 대해 알아보도록 하겠습니다."

"그래, 이제야 평소의 그대답군."

그의 입가에 부드러운 미소가 걸렸다.

"역시 내가 반한 여자라니까."

그가 킥킥 웃으며 내 손을 이끌어 자신의 입술에 가져다 대었다. 촉촉한 입술의 감촉이 손등 위로 떨어져 내렸다.

미소를 머금고 있는 얼굴과 달리 그의 눈동자는 매우 어두웠다. 나를 위해 가볍게 행동하려 하고 있지만 그의 머릿속에 무엇이 자리하고 있는지는 누구보다 잘 알고 있었다.

데이샤 공작의 꿍꿍이, 1황자의 죽음, 엘의 납치, 카난 왕국의 도발.

'도대체 무슨 일이 벌어지고 있는 것일까?'

머릿속이 복잡해졌다.

카난 왕국의 도발은 사실이었다. 그들은 제국의 눈을 속이기 위해 앞으로는 병력을 해산하는 것처럼 꾸미고 뒤로는 용병들을 끌어모았다.

어마어마한 자금이 들어가는 일이었지만 어째서인지 제국은 물론 자금의 흐름에 민감한 피스온 상단조차 전혀 눈치채지 못하고 있었다.

카난 왕국의 철저한 속임수에 제국과 피스온 상단이 속아 넘어간 것이다.

카난 왕국이 아무리 병력을 모았다고는 해도 제국의 상대는 되지 않았다. 그 사실을 당사자인 카난 왕국이 모를 리 없었다.

'카난 왕국이 전쟁을 선포한 이유가 대체 무엇일까?'

그때에도 카난 왕국은 제국을 상대로 전쟁을 선포했다. 하지만 그때에는 1황자가 버젓이 살아 있는 상태였다.

카난 왕국이 전쟁을 선포했다 하더라도 그것은 제국과 왕국의 전쟁이 아니라 황태자인 시스와 1황자의 전쟁. 즉, 내전이라고 보는 것이 맞았다.

전쟁을 일으켰다 한들 카난 왕국은 손해 볼 것이 별로 없었다는 말이다.

'하지만 지금은 다르지.'

1황자는 죽었다. 이번엔 내전이 아닌, 국가와 국가 간의 전쟁이다.

제국의 병력은 카난 왕국의 병력과 비교하는 것 자체가 미안할 정도로 강했다. 몇천 년 동안 대륙의 패자로 군림하고 있는 것은 다 이유가 있는 것이다. 아무리 용을 쓴다 하더라도 카난 왕국이 제국에 이길 확률은 매우 낮았다.

"어째서 카난 왕국은 이런 무모한 짓을 벌이는 것일까?"

손가락으로 탁자를 두드리며 생각을 정리해 보았다.

전쟁을 일으킴으로써 카난 왕국이 취할 수 있는 이득은 무엇이 있을지

고민해 보았다.

현재 처한 상황, 보유한 병력, 주변 국가들과의 관계, 왕실 인원들의 특징 등, 카난 왕국에 대해 샅샅이 떠올려 보았다. 아무리 생각을 거듭해 보아도 카난 왕국이 전쟁을 통해 얻을 수 있는 것은 없었다. 오히려 전쟁을 일으킨 죄를 물어 제국에 흡수당할 확률이 높았다. 지금 카난 왕국의 행동은 제국에 자신들의 나라를 멸망시켜 달라고 재촉하는 것이나 다름없는 짓이었다.

아무리 약한 상대라고는 하지만 엄연히 국가와 국가 간의 전쟁이다. 준비해야 될 것은 터무니없이 많았다.

카난 왕국의 전쟁 선포에 황태자인 시스는 물론, 재상인 아버지까지 바빠졌다. 카난 왕국에서 선전포고와 함께 국경 근처에 있던 제국에 속한 마을을 공격한 것이다. 카난 왕국의 갑작스런 공격에 제국 전체에 비상이 걸렸다. 황실은 카난 왕국과의 전쟁을 선포하고 병력을 모으기 시작했다.

빠른 시일 안에 제국의 군사들이 국경을 향해 갈 것이다. 그 선두에 누가 서게 될지는 아직 결정되지 않았지만 말이다.

"아가씨, 피스온 백작 부인과 피스온 상단주께서 오셨습니다."

"이곳으로 모시도록."

"네, 아가씨."

얼마 되지 않아 에반과 아나샤가 마리의 안내를 받으며 들어왔다.

엘의 일로 마음고생이 심한 아나샤의 얼굴은 며칠 사이에 엉망이 되어 있었다. 식음이라도 전폐했는지 볼우물이 움푹 파이고 풍만했던 몸이 거죽만 남아 있었다.

"앉으세요, 아나샤."

나는 서둘러 그녀에게 자리를 권했다. 그녀가 나에게 고개를 끄덕이며 자리에 앉았다. 상대를 유혹하듯 언제나 촉촉하게 젖어 있던 아나샤의 붉은 입술은 허옇게 마른버짐이 피고 쩍쩍 갈라져 조금씩 피가 배어 나오고 있었다.

폐인처럼 초췌한 그녀의 모습에 마음이 아팠다.

'최대한 엘을 빨리 찾아야 할 텐데⋯⋯.'

한숨이 나오려는 것을 참고 에반을 바라보았다. 그의 모습 또한 아나샤와 별반 차이가 없어 보였다.

"앉으세요, 에반. 무슨 일인가요?"

그가 소파에 앉는 대신 침통한 얼굴로 밖을 향해 손짓을 했다. 그의 손짓에 한 여인이 안으로 들어왔다. 진한 갈색 머리의 여자는 평범한 얼굴에 보통 평민들이 입는 옷을 입고 있었다. 그녀는 겁을 집어먹은 듯 눈을 데굴데굴 굴리며 안절부절못했다.

"누구인가요?"

"1황비를 곁에서 모시던 궁녀예요."

에반을 대신해 이나샤가 입을 열었다. 힘없는 겉모습과 달리 그녀의 목소리는 날이 서 있었다. 아니, 무언가에 독기가 올라 있는 듯했다.

"궁녀가 이곳엔 어쩐 일인가요?"

"그녀는 제가 1황비의 곁에 심어 두었던 세작이에요."

언젠가 아나샤가 1황비를 감시하기 위해 심어 두었다고 말했던 세작이 바로 저 궁녀인 모양이다. 저절로 미간이 찌푸려졌다. 아냐사의 말에는 문제가 있었다.

"1황비의 궁은 폐하의 명으로 폐쇄되어 있습니다. 쉽게 나올 수는 없었을 텐데요?"

내 질문에 궁녀가 몸을 움칠거리며 아나샤를 바라보았다. 아나샤의 입에서 나직한 한숨이 새어 나왔다.

"경계에 구멍이 있었던 모양이에요."

현재 1황비가 머물고 있는 폐궁은 황제의 명령에 의해 철통같이 지켜지고 있었다. 한낱 궁녀가 몰래 빠져나올 수 있는 곳이 아니었다.

"아나샤, 당신이 도와준 것인가요?"

"아니요. 아무리 피스온 상단이라 하더라도 황제의 기사들이 지키고 있는 폐궁에서 아무 소란도 없이 사람을 몰래 빼내 올 수는 없어요."

"그럼, 어찌 된 일입니까?"

아나샤와 에반의 눈이 마주쳤다. 마른침이라도 삼킨 듯, 에반의 목울대가 크게 울렁였다.

"저 아이는 1황비가 직접 내보낸 것이라고 합니다. 폐궁을 지키고 있던 기사 중의 하나가 저 아이를 밖으로 안내했다고 하더군요."

"……!"

에반의 충격적인 말에 한순간 할 말을 잃어버렸다. 충분히 경계하고 있었다고 생각했다. 하지만 실상은 그렇지 않았던 모양이다.

"확실히 요즘 1황자의 죽음과 카난 왕국의 일로 1황비 쪽의 경계가 느슨해진 것은 사실이지만, 설마 이렇게 뒤통수를 맞게 될 줄은 상상도 못 했군요."

"모두 제 불찰입니다. 죄송합니다."

에반의 얼굴이 어두워졌다. 그는 나를 향해 고개를 숙였다. 비단 그의 잘못만은 아니었지만 뼈아픈 실책인 것만은 틀림없었다.

아들을 잃은 황제는 범인을 잡기 위해 혈안이 되어 있었다. 그는 1황자를 죽인 범인을 찾기 위해 운용할 수 있는 인원을 최대한 투입했다.

유능한 사람들은 대부분 1황자를 죽인 범인을 찾기 위해 매달려 있는 상태였다. 더구나 카난 왕국의 도발로 제국 전체가 어수선해져 있었다.

상대적으로 1황비에 대한 감시망은 느슨해질 수밖에 없었다.

"에반 혼자만의 잘못은 아닙니다. 우리 모두 안일하게 대처했던 모양입니다."

숙여져 있던 에반의 고개가 더욱 내려갔다.

"이미 벌어진 일입니다. 후회는 나중에 해도 늦지 않습니다. 그것보다 1황비는 어째서 궁녀를 밖으로 내보낸 것인가요?"

"그건 저 아이에게 직접 들으시는 것이 좋겠습니다."

내 시선이 닿자 두 손을 맞잡고 초초하게 서 있던 궁녀가 마른침을 꿀

껄 삼켰다.

"네가 들은 그대로 빠짐없이 말해 보거라."

"저, 저는 평소처럼 1황비마마의 시중을 들기 위해 마마의 처소에 갔습니다. 그런데……."

궁녀가 또다시 마른침을 꿀꺽 삼켰다.

"그곳에 에리얼 아가씨가 계셨습니다."

"……!"

생각지도 않은 궁녀의 발언에 놀라 소리를 지를 뻔했다. 나는 가까스로 마음을 추스르고 자세를 바로 했다. 아나샤와 에반은 이미 그녀의 이야기를 들었던 것인지 입매를 단단히 굳힐 뿐, 별다른 반응을 보이지는 않았다.

"어째서 엘이 그곳에 있는 거지?"

"모, 모르겠습니다."

궁녀가 재빨리 고개를 가로저었다. 엘의 납치와 관련된 일에 대해서는 전혀 모르는 모양이다. 나는 그녀가 알 법한 것을 물어보기로 했다.

"엘은 무사한가?"

"네, 약이라도 드신 듯 깊이 잠들어 계시긴 했지만 겉으로 보기에는 괜찮아 보였습니다."

그녀의 대답에 팽팽하게 긴장하고 있던 근육이 풀렸다. 어디 있는지 알아냈으니 구해 내기만 하면 되었다. 일단은 아직까지 살아 있다는 사실이 중요했다.

"그런데 1황비는 왜 너를 밖으로 보낸 거지?"

내 질문에 궁녀가 우물쭈물거리며 아나샤의 눈치를 보았다. 아나샤가 그녀를 향해 고개를 끄덕여 보였다.

"그, 그게……. 1황비마마께서는 제가 피스온가의 사람이라는 것을 알고 계셨습니다."

"뭐? 어떻게?"

"저도 모르겠습니다, 아가씨."

나의 외침에 궁녀가 필사적으로 고개를 저었다. 나는 지끈거리는 머리를 짚었다.

"대체 어디서부터 잘못된 겁니까?"

"죄송합니다, 비욘느."

가늘게 떨리는 아나샤의 목소리에는 자책이 가득했다. 뼈마디가 도드라질 정도로 마른 그녀의 손이 목소리만큼이나 바들바들 흔들리고 있었다.

자신의 실수로 엘을 잃었다는 생각이 그녀를 더욱 힘들게 하는 듯했다. 괜찮다고 그녀를 위로하고 싶었지만 지금은 위로보다 더 급한 것이 있었다.

"네 정체를 알고도 1황비가 너를 밖으로 내보냈다면 원하는 것이 있어서겠지. 그게 대체 뭐지?"

"제게 궁을 나가서 에리얼 아가씨가 폐궁에 있다는 사실을 알리라고 했습니다."

수족 같은 사람들을 잃고 폐궁에 갇혀 있는 1황비가 엘을 납치할 수 있을 리가 없었다. 하지만 궁녀의 이야기가 거짓인 것 같지는 않았다. 아나샤와 에반이 나에게까지 궁녀를 데리고 왔다는 것은 이미 사실 확인은 끝냈다는 소리였다.

그렇다면 도출할 수 있는 경우는 하나였다. 폐궁 밖에서 1황비를 돕는 조력자가 있다는 소리다.

'누구일까?'

아무리 여러 가지 일로 경계가 소홀해졌다고 하지만 피스온 백작가의 저택 안에서 아무도 눈치채지 못하게 아이를 납치하는 것은 쉽지 않은 일이다. 웬만한 실력을 가지고 있지 않으면 저택을 지키는 기사들의 눈을 피할 수 없다. 더구나 폐궁을 지키고 있던 황제의 기사들까지 매수했다는 것은 보통 인물이 아니라는 뜻이다. 조금이라도 가능성이 있는 인물들을 떠올려 보았다.

의심되는 인물들은 꽤 있었다. 하지만 그렇게까지 하는 동기를 찾아낼 수가 없었다. 그들이 1황비에게 붙는다 한들 얻을 수 있는 것은 많지 않았다.

"누구에게 말을 전하라고 했지?"

잠시 머뭇거리던 궁녀의 시선이 나에게로 향했다.

"에리얼 아가씨의 목숨을 살리고 싶거든 비욘느 아가씨 혼자 폐궁으로 찾아오라고 했습니다."

"……그 말 확실하겠지?"

"제 목숨을 걸고 맹세합니다, 아가씨."

궁녀가 몸을 떨며 바닥에 무릎을 꿇었다.

"엘을 납치한 이유가 날 끌어내기 위해서였다는 말이군."

"절대 가시면 안 됩니다."

에반이 고개를 들고 소리쳤다. 나는 여전히 고개를 숙이고 있는 아나샤와 강경하게 반대하는 에반을 번갈아 바라보았다.

잠시 머뭇거리던 에반이 힘겹게 말을 이었다.

"처음엔 이 사실을 영애에게 숨기려고 했습니다."

"……."

"영애는 저와 아나샤는 물론 피스온 상단의 유일무이한 주인이십니다. 그런 영애의 이목을 속이고 저희 멋대로 일을 처리할 수는 없었습니다."

고지식한 에반다운 말이었다. 내가 사실을 알게 되는 것은 달갑지 않았지만 속일 수는 없기에 어쩔 수 없이 고백한다는 소리였다.

"제 생각도 에반과 같아요, 비욘느."

아나샤가 천천히 숙이고 있던 고개를 들어 올렸다. 그녀는 새파랗게 질린 입술을 자근자근 씹었다. 초조, 분노, 원망, 그리고 미안함이 점철된 그녀의 얼굴이 일그러졌다.

"솔직히 말하자면 나는 엘을 구하고 싶어요. 누구를 희생해서라도, 내 목숨을 달라면 모두 내주고 되찾아 오고 싶을 만큼 간절해요."

치맛자락을 움켜쥔 아나샤의 손이 가늘게 떨렸다.

"하지만 나는 그이에게 맹세했어요. 무슨 일이 있더라도 비욘느, 당신만은 반드시 지키겠다고 약속했습니다. 설령 이 일로 엘을…… 내 아이를 잃게 된다 하더라도 나는 당신을 보낼 수 없어요."

아나샤의 눈동자에 물기가 서렸다. 사랑하는 자식을 버리겠다고 말해야 하는 어미의 심정은 피를 토하고 살이 찢기는 고통일 것이다.

아나샤만큼은 아니지만 나 또한 엘을 사랑하고 있었다. 절대 포기하고 싶지 않았다.

"나는 엘을 포기할 생각이 없습니다."

"비욘느!"

"엘은 당신의 딸이기도 하지만 내 외할아버지의 딸이기도 합니다. 이대로 1황비의 손에 놔둘 수는 없습니다."

"비욘느, 당신까지 나서지 않아도 돼요. 무력을 끌고 궁으로 들어갈 수 있도록 폐하께 허락만 받아 주세요. 나머지는 저와 에반이 알아서 할게요."

"무력이 폐궁 안으로 도착하기도 전에 1황비가 엘을 해칠 겁니다."

"그래서 지금 1황비의 뜻대로 하겠다는 건가요?"

그녀가 말도 안 된다는 듯, 새파랗게 질린 얼굴로 새된 소리를 질렀다. 소리 내어 말하지만 않았을 뿐, 나를 바라보는 에반의 표정도 아나샤와 별반 다르지 않았다.

"이것이 1황비의 함정이라는 것을 모르지 않잖아요!"

아나샤의 목소리가 점점 히스테릭해졌다. 나를 보호해야 한다는 신념과 엘을 구하고 싶은 마음이 격하게 충돌하고 있는 그녀의 심정이 고스란히 느껴졌다.

"진정하세요, 아나샤."

"나는……!"

에반의 손이 흥분한 아나샤의 어깨를 잡았다. 그는 그녀를 향해 고개를 가로저어 보였다.

나는 진정하려 애쓰는 아나샤를 지나쳐 아직도 바닥에 주저앉아 있는 궁녀를 향해 시선을 던졌다.

"엘의 옆에 사내아이도 함께 있던가?"

"네?"

나의 물음에 궁녀가 놀라 눈을 동그랗게 떴다.

"하늘색 머리카락을 가진 아이다."

엘이 사라진 것과 동시에 라이 또한 사라졌다. 라이가 엘의 납치에 가담했다고 보기는 어려웠다. 엘과 함께 납치되었을 가능성이 더욱 컸다.

"네, 에리얼 아가씨의 옆에 하늘색 머리카락을 가진 아이가 있었습니다."

아니나 다를까, 궁녀가 고개를 끄덕였다.

"아이의 상태는?"

"누군가에게 심하게 맞은 듯 얼굴과 팔다리에 멍이 들어 있었지만, 다행히 목숨에 지장은 없어 보였습니다."

"그 아이도 엘과 같은 상태였나?"

"네, 에리얼 아가씨처럼 잠들어 있었습니다."

적어도 엘이 혼자 있는 것이 아니라 다행이었다. 아직 어린아이이긴 하지만 엘의 곁에 라이가 함께 있다는 소리에 약간이나마 안심이 되었다. 하지만 최대한 빨리 1황비의 손에서 아이들을 빼내 와야만 했다.

"아이들을 구해야겠습니다."

"비욘느!"

"영애!"

"소리 지르지 마세요."

아나샤와 에반이 동시에 소리를 질렀다. 나는 지근거리는 관자놀이를 꾹꾹 눌렀다.

나는 평범한 귀족 영애일 뿐이다. 기사들처럼 검술을 익히지도 않았고, 특별한 능력이 있는 것도 아니다. 더구나 1황비의 말을 순순히 들어준다고 해서 아이들을 구할 수 있다는 보장도 없었다. 그런 내가 홀로 폐궁으로 간다면 도움이 되기는커녕 오히려 1황비에게 인질만 더해 주는 꼴이다.

그런 바보 같은 짓을 할 생각은 없었다.

'1황비가 이나야리와 연관이 있을 수도 있고 말이지.'

이번 일은 나를 향한 1황비의 복수일 수도 있다. 하지만 그렇다고만 하기에는 영 꺼림칙한 점이 많았다.

일단 1황비가 콕 집어 나를 지목했다는 것이 수상했다. 그녀가 나에게 이를 갈고 있는 것은 분명하지만 이렇게까지 일을 크게 벌일 이유는 없었다.

'오히려 1황자를 죽였을지도 모를 시스를 겨냥한 것이라면 이해하겠지만 말이야.'

1황자를 잃고 복수에 불타는 1황비라면 나보다는 시스를 겨냥하는 것이 이치에 맞았다. 1황자를 죽인 것은 시스가 아니지만 1황비는 그렇게 생각하지 않을 테니 말이다.

하지만 만약 1황비가 이나야리와 연관이 있고, 그것 때문에 그녀가 나를 부른 것이라면 목적은 단 하나였다.

'결계의 파계.'

이나야리에게 나란 존재는 다시는 오지 않을 기회일지도 모르는 일이다. 이번을 놓친다면 언제 또다시 결계를 깰 수 있는 존재가 태어날지는 아무도 알 수 없었다.

이번에야말로 그들은 어떻게 해서든 나를 이용해 결계를 없애려 할 것이다.

"제가 가지 않는다면 분명 1황비는 아이들을 죽일 겁니다."

"……아이들에게는 미안하지만, 그곳이 사지임을 뻔히 알면서 영애를 보낼 수는 없습니다."

에반이 떨리는 목소리로 힘겹게 말했다.

"에반의 말이 맞아요. 엘도 당신의 희생을 바라지 않을 거예요."

엘을 거론하는 아나샤의 얼굴이 고통으로 일그러졌다. 얼마나 깨물어 댔

것인지, 피에 범벅된 입술이 너덜너덜해져 있었다.

"저는 바보가 아닙니다. 1황비의 뜻대로 이용당해 줄 수는 없지요. 하지만 아이들을 이대로 놔둘 수도 없습니다. 그래서 또다시 연극을 할까 합니다."

"무슨……?"

나는 근육을 천천히 이완시키며 소파에 등을 기댔다.

"상단의 기사들 중에 저와 키가 비슷한 자가 있습니까?"

"아직 어린 견습생 중에서 찾는다면 찾을 수 있을 겁니다."

"아니요. 견습생으로는 안 됩니다."

에반의 대답에 나는 고개를 저었다. 그는 영문을 모르겠다는 얼굴로 나를 빤히 쳐다봤다.

"무슨 일이 벌어질지 아무도 모르는 일입니다. 자칫 잘못하다가는 목숨을 잃을 수도 있고요. 어떤 상황에서든 살아남을 수 있는 능력이 뛰어난 사람이어야 합니다."

"꼭 기사일 필요는 없다는 말이군요."

생각에 잠긴 듯 에반의 입가가 단단하게 굳어졌다. 아나샤 또한 내가 하는 말의 의미를 알아챈 듯했다. 물기에 젖은 그녀의 눈동자가 잘게 흔들렸다.

"기사는 아니지만 피스온 상단에 체술이 뛰어난 사람이 있습니다. 영애와 키가 비슷한 것은 물론, 몸매도 마른 편이니 이 일에 적합할 것 같습니다."

"괜찮군요. 만약을 위해 엘리언트 가문 내에서도 찾아보도록 하겠습니다."

내 말에 에반이 고개를 끄덕였다. 후보가 여럿인 것은 나쁘지 않았다. 1황비의 눈을 속이고 아이들을 구할 수 있으려면 강한 사람이 필요했다.

'무엇보다 1황비를 속이는 것이 우선이겠지만.'

"1황비가 속아 줄까요?"

아나샤가 걱정 가득한 얼굴로 물었다. 그녀에게 섣부른 희망을 주는 것은 아닌지 걱정되긴 했지만 충분히 가능성이 있는 일이었기에 힘주어 대답했다.

"1황비가 감쪽같이 속게 완벽하게 준비할 생각입니다."

"고마워요."

그녀가 몸을 일으켜 나에게 다가왔다. 짓무른 그녀의 눈가가 또다시 눈물 범벅이 되어 있었다.

"흑, 엘을 포기하지 않게 해 줘서 고마워요, 비욘느."

아나샤가 바닥에 주저앉아 오열을 하기 시작했다. 나는 내 치맛자락을 움 켜쥐고 부들부들 떨고 있는 그녀의 손을 감싸 쥐었다.

"아직 안심하기는 일러요, 아나샤."

"알아요. 하지만 적어도 구할 수 있다는 희망이 있잖아요. 그렇지요?"

아나샤가 폭포수 같은 눈물을 흘리며 나를 올려다보았다. 그녀도 알고 있 었다. 내가 하려고 하는 일은 일종의 도박이나 다름없다는 것을 말이다.

아무리 나와 비슷하게 꾸민다고 해도 1황비가 속아 넘어가리라는 보장은 없 었다. 그녀가 속임수를 눈치채는 순간 엘과 라이의 목숨은 없다고 봐야 했다.

그럼에도 지금 우리에게는 이 방법밖에는 없었다. 그렇다면 최대한 1황 비가 속을 수 있도록 만반의 준비를 해 놓아야 했다.

나는 아나샤의 손을 잡고 있는 손에 힘을 주었다.

"울고 있을 시간이 없습니다, 아나샤. 마담 미엘라를 불러 주세요."

비록 겉모습뿐일지라도 머리부터 발끝까지 철저히 나처럼 꾸며야 했다. 마담 미엘라는 그 방면으로 가장 독보적인 인물이었다.

폐궁에 들어가기 위해서는 황제의 허락이 필요했다. 나는 서둘러 입궁을 하고 황제에게 알현을 신청했다. 다행히 황제는 전쟁 준비로 바쁜 와중에서 도 내 알현 신청을 거절하지 않고 선뜻 받아 주었다.

"1황비가 기어코……."

자초지종을 전해 들은 황제가 신음성을 흘렸다. 나이답지 않게 매우 정정했던 황제는 1황자의 죽음에 충격을 받은 듯, 예전과 달리 몹시 쇠약해진 모습으로 나를 맞이했다.

"폐하, 1황비를 더 이상 두고 볼 수 없습니다."

"……그렇구나."

황제가 회한에 잠긴 목소리로 힘겹게 고개를 끄덕였다. 깊게 파인 주름으로 가득한 황제의 얼굴은 마치 비쩍 마른 한 그루의 고목나무를 연상시켰다.

"내가 어찌해 주면 좋겠느냐?"

황제가 느릿한 어조로 내 뜻을 물었다. 나는 긴장으로 뻣뻣해진 손을 쥐었다 폈다.

지금부터 내가 하게 될 말은 자칫 황제의 화를 부를 수도 있는 말이었다. 아니, 높은 확률로 그의 분노를 사게 되는 일이다. 하지만 시도도 해 보지 않고 물러설 수는 없는 노릇이었다.

"피스온 상단의 무력이 폐궁 안으로 들어갈 수 있도록 허락해 주십시오."

"비이!"

나를 부르는 시스의 목소리에는 경악이 서려 있었다. 내가 입궁했다는 소식에 득달같이 달려온 그는 나와 함께 황제를 알현하고 있는 중이었다.

시스는 믿을 수 없다는 얼굴로 나를 바라보았다. 그는 나를 말리려는 듯, 몸을 일으켜 나에게 다가오려 했다.

"앉거라."

황제가 손을 들어 시스의 움직임을 막았다.

"폐하!"

"앉으라고 했다, 황태자."

시스가 여전히 앉을 생각을 하지 않자, 황제가 경고하듯 그에게 명령했다. 한동안 두 부자는 아무 말 없이 서로를 노려보았다.

결국 먼저 움직인 것은 시스였다. 그는 황제의 명령대로 순순히 자리에 앉았다. 지금 자신이 나서 봤자 이로울 것이 없다고 판단한 것 같았다. 하지만 뜻까지 꺾은 것은 아닌 듯, 그의 턱은 이라도 앙다물고 있는 것처럼 단단하게 각이 져 있었다.

바로 화를 낼 거라는 예상과 달리 황제는 의미를 알 수 없는 얼굴로 나를 바라보았다. 감정을 전혀 드러내지 않은 표정만으로는 황제가 무슨 생각을 하고 있는지 짐작도 가지 않았다.

황제의 침묵이 길어질수록 입안이 바짝바짝 말라 갔지만 나는 그의 시선을 피하지 않고 마주했다.

황제의 입장에서 본다면 지금 내 발언은 엄청나게 무례한 것이었다. 황궁 안으로 무력을 진입시키겠다는 말은 달리 해석해 보면 반역을 일으키겠다는 소리와 다름없었다. 황제가 지금 당장 나를 반역자로 몰아간다고 해도 할 말이 없을 정도로 말이다.

"그 말이 어떤 뜻인지는 알고 하는 말이더냐?"

아무리 나약한 모습으로 앉아 있다고는 하나 그는 제국의 황제였다. 그의 목소리는 여전히 상대를 압도하는 힘을 가지고 있었다.

나는 그의 압력에 주눅이 들지 않기 위해 허리를 꼿꼿이 세우고 목소리에 힘을 주었다.

"말씀드렸다시피 현재 폐궁을 지키고 있는 황실 기사들 중에서 배신자가 나왔습니다. 배신자가 어디에 몇 명이나 도사리고 있는지 모르는 지금, 황실 기사단을 이용하는 것은 자칫 더 큰 화를 불러일으킬 수 있습니다."

"……."

"저는 제 혈육의 목숨을 두고 도박을 하고 싶지 않습니다."

나는 천천히 의자에서 몸을 일으켰다. 황제는 그런 나를 여전히 무표정한 얼굴로 물끄러미 바라보았다.

"부디 소녀의 간청을 들어주시옵소서, 폐하."

바닥에 무릎을 꿇고 황제를 향해 고개를 숙였다. 엘을 구하려면 반드시 황제의 허락이 필요했다. 황제 앞에서 세울 자존심 따위는 없었다.

지금 이 상황은 오히려 황제에게는 모욕적일 수 있었다. 무력을 가지고 황궁 안을 침입하겠다고 당당히 선언하는 나를 참아 주고 있는 것만으로도 그는 나에게 최대한의 배려를 해 주고 있는 셈이었다.

나는 석상 흉내라도 내듯 고개를 숙이고 움직이지 않았다. 황제의 승낙이 떨어질 때까지 절대 물러서지 않을 작정이었다.

"비이……."

나를 부르는 시스의 목소리에 안타까움이 서렸다. 미리 그에게 귀띔이라도 해 줬어야 하는 것은 아닌가 하는 생각이 잠시 들었지만 애써 지워 버렸다.

후회는 언제 해도 늦은 법이다. 이미 벌어진 일을 후회하고 있을 틈은 없었다. 지금 나에게 중요한 것은 단 하나, 황제의 대답이었다.

"고개를 들거라."

"허락을 해 주시는 것이옵니까?"

내가 고개를 들며 묻자 황제가 깊은 한숨을 내쉬었다.

"무모한 아이로구나."

"폐하……."

나는 간절함을 담아 황제를 바라보았다.

황제의 말대로 내 계획은 너무 무모한 것이었다. 하지만 지금 나에게는 이 방법 말고는 달리 뾰족한 수가 없었다.

황제의 대답을 기다리는 일분일초가 너무 길게 느껴졌다. 황제의 입술이 천천히 벌어졌다.

"지금은 전쟁 준비로 황실의 기사들이 부족한 상황이지. 궁, 그것도 내궁 안에 깊숙이 위치한 폐궁에까지 신경을 쓸 여력이 없을 것이다."

"……!"

"짐은 모르는 것으로 하겠다."

"감사합니다, 폐하!"

피스온 상단의 무력이 황궁 안으로 들어오는 것을 묵인해 준다는 것만으로도 황제는 나에게 최대한의 양보를 해 준 것이다.

"정말 감사합니다, 폐하."

"피곤하구나."

그냥 하는 말이 아닌 듯, 황제의 얼굴은 그 잠깐 사이에 주름이 더 깊어져 있었다. 그가 손짓을 하자 대기하고 있던 궁인이 다가와 읍했다.

"나는 좀 쉬어야겠다."

황제가 궁인의 부축을 받으며 알현실을 나갔다. 긴장이 풀린 탓인지 나는 일어설 생각도 하지 못하고 멍하니 바닥에 앉아 있었다. 그런 내 곁으로 시스가 다가왔다.

"그대는 정말이지⋯⋯."

잔뜩 굳은 얼굴, 억눌린 음성. 그는 단단히 화가 난 것 같았다.

그가 나를 잡아 단번에 일으켜 세웠다. 잔뜩 화가 난 모습과 달리 나를 일으키는 손길은 부드러웠다. 다리에 힘이 빠진 듯 몸이 살짝 휘청거리자 단단한 그의 팔이 내 허리를 감싸 안았다. 그가 내 몸을 바짝 당겼다.

"그대를 어찌해야 좋을까?"

터져 나오려는 화를 참고 있는지, 그의 입에서 억눌린 음성이 흘러나왔다.

"내가 어떻게 해야 그대에게 믿음을 줄 수 있을까?"

"무슨 뜻입니까?"

내 물음에 그가 고개를 숙여 나와 눈을 맞췄다.

"그대의 눈에는 내가 그렇게 믿음이 가지 않아?"

"시스?"

"한 번이라도 나에게 먼저 알려 줄 순 없는 거야?"

"⋯⋯."

"그것이 무슨 일이든, 설령 자신의 목숨이 걸려 있는 일이라고 할지라도 그대는 매번 혼자서 해결하려고 들지. 그게 사람을 얼마나 무력하게 만드는 줄은 알고 있나?"

날이 바짝 서 있는 것 같은 날카로운 어투와 달리 그의 얼굴은 마치 우는 것처럼 일그러졌다.

"차라리 나에게 부탁을 하지 그랬어."

그의 목소리는 매우 낮았다. 하지만 내 귀에는 그의 낮은 목소리가 절규처럼 들렸다.

"그랬다면, 나는 그대를 위해 무엇이든 했을 텐데."

"시스."

"그것이 설령 폐하께 칼을 겨누는 일이 되었을지라도 나는 분명 그대의 편에 서서 그대의 바람을 이루어 주었을 거야."

그가 내 어깨에 자신의 이마를 대었다.

"그런데 어째서……."

그의 목소리가 촉촉하게 젖어들었다.

"어째서 그대는 자꾸 날 이렇게 비참하게 만드느냔 말이야."

항상 단단해 보이던 그의 몸이 애처롭게 흔들렸다. 그의 상처가 눈앞에 고스란히 보이는 듯했다.

"죄송합니다, 시스."

"내가 듣고 싶은 건 사과의 말이 아니야!"

그가 고개를 들고 두 손으로 내 어깨를 움켜쥐었다.

"어째서 나에게 사과를 하는 거지? 내가 무슨 말을 하고 있는지 그대가 모르고 있을 리가 없잖아. 내 말이 틀린가?"

내 어깨를 잡고 있는 그의 손에 힘이 들어갔다.

"아니면 알고 싶지 않아서 모르는 척하는 건가?"

그에게 잡힌 어깨가 아파 왔지만, 그가 느끼고 있는 고통에 비할 바가 아니었다.

"그대와의 거리는 매번 가까워졌다 싶으면 멀어지고, 겨우 다가갔다 싶으면 또다시 제자리지."

나를 바라보고 있는 그의 눈동자에 고통이 서렸다.

"나는 대체 그대에게 어떤 존재지?"

"……."

"날 정말 사랑하기는 하는 건가?"

그의 질문에 순간 말문이 막혀 대답을 할 수 없었다.

그가 나에게 하는 것만큼 스스럼없이 마음껏 표현하지는 못했지만 나 나름대로는 그에게 애정을 표현하고 있다고 생각했다.

하지만 그에게는 그동안의 내 애정 표현이 부족했던 모양이다. 내가 그의 사랑에 안심하고 있는 동안, 그는 불안해하며 내 행동에 상처받고 있었던 것일까?

'그랬을지도.'

확실히 나는 그에게 받은 것만큼 사랑을 되돌려 주지 못하고 있었는지도 모른다.

내 안의 담겨 있던 모든 감정을 가감 없이 토해 내던 그때의 나는 그에게 처참하게 버려졌다. 그때의 상처는 여전히 내 의식 속에 남아 내 감정을 스스럼없이 표현하는 것을 방해하고 있었다. 그래서 유독 그에게만은 내 마음을 온전히 드러내는 대신 까칠하게 굴었다.

'그동안 내 스스로가 인정하지 않았을 뿐이지.'

이제는 인정해야 했다. 이미 모두 떨쳐 버렸다고 생각했지만 나는 여전히 그때의 나에게 얽매이고 있었다.

"제발, 비이……."

나의 침묵을 대답이라 생각했는지 그의 몸이 허물어지듯 내 앞에 주저앉았다. 그는 그 자세 그대로 두 팔을 벌려 내 허리를 휘감았다. 무슨 일이 있어도 절대 떨어질 수 없다는 듯이 애절함을 담아서.

"내가 어떻게 해야 그대가 날 의지할 수 있을까?"

"……."

"응? 내가 어찌해야 그대가 날 믿고 의지할 수 있는 거지? 제발 무슨 말이든지 해 봐, 비이."

그를 믿지 못해서 기대지 않은 것이 아니다. 단지 누군가에게 기댄다는 것이 익숙하지 않았을 뿐이다. 누군가에게 기대기 전에 나 스스로 해결책을 찾는 데에 익숙했고, 누군가를 의지해야 한다는 생각을 하기도 전에 몸이 먼저 반응했다.

시스에게 문제가 있는 것이 아니다. 문제는 바로 나에게 있었다.

"사랑합니다."

"……!"

"당신을 사랑하고 있습니다, 시스."

나는 그를 따라 바닥에 주저앉았다. 차가운 냉기가 얇은 드레스 자락 사이로 느껴졌지만 지금 이 순간, 대리석 바닥에서 올라오는 냉기 따위는 그다지 문제가 되지 않았다.

내 허리를 감싸고 있는 그의 팔을 풀어 앞으로 가져왔다. 나보다 손가락 한마디쯤 더 큰 그의 손은 평소와 달리 서늘했다. 나는 그의 손에 온기를 주듯 꾹 눌러 잡았다.

"이 마음을 어떻게 말로 표현할 수 있을까요?"

그의 손을 잡아 내 심장 위로 가져다 대었다. 요란하게 쿵쿵 울리는 심장 박동 소리가 그에게 전해지기를 바랐다. 마주 잡고 있는 손을 통해 그의 몸이 움찔거리는 것이 느껴졌다.

나는 그와 시선을 맞추고 빙긋 웃었다.

"당신을 만날 때마다 이렇게 심장이 미친 듯이 뛰고 있으면서도 아닌 척 시치미를 떼고, 당신의 주위로 매력적인 여자들이 접근할 때마다 속으로는 불같이 질투하면서도 겉으로는 아무렇지도 않은 척 담대함으로 무장한 채, 제 속을 들키지 않으려고 발버둥 쳤습니다."

"어째서?"

그가 이해할 수 없다는 얼굴로 물었다.

"어째서 숨기는 거야?"

"제가 겁쟁이라서요."

나는 그의 뺨을 향해 손을 뻗었다. 도자기처럼 매끄럽지만 절대 차갑지 않은 그의 온기가 손가락 끝에서 느껴졌다.

"제가 겁쟁이라는 것을 들키지 않으려고 가시를 세운 고슴도치처럼 몸을 웅크려 속을 감추고 까다롭게 굴었습니다."

그린 것처럼 우아한 곡선을 이루고 있던 그의 눈썹이 파르르 떨리는 것이 보였다.

"대체 무엇이 그대를 겁쟁이로 만든 거지?"

또다시 그의 눈가가 일그러졌다.

"그대를 그리 웅크리게 만드는 것이 대체 뭐냔 말이야?"

나는 잔뜩 성이 난 그의 눈매를 다독이듯 손가락으로 살살 매만졌다.

"당신을 잃을까 겁이 납니다, 시스."

"뭐?"

"내 안의 감정을 모두 쏟아 내면 당신이 질려 하는 것은 아닐까? 내 모습에 실망해서 나를 떠나지는 않을까? 또다시 그녀에가 가 버리는 것은 아닐까……."

"대체 무슨 소리를 하는 거야, 비이?"

그가 이해하지 못하는 것은 당연했다.

지금의 그는 그때처럼 나를 두고 아이린스에게 가지 않을 것이다. 그는 지금 내 손안에 있고 나만을 바라보고 있다. 그러한 사실을 분명 알고 있으면서도 내면의 깊숙한 곳에서 불안에 떨고 있는 내가 있다.

손을 펼쳐 그의 얼굴을 감쌌다. 그는 얌전히 자신의 얼굴을 나에게 맡겼다. 손바닥 전체로 그의 따스함이 느껴졌다.

"당신이 저를 사랑하고 있다는 것은 알고 있습니다."

"그런데?"

"알고 있으면서도 불안합니다."

"비이."

"……그래서 제가 겁쟁이라는 겁니다."

지금의 내 표정이 어떤지 모르겠다. 확실한 것은 그가 아까보다 더 슬픈 얼굴로 나를 바라보고 있다는 것이다.

"내가 어떻게 해야 그대의 불안이 사라질 것 같아?"

"……."

"응? 내가 해 줄 수 있는 것이 있는 건가?"

가늘게 떨리는 그의 목소리에 물기가 서려 있었다. 나는 잡고 있던 그의 뺨을 조심스레 쓸었다.

"변하지 말아 주십시오."

그가 다정하게 나를 불러 주는 것이 좋았다. 그의 황금색 눈동자에 내 모습이 담기는 것이 좋았다. 그가 나직한 목소리로 사랑을 속삭일 때마다 짜릿한 희열을 느꼈다.

"제가 어떤 행동을 하건, 어떤 모습을 보이건, 지금처럼 저만을 바라봐 주십시오."

그가 자신의 뺨을 감싸고 있던 내 손을 잡아 내렸다. 그의 황금색 눈동자가 못이라도 박힌 듯 오롯이 나만을 바라보았다.

"그거면 되는 건가?"

그가 내 손을 잡아 올려 손바닥에 입술을 눌렀다.

"그대가 어떤 행동을 해도."

그의 입술이 내 머리에 부드럽게 내려앉았다.

"어떤 모습을 하더라도."

이마에서 시작해 눈, 코, 그리고 뺨까지 그의 키스가 이어졌다.

"그대를 사랑한다."

그가 도장이라도 찍듯 내 입술에 자신의 입술을 꾹 눌렀다. 짜릿함과 흥분을 함께 동반하던 평소의 키스와 달리 담백한 키스였다.

나는 미련 없이 떠나려 하는 그의 얼굴을 잡아 다시 입술을 내리눌렀다. 그의 눈동자가 동그랗게 떠졌다. 나는 그를 향해 배시시 웃어 보였다.

"이리 약속까지 하셨으니, 절대 물리실 수 없습니다."

"나도 절대 물릴 생각 없어."

그의 입가가 호선을 그으며 부드럽게 올라갔다.

"저는 분명 제 손을 벗어나면 죽여 버릴 거라고 경고했습니다."

"아아, 그랬지."

그가 그때를 떠올리는지 킥킥대고 웃었다.

"정말 괜찮으신 겁니까?"

그가 팔을 뻗어 내 양어깨에 올렸다.

"바라던 바야."

나는 그의 허리에 팔을 둘러 그의 품에 안겨 들었다.

"제가 언제 돌변해서 미쳐 버릴지도 모릅니다만?"

"쿡, 괜찮아. 난 이미 그대에게 미쳐 있으니까, 나의 비이."

'저는 예전부터 미쳐 있었습니다, 시스.'

하지만 이건 저만의 비밀로 할 겁니다. 영원히……

저는 지극히 이기적이니까요.

24막. 흑막

"아가씨, 잠시 쉬시는 것이 어떻겠습니까?"

걱정스런 집사의 말에 고개를 저었다.

지금쯤 나로 변장한 사람이 1황비가 있는 폐궁 안으로 들어갔을 것이다. 다행히 피스온 상단 쪽에서 검술과 체술이 능하면서도 나와 몸매가 비슷한 사람을 찾아낼 수 있었다.

운이 좋게도 그의 눈동자 색 또한 나와 같은 녹색 계열이었다. 명도가 달라 빛이 밝게 비추는 곳이라면 바로 들통날 수 있을 테지만 모자를 써서 얼굴 위로 음영을 드리우니, 쉽게 구분이 되지 않았다. 금갈색 가발을 씌우고 마담 미엘라의 손길이 구석구석 닿으니, 그의 모습은 내가 봐도 헷갈릴 정도로 나와 흡사해졌다. 목소리만 내지 않는다면 한동안은 1황비의 눈을 충분히 속일 수 있을 터였다.

사각사각, 펜 끝이 종이를 스치는 소리만이 조용한 서재 안을 가득 채웠다.

이렇게 일이라도 하고 있지 않으면 걱정으로 머리가 터져 버릴 것 같았다.

내 고집스런 행동에 집사가 한숨을 내쉬는 것이 들렸다. 그는 나를 설득하는 것을 포기하고 비어 있는 찻잔에 조용히 차를 따랐다.

"하아."

손은 서류 위를 빠르게 오고 가고 있었지만 내 모든 감각은 온통 황궁을 향해 있었다. 서류를 붙들고 있다 한들 일이 제대로 될 리가 없었다.

결국 포기하고 펜을 내려놓았다. 저절로 한숨이 새어 나왔다.

"기사단들도 움직이기 시작했겠지?"

"네, 엘리언트 기사단은 물론, 황실 기사단과 피스온 상단의 사람들까지 폐궁을 둘러싸고 신호를 기다리고 있을 겁니다."

카난 왕궁과의 전쟁으로 눈코 뜰 새 없이 바쁜 와중에서도 아버지와 시스는 나를 위해 기사들을 내주었다. 전쟁이 선포된 상황에서, 제국의 무기라고 할 수 있는 기사들을 빼내기란 매우 곤란한 일이었을 텐데도 말이다.

"잘되겠지?"

"네, 모두 잘될 겁니다."

걱정 가득한 내 질문에 집사가 확언하듯 대답했다. 그의 믿음직스런 대답에 조금이나마 마음이 놓이는 것 같았다.

나 대신 폐궁에 잠입한 기사에게 피스온 상단에서 개발한 신호탄을 내주었다. 멀리까지 날카로운 소리가 울려 퍼지는 신호탄은 폐궁 밖에서도 충분히 그 소리를 들을 수 있는 것이다. 그 혼자의 힘으로 아이들을 구해 낼 수 없거나, 위험에 처했을 때를 대비해 준비한 것이다.

폐궁 주위에서 대기하고 있을 기사들은 그 소리가 울리는 즉시 안으로 진입해 들어갈 예정이었다.

'부디 아이들을 무사히 구해 낼 수 있기를……'

찻잔을 들어 마른 목을 축였지만 갈증은 가시지 않았다.

불안한 마음을 조금이라도 달래 보고자 손가락에 껴진 반지를 살살 돌렸다. 보통의 반지보다 약간 두꺼운 반지가 손가락 주위를 뱅글뱅글 돌았다.

"아가씨, 그건……."

정교하게 새겨진 5장의 네잎클로버 중 1장을 움직이자 소리 없이 뾰족한 바늘 하나가 튀어나왔다. 은색으로 반짝이는 바늘의 끝부분이 시커멓게 변색되어 번들거리고 있었다.

"외조부님께서 나에게 남겨 주신 인장이지."

나를 위한 인장.

아나샤에게서 숨겨진 반지의 기능을 들었을 때는, 외할아버지가 어째서 이렇게까지 준비를 했어야 했는지 이해하지 못했다. 하지만 이제는 알 수 있었다. 외할아버지는 나에게 선택할 기회를 준 것이다.

'살아남을 것인가? 혹은 스스로 죽음을 택할 것인가?'

독이 묻은 바늘은 양날의 검이었다. 남을 해할 수 있는 물건이었지만 반대로 나 스스로를 해칠 수도 있는 물건이었다. 이것을 쓸 일이 없다면 좋겠지만 미래는 어떻게 될지 아무도 모르는 일이다.

하지만 단 하나, 확실한 것은 있었다.

'모든 것은 내 의지대로!'

이것을 어떻게 쓸지 선택하는 것은 오로지 내 몫이었다.

네잎클로버를 원위치하자, 독을 품은 바늘이 작은 소음도 내지 않고 순식간에 자취를 감추었다. 금속으로 만들어진 반지는 정교하게 새겨진 음각을 제외하고는 평범한 반지와 별반 다를 바가 없어 보였다. 그 안에 독을 품고 있을 것이라고는 아무도 눈치채지 못할 정도로 말이다.

"지금 본 것은 잊도록."

집사가 굳은 얼굴로 고개를 끄덕였다. 아버지나 시스가 이 사실을 안다면 어떻게 해서든 인장을 빼앗으려 들 것이다.

아버지와 시스를 떠올리자마자 미소가 저절로 지어졌다.

언제부턴가 죽이 척척 맞기 시작한 두 남자는 황궁으로 떠나기 직전까지 저택 안에서 꼼짝할 생각도 하지 말라며 나에게 잔소리를 퍼부어 댔다. 귀는 좀 혹사당하긴 했지만 그 잔소리가 마냥 싫지만은 않았다.

"이 정도면 나도 중증일지도 모르겠군."

"네? 어디 아프십니까?"

내 중얼거림을 들은 집사가 핼쑥한 얼굴로 나를 돌아봤다. 나는 미소를 머금은 채, 고개를 가로저었다.

"아니, 아무것도 아니야. 그보다 란트는?"

"서재에서 책을 보고 계십니다."

평소라면 에반과 함께 검술 수련을 했을 시간이었지만, 현재 에반은 아이들을 구하기 위해 기사들과 함께 폐궁 주변에서 대기를 하고 있는 상태였다.

나는 란트를 만나러 가기 위해 몸을 일으켰다. 혼자 머리 싸매고 있는 것보다 란트를 보며 안정을 찾는 것이 훨씬 나을 것 같았다.

"아, 아가씨!"

란트가 있는 서재로 향하는 중이었다. 중앙 계단을 지나 막 복도로 진입하려고 할 때였다. 한 시녀가 나를 부르며 헐레벌떡 뛰어왔다.

새파랗게 질린 얼굴로 다급히 나를 부르는 시녀를 본 순간, 심장이 쿵 하고 내려앉았다. 불길한 예감이 들었다. 나는 최대한 침착함을 가장하고 시녀를 향해 물었다.

"무슨 일이지?"

"황궁이……. 황궁이……."

"황궁이 어쨌다는 말이냐?"

"황궁이 불타고 있습니다!"

생각도 하기 전에 몸이 먼저 움직였다.

"아가씨!"

나를 부르는 집사의 외침에도 한걸음에 계단을 뛰어 내려간 나는 시종이 문을 열어 주기도 전에 스스로 문을 박차고 밖으로 나갔다.

문밖으로 나가자 구름 한 점 없는 파란 하늘 위로 시커먼 연기가 무섭게 솟아오르고 있었다.

"저게 무슨!"

검은 연기가 올라오고 있는 방향은 황궁이 있는 곳이었다. 나는 내 뒤를 쫓아 뛰어나온 집사를 향해 소리쳤다.

"어떻게 된 일인지 빨리 알아 오거라."

"네, 아가씨!"

다급함을 느낀 집사가 서둘러 달려가는 것이 보였다. 나는 연기가 솟아오르는 하늘을 보며 초조하게 발을 굴렀다.

하늘을 덮고 있는 연기의 규모로 보니 심상치 않아 보였다. 아버지와 시스도 걱정이 되었지만 1황비에게 붙잡혀 있는 아이들이 제일 문제였다.

'부디 불이 난 곳이 폐궁만은 아니기를……'

"누님!"

란트가 걱정 가득한 얼굴로 나에게 달려왔다. 저택의 소란스러움에 놀라 밖으로 나온 모양이었다.

"괜찮아요?"

"나는 아무렇지도 않아. 다만 황궁에 있는 사람들이 걱정이 되는구나."

"괜찮을 거예요."

검은 연기로 가득한 하늘을 바라보며 미간을 찌푸리던 란트가 나를 품에 안고 다독였다. 든든하게 위로의 말을 할 줄 알게 된 아이가 오늘따라 믿음 직스러워 보였다.

평소와는 달리 나와 란트의 역할이 반대가 되었지만 따뜻한 아이의 품은 초조해진 나에게 많은 위로가 되었다.

"아가씨!"

"어떻게 되었지?"

상황을 알아보기 위해 이곳저곳 돌아다니던 집사가 빠르게 나에게 돌아왔다. 급하게 서두른 탓인지 그의 가슴이 심하게 오르락내리락했다.

잠시 호흡을 가다듬으며 숨을 고르던 그가 입을 열었다.

"폐궁에서 불이 났답니다."

"……!"

"누님!"

순식간에 피가 빠져나가는 것처럼 아득해졌다. 휘청거리는 몸을 란트의 팔이 단단히 잡아챘다. 폐궁만은 아니길 빌었건만, 설마 하던 기대는 여지없이 무너졌다.

"아이들은?"

"그것까지는 알아낼 수 없었습니다. 폐궁 주변에서 대기하고 있던 기사들은 혼란을 틈타 모두 궁 안으로 진입을 했답니다."

"설마 부상자나 사망자가 있는 것은 아니겠지?"

"죄송합니다, 아가씨. 그것까지는 알아낼 수 없었습니다."

집사가 어두운 얼굴로 고개를 숙였다. 아무리 유능한 집사라 하더라도 이 상황에서 더 알아낼 방법은 없었을 것이다.

'모든 일이 끝날 때까지 이토록 무기력하게 기다리고만 있어야 하는 것인가!'

처음으로 검술을 배우지 않은 것이 후회가 되었다. 물론 검술을 배웠다 하더라도 내가 직접 나서지는 못했을 것이다. 아버지와 시스는 내가 직접 뛰어드는 것을 절대 허락하지 않았을 테니 말이다. 하지만 이런 상황이 되고 보니, 답답한 것은 어쩔 수 없었다.

"일단 앞으로의 일이 어찌 될지 모르니 저택의 경계를 강화하도록 하고……!"

"많이 바쁜 모양이군."

집사를 향해 지시를 내리던 나는 전혀 생각지도 않았던 이의 등장에 입을 다물 수밖에 없었다. 나는 내 눈을 의심하며 그를 불렀다.

"데이샤 공작?"

"오랜만이군, 엘리언트 영애. 레탄 후작의 결혼식 이후 처음인가?"

"이곳에는 어떻게 오신 겁니까?"

그가 느긋한 걸음으로 유유히 내가 있는 곳을 향해 다가왔다. 나를 안고 있던 란트가 몸을 돌려 나를 보호하듯 내 앞에 섰다.

"이런, 영애뿐만 아니라 영식까지 나를 싫어하는 모양이지?"

"……."

"나를 보는 후작의 시선도 곱지 않더니, 엘리언트 가문의 사람들과 나는 궁합이 좋지 않은 모양이야."

"이곳까지 어떻게 들어왔냐고 물었습니다."

아무리 공작이 손님의 입장으로 왔다 한들, 지금 같은 상황에서 고용인들이 내 허락도 없이 그에게 문을 열어 주지는 않았을 것이다. 하지만 그는 지금 이곳에 있었고, 나는 데이샤 공작이 저택을 방문했다는 사실을 전해 받지 못했다.

그렇다면 이유는 단 하나다. 그는 막아서는 가문의 기사들을 물리치고 강제로 저택에 들어온 침입자였다.

"영애는 여전히 딱딱하군."

"대답이나 하시지요."

"당연히 정문으로 들어왔지."

"기사들이 지키고 있었을 텐데요?"

데이샤 공작의 주름진 입가가 비웃듯 비스듬히 올라갔다.

"아아, 들어오기 위해 꽤 애를 먹긴 했지."

채챙!

나를 지키기 위해 곳곳에 숨어 있던 기사들이 일제히 검을 뽑아 들며 모습을 드러냈다.

기사들의 살기가 자신을 향하고 있다는 사실을 알고 있으면서도 데이샤 공작의 미소는 지워지지 않았다. 내 주변에 기사들이 숨어 있었다는 사실쯤은 이미 알고 있었다는 듯 그의 표정은 여유롭기까지 했다.

"약속했던 선물까지 준비해서 찾아온 손님을 이리 박대하면 쓰나."

"남의 집에 멋대로 쳐들어온 사람에게까지 차려 줄 예의 따위는 없습니다."

"내 선물을 보면 마음이 달라질 텐데?"

데이샤 공작이 손을 들어 올리자 그의 주변으로 검은 복면을 쓴 사람들이 소리 없이 나타났다. 기사들과 란트가 새롭게 등장한 복면인들을 경계하며 내 주위를 에워쌌다.

데이샤 공작이 들고 있던 손을 까딱였다. 포대 자루 같은 것을 짊어지고 있던 복면인이 공작의 손짓에 자루를 바닥에 내려놓았다.

무게가 제법 있었던 모양인지, 쿵 하는 묵직한 소리와 함께 자루 안에서 가느다란 신음 소리가 흘러나왔다.

"무엇입니까?"

"직접 풀어 보지그래?"

공작의 의도대로 움직이는 것이 내키지는 않았지만 선택권이 없었다. 자루의 크기는 아이 한 명이 들어갈 정도로 컸고, 그 안에서 들린 신음 소리는 앳된 어린아이의 음성이었으니 말이다. 그리고 그 앳된 신음 소리는 나에겐 익숙한 것이었다.

내 고갯짓에 기사들이 데이샤 공작과 복면인들을 경계하며 자루가 있는 곳으로 다가갔다. 가장 가까이에 있던 기사가 자루를 향해 검을 휘둘렀다.

날카로운 검날에 자루 입구를 동여매고 있던 끈이 잘려 나갔다. 주머니의 입구가 풀리고 꿈틀거리던 자루 안에서 하늘색 머리카락이 나타났다.

"라이!"

"누, 누나!"

구타라도 당한 듯, 온몸에 시퍼런 멍을 잔뜩 달고 있는 라이가 나를 발견하고 반색하며 소리쳤다.

"엘이 잡혀갔어요. 제발, 구해 주세요!"

"알았으니, 우선 이리 와."

내 외침에 라이가 버둥거리며 자루 안에서 빠져나왔다. 기사들의 도움으로 비틀거리는 몸을 간신히 일으킨 아이가 다리를 절뚝거리며 나에게 다가왔다.

다행히 데이샤 공작과 검은 복면의 사람들은 나에게 다가오는 라이의 행동을 막지 않았다. 나는 라이를 내 뒤에 서 있던 집사에게로 보냈다.

"어찌 된 일입니까?"

"선물이 마음에 들지 않나?"

"엘을 납치한 것이 공작님입니까?"

데이샤 공작이 대답 대신 피식 입술 끝을 말아 올렸다. 그의 표정만으로도 대답은 충분했다. 그가 1황비를 도와 엘을 납치한 것이다.

"엘은 어디에 있습니까?"

"꽤 신경을 써서 준비한 선물인데 감사의 인사도 없이 질문만 해 대다니, 이거 참 실망스럽군."

"헛소리 따위는 듣고 싶지 않습니다. 대답이나 하십시오."

"글쎄, 나는 영애의 질문에 대답할 의무는 없는 것으로 아는데?"

"이런 일을 벌이고도 무사할 수 있을 것 같습니까?"

서둘러 움직인 집사 덕분에 기사들의 숫자는 이쪽이 더 많았다. 하지만 무언가 믿고 있는 것이라도 있는지 수의 약세를 뻔히 보고 있으면서도 데이샤 공작의 행동은 여전히 여유로웠다.

"엘은 어디에 있습니까?"

"영애는 궁금한 것이 많은 것 같군."

"아이들을 납치한 범인이 눈앞에 있는데, 당연하지 않습니까?"

내 말에 데이샤 공작이 어깨를 으쓱였다.

"1황비가 영애를 불러내고 싶다고 하기에 약간의 도움을 주기는 했지만 나는 딱히 아이들에게 해를 끼칠 생각은 없었다네. 그 증거로 그 아이를 선물로 가지고 왔지 않은가."

"이왕 제게 주실 선물을 가지고 오실 거라면, 화통하게 두 아이 모두 데리고 오시지 그러셨습니까? 공작께서 이리 배포가 작으신 줄은 미처 몰랐군요."

"하하핫, 역시 영애는 재미있어. 이럴 줄 알았으면 두 아이 모두 데리고 올 걸 그랬군."

"지금이라도 늦지 않았습니다. 엘을 무사히 제 앞에 데리고 오신다면 원하신 대로 손님에 대한 예우를 갖춰 맞이해 드리지요."

나의 대답에 데이샤 공작이 또다시 박장대소를 터트리며 어깨를 으쓱였다.

"이것 참 아쉽군. 안타깝게도 그 아이는 지금 나에게 없다네."

나는 손을 뒤로 돌려 집사에게 손짓을 했다.

엘이 데이샤 공작에게 없다는 말은 아직까지 1황비의 손에 붙잡혀 있다는 소리였다. 궁녀의 증언으로 엘과 라이가 1황비의 처소에 있다는 것을 알게 되었지만 지금도 그곳에 있으리라는 보장은 없었다.

라이라면 이곳에 끌려오기 전까지 엘과 함께 있었을 테니, 현재 엘이 어디에 붙잡혀 있는지 알아낼 수 있을 것이다. 내 뜻을 알아들은 집사가 복면인들을 피해 도망가는 척하며 라이를 데리고 본관 안으로 들어갔다.

데이샤 공작의 눈가가 가늘게 접혔다.

"1황비의 함정에도 가짜를 내세워 빠져나가더니, 내 입에서 잘도 아이의 행방까지 끌어내는군. 영애는 내 생각보다 훨씬 더 똑똑한 것 같아."

"칭찬 감사합니다만, 그것들을 모두 눈치채신 공작님만 하겠습니까?"

"하핫, 말이 그렇게 되나?"

그가 기분 좋은 웃음소리를 내었다. 나는 추측하는 것을 그만두고 단도직입적으로 물었다.

"1황비와 손을 잡으신 겁니까?"

"말하지 않았나. 약간의 도움을 준 것이었다고."

"제 귀에는 한패가 아니라는 소리로 들리는군요."

"당연하지 않은가. 그녀는 영애를 죽이길 원했지만 나는 영애를 죽일 생각이 전혀 없거든."

"결계를 깨기 전까지 말입니까?"

"호오, 저번에 만났을 때까지만 해도 아무것도 모르고 있던 것 같더니, 벌써 알게 된 모양이지?"

"이나야리와 손을 잡으신 겁니까?"

"그렇다면?"

데이샤 공작이 약이라도 올리듯 능글능글한 표정을 지었다.

"어째서입니까?"

이나야리를 막고 있는 결계가 깨진다면 세상은 또다시 멸망을 향해 갈 것이다. 그 사실을 누구보다 잘 알고 있을 데이샤 공작의 의도가 이해가 가지 않았다.

"이나야리들이 결계를 깨고 나온다 한들 공작께는 도움 될 것이 없을 텐데요?"

"나쁠 것도 없지."

"이러시는 이유가 대체 뭡니까?"

"글쎄, 영애가 생각하기에는 왜일 것 같나?"

그가 웃으며 손을 들어 올렸다. 그의 뒤로 또 다른 복면인들이 나타났다. 어림잡아도 우리 쪽 기사들의 수를 훨씬 상회하는 숫자였다. 숫자의 열세에도 불구하고, 그가 왜 지금까지 이토록 여유로운 모습을 하고 있었는지 그 이유를 알 수 있었다.

채채챙!

시작은 검은 복면의 사람들이었다. 그들은 기사들을 향해 검을 휘둘렀다. 기사들은 나에게 등을 보이며 검은 복면인들의 검을 막아섰다.

쇠와 쇠가 부딪치는 소리가 여기저기 난무하며 고막을 자극했다. 하나둘 쓰러지는 사람들이 생기고 붉은 피가 땅 위에 흩뿌려지며 푸른 잔디 위를 덮었다.

"선택하게, 영애."

시끄러운 소음 사이로 데이샤 공작의 목소리가 명확하게 들렸다.

"얌전히 나를 따라올 텐가? 아니면 이들을 모두 죽여야 따라올 텐가?"

"제가 얌전히 따라가면 이들을 살려 주실 생각입니까?"

"누님, 안 돼요."

란트가 내 앞을 막아섰다. 데이샤 공작의 눈썹이 흥미로운 것을 발견한 듯 꿈틀댔다.

"자, 어서 선택하게. 설마 사랑하는 남동생이 눈앞에서 죽어 나자빠지는 것을 보고 싶은 것은 아니겠지?"

"저런 헛소리 따위 귀담아듣지 마세요, 누님."

란트가 데이샤 공작을 노려보며 주먹을 불끈 쥐었다. 얼마나 힘주어 쥐었는지 햇볕에 검게 그을린 손등 위로 푸른 힘줄이 도드라졌다. 방에서 바로 뛰어나온 터라, 란트에게는 몸을 지킬 수 있는 무기가 하나도 없었다.

나는 내 앞에서 서 있는 란트의 등을 걱정스럽게 바라보았다.

"피스온의 혈통을 지키는 엘리언트라. 기록에 쓰여 있던 것을 직접 눈으로 확인하니 감회가 새롭군."

"어떻게!"

고대의 기록은 영웅의 후손인 4가문에게만 비밀리에 전해 내려오는 것이었다. 그들의 후손 중 하나인 엘리언트 가문은 그 기록이 소실되어 가주인 아버지조차도 외할아버지가 알려 주기 전까지는 고대의 기록에 대해 전혀 알지 못했다.

그런 내 생각을 읽기라도 한 듯 데이샤 공작이 대답했다.

"기록은 인간들만의 전유물이 아니라네, 영애."

'이나야리!'

영웅의 후손들에게 기록이 남겨져 내려오듯, 이나야리 쪽에서도 기록이 남아 있을 수 있음을 간과하고 있었다.

'하긴 그랬으니 나를 납치하려 한 것일 테지.'

혼란스러운 마음을 추스르기 위해 손톱이 살을 파고들 정도로 주먹을 꾹 쥐었다.

데이샤 공작은 결코 만만한 상대가 아니다. 그에게 당하지 않으려면 정신을 바짝 차리고 있어야 했다.

"순순히 나를 따르는 것이 어떤가? 영애를 데리고 가기 위해 꽤 공을 들였던 만큼 빠져나갈 구멍은 없을 거야."

"설마 그동안 벌어진 일들이 모두 공작께서 하신 일입니까?"

데이샤 공작의 얼굴에 비릿한 미소가 떠올랐다.

"영애의 주변이 너무 견고해서 말이야. 조금 흔들어 줄 필요가 있었지. 어때, 그동안 꽤 긴장감 있지 않았나? 영애를 위해 꽤 고심해서 준비한 것들이라네."

"카난 왕국에도 손을 쓰신 겁니까?"

"아아, 나는 단지 제국 쪽에서 왕국을 식민지로 삼기 위해 준비 중이라는 거짓된 정보를 흘려 줬을 뿐이야. 궁지에 몰린 쥐는 고양이도 무는 법이지."

1황자의 죽음, 엘의 납치, 카난 왕국의 도발까지 그 모든 일에 데이샤 공작이 관여를 하고 있었다. 심지어 유모의 일에도 그가 개입했을 가능성이 컸다.

아니, 분명 개입했을 것이다. 유모가 카약을 사용했다는 것이 명백한 증거였다.

"그동안 그 많은 것들을 준비하시느라 꽤 바쁘셨겠습니다."

"시간은 많았으니까."

그가 어깨를 으쓱였다.

"영애의 반응을 지켜보는 것도 꽤 재미있었고 말이지."

"아이린스를 시스, 아니 황태자 전하께 밀어붙인 이유도 그 때문인가요?"

"큭큭, 지금 이 상황에서 고작 그런 것을 신경 쓰다니, 영애도 별수 없는 모양이군."

데이샤 공작의 웃음소리가 더욱 커졌다.

나는 그의 웃음소리를 무시하며 또 다른 질문을 던졌다.

"황실과 엘리언트 후작가의 불화를 노린 겁니까?"

"음, 역시 영애는 똑똑해. 그 아이의 미모 정도면 황태자 따윈 금방 넘어올 줄 알았는데, 아쉽게도 그는 영애에게 일편단심이더군. 내 계산 착오였지."

그가 자신의 턱을 쓰다듬었다. 그의 눈동자가 빠르게 주변을 훑는 것이 보였다.

안타깝게도 전세는 우리에게 여러모로 불리했다. 수적인 열세도 문제였지만 검은 복면인들의 힘이 생각보다 강했다. 아버지와 시스가 나를 지키기 위해 남겨 두고 간 기사들은 고르고 고른 정예들이었다. 그런 그들이 검은 복면인의 힘에 속수무책으로 쓰러지고 있었다.

겉으로는 태연하려 애쓰고 있었지만 등줄기로 식은땀이 흘러내렸다. 데이샤 공작이 그런 나를 보며 입을 열었다.

"황궁으로 간 기사들이 오기를 기다리는 모양인데, 안타깝게도 영애의 바람대로는 되지 않을 게야."

"······!"

데이샤 공작의 말에 머리카락이 쭈뼛 섰다. 그의 주름진 눈가가 가늘게 접혔다.

"답지 않게 시간을 끌어 보려 애쓰는 것이 재미있어 지금껏 응해 주고 있었지만 이제는 슬슬 지겨워지는군."

"······제가 지원군을 기다리고 있다는 것을 알고 계셨군요."

"당연하지 않은가. 물론 지금껏 애타게 지원군을 기다리고 있었을 영애에게는 매우 안타까운 일이겠지만 말이야."

"누님."

란트가 걱정스런 얼굴로 나를 바라보았다.

시녀를 비롯해 비전투 인원들은 이미 집사와 함께 본관으로 피신해 있는 상태였다. 다행스럽게도 복면인들은 기사들만을 상대하고 있을 뿐, 본관 쪽에는 관심을 두지 않고 있었다.

저들의 행동만으로도 목표로 하는 것이 나뿐이라는 사실을 명확히 알 수 있었다.

점점 부상을 입는 기사들이 늘어났다. 란트는 여전히 내 앞에 서서 꼼짝도 하지 않았다. 집사와 함께 들어가기를 바랐지만 아이는 고집스레 내 앞을 지켰다.

나는 다시 데이샤 공작에게로 시선을 돌렸다.

코끝으로 바람결에 실려 온 레이샤 꽃의 향기가 희미하게 느껴졌다. 봄이 시작되긴 했지만 레이샤 꽃은 아직 꽃망울을 터트리지 않았다. 그럼에도 이 향이 풍겨 나올 수 있는 이유는 단 하나다.

'드디어 왔군.'

나는 입술 끝을 천천히 말아 올렸다.

"분명 공작께서 말씀하신 대로 지원군을 기다리고 있는 것이 맞습니다."

무슨 꿍꿍이냐는 듯, 데이샤 공작의 눈썹이 꿈틀거렸다.

레이샤 꽃은 은은하면서도 멀리까지 퍼지는 향을 가졌다. 향수로 쓰기에도 적합하다는 말이다. 나는 레비나의 결혼 선물로 레이샤 꽃으로 만든 향수를 선물했다.

오직 나와 레비나만이 가지고 있는 향수였다.

"하지만 제가 기다리고 있는 지원군은 황궁으로 간 기사들이 아닙니다."

레비나는 레이샤 꽃으로 만든 향수가 마음에 들었는지 자신이 쓰는 물건들에도 향수를 즐겨 뿌렸다. 예를 들어 서신을 쓸 때 쓰이는 종이 같은 것들 말이다.

드디어 기다리고 있던 이들이 도착했다.

"이런, 벌써 시작하신 겁니까?"

고통에 찬 비명 소리와 비릿한 피 냄새가 진동을 하는 가운데 분위기와는 전혀 어울리지 않는 발랄한 음성이 들려왔다. 나는 모습을 드러낸 그를 향해 타박하듯 말했다.

"늦으셨습니다, 카산."

"아이쿠! 이래 봬도 발바닥에 불이 날 정도로 잽싸게 움직인 것입니다요, 아가씨."

그가 억울하다는 듯, 손사래를 치며 나에게 다가왔다. 엄살을 떠는 말과 달리 카산의 걸음걸이는 마치 공원이라도 산책하는 듯 가벼워 보였다.

"하루가 멀다 하고 크고 작은 전투가 벌어지는 곳에서 이만큼이나 병력을 빼기가 얼마나 어려운 줄 아십니까? 저로서는 꽤 부지런을 떤 것이니 좀 봐주십시오."

코끝을 찡긋거리던 그가 곧이어 불만 가득한 얼굴로 투덜거렸다.

"혼자 시린 옆구리 긁적이는 것도 서러운데, 신혼 재미에 푹 빠진 주군이라는 사람은 없던 일까지 만들어 나에게 떠넘기지를 않나. 수도엔 예쁜 꽃이 많다고 해서 신 나게 와 봤더니 이건 뭐, 만날 시커면 사내놈들이나 상대해야 하지를 않나. 정말 살맛 안 나지 말입니다."

카산이 장난스럽게 손가락을 까딱였다.

그것이 신호가 된 듯 그와 함께 등장한 남자들이 검은 복면의 사람들에게 달려들기 시작했다.

"이왕지사 이리된 것, 그동안 쌓인 욕구불만이나 여기서 확 풀고 가야겠습니다요."

장난기 가득한 표정과 달리 복면인들을 바라보는 카산의 눈동자가 위험스럽게 빛났다.

검은 복면인들에게 밀리고 있던 기사들은 아군의 가세에 힘을 얻은 듯 적을 향해 더 날카롭게 검을 휘둘렀다.

카산이 데리고 온 지원군은 하나같이 까무잡잡한 피부와, 햇빛에 바랜 듯한 밝은 머리카락 색을 가지고 있었다. 한눈에 보기에서도 서부인처럼 보이는 그들은 레탄 후작의 밑에서 카산과 함께 이나야리들을 경계하기 위해 훈련된 전사들이었다.

데이샤 공작이 이 일에 개입되었는지의 여부는 의심만 했을 뿐, 확신하지는 못했다. 하지만 연이어 터진 사건들의 배후에 이나야리가 관련되어 있을 거라는 확신은 있었다.

진짜 이나야리의 힘이 어떤지는 모르겠지만 혼혈들의 신체적 능력은 일반인을 훨씬 상회했다. 기사가 아닌 보통 사람은 이나야리의 혼혈들에게 상대가 안 된다는 뜻이다.

나는 이나야리들이 나를 노리고 있다는 사실을 정확히 인지하고 있었다. 나를 지키고 있는 기사들의 능력을 믿고 있긴 했지만 만에 하나 잘못되었을 경우도 대비하고 있어야 했다.

하지만 1황자의 죽음, 엘의 납치, 전쟁의 준비로 모든 것이 어수선한 상태였다. 무력이 필요한 곳들은 많았고 일어나지 않을지도 모를 사태를 대비하기 위해 추가로 뺄 수 있는 전력은 터무니없이 적었다.

더구나 상대는 이나야리였다. 그들을 상대할 수 있는 노련한 전문가가 필요했다. 그리고 나는 이나야리에 대해 아주 잘 알고 있는 전문가를 한 명 알고 있었다.

나는 레탄 후작이 아닌 레비나에게 도움을 요청했다. 그녀가 어떤 방법으로 레탄 후작을 설득했는지는 알 수 없었다. 중요한 것은 레탄 후작의 사람들이 지금 이곳에 있다는 것이다.

"이거야 원, 마치 제가 서부에 있는 것 같은 착각이 드는군요."

카산이 주변을 두리번거리며 냄새라도 맡는 듯 코를 벌렁거렸다. 그는 손등으로 코끝을 훔치며 히죽 웃어 보였다.

"코가 아플 정도로 이나야리의 냄새가 진동을 합니다그려."

그가 나와 데이샤 공작의 사이를 가로막으며 또다시 노골적으로 코를 킁킁거렸다.

이나야리는 이나야리를 알아볼 수 있다고 했다. 정확하게는 혼혈이라고 했지만 혼혈이든 진짜든 카산의 말대로라면, 데이샤 공작과 함께 등장한 검은 복면의 사람들은 인간이 아닌 이나야리라는 뜻이었다.

역시 데이샤 공작과 함께 왔던 5명의 기사들은 눈속임에 불과했던 것이다. 데이샤 공작이 숨기고 있던 진짜 전력은 바로 이나야리들이었다.

"처음 뵙겠습니다, 데이샤 공작님. 소인은 카산이라고 합니다요. 공작님의 대해서는 풍문으로 많이 들었습니다만, 실제로 뵙는 것은 처음이군요."

카산이 마치 아부라도 하는 것처럼 데이샤 공작을 향해 과장되게 손을 비볐다. 그를 바라보는 데이샤 공작의 미간에 살며시 금이 갔다.

"서부인이로군."

"아이쿠, 바로 알아보시는군요."

"서부인의 특징을 그대로 달고 있는데 못 알아보는 것이 더 이상하지 않은가?"

"하하, 제가 좀 토종처럼 생기긴 했지요."

"토종이라고 하기에는 이나야리의 냄새를 너무 진하게 풍기고 있군. 이나야리라면 눈에 보이는 족족 죽이고 다닌다는 레탄 후작이 너 같은 자를 가까이 두고 있었을 줄이야. 레탄 후작이 소문과는 다른 모양이지?"

카산이 머리를 긁적였다. 가뜩이나 부스스한 그의 머리카락이 엉망으로 헝클어졌다.

"뭐, 소문이라는 것이 전부 진실은 아니지 않습니까? 과장된 것도 있고, 거짓된 것도 있고. 아주 천차만별이지요."

가뜩이나 실눈 같던 카산의 눈이 데이샤 공작을 보며 더욱 가늘어졌다.

"그러는 공작님이야말로 온몸에서 누린내가 진동을 하십니다요. 데이샤 공작이 이나야리와의 혼혈이라는 소문은 전혀 들어 본 적이 없는데 말이죠."

"……!"

카산의 폭탄과도 같은 발언에 모두의 시선이 데이샤 공작에게로 향했다. 생각지도 못한 사실에 나는 놀라 입을 다물지 못했다.

데이샤 공작은 전 황태자인 로이드 황자와 피오니아 황태자비의 아들이었다. 로이드 황태자는 물론 제국의 고위 귀족 가문 출신인 피오니아 황태자비도 이나야리와는 전혀 관련이 없는 사람들이었다.

"데이샤 공작이 이나야리와의 혼혈이 틀림없습니까?"

"제 본능은 그렇다고 하는군요, 아가씨."

실 같던 카산의 눈이 살짝 떠지며 그 안에 담겨 있던 주황색 눈동자가 날카롭게 빛났다.

"더구나 이 지독한 향은 어정쩡한 쿼터의 느낌이 아닙니다. 아무래도 그는 하프인 것 같군요."

"하프라니요?"

카산은 여전히 데이샤 공작에게 시선을 고정시킨 채 입을 열었다.

"이나야리의 혼혈들은 크게 두 부류로 나뉘집니다. 진짜 이나야리의 피를 가장 짙게 이어받은 하프, 그리고 그 하프들이 인간과의 사이에서 낳은 것이 쿼터, 제가 바로 쿼터에 해당하죠. 안 그렇습니까, 공작 나리? 아니, 하프 나리라고 불러 드릴깝쇼?"

처음으로 데이샤 공작의 얼굴에서 미소가 사라졌다. 데이샤 공작이 카산을 향해 이를 드러냈다.

"목숨이 아깝지 않은 모양이지?"

"제가 워낙 어렸을 때부터 사선을 넘나들며 살아온 끈질긴 놈이라 쉽지는 않으실 겁니다."

"뚫린 입이라고 조잘조잘 잘도 말하는구나."

"어라, 벌써 눈치채셨습니까? 제가 좀 수다스런 놈입니다요. 제 동료들은 저보고 물에 빠져 죽으면 입만 동동 뜰 놈이라고 하더군요."

데이샤 공작의 몸에서 뿜어져 나오는 강한 살기에 위축될 만도 하건만 카산은 웃는 낯으로 이죽거렸다.

"영애에게 내가 한 방 먹은 모양이군."

카산과의 말씨름이 더는 의미 없다고 판단한 모양인지, 데이샤 공작이 고개를 돌려 나를 바라보았다. 데이샤 공작의 노골적인 무시에 카산이 어깨를 으쓱였다.

카산에 의해 잠시 한일자로 굳어졌던 데이샤 공작의 입매가 또다시 비틀려 올라갔다.

"여자들의 흔한 우정 흉내인 줄 알았더니, 설마 뒤로 레탄 후작과 손을 잡고 있었을 줄이야."

데이샤 공작의 추측은 틀렸다. 나는 딱히 레탄 후작과 계약을 한 것이 아니다. 하지만 굳이 그의 잘못을 정정해 줄 필요성은 느끼지 못했다.

그동안 나는 레비나와 친분을 쌓았다. 저택으로 그녀를 초대를 하는 것은 물론, 함께 쇼핑도 하고 거리를 자주 돌아다녔다. 또래들과 어울려 다니는 여타의 귀족 영애들처럼 말이다.

레탄 후작과의 만남도 비밀로 한 적이 없기에 약간의 정보력만 가지고 있다면 쉽게 나와의 관계를 알 수 있었다. 레탄 후작과 레비나를 연결해 준 것이 바로 나라는 것까지 말이다.

그들과의 관계를 굳이 감추지도 않았지만, 그렇다고 대놓고 보여 주지도 않았다. 오로지 친우인 레비나를 위해 둘의 결혼을 성사시켜 주려 애쓰는 것처럼 자연스럽게 움직였다.

더구나 레탄 후작은 결혼식을 올리자마자 신부인 레비나를 데리고 훌쩍 서부로 가 버렸다. 레탄 후작과의 관계는 레비나를 그와 연결시켜 주는 것으로 끝났다. 그렇기에 그 누구도 내 의도를 눈치채지 못했다. 심지어 당사자인 레탄 후작까지도 말이다.

"인정하지. 내가 영애를 조금 과소평가하고 있었던 모양이야. 하지만 보이는 것만이 전부라고 생각하지 않는 것이 좋을 게야."

데이샤 공작이 위협하듯 하얀 이를 드러냈다. 황족의 상징과도 같은 황금색 눈동자가 광기로 번들거렸다. 그의 황금빛 눈동자를 마주친 순간, 피부 위로 소름이 오소소 돋았다.

어째서 지금까지 저 눈동자를 황금색이라고 생각했을까?

"카산, 당신의 말대로군요."

저것은 시스와 같은 황금색이 아니다. 황금색으로 위장한 짐승의 눈동자였다.

"그에게서 당신과 같은 느낌이 납니다."

데이샤 공작의 눈썹이 흥미롭다는 듯, 위로 치켜 올라갔다.

"결계의 핵심들이 이나야리의 기를 민감하게 알아차린다고 하더니, 역시 영애는 결계의 핵심이 확실하군. 다행이야. 지금까지 영애에게 공들인 수고가 헛수고가 아니라서."

'그래서 내가 이나야리를 알아볼 수 있었던 것인가?'

데이샤 공작의 입가에 만족감이 서리는 것이 보였다. 나는 그에게 동요하는 모습을 보이지 않기 위해 손을 움켜쥐었다.

"그러는 공작……. 아니, 공작이 맞기는 한 겁니까? 로이드 황태자와 피오니아 황태자비 사이에서는 절대 이나야리의 하프가 나올 수 없을 텐데요?"

"큭큭, 그렇지. 정상적인 방법이라면 절대 나올 수 있을 리가 없지."

데이샤 공작이 히죽 웃었다.

"설마 진짜 데이샤 공작을 죽이고 그 자리를 차지한 겁니까?"

"하하하하핫! 영애의 상상력에 경의를 표하지."

박장대소를 터트리던 데이샤 공작이 순식간에 웃음을 그치며 으르렁거렸다.

"차라리 영애의 말처럼 그랬으면 더 좋았을 텐데 말이야."

데이샤 공작의 얼굴이 분노로 얼룩졌다.

"그랬다면 이 몸에 흐르는 피를 저주하지 않았을지도 모르지."

"진짜 황족이라는 말입니까?"

"크크큭."

그가 대답 대신 광기에 젖은 웃음소리를 냈다. 그가 로이드 황태자의 아들이 맞다면 그를 낳은 것은 이나야리라는 뜻이다.

"무슨 생각을 하고 있는지 알겠지만 틀렸어."

데이샤 공작이 비웃듯, 삐뚜름하게 입술을 비틀어 올렸다.

"무슨 뜻입니까?"

"나를 낳은 것은 대외적으로 알려진 것처럼 피오니아 황태자비라는 뜻이지."

"······!"

카산은 데이샤 공작이 이나야리의 하프라고 했다. 나 또한 데이샤 공작에게서 이나야리라는 느낌을 받았다. 그가 하프라면 부모 중 한쪽은 진짜 이나야리여야만 했다.

"설마!"

"무언가 알고 계신 것이라도 있습니까?"

카산이 머리카락을 마구 헤집었다.

"예전부터 서부에서 전설처럼 전해 오던 이야기가 있습니다. 그건 정말 미친 짓이라고 생각했는데······."

카산이 말도 안 된다며 중얼거리고 있는 사이, 데이샤 공작이 끼어들었다.

"로이드 황태자는 태어났을 때부터 몸이 약했다. 아니, 병이 있었다고 하는 것이 더 맞겠군."

"그럴 리가요. 그는 오랫동안 아이를 갖지 못한 것을 제외하면 건강상의 문제는 전혀 없었던 것으로 알고 있습니다."

심지어 그는 문무에 모두 능한 이상적인 황태자였다고 알려져 있었다. 실수로 낙마만 하지 않았다면 지금의 황제가 아닌 로이드 황태자가 제국의 황제가 되었을 것이다.

'그리고 그의 아들인 데이샤 공작이 그 뒤를 이었을 테지. 시스가 아니라.'

"큭, 그가 왜 오랫동안 아이를 갖지 못했다고 생각하나?"

"그야······."

"그가 바로 이나야리였기 때문이지. 이나야리들은 그 피가 짙게 흐를수록 아이를 가질 수 있는 확률이 낮아진다네."

"말도 안 됩니다! 진짜 이나야리들은 결계를 넘을 수 없습니다."

그는 황태자였다. 황족인 그가 이나야리일 리가 없었다. 더구나 진짜 이나야리는 결계를 넘을 수 없지 않은가?

"무언가 착각한 모양이군. 나는 로이드 황태자를 기록에 적혀 있는 것과 같은 진짜 이나야리라고는 하지 않았네. 물론 하프도 쿼터도 아니지. 그의 부모는 온전한 인간이었으니까."

"설마 그 이야기가 진짜였다는 말입니까?"

카산의 입에서 경악성이 터져 나왔다.

"말도 안 됩니다. 그건 정말 미친 짓이란 말입니다!"

"안 될 것도 없지 않은가. 그는 그 미친 짓을 벌였고, 결국은 성공했지. 지금 그 증거가 눈앞에 있지 않은가."

데이샤 공작이 보란 듯이 두 팔을 벌렸다.

"대체 뭡니까? 그 미친 짓이라는 것이."

"피를 바꾸는 거라네, 영애."

놀라 입을 다물지 못하고 있는 카산을 대신해서 데이샤 공작이 내 질문에 답했다.

"처음에는 피, 그리고 안의 장기들을 하나하나 이나야리의 것으로 바꾸는 거지."

"살아남을 수 있을 리가 없습니다. 백이면 백, 모두 다 죽는단 말입니다."

카산이 새하얗게 질린 얼굴로 고개를 가로저었다.

"분명 그런 미친 짓을 시도했던 인간들은 있었습니다. 인간의 욕심은 끝이 없고, 강하고 싶은 욕구를 가진 인간들은 많았으니까요. 하지만 모두 죽었습니다. 애초에 피와 장기들을 모조리 뽑고 살아 있을 수 있는 사람은 없습니다."

"로이드 황태자가 앓고 있었다던 병이 뭡니까?"

카산은 말도 되지 않는다고 펄펄 뛰었지만 데이샤 공작이 거짓을 말할 이유는 없었다. 그렇다면 로이드 황태자는 그 미친 짓을 실제로 벌였다는 뜻이다.

백이면 백, 도전했던 사람들은 모두 죽었다. 하지만 로이드 황태자만은 살아남은 것으로도 모자라 실험을 성공시켰다. 분명 다른 이들과는 다른 무언가가 있을 터였다.

"몸의 장기가 서서히 굳어 가는 병이었다더군. 자신의 몸을 저주하며 죽어 가던 그는 결국 금단의 방법까지 손을 대고 말았지. 이나야리의 육체가 인간보다 훨씬 월등하다는 것도 그에게는 매우 매력적으로 작용했을 테고 말이야."

"낙마로 죽은 것은 우연이 아니겠군요."

"맞아, 우연이 아니었지. 이나야리와 내통을 하고 있다는 것을 알게 된 전 황제가 그를 죽인 것이었으니까."

"……."

"하지만 전 황제도 자신의 아들이 이나야리들의 협조를 얻어 실험을 하고 있었다는 사실은 전혀 몰랐지. 그러니 나라는 괴물을 이리 남겨 뒀겠지만 말이야."

자조하듯 비틀어져 올라가는 입술과 버석한 황금색 눈동자를 최근 본 적이 있었다.

'그녀는 내 얼굴을 볼 때마다 악을 쓰며 저주를 퍼붓곤 했지.'

데이샤 공작은 그 말을 했을 때와 똑같은 표정을 짓고 있었다. 직감적으로 그녀가 누구인지 알 수 있었다. 똑같지는 않겠지만 나 또한 비슷한 일을 경험한 적이 있었으니 말이다.

"피오니아 황태자비. 당신, 어머니에게 학대를 받았군요."

"네? 그게 무슨……?"

방금 전까지 공황 상태를 일으키던 카산이 놀라 나를 바라보았다. 나는 데이샤 공작에게서 시선을 돌리지 않고 말을 이었다.

"악을 쓰고 저주를 퍼부었다던 여인이 피오니아 황태자비인가요?"

"큭큭, 역시 영애는 참 탐나는 인재야."

"……."

"자신의 몸에 괴물이 된 남편의 씨가 자라고 있다는 사실을 뒤늦게 알게 된 여자가 어땠을 것 같나? 아이를 죽이기 위해 온갖 짓을 불사했지. 독약을 먹는 것은 물론, 높은 곳에서 뛰어내리는 것도 주저하지 않았어. 하지만 배 속에서 자라고 있던 괴물의 아이는 끈질기게도 살아남았지. 물론 이나야리들의 보호도 있었고 말이야."

날카로운 칼날은 여전히 사방을 오고 가고 있었다. 카산이 끌고 온 전사들의 합류로 겨우 검은 복면인들과 대등해졌다.

그들이 치열히 싸우고 있는 가운데 이곳만은 전혀 다른 세상인 양 데이샤 공작이 느긋하게 말을 이었다.

"그들도 무척 궁금했겠지. 인간이 이나야리가 된 전례는 이제까지 전혀 없었으니까. 아쉽게도 당사자는 죽고 없었지만 다행히 그 씨는 살아남았지. 누구라도 궁금할 수밖에 없지 않겠나?"

그가 입을 벌리며 날카로운 이를 드러냈다.

"인위적으로 만든 이나야리에게서 하프가 나올 수 있는지 없는지 말이야."

데이샤 공작이 노골적으로 흉포함을 드러내자 그가 데리고 온 복면인들의 기세도 갑자기 달라졌다. 검은 복면으로 얼굴을 가린 채, 두 눈만 드러내고 있던 복면인들의 홍채가 일제히 세로로 가늘어졌다.

카산의 입에서 거친 욕이 흘러나왔다.

"니미럴, 똥 밟았네."

카산이 벌레 씹은 표정으로 검을 빼어 들었다. 그의 변화에 서부의 전사들이 일사불란하게 몸을 뒤로 뺐다. 뒤로 몸을 뺀 것은 전사들만이 아니었다. 복면인들도 검을 물리고 데이샤 공작의 곁으로 몰려들었다.

갑작스런 그들의 움직임으로 전사들과 복면인들의 사이에서 잠시 어리둥절해하던 기사들도 일제히 내 주변으로 몰려들었다.

"무슨 일입니까?"

"젠장, 데이샤 공작은 이나야리 쪽에서도 꽤 거물이었던 모양입니다."

"그게 무슨 말입니까? 알아듣게 설명하세요."

"저번에 말씀드렸던 것처럼 이나야리들은 혼혈을 그리 아끼지 않습니다. 상황에 따라 저처럼 버려지는 경우도 종종 있지요. 하지만 그건 저 같은 쿼터일 때만 해당됩니다."

"하프는 다르다는 말로 들리는군요."

복면인들은 여전히 홍채를 세로로 변화시킨 채, 금방이라도 달려들 것처럼 우리 쪽을 주시하고 있었다. 마치 데이샤 공작의 명령만을 기다리고 있다는 듯이 말이다.

"쿼터가 태어나는 확률은 인간과 별반 차이가 없습니다. 하지만 진짜 이나야리와 인간과의 사이에서 하프가 태어날 확률은 매우 희박하지요. 그래서 이나야리들도 쿼터는 버릴지언정 하프는 절대 버리지 않습니다. 더구나……."

긴장이라도 하는 듯, 카산의 목울대가 크게 울렁거렸다.

"쿼터의 신체적 능력은 일반인과 별로 다를 바가 없지만 하프의 신체적 능력은 이나야리와 거의 흡사합니다."

카산이 두려움이라도 느낀 듯 몸을 부르르 떨었다.

"그리고 지금 저희 눈앞에 있는 자들은 모두 하프입니다, 아가씨."

"……!"

"역시 쿼터라서 그런지 이나야리에 대해 잘 알고 있군. 설명은 잘 들었나, 영애?"

황금색을 닮은 데이샤 공작의 샛노란 홍채가 세로로 수축했다.

"다시 묻지. 이들을 모두 죽이고 끌려올 텐가? 아니면 순순히 날 따라올 텐가? 어느 쪽을 선택하건 영애의 운명은 바뀌지 않겠지만 말이야."

저절로 뒷걸음치려는 몸을 간신히 붙잡아 세웠다.

모두 날 지키기 위해 전열을 가다듬고 있는 것이 보였다. 저들보다 내가 먼저 무너질 수는 없었다.

"다시 물어보셔도 제 대답은 같습니다."

"결과가 뻔히 나와 있는 일을 굳이 벌이겠다니, 이해가 되지 않는군."

"길고 짧은 것은 대봐야 아는 것이니까요."

"영애의 뜻이 정 그렇다면 할 수 없지."

데이샤 공작의 말을 끝으로 기다렸다는 듯이 우리 쪽 무력과 데이샤 공작의 무력이 동시에 충돌했다. 서부의 전사들은 역시나 이나야리와의 싸움에 능숙했다.

"쓰벌!"

이나야리를 상대로 검을 휘두르는 카산의 입에서 점점 거센 욕설이 튀어나왔다. 잠시 희망이 보이는 듯했지만 카산의 말대로 하프의 힘은 강했다.

시간이 지날수록 우리 쪽에서 사망자들이 점점 늘어만 갔다.

"아직 마음이 바뀌지 않았나?"

우리 쪽의 인원이 줄어들수록 데이샤 공작과의 거리는 점점 가까워지고 있었다.

"이제 기다릴 지원군도 더 이상 없을 것 같은데?"

"그렇군요. 하지만 공작님의 뜻대로는 되지 않을 겁니다."

나는 품에서 단검을 꺼내 내 목에 가져다 대었다. 날카롭게 벼려진 단검의 칼날이 위험스럽게 반짝였다. 데이샤 공작의 눈이 가늘어졌다.

"이대로 제가 죽는다면 결계는 깨지지 않겠지요."

"누님!"

란트가 나를 부르며 다가오려고 했지만 이나야리들에 의해 막혀 버리고 말았다. 나는 란트의 애절한 시선을 외면하며 단검을 힘주어 잡았다.

"영애가 그런 어리석은 선택을 할 거라고는 생각지 않았는데?"

"여기서 죽으나 당신을 따라나서거나, 죽는 것은 매한가지가 아닙니까."

"뭔가 잘못 알고 있는 모양이군. 결계를 깨기 위해 영애가 필요한 것은 맞지만 굳이 목숨까지 취할 필요는 없다네. 그저 그곳에서 흐르는 피만 필요할 뿐이지."

데이샤 공작의 손가락이 정확히 내 심장을 가리켰다.

"그것이 죽는 것과 무엇이 다릅니까?"

"적어도 살 가망성은 있지 않나."

"고양이 쥐 생각하는군요."

나는 데이샤 공작을 향해 웃어 보이며, 맥박이 요동치는 목덜미를 향해 단검을 바짝 들이밀었다.

서늘한 쇠붙이의 감촉이 피부 위로 느껴졌다. 그 차갑고 선뜩한 느낌에 진저리가 쳐졌다. 온몸이 사시나무 떨듯 떨리기 시작했지만 지금 이 행동을 멈출 생각은 없었다.

"누님, 안 돼요!"

란트의 새된 비명 소리가 들려왔다. 저절로 아이에게로 향하려는 시선을 붙잡아 데이샤 공작에게 고정시켰다. 그의 미간이 험악하게 구겨졌다.

"영애가 내 앞에서 자결을 택한다면, 나는 이곳에 있는 이들을 모조리 죽일 텐데, 괜찮겠나?"

"어차피 이나야리들이 결계를 깨고 나오면 모두 죽는 것이 아닙니까?"

"이런 식으로 나를 자극해 봤자 영애에게도 좋을 것이 하나 없지 않나?"

"제가 이대로 죽고 나면 다음 대 결계의 핵심은 대체 언제 태어날까요? 백 년? 천 년? 어쩌면 영원히 태어나지 않을 수도 있겠군요."

데이샤 공작의 턱이 부들부들 떨리며 이 갈리는 소리가 요란하게 들려왔다.

"무슨 수를 쓰건 저 아이를 잡아!"

"으악!"

"란트!"

데이샤 공작의 명령에 이나야리들이 일제히 란트에게 달려들었다. 하지만 란트에게는 자신을 지킬 수 있을 만한 무기조차 없었다.

서부 전사들과 기사들의 노력으로 간신히 유지하고 있던 방어선이 허물어지고 난전이 시작되었다.

"아악!"

"드디어 잡혔군."

란트에게 달려가려는 나를 데이샤 공작이 잡아챘다. 그가 내 손목을 잡고 우악스럽게 비틀었다.

"윽!"

들고 있던 단검이 둔탁한 소리를 내며 바닥에 떨어졌다. 데이샤 공작의 얼굴에서 만족스런 미소가 걸렸다.

"도박이 실패했군. 안 그런가, 영애?"

나는 입술을 깨물며 데이샤 공작을 향해 아직 잡히지 않은 손을 휘둘렀다.

"영애는 제법 앙칼진 구석이 있어. 지금 같은 상황에서는 조금 짜증이 나는군."

데이샤 공작에게 양팔을 잡혀 버리고 말았다. 나는 그를 죽일 듯이 쏘아보았다. 그가 한 손으로 내 두 손목을 잡고 남은 한 손으로 턱을 잡아 올렸다.

"그렇게 나를 노려보는 눈동자는 정말이지 죽여 버리고 싶을 정도로 짜릿해. 확실히 영애는 피오니아 황태자비를 닮았어. 날 죽이기 위해 스스로의 목숨까지 내던졌던 내 어머니를 말이야."

"컥!"

턱을 지나 목으로 내려간 데이샤 공작의 커다란 손이 내 목을 움켜쥐었다. 숨통이 조이는 고통에 크게 몸부림쳤지만 그의 억센 힘에 꿈쩍도 하지 않았다.

"정말 이상한 일이지. 외모상으로만 보면 아이린스가 그녀를 더 닮았는데, 어째서 내 눈엔 영애가 더 닮아 보이는 걸까?"

"아, 아이린스가 피…… 오니아 황, 황태자비를 닮았나 보지요?"

"큭큭, 이 상황이 되고서도 그런 말이나 하다니, 영애는 아직 자신의 처지를 자각하지 못하는 모양이군?"

"크윽!"

데이샤 공작이 잡고 있던 내 손을 놓고 두 손으로 내 목을 졸랐다. 숨이 막히고 눈앞이 뿌옇게 변하기 시작했다.

"맞아, 닮았지. 머리끝에서부터 발끝까지 영락없이 어머니의 모습 그대로야. 그래서 내가 참 예뻐하는 아이지. 하지만 성격까지 닮았는지는 모르겠군."

손톱을 바짝 세워 데이샤 공작의 팔뚝에 상처를 내었다. 살점이 파이는 느낌이 손가락 끝에서 전해졌지만 데이샤 공작의 표정은 약간의 변화도 없었다.

"내가 아는 그녀는 항상 미쳐 있어서 말이야."

광기에 젖은 짐승의 눈동자.

미친 것은 피오니아 황태자비만이 아니었다. 데이샤 공작 또한 이미 미쳐 있었다.

"이, 이대로 절 죽…… 이실 작정입니까?"

"그럴 리가 있나. 영애에게는 영애의 운명이 있지 않은가. 그 운명에 따라 줘야 하는 것이 세상에 대한 도리지 않겠나? 그게 우리가 태어난 의미이기도 하고."

데이샤 공작이 하얀 이를 드러내며 활짝 웃었다.

"내 어미가 괴물인 나를 낳을 운명이었듯이 말이야."

숨이 모자라서인지 서서히 의식이 멀어지기 시작했다. 그래서 환상을 보았음인가. 저 멀리서 은빛 실타래가 보이는 것 같았다.

젖 먹던 힘까지 끌어모아 다시 한 번 데이샤 공작의 팔뚝에 손톱을 박아 넣었다.

"영애의 발악은 여기서 끝인 모양……. 무, 무슨!"

그의 표정이 당황으로 물들었다. 나는 그 순간을 놓치지 않고 그의 정강이를 힘껏 차올리며 몸부림을 쳤다. 내 목을 움켜쥐고 있던 데이샤 공작의 손에서 드디어 힘이 풀렸다.

"헉, 헉……."

갑자기 폐 안으로 들어차는 산소에 심장이 터질 것만 같았다. 데이샤 공작이 몸을 굳힌 채로 그런 나를 노려보았다.

"대체 무슨 짓을 한 거지?"

나는 대답 대신 그를 향해 손을 펼쳐 보였다. 반지의 음각 사이에서 은빛 바늘이 찬란하게 모습을 드러내고 있었다.

바늘 끝은 여전히 검게 변색된 채로 말이다.

"저는 반드시 살아남아 오래오래 행복하게 살 겁니다."

그런 나에게 내가 죽을 수도 있는 독 따위는 필요 없었다. 그 대신 상대를 잠시라도 붙잡을 수 있는 무언가가 필요했다.

피스온 상단은 돈이 되는 것이라면 무엇이든 취급했다. 독이나 약초도 마찬가지였다. 제국에서 법으로 금지하지 않은 것이라면 그것이 무엇이든 보유하고 있었다.

내가 바늘 끝에 묻힌 것은 소량만으로도 코끼리 같은 거대 동물도 마비시킬 수 있을 만큼 강한 마비제였다. 독의 일종이었지만 사람이 죽을 정도로 치명적이지는 않았다. 더구나 이 마비제의 특징은 한 가지 더 있었다.

'즉효.'

몸에 흡수되는 즉시 혈관을 타고 순식간에 온몸에 퍼지게 되는 효과를 지녔다. 지금과 같은 상황에서는 아주 유용한 것이었다.

"이런 식으로 잠…… 시 시간을 번다고 해서 무…… 엇이 달라질 것 같은가?"

마비제의 효과로 데이샤 공작의 말투가 어눌해지고 있었다.

"아주 많은 것이 바뀔 겁니다."

푹!

"커억!"

허공을 날아온 2개의 검날이 데이샤 공작의 가슴을 꿰뚫고 나왔다. 데이샤 공작의 뒤로 환상처럼 휘날리던 은색 실타래가 모습을 드러냈다.

"비이!"

"영애!"

시스와 에반이 동시에 나를 불렀다. 비라도 맞은 듯, 땀에 흠뻑 젖은 상태로 여기저기 검게 그을린 모습은 그들이 얼마나 치열한 시간을 보내고 왔는지를 단적으로 알려 주고 있었다.

"크아아아악!"

데이샤 공작이 마지막 발악을 하듯 고함을 질렀다. 세로로 수축했던 홍채가 더욱 가늘어지고 흰자 부분에서 실핏줄이 터지며 순식간에 눈동자가 붉게 물들었다.

'붉은 눈!'

머리에 거대한 통증이 해일처럼 일었다.

시스와 에반이 데이샤 공작의 가슴에서 검을 뽑아내자 붉은 피가 분수처럼 쏟아지며 내 몸 위를 덮쳐 왔다. 마치 영화의 슬로우 모션이라도 보는 듯, 모든 것이 느리게 흘러가기 시작했다. 나를 부르며 달려오는 두 남자의 모습까지 모든 것이 느려졌다.

"비이이이-!"

"영애애-!"

피로 얼룩진 바닥, 붉은 눈.

머리가 깨질 듯이 아프며 모든 것이 뒤죽박죽되어 버렸다. 그리고 암흑이 찾아왔다.

나는 몇 번이나 눈을 깜빡여 보았다. 어둡던 시야가 천천히 밝아지고 내 눈앞에 한 여인이 서 있는 것이 보였다. 아니, 벽면에 걸린 커다란 거울 속에 여인의 모습이 고스란히 비치고 있었다.

삐쩍 말라 볼품없는 몸, 신경질적으로 치켜 올라간 눈, 미친년처럼 헝클어진 푸석한 머릿결. 낯설면서도 한편으로는 매우 익숙한 모습이었다.

'비욘느.'

생각과 달리 소리가 되어 나오지 않았다. 내 몸이지만 내 몸이 아닌 것처럼 느껴졌다.

"아아아아악!"

'비욘느'가 머리를 쥐어뜯으며 소리를 질렀다. 광기에 번들거리는 녹색 눈동자가 거울 안에 있는 자기 자신을 죽일 듯이 노려보았다.

"내가 무엇을 그리 잘못했는데!"

'너를 처음 만난 그때가 내 인생 최악의 날이었다.'

이명처럼 그의 목소리가 머릿속을 맴돌았다. 비욘느가 또다시 발작처럼 소리를 질러댔다.

고막이 고통스러울 정도로 새된 비명 소리가 울려 퍼졌지만 누구 하나 안으로 들어오지 않았다.

'그때다!'

지금 이 광경은 시스의 명령으로 유폐되어 있을 때였다.

'어째서 그때로 돌아온 거지? 설마 지금까지가 꿈이었던 것은 아니겠지?'

정신이 아득해질 만큼 아찔했다.

'정신 차려. 이건 단지 기억일 뿐이야!'

내 안쪽에서 누군가가 소리를 질렀다. 확실히 정신을 차리자 현실과 다르다는 것을 금방 느낄 수 있었다. 내 의지대로 움직이지 않는 몸과, 그때와 똑같은 행동, 똑같은 말투, 모든 것이 내가 기억하고 있던 대로 움직이고 있었다.

아직까지는.

"내 잘못이 아니야. 내 잘못이 아니라고."

한동안 비명을 질러대던 비욘느가 불안한 듯 방 안을 서성였다.

"분명 그 계집 탓이야. 그가 변한 것도, 내가 이렇게 된 것도. 모두 그 망할 계집 탓이란 말이다!"

이미 엉망으로 너털너털해진 손톱을 물어뜯으며 비욘느가 중얼거렸다.

"어떻게 해야 하지? 어떻게 해야 그가 날 다시 사랑하게 되는 거지?"

'……하면 후회하지 않을까?'

나직한 음성이 머릿속을 울렸다. 분명 들어 본 적이 있는 목소리였다. 그것도 바로 전까지 말이다.

데이샤 공작!

'그가 후회하도록 에르하라크 홀 안에서 죽어라.'

잠겨 있던 댐이 터지듯, 잊고 있던 비욘느의 기억들이 물밀듯이 밀려 들어왔다. 퍼즐을 맞추는 것처럼 모든 것이 제자리를 찾아가기 시작하자 퍼즐이 품고 있던 거대한 그림이 머릿속에 그려졌다.

비욘느가 궁에서 만난 이나야리는 데이샤 공작이었다. 카약에 취한 비욘느에게 그는 최면을 걸었던 것이다.

"그래, 내가 죽으면 그는 나를 이렇게 대한 것을 반드시 후회하게 될 거야."

미쳐 버려 수시로 자살을 시도하는 비욘느의 행동을 막기 위해 시스는 비욘느의 거처에서 흉기가 될 수 있을 만한 것들을 모두 치워 버렸다. 심지어 꽃을 꽂아 두는 화병까지도 말이다.

그리고 그 살풍경한 방 안에서 비욘느는 더욱더 미쳐 갔다.

'그는 왜 더 편한 방법을 선택하지 않았을까?'

황족을 살해했다는 죄를 물어 사형을 내릴 수도 있었다.

실수로라도 결계가 깨질 것을 염려하며 마음 졸이고 있으니, 차라리 원인이 되는 나를 죽여 없애는 편이 그에게는 여러모로 나았을 것이다. 하지만 그는 그저 나를 황후궁 안에 유폐시켰을 뿐, 별다른 처벌은 내리지 않았다.

나는 지금껏 그의 그러한 행동들이 나에게 아무런 관심이 없어서라고 생각했다.

신경 쓸 가치도 없는 인간이라 내버려 두는 것을 택했다고 결론짓고 있었다. 하지만 결계에 대해 알게 된 지금 그의 그러한 행동들에 의문점이

들기 시작했다.

그는 어째서 위험을 감수하면서까지 나를 내버려 두었을까?

'반드시 너를 지킬 것이다.'

창백해진 얼굴로 다짐하듯 말하던 아버지의 모습이 떠올랐다. 그리고 이내 의문이 풀렸다. 그때에도 아버지는 나를 지키기 위해 애를 쓰고 있었던 것이다.

단지 내가 그것을 모르고 있었을 뿐. 그때부터 지금까지 아버지의 사랑은 변함이 없었다.

'오직 나 하나를 지키기 위해서 그는 대체 무엇을 감수했던 것일까?'

그 크나큰 사랑에 눈물이 나려 했다.

"반드시 후회하게 만들어 줄 거야."

내가 잠시 감정에 취해 있던 사이, 비욘느가 의자를 들고 거울 앞에 섰다. 광기로 번들거리는 녹색 눈동자가 섬뜩했다.

쨍그랑.

그녀가 거울을 향해 의자를 집어 던졌다.

고막을 때리는 소음과 함께 커다랗던 거울이 날카로운 조각이 되어 바닥으로 떨어졌다. 조각난 거울 파편들 사이로 잔뜩 어그러진 비욘느의 얼굴이 비춰졌다.

그녀가 기다란 조각 하나를 집어 들었다. 있는 힘껏 잡아 쥔 거울 조각이 날카롭게 살을 파고들었다.

붉은 피가 흘러내리자 거울 조각들 사이로 만족스럽게 웃고 있는 비욘느의 모습이 보였다.

"이왕이면 그의 눈에 띄는 곳에서 죽어야 해."

비욘느가 에르하라크 홀을 중얼거리며 주변을 두리번거렸다. 궁을 빠져나갈 수 있는 방법을 찾으려는 것이다. 하지만 궁 안은 개미 한 마리 얼씬하지 못할 정도로 철저히 지켜지고 있었다.

"어떻게, 어떻게 하지?"

비욘느의 마음이 급해지기 시작했다. 어서 빨리 죽어 그의 후회하는 얼굴을 봐야 턱턱 막히는 숨통이 조금이나마 트일 것 같았다.

말도 안 되는 생각이었지만 이미 카약에 의해 잠식되어 버린 비욘느의 머리는 정상적인 사고를 할 수 없었다. 더구나 지금의 그녀는 데이샤 공작의 암시까지 걸려 있는 상태였다.

파삭.

밖으로 나가기 위해 방 안을 배회하던 비욘느가 무언가에 홀린 듯 문 앞으로 걸어가 문고리를 잡았다. 굳게 잠겨 있을 거라고 생각했던 문은 아무런 저항도 없이 스르륵 열렸다. 비욘느의 발이 거침없이 에르하라크 홀로 향했다.

분명 시스의 명령으로 황후궁 주변을 지키고 있는 자들이 있어야 했다. 하지만 비욘느가 에르하라크 홀에 도착할 때까지 아무도 마주치지 않았다. 마치 누군가가 일부러 그렇게 지시해 놓은 듯이 말이다.

비욘느의 손이 거침없이 에르하라크 홀의 문을 열었다. 황후궁과 마찬가지로 에르하라크 홀의 문은 잠겨 있지 않았다.

당연하게도 에르하라크 홀 안에는 아무도 없었다. 창마다 두꺼운 커튼이 내려진 에르하라크 홀은 어둡고 적막했다.

"바로 이곳이야."

비욘느의 발이 에르하라크 홀 중앙으로 향했다. 그녀의 구두 굽 소리만이 적막한 공간을 갈랐다.

거울 조각을 쥔 그녀의 손이 높이 올라갔다.

부서진 거울 조각 사이로 비욘느가 입술을 비틀어 올리는 것이 보였다. 하얗게 각질이 일어난 입술 사이로 붉은 피가 배어 나왔다.

비욘느가 있는 힘껏 거울 조각을 몸 안으로 찔러 넣었다.

"커어억!"

살을 파고드는 날카로운 느낌이 적나라하게 느껴졌다. 비욘느의 입에서 가래 끓는 소리가 흘러나왔다.

"크큭, 후, 후회 하, 하겠…… 지?"

살을 파고드는 고통에 비례하듯 만족감이 채워졌다. 그녀는 피를 토해 내면서도 웃음을 터트렸다.

저주한다.

나를 향해 악귀처럼 악을 쓰며 달려들던 이들을 저주하고, 일평생 단 한 점의 온기조차 주지 않은 아버지를 저주한다.

나를 외면한 그를 저주하고, 또 저주한다.

몸에서 흘러나온 붉은 피가 바닥을 흥건하게 적셨다. 체온이 점점 내려가기 시작했지만 세상을 향한 비욘느의 저주는 멈추지 않았다.

나를 이리 대한 것을 후회하라.

'후회하고 또 후회해서 평생 나만을 생각하기를 바랍니다, 나의 황제여.'

서서히 눈꺼풀이 무거워지기 시작했다. 붉은 피로 얼룩진 바닥 위에 널브러진 몸은 더 이상 꼼짝도 할 수 없었다.

"어째서?"

막 감기려는 눈꺼풀 사이로 검은 장막이 펼쳐졌다.

"후회하고 싶지 않다고 했잖아요."

남자인 듯, 혹은 여자인 듯, 성별을 알 수 없는 목소리가 책망하듯 내 귓가를 울렸다.

똑- 똑.

붉은 방울이 피 웅덩이 위로 떨어져 내렸다. 나는 점점 무겁게 내려앉는 눈꺼풀을 들어 올리려 애를 썼다.

"반드시 행복해지고 싶다고 했잖아요. 그런데 어째서!"

비명과도 같은 울음소리에 간신히 눈꺼풀을 들어 올렸다.

'검은 사제!'

어째서 검은 사제가 이곳에 있는 것인가?

모든 기억을 떠올렸다고 생각했지만 아직도 내가 기억하지 못하고 있는 무언가가 남아 있는 듯했다.

검은 사제가 팔을 뻗어 내 머리에 손을 얹었다. 그의 흐느낌이 그 손을 타고 전해졌다.

"살고 싶다고 했잖아요. 무슨 일이 있어도 반드시 오래오래 행복하게 살고 싶다고 했었잖아요."

검은 후드 사이로 붉은 피가 흘러내렸다.

'붉은 눈!'

아니, 붉은 눈이 아니다. 지금껏 붉은 눈이라고 생각하고 있었지만 아니었다. 그건 피눈물을 흘리고 있는 눈이었다.

"어째서 행복하지 않은 거예요. 나의……."

그의 얼굴은 여전히 보일 듯 말 듯 보이지 않았다. 나는 애가 타서 미칠 것만 같았다. 조금만 더 그가 가까이 오면 얼굴을 볼 수 있을 것 같았다.

'비- 이!'

누군가 나를 부르고 있었다.

나를 부르는 소리가 점점 커지고 반대로 검은 사제의 모습이 흐릿해지기 시작했다. 나는 그를 향해 손을 뻗으려 했지만 가위라도 눌린 듯 손가락 하나 까딱할 수 없었다.

'제발, 정신 차려라, 비이!'

'비욘느!'

'눈을 뜨세요, 누님!'

'영애!'

시스, 아버지, 란트, 그리고 에반의 목소리가 연이어 귓가를 때렸다. 내 몸을 흔드는 느낌이 생생히 느껴짐과 동시에 눈이 떠졌다.

"비욘느, 아가!"

"비이!"

"누, 누님."

란트가 눈물로 범벅이 된 얼굴로 나를 와락 껴안았다.

"주, 주치의를 불러라. 어서!"

아버지가 다급하게 궁의를 찾았다. 이렇게 당황하고 있는 아버지의 모습은 처음이었다.

"몸은 어때? 어디 아픈 곳은? 날 알아보겠나? 비이?"

시스가 근심이 가득한 얼굴로 연신 질문을 퍼부어 댔다. 얼마나 누워 있었던 것인지 몸에 힘이 들어가지 않았다. 나는 느릿하게 눈을 감았다 뜨며 물었다.

"무……."

'무슨 일이 있었던 겁니까?'

묻고 싶은 말은 많았지만, 바짝 마른입에서는 소리가 되어 나오지 않았다. 잔뜩 갈라지고 쉰 목소리는 내가 들어도 끔찍하게 들렸다.

"일단 물이라도 마시는 것이 좋겠다."

시스의 팔이 내 목과 허리를 받치고 부드럽게 들어 올렸다.

"여기요, 누님."

시스의 도움으로 상체를 일으키자 기다렸다는 듯이 란트가 내 앞으로 물이 든 컵을 내밀었다. 컵을 받기 위해 팔을 들어 올리려고 했지만 전혀 힘이 들어가지 않았다.

컵을 바라보며 눈만 껌뻑이고 있는 나를 한 팔로 받친 시스가 나 대신 컵을 받아 들었다.

"여기."

시스가 컵의 입구를 내 입술에 대고 상체를 뒤로 살짝 넘겨 주었다. 미지근한 물이 마른 입술을 촉촉하게 축이고 목 안으로 부드럽게 넘어왔다.

한동안 꿀꺽꿀꺽 물이 넘어가는 소리만이 방 안을 가득 채웠다.

"주치의가 도착했습니다."

"어서 들어오너라."

아버지가 몸을 비켜서자 주치의가 내 곁으로 다가왔다.

"아가씨, 제가 누군지 아시겠습니까?"

"그…… 래."

주치의는 그 뒤 몇 가지 간단한 질문들을 더 했고, 아직 목소리가 제대로 나오지 않았던 나는 고개를 끄덕이거나 가로젓는 것으로 대답을 대신했다.

"많이 놀라신 것 같지만, 다행히 몸에는 이상이 없으신 것 같습니다. 한동안 심신의 안정을 취하시면 금세 기력을 회복하실 수 있을 겁니다."

이곳저곳 내 몸을 꼼꼼히 살펴보던 주치의가 마침내 진단을 내렸는지 아버지를 향해 허리를 숙이며 고했다.

"이상이 없는 것이 확실하겠지?"

"네, 자그마치 삼 일 동안 의식을 잃고 계셨던 터라 최대한 꼼꼼하게 살펴봤습니다만 탈진하여 기력이 쇠하신 것을 제외하면 건강에 문제는 없으십니다."

잔뜩 긴장한 얼굴로 주치의의 입만을 주시하고 있던 네 남자가 동시에 안도의 한숨을 내쉬었다.

주치의는 굽히고 있던 허리를 펴고 대기하고 있던 시녀들에게 이것저것 지시를 내리며 밖으로 나갔다. 한차례 시녀들이 부산스럽게 오고 가고 곧이어 내 앞으로 묽은 수프가 내밀어졌다.

"비이, 자, 아."

시스가 내 앞으로 숟가락을 들이밀었다. 나는 이마를 찌푸리며 희멀건 수프가 담긴 숟가락을 노려보았다.

"의원의 말을 잘 들어야 빨리 기력을 회복하지. 자, 아-"

"제…… 가 하겠습니다."

"그대는 지금 숟가락 들 힘도 없지 않나?"

힘겹게 내뱉은 내 말은 간단히 묵살되었다. 나는 시스를 말려 주기를 바라며 아버지를 바라보았다. 예상대로 아버지의 미간에는 내천 자가 그려져 있었다.

"이제 비욘느도 깨어났으니, 이만 환궁하시는 것이 어떻겠습니까, 전하?"

"약혼녀가 이리 아파서 몸져누워 있는데 제가 어찌 편히 환궁을 할 수 있겠습니까?"

시스의 능글능글한 대답에 아버지의 이마에 혈관 마크가 불끈 새겨졌다.

"전하께서 계시면 오히려 불편할 것 같습니다만?"

"그럴 리가 있겠습니까? 저는 비이의 약혼자인걸요."

"누님, 자요."

아버지와 시스가 팽팽한 신경전을 벌이고 있는 가운데 란트가 또 다른 숟가락을 내 앞에 내밀었다.

"이봐, 처남. 이건 정당한 방법이 아닌 것 같은데?"

"아직 결혼도 하지 않은 외.간. 남자가 이러는 것이 더 정당하지 않은 것 같습니다."

또박또박 한 단어 한 단어에 힘을 주는 란트의 대꾸에 시스의 미간에 살짝 금이 갔다. 반면 그런 란트를 바라보는 아버지의 입가가 슬며시 올라가는 것이 보였다.

갑자기 피곤함이 급속도로 몰려들었다. 나는 허리를 받치고 있는 시스의 손을 치워 내고 몸을 눕히려 했다.

"비이, 수프는 먹고 누워야지."

"누님, 여기 이거 드세요."

"비욘느."

"다들 지금 무슨 짓이세요!"

제각각 떠드는 남자들 사이로 앙칼진 목소리가 들려왔다. 고개를 돌리니 잔뜩 화가 난 마리가 허리에 두 손을 얹고 서 있었다.

"배울 만큼 배우신 분들이 어떻게 이제 겨우 정신을 차린 아가씨를 앞에 두고 경우 없이 이러실 수가 있어요?"

씩씩거리며 다가온 마리가 란트와 시스에게서 숟가락을 휙 빼앗아 들었다. 마리의 이런 박력 있는 모습은 처음인지라, 나는 물론 아버지와 시스, 그리고 란트까지 멍한 얼굴로 그녀를 바라보기만 했다.

"아가씨는 제가 알아서 간호할 테니, 모두 나가 계세요."

어디서 그런 힘이 생겼는지 마리가 네 남자를 문밖으로 몰아내기 시작했다. 당황한 남자들은 항의 한 번 변변히 하지 못하고 문밖으로 쫓겨나고 말았다.

"저, 저기 저는 아무 짓도……."

마지막으로 구석에 얌전히 서 있던 에반까지 몰아낸 마리가 문을 닫고 먼지라도 털듯, 손바닥을 탈탈 털었다.

"하여간 남자들이란."

"마…… 리?"

"네, 아가씨. 정신 없으셨죠? 모두 몰아냈으니 이제 마음 편히 드세요."

마리가 종종거리며 다가와 내 앞으로 숟가락을 들이밀었다. 나는 그런 그녀를 멀뚱멀뚱 바라보았다.

"어서요."

'이런들 어떠하리, 저런들 어떠하리.'

어찌 되었든 마리 덕에 골치 아픈 일이 해결이 되었다. 나는 순순히 입을 벌려 그녀가 먹여 주는 수프를 받아먹었다.

"저, 저기……."

그릇이 다 비워지고 나를 침대에 눕혀 준 마리가 머뭇머뭇거리며 입을 열었다. 박력 넘치던 아까와 달리 그녀는 소심하게 손가락을 배배 꼬았다.

"다른 분들 많이 화나셨겠죠?"

마리가 고개를 푹 숙였다.

"분명 화나셨을 거예요. 그렇죠? 저 어떻게 하죠? 지금이라도 가서 용서를 빌까요?"

"풋, 아까의 박력은 대체 어디로 간 거야?"

수프를 먹고 나서인지 여전히 거칠기는 했지만 아까보다는 훨씬 매끄럽게 목소리가 흘러나왔다. 나의 물음에 마리가 숙이고 있던 고개를 들고 울상을 지었다.

"자꾸 아가씨를 괴롭게 하니까 갑자기 머리에서 팍 뭐가 끊어지는 것 같더니……. 제 머리가 잠깐 어떻게 되었었나 봐요, 아가씨."

급기야 마리가 눈물을 흘리며 제 머리를 침대 기둥에 쿵쿵 박았다. 나는 터져 나오려는 웃음을 참으며 몸을 모로 돌렸다.

"큽, 나 잘 거야."

"네, 편히 쉬세요, 아가씨."

마리가 훌쩍거리며 몸을 일으키는 소리가 들렸다.

"이왕지사 이렇게 된 거, 잘릴 땐 잘리더라도 아가씨가 깰 때까지 아무도 못 들어오게 막고 있어야겠어. 절대 아가씨의 숙면을 방해하게 둘 수는 없지."

내가 잠이 들었다고 생각했는지 마리가 다짐하듯 조용히 중얼거리는 것이 들렸다. 조만간 마리를 전용 시녀로 승진시켜야겠다는 생각이 강하게 드는 순간이었다.

25막. 청혼

"……그래서 피스온 영애를 무사히 구해 낼 수 있었지."

"라이가 큰일을 했군요."

집사의 도움으로 황궁으로 간 라이는 불을 끄기 위해 폐궁 근처에 있던 시스와 에반을 만났고, 라이의 안내로 그들은 엘을 무사히 구해 낼 수 있었다고 했다.

라이는 엘을 지키겠다는 맹세를 충실히 이행한 것이다.

"데이샤 공작은 확실히 죽은 것입니까?"

"그래, 나와 그 녀석…… 아니, 피스온 상단주의 검이 정확히 그의 심장을 꿰뚫었으니까. 아무리 이나야리의 하프라고 하더라도 심장이 뚫리면 죽는다고 하더군."

시스는 여전히 에반이 마음에 들지 않는다는 듯, 그를 거론하며 미간을 찌푸렸다.

내가 깨어난 후, 벌써 열흘이 지났다. 내가 정신을 잃고 있는 동안 데이샤 공작의 시신은 황제의 명령으로 광장 앞에 효시가 되었다.

이나야리와 관련된 일들은 밝힐 수 없었지만 굳이 이나야리를 들먹이지 않더라도 데이샤 공작을 반역자로 엮을 수 있는 일들은 많았다. 1황자를 독살하고 카난 왕국에 자금을 대어 전쟁을 부추긴 죄만으로도 그를 반역자로 몰기에는 충분했다.

그의 유일한 핏줄이라 알려진 아이린스는 제국의 법에 따라 처형을 당했다. 그녀가 진짜 데이샤 공작의 딸이었는지, 아니면 그저 딸로서 키워지기만 했을 뿐인지 지금에 와서는 알 수 없는 일이었다. 데이샤 공작은 물론 당사자인 아이린스도 지금은 죽고 없었다. 진실은 그들만이 알고 있을 것이다.

그때와는 너무도 다른 결과였지만 그녀에 대해서는 아무것도 느껴지지 않았다. 연민조차도 말이다.

"남은 이나야리들은 어찌 되었습니까?"

"데이샤 공작이 죽자 모두 뿔뿔이 흩어졌어. 카산이라는 자의 말로는 하프는 쿼터와 달리 대부분 본능에만 충실하다더군. 아무래도 명령을 내리던 데이샤 공작이 사라지자 모두 서부로 돌아간 것 같아. 조만간 다시 그대를 노리고 올 수도 있겠지만 말이야."

"데이샤 공작은 하프 중에서도 특이했던 모양이군요."

"아무래도 그런 모양이야."

시스의 얼굴이 어두워졌다. 카산에게서 전말을 모두 전해 들은 시스는 로이드 황태자를 황실의 치부로 여기고 있었다. 그의 고고한 자부심으로는, 제국의 황태자가 개인의 욕심을 위해 이나야리와 손을 잡은 것으로도 모자라 스스로 이나야리가 되었다는 사실이 용납되지 않는 모양이었다.

나는 시스에게 그 어떠한 위로의 말도 전하지 않았다. 이 건만은 그 스스로 딛고 일어서야 하는 문제였으니까.

"그리고 1황비 말인데……"

그가 영 내키지 않는다는 얼굴로 머뭇거렸다.

1황비의 죽음에 대해서는 이미 아버지를 통해 전해 들었다. 폐궁에 불을 지른 것은 다른 누구도 아닌 바로 1황비였다. 그녀는 나로 분장한 기사가 폐궁 안으로 들어오는 것을 확인하자마자 스스로 궁에 불을 지른 것이다.

1황자가 죽고 모든 것을 놓아 버린 1황비는 저승에 함께 갈 길동무로 나를 선택했다. 자신이 소중한 사람을 잃었듯, 시스도 그 고통을 느끼기 바라면서 말이다.

"하아."

그의 입에서 낮은 한숨 소리가 흘러나왔다. 그가 하려고 하는 말이 짐작되었다. 나는 그가 말을 꺼내기를 조용히 기다렸다.

"폐하께서 1황비의 죄를 덮어 달라 하시더군."

그가 내 손을 감싸 쥐었다.

"절대 그럴 수 없다고 반대하긴 했는데, 아무래도 폐하의 뜻을 꺾을 수는 없을 것 같아. 미안해."

그가 침울한 얼굴로 고개를 숙였다.

어젯밤 집으로 돌아온 아버지가 불같이 화를 내던 것이 생각났다.

아버지조차도 말릴 수 없을 만큼 1황비의 죄를 덮겠다는 황제의 결심은 확고한 것 같았다. 아무리 죄를 지었다 한들, 1황비는 황제에게 첫아들을 낳아 준 아내였을 뿐만 아니라 가장 오랫동안 부부의 연을 맺어 온 여인이었다. 황제는 이미 죽어 버린 그녀에게 차마 반역자라는 굴레까지 씌울 수는 없었던 모양이다.

'더구나 척박한 땅에서 비명횡사한 1황자에 대한 죄책감도 한몫했을 테고 말이지.'

엘을 납치하고 나를 죽이려고 한 1황비에게 마땅히 벌이 내려져야 했겠지만, 그녀는 이미 자신이 낸 불길에 휩싸여 재가 되고 말았다.

이미 죽어 버린 그녀에게 물을 수 있는 죄는 별로 없었다. 그녀의 가문은 이미 풍비박산이 되었고 남은 혈육도 없었다. 그녀에게 줄 수 있는 벌은 고작해야 황적에서 제외되는 것뿐인데, 그나마도 죽은 그녀에게는 별로 의미 없는 것이었다. 엘이 무사히 구출된 상황에서 굳이 황제의 뜻을 거스르면서까지 그녀의 죄를 물을 필요는 없었다.

'더구나 이 일을 빌미로 황제와 거래할 것도 있고 말이지.'

눈을 뜨고 가장 먼저 든 생각은 검은 사제를 만나야 한다는 것이었다.

내가 기억하지 못하는 기억 속에 분명 그들이 있었다.

검은 사제를 만나기 위해서는 황제의 도움이 절대적으로 필요했다. 그들을 불러낼 방법을 아는 것은 황제뿐이었다.

"……비이?"

그가 아무 말이 없는 나를 조심스럽게 불렀다. 그의 얼굴엔 여전히 나에 대한 미안함이 가득했다.

"산책이라도 하시겠습니까?"

"……뭐?"

나는 몸을 일으키고 그를 향해 빙긋 웃었다.

"오랜만에 비사드 궁에 가 보고 싶군요."

그가 멍청한 얼굴로 나를 올려다보았다.

"싫으십니까?"

"아니, 지금 당장 마차를 준비하지."

대답과 동시에 그가 바로 몸을 일으켰다. 나는 분주히 움직이는 그의 모습을 보며 눈을 감았다.

은은한 레이샤 꽃향기가 비사드 궁 전체를 감싸고 있었다. 겨울 내내 앙상한 나뭇가지만 초라하게 드러내고 있던 곳에는 어느새 가지마다 흰 꽃봉오리를 가득 달고 있었다.

곧 터질 듯이 잔뜩 부풀어 오른 흰 봉오리는 마치 봄이 왔다는 것을 온몸으로 표현하고 있는 듯했다. 만개한 레이샤 꽃도 아름다웠지만 이렇게 봉오리 진 레이샤 꽃도 나름 운치가 있었다.

"몸도 좋지 않으면서 갑자기 여기는 왜 오자고 한 거야?"

"산책하자는 말에 주저 없이 마차를 준비하신 분답지 않게 이제 와 왜 그러십니까?"

"그야 데이트하자는 말에 순간 혹했으니 그렇지."

아까까지의 미안함은 어디로 갔는지, 시스가 팔짱을 끼며 당당한 얼굴로 대꾸했다.

"그동안 후작과 처남의 방해로 얼굴도 제대로 못 봤단 말이야. 내가 얼마나 그대에게 굶주려 있는 줄 알아?"

"매일 출근 도장 찍으러 오신 분답지 않은 말이로군요."

"그대의 얼굴을 본 시간은 겨우 차 한 잔 마실 시간이 전부였다고. 그것만으로는 부족해!"

그가 불만 가득한 얼굴로 툴툴거렸다.

나는 손을 뻗어 이제 막 꽃망울을 터트리기 시작한 봉우리를 쓰다듬었다. 기억하는 대로 부드러운 꽃잎의 감촉이 느껴졌다.

"기억하십니까?"

"무엇을?"

"저와 처음 만난 날을 말입니다."

"당연히 기억하지."

"그러십니까?"

나는 뻗었던 팔을 내리고 천천히 걸음을 옮겼다. 그가 그런 내 옆으로 성큼성큼 다가왔다. 즐비한 레이샤 나무 사이로 최대한 느릿느릿 걸음을 옮겼다. 그는 군말 없이 느린 내 보폭에 맞춰 나란히 걸어 주었다.

바람에 실린 레이샤 꽃향기가 코끝을 간질였다. 크게 심호흡을 하자 신선한 공기가 폐 안에 가득 들어찼다.

이런 여유로움은 정말 오랜만이다. 추위가 물러난 봄날의 햇살은 무척이나 따사로웠다. 마치 그를 처음 만났던 그날처럼 말이다.

"혹시 그날에 절 만났던 것을 후회하십니까?"

"무슨 소리야?"

그가 내딛던 걸음을 멈췄다.

나는 뒤를 돌아 그를 마주 보았다. 그가 심각한 얼굴로 나를 바라보고 있었다.

"설마 그대는 나를 만난 그날을 후회하는 건가?"

'너를 처음 만난 그때가 내 인생 최악의 날이었다.'

마치 족쇄처럼 나를 옭아매고 있던 말이었다. 나는 너무 오랫동안 그의 그 말에 얽매이고 있었다.

"정말로 후회하고 있는 것은 아니겠지? 그렇지?"

나는 대답 없이 그의 얼굴을 물끄러미 바라보았다.

그때와 같은 얼굴. 하지만 그때와는 다른 그가 내 앞에 있었다.

내가 입을 다물고 있는 시간이 길어질수록 그의 얼굴에 초조함이 서리기 시작했다. 결국 인내심이 다한 그가 성큼 나에게 다가와 내 어깨를 강하게 움켜쥐었다.

"대답해, 비이! 날 만난 그날을 후회하고 있어?"

"첫눈에 반했습니다."

"뭐……?"

손을 뻗어 그의 입술을 매만졌다.

"이 입술에 꽃잎이 내려앉은 그 순간에 저는 사랑에 빠져 버리고 말았습니다."

일그러져 있던 그의 얼굴이 천천히 펴졌다. 한일자로 굳어 있던 그의 입가도 슬며시 곡선을 그리며 올라갔다. 만개한 레이샤 꽃 같은 미소가 그의 얼굴에 화사하게 피어났다.

"내가 이겼군."

"네?"

그가 내 손을 잡고 손가락 마디마디에 자잘한 키스를 남겼다.

그의 키스는 꽃잎처럼 부드럽고 섬세했다. 소중한 것을 만지듯 조심스레 내 손가락에 키스를 남기는 그의 모습은, 그날 꽃잎에 입 맞추던 어린 그의 모습을 떠올리게 했다.

내가 사랑하게 된 그를 말이다.

"마치 함박눈이 내리는 것처럼 레이샤 꽃잎이 바람에 휘날리던 날이었지."

그가 눈웃음을 지으며 손가락으로 내 뺨을 문질렀다.

"도도한 고양이처럼 새침하게 내려앉아 있던 녹색 눈동자가 놀라 휘둥그레지더군."

그가 천천히 고개를 숙여 내 뺨에 입술을 맞췄다. 꽃잎처럼 부드러운 그의 입술이 촉촉하게 내려앉았다 떨어졌다.

"내가 처음 사랑에 빠진 순간이었어."

별처럼 반짝이는 그의 눈동자가 오롯이 나만을 바라보고 있었다.

'살고 싶다고 했잖아요. 무슨 일이 있어도 반드시 오래오래 행복하게 살고 싶다고 했었잖아요.'

어째서 지금 이 순간 죽어 가는 나에게 울부짖던 검은 사제의 말이 떠오르는 것인지 모르겠다. 그는 죽어 가는 나에게 어째서 행복하지 않느냐고 물었다.

그렇다면 지금은? 나는 지금 행복한가?

대답은 이미 나와 있었다.

"행복하게 해 드리겠습니다."

"지금 무슨 말을……?"

"아니, 제가 행복하기 위해서는 당신이 꼭 필요합니다."

"비이?"

그가 입술을 살짝 벌린 채, 눈만 깜빡거렸다. 얼떨떨한 모습으로 나를 내려다보고 있는 그가 너무 사랑스러워 보였다.

"그러니 저와 결혼해 주세요, 시스"

나는 미소를 머금고 발뒤꿈치를 들어 올려 그의 입술에 내 입술을 맞췄다.

"거절은 받지 않겠습니다."

그의 머리카락 속에 손가락을 찔러 넣고 또다시 입술을 마주 댔다.

유혹하듯 벌어진 그의 붉은 입술 사이로 거침없이 혀를 집어넣었다. 움츠리고 있던 그의 혀를 간질이듯 살살 건들이자, 경직되어 있던 그의 몸이 부드럽게 풀리기 시작했다.

미끈한 그의 혀가 자연스럽게 내 혀를 감아올렸다.

"아앗!"

소극적으로만 반응하던 그가 어느 순간부터 능동적으로 움직이기 시작했다. 뜨거운 타액이 오고 가고 그의 혀가 내 안으로 거침없이 침입해 들어왔다. 그의 매끈한 혀는 마치 약탈자처럼 내 입안 이곳저곳을 헤집고 다녔다.

치열을 훑고 안쪽의 점막을 사정없이 건드리던 그가 급기야 내 혀를 뿌리째 뽑기라도 하려는 것처럼 강하게 빨아들였다.

방금 전까지 섬세한 키스를 뿌리던 그와 동일 인물이라고는 생각할 수 없을 정도로 거칠고 난폭한 입맞춤이었다.

"읏!"

그의 손이 허리를 지나 척추를 타고 올라와 내 머리를 감싸 쥐었다. 잘 정리되어 있던 머리가 그의 손길에 엉망이 되는 듯했지만 아무것도 생각하고 싶지 않았다.

오로지 그가 주는 이 짜릿한 자극만을 온전히 느끼고 싶었다.

"하아, 하아."

숨이 막히고 입술이 얼얼하게 될 때쯤에야 그가 내 입술을 마지못해 놓아주었다. 나는 심호흡을 하듯 모자란 숨을 들이마셨다. 그런 내 허리를 그가 팔을 뻗어 감아올렸다.

순식간에 내 몸이 그의 품에 폭 안겨 들었다.

"정말 너무하잖아."

"무엇이 말입니까?"

그가 내 목덜미에 얼굴을 묻었다. 헐떡이며 빠르게 오르내리는 그의 숨결이 온몸으로 느껴졌다.

"이건 정말 반칙이라고."

그가 나를 품에 안은 채, 강하게 힘을 주었다. 온몸을 꽉 옭아매는 느낌이 싫지 않았다. 아니, 오히려 묵직한 무게감에 안도감마저 느껴졌다.

나는 팔을 뻗어 그의 머리를 쓰다듬듯, 만지작거렸다. 보드라운 은색 실타래가 손가락 사이사이를 파고들며 부드럽게 간질였다.

"그래서 대답은요?"

"잠시만 시간을 줘."

"지금 튕기시는 겁니까?"

위협하듯 그의 머리카락을 한 움큼 손에 쥐었다.

"거절은 받지 않겠다고 했습니다만?"

"쿡, 내가 그대를 거절할 리가 없잖아. 오히려 오랜 시간 동안 내가 바라고 있던 일이라고."

그가 여전히 내 목덜미에 얼굴을 묻은 채, 잘게 웃었다. 나는 움켜쥔 그의 머리카락을 아프지 않을 정도로만 살살 잡아당겼다.

"그럼 대체 뭐가 불만입니까?"

"불만이라기보다는 자존심 문제랄까?"

"자존심이라니요?"

나에게서 몸을 떼고 숨을 크게 들이쉬었다. 그가 고개를 움직이자 잔뜩 움켜쥐고 있던 은색 실타래가 손가락 사이로 부드럽게 빠져나갔다.

순간적으로 아쉬운 마음이 들었지만 어차피 그는 내 것이다. 그의 머리카락 한 올까지 말이다.

"그대가 이렇게 먼저 청혼을 해 버리면 남자인 나는 뭐가 되냐고, 이 여자야."

"청혼을 하는데, 남자든 여자든 그게 무슨 상관입니까?"

"으이구, 정말이지, 그대는 가끔 이렇게 내 속을 뒤집을 때가 있어."

그가 내 양쪽 뺨을 잡고 옆으로 쭉 늘렸다. 항상 란트에게 하던 짓을 고스란히 당하고 보니, 기분이 썩 좋지는 않았다.

'설마 란트도 매번 이런 기분이었던 것은 아니겠지?'

란트의 볼을 잡아당기는 일은 좀 자중해야겠다는 생각을 하며 그를 노려보았다.

"조으 마 하 때, 노으시지요."

여전히 그에게 볼을 잡힌 채라 말이 제대로 나오지 않았다. 분명 웃긴 얼굴일 텐데도 그는 웃음기 하나 없는 얼굴로 나를 바라보았다.

"나에게도 청혼할 기회를 줘야지."

"이미 하셨습니다만."

"내가? 언제?"

여전히 내 볼을 잡고 늘어지는 그의 손을 치우며 말하자 그가 기억을 더듬듯 미간을 찌푸렸다.

"매번, 줄기차게, 제게 결혼하자고 매달리시지 않았습니까?"

"그야 그렇지만 그건……."

그가 미묘한 얼굴로 나를 바라봤다.

"그게 청혼이 아니고 뭡니까? 아니면 그동안 제게 결혼하자고 했던 말은 모두 거짓이셨습니까?"

"물론 모두 진실이었지만 이건 아니지."

"무엇이 아니라는 겁니까?"

그가 단호하게 손을 저었다.

"그건 제대로 된 청혼이 아니었잖아. 무효야."

그의 손이 내 목덜미를 거쳐 뒷머리를 조심스럽게 감싸 쥐었다. 그의 손길에 목이 뒤로 젖혀지고 그를 올려다보는 형상이 되었다.

"나는 지금 내가 느낀 이 감동을 고스란히 그대에게도 느끼게 해 주고 싶다고."

나와 시선을 마주친 그의 눈가가 부드럽게 휘어졌다.

"그러니 나에게도 정식으로 청혼할 기회를 줘, 비이."

나는 말을 하는 대신 눈을 감는 것으로 그의 부탁을 허락했다. 말랑한 그의 입술이 내 이마 위로 부드럽게 떨어져 내렸다.

그가 정식으로 나에게 청혼할 날이 벌써부터 기다려졌다.

"란트는?"

내 물음에 하인이 몸 둘 바를 몰라 하며 고개를 조아렸다.

"아직도 연무장에 있는 건가?"

"네, 아가씨."

예상과 다르지 않은 대답에 한숨이 나왔다.

그날 이후, 란트는 몸을 혹사시킨다고 여겨질 정도로 검술에만 매달렸다. 원래도 부지런하던 아이였지만 요즘의 란트는 멈추는 것을 모르는 폭주 기관차라도 된 것 같았다.

"역시 그 일 때문인가?"

데이샤 공작은 나를 잡기 위해 란트를 이용했다. 란트는 자신이 내 약점이 되었다는 사실에 충격을 받은 것 같았다.

"저녁은?"

"그게……."

제대로 된 대답을 하지 못하는 하인을 지나쳐 란트가 있는 연무장으로 향했다.

괴로워하는 란트를 이해하기에 스스로 마음을 추스를 수 있도록 시간을 주려 했지만 더 이상 가만히 두고 볼 수만은 없었다. 란트는 아직은 성장기의 몸이었다. 이런 식으로 밥도 먹지 않고 잠도 자지 않은 채, 몸을 혹사시키는 것은 스스로의 몸을 망치겠다는 뜻으로밖에는 여겨지지 않았다.

연무장에 들어서자 란트가 달빛 아래서 서슬 퍼런 검을 휘두르고 있었다. 얼마나 그러고 있었던 것인지 서늘한 밤공기 속에서도 열기가 느껴질 정도로 구슬 같은 땀방울이 비 오듯 쏟아졌다.

"란트."

내 부름을 듣지 못한 것인지, 아니면 듣고서도 모르는 척하는 것인지 란트의 움직임은 멈추지 않았다. 나는 잠시 심호흡을 하고 란트가 검을 휘두르고 있는 연무장 안으로 거침없이 들어섰다.

"란트 베이런 엘리언트!"

우뚝.

그제야 란트의 움직임이 멈췄다.

나는 란트의 앞으로 다가가 아이의 손에 들린 검을 빼앗아 들었다. 평소와 달리 란트에게서는 약간의 저항이 있었다. 눈을 부릅뜨고 손에 힘을 더했다. 그제야 검을 쥐고 있던 란트의 손에서 힘이 풀렸다.

"이게 뭐 하는 짓이야?"

검을 멀찍이 던져 버리고 매섭게 다그쳤다. 란트의 시선이 아래를 향했다. 잔뜩 풀이 죽은 아이의 모습에 마음이 약해지려는 것을 다잡고 되물었다.

"대체 뭐 하는 짓이냐고 묻잖아, 란트."

란트의 시선은 여전히 땅바닥에서 떨어질 생각을 하지 않았다.

나는 팔짱을 끼고 란트가 대답을 할 때까지 참을성 있게 기다렸다. 불안한 마음으로 그저 지켜보기만 하는 것은 더 이상 하고 싶지 않았다.

"저는……"

한참이 지나서야 란트의 무거운 입이 열렸다.

"강해지고 싶어요."

앞으로 흘러내린 머리카락 사이로 땀인지, 눈물인지 알 수 없는 투명한 액체가 후드득 떨어져 내렸다.

"저는 정말 강해지고 싶어요, 누님."

란트의 몸이 허물어지듯 바닥에 주저앉았다.

"어어어엉!"

갑작스럽게 터진 커다란 울음소리가 연무장 안을 가득 메웠다. 란트가 이렇게 소리 내어 우는 것은 어릴 때 이후로 처음이었다. 나에게 마음을 열었던 그날, 눈물을 펑펑 흘리며 고통을 호소하던 것처럼 란트가 통곡을 하며 자신 안에 있던 울분을 쏟아 냈다.

쪼그려 앉아 란트와 시선을 맞추었다. 아이의 눈에는 눈물이 폭포수처럼 흘러내리고 있었다. 나는 타이르듯 조근조근 속삭였다.

"이렇게 몸을 혹사한다고 강해지지는 않아. 너도 잘 알지 않니?"

"흑, 그럼 어떻게 해야 해요? 어떻게 해야 누님을 지킬 수 있어요? 누구보다 강해지고 싶은데, 저는 이렇게 하는 거 말고는 정말 모르겠어요."

란트가 나를 바라보며 서럽게 울었다. 나는 아이의 머리를 감싸 품에 안았다.

"히끅, 누님이 죽을 뻔했어요. 저 때문에 누님이……. 누님이……."

애처롭게 울먹거리는 소리에 나는 란트를 더욱 힘주어 안았다.

"아니야, 란트. 절대 그런 생각은 하지 마."

"누님을 지켜 주겠다고 맹세했어요. 그런데 몸을 움직일 수가 없었어요. 저는 누님 곁에 다가가지도 못했다고요!"

란트가 절규와도 같은 말을 토해 내며 울부짖었다. 그 고통스런 외침에 아이가 입은 상처가 얼마나 큰 것인지 고스란히 느껴졌다. 가슴이 찢어질 것만 같았다.

"란트, 네 잘못이 아니야. 그건 그저 상황이 안 좋았던 것뿐이야. 절대 네 잘못이 아니란다, 란트."

내가 예상하고 있던 것보다 훨씬 더 큰 상처를 입은 아이를 어찌 달래 주어야 할지 알 수가 없었다.

그저 괜찮다고. 네 잘못이 아니었다는 말만을 계속해서 반복하는 수밖에 없었다.

하지만 나의 이런 말들이 지금의 란트에게는 와 닿지 않을 거라는 사실을 알고 있었다. 이렇게 품에 안고 다독이는 것 말고는 내가 란트에게 해 줄 수 있는 것은 없었다.

그건 무척이나 속이 상하는 일이었다.

"어서 오십시오, 아가씨."

집사를 비롯해 피스온 백작가의 고용인들이 나를 향해 고개를 숙였다. 그들에게 죄를 물었던 그날 이후, 백작저를 방문한 것은 오늘이 처음이었다.

나를 대하는 그들의 모습에서 예전과는 달리 딱딱한 긴장감을 느낄 수 있었다. 나는 그런 그들을 못 본 척하며 저택 안을 들어섰다.

"어서 오세요, 비욘느."

"저번보다 한결 얼굴이 좋아 보이는군요, 아나샤."

"모두 당신 덕분이지요."

거죽만 남아 있던 아나샤의 얼굴에 약간이지만 살이 올라 있었다. 나는 그녀에게 의례적인 인사를 건네며 뒤에서 미적거리는 란트의 손을 잡아 앞으로 끌었다.

란트는 가문에 들어온 이후, 엘리언트 후작저를 벗어난 적이 거의 없었다. 아이가 다른 가문의 저택을 방문하는 것은 이번이 처음이었다. 낯설어하는 란트를 향해 아나샤가 활짝 웃어 보였다.

"어머, 공자께서도 함께 오셨네요."

"오랜만에 뵙습니다, 피스온 백작 부인."

란트가 아나샤를 향해 꾸벅 허리를 숙였다. 란트의 갑작스런 방문에 의아해할 만도 하건만 아나샤는 아무런 내색을 보이지 않고 란트의 방문을 반겼다.

"제 집에 오신 것은 처음이지요?"

아나샤의 물음에 란트가 고개를 꾸벅였다. 아나샤가 화사하게 웃으며 우리를 응접실로 안내했다.

"비이!"

아나샤의 명령을 받은 시녀가 차를 내오기도 전에 응접실 문이 열리며 엘과 라이가 안으로 들어왔다.

"비이, 여기 있어?"

"그래, 여기 있단다, 엘."

밖에서 놀다가 들어왔는지 엘이 발갛게 상기된 얼굴로 나를 찾는 듯 두리번거렸다. 나는 몸을 일으켜 아이의 작은 몸을 안아 올렸다. 엘이 내 목에 가는 팔을 두르며 방긋 웃었다.

"응, 진짜 비이다."

엘이 내 목덜미에 얼굴을 비비며 키득거렸다.

"비이 냄새야."

걱정했던 것과 달리 엘은 납치를 당했던 일을 잘 기억하지 못했다. 충격으로 기억을 잃은 것이 아니라 약에 취해 내내 잠들어 있었던 탓이다. 아이에게는 차라리 잘된 일이었다.

다행히 엘에게 쓰인 약도 몸에 큰 해가 되는 것은 아니었다. 한동안 약에 취해 해롱대던 엘은 아나샤의 극진한 간호에 금방 기력을 회복했다. 정원에서 뛰어놀 정도로 씩씩하게 말이다.

"라이랑 놀고 있었니?"

"응, 숨바꼭질했어. 근데 비이, 라이는 숨바꼭질 잘 못해. 만날 나한테 들켜."

엘은 비밀이라도 말하는 것처럼 내 귓가에 손을 대고 작게 속삭였다. 무심한 얼굴로 서 있는 것과 달리 라이의 귀가 움찔거리는 모습이 보였다.

아이들이 어떤 식으로 숨바꼭질을 하는지, 굳이 보지 않아도 눈앞에 그려졌다. 라이는 필시 앞을 보지 못하는 엘이 자신을 금방 찾을 수 있도록 일부러 기척을 내고 있었을 것이다.

"그래도 재미있었지?"

"응, 엄청!"

엘이 두 팔을 크게 벌리며 환하게 웃었다. 나는 엘을 안은 채로 소파에 다가갔다.

"오늘 내가 손님을 데려왔는데, 소개시켜 줄까?"

"손님?"

"응, 내 동생이란다."

"비이 동생?"

"그래. 내 동생 란트야."

나는 엘을 란트의 옆에 내려놓았다. 엘이 눈을 말똥거리며 손을 이리저리 휘저었다. 엘의 손이 마침내 란트의 옷자락을 잡아챘다.

"란트, 나는 엘이야."

천진난만한 엘의 자기소개에 란트가 난감한 얼굴로 나를 바라봤다. 나는 웃으며 란트의 시선을 외면했다.

"란트는 엘보다 나이가 많아. 오빠라고 부르면 되겠다."

"오빠? 란트는 친구 아니야?"

"란트는 어떠니? 오빠라고 불리고 싶어? 아니면 친구가 되고 싶어?"

란트가 여전히 난감한 얼굴로 나와 엘을 번갈아 바라보았다.

란트는 자기보다 나이가 어린 아이를 직접 마주한 적이 없었다. 항상 자기보다 나이가 많은 이들만 상대해 오던 란트에게 엘은 무척이나 생소한 생명체일 것이다.

자책감에 사로잡혀 있는 란트에게 내가 해 줄 수 있는 일은 없었다. 그렇다고 스스로 일어설 때까지 지켜만 보고 있을 수도 없었다.

결국 내가 선택한 것은 란트를 둘러싸고 있는 환경의 변화였다.

자기 또래들과 스스럼없이 지내다 보면 무겁게 란트를 내리누르고 있는 중압감에서 벗어날 수 있을지도 모른다는 생각이 들었다. 아니, 그러기를 무척이나 바라고 있었다. 지푸라기라도 잡는 심정으로 말이다.

"란트, 어서 대답해야지? 엘이 기다리고 있지 않니."

란트의 시선이 엘에게 닿았다. 엘은 마치 란트의 얼굴이 보이는 것처럼 란트를 올려다보며 배시시 웃었다. 결국 떨어질 것 같지 않았던 란트의 입이 조금씩 열렸다.

"……란트라고 불러."

"응, 란트."

"나는 라이야."

엘이 환하게 웃자, 라이가 불쑥 끼어들어 란트를 향해 손을 내밀었다. 란트가 또다시 난감한 얼굴로 나를 올려다보았다. 나는 란트의 머리를 손으로 헤집어 주었다.

"라이는 너랑 동갑이야. 라이, 란트랑 친하게 지내렴."

"누나 부탁이니까, 특별히 친구로 삼아 주지."

머쓱한 얼굴로 코를 훌쩍이던 라이가 덥석 란트의 손을 잡아 흔들었다. 란트는 여전히 혼란스러운 얼굴을 하고 있었다. 나는 란트와 엘을 소파에서 일으켜 세워 등을 밀었다.

"자, 새로운 친구도 생겼으니, 친해질 겸 같이 나가서 놀다 오렴."

"비이는?"

엘이 불안한 얼굴로 나를 돌아보았다. 나는 엘의 머리를 부드럽게 토닥여 주었다.

"오늘은 늦게까지 머물다 갈 생각이란다. 걱정하지 말고 재미있게 놀다 오려무나, 엘."

"응!"

엘이 웃으며 손을 뻗자 라이가 냉큼 엘의 손을 잡아 주었다. 엘이 빈 한쪽 팔을 휘저으며 란트를 재촉했다.

"란트, 빨리, 빨리."

란트가 어쩔 줄 모르겠다는 얼굴로 나와 엘을 번갈아 바라보았다. 미적거리는 란트의 행동이 답답했는지 라이가 끼어들어 란트의 손을 잡아 이끌었다.

"에잇, 엘이 가자고 하잖아. 빨리 손잡아."

엘에게 손이 잡혀 밖으로 끌려가는 란트를 보며 소파에 앉았다. 그런 나를 향해 아나샤가 의미심장한 미소를 지었다.

"라이에게 라이벌이 생긴 건가요? 설마 일부러 그러신 건 아니죠?"

"엘이 좋다고만 한다면 상대가 누구든 상관없지 않으신가요?"

"그렇기는 하지만 그래도 같이 지낸 정이 있으니까요. 물론, 저는 엘리언트 공자도 무척 마음에 든답니다."

아나샤가 고민이 된다는 듯, 손가락으로 자신의 뺨을 두드렸다.

"둘 다 사윗감으로는 무척 탐이 나는 아이들이라 고민이 되네요. 딸이 둘이었다면 좋았을 텐데 말이죠. 정말, 아쉬워요."

"욕심이 많으시군요."

아나샤가 상상만으로도 즐겁다는 듯이 키득거렸다.

엘과 란트의 조합은 생각해 본 적이 없지만 아이들만 좋다고 하면 굳이 반대할 생각은 없었다. 하지만 라이의 성격상 좋아하는 엘의 마음을 잡기 위해서라면 무슨 짓이든 할 것이다. 내 눈엔 뭐든지 최고로 보이는 란트라 해도 그런 라이를 상대로 엘의 마음을 얻기란 결코 쉽지만은 않을 것이다. 물론 모든 것은 란트가 엘을 좋아한다는 가정하에 일어날 일들이겠지만 말이다.

엘의 마음을 차지하기 위해 기를 쓰고 노력할 아이들의 모습을 상상하니, 그 풋풋함에 저절로 미소가 지어졌다.

"마님, 차를 내왔습니다."

노크 소리가 응접실 안을 울렸다.

"들어오세요."

아나샤의 허락이 떨어지자 트레이를 든 집사가 모습을 드러냈다. 그는 정중한 태도로 나와 아나샤의 앞에 찻잔을 내려놓았다.

"그럼, 이야기 나누십시오."

집사가 응접실을 나갈 때까지 나는 아무런 말을 하지 않았다. 아나샤 또한 내게 차를 권하기만 했을 뿐, 다른 말은 하지 않았다.

한동안 침묵이 이어지고, 결국 아나샤의 입에서 한숨과 같은 말이 흘러나왔다.

"너무 화내지 말아요."

나는 대답 대신 찻잔을 들어 올렸다. 찻물을 머금고 있는 나를 아나샤가 멋쩍은 얼굴로 바라보았다.

"엘이 무사히 돌아왔잖아요."

"그건 대답이 되지 않아요, 아나샤."

나는 찻잔을 내려놓으며 단호하게 대답했다.

배신자는 제쳐 두더라도 집사를 포함해 피스온 백작가의 고용인들이 보인 행동은 명백히 주인을 무시한 행동이었다. 그런 그들을 아무런 죄도 묻지 않고 품고 간다는 것은 자칫 주인을 기만하는 행동을 용납하는 것으로 비칠 수 있는 일이었다.

"물론 그들의 행동이 옳았다고는 생각하지 않아요. 하지만 그들을 그렇게 방치했던 나에게도 잘못은 있어요. 그들의 잘못만을 탓할 일은 아니라는 거죠."

"아나샤, 당신은 귀족입니다. 고용인들의 생각까지 일일이 배려할 필요는 없어요."

"알아요. 보통 귀족이라면 그렇겠죠. 하지만 나는 보통 귀족이 아니잖아요."

그녀의 입가에 쓸쓸한 미소가 걸렸다. 고용인들에게 무시를 당했던 것처럼, 아니 그 이상으로 그녀는 여전히 귀족 사회에서 소외당하고 있었다. 그녀가 평민 출신인 이상 그것은 어쩔 수 없는 일이다.

하지만 그것도 조만간 끝날 것이다.

'반드시 내가 그렇게 만들 테니까.'

시간이 흐르고 성인이 된 란트와 엘은 필연적으로 사교계에 데뷔를 해야 했다. 하지만 지금의 사교계는 결코 그 아이들을 순순히 받아들이지 않을 것이다.

아이들이 좀 더 수월하게 사교계에 적응할 수 있도록 나는 사교계 전체를 바꾸고 있는 중이었다. 그러기 위해 공을 들여 사교계를 조각내는 일을 시작한 것이니 말이다.

"당신은 내 외조부님과 정식으로 결혼을 했습니다. 당신이 평민 출신이라는 것은 더 이상 중요하지 않아요. 당신은 명실상부한 피스온 백작 부인입니다."

"그렇게 말해 줘서 고마워요, 비욘느."

"그건 당연한 겁니다."

"그리고 악역을 맡게 해서 미안해요."

나는 미간을 찌푸리며 그녀를 바라보았다.

아나샤의 시선은 자신의 찻잔 위를 바라보고 있었다. 아래로 내리뜬 그녀의 풍성한 속눈썹 아래로 옅은 그늘이 드리워졌다.

"팔이 안으로 굽듯, 엘리언트의 이름을 달고 있는 당신이 피스온 백작가를 강압적으로 위협한다면 그들은 당연히 피스온의 이름을 달고 있는 엘에게 의지할 수밖에 없어요. 그것을 노리고 더 심하게 그들을 몰아붙인 거잖아요."

"너무 비약이 심하시군요. 나는 단지 주인을 알아보지 못하고 경거망동하는 그들이 마음에 들지 않았을 뿐이에요."

"당신이 정말로 그들이 마음에 들지 않았다면 모두 쫓아냈겠죠. 몇 년 전 엘리언트 후작가에서 그랬던 것처럼."

"현재 피스온 백작가를 이끌고 있는 것은 당신이에요, 아나샤. 아무리 내가 피스온 백작가의 핏줄을 이었다고는 해도 그저 외부인에 지나지 않지요. 나는 그들을 쫓아낼 권한까지는 없습니다."

그녀가 고개를 들었다. 그녀의 얼굴엔 잔잔한 미소가 걸려 있었다.

"그렇지 않다는 것은 나도, 그리고 당신도 잘 알고 있잖아요."

"아나샤."

"엘의 자리를 굳건히 해 주기 위해 일부러 그런 거잖아요. 그들이 당신을 피스온 백작가의 주인으로 원할 수 없도록 말이에요."

아나샤의 시선이 똑바로 나를 향했다. 내 입에선 대답 대신 옅은 한숨이 새어 나왔다. 그녀는 굳이 내 대답을 바라고 한 말이 아닌 듯, 바로 말을 이었다.

"당신도 알고 있다시피 엘의 자리를 노리는 사람은 많을 거예요. 아니, 정확히는 엘의 옆자리겠지요."

그녀가 잠시 호흡을 고르듯 말을 멈췄다.

"선천적으로 장애를 가지고 태어난 엘에게 필요한 것은 그 아이를 온전히 사랑하고 지켜 줄 사람이죠. 그리고 그런 엘의 선택을 절대적으로 지지해 줄 가문의 사람들이 필요하고요."

아나샤가 나를 향해 방긋 웃었다.

"비록 주인으로는 인정하지는 않았을지 몰라도 그들만큼 엘을 소중히 여겨 주는 사람들은 없어요. 당신도 그것을 알고 있기에 그들을 버리는 대신 스스로 악역을 자처한 거잖아요."

확신에 찬 그녀의 말에 결국 나는 손을 들어 버렸다.

"이렇게 금방 들킬 줄은 몰랐는데, 내 연기가 형편없었나 보군요."

"연기가 형편없어서라기보다는 당신을 가까이에서 겪은 이들이라면 충분히 짐작할 수 있는 일이죠. 누가 뭐라 해도 당신은 자신의 테두리 안에 있는 사람들에게만은 관대한 사람이니까요."

그녀의 말대로 엘을 가장 잘 돌볼 수 있는 이들은 지금의 피스온 백작가의 사람들이었다. 더구나 그들은 고용인이기 이전에 외할아버지가 남긴 사람들이다.

아나샤에게뿐만 아니라 나에게도 소중한 사람들인 것이다.

그런 그들을 버릴 생각은 처음부터 없었다. 단지 그들에게 자신들의 주인이 누구인지 철저하게 각인을 시켜 주고 싶었을 뿐이다.

'물론 의도대로 되지 않았다면 정말로 버려야 할 상황이 왔을지도 모르겠지만.'

그들보다는 엘이 더 소중하기에 선택해야 한다면 당연히 엘을 선택할 생각이었다. 다행히 둘 중 하나를 선택해야 하는 상황은 오지 않았다. 나에게나 엘에게나 참으로 다행스러운 일이었다.

"매번 엘을 구해 줘서 고마워요. 정말이지, 이 은혜를 어떻게 갚아야 할지……."

아나샤의 눈가가 촉촉이 젖어 들었다. 나는 몸을 움직여 그녀의 옆에 앉았다.

"은혜라고 생각하지 말아요. 외할아버지가 나에게 주신 사랑에 비한다면 아무것도 아닌걸요. 엘은 그분이 남긴 마지막 선물이잖아요."

"고마워요. 고마워요……."

"오로지 엘만을 생각하세요. 당신은 어머니잖아요."

급기야 아나샤의 볼을 타고 말간 눈물이 흘러내렸다. 나는 그녀의 눈가를 조심스레 닦아 주었다. 비록 끊임없이 눈물을 흘리고 있었지만 그녀의 눈동자는 행복감에 반짝이고 있었다.

"안으로 들어가시지요, 엘리언트 영애."

시종이 문을 열며 나를 향해 고개를 숙였다. 나는 문 앞에서 잠시 심호흡을 하고 안으로 들어갔다.

현재 궁의 분위기는 전쟁 준비로 어수선한 상태였다. 급박한 상황이니만큼 1차로 먼저 소집된 병력의 일부가 전장으로 떠나 있는 상태였지만 조만간 제대로 된 병력이 추가로 떠날 예정이었다.

황태자인 시스의 집무실도 예외일 수는 없었다.

"비이."

심각한 얼굴로 기사들을 향해 무언가 지시를 내리고 있던 그가 나를 발견하고 눈을 빛냈다. 기사들이 그의 손짓에 모두 물러나고 그가 성큼 나에게 다가왔다.

"그대가 먼저 내 궁으로 오다니, 감격스럽군."

"그랬습니까?"

"그래, 폐하의 명으로 마지못해 오거나, 나에게 끌려오거나, 둘 중 하나였다고."

그가 내 허리를 끌어안으며 이마에 가볍게 입술을 맞추었다.

"무슨 일로 왔는지는 모르겠지만, 이런 깜짝 방문은 정말 기쁘군."

"제가 방해가 된 것은 아닌지 모르겠군요."

"절대, 그렇지 않아. 그대라면 무조건 환영이야."

그가 나를 번쩍 안아 들었다. 나는 자연스레 그의 목에 팔을 둘렀다. 그의 목울대에서 만족스런 울림이 새어 나왔다.

"그런데 어쩐 일이지? 내가 아는 그대라면 볼일도 없이 이곳까지 찾아오지는 않았을 텐데?"

그가 나를 소파에 내려놓으며 장난스럽게 한쪽 눈을 찡긋거렸다.

"물론 내가 보고 싶어서 왔다는 말을 들으면 무척 행복하겠지만 말이야."

"보고 싶어서 왔습니다."

그의 눈이 휘둥그레졌다. 그가 잠시 고개를 갸웃하더니 당황한 얼굴로 말했다.

"잠, 잠깐. 내가 잘못 들은 것 같아서 그러는데, 다시 말해 주겠어?"

"보고 싶어서 왔다고 했습니다. 무엇이 이상합니까?"

"하핫, 전혀! 전혀, 이상하지 않아. 나도 그대가 무척 보고 싶었으니까."

그가 나를 와락 껴안으며 도리질을 쳤다. 나는 팔을 들어 그를 마주 안으며 그의 귓가에 입술을 가져다 댔다.

"전장에 나가신다고요?"

커다란 그의 몸이 움찔대며 굳어졌다.

"쳇, 역시 그대가 그냥 왔을 리가 없지. 잠시나마 기쁨을 음미할 시간도 주지 않다니, 너무 매정하다고 생각하지 않아?"

그가 혀끝을 차며 나에게서 몸을 뗐다.

"그냥 내가 보고 싶었다고만 하면 안 돼?"

"리오넬 백작까지 떼어 놓고 가신다고 들었습니다만."

그의 얼굴이 순식간에 구겨졌다.

"그 자식, 잠시 안 보인다 싶었더니, 금세 그대에게 고자질하러 갔던 건가?"

"리오넬 백작은 당신의 기사입니다. 그런 그를 떼어 놓고 전장에 갈 생각을 하다니요."

1황자의 죽음과 카난 왕국과의 전쟁, 그리고 데이샤 공작의 반역으로 인해 민심이 뒤숭숭해진 상태였다. 이 분위기를 단번에 해소하기 위해서는 제국민들의 관심을 단번에 끌 무언가가 필요했다.

'황태자의 출정 같은 것처럼 말이지.'

카난 왕국의 도발 이후, 주변국들의 움직임이 심상치 않았다. 그동안 제국의 힘에 눌려 왔던 나라들이 단합을 하려는 움직임을 보이고 있었던 것이다.

단순히 겁을 주고 피해 보상을 받아 내는 것으로 전쟁을 종결시키려고 했던 제국은 카난 왕국을 완전히 흡수하는 쪽으로 방향을 바꿨다. 제국에 대항하는 왕국의 말로를 주변국들에게 본보기로 보여 주기 위해서였다.

제국으로서는 오랜만에 벌이는 큰 전쟁이었다. 아무나 총사령관에 앉힐 수는 없었다. 더욱이 민심까지 흉흉해진 지금은 더더욱 상징적인 인물이 필요했다.

결국 제국의 황태자인 시스가 총사령관으로서 전쟁에 나가기로 결정이 났다. 그만큼 제국민들의 호응을 이끌어 낼 만한 사람이 없었기도 했지만 다음 대 황제로서 그의 능력을 보여 주기 위해서였다.

제국의 힘에 비해 카난 왕국의 힘은 약했다. 하지만 전쟁이란 끝나기 전까지는 그 결과를 알 수 없는 것이었다. 더욱이 전장이라는 곳은 죽음이 난무하는 곳이었다. 나라는 전쟁에서 이기더라도 그 안에서 피를 흘리게 될 이는 누가 될지 아무도 모르는 일이었다.

검에는 눈이 없다. 피를 흘리게 될 이가 시스가 아니라는 보장은 어디에도 없었다.

"가지 말라는 말은 하지 않겠습니다. 하지만 리오넬 백작은 데리고 가십시오."

"그가 그리 부탁하던가?"

시스의 얼굴이 굳어졌다.

그의 말대로 오늘 아침 리오넬 백작은 나를 찾아왔다. 싫어하던 나에게 고개까지 숙이며 부탁을 하던 그를 떠올렸다.

"부탁드립니다, 엘리언트 영애."

"백작께선 저를 싫어하시는 줄 알았는데요?"

"네, 아니라고는 하지 않겠습니다. 저는 전하께서 안심하고 쉴 수 있는 안식처 같은 사람이 그분의 반려가 되기를 원했으니까요. 그런 면에서 영애는 그분의 안식처가 될 수 있을 만큼 온화한 성정은 아니지요."

그때와는 조금씩 관계가 변해 버린 사람들 틈에서 리오넬 백작만큼은 그때나 지금이나 한결같았다. 항상 나를 향해 못마땅하다는 얼굴을 하긴 했지만 나를 대하는 행동만큼은 예의에 어긋나지 않던 사람이었다. 그랬던 그가 무슨 결심이라도 했는지, 자신의 생각을 거침없이 나에게 말하기 시작했다.

"솔직히 저는 지금도 영애가 탐탁지 않습니다."

나는 뜨거운 차가 가득 담긴 찻잔을 들어 올리며 피식 웃었다.

"그런 저에게 부탁이라는 것을 하시다니, 많이 급하셨나 봅니다?"

나에게 적의를 가진 사람까지 포용할 만큼 내 마음은 넓지 않았다. 물론 리오넬 백작이 나에게 가진 것은 적의라기보다는 단순히 싫어하는 감정이었지만 어찌 되었든 나를 싫어하는 사람에게까지 말이 곱게 나갈 리는 없었다. 그가 시스의 사람이라 하더라도 말이다.

내 가시 돋친 말에 그가 순순히 고개를 끄덕였다.

"전하께서는 제게 전장에 나가 있는 동안 영애를 지키라는 명령을 내리셨습니다. 저는 영애를 지키기보다는 전하와 함께 전장에 나가 그분을 지키고 싶습니다."

이 고지식한 기사는 돌려 말하는 방법도 모르는 것 같다. 나는 나오려는 한숨을 삼키며 덤덤히 입을 열었다.

"백작께서는……."

나는 마시려던 찻잔을 도로 내려놓았다.

"돌려 말하는 방법부터 배우셔야 할 것 같습니다."

리오넬 백작의 눈썹이 꿈틀거렸다.

"검이 오고 가는 곳만이 전쟁터가 아닙니다. 세 치 혀를 휘두르는 정치판 또한 사람의 목숨이 오고 가는 전쟁터지요."

리오넬 백작이 굳은 얼굴로 나를 바라보았다.

"적어도 전하의 기사라면 어느 전쟁터에 서더라도 그분을 지킬 수 있는 무기를 쥐고 계셔야 하지 않겠습니까?"

나의 말에 그의 눈썹이 또다시 꿈틀거렸다. 나는 찻잔을 다시 들어 올려 적당히 식은 차를 음미했다. 리오넬 백작은 내가 찻잔을 내려놓는 것을 보며 입을 열었다.

"영애의 말대로 저는 전하의 기사입니다. 오로지 그분을 지켜 드리기 위해 지금껏 저를 단련해 왔습니다. 그것이 제가 그분을 위해 할 수 있는 최선이었으니까요."

그가 잠시 말을 멈추고 나를 보았다.

"저는 영애가 마음에 들지 않습니다."

"아까도 같은 말씀을 하시지 않았습니까? 무언가를 부탁하는 분의 자세라고는 전혀 보이지 않는군요. 자꾸 저를 자극해 봤자 백작님께 좋을 것은 없을 텐데요?"

좋은 말도 계속 들으면 질리는 법이다. 심지어 좋은 말도 아님에야 말해 무엇할까.

"하지만 황제의 반려에, 제국의 어머니가 될 황후의 자리에 영애만큼 잘 어울리는 분은 없다고 생각합니다."

그의 말은 의외였다.

'내가 황후에 어울리지 않기에 나를 싫어하던 것이 아니었던가?'

"더구나 전하께서 영애를 선택하신 이상, 그분의 신하 된 자로서 저는 더 이상 왈가왈부할 입장이 아닙니다. 제 본분은 그분을 지키는 것이지, 그분의 결정에 반하는 것이 아니니 말입니다."

그가 내 눈을 똑바로 바라보았다.

"영애가 말했던 그 정치판은 제가 있을 곳이 아닙니다. 더구나 그 정치판이라는 전쟁터에서는 저보다 영애가 더 그분을 잘 지킬 수 있다고 생각합니다."

리오넬 백작이 몸을 일으켜 나를 향해 고개를 숙였다.

"영애는 영애의 전쟁터에서 그분을 지켜 주십시오. 저는 제가 할 수 있는 곳에서 그분을 지키고 싶습니다. 그러니 부디 부탁드립니다."

고지식하면서도 정중한 그의 모습에 속으로 혀를 차고 말았다.

기사들이란 원래 이런 것일까? 아니면 유독 내 주위의 기사들만 이런 것일까?

나는 이런 사람들에게 유독 약한 듯했다.

"그의 말은 귀담아들을 필요 없어."

시스가 냉정하다 싶을 정도로 단호하게 말했다.

리오넬 백작과의 대화를 생각하고 있던 나는 퍼뜩 정신을 차리고 시스의 얼굴을 바라보았다. 웃음기가 사라진 그의 얼굴에선 냉기까지 풀풀 풍겼다.

"전쟁터는 위험한 곳입니다. 리오넬 백작을 데려가세요."

"그대가 더 위험해. 알고 있지 않나?"

"시스."

"데이샤 공작이 죽었다고는 해도 아직 이나야리들이 남아 있어. 그들이 언제 또다시 그대를 노리고 올지 모른단 말이야."

시스의 말대로 데이샤 공작은 죽었지만 아직 나에게는 이나야리들의 위협이 남아 있었다. 아마 내가 살아 있는 한, 그들은 끊임없이 나를 노릴 것이다.

세상에 존재하는 이나야리들을 모두 없애지 않는 이상, 나는 그들의 위협에서 벗어날 수 없었다. 아마 나는 죽을 때까지 그들을 경계해야 할 것이다.

하지만 그렇다고 해서 평생을 움츠리고 살 생각은 없었다. 이나야리들의 위협이 무서워 몸을 사리고만 있다면 구더기가 무서워 장을 못 담그는 것이나 마찬가지다.

스스로 위험 속에 뛰어들 생각은 없지만, 온실 안의 화초가 될 생각도 없었다.

"저를 지키는 이들은 많습니다. 굳이 리오넬 백작까지 나서지 않아도 충분히 제 한 몸은 지킬 수 있습니다."

"그대를 잃을 뻔했어!"

그가 버럭 소리를 질렀다. 생각보다 큰 소리에 스스로도 놀란 듯, 그가 잠시 입을 다물었다. 약간의 시간이 지난 후, 그의 입술 사이로 낮은 한숨 소리가 새어 나왔다.

"매일 악몽을 꿔."

"시스?"

"만약 그때, 조금이라도 늦게 도착했더라면 그대가 어찌 되었을지, 그날의 기억을 떠올리는 것만으로도 심장이 내려앉고는 해."

그날 일로 상처를 받은 것은 란트만이 아니었던 모양이다.

그날의 일을 떠올리기라도 하는 듯, 잔뜩 일그러진 그의 얼굴을 보며 어떻게 위로해야 할지 가늠이 되지 않았다.

"보시다시피, 저는 이렇게 멀쩡합니다. 왜 그런 쓸데없는 생각을 하십니까?"

"아직 끝나지 않았으니까. 내가 없을 때, 혹시라도 그들이 그대를 노리는 것이 아닐까? 그대가 또다시 잘못되는 것은 아닐까? 하루에도 몇 번씩 그대에게 달려가 무사하다는 것을 확인하고 또 확인해도 이 불안은 멈추지 않아."

그가 한 손으로 자신의 얼굴을 감쌌다. 그가 바쁜 와중에도 잠시라도 틈이 생길 때마다 나를 보러 온 것은 바로 그 때문이었던가?

나는 얼굴을 가리고 있는 그의 손을 잡아 내렸다.

"그리 제가 걱정되시거든 최대한 빨리 전쟁을 끝내고 오세요."

그의 얼굴은 고통으로 얼룩져 있었다. 얼룩을 지우듯 그의 뺨을 조심스레 쓰다듬었다.

"저는 당신이 직접 저를 지켜 주는 것이 더 좋습니다. 당신이 아닌 다른 사람은 제게 필요 없습니다, 시스."

"하아, 정말이지. 그대에게는 못 당하겠다."

그가 팔을 둘러 나를 품에 가뒀다.

"그대의 말 한마디에 나는 절망에 빠지기도 하고 이렇듯 행복에 젖어 들기도 하지."

그가 내 정수리에 입술을 눌렀다.

"나는 평생 그대에게는 절대 이기지 못할 거야."

"흐음, 지금껏 제게 이길 생각을 하고 계셨다니, 쓸데없는 희망을 품고 계셨군요."

가소롭다는 표정을 지으며, 눈을 치켜뜨고 그를 올려다보자 그가 피식 웃음을 터트렸다.

"그런 표정은 반칙이야, 비이. 너무 예쁘잖아."

웃음기를 머금은 채로 그가 손가락을 들어 내 눈가를 어루만졌다.

최근 정무를 거의 손에 놓다시피 한 황제를 대신하는 것은 물론, 전쟁 준비와 데이샤 공작이 저지른 일들을 수습을 하느라 그는 잠자는 시간마저 모자랄 지경이었다. 단 며칠 사이에 볼우물이 움푹 파일 정도로 핼쑥해진 그의 얼굴을 보며 눈가를 찌푸렸다.

그런 나를 달래듯, 그가 손가락으로 내 눈가를 살살 쓸었다.

"이렇게 찡그리는 얼굴조차 예뻐 보이니, 확실히 내 눈에 뭔가가 쓰이긴 쓰였나 봐."

그가 또다시 입술을 말아 올렸다.

그의 눈에 쓰인 무언가가 나에게도 쓰인 것인지 살이 쏙 빠져 날카로워 보이는 그의 모습도 매우 매력적으로 보였다.

'나야말로 중증이로군.'

"아마 그대의 눈가에 주름이 생겨도 내 눈에는 무척 예뻐 보일 거야."

그가 다른 손을 들어 올려 내 머리카락을 어루만졌다.

"이 금갈색 머리카락이 새하얗게 변해도 내 눈에는 눈부시게 반짝여 보일 테고, 이 얼굴에 수없이 많은 주름이 늘어나도 그 주름 하나하나가 사랑스러워 보일 테지."

그의 입술이 내 이마 위로 조심스럽게 내려앉았다.

"나는 그대의 아름다울 그 순간들을 평생 동안 그대의 곁에서 모두 지켜보고 싶어."

그가 초승달처럼 눈가를 휘며 미소 지었다. 내 머리카락 속에서 머물고 있던 그의 손이 내려와 내 손을 잡아 왔다. 그의 손가락이 내 손가락 사이로 부드럽게 얽혀 들었다.

"나와 함께 그 모든 시간을 함께 공유하자, 비이."

꿀이라도 녹아내린 듯, 그의 황금색 눈동자가 나를 보며 반짝였다. 그가 내 손을 들어 올려 손가락 사이사이에 입술을 눌렀다.

"그대가 나에게 해 준 것만큼, 아니 그 이상으로 그대에게 감동을 줄 수 있는 청혼을 하고 싶었는데 결국은 이렇게 돼 버리고 마는군."

"이건……."

대체 어느 틈에 끼운 것인지, 그의 손에 붙들린 손가락에 처음 보는 반지가 끼워져 있었다. 네 번째 손가락에 꼭 맞춰진 반지는 무척이나 우아하고 아름다운 빛을 뿜어냈다.

"어마마마께서 나에게 남겨 주신 유일한 것이지."

깍지 낀 그의 손가락이 내 손가락을 강하게 죄었다.

"평생 내 옆에 있어. 그러면 내 모든 것을 그대에게 주지."

그의 얼굴이 천천히 나에게 다가왔다.

"그대가 원하는 것이라면 무엇이든, 내게 남은 시간까지도 전부 그대에게 줄 테니까."

눈을 감자 조금은 거칠한 그의 입술이 내 입술에 닿았다. 입술과 입술이 포개지고 따뜻한 그의 체온이 느껴졌다.

쯔읍거리는 소리와 함께 그가 내 아랫입술을 힘껏 빨아들였다. 한동안 얼얼할 만큼 입술을 빨아 대던 그가 문이라도 두드리듯 혀를 내밀어 내 입술 위를 덧그리며 맴돌았다.

집요하리만큼 끈질긴 그의 청에 저절로 입술이 벌어지고 말캉거리는 그의 혀가 매끄럽게 입안으로 들어왔다. 탐험이라도 하듯 입안 구석구석을 헤집고 다니던 그의 혀가 내 혀를 부드럽게 감싸며 자신의 안으로 이끌었다. 나는 그가 이끄는 대로 순순히 그의 안으로 들어가 욕심껏 그의 체온을 느꼈다.

얼마나 시간이 지난 것일까?

호흡이 가빠진다고 느껴질 때쯤 그가 입술을 떼고 내 얼굴을 감싸 쥐었다.

"전쟁이 끝나면 나와 결혼해 줘, 비이."

여유롭게 미소 짓고 있는 얼굴과 달리 내 뺨을 감싸고 있는 그의 손이 가늘게 떨리고 있는 것이 느껴졌다.

나에게 고백을 할 때마다 그는 매번 이렇게 떨고 있었던 것일까? 나는 내 뺨을 감싸고 있는 그의 손등 위에 손을 포개 얼굴을 비볐다. 떨림이 멈추고 그의 입가에 화사한 미소가 걸렸다.

나는 그의 손을 잡아 내려 단정히 잠겨 있는 그의 소매 단추를 풀었다. 그를 상징하는 황금색 단추가 소매 사이로 반짝였다.

"비이?"

갑작스런 내 행동에 그가 의아한 듯 고개를 모로 숙였다. 나는 대답 대신 그의 소매를 둘둘 말아 올렸다. 단단한 근육이 잡힌 팔뚝 위로 푸른 힘줄이 도드라져 있었다. 나는 그의 팔을 들어 올려 입가에 가져다 댔다.

내가 무슨 생각을 하고 있는지 전혀 알지 못하는 그는 그런 나를 그저 멀뚱히 바라보고만 있었다. 나는 그를 향해 방긋 웃었다. 그가 반사적으로 나를 향해 미소를 지었다.

그에게서 시선을 떼지 않고 입을 벌렸다. 그는 여전히 영문을 모르겠다는 얼굴로 나를 바라보기만 했다.

"윽!"

천천히 입술을 열고 그의 팔뚝을 물어 버렸다.

갑작스런 내 공격에 그의 입에서 신음성이 흘러나왔다.

입을 떼자 단단한 그의 팔뚝에 선명하게 새겨진 내 잇자국이 보였다. 생각보다 말끔하게 나온 잇자국에 만족스런 미소를 지었다.

"비…… 웃!"

상처를 달래듯, 혀를 내밀어 내가 남긴 자국 위를 천천히 핥았다. 그의 붉은 입술 사이로 아까와는 다른 신음이 흘러나왔다. 나로 인해 달아오른 그의 색스런 신음성이 매우 달콤하게 들려왔다.

"흡!"

잇자국이 선명하게 남아 있는 그의 팔뚝에 입술을 대고 천천히 빨았다.

달큰한 그의 살 내음이 강하게 풍겨 왔다. 그의 팔뚝에서 입술을 떼자 은실 실타래가 길게 따라 올라오다 금세 사라졌다. 각인이라도 새긴 듯, 잇자국 위로 붉은 멍울이 진하게 피어올랐다.

"비…… 이?"

"당신의 몸에 이런 상처를 낼 수 있는 것은 오로지 저 하나여야 합니다."

붉은 멍울을 조심스럽게 매만지며 그를 바라보았다. 그의 눈가가 어느새 욕망으로 불그스름해져 있었다.

"이것 외엔 그 어떤 상처도 용납하지 않겠습니다. 그러니 이 자국이 사라지기 전까지, 그 어떤 상처도 입지 말고 이 모습 그대로 돌아오세요."

두 팔을 벌려 그의 허리를 감싸 안았다. 그의 널찍한 가슴에 얼굴을 묻자, 두근거리는 그의 심장 소리가 쿵쿵 울렸다.

"이것만 약속하신다면, 저 또한 제 모든 시간을 당신께 드리겠습니다."

"그게 그대의 뜻이라면 기꺼이."

그가 힘주어 나를 마주 안았다. 나를 위한 그의 품은 무척이나 포근하고 안락했다.

그가 전쟁터로 떠나고 벌써 한 달이라는 시간이 지났다.

꽃봉오리였던 레이샤 꽃은 어느새 흐드러진 모습으로 바람을 따라 이리저리 휘날렸다. 곧 눈송이 같은 레이샤 꽃은 사라지고 푸른 잎이 온 가지를 덮을 것이다.

전장의 소식은 매일매일 피스온 상단을 통해 나에게 전해졌다. 다행히 지금까지는 순조롭게 카난 왕국을 압박해 가고 있는 중이었다. 이대로라면 겨울이 오기 전에 전쟁을 끝낼 수 있을 것이다.

"시스."

그의 이름을 조심스레 불러 보았다. 이곳에서 그의 이름을 부르면 금방이라도 대답할 것만 같았다.

오늘따라 그의 얼굴이 무척 보고 싶었다.

"엘리언트 영애, 폐하께서 바하로트 궁으로 드시라고 하십니다."

비사드 궁의 정원을 거닐고 있던 나에게 궁녀가 다가와 고개를 숙였다. 나는 그녀를 따라 황제가 있는 궁으로 향했다.

기력이 떨어진 황제는 최근 들어 거동까지 불편해진 상태였다. 시스가 전쟁터로 떠난 후에는 공식 석상에서 모습을 감추고 재상인 아버지를 통해 최소한의 결정만 내리고 있었다.

"들어가십시오."

문 앞을 지키고 있던 시종이 나를 발견하고 문을 열어 주었다. 나는 그의 안내를 받으며 황제가 있을 방 안으로 들어갔다.

창 너머로 따스한 햇살이 비추고 있는 것과 달리 방 안의 공기는 무척이나 무거웠다. 황제의 머리맡을 지키고 있던 궁의가 나를 발견하고 고개를 숙였다.

"폐하, 엘리언트 영애 들었사옵니다."

황제의 손짓에 궁의가 그의 몸을 일으켜 세웠다. 저번에 봤을 때보다도 훨씬 더 쇠약해진 황제의 얼굴에는 죽음의 그림자가 짙게 드리워져 있었다.

"어서 오너라."

황제가 나에게 다가오라는 손짓을 했다. 매사 정력적으로 상대를 압도하던 그의 목소리는 평소와 달리 몹시 지쳐 있었다.

"비욘느 롯사 엘리언트가 제국의 태양을 뵙습니다."

내 인사에 황제의 입가에 주름이 깊어지며 미소라 불릴 수 있을 만한 것이 떠올랐다.

"너는 정말 한결같구나."

황제가 손짓하자 궁의와 시종들이 소리 없이 밖으로 나갔다.

"그래, 나에게 할 말이 있다고?"

가래라도 낀 듯, 거친 숨소리를 내고 있는 황제는 말하는 것조차 매우 버거워 보였다.

그때의 황제가 승하한 것은 내가 18살이 되던 해였다. 그는 죽기 전까지 활기차게 생활하다가 잠을 자듯 조용히 숨을 거두었다. 그때와 같다면 그가 죽기까지 아직 1년이라는 시간이 남아 있었다. 하지만 지금 황제의 모습은 올해를 넘기기도 힘들어 보였다. 그만큼 1황비와 1황자의 죽음이 그에게는 충격이었던 것이다.

"많이 편찮아 보이십니다."

"나이가 나이이니만큼 몸이 예전 같지는 않구나."

그가 허허롭게 웃으며 의자에 앉으라는 손짓을 했다. 나는 그에게 다가가 궁의가 앉아 있던 의자에 앉았다.

"나에게 청이 있다고 들었다."

"네, 폐하."

"말해 보거라. 너에겐 내가 빚이 있으니, 무엇을 청하건 내가 할 수 있는 일이라면 모두 들어주마."

아무리 1황비의 일 때문이라지만 참으로 파격적인 말이었다.

제국에서 황제가 하지 못할 일은 거의 없었다. 하지만 내가 부탁하려는 것은 황제라 하더라도 어려운 일이었다.

"검은 사제를 만나고 싶습니다."

나의 청에 잠시 멈칫하던 황제의 입에서 옅은 한숨 소리가 새어 나왔다.

"너는 매번 나를 놀라게 하는구나."

"죄송합니다."

"아니다. 네 청은 무엇이든 다 들어준다고 했으니, 약속은 지켜야겠지."

말하는 것만으로도 기력이 떨어지는 듯 황제가 하던 말을 멈추고 잠시 숨을 골랐다.

"검은 사제들은 제국에서도 특별한 자들이다. 황제인 나조차도 마음대로 그들에게 오라 가라 할 수는 없는 노릇이지."

"알고 있습니다. 그들을 만날 수 있는 방법만이라도 알려 주십시오."

죽어 가던 나에게 왜 행복하지 않냐고 울부짖던 검은 사제의 목소리가 머릿속에서 떠나지 않았다.

"그들이 부름에 응답하지 않을 수도 있다."

"그것도 알고 있습니다."

황제의 도움이 있다고 해도 검은 사제를 만나지 못할 확률은 높았다. 아니, 지금까지 그들의 행동 패턴을 보면 절대 부름에 응하지 않을 것이다. 하지만 왠지 기억 속의 검은 사제라면 날 기다리고 있을 거라는 알 수 없는 확신이 들었다.

"결심을 바꿀 생각은 없나 보구나."

"황공하옵니다, 폐하."

"네 뜻이 정 그렇다면 그리하려무나."

생각보다 수월하게 황제의 허락이 떨어졌다. 그러고 보면 황제는 언제나 나에게만은 늘 너그러웠다. 그때나 지금이나.

"어째서 제게 이리 잘해 주시는 겁니까?"

생각보다 말이 먼저 나갔지만 질문을 철회하고픈 마음은 들지 않았다.

"내가 네게 잘해 주는 것 같으냐?"

"저는 그리 느끼고 있습니다, 폐하."

비록 폐궁이라고 하지만 황궁 안에 무력을 들이는 일을 청한 것도, 검은 사제를 만나게 해 달라고 청한 것도 황제의 입장에서는 무척이나 무례한 일이었다.

하지만 그는 그 모든 것을 흔쾌히 허락해 주었다. 생각해 보면 황제는 단한 번도 내 청을 거절한 적이 없었다.

"그럴지도 모르지."

황제는 고개를 돌려 창가를 바라보았다. 눈부신 빛을 뿜어내던 태양이 어느새 붉은 너울을 드리우며 천천히 한쪽으로 기울어 가고 있었다.

"나는 이 제국의 황제다. 그리고 그 아이는 이 제국의 황태자지."

내가 알고 있는 한, 황제가 시스를 아이라고 칭하는 것은 이번이 처음이었다. 황제는 언제나 시스를 이름이 아닌 황태자로 불렀다. 황제에게 시스는 황태자, 그 이상도 이하도 아니라는 듯이 말이다.

"이 거대한 제국을 지탱하려면 흔들림이 없어야 한다. 사사로운 감정 따위는 내려놓아야 하는 것이 바로 황제의 자리지. 그래서 그리 몰아붙였다. 황태자로서 한 치의 어긋남이 없도록, 혹독하다 싶을 정도로 매섭게 다그치고 또 다그쳤다."

황제의 시선이 다시 나에게 닿았다.

"한 아이의 아버지가 아닌, 이 제국의 황제로서 말이다."

황제의 입가에 있던 주름이 더 깊어졌다. 죽음의 그림자가 드리워진 그의 얼굴은 매우 쓸쓸해 보였다.

"그 아이를, 아들이 아닌 제국의 황태자로 키운 것은 후회하지 않는다. 다만……."

나를 바라보는 황제의 눈가가 곡선을 그으며 휘어졌다. 그의 주름진 손이 나에게로 향했다.

"언제나 나만 보면 경직되어 있던 아이가 처음으로 웃더구나. 네 이름을 몇 번이나 읊조리면서 말이다."

내 손등을 덮는 황제의 손은 매우 거칠었다.

"황제란 매우 고독한 자리다. 나는 네가 이 숨 막히는 자리에 앉아 평생을 살아가야 할 그 아이의 휴식처가 되어 주길 바란다. 그 아이의 어미인 라이아 황후가 나에게 그리해 주었듯이 말이다."

거칠지만 온기가 서린 황제의 손이 내 손등을 토닥였다.

"황태자……. 아니, 시스를 잘 부탁한다."

"이곳입니다. 여기서부터는 영애 혼자 들어가셔야 합니다."

황족들조차 일부를 제외하고는 존재조차 알지 못하는 문이 내 앞에 열렸다. 문 안쪽에는 끝없이 이어질 것만 같은 긴 복도가 펼쳐져 있었다. 나는 시종장을 뒤로하고 걸음을 옮겼다.

적막한 공기 사이로 내 구두 굽만이 정적을 깨듯 또각거리는 소리를 내었다.

얼마쯤 걸었을까? 긴 복도 끝에 또 다른 문이 모습을 드러냈다. 나는 망설임 없이 문손잡이를 잡아 돌렸다. 섬뜩하리만큼 차가운 문손잡이가 매끄럽게 돌아가고 굳건하게 닫혀 있던 문이 소리 없이 열렸다.

'그때와 비슷하군.'

아무도 없는 공간, 어두운 시야, 모든 것이 그때와 흡사했다. 죽기 위해 에르하라크 홀로 향하던 그때와 말이다.

황제의 말대로라면 이곳이 검은 사제들이 나타나는 곳이다. 나의 부름에 응답할 생각이라면 그들은 내 앞에 모습을 드러낼 것이다.

어두운 장막이라도 쳐진 듯 순식간에 시야가 가려졌다. 아무것도 보이지 않는 시커먼 어둠 속에서 나는 그들이 나타나기를 기다렸다.

"흑흑……."

어둠 사이로 희미한 소리가 들려오기 시작했다. 귀를 열고 소리에 집중하자 희미했던 소리가 점차 커지고 선명해졌다.

'이건 울음소리?'

희미했던 소리가 누군가의 울음소리라는 것을 자각한 순간, 장막이 거치듯 어둠이 사라지고 두 남녀가 내 앞에 나타났다.

'이건 대체…….'

그들을 향해 손을 뻗었다. 하지만 투명한 막이라도 있는 듯 그들을 향해 뻗은 손은 허공에 막히고 말았다.

"그 애는 이제 겨우 열여섯 살이란 말이에요. 그런데 어째서!"

"여보."

울부짖는 여인을 남자가 끌어안았다. 그녀는 남자의 품에 안겨 폭포수 같은 눈물을 흘렸다.

"거짓말이라고 해 줘요. 제발……."

잔뜩 일그러진 남자의 눈꼬리에도 눈물이 맺혔다.

'어째서?'

비록 기억하고 있는 것보다 젊어 보이긴 했지만 울고 있는 남녀는 내가 잘 알고 있는 사람들이었다.

'아빠, 엄마.'

그들은 나의, 아니 '이지아'의 부모님이었다.

놀라 휘청거리려는 몸을 바로 세우고 그들을 향해 다가가려는 순간, 시야가 흐려지고 또다시 배경이 바뀌었다.

"또롱아, 나 곧 죽는대."

열대여섯 정도로 보이는 소녀가 커다란 개를 끌어안고 있었다.

"별로 아프지 않아서 그런가? 실감이 안 나."

소녀가 복슬복슬한 털 뭉치 사이로 얼굴을 묻었다.

"아직 고등학교랑 대학교도 못 가 봤고 연애도 하고 결혼도 하고 싶은데, 나한테는 이제 시간이 없다네."

메마른 소녀의 눈동자는 매우 공허해 보였다. 기억보다 앳된 모습이긴 하나 소녀의 얼굴 또한 나에게는 매우 익숙한 얼굴이었다. 그것은 매우 당연한 일이었다. 소녀의 얼굴은 바로 내 얼굴이었으니 말이다. 아니, 정확히는 예전의 '내' 얼굴이었다.

'이지아!'

소녀의 정체를 알고 나자 지금의 상황 또한 매우 익숙하다는 것을 느낄 수 있었다. 이지아로서 비욘느의 삶을 본 것처럼 지금 나는 이지아의 삶을 보고 있었다. 마치 한 편의 극을 보듯이 말이다.

'그런데 이 상황은 대체 뭐지?'

'이지아'는 평범한 삶을 살았다. 평범하게 나이를 먹고, 평탄한 삶을 살고, 평온한 죽음을 맞이했다. 지금과 같은 상황은 내 기억에 없는 것이었다.

"불교에는 다음 생이라는 것이 있대."

끼잉.

커다란 개가 그녀의 슬픔을 달래기라도 하려는 듯, 이지아의 손등에 코끝을 비볐다. 이지아는 그런 개의 머리를 천천히 쓰다듬었다.

"정말로 다음 생이라는 것이 있었으면 좋겠다. 그럼 지금과 달리 오래오래 행복하게 살 수 있을 텐데."

후드득.

그녀의 눈에서 맑은 눈물이 쏟아져 내렸다.

커다란 개가 끼잉거리며 그녀의 눈물을 핥았다. 하지만 하염없이 흘러내리는 눈물은 멈추지 않고 계속해서 흘러내렸다.

"죽고 싶지 않아."

그녀의 하얀 손등 위로 푸른 힘줄이 도드라졌다. 그녀의 슬픔에 전염되기라도 하듯, 암갈색 눈동자에도 축축한 물기가 서렸다.

"나 이대로 죽기 싫어, 또롱아."

또다시 배경이 흔들리기 시작했다. 언제까지 이곳에서 이것들을 보고 있어야 하는지 알 수 없었다. 하지만 누군가 나에게 이것들을 보여 주고 싶어 한다는 것만은 알 수 있었다.

나는 마음을 가라앉히고 담담히 눈앞에 펼쳐진 광경을 지켜보았다.

어느새 이지아의 얼굴엔 죽음이 짙게 내려앉아 있었다. 엄마는 울음을 참으며 이지아의 손을 힘주어 잡았다. 마치 손을 놓으면 이지아가 죽기라도 하듯 그녀는 매우 필사적이었다.

"엄마, 우리 이렇게 하자."

죽음을 눈앞에 둔 이지아는 매우 담담한 얼굴이었다. 그녀는 위로하듯 엄마의 손을 다독였다.

"나는 병에 걸린 적이 없고, 무사히 고등학교를 졸업하고, 대학교에 가는 거야."

"지아야……."

상상이라도 하고 있는 듯, 눈을 감고 있는 그녀의 입가에 옅은 미소가 걸렸다.

"대학교를 졸업하고 취업을 하고 그곳에서 사랑하는 사람을 만나는 거야. 그리고 결혼을 하고 아이를 낳아 열심히 아이들을 키우는 거지."

그녀가 감았던 눈을 떴다. 그녀의 입가엔 여전히 미소가 걸려 있었다.

"한 명은 외로우니까. 두 명 정도 낳고, 이왕이면 아들, 딸 둘 다 있는 게 좋겠지? 엄마도 손자, 손녀 둘 다 있는 게 좋지?"

"……그래. 둘 다 있는 것이 좋겠다."

대답을 하는 엄마의 목소리가 가늘게 떨렸다. 엄마의 눈에 눈물이 맺히는 것을 이지아는 모르는 척하며 계속 말을 이어 갔다.

미래를 상상하며 재잘거리는 딸을 차마 못 보겠는지 두 모녀를 지켜보고 있던 아빠가 몸을 돌렸다. 돌아선 그의 뺨에서는 눈물이 흘러내리고 있었다.

"마지막에는 손자, 손녀들 앞에서 편안한 죽음을 맞이하는 거야. 지금이 아니라, 먼 훗날에."

"……."

"우리 그랬다고 생각하자. 나는 지금 죽는 것이 아니고, 평탄한 삶을 살다

가는 거라고 그렇게 생각하자, 엄마."

"……그래, 그러자. 우리 딸."

기어코 엄마의 눈에서 눈물이 흘러내렸다. 이지아는 입을 다물고 허공을 바라보았다. 그녀의 검은 눈동자 위로 녹색 눈동자가 덧씌워졌다.

'아, 그랬구나.'

기억이 틀어진 것은 비욘느가 아니라 바로 이지아였다. 그리고 이지아는 비욘느의 전생이었다.

나는 지금껏 이지아가 상상했던 미래를 사실처럼 기억하고 있었다. 왜곡된 기억이지만 이지아가 바라고 바랐던 미래를 말이다. 이지아의 바람은 그만큼 간절한 것이었다. 상상했던 미래를 진짜인 양 기억하고 있을 만큼.

또다시 어둠이 드리워지고 적막만이 주변을 감돌았다. 나는 눈을 감고 생각을 정리했다.

이지아의 기억이 없는 비욘느는 이지아의 꿈을 이루지 못했다. 그녀는 이지아의 바람과 달리 고통 속에서 살다가 스스로 목숨을 끊었다.

지금의 '나'는 비욘느가 죽고 회귀한 것일까? 아니면 단지 비욘느의 미래를 미리 보고 온 것일까?

여전히 정답은 알 수 없었다. 하지만 딱히 궁금하지도 않았다. 어차피 중요한 것은 그런 것이 아니니 말이다.

'둘 중 어떤 것이든 '나'는 그저 '나'일 뿐이니까.'

그 전의 내가 누구였는지는 이제 아무런 상관이 없었다.

"행복해요?"

여자인 듯, 혹은 남자인 듯, 성별을 알 수 없는 목소리에 천천히 눈을 떴다. 예상처럼 검은 사제가 내 앞에 서 있었다.

검은 로브로 가려진 그의 얼굴은 여전히 볼 수 없었다. 손을 뻗으면 닿을 수 있는 거리건만 그와의 거리는 까마득히 먼 것처럼 느껴졌다.

"지금은 행복해요?"

나는 지금 행복한가?

나를 향해 달콤하게 미소 짓고 있는 시스의 얼굴이 떠올랐다. 뒤이어 무뚝뚝하지만 귓가를 붉히고 있는 아버지와 애교를 부리듯 배시시 웃고 있는 란트, 그리고 에반과 아나샤들의 얼굴이 차례로 떠올랐다.

'나를 사랑하는 사람들, 그리고 내가 사랑하는 사람들.'

미래를 살아갈 수 없음을 슬퍼하며 죽은 이지아나, 자신을 사랑하는 사람이 없음을 저주하며 죽어 간 비욘느와 달리 나는 지금 이렇게 살아 있었다. 사랑하는 사람들에게 둘러싸여서 말이다.

그런 내 대답은 단 하나였다.

"행복해."

내 대답에 검은 사제의 입가가 곡선을 그리며 부드럽게 올라갔다.

"이번 생에선 부디 오래오래 행복하기를, 나의……."

검은 사제가 나에게 다가와 내 이마에 입을 맞췄다.

검은 장막 같은 로브 사이로 익숙한 암갈색 눈동자가 다정하게 나를 바라보고 있었다.

'아아, 너였구나.'

검은 사제의 정체를 알 것만 같았다.

26막. 행복

"이건 내 인생 최고 역작이에요!"

마담 미엘라가 나를 보며 황홀한 표정을 지었다.

그녀의 말마따나 오늘 내가 입은 그녀의 드레스는 매우 아름다웠다. 몸의 곡선을 타고 부드럽게 흘러내리는 드레스는 내 몸에 꼭 맞춘 듯 화려하면서도 우아했다.

"정말이지 이보다 더 아름다운 드레스는 더 이상 만들지 못할 거예요."

"그러면 곤란해요. 나는 계속 당신에게 내 드레스를 맡길 생각이니까요."

"부디 맡겨만 주세요!"

마담 미엘라가 결의를 다지듯 두 주먹을 움켜쥐었다. 그녀의 그 모습에 내 치장을 돕고 있던 궁녀들이 소리 없이 웃었다.

"⋯⋯잠, 잠깐⋯⋯."

"⋯⋯비키⋯⋯.

"안, 안 됩니다!"

소란스러움이 커지는가 싶더니 예고도 없이 벌컥 문이 열렸다.

"이, 무슨 무례⋯⋯."

지금 내가 있는 곳은 아무나 함부로 들어올 수 있는 곳이 아니었다. 더군다나 오늘은 절대로 소란을 피우면 안 되는 날이기도 했다.

갑작스럽게 등장한 불한당을 향해 경고를 보내려던 궁녀들이 그의 정체를 확인하자마자 놀라 황급히 고개를 숙였다.

"제, 제국의 태양, 황제 폐하를 뵈옵니다."

"모두 물러나 있거라."

"폐하!"

"물러나 있으라 했다."

시스의 차가운 명령에 방 안에서 나를 돕고 있던 궁녀들과 그를 따라온 시종들이 항의 한번 제대로 하지 못하고 일제히 입을 다물고 문밖으로 나갔다.

머리카락을 말끔히 뒤로 넘기고 예법에 따라 성장을 한 그의 모습은 지금까지 본 그의 모습 중에서 단연 최고로 아름다웠다.

궁인들이 모두 나간 것을 확인한 그가 성큼성큼 내 앞으로 다가왔다. 나를 볼 때마다 부드럽게 미소 짓던 평소와 달리 그의 얼굴은 얼음이라도 뿌린 듯, 냉기가 가득했다.

"오늘 같은 날, 왜 그리 화가 나신 겁니까?"

내 물음에도 그는 대답 없이 나를 노려보았다. 이글이글 타오르는 황금색 눈동자를 보니, 무언가에 단단히 화가 난 듯했다.

"설마 지금에 와서 저와의 결혼이 탐탁지 않으신 겁니까?"

"그럴 리가 없잖아!"

화가 나 있는 와중에도 결혼식을 물리는 것은 싫었는지, 그가 즉각적으로 대답했다. 나는 만족스럽게 웃으며 그의 앞섶을 손가락으로 천천히 훑어 내렸다.

서늘하지만 부드러운 공단의 느낌이 피부를 통해 전해졌다.

"그럼, 왜 이리 화가 나신 겁니까?"

그가 또다시 입술을 꾹 다물었다. 이라도 앙다물고 있는 것처럼 그의 입매가 단단히 굳어졌다. 어지간히도 화가 나는 듯했다.

지금의 그는 그때와 달리 나에게 한없이 너그러운 연인이었다. 그런 그가 나에게 화를 내는 경우는 거의 없었다. 아니, 단 하나뿐이라고 봐야 했다.

왠지 그가 이토록 화를 내는 이유를 알 수 있을 것 같았다.

황궁 안에서 황제인 그가 모르게 할 수 있는 일은 없었다. 적어도 결혼식이 끝날 때까지는 그가 모르고 있기를 바랐건만, 결국 그에게 들킨 모양이다.

'뭐, 그가 안다고 해서 달라질 것은 없겠지만.'

나는 속눈썹을 팔랑거리며 그를 올려다보았다.

"오늘만큼은 당신께 최고로 아름답게 보이고 싶어 이리 꾸몄는데, 그에 대해서는 한마디도 없으시군요."

섭섭하다는 얼굴로 그의 앞섶을 만지작거리고 있던 손을 떼려 하자, 그가 덥석 내 손목을 움켜쥐었다.

"젠장, 예뻐. 지금 당장 눈이 돌아 버릴 정도로 너무 예뻐서 미치고 환장할 지경이야."

거친 그의 말투에 저절로 찌푸려지려는 미간을 폈다.

대체 어디서 배웠는지, 그는 때때로 삼류 잡배처럼 껄렁한 말투를 구사하곤 했다.

'더구나 전장에서 돌아온 뒤로는 더 심해진 것 같단 말이지.'

비단 말투뿐만이 아니었다. 전장에서 돌아온 그는 전보다 더 단단하고 행보에 거침이 없었다. 제국을 이끌어 갈 황제로서, 그의 그러한 변화는 나쁘지 않았지만 말이다.

내 예상대로 겨울이 오기 직전 전쟁이 끝났다. 강대한 제국의 무력에 카난 왕국은 오래 버티지 못했다. 다른 마음을 먹기 시작한 주변국들에 본보기를 보여야 하기에 제국은 너무하다 싶을 정도로 철저히 카난 왕국을 짓밟았다. 시스의 지휘 아래 카난 왕국은 지도상에서 완전히 사라지고 제국의 영토가 되었다. 전쟁의 영웅이 된 시스는 제국민들의 환영을 받으며 수도에 복귀했다.

수도로 돌아온 그를 기다리고 있었던 것은 산더미같이 쌓인 일거리와 황제의 죽음이었다. 황제는 시스가 돌아오기만을 기다리고 있었던 사람처럼 그가 돌아오자마자 눈을 감았다. 승리에 취해 있던 제국은 순식간에 슬픔에 젖어 들었다.

내가 기억하고 있던 것보다 이른 죽음이었다.

아버지의 죽음을 슬퍼할 겨를도 없이 그는 황위에 오르자마자, 산적해 있는 일거리들을 처리해야만 했다. 잡음이 있던 주변국들을 정리하고 제국의 안정을 꾀하느라 그는 한동안 눈코 뜰 사이도 없이 바쁘게 지냈다. 해가 지나고, 레이샤 꽃이 만개했을 쯤에야 겨우 모든 것이 안정되었다.

"그런 얼굴로 아무리 예쁘다고 하신들, 진심이 느껴지지 않습니다만."

그에게서 몸을 돌리자 그가 냉큼 내 허리를 잡아챘다. 등 뒤로 그의 단단한 품이 느껴졌다.

"지금 당장 안고 싶은 걸 참는 것만으로도 내 인내심은 이미 바닥이라고. 내 상태를 정말 몰라서 이래?"

그가 내 귓가에 입술을 바짝 대고 으르렁거렸다. 온몸으로 느껴지는 성마른 그의 열기에 저절로 미소가 지어졌다.

"글쎄요."

"이 여자가 정말!"

시치미를 뚝 떼자, 내 허리를 감싸고 있던 그의 팔에 더욱 힘이 들어갔다. 그의 몸에 딱 맞게 재단된 옷감은 잔뜩 부풀어 오른 근육 위로 주름 한 점 없이 팽팽하게 당겨졌다. 나는 그의 팔을 조심스레 매만졌다.

1년도 되지 않은 짧다면 짧은 시간이었지만 내가 그의 팔뚝에 남겼던 자국은 이미 사라지고 없었다. 조금 섭섭하긴 했지만 그가 무사히 돌아온 것만으로도 다행스러운 일이었다.

"도대체 무슨 생각이야?"

"무엇이 말입니까?"

"그놈 말이야."

이름을 거론하는 것조차 싫다는 듯, 시스가 이를 갈았다.

"그는 제 기사입니다."

"알아. 그래서 지금껏 그대 주변을 맴돌고 있는 것도 봐주고 있었잖아. 하지만 이건 아니지!"

그가 내 허리에 감고 있던 팔을 풀고 자신을 향해 내 몸을 돌려세웠다.

"황후궁 소속 기사라니? 그는 피스온 상단의 상단주가 아니었나?"

"상단주직은 어제부로 사임했습니다."

그의 미간이 눈에 띄게 구겨졌다. 나는 손가락으로 그의 미간을 살살 문질렀다.

"그는 본래부터 제 기사였습니다. 상단주직은 제가 온전히 상단의 주인이 될 때까지만 맡기로 했던 임시직이었다고 하더군요."

란트와 시스가 그랬던 것처럼 에반 또한 데이샤 공작의 일로 충격을 받았던 모양이다. 그는 상단주직을 그만두고 기사로서 온전히 나를 지킬 수 있게 해 달라고 청해 왔다.

나를 향해 기사의 맹세를 하던 그 모습 그대로 무릎을 꿇고 청하는 그를 거절할 수가 없었다. 나에게는 여전히 이나야리들의 위협이 있었고, 그는 나의 기사였으므로.

그가 원하는 날까지 그는 나의 기사였다.

"그는 뛰어난 기사입니다."

"알아."

그가 토라진 어린아이처럼 고개를 팩 돌렸다. 나는 그의 뺨에 손을 가져다 대었다.

"도대체 무엇이 그리 불안해서 그러십니까?"

내 손에 이끌려 그가 다시 나를 향해 고개를 돌렸다. 나는 천천히 그의 뺨을 쓰다듬었다.

"제 모든 것을 드리겠다고 하지 않았습니까. 그것만으로는 부족하십니까?"

"그는……."

그가 내 손을 잡아 내렸다.

"좋은 남자니까."

그가 머리를 숙여 내 어깨에 기댔다.

"그대를 위해 모든 것을 버릴 수 있는 남자니까."

그의 입술 사이로 한숨과도 같은 말이 흘러나왔다.

"나는 그 남자처럼은 하지 못하니까."

나는 손을 들어 올려 그의 머리를 감싸 안았다. 손가락 사이로 은색 실타래가 부드럽게 휘감겼다.

"제가 사랑하는 것은 당신입니다."

"알아."

"당신이 제 것이듯, 저는 당신의 것입니다. 좀 더 자신을 가지셔도 됩니다, 시스."

"알아. 알지만……."

그의 두 팔이 내 허리를 단단히 휘감았다.

"이렇게 마주 안고 있어도 그대가 사라지는 것은 아닐까 불안해."

"그동안 겁쟁이가 되셨나 봅니다."

"그럴지도 모르지."

농담처럼 한 말이었지만 그의 대답은 진지했다. 나는 나오려는 한숨을 참고 그의 목덜미를 쓰다듬었다.

"제가 어떻게 해야 불안하지 않으시겠습니까?"

그는 대답하지 않았다.

데이샤 공작으로 인해 나를 잃을 뻔했던 기억이 그를 더욱 불안하게 만든 것인지도 몰랐다.

'이 남자들을 어찌해야 하나…….'

비단 시스만의 문제는 아니었다. 란트와 에반, 그리고 아버지까지 그들은 때때로 불안한 얼굴로 나를 찾았다.

지금 당장 내가 그들에게 해 줄 수 있는 일은 없었다. 그저 그들이 안심할 수 있도록 오랫동안 그들의 곁을 지키고 있을 수밖에는.

"지금 이게 무슨 짓입니까?"

문이 벌컥 열리고 아버지가 냉기를 풀풀 날리며 안으로 들어왔다. 생각보다 훨씬 더 시간이 흘렀던 모양이다. 아버지의 뒤로 궁인들이 안절부절못하는 얼굴로 서성이고 있는 것이 보였다.

아버지는 다짜고짜 나를 잡아채, 시스에게서 떨어트려 놓았다. 시스의 얼굴 위로 불만이 서렸다.

"이봐, 후작. 오늘까지 이러는 건 좀 너무하지 않아?"

"결혼식 날, 신부의 치장을 방해하는 신랑은 듣도 보도 못 했습니다만."

시스를 노려보는 아버지의 굵은 눈썹이 위로 치켜 올라갔다. 아버지의 가시 돋친 말에도 시스는 대수롭지 않다는 듯, 어깨를 으쓱였다.

"내가 전례를 남기게 되다니, 나쁘지 않군."

"허!"

시스의 뻔뻔스런 대꾸에 어처구니가 없다는 듯 아버지의 입에서 헛웃음이 새어 나왔다. 서로를 노려보며 불꽃을 튀기는 두 남자 사이로 시종장이 용감하게 끼어들었다.

"폐하, 시간이 다 되었사옵니다."

시종장의 말에 시스와 아버지의 기세가 한풀 꺾였다. 그의 말마따나 식이 시작될 시간이 얼마 남지 않았다. 이대로라면 제시간에 맞출 수 없을 터였다.

"지금은 내가 물러나도록 하지. 하지만 식을 끝내고 나서는 절대 내가 먼저 물러나는 일은 없을 거야, 후작."

시스가 아버지를 향해 경고하듯, 선언했다. 아버지는 대답 대신 턱을 움직여 시스에게 나가라는 무언의 압력을 가했다.

미간을 구기며 아버지를 노려보던 시스가 별안간 나를 향해 고개를 돌렸다. 그의 미간에 자리 잡고 있던 주름은 어느새 사라져 있었다.

"에르하라크 홀에서 기다리고 있을 테니, 빨리 내 곁으로 와, 비이."

그가 달콤한 미소와 함께 나를 향해 키스를 날렸다. 이번엔 아버지의 미간에 실선 같은 주름이 잡힌다.

결혼식 당일까지도 이어지는 두 남자의 유치한 다툼에 순간 어이가 없었다.

시종들의 연이은 재촉에 미적대던 그가 어쩔 수 없다는 듯이 몸을 돌려 나갔다. 시스의 모습이 사라지자마자, 마담 미엘라와 함께 궁녀들이 들어오고 중단되었던 내 치장이 다시 시작되었다.

아버지는 치장이 끝날 때까지 벽에 등을 기대고 묵묵히 나를 기다렸다.

"다 되었습니다."

치장을 끝낸 궁녀들이 물러나고 아버지가 나에게 다가와 손을 내밀었다. 나는 내밀어진 아버지의 손 위로 살포시 내 손을 올렸다.

결혼식이 거행되는 에르하라크 홀은 지금 내가 있는 곳과 조금 떨어진 곳이었다. 식이 시작될 시간이 얼마 남지 않았다. 바로 움직일 거라는 내 예상과 달리 아버지는 내 손을 잡은 채, 움직일 생각을 하지 않았다.

"아버지?"

의아한 듯, 아버지의 얼굴을 바라보자 단단히 닫혀 있던 아버지의 입술이 달싹였다.

"이 결혼……."

"……."

"후회하지 않겠느냐?"

아버지의 목소리는 무거웠다. 아버지는 여전히 시스가 마음에 들지 않는 것인가?

"시스, 아니, 폐하가 마음에 안 드십니까?"

아버지는 또다시 말이 없었다. 나는 대답을 재촉하듯 아버지의 손을 힘주어 잡았다.

"너는 나에게 황후가 되고 싶지 않다고 했다."

아버지의 흔들림 없는 눈동자가 나를 직시했다. 그의 푸른 눈동자에 놀란 내 얼굴이 비춰졌다.

"이 결혼, 정말로 괜찮은 것이냐?"

그래서 지금껏 그리 탐탁지 않아 했던 것인가?

아버지가 그 말을 지금까지 기억하고 있을 줄은 몰랐다. 나는 놀란 내 감정을 가감 없이 드러냈다.

"지금까지 기억하고 계실 줄은 몰랐습니다."

"네 말이었으니까."

아버지의 목소리는 그저 있는 사실을 서술하는 듯, 평이했다. 하지만 그 안에 담긴 아버지의 사랑은 결코 평이한 것이 아니었다. 나는 재빨리 눈을 깜빡여 눈물이 나오려고 하는 것을 참았다.

"그때는 황후가 되고 싶지 않았습니다."

"지금은?"

아버지가 여전히 담담하지만 결의가 담긴 얼굴로 나를 내려다보고 있었다. 지금도 황후가 되고 싶지 않다고만 하면 바로 나를 데리고 궁을 떠날 것처럼 구는 아버지의 모습에 웃음이 나왔다.

"저는 그의, 시스의 곁에 있고 싶습니다."

눈앞이 뿌옇게 변하는 것을 느끼며 아버지를 향해 활짝 웃어 보였다. 고인 눈물로 인해 아버지의 표정을 자세히 볼 수가 없었다. 하지만 마주 잡은 손에서 힘이 풀리는 것으로 보아 아버지는 내 대답에 납득을 한 것 같았다.

"결혼 축하한다, 내 아가."

깃털 같은 입맞춤이 내 이마 위로 떨어져 내렸다. 생각지도 못한 아버지의 키스에 너무 놀라 눈가에 고여 있던 눈물이 후드득 아래로 떨어져 내렸다.

옅은 한숨 소리와 함께 아버지의 따뜻한 손길이 내 뺨을 훔치며 눈물을 닦아 주었다.

"예쁜 얼굴이 엉망이 되겠구나."

낮지만 애정이 듬뿍 담긴 목소리였다. 또다시 눈물이 차올랐다. 흐린 시야 사이로 난감해하는 아버지의 얼굴이 보였다.

"비욘느, 울지 말거라."

고개를 끄덕였지만, 연이어 떨어지는 눈물을 멈출 수가 없었다. 아버지는 어쩔 수 없다는 듯, 팔을 뻗어 나를 품에 안았다.

짙푸른 제복의 앞섶이 눈물과 화장으로 엉망이 되었다. 하지만 아버지는 개의치 않은 듯, 나를 달래기에 여념이 없었다.

마음을 가다듬고 느리게 심호흡을 하자 겨우 눈물이 멎었다. 내 눈물에 재촉도 하지 못하고 발만 동동 구르고 있던 궁녀들이 득달같이 달려와 빠르게 화장을 고쳐 주었다.

눈가가 조금 붉어지긴 했지만 울기 전과 다를 바 없이 말끔한 얼굴이 되었다. 아버지가 또다시 나를 향해 손을 뻗었다.

나는 나에게 내밀어진 아버지의 손을 힘주어 잡았다. 아버지의 손이 화답하듯 내 손을 힘 있게 감싸 쥐었다.

아버지의 에스코트를 받으며 에르하라크 홀이 있는 곳으로 향했다. 복도를 지나는 동안 나와 아버지를 발견한 궁인들이 정중히 허리를 굽히고 있는 것이 보였다.

지금처럼 아버지의 손을 잡고 이 복도를 지나간 적이 있었다.

그때는 오로지 그의 곁에 선다는 생각만이 머릿속을 꽉 채워 주변의 그 어떤 것도 눈에 들어오지 않았다.

그때의 나는 이 복도를 지나면 행복만이 나를 기다리고 있을 거라고 믿었다. 홀로 외로이 이 복도를 걸어가 스스로 죽음을 택하리라고는 상상도 하지 못했다.

'지금은?'

걸음을 멈추고 내 앞을 가로막고 있는 에르하라크 홀의 문을 보았다.

단단한 벽처럼 굳게 닫혀 있는 문이 나에게 질문을 하는 것처럼 느껴졌다. 내 키를 훨씬 웃도는 커다란 문은 나의 대답 여하에 따라 개폐를 결정하겠다는 오만함을 나에게 전하고 있는 것처럼 보였다.

"비욘느?"

문 앞에 서서 움직이지 않는 나를 아버지가 조심스레 불렀다. 그의 무표정한 얼굴 위로 나에 대한 염려가 서리는 것이 보였다. 다른 이라면 절대 눈치채지 못할 만큼 미미한 변화였지만 내 눈에는 나에 대한 아버지의 감정이 선명하게 보였다.

나는 눈을 감고 크게 심호흡을 했다. 힘차게 흡입한 공기가 폐 안을 가득 채웠다.

'괜찮을 것이다.'

그때와 달리 지금의 나는, 이 문 넘어 나를 기다리고 있는 것이 행복만은 아니라는 것을 잘 알고 있다.

인생은 때때로 나에게 시련을 줄 것이고, 그 안에서 나는 고통과 슬픔에 몸부림치게 될 것이다. 하지만 지금의 나는 절대 그때의 '비욘느'와 같은 어리석은 선택은 하지 않을 것이다.

아버지의 커다란 손에 폭 감싸인 내 손이 시야에 가득 들어왔다. 차가워 보이는 표정과 달리 아버지의 손은 매우 따뜻했다. 이 온기가 나에게 있는 한, 세상을 저주하며 울부짖는 나는 더는 없을 것이다.

나는 아버지를 향해 빙긋 웃어 보였다. 아버지가 그런 나를 보며 어색하게 마주 웃었다.

아버지의 어깨 너머로 내 명령이 떨어지기만을 기다리고 있는 기사들이 보였다. 그들을 향해 고개를 끄덕이자 그들은 기다렸다는 듯이 문고리를 잡고 힘차게 당겼다.

육중한 문이 소리 없이 열리고 환한 빛 무더기가 나를 덮쳤다.

티끌 한 점 없는 새하얀 비단길을 사이에 두고 제국의 귀족들이 나를 바라보고 있는 것이 보였다.

이것이 일반적인 결혼식이었다면 이 비단길을 아버지와 함께 걸어갔을 것이다. 하지만 이 길의 끝에서 시스와 함께 나를 기다리고 있는 것은 지고의 자리다.

아버지와 함께할 수 있는 것은 여기까지였다.

내 손을 감싸고 있던 아버지의 손이 떨어져 나가기 직전, 강한 힘이 내 손을 꾹 쥐었다. 고개를 드니, 아버지가 나를 향해 온화한 미소를 짓고 있었다.

누구나 다 알아볼 수 있을 정도로 선명한 미소로 말이다.

마주 잡고 있던 손이 떨어지고 아버지가 내 곁에서 물러났다. 나는 아버지에게서 시선을 떼고 몸을 바로 세워 앞을 보았다.

비단길의 끝, 가장 상석에서 황제의 관을 쓴 시스가 내가 다가오기만을 기다리고 있었다. 그를 바라보며 새하얀 비단길 위로 발을 올렸다.

숨죽여 나를 바라보고 있던 귀족들이 일제히 나를 향해 허리를 굽혔다. 귀족들이 황제나 황후에게 올리는 극상의 예였지만 그들의 입에서는 그 어떤 말도 나오지 않았다.

무거운 침묵 사이로 천천히 발을 움직였다. 사락사락 옷감이 스치는 소리와 보석이 부딪치는 영롱한 울림만이 홀 안에서 들리는 소리의 전부였다.

길다면 길고, 짧다면 짧은 비단길의 끝에 다다르자 시스가 나를 향해 손을 내밀었다. 비단길만큼이나 새하얗지만, 굳은살이 박여 있는 단단한 손이었다.

그가 나를 향해 화사한 미소를 지었다. 그의 미소에 화답하듯 마주 웃으며 그가 내민 손 위에 내 손을 올려놓았다.

그의 강한 힘이 내 손을 단단히 감아쥐었다. 아버지와 비슷하면서도 다른 안정감이 드는 손이었다.

황제의 결혼식을 알리는 종이 크게 울리고, 엄숙한 가운데 길고 긴 예식이 시작되었다. 제국의 예법에 맞게 갖춘 예장은 시간이 지남에 따라 내 몸을 짓눌렀다.

힘들어하는 나를 느낀 것인지, 시스의 단단한 팔이 내 등을 부드럽게 받치는 것이 느껴졌다. 무거운 예장과 길고 긴 예식으로 인해 그 또한 나만큼이나 지쳐 있을 것이다. 하지만 그는 그런 내색은 눈곱만큼도 보이지 않고 나에게 미소를 지어 보였다.

'이 사람과 함께라면 평생 든든하겠구나.'

그의 미소를 본 순간, 강렬하게 든 생각이었다. 지금까지는 한 번도 느껴보지 못한 감정이었지만 나쁘지 않았다.

그는 평생을 지금처럼 나를 단단히 받쳐 줄 것이다. 그의 품, 그의 온기, 그의 단단한 팔이 모두 나를 위해 존재하고 있으므로.

"……제국의 어머니로서 제국의 모든 신민들을 보듬고 사랑할 것을 맹세하십니까?"

드디어 예식의 마지막이 다가왔다. 결혼식을 주관하던 신관이 내 앞으로 화려한 관을 내밀었다.

'황후의 관.'

황제의 관과 한 쌍으로 이루어진 황후의 관이 밝은 빛 아래에서 찬란하게 빛나고 있었다.

그때에도 지금과 같이 똑같은 질문을 받았다. 그때의 나는 이 황후의 관이 지니고 있는 무게를 알지 못했다. 황후의 관이 가진 화려한 겉모습에 혹한 나는 그 맹세의 무게가 얼마나 무거운지 알지 못하고 가볍게 맹세의 말을 내뱉었다.

하지만 감당할 수 없는 그 무게는 내 모든 것을 내리눌렀고, 결국 나를 나락으로 떨어트리고 말았다.

내가 황후의 관을 물끄러미 바라보만 있자, 내 등을 받치고 있던 시스의 팔에 힘이 들어갔다. 혹시나 내가 거부하는 것은 아닐까 초초해하는 그의 불안이 느껴졌다.

지금에 와서 황후의 관이 가진 무게를 거부할 생각은 없었다. 그저 옛 기억에 잠시 취했을 뿐이다. 이 무게가 버거웠다면 애초에 이 자리에 서 있지도 않았을 것이다.

내가 사랑하는 그와 함께라면 충분히 감당할 수 있는 무게였다.

"네, 맹세합니다."

시스의 입술이 달싹이기 전에 맹세의 말을 내뱉었다. 그의 눈동자에 안도감이 서리는 것이 보였다.

황후의 관을 들어 올리는 신관의 앞에서 무릎을 굽혔다. 묵직한 무게가 내 머리 위로 내려앉았다. 머리 위로 단단하게 고정되는 황후의 관을 느끼며 천천히 굽혔던 무릎을 폈다.

신관이 나를 향해 깊숙이 허리를 숙였다.

"제국의 새로운 달께 인사 올립니다."

신관을 뒤로하고 몸을 돌렸다. 에르하라크 홀 안에서 예식을 지켜보고 있던 귀족들이 시야에 가득 들어왔다.

"제국의 새로운 달을 뵈옵니다."

"제국의 새로운 달을 뵈옵니다."

에르하라크 홀 전체를 울리는 쩌렁쩌렁한 소리와 함께 귀족들이 일제히 나를 향해 허리를 숙였다. 아까와 같은 극상의 예였지만 무겁게 내리누르던 침묵은 더 이상 없었다.

일렁거리는 흥분 속에서 어느새 내 곁으로 다가온 시스가 내 어깨를 부드럽게 감싸 쥐었다. 나를 바라보는 그의 입가엔 만족감이 서려 있었다. 그가 고개를 숙여 내 귓가에 입술을 대었다.

그의 입술 사이로 열기와 함께 낮고 허스키한 목소리가 흘러나왔다.

"드디어 내 것이 되었군, 나의 비이."

그의 말캉한 입술이 내 귓불을 스쳤다. 화상을 입은 듯 화끈거리는 귓불 사이로 그가 또다시 열기를 불어 넣었다.

"이 순간만을 애타게 기다리고 있었어, 나의 달."

나는 오늘 또다시 황후가 되었다.

푹신하고 따스한 감촉, 온몸을 감싸는 안락함 속에서 저절로 눈이 떠졌다.

눈을 뜨자마자 보이는 것은 고른 숨소리를 내고 있는 시스의 얼굴이었다. 혹시나 그가 깨어날까 싶어 차마 만지지는 못하고 손가락으로 쓰다듬듯 그의 얼굴을 찬찬히 훑어보았다. 매끄러운 이마를 지나 긴 음영을 드리운 속눈썹을 거치니, 오뚝한 콧날과 살짝 벌어진 붉은 입술이 보인다.

저 입술이 어젯밤 내 온몸을 탐험하며 수도 없는 꽃잎 자국을 만들어 냈다.

열락과 환희로 가득 찼던 밤을 떠올리니, 저절로 얼굴이 붉어졌다. 남녀 사이의 운우지정을 모르는 것은 아니었다. 하지만 어젯밤과 같은 느낌은 처음이었다.

사랑하는 사람과 나누는 교감은 특별했다. 온전히 나를 주고 온전한 그를 받아들이는 느낌은 지금까지 느껴 왔던 그 어떤 것보다 내게 충만감을 주었다.

'그도 같았을까?'

그도 나와 같은 느낌을 받았는지 궁금했다.

그를 더 재우고 싶은 마음과 당장이라도 깨워 확인하고 싶은 마음이 공존했다. 그런 내 마음을 알아챈 것인지 그의 풍성한 속눈썹이 파르르 떨렸다.

"내 얼굴이 마음에 들어?"

짙은 그림자를 드리우고 있던 속눈썹이 천천히 올라가자 그 안에서 장난기 가득한 황금색 눈동자가 모습을 드러냈다.

놀라 물러서려는 내 허리를 그가 단숨에 잡아채, 그의 품으로 끌어당겼다.

"자, 마음껏 감상해."

그가 나를 향해 얼굴을 들이밀며 눈을 감았다. 나는 이렇게 가슴 떨린 아침을 맞이하고 있는데, 너무도 태연한 그의 모습이 얄미워 그의 팔을 찰싹 때렸다.

"언제부터 깨어 계셨던 겁니까?"

"그대가 깨기 전부터."

그의 눈가가 부드럽게 휘어졌다.

"밤새 그대의 얼굴을 감상하고 있었지."

그의 입술이 내 입술을 향해 다가왔다.

"혹시나 이게 꿈일까 싶어 도저히 잠을 잘 수가 없었거든."

그의 기다란 손가락이 내 머리카락 속을 파고들었다. 그의 강한 힘에 고개가 들리고 말캉한 감촉이 내 입술 사이를 가르고 들어왔다.

입안에 가득 찬 그를 느끼며 그의 목에 팔을 둘렀다. 그가 몸을 돌려 자신의 몸 위로 나를 올렸다.

"위에서 내려다보는 그대의 얼굴도 좋지만 이렇게 올려다보는 것도 색달라서 좋아."

어느새 열망에 젖은 그의 눈동자가 나를 올려다보고 있었다.

그의 손이 자신의 것인 양 내 몸을 익숙하게 더듬어 올라왔다. 어젯밤에는 미처 눈치채지 못했지만 여체를 탐하는 그의 손놀림은 너무나 능숙했다.

"어때? 이렇게 내 얼굴을 내려다보며 하는……. 비이?"

손톱을 세워 위협하듯 그의 목덜미를 쓰다듬었다. 은근한 얼굴로 내 몸을 어루만지던 그가 내 날카로운 기세에 몸을 뻣뻣하게 굳히고 나를 올려다보았다.

"여자를 다루는 손길이 참 익숙하십니다?"

놀라 눈을 휘둥그렇게 뜨고 있던 그가 곧 내 말의 의미를 파악한 듯 입술을 말아 올렸다.

"그렇게 말하는 것을 보니, 어젯밤 꽤 만족한 모양이지?"

나는 인상을 쓰고 그를 노려보았다. 그의 얼굴에 뿌듯함이 서리는 것이 보였다.

"농담할 기분 아닙니다만."

"난 기분 좋은……. 윽!"

조잘대는 그의 입술을 콱 물었다. 뭐가 그리 좋은지, 그는 입술을 깨물리고도 킥킥거렸다. 위협하는 것은 그만두고 진심으로 물어볼까 고민하고 있는데, 그의 커다란 손이 내 등을 천천히 쓸어내렸다.

"그동안 연습한 보람이 있다는데, 기분 좋지 안 좋아?"

"연습이요?"

내 날카로운 목소리가 들리지도 않는지, 그는 웃음을 멈추지 않았다.

"처음인 여자는 아프다고 해서 내가 그동안 얼마나 연습을 했는지 몰……."

"누굽니까?"

"……뭐?"

그의 몸에서 손을 떼고 몸을 일으켰다. 내 분위기가 심상치 않음을 느꼈음인지 그도 나를 따라 몸을 일으켜 세웠다.

"그 연습했다는 상대 말입니다."

"……상대?"

그가 영문을 모르겠다는 얼굴로 내 말을 따라 했다. 그런 그의 태도가 내 화를 점점 부추기고 있다는 것을 그는 모르는 모양이다.

"제가 직접 찾아낼까요?"

몸을 완전히 일으켜 세우고 침대를 벗어나려 하자 그가 다급한 얼굴로 내 손목을 잡았다.

"그런 상대 없는데."

"저는 지금 농담할 기분이 아니라고 했습니다만?"

"아니, 진짜 없어. 맹세해."

그가 내 손목을 꽉 잡은 채, 도리질을 했다. 나는 진실을 가늠하듯 그의 얼굴을 천천히 훑었다. 그가 거짓을 말하는 것 같지는 않았다. 내가 입을 다물고 침묵하자 다급해진 그가 변호하듯 말을 이었다.

"내가 그대를 두고 왜 다른 사람과 그런 짓을 하겠어?"

"그럼 어떻게 연습을 하셨다는 겁니까?"

그의 얼굴이 확 붉어졌다.

"꼭 말해야 해?"

"네, 말씀하십시오."

그의 눈동자가 불안하게 이리저리 흔들렸다. 나는 재촉을 하는 대신 그에게 잡힌 손목을 비틀어 빼려 했다.

"말할게. 말한다고!"

그가 민망한 듯, 손을 들어 자신의 얼굴을 덮었다. 그 와중에도 고집스레 내 손목을 잡고 있는 손은 그대로였다.

"……했어."

"네?"

"상상했다고!"

그가 얼굴을 가리고 있던 손을 치우고 버럭 소리를 질렀다.

"매일 밤, 그대를 두고 별의별 상상을 다 했다고. 이제 됐어?"

그의 몸은 물감이라도 칠한 듯 온통 새빨개져 있었다.

"그런데 그대야말로 너무 익숙한 거 아니야? 내가 능숙한지 아닌지를 어떻게 알 수 있는 거지?"

이런, 허를 찔리고 말았다.

내가 동요하는 것을 느꼈음인가, 내 손목을 잡고 있던 그의 손에 힘이 실렸다. 한순간에 뒤바뀐 상황에 몸을 빼려 했지만 그가 더 빨랐다.

그가 당기는 강한 힘에 내 몸이 속수무책으로 그의 몸 위로 쓰러졌다. 그가 나를 향해 이를 드러내며 으르렁거렸다.

"말해."

"저도 연습을 해서 말입니다."

"뭐? 누구야? 대체 누굴 상대로 연습을 한 건데?"

그가 절대 가만두지 않겠다는 얼굴로 위협하듯 낮게 읊조렸다. 질투하고 있다는 사실을 온몸으로 드러내는 그를 보니, 설핏 웃음이 나왔다.

그의 지금 모습은 방금 전의 내 모습일 테니까.

나는 웃음을 참으며 그의 품으로 파고들었다. 나의 갑작스런 행동에 그가 움찔거리는 것이 느껴졌다.

"제 상대가 당신 말고 달리 누가 있겠습니까, 시스."

나는 고개를 들고 그의 입술에 입을 맞췄다. 그의 입가에 만족스런 미소가 걸리는 것이 보였다.

그가 생각하고 있는 것과는 조금 다르지만, 어쨌든 그가 상대였던 것만은 사실이었으니까. 하지만 그에게는 비밀로 해야겠다.

영원히…….

에필로그

"하아……."

시스의 한숨 소리에 그의 곁을 지키고 있던 이스날의 몸이 움찔 떨렸다.

"휴우……."

근심 가득한 시스의 한숨 소리가 커져 갈수록 이스날의 얼굴도 점차 흑색으로 변해 간다.

"에휴우우……."

점점 늘어지는 한숨 소리에 위기감을 느낀 이스날이 눈을 감고 자기 암시를 걸기 시작했다.

'나는 아무것도 안 들린다.'

"이봐, 리오넬 백작."

'안 들린다. 안 들린다.'

이스날은 자신을 부르는 소리를 못 들은 척하며 조금씩 시스와의 거리를 벌렸다.

그간의 경험으로 이렇게 의기소침해져 있는 시스에게 잘못 걸렸다가는 피폐해진 정신으로 몇 날 며칠을 고생하게 될 것이 자명했기 때문이다.

"리오넬 백작, 어디 가나? 잠깐 이리 와 내 말 좀 들어 보지?"

'젠장!'

문밖까지 딱 한 걸음을 남겨 두고 덜미를 붙잡히고 말았다. 이스날은 속으로 욕설을 내뱉었다. 소리 내어 욕이라도 내뱉으면 조금이라도 편해지련만, 상대는 지고의 자리에 앉아 있는 황제였다. 더구나 그는 성질도 더러운데다가 뒤끝도 길었다.

단 한 사람만 제외하고 말이다.

자신이 그 예외적인 단 한 사람이 아닌 이상, 저 더러운 성질은 피하는 것이 상책이었다.

언젠가 자신도 모르게 소리 내어 욕설을 지껄이다가 된통 당한 적이 있는 이스날은 벌어지려는 입술을 꾹 누르며 재빨리 주변을 살펴보았다.

자신만 당할 수는 없었다. 힘든 일일수록 나눠야 가벼워지는 법이다. 자기 한 사람만 희생하는 것보다 여럿이서 당하는 것이 그나마 덜 억울했다.

이 고지식한 기사는 나날이 약삭빠르게 구는 법을 터득해 나가고 있는 중이었다.

'이런 제기랄!'

어느새 집무실 안에는 자신과 시스밖에 남아 있지 않았다. 눈치 하나만큼은 제국 제일이라 할 수 있는 궁인들은 이미 불길한 기운을 느끼자마자, 모두 도망을 가 버렸다.

아무도 없는 집무실 안을 돌아보며 이스날은 절망했다.

"이리 와 보라니까?"

시스가 이스날을 향해 손가락을 까딱였다.

자신 또한 저 멀리 도망이라도 가고 싶지만, 이미 그 시기는 놓쳐 버리고 말았다. 이쯤 되면 반항이라도 한번 해볼 만하건만 계급이 깡패인데다가 이스날은 상명하복이 철저한 기사 출신이었다.

결국 싫다는 뜻을 팍팍 드러내며 미적미적 대답을 하는 것이 이스날이 시스에게 보일 수 있는 반항의 한계였다.

"……네, 폐하."

대리석으로 만든 바닥에 끈끈이라도 바른 듯, 바닥에서 발바닥이 떨어지지 않았다. 이스날은 도살장에 끌려가는 소처럼 떨어지지 않는 발을 질질 끌며 시스의 옆으로 다가갔다.

시스는 그가 가까이 다가가기가 무섭게 불만을 토로하기 시작했다.

"글쎄, 말이야. 백작은 이게 말이 된다고 생각해?"

다짜고짜 언성을 높이는 시스의 모습에 이스날의 입에서 무거운 한숨 소리가 새어 나왔다.

평소 냉철하다고 정평이 나 있는 황제가 이렇게 자신의 감정을 가감 없이 드러내는 경우는 딱 한 가지밖에 없었다. 이 제국의 황후이자, 시스의 반려인 '비욘느 롯사 엘리언트 프리스턴'이 관련되어 있을 때였다.

"자네도 알다시피, 내가 비이를 안고 자지 않으면 깊게 잠들지도 못하잖아? 그런데 그걸 누구보다 잘 알고 있는 비이가 글쎄!"

시스가 울분을 감추지 못하고 몸을 파르르 떨었다.

"내가 귀찮다고 저리 가라는 거야. 그게 말이 돼? 말이 되냐고!"

어젯밤 시스는 평소와 같이 그녀의 품으로 파고들었다. 임신으로 인해 보기 좋게 살집이 오른 그녀의 몸은 따끈하고 매우 말랑말랑했다.

약간은 뜨겁다 싶은 체온과 피부에 착착 감기는 살결은 심신의 안정과 함께 중독성까지 있었다. 하루라도 그녀를 만지지 않으면 잠이 오지 않을 정도로 말이다.

매정하게 자신의 손을 쳐 내던 비이를 떠올리며 시스가 우울한 얼굴로 중얼거렸다.

"여자들은 임신하면 다 그래? 남편이 막 귀찮아? 응? 그런 거야?"

"제가 어떻게 압니까!"

이스날은 시스의 목을 잡고 짤짤 흔들고 싶은 것을 간신히 참았다.

최근 시스의 감정 기복은 급격하게 오르락내리락하고 있었다. 한동안 그러한 시스의 상태를 관찰하던 궁의는 조심스럽게 임신으로 인한 히스테리라는 진단을 내렸다.

어째서 아이를 가진 황후도 아니고 남자인 시스에게 이런 증상이 생긴 것인지 이스날은 도저히 이해가 가지 않았다.

몇 번이나 그게 말이 되냐며 궁의를 추궁했으나 궁의는 자신의 말을 번복하지 않았다. 가끔 부인을 대신해 입덧까지 하는 남편도 있는데, 히스테리쯤이야 뭐 대수냐는 태도였다.

검이라는 날카로운 무기를 들고 다니는 기사들은 필연적으로 부상을 달고 산다고 해도 과언이 아니다. 검에 베인 상처를 꿰매고 어긋난 뼈를 맞추는 것은 이스날도 어느 정도는 할 수 있었다. 하지만 이런 부인병, 아니 해괴한 증상에 대해서는 듣도 보도 못했다.

궁의가 그렇다고 하니, 그런가 보다 마지못해 수긍은 했다. 하지만 절대 깊이 알고 싶지는 않았다.

이스날에게 중요한 것은 시스의 병을 낫게 할 수 있는 방법이었고, 최대한 빨리 완치될 수 있기를 희망했다.

시스의 히스테릭을 보고 있으니, 차라리 전쟁터를 누비는 것이 훨씬 더 낫다고 이스날은 생각했다.

그러나 희망을 가지고 최대한 빨리 완치시켜 달라 청하는 이스날에게 궁의는 청천벽력과도 같은 처방을 남겼다. 아니, 처방이라고도 볼 수 없는 것이었다.

'시간이 약입니다.'

임신 증후군의 일종이라 딱히 치료법이 없다는 말이었다. 그럼 언제쯤에야 괜찮아지겠냐는 이스날의 질문에 궁의는 심드렁하게 대꾸했다.

'개인차가 있어서 뭐라 말씀을 드릴 수가 없군요. 금방 괜찮아지는 사람도 있고, 출산을 할 때까지도 낫지 않는 사람도 있고, 천차만별입니다. 그냥

아기님께서 나오시면 낫겠거니 하고 편히 생각하십시오.'

이스날은 그 순간, 말 한마디만으로도 살인을 저지를 수도 있겠다는 사실을 깨달았다. 이성이 조금이라도 남아 있지 않았다면 필시 궁 안에서 피를 보고 말았으리라.

다행히 시스의 이러한 히스테리 증상은 정무를 볼 때만큼은 나타나지 않았다. 그는 황제로서 완벽하게 소임을 다했고, 어떤 상황에서도 결코 흐트러진 모습을 보이지 않았다. 혹시라도 귀족들의 입을 통해 뒷말이 나온다면 절대 가만두지 않겠다는 황후의 협박이 있었던 탓이다. 그 반작용 때문인지, 시스는 정무를 보지 않을 때마다 이런 식으로 주변인들을 괴롭게 만들곤 했다.

이스날의 가장 큰 불행은, 그 주변인에 자신이 끼어 있다는 사실이었다.

그것도 아주 가까이 말이다.

"아이에게 충격을 준다고 해서 내가 얼마나 참고 있는 줄 알아? 혈기왕성한 남자가 사랑하는 아내를 눈앞에 두고 참는다는 게 얼마나 힘든 일인 줄 아냐고!"

'결혼도 안 한 제가 그런 걸 어떻게 압니까!'

이스날의 소리 없는 절규가 느껴지지도 않는지 시스의 한탄은 계속 이어졌다.

"더구나 우리 비이가 오죽 예뻐? 결혼 전에도 무지 예뻤지만, 임신한 뒤에는 나날이 그 아름다움에 빛을 더해 가고 있단 말이지. 그 얼굴만 보고 있어도 매일매일 배가 부르다고. 그런데, 사랑을 하자는 것도 아니고 그저 만지고만 자겠다는데 어째서 거부를 하느냔 말이야."

이스날은 저 조잘대고 있는 시스의 입을 당장이라도 틀어막고 싶어졌다.

자신이 대체 무슨 죄를 지었다고, 벌건 대낮부터 남의 부부 생활까지 듣고 있어야 하느냔 말이다. 상대가 황제만 아니라면 벌써 저 입에 검을 쑤셔 넣고도 남았으리라.

"그 말랑한 몸을 품에 꼭 끌어안지 않고서는 잠도 잘 수 없는 몸으로 만들어 놓고 만지지 말라니, 나보고 죽으라고 하는 거랑 뭐가 달라? 엉? 안 그래?"

동조를 구하는 시스의 물음에 이스날은 결국 자신의 머리카락을 쥐어뜯었다.

'신이시여, 어찌하여 저에게 이런 시련을 주시나이까!'

생전 찾지 않던 신까지 불러 보았지만 그의 시련은 아직 끝나지 않았다.

"아, 비이 만지고 싶다. 그 말랑한 입술을 마주 대고 달콤한 숨결이라도 들이마시면 이 갈증이 조금이나마 가실 텐데."

'당장 나갈 테다!'

더 이상 참지 못한 이스날이 성큼성큼 문 쪽을 향해 다가갔다. 지금 당장 이곳을 벗어나지 않으면 자신이 먼저 미쳐 버리고 말 것 같았다.

시스는 그런 이스날을 심드렁한 표정으로 바라보았다.

"아직 내 말 다 안 끝났는데 어디 가나?"

"……황후 폐하를 모시고 오겠습니다."

이런 시스를 말릴 수 있는 사람은 세상에 딱 한 명뿐이다. 이스날은 황급히 황후궁을 향해 달려갔다. 이대로 계속해서 정신적 고문을 당하다가는 조만간 기사의 맹세를 깨 버리고 하극상을 일으키게 될 것만 같았기 때문이다.

꽁지가 빠져라 황후궁을 향해 달려가는 이스날을 보며 시스가 히쭉 웃었다.

조금 후면, 비이가 자신에게로 올 것이다. 그것을 위해 이스날이 괴로워하는 것을 뻔히 알면서도 일부러 더 자극을 했다.

비이의 성격상 기사의 간곡한 청을 거절하지는 않을 것이다. 그것이 평소 꼿꼿했던 이스날이라면 더욱 말할 필요도 없었다.

그녀의 모습을 떠올리니 벌써부터 기분이 좋아졌다.

아이를 품고 있는 몸을 생각하면 자신이 비이에게 가는 것이 옳았다. 하지만 시스는 어젯밤의 일로 단단히 삐쳐 있는 상태였다.

　다른 건 몰라도, 만지지도 말라고 했던 말은 시스에게 큰 충격이었다.

　혈기왕성한 남자가 보드라운 여체를 눈앞에 두고 어떻게 만지지 않을 수 있느냐며 반박하자 비이는 딱 잘라 말했다.

　'눈앞에 안 보이면 되는 겁니까?'

　'……뭐?'

　'당분간 제 방에서 자겠습니다. 편히 쉬십시오.'

　시스가 머뭇거리는 사이에 비이는 아쉬움 따위는 전혀 없다는 얼굴로, 약간의 머뭇거림도 없이 자신의 궁으로 휑하니 가 버렸다.

　커다란 침실에 홀로 남은 시스는 어안이 벙벙했다.

　어떻게 각방을 쓰자는 말을 저리 쉽게 할 수 있다는 말인가?

　심지어 그녀는 그 말을 실행으로 옮기기까지 했다.

　평상시라면 재빨리 그녀의 뒤를 따라갔을 것이다. 언제나 그녀의 선택은 옳았고, 그녀의 말을 듣고 잘못된 일은 지금까지 단 하나도 없었으니까.

　하지만 이번만큼은 절대 양보할 수 없었다. 절대 지지 않을 것이다.

　남자의 자존심이 걸린 문제였다.

　먼저 기선 제압을 하기 위해서는 상대를 자신의 영역 안으로 끌어들이는 것이 훨씬 더 유리한 법이다.

　오늘만큼은 그녀와의 싸움도 불사할 생각이었다.

　절대 다시는 각방을 쓰자는 말이 나오지 않도록 해야겠다고 시스는 다짐, 또 다짐했다.

　"네 성인식이 얼마 남지 않았구나."

　"네."

입가에 온화한 미소를 띠고 찻잔을 들어 올리는 비이의 우아한 몸짓에 란트는 넋이 나간 듯 그녀를 뚫어지게 바라보았다.

따스하게 내리쬐는 햇볕을 받아 그녀의 금갈색 머리카락이 금가루를 뿌려 놓은 듯, 화사하게 빛났다. 단아한 선을 이루는 이마의 곡선과 유려하게 뻗은 콧등 사이에는 녹음을 박아 놓은 듯, 선명한 녹색 눈동자가 자리하고 있다.

차를 마시기 위해 눈을 내리뜬 탓에 그 선명한 녹빛이 온전히 자신을 향하지 않음에 란트는 약간의 안타까움을 느꼈다.

"혹시 갖고 싶은 것이라도 있니?"

섭섭해하는 란트의 마음을 눈치라도 챈 것일까? 보기 좋게 자리한 붉은 입술이 열리며 티끌 한 점 없이 선명한 녹색 눈동자가 똑바로 란트를 직시했다.

란트는 화끈거리는 자신의 얼굴을 감추려 다급히 고개를 숙였다.

"란트?"

그녀가 고개를 모로 숙이며 염려 가득한 시선을 보내왔다.

어릴 때처럼 그녀의 온기를 직접 느낄 수는 없지만 그녀의 그러한 시선만으로도 란트의 가슴은 따뜻해졌다.

란트는 자신을 향한 비이의 따스한 온기가 좋았다.

"아니요. 가지고 싶은 것은 없습니다, 누님."

란트의 대답에 비이가 생각에 잠기는 얼굴이 되었다.

란트가 비이에게 느끼는 감정은 숭배에 가까웠다. 알을 깨고 나온 어린 새가 어미를 각인하듯, 란트의 모든 것은 그녀가 기준이 되었다.

란트가 기억하는 한, 자신의 첫 기억은 얼음보다 차갑고 시린 흙바닥이었다.

후작이 보낸 사람들이 발견하기 전까지 란트는 죽지 않은 것이 오히려 이상할 정도로 노예들 틈에서 학대를 받으며 자랐다. 수많은 노예들 사이에서도 란트는 이방인과 같았다. 아무도 부모 없는 아이를 돌보지 않았다.

노예들의 삶이란 먹고사는 것 자체만으로도 힘겹고 퍽퍽한 것이었다. 노예에게 부모도 없는 아이란, 돌보아 줄 가치조차 없는 짐덩이에 불과했다.

그곳에서 란트는 그저 살아 숨 쉬고만 있을 뿐, 인간이 아닌 하나의 물건과도 같았다. 그것은 엘리언트 후작가에 도착하고 나서도 마찬가지였다. 흙바닥에서 대리석으로 바닥의 재질만 바뀌었을 뿐, 그곳에서 올라오던 냉기는 똑같이 차가웠다.

어린 란트는 그것이 자신에게 주어진 삶이라고 생각했다. 처음부터 그러했기에 그 시리도록 차가운 냉기가 당연한 것이라고 생각했다.

그때까지 온기라고는 느껴 본 적이 없었으므로.

톡톡.

하얗고 가는 손가락이 탁자를 두드리며 소리를 내었다. 녹색 눈동자가 여전히 골똘히 생각에 잠겨 있다.

란트는 처음 그녀를 보던 날을 떠올렸다. 햇살을 등지고 선 그녀의 모습은 흡사 신이 인간의 모습을 하고 강림한 것처럼 아름다웠다.

햇살에 반짝이는 금갈색 머리카락과 하얀 분이 손에 묻어날 것만 같은 티끌 한 점 없이 뽀얀 피부, 그리고 온몸에서 풍겨 나오는 달콤한 향내는 지금껏 란트가 보아 오던 사람들과는 천지 차이였다. 그녀의 손가락이 자신의 뺨을 잡아 늘릴 때까지도 란트는 자신이 꿈을 꾸고 있다고 생각했다.

타인에게서 처음으로 받아 보는 온기는 겨울의 냉기를 녹이는 봄볕보다도 따스했다.

자신을 향해 방긋 웃어 주는 그 얼굴이 좋았다. 그 웃는 얼굴을 위해서라면 무엇이라도 할 수 있을 만큼 말이다.

그녀의 얼굴에 자신으로 인한 실망이 드리워지지 않기 위해 노력했다.

후작의 작위 따위는 자신에게 아무런 가치도 없었지만, 누님을 위해서라면 기꺼이 맡은 소임을 다하겠다고 란트는 결심했다.

물론, 비이는 란트에게 선택권을 주었다.

그녀는 항상 란트의 행복을 우선으로 두어 주었다. 그것이 너무나 기뻐 란트는 그녀의 말이라면 죽는 시늉이라도 할 수 있을 것 같았다.

그것이야말로 자신의 행복이었으므로.

"물건 말고 원하는 것이 있나 보구나."

그녀가 소파의 등받이에 등을 기대며 말했다. 바로 옆에서 시중을 들고 있던 마리가 재빨리 그녀의 등에 쿠션을 놓아주었다.

비이가 결혼식을 올리기 직전, 전속 시녀가 된 마리는 그녀를 따라 황궁으로 들어왔다.

보통 황후궁 소속 시녀장은 황후가 사가에서 수족처럼 부리던 유모나 전속 시녀가 관례처럼 맡아 왔다. 마리는 비이의 전속 시녀였지만, 나이가 어리고 경험이 부족한 탓에 황후궁의 시녀장은 될 수 없었다.

많은 이들이 마리의 처지를 안타까워했지만 정작 마리는 하나도 섭섭하지 않았다. 오랫동안 꿈꿔 왔던 아가씨의 전속 시녀가 되었다. 더구나 황후가 된 아가씨를 따라 황궁으로 들어왔다.

마리는 그것만으로도 꿈이 아닐까, 하루에도 몇 번씩 자신의 볼을 꼬집어 보곤 했다.

"이제 되었다."

어떻게 하면 좀 더 주인이 편할까 고심하여 이리저리 쿠션을 매만지는 마리를 향해 비이가 손을 내저었다. 마리는 공손히 읍소를 하고 뒤로 물러났다.

비이는 최근 배가 나오기 시작하면서 오래 앉아 있는 것이 힘들어졌다. 잠시만 앉아 있어도 배가 묵직해지고 허리가 아파 왔다.

오랜만에 놀러 온 란트와 함께하느라 조금 무리를 한 모양이다.

결혼을 하고 난 후, 비이는 부러 아기에 대해서는 생각하지 않으려 했다.

그때의 그녀는 오랫동안 아기를 갖지 못했다. 그 기억은 번번이 비이의 마음 한쪽을 서늘하게 만들었다.

다른 것은 모두 스스로의 의지대로 극복할 수 있는 일이었지만 아기의 문제만큼은 상황이 달랐다. 노력만으로는 되지 않는 것이다.

하지만 그녀의 걱정과는 달리, 아기는 금방 찾아왔다.

입덧도 하지 않은 데다가 워낙 의식적으로 아기를 생각하지 않으려 한 탓인지, 아기가 들어섰다는 것도 늦게 알게 되었다.

비이의 임신 사실을 알게 된 시스는 임산부에게 좋다는 것들은 모조리 구해다 가져왔다. 그렇게 많이는 필요 없다고 뜯어말려도 소용이 없었다. 심지어 그는 애를 열둘이나 순풍순풍 낳았다는 여자의 속옷을 비이 앞에 가져오기도 했다. 그 속옷이 주인의 기운을 받아 산모의 출산을 수월하게 도와준다는 미신을 어딘가에서 주워들은 탓이었다.

그날 시스는 불쾌해하는 비이이게 온몸이 멍이 들 정도로 꼬집혔다.

소파에 비스듬히 앉아 있는 비이를 보며 란트는 말을 골랐다.

'어떻게 말을 해야 누님이 승낙을 할까?'

비이에게 란트는 언제나 어린아이였다. 벌써 성인식을 눈앞에 두고 있는데도 란트를 대하는 비이의 그러한 태도는 어린 시절과 별반 달라지지 않았다.

란트는 비이의 변함없는 태도가 좋았다. 하지만 때때로 자신을 보호하려고만 들어서 곤란했다.

지킴을 받아야 하는 사람은 자신이 아니라 누님이었다. 란트는 어린 시절 반드시 그녀를 지키겠다고 맹세했다.

그는 어린 날의 그 맹세를 지키고 싶었다.

"성인식이 지나면 여행을 떠나고 싶습니다."

비이가 란트의 얼굴을 가만히 바라보았다. 그녀의 표정만으로는 어떤 말이 나올지 짐작이 가지 않았다.

혹시나 그녀의 입에서 불가하다는 말이 나올까 봐, 란트는 무릎에 얹어 놓은 손을 꾹 말아 쥐었다. 그녀가 허락하지 않는다면 란트는 갈 수가 없다.

란트가 고집을 부리고 우긴다면 그녀는 마지못해 허락을 할 것이다.

'하지만 그렇게 되면 누님은 나에게 실망을 하시겠지.'

누님을 실망시키고 싶지 않다. 정확하게는 누님의 마음을 아프게 하고 싶지 않다. 떼를 써서 얻기보다는 누님의 인정을 받고 싶다는 것이 란트의 솔직한 심정이었다.

란트는 비이에게 있어서만큼은 언제나 좋은 동생으로 있고 싶었다.

"어디로 갈지는 정해 놨니?"

다행히 부정적인 대답은 아니었다. 란트는 긴장으로 뻣뻣해진 몸을 이완시키며 옅은 한숨을 내뱉었다.

"서부로 갈까 합니다."

"서부?"

"네."

그녀의 미간이 살짝 찌푸려졌다.

서부는 사막이 있는 곳이다. 이나야리들의 잦은 약탈로 인해 환경이 열악할 뿐만 아니라 외부인에 대한 배척도 가장 심한 곳이었다.

결코 여행을 목적으로 갈 만한 곳은 아니라는 소리다.

"서부에는 볼거리가 별로 없을 텐데? 이왕에 멀리 떠나는 여행이라면 여러 문물을 접할 수 있는 동부나 남부가 더 나을 것 같구나."

관광을 위해 여행을 떠나려는 것이 아니다. 서부가 아니라면 의미가 없다. 란트가 서부로 가야겠다고 결심한 것은 이나야리에 대한 진실을 알고 난 후부터였다.

"어째서? 따로 이유가 있니?"

란트는 고개를 숙여 비이의 손을 보았다. 고운 손 사이로 2개의 반지가 끼워져 있었다.

황후를 상징하는 반지와 루이아샤를 상징하는 인장이었다.

루이아샤를 상징하는 인장은 언뜻 보면 평범해 보였다. 하지만 란트는 저 안에서 뾰족한 독침이 나오는 것을 두 눈으로 똑똑히 보았다.

다행히 살상을 위한 독이 아닌, 근육을 잠시 동안 마비시키는 마비제가 발라져 있었다. 더구나 공격의 대상이 비이 자신이 아닌 데이샤 공작을 향한 것이었다.

하지만 그것은 단지 종이 한 장의 차이였을 뿐이다. 그 뾰족한 바늘 끝이 치명적인 독을 바르고 비이를 향할 수도 있었다.

음각으로 정교하게 네잎클로버가 새겨져 있는 반지를 보며 란트는 자신의 목에 걸린 펜던트를 머릿속에 그려 보았다. 자신의 펜던트에 새겨진 것은 그녀의 것과 달리 잎 한 장이 모자란 세잎클로버였다.

세잎클로버는 '행복'을 상징한다고 했다.

란트의 인장은 세잎클로버에 감싸인 늑대였다. 인장의 문양처럼 행복하게 살라는 뜻에서 비이가 란트에게 선물한 것이다.

하지만 란트의 눈에 그 문양은 행복에 둘러싸인 늑대로 보이지 않았다. 그보다는 행복을 지켜 주는 든든한 파수꾼처럼 보였다. 당시 어렸던 란트는 문양 속의 늑대가 되고 싶었다. 늑대처럼 강한 사람이 되어 비이의 행복을 지켜 주고 싶다고 생각했다.

"이나야리들을 직접 겪어 보고 싶습니다."

적을 알고 나를 알면 백전백승이라고 했다. 지금이야 잠잠하긴 하지만 언제 또 그들이 비이를 노리고 올지 몰랐다. 그날, 직접 본 이나야리들은 무척 강했다. 그들이 뿜어내는 기세만으로도 란트는 몸을 움직일 수조차 없었다.

그날 이후, 란트는 악몽을 꾸었다. 데이샤 공작의 손에 비이의 심장이 뜯겨 나가는 꿈이었다. 울부짖으며 그녀의 곁으로 가려고 했지만 몸은 천근만

근으로 손 하나 까딱할 수가 없었다.

악몽을 꾸는 날이면 하루 종일 몸이 떨려 왔다. 꿈에서처럼 이나야리에 의해 비이의 심장이 찢기는 것은 아닌지 불안했다. 엘과 라이와 어울려 다니며 많이 털어 내긴 했지만 그날의 충격은 쉽게 잊을 수 있는 것이 아니었다.

란트는 그 공포를 이겨 내고 비이의 행복을 지켜 주기 위해 이나야리들이 살고 있다는 서부로 가고 싶었다.

"이나야리라면 네 바로 곁에도 있지 않니. 굳이 서부로 갈 필요가 있을까 싶구나."

"라이는 평범한 인간입니다."

이나야리의 피를 이어 눈동자의 변환이 일어나기는 하지만 라이는 인간이었다. 인간의 사고방식을 가지고 소중한 것을 지킬 줄 아는 라이를 란트는 단 한 번도 인간이 아닌 다른 것으로 생각해 본 적이 없었다. 더구나 카산에게서 눈동자의 변환을 제어할 수 있는 방법을 전수받은 라이는 그 이후, 란트는 물론 그 누구의 앞에서도 자신의 눈동자를 변환시키지 않았다.

라이는 비이에게 약속했던 대로 체스트라 아카데미에 입학했다. 정치와 외교를 선택한 라이는 단 한 번의 과락도 없이 4학기를 무사히 보냈다.

앞으로 남은 2학기만 무사히 통과한다면 그는 당당히 엘의 곁에 설 최소한의 자격을 갖추게 될 것이다. 그러기 위해 라이는 죽도록 노력했다.

"라이는 이나야리의 생리에 대해 전혀 모르고 있습니다."

란트는 비이의 주변에 약간의 위험도 두고 싶지 않았다. 그러기 위해서는 이나야리들의 행동 패턴과 약점들을 자세히 알고 있어야만 했다.

인간들 사이에서 자라 이나야리와 접해 본 적이 거의 없는 라이는 그런 면에서는 전혀 도움이 되지 못했다.

그녀의 손가락이 또다시 움직였다.

이번에는 팔걸이에서 부딪히는 소리가 났다. 란트는 비이의 생각을 방해하지 않기 위해 입을 다물고 그녀의 손가락을 주시했다. 약간의 시간이 흐른 뒤에야 손가락의 움직임이 멈추고 그녀의 붉은 입술이 천천히 움직였다.

"내가 도와줄 일은 있니? 네가 원한다면 레탄 후작에게 연락을 넣도록 하마."

란트의 입술 사이로 또다시 안도의 한숨이 흘러나왔다.

"생각 같아서는 위험하다고 말리고 싶다만 이제 너도 곧 성인이니, 무턱대고 말릴 수는 없는 노릇이겠지."

"누님."

"섭섭하기는 하지만 다 자란 새가 둥지를 떠나듯, 네가 내 품을 떠나는 것이 자연스러운 이치니 어쩔 수 없구나."

"누님, 저는……."

비이의 얼굴에 그늘이 드리워졌다. 그녀의 표정 변화에 란트가 어쩔 줄 모르는 얼굴로 그녀를 불렀다. 하지만 그녀의 말은 아직 끝난 것이 아니었다.

"그러니 내가 도울 수 있는 것이 있다면 최대한 도울 수 있게 해 주렴."

방금 전의 쓸쓸함은 거짓이었다는 듯, 비이가 란트를 향해 밝게 웃었다.

"남자라면 한 번쯤은 여행 삼아 세상을 돌아보는 것도 좋은 경험이 될 테지. 굳이 서부에만 국한시키지 말고 발이 이끌리는 대로 마음껏 돌아다니다 오려무나."

며칠 전 비이는 에반으로부터 조심스레 전해 들은 것이 있었다.

에반을 형처럼 따르는 란트는 궁금한 것이 있거나, 스스로 풀 수 없는 고민이 생기면 지체 없이 에반을 찾아가곤 했다. 주로 검술에 국한된 것이었지만, 사적으로는 매형이 되는 시스보다 에반을 더 따르는 것만은 확실했다.

에반은 상단주직을 내려놓은 후, 공식적으로 비이의 수호 기사가 되었다. 이나야리들의 위협은 언제나 도사리고 있었으므로 그는 비이의 주변에서 한시도 눈을 떼지 않았다.

에반을 매우 껄끄러워하는 시스도 그의 능력만큼은 인정하고 있는지라, 자신이 비이의 주변에 없을 때만큼은 에반의 근접 경호를 용인하고 있는 상태였다.

언제나 황후궁 안에서 비이의 경호에만 힘쓰는 그도 란트의 부름에는 종종 시간을 내서 응하곤 했다.

란트는 언젠가부터 에반에게 서부에 대해 묻곤 했다. 처음엔 대수롭지 않게 생각하던 에반도 갈수록 구체적으로 변해 가는 질문에 란트의 의도를 눈치챘다. 처음엔 말려 볼까도 생각했지만 남자라면, 더군다나 누군가를 지키고자 하는 기사라면 직접 부딪쳐 보는 것도 나쁘지 않은 법이다. 에반, 자신 또한 그러했으니 말이다.

에반은 조심스레 비이에게 자신의 의견을 전했다.

에반의 말을 가만히 듣고만 있던 비이는 자신의 안일함을 반성했다. 아이는 이제 다 커서 둥지를 날아갈 생각을 하고 있는데, 자신은 여전히 알에서 갓 깨어난 어린 새 취급을 하고 있었다.

자신의 안도감을 위해 조금씩 날갯짓을 시작한 새의 날개를 꺾어 버릴 수는 없는 노릇이었다. 비이는 란트가 편히 떠날 수 있도록 보내 주기로 마음먹었다.

어린 새는 반드시 강인한 맹수가 되어 자신의 곁으로 돌아올 것이므로.

"나는 이곳에서 네가 여행을 끝내고 돌아오기를 기다리고 있으마."

"……감사합니다, 누님."

"아!"

눈물을 글썽이는 란트를 인자하게 바라보고 있던 비이가 별안간 인상을 찌푸리며 외마디 소리를 내었다.

"누님, 왜 그러세요?"

놀란 란트가 황급히 몸을 일으켜 그녀를 향해 다가갔다.

"어디 아프세요? 궁의를 부를까요?"

"……괜찮아."

비이의 안색을 살피기 위해 란트가 바닥에 무릎을 대고 몸을 굽혔다. 비이는 그런 란트의 손을 잡아 자신의 옆으로 이끌었다.

"나는 괜찮으니, 그리 쪼그려 있지 말고 내 옆에 앉으렴, 란트."

"하지만……."

비이의 괜찮다는 말에도 란트는 여전히 마음이 놓이지 않았다. 란트에게 비이는 세상 그 자체였다. 비이의 신변에 좋지 않은 일이 생긴다는 상상만으로도 몸 안의 피가 모조리 빠져나가는 것처럼 끔찍했다.

'누님이 괜찮다고 했는데 정말 괜찮은 건가? 당장이라도 궁의를 불러야 하는 것은 아닐까?'

아기를 가진 여인은 조심, 또 조심해야 했다. 아기를 배 속에 품고 있다가 잘못된 사례들은 많았다.

란트는 비이의 임신 소식을 전해 듣자마자 임산부에 대해 닥치는 대로 조사했다. 혹시라도 자신이 도움이 될까 싶어 아나샤에게는 물론, 가문의 고용인들에게까지 묻고 다니는 일도 서슴지 않았다.

확실히 남자들보다는 아이를 낳아 본 경험이 있는 여자들이 많은 도움이 되었다. 그들이 란트에게 전해 준 정보들은 장황했지만 결론은 하나였다.

'임신한 여자에게는 무조건 잘해 줘야 한다.'

그들이 란트에게 전해 준 이야기에 따르면 임신한 여자들은 감정 기복도 심하고 약간의 충격에도 아기가 잘못될 수도 있기 때문에 주변의 세심한 배려가 필요하다고 했다.

아이를 가진 경험이 있는 여인들은 란트에게 자신의 경험담을 이야기해 주다가 당시에 서러웠던 일들까지 떠올렸다. 감정이 격해진 그녀들은 임산부에게 하지 말아야 할 수백 가지 조항들을 란트에게 주입시켰다.

그 결과 란트의 머릿속에서 임산부란, 떨어지는 꽃잎조차 조심해야 하는 연약한 존재가 되어 버리고 말았다. 가뜩이나 비이가 잘못되는 것은 아닐까 전전긍긍하던 란트다. 그는 지금 매우 불안했다.

소파 위에 제대로 앉지도 못하고 엉거주춤 걸터앉은 란트를 보며 비이가 잡고 있던 손을 끌어 자신의 배 위로 가져갔다.

이것은 설명만으로 전할 수 있는 것이 아니다. 비이는 지금 이 순간, 자신이 느끼고 있는 것을 란트에게도 느끼게 해 주고 싶었다.

"누, 누님?"

갑작스런 비이의 행동에 란트의 눈동자가 순식간에 동그랗게 변했다. 그런 란트를 바라보는 비이의 미소가 더욱 짙어졌다.

얇은 천 사이로 볼록한 배가 만져졌다. 풍성한 드레스 자락으로 가려져 미처 눈치채지 못했지만 그녀의 배는 어느새 제법 부풀어 있었다.

"……!"

순간, 란트의 눈동자에 경악이 서렸다. 손바닥으로 무언가 꿈틀거리는 것이 느껴졌기 때문이다.

처음에는 너무 미미한 느낌이라 란트는 자신이 잘못 느낀 것이라고 생각했다. 하지만 잘못 느낀 것이 아니라는 듯, 뒤이어 더 큰 반동이 란트의 손바닥으로 자신의 존재를 전해 왔다.

"이, 이건!"

"태동이란다."

"태동이요?"

"그래, 배 속의 아기가 '나 여기 있어요' 하고 존재를 알리는 거지."

란트는 지금껏 아기를 본 적이 없었다. 더더군다나 배 속에서 자신의 존재를 알리는 아기는 처음 접해 보았다. 처음엔 어리둥절하던 란트의 눈동자에 점차 희열이 들어차기 시작했다.

"우리 아기님이 삼촌에게 인사를 하고 싶었나 봐."

"삼, 삼촌이요?"

한 손은 여전히 비이의 배에서 떨어질 줄 몰랐다. 란트는 다른 손을 들어 올려 손가락으로 저를 가리켰다.

방금 전까지만 해도 다 자란 어른이 되었구나 싶었던 란트가 순식간에 어린아이로 돌아갔다. 비이는 그런 란트가 귀여워 웃음을 터트렸다.

란트의 군청색 머리카락에 하얀 서리가 내리고 팽팽한 얼굴에 주름이 자글자글하게 생긴다 해도 비이에게 란트는 영원히 어린 동생일 터였다. 란트의 행동이 귀여워 보이는 것은 비단 비이의 눈에 콩깍지가 쓰인 탓은 아니었다. 자신들의 자리에서 조용히 대기하고 있던 황후궁 소속 시녀들의 얼굴에도 한결같이 흐뭇한 엄마 미소가 걸려 있었다.

똑똑.

"황후 폐하, 리오넬 백작이 들었사옵니다."

노크 소리가 들리고 문밖에서 대기하고 있던 시종이 안을 향해 큰 소리로 고했다.

요즘 들어 부쩍 이런 일이 잦았던 탓에 마리를 비롯한 황후궁의 궁인들은 리오넬 백작의 방문이 놀랍지 않았지만 란트는 달랐다.

리오넬 백작은 황제의 수호 기사였다. 황제의 그림자가 지켜야 하는 주인을 두고 황후궁에 왔다는 것은 무언가 큰일이 벌어졌다는 뜻이다.

갑작스런 이스날의 등장에 놀란 란트가 자신도 모르게 비이의 배에서 손을 뗐다.

비이는 오늘만큼은 이스날의 방문이 달갑지 않았다.

태동이 느껴진 것은 어제부터였다. 마치 배가 고플 때처럼 꼬르륵거리는 느낌에 처음에는 긴가민가했었다.

혹시나 아이가 잘못된 것은 아닐까?

늦은 밤이지만 만약을 위해 지금이라도 궁의를 부르는 것이 낫지 않을까?

걱정하고 있던 차에 시스가 비이의 몸을 더듬거렸다.

매일 밤, 있는 일이었기에 제 몸을 더듬고 있는 손이 어느 수위까지 갈지는 불을 보듯 뻔했다.

시스는 매번 품에 안고만 잘 거라고 비이에게 약속했다. 하지만 그 약속은 갈수록 농염해지는 손길에 의해 번번이 깨지고 말았다.

비이 또한 시스의 그러한 손길이 싫지 않았다. 솔직히 말하면 너무 좋았다. 그가 약속을 지키지 않을 것임을 알면서도 매번 그 꼬드김에 넘어가 준 것은 그에게 사랑받고 있다는 충만감을 느낄 수 있었기 때문이다.

아이를 품고 있다는 사실은 기꺼운 것이었지만 아이가 커 갈수록 나날이 불러 오는 배는 비이 자신이 보기에도 흉한 것이었다. 하지만 시스는 언제나 그런 비이의 몸을 사랑스럽다고 말해 주었다. 그 말이 거짓이 아니라는 듯, 그녀를 바라보는 시스의 눈동자에는 언제나 정염이 가득했다.

아무것도 모르는 시스는 다른 날과 마찬가지로 비이를 찾았다. 하지만 비이는 아기에게 이상이 생길지도 모른다는 생각에 머리보다 몸이 먼저 반응했다.

차갑다 싶을 정도로 매섭게 쳐 낸 비이의 손길에 시스가 황망한 표정을 지었다. 놀라기는 비이 또한 마찬가지였다.

설마 자신이 그의 손을 그토록 매섭게 쳐 낼지는 상상도 하지 못했던 것이다.

비이가 사과의 말을 하기도 전에 시스가 불만을 토로하기 시작했다. 그는 그동안 쌓인 것이 어지간히도 많았는지 격한 감정을 숨기려 하지도 않았다.

결혼한 뒤에 변했다. 나는 너만 보고 있는데, 너는 대체 어디를 보고 있느냐? 일이 중요하냐? 내가 더 중요하냐?

대체로 유치하기 짝이 없는 불만이었다.

상대할 가치도 느끼지 못한 비이는 몸을 모로 돌려 버렸다. 아침에 일어나자마자 궁의를 부를 생각에 그의 불만 소리는 모기가 왱왱거리는 것처럼 귀찮기만 했다.

비이의 그러한 태도는 시스의 화에 불을 지핀 격이 되었다. 길길이 날뛰는 그를 향해 비이는 결국 각방 선언을 했다.

시스는 믿기지 않는다는 얼굴로 비이를 바라보았다.

비이는 그가 정신을 차리기도 전에 차가운 바람만을 남기고 황제의 방이자, 결혼하고부터는 부부 침실이 되어 버린 곳을 빠져나왔다.

금방 따라올 거라는 예상과 달리 단단히 삐친 시스는 날이 밝도록 비이를 찾아오지 않았다.

심기가 뒤틀린 것은 비이 또한 마찬가지였다.

날이 밝자마자 궁의를 불러 그 느낌이 태동이라는 것을 알게 되었다. 비이는 궁인들에게 황제에게는 절대 알리지 말라는 함구 명령을 내렸다.

이스날이 아침 댓바람부터 찾아온 것을 보니, 오늘은 평소보다 더 달달 볶인 모양이다. 하지만 이스날에게는 불행하게도 비이 또한 어젯밤 일로 심기가 편치 않았다.

"손님이 계시니, 나중에 다시 찾아오시라고 전하거라."

"황, 황후 폐하, 잠시만 시간을 내주십시오."

시종이 말을 전해 주기도 전에 단단히 닫힌 문을 향해 이스날이 다급하게 말했다. 이런 식의 문전박대는 처음이었다.

이스날은 무언가 잘못되었다는 생각이 들었다.

"잠깐이면 됩니다."

애절하다고도 느껴질 정도로 간절한 목소리가 문 너머에서 들려왔지만 비이는 요지부동이었다.

"황후 폐하, 제발 부탁드립니다."

"누님……."

보다 못한 란트가 비이를 불렀다. 황제의 기사를 이토록 문전박대 한 것이 알려지면 좋을 것이 없었다.

이미 사교계를 손안에 쥐고 쥐락펴락하는 비이에게 그 정도의 구설수 따위는 간지럽지도 않은 것이었지만 아직 사교계를 경험해 보지 못한 란트는 비이가 가지고 있는 힘이 어떤 것인지 자세히 알지 못했다.

태연한 궁인들과 달리 안절부절못하는 란트를 보며 비이가 피식 웃었다. 자신의 눈치를 보며 어쩔 줄 몰라 하는 동생을 봐서라도 이쯤에서 문을 열어 주는 것도 나쁘지 않았다.

물론, 문을 열어 주는 것과 청을 들어주는 것은 별개의 문제였지만 말이다.

하지만 그 전에 다짐을 받아 두어야 할 것이 있었다. 비이는 손가락 하나를 들어 자신의 입술을 눌렀다.

"폐하는 아직 모르시니 당분간 조용히 하렴."

아기의 태동이 시작되었다는 것을 알려 주기에는 아직 화가 풀리지 않았다. 앞으로 시스가 보일 행동에 따라 시기를 정할 생각이었다.

그러다 비이는 태동을 느끼고 감동에 젖을 시스를 떠올렸다.

아무래도 그 시기는 오늘을 넘기지 못할 것 같은 예감이 들었다.

"아악!"

또다시 문 안쪽에서 찢어질 듯한 비명 소리가 들려왔다.

머리로 생각하기도 전에 시스의 몸이 반사적으로 방 안으로 들어가기 위해 움직였다. 비이의 비명 소리에 몸을 움직인 것은 시스만이 아니었다.

문 앞에는 엘리언트 후작과 란트, 그리고 에반이 동시에 문고리를 향해 손을 뻗고 있었다.

눈이 마주친 네 남자가 동시에 미간을 구겼다. 방 안에서는 여전히 비이의 새된 비명 소리가 들려왔다.

네 남자는 지금 당장이라도 비이가 있는 방 안으로 들어가고 싶었다. 하지만 안으로 들어가 봐야 그들이 비이를 위해 할 수 있는 것은 아무것도 없었다.

이성이 돌아왔음에도 네 남자는 움직일 생각을 하지 않았다. 아니, 문 안으로 들어가고 싶어 하는 욕구와 치열한 싸움을 하느라 몸을 움직일 수가 없었다.

굳게 닫혀 있는 문을 사이에 두고 한동안 대치하듯 서 있던 네 남자 중 그나마 제일 먼저 움직일 수 있었던 사람은 오래전 지금과 같은 상황을 경험한 적이 있었던 엘리언트 후작이었다.

그는 문고리를 향해 뻗었던 손을 거두어들이고 벽이 있는 쪽으로 물러났다. 언제 당황을 했었냐는 듯, 태연히 팔짱을 끼고, 무표정한 얼굴로 벽에 등을 기대고 있었지만 비이의 비명 소리가 들릴 때마다 움찔거리는 몸의 반응까지는 감출 수가 없었다. 감고 있는 눈꺼풀이 무언가를 참고 있는 듯 파르르 떨리고, 엇갈려 팔을 잡은 후작의 손가락 마디마디가 하얗게 도드라졌다.

동요를 감추지 못하는 것은 후작만이 아니었다.

마치 문지기로 전업이라도 한 듯, 문 앞에서 한 발자국도 움직이지 않고 서 있는 에반과 새파랗게 질린 얼굴로 닫혀 있는 문만 하염없이 바라보고 있는 란트는 후작보다 더하며 더했지 결코 덜하지 않은 상태였다.

겉으로나마 태연한 모습을 가장하고 있는 어른들과 달리 갓 성인식을 치른 란트는 초조한 심정을 감추지 못하고 있었다.

그는 얼굴을 잔뜩 일그러트린 채, 애꿎은 손톱만 잘근잘근 물어뜯었다. 어린 시절에도 해 본 적 없는 행동이었지만 온 신경이 문 안쪽을 향해 있는 란트는 자신이 무슨 행동을 하고 있는지, 자각조차 하지 못하고 있었다.

'조카 얼굴은 보고 가야 하지 않겠니?'

성인식을 치르자마자 떠나려던 계획은 비이의 단 한마디에 바로 미뤄지고 말았다.

누님이 낳은 아이는 무척이나 사랑스러울 것이다.

비이를 쏙 빼닮았을 아기의 얼굴을 상상하자 보고 싶은 욕구가 더욱 커졌다. 란트는 조카의 얼굴을 보고 떠나는 것으로 계획을 바꿨다.

하지만 아기를 기다리는 것이 이런 식으로 피를 바짝바짝 말리는 일일 줄은 상상도 하지 못했다.

란트는 아직 태어나지도 않은 조카가 괜히 미워지려 했다.

"제기랄!"

시스의 입에서 기어코 욕설이 터져 나왔다.

황제의 품위와는 전혀 어울리지 않는 거친 말이었지만 누구도 그를 말리려 하지 않았다. 문 앞에서 아기님의 탄생 소식만을 초조하게 기다리고 있는 모든 이들이 시스와 같은 심정이었기 때문이다. 그들 또한 한바탕 시원하게 욕이라도 하고 싶은 마음이 간절했다.

"대체 궁의들은 무엇을 하고 있단 말이냐?"

시스는 차마 안으로 들어가지는 못하고 안절부절 문 앞을 서성였다.

비이가 진통을 느끼고 산실로 들어간 지 꼬박 하루가 넘어가고 있는 중이었다. 시간이 지나갈수록 시스의 심장은 점점 오그라들었다.

사랑스럽게 봉긋 올라오던 배가 어느 시점을 기점으로 무섭게 몸을 부풀리기 시작했다.

비이의 앞에서는 아무렇지도 않은 척, 태연한 얼굴을 가장했지만 산달이 다가올수록 하루하루 커져 가는 배의 크기에 혹시라도 비이의 배가 터져 버리는 것은 아닐까, 시스는 매일 피가 마르는 심정으로 그녀를 지켜보았다.

시스의 걱정과는 달리 다행히 배가 터지는 불상사는 일어나지 않았다. 하지만 어젯밤부터 시작된 진통은 하루가 꼬박 지나고서도 끝나지 않고 있었다.

"들어가서 어찌 되어 가고 있는 것인지 물어보고 오너라."

문 앞에서 그들과 함께 대기하고 있던 궁녀가 시스의 명령에 조심스레 문을 열고 안으로 들어갔다.

벌써 수십 번도 넘게 내린 명령이었다. 마음 같아서는 시스 자신이 직접 안으로 들어가고 싶었지만 산실 안은 금남의 구역이었다.

애타게 기다리던 궁녀 대신 궁의 중 한 명이 피곤에 전 얼굴을 하고 모습을 드러냈다. 시스는 그녀의 멱살이라도 잡을 듯한 기세로 득달같이 달려들었다.

"어찌 되었느냐?"

"아직 아기님이 나올 문이 열리지 않았습니다."

초산이어서인지 진통이 시작되고도 아기가 나올 기미는 보이지 않고 있었다.

산실 안에서 비이의 출산을 돕던 궁인들은 시간이 지나갈수록 초조함과 불안감에 바삭바삭 말라 가고 있는 중이었다.

가뜩이나 심장을 졸이며 아기님이 나올 문이 열리기만을 간절히 바라고 있는데, 시스는 시간 단위도 아니고 분 단위로 사람을 보내 괴롭혀 댔다.

신경이 곤두서 있는 것은 궁인들만이 아니었다. 산모인 비이 또한 진통으로 인해 한껏 예민해져 있는 상태였다.

"아까도 똑같은 말을 하지 않았느냐!"

안의 사정을 전혀 알 리 없는 시스가 답답한 마음에 감정을 주체하지 못하고 버럭 소리를 질렀다. 안에서 들리는 비명 소리는 점점 간격이 짧아지는데 궁의가 전하는 말은 앵무새처럼 한결같았다.

"그깟 똑같은 말 말고, 제대로 된 답변을 내놓으라는 말이다!"

시스가 위협하듯 궁의를 향해 으르렁거렸다.

황제의 성난 기세에 몸이 약간 움츠러들긴 했지만 궁의는 겁을 먹는 대신 당당히 황제를 향해 고개를 들었다.

무탈하게 아기님이 나오기 위해서는 산모의 상태가 가장 중요했다. 궁의는 산모와 아기의 안전을 최우선으로 두고 있어야만 했다.

궁의는 자신의 일에 대한 자부심이 큰 사람이었다. 산모의 심리를 어지럽히는 사람은 설사 제국의 황제라 하더라도 용납할 수 없었다. 더구나 그녀는 황제를 향한 황후의 전언까지 가지고 온 상태였다. 든든한 뒷배까지 두고 있는 그녀는 지금 이 순간만큼은 제국의 그 누구도 무섭지 않았다.

"한 번만 더 산실 안으로 사람을 보내면 당분간 황후궁 근처는 얼씬도 못하게 하겠다는 황후 폐하의 전언이 계셨습니다."

"······뭐?"

전혀 생각지도 못한 전언에 시스의 미간이 눈에 띄게 구겨졌다. 하지만 궁의의 말은 아직 다 끝난 것이 아니었다.

"황후 폐하께서 말씀하시길, 아기님을 낳는 데 방해가 되니, 이렇게 문 앞에 죽치고 있지 말고 가서 정무나 보시랍니다."

'이 여자가 정말!'

비이라면 충분히 할 수 있는 말이었다. 하지만 시스는 지금 이 순간, 비이에게 섭섭함까지 느껴지려 했다.

자신은 지금 1분을 하루처럼 느끼며 아기가 태어났다는 말만 목이 빠져라 기다리고 있는데, 아기를 낳기 위해 산실로 들어간 여자는 이런 자신이 방해가 되니 가서 정무나 보란다.

이게 문 앞에서 초조하게 소식을 기다리고 있는 남편에게 할 말이란 말인가?

너무 어처구니가 없고 황망해서 시스는 궁의를 향해 어떠한 대꾸조차 하지 못했다. 아니, 할 기운조차 없었다. 그런 시스의 곁으로 란트가 조용히 다가와 위로하듯 어깨를 토닥였다.

"······!"

누님이 좋다고 하니, 어쩔 수 없이 받아들이긴 했지만 란트는 여전히 시스가 마음에 들지 않았다.

여자 여럿 울릴 것 같은 매끈한 얼굴은 여자 문제로 누님의 눈에서 눈물을 나게 할 것 같아 싫었고, 그 능글거리는 말투와 언변에 순진한(?) 누님이 홀라당 넘어간 것 같아 속이 상했다.

더구나 비이의 옆에는 남자의 눈으로 봐도 근사한 에반이 있었다. 란트는 에반이 아닌 시스를 선택한 비이가 이해가 가지 않았다.

하지만 문 앞에서 살 떨리는 하룻밤을 함께한 동지애라도 생긴 것일까. 지금만큼은 시스에게 약간의 동점심이 생기는 란트였다.

생각지도 않은 순간에 처남의 위로를 받은 시스는 미묘한 표정을 지었다. 드디어 가족으로서 인정을 받았다는 뿌듯함과 함께 불쌍한 이를 보는 듯한 란트의 동정이 무척이나 불쾌하게 느껴졌기 때문이다.

"아악-!"

"드디어 아기 문이 열렸습니다!"

"황후 폐하, 아기님이 보입니다."

"이제 얼마 남지 않았습니다. 좀 더 힘을 내십시오, 황후 폐하!"

시스가 란트의 위로에 복잡한 심경을 곱씹는 사이, 섬뜩한 비명 소리와 함께 궁인들의 다급한 음성이 연이어 들려왔다.

"그럼, 저는 이만 들어가 보겠습니다."

시스에게 모든 전언을 마친 궁의가 문 안쪽에서 들려오는 소란스러움에 서둘러 안으로 들어갔다.

시스의 몸이 저절로 궁의의 뒤를 쫓아갔지만 매정한 문은 시스의 코앞에서 바로 닫히고 말았다.

"젠장!"

이따위 나무 쪼가리로 만든 문 따위 당장이라도 힘으로 부숴 버릴 수 있었지만, 혹시나 자신이 안으로 들어감으로 인해 비이와 아기가 잘못될까 싶어 시스는 차마 손조차 댈 수 없었다.

지금껏 태연한 척, 초조함을 감추고 있던 엘리언트 후작도 어느새 문 앞으로 다가와 있었다.

이토록 고통스러워하는 비명 소리는 처음 듣는 것이었다. 아니, 어쩌면 있었는지도 모르지만 엘리언트 후작이 느끼기로는 처음이었다.

타인의 괴로움 따위는 후작에게 어떠한 영향도 끼치지 못했다. 하지만 사랑스러운 딸의 비명 소리는 그의 심장을 무너지게 만들었다. 딸의 아픔을 대신해 줄 수만 있다면 열두 번도 더 대신해 주고 싶은 심정이었다.

"아아악!"

"힘을 내십시오, 황후 폐하."

"거의 다 나왔습니다."

"조금만, 조금만 더 힘을 주십시오, 황후 폐하."

시간이 지날수록 비이의 비명 소리가 커지고 있었다.

문 앞에 옹기종기 모인 네 남자는 주먹을 불끈 쥐고 자신들을 가로막고 있는 문을 철천지원수라도 보는 것처럼 뚫어지게 노려보았다. 아마 눈빛만으로도 물리력을 행사할 수 있다면 네 남자의 앞에 굳건히 버티고 서 있는 문은 이미 가루가 되어 없어지고도 남았으리라.

"아아아아악-!"

"응애-"

숨넘어갈 것 같은 비명 소리와 함께 드디어 모든 이들이 애타게 기다리고 기다리던 아이의 울음소리가 터져 나왔다.

"황후 폐하, 드디어 아기님이 나오셨습니다!"

"황후 폐하!"

감동에 겨운 궁인들의 목소리가 문 안쪽에서 연이어 들려왔다.

소리만으로는 문 안쪽에서 벌어지는 상황을 자세히 알 수 없었다. 네 남자는 마른침을 꿀꺽 삼키며 문이 열리기만을 목이 빠져라 기다렸다.

소란스러움이 점차 잦아들고 영원히 열리지 않을 것만 같던 문이 서서히 움직이기 시작했다. 네 남자가 그토록 고대하던 순간이었다.

"어여쁜 황녀님이옵니다. 감축 드리옵니다, 폐하."

"감축 드리옵니다, 황제 폐하."

"제국의 홍복이옵니다, 폐하."

문 안에서 모습을 드러낸 궁의와 궁녀들이 시스를 향해 허리를 굽히며 읍소했다. 그러자 문밖에서 시스와 함께 아기의 탄생을 기다리고 있던 이들도 함께 축하의 말을 전했다.

"비이는?"

자신과 비이의 아기다. 아기가 중요하지 않을 리 없다. 하지만 시스에게는 얼굴도 보지 못한 아기보다는 비이의 안위가 더 우선이 될 수밖에 없었다.

"안으로 드십시오."

말로 전해 듣는 것보다는 눈으로 직접 보는 것이 낫다고 판단한 궁의는 시스가 들어갈 수 있도록 안으로 비켜섰다.

그토록 기다리던 순간이건만 시스는 물론 후작과 란트, 그리고 에반까지 선뜻 발을 움직이지 못했다. 예민한 기사의 감각으로 방 안쪽에서 풍겨 나오는 비릿한 피 냄새를 민감하게 알아챘기 때문이다.

네 남자의 심장이 동시에 요동쳤다.

"폐하?"

새파랗게 질린 얼굴로 미동조차 하지 않는 시스를 궁의가 의아한 듯 바라보았다. 그토록 안달하며 수시로 사람들을 괴롭힐 때는 언제고 정작 아이가 태어나자 석상처럼 굳어서 안으로 들어갈 생각을 하지 않는다.

궁인들이 이상하게 생각하기 시작할 때쯤이었다.

"안 들어오시고 거기서 뭐 하십니까?"

잔뜩 쉰 목소리였지만 분명 비이의 목소리였다. 시스는 본능적으로 발을 놀려 안으로 들어갔다.

후끈거리는 열기와 습기가 방 안을 가득 채우고 있었다. 그 안에서 비이가 작은 천 뭉치를 품에 안고 있었다.

"비이!"

시스의 눈에 처음으로 보이는 것은 땀에 흠뻑 젖은 비이의 얼굴이었다. 시스는 비이의 얼굴을 보자마자 왈칵 울음이 나려 했다. 하룻밤 사이에 볼우물이 움푹 팰 만큼 얼굴이 홀쭉해지고, 꽃잎처럼 곱디고운 빛깔을 내던 입술은 해어지고 갈라져 덕지덕지 마른 피딱지가 달라붙어 있었다.

너무나 안쓰러운 비이의 모습에 시스는 아무런 말도 하지 못하고 손을 들어 그녀의 뺨에 달라붙은 머리카락을 조심스럽게 떼어 냈다.

"제게 할 말 없으십니까?"

마치 깨지기 쉬운 유리잔을 만지듯 섬세한 시스의 손길에 편안히 얼굴을 맡기며 비이가 물었다.

시스는 목이 메어 아무런 말도 할 수가 없었다. 하지만 비이의 연이은 재촉에 그는 간신히 입술을 달싹였다.

"……다행이다."

지금 이 순간, 시스가 비이에게 할 수 있는 것은 그 말 한마디가 전부였다.

시스는 아이를 낳다가 잘못되는 경우가 많다는 사실을 알고 있었다. 황실의 역사만 봐도 그와 같은 사례는 빈번하게 일어났다.

진통 시간이 길어질수록 혹시나 비이도 그중에 하나가 되는 것은 아닐까 걱정하며 심장을 졸이던 시스에게 방 안에서 풍겨 오던 피비린내는 순간, 그의 눈앞을 캄캄하게 만들었다. 머리로는 절대 아니라고, 비이가 잘못되었다면 궁의들이 그토록 상기된 표정을 지을 리가 없다고 되뇌었지만 머리가 외치는 명령과 달리 심장은 최악의 상황을 가정하며 펌프질해 대기 시작했다.

나락으로 떨어지려는 시스를 붙잡은 것은 그를 부르는 비이의 음성이었다.

그 순간, 시스는 아무런 생각을 할 수 없었다. 그저 비이가 무사하다는 사실만이 유일하게 그의 머릿속을 지배했다.

시스의 대답은 비이가 예상하고 있던 답변 중 그 어느 것에도 해당되지 않는 것이었다.

'아기를 낳느라 수고했다.'

'아기를 낳아 주어 고맙다.'

'아기는 누구를 닮았나?'

비이가 예상한 것은 주로 아이에 관련된 것이었다. 하지만 시스는 아기 따위는 안중에도 없다는 듯이 행동하고 있었다. 마치 아기의 존재를 잊은 사람 같았다.

비이의 품에는 천에 꽁꽁 둘러싸인 아기가 쌕쌕거리며 자고 있었다. 비이는 아기를 들어 올려 시스의 눈앞에 들이밀었다.

"아기는 궁금하지 않으십니까?"

시스의 시선이 그제야 아기에게로 향했다.

갓 낳은 아기는 쭈글쭈글하다는 선입관과 달리 비이가 낳은 아기는 볼에 사탕이라도 문 듯, 오동통했다. 처음으로 보는 아기의 얼굴은 딱히 누군가를 닮았다고 할 수 없을 만큼 애매모호했다. 자신을 닮은 것도 같고, 비이를 닮은 것도 같다. 시스는 자신이 눈도 깜빡이지 않고 아기를 뚫어져라 바라보고 있다는 사실을 몰랐다.

비이는 아기를 들어 시스 쪽으로 밀었다. 시스는 비이의 의도를 알지 못하고 눈만 끔뻑거렸다.

"그리 계시지 말고, 한번 안아 보십시오."

비이의 재촉에 시스가 엉거주춤 팔을 벌려 아기를 받았다. 아기가 불편한 듯 옅게 칭얼거렸다.

"이렇게 하시면 됩니다."

비이가 능숙한 솜씨로 시스의 팔을 잡아 고쳐 주었다. 편안함을 느낀 아기가 칭얼거림을 멈추고 다시 잠 속으로 빠져들었다.

"어떠십니까?"

비이가 물어 왔지만 시스는 그 어떤 대답도 할 수 없었다. 품에 안은 작고 빨간 생명체는 신기하기만 했다. 하지만 그 생명체를 안음으로써 가슴 깊은 곳에서 뿌듯함과 함께 뭔지 모를 감동이 휘몰아치고 있다는 것은 확실히 알 수 있었다.

"누님, 괜찮으세요?"

감동에 젖어 있는 시스를 일깨운 것은 잔뜩 들뜬 란트의 음성이었다. 란트는 시스의 몸에 가려져 있는 아기를 보기 위해 목을 위로 쭉 뺐다.

비이가 무사하다는 것을 알게 되자마자 란트의 관심은 아기에게로 향했다. 비이의 비명 소리를 들을 때까지만 해도 미워지려던 아기였으나 아기가 태어났다는 소리를 듣자마자 그 미움이 눈 녹듯이 사르륵 녹아 버렸다.

시스는 저도 모르게 품에 안고 있던 아기를 더욱 힘주어 안았다. 왠지 모르게 다른 사람들에게 아기를 보여 주기 싫었다. 특히 자신의 뒤에서 아기의 얼굴을 보기 위해 이제나저제나 목이 빠져라 기다리고 있는 세 남자에게는 더더욱.

"으아아앙."

시스의 힘에 아기가 결국 울음을 터트렸다. 시스는 당황한 얼굴로 비이를 바라보았다.

비이가 아기를 달라는 듯, 시스를 향해 팔을 뻗었다. 시스는 아쉽긴 했지만 아직 우는 아기를 달랠 재간은 없었으므로 순순히 비이에게 아기를 넘겨 주었다. 반드시 아기를 달래는 방법을 익히리라 다짐하면서 말이다.

"쉬, 괜찮단다. 아가야."

시스에게서 아기를 건네받은 비이가 아기를 품에 안고 어르기 시작했다. 벌써부터 엄마를 아는 것일까? 비이의 품에 안긴 아기는 금세 울음을 그치고 조용해졌다.

갑작스런 아기의 울음소리에 식겁한 시스가 그제야 안도의 한숨을 내쉬었다.

"어디가 아픈 것은 아니겠지?"

자신이 힘주어 안았다는 자각이 없는 시스가 걱정 가득한 얼굴로 아기의 안색을 살폈다. 방금 전까지 아기는 안중에도 없다는 듯이 행동하던 사람이 맞나 싶을 정도로 그의 신경은 온통 아기에게로 향해 있었다.

"괜찮습니다. 잠시 놀랐을 뿐입니다."

비록 초췌한 모습이긴 했지만 아기를 향해 미소 짓고 있는 비이의 모습은 시스가 지금까지 본 그녀의 모습 중에서도 가장 사랑스러워 보였다.

시스는 비이의 이마에 입술을 맞췄다.

"고마워."

갑작스런 그의 키스에 비이의 눈동자가 놀라 휘둥그레졌다.

시스는 놀라는 모습조차 사랑스러운 비이의 입술에 입을 맞추고 싶었지만 그녀의 품에 안겨 있는 아기를 생각해 행동으로 보여 주는 대신 말로 자신의 심정을 대변했다.

"사랑해, 나의 비이."

비이가 시스를 향해 미소 지었다. 아기에게 지어 주던 인자한 미소와는 조금 달랐지만 시스의 눈에는 그녀의 모든 미소가 눈이 부실 정도로 아름다웠다.

"누님, 저도 아기님을 보고 싶어요."

자신도 이곳에 있다는 사실을 잊지 말아 달라는 듯, 란트가 시스와 비이의 사이로 끼어들었다. 호시탐탐 기회를 엿보고 있던 후작과 에반도 틈을 놓치지 않고 비이의 곁으로 다가왔다.

시스는 이 순간 자신이 왜 이들을 미리 쫓아 보내지 않았을까 하는 후회가 들었다.

"아기에게 인사하렴, 란트."

란트가 잘 볼 수 있도록 비이가 아기를 들어 보여 주었다.

빨간 얼굴로 새근새근 잠이 든 아기의 모습에 란트의 입에서 절로 탄성이 흘러나왔다.

"너무 작아요."

꼭 감겨 있는 두 눈도, 아직은 낮은 코도, 오물오물거리는 입술도 란트의 눈에는 너무 작아 보였다. 란트는 아기의 모습을 요모조모 뜯어보며 신기해했다.

"안아 볼래?"

"안 돼!"

"으- 엥."

시스의 큰 목소리에 또다시 아기가 놀라 울기 시작했다. 비이는 조심성 없는 시스의 행동에 눈을 흘겼다.

"아니, 난 그저 처남이 아기를 안다가 떨어트리면 안 되니까……."

자신이 지은 죄를 아는지라 시스가 볼멘소리로 웅얼거렸다.

자신의 사랑스러운 딸을 시커먼 사내놈에게 안기게 하고 싶지 않은 아비의 심정을 어찌 말로 표현할 수 있으랴. 비이가 안다면 혀를 찰 생각이었지만 시스에게는 매우 중요한 일이었다.

아기를 달래느라 바쁜 비이 몰래 시스가 란트를 향해 눈을 부라렸다. 자신의 딸을 안지 말라는 경고를 보내는 것이다.

란트는 시스의 경고가 마음에 들지 않았다. 하지만 시스에게 심술을 부리고자 아기를 안아 보겠다고 나설 수도 없었다.

란트의 눈에 아기는 너무 작았다. 작은 아기를 만지기에는 자신의 손이 너무 커 보였다. 자신이 손을 대면 어릴 적, 비이가 만들어 주었던 비눗방울처럼 금방 펑 하고 터져 버릴 것만 같았다.

비이가 팔을 흔들며 달래자 아기가 또다시 울음을 멈췄다. 하지만 시스의 큰 목소리에 많이 놀란 모양인지, 금세 잠들던 아까와 달리 아기는 빨갛게 상기된 얼굴로 연신 딸꾹질을 하기 시작했다.

"제가 달래 보도록 하겠습니다. 아기님을 이리 주십시오, 황후 폐하."

아기의 유모로 내정되어 있던 이들 중 가장 경험이 많은 여인이 비이를 향해 팔을 뻗었다. 비이는 어쩔 수 없다는 얼굴로 아기를 유모에게 건네주었다.

이렇게 사람들이 많은 곳에서는 아기가 또다시 놀랄지도 모를 일이었다. 여인은 아기를 안고 산실을 빠져나갔다.

바로 옆에 아기를 위한 방이 있었다.

지금은 산실로 꾸며져 있지만 지금 비이가 있는 곳은 황후궁에 마련된 비이의 침실이었다.

관례대로 유모를 두긴 했지만, 비이는 될 수 있는 한 아기를 직접 키울 생각이었다. 그런 비이의 생각을 반영하여 아기의 방은 바로 비이의 침실 옆에 자리하게 되었다.

"고생 많았구나."

아기가 사라진 방을 향해 아쉬운 눈빛을 보내는 딸에게 후작은 아까부터 하고 싶었던 말을 넌지시 전했다.

"수고했다, 비욘느."

비이가 고개를 돌려 후작을 바라보았다. 그의 손이 비이의 어깨에 닿았다.

"장하다."

투박한 말투였지만 그 안에 담긴 것은 무척이나 따뜻한 것이었다. 후작의 속내를 누구보다 잘 알게 된 비이가 그를 향해 활짝 웃었다.

"할아버지가 되신 소감이 어떠세요?"

지금껏 비이가 아이를 가졌다는 생각만 했지, 자신이 할아버지가 된다는 사실은 까마득히 잊고 있던 후작이었다. 그는 솔직하게 이야기했다.

"이상한 느낌이구나."

이상했다. 비이가 태어났을 때와는 또 다른 느낌이었다.

심장이 간질간질한 것 같기도 했고, 한 생명을 잉태하고 낳은 자신의 딸이 자랑스럽기도 했다.

유독 먼저 떠난 그녀가 떠오르는 날이기도 했다.

비이의 친모이자, 자신의 단 하나뿐인 아내가 말이다.

"아기님을 낳으신 것을 감축 드립니다, 황후 폐하."

비이의 시선이 자신에게 닿자 에반이 재빨리 고개를 숙이며 축하의 말을 건넸다.

"밖에서 오랫동안 기다리고 계시느라 경도 고생이 많으셨습니다."

"제 일인 것을요."

에반이 당연하다는 얼굴로 대답했다. 하지만 그의 얼굴에 드리워진 피로까지는 감추지 못했다.

"가서 쉬세요, 에반. 저도 이만 쉬어야겠습니다."

이런 식으로 쫓아 보내지 않으면 그는 절대 쉬러 가지 않을 것임을 알기에 비이가 강하게 덧붙였다.

"푹 쉬고 난 후, 최고의 상태로 저와 아기를 지켜 주세요."

"……네, 그러겠습니다, 황후 폐하."

조금 뜸을 들이긴 했지만 에반의 입에서 만족스러운 대답이 나왔다. 비이는 에반에게서 시선을 거두고 후작과 란트를 바라보았다.

"아버지도 란트와 함께 가서 쉬세요."

"그래, 너도 푹 쉬려무나."

비이는 꼬박 하루가 넘도록 진통을 겪고 난 후에야 아기를 낳을 수 있었다. 그녀의 눈꺼풀은 그녀의 의지와 달리 서서히 감기고 있었다. 지금껏 기절하지 않은 것만으로도 대단한 의지라고 할 수 있었다.

후작은 그녀가 조금이라도 더 빨리 쉴 수 있도록 란트와 에반을 데리고 서둘러 밖으로 나갔다.

그들이 나가는 뒷모습조차 제대로 보지 못하고 기절하듯 잠들어 버린 비이를 시스가 안쓰러운 눈빛으로 바라보았다.

손을 내저어 궁녀들이 다가오려는 것을 막은 시스가 불편한 자세로 잠든 비이의 몸을 조심스럽게 눕혔다.

비이는 잠귀가 밝은 편이었다. 잠을 자고 있다가도 시스의 작은 뒤척임만으로도 그녀는 종종 잠을 깨곤 했다. 평소라면 이 정도의 움직임에 금방 깼을 비이가 세상모르게 자고 있었다. 그만큼 피곤했다는 증거였다.

시스 또한 하룻밤을 꼬박 새운 상태라 피곤하긴 마찬가지였지만 아기를 낳은 여인에 비할 바는 아니었다.

시스는 방 안에 있던 궁인들을 모두 물리고 비이의 곁에 몸을 눕혔다. 팔을 뻗어 따끈한 여체를 품에 안았다. 그녀만의 향긋한 체취와 고른 숨소리가 느껴졌다.

시스의 입술 사이로 안도의 한숨이 흘러나왔다. 비이의 따뜻한 체온을 느끼고 나서야 그녀가 무사하다는 실감이 났다. 불규칙하게 날뛰던 심장도 그제야 규칙적으로 움직이기 시작했다.

"하아, 두 번은 못 할 짓이야."

비이의 몸을 더욱 끌어안으며 시스가 중얼거렸다.

이런 피 말리는 경험은 다시는 하고 싶지 않았다. 이 짓을 또 하다가는 자신의 심장이 남아날 것 같지 않다. 자신이 어찌할 수도 없는 상황에서 비이의 고통에 찬 비명 소리를 듣고만 있어야 하는 일은 지옥의 불구덩이 속에 있는 것보다도 더 끔찍한 일이었다.

"법을 바꿔야겠어."

제국법상 여인은 가문을 이을 수 없다. 그것은 황실 또한 마찬가지였다. 제국의 역사상 여황은 없었다. 하지만 지금 이 순간, 시스는 그 제국법을 뜯어고칠 결심을 했다.

비이에게 또다시 아이를 낳게 할 생각은 없었다. 이런 끔찍한 경험은 한 번으로도 충분했다. 하지만 오늘 태어난 아이는 황위를 이을 수 있는 황자가 아닌 황녀였다.

황녀를 황자로 둔갑시킬 수는 없는 법이다.

다른 여자에게 아이를 낳게 한다는 선택지도 있었지만 시스의 머릿속에 그런 선택 사항은 고려 대상조차 되지 못했다.

그렇다면 방법은 단 하나뿐이다.

황녀에게도 황위를 이을 수 있게 만들면 된다. 생각해 보니 자신의 딸이 최초의 여제가 되는 것도 나쁘지 않은 일이었다.

법을 뜯어고치려면 앞으로 매우 힘들어질 테지만, 지금 당장은 비이를 품에 안고 쉬고 싶었다. 시스의 숨소리가 점점 비이의 호흡에 맞춰 느려졌다.

잠이 든 시스의 입가에는 만족스런 미소가 걸려 있었다.

5년 후.

"황녀님, 황녀님!"

"아직도 황녀님을 못 찾은 것이냐?"

"송구합니다, 부시녀장님."

마리의 질책에 샤샤를 찾아 사방팔방으로 황궁 안을 뒤지고 다니던 궁녀들이 다급히 고개를 숙였다.

"하아, 벌써 마담 미엘라가 도착했는데, 황녀님은 대체 어디에 계시다는 말이냐."

황후의 수족과도 같은 마리의 입에서 한숨 소리가 흘러나오자, 황녀가 사라진 것이 자신들의 잘못인 것처럼 궁녀들이 어찌할 줄을 모르며 고개를 더욱 조아렸다.

'흥, 내가 나갈 줄 알고?'

나무 위에서 무성한 나뭇가지 사이로 몸을 숨기고 있던 샤샤가 그런 마리와 궁녀들의 모습에 콧방귀를 뀌었다.

예쁜 옷을 입는 건 좋다. 하지만 마담 미엘라의 손에서 하루 종일 인형 신세가 되어야 하는 일은 싫었다.

루이아샤의 수석 디자이너이자 패션계의 독보적인 거장인 마담 미엘라는 패션과 관련된 일에 있어서만큼은 한 치의 양보도 없었다. 그녀는 드레스뿐만이 아니라 구두에서부터 액세서리까지 자신이 만든 드레스에 맞춰 모든 것이 완벽하게 세팅되어야 만족을 했다.

그런 마담 미엘라에게 걸리면 샤샤는 하루 종일, 아니 심하면 몇 날 며칠을 그녀의 앞에 서서 수많은 드레스와 장신구들을 착용하고 벗는 동작들을 반복해야만 했다.

생각만으로도 끔찍한 일이다.

활달한 샤샤에게 마담 미엘라와 함께하는 시간들은 곤욕스러울 수밖에 없다. 샤샤는 궁녀들의 시선을 피해 몸을 숨기며 제발 마담 미엘라가 빨리 포기하고 돌아가 주기를 바랐다.

"궁이 소란스럽군요."

갑자기 들려온 나직한 목소리에 놀라 허둥대던 마리와 궁녀들이 목소리의 주인을 확인하고 황급히 고개를 숙였다.

"루이스 자작님!"

루이스 자작이라고 불린 남자가 바람결에 흐트러진 잿빛 머리카락을 손가락으로 쓸어 넘기며 그녀들을 향해 성큼성큼 다가왔다.

에반 리 루이스.

자작의 위를 받아 귀족이 된 에반의 현재 이름이었다.

그는 5년이 지난 지금도 여전히 비이의 수호 기사였다. 시스는 황후의 수호 기사가 평민이면 면이 서지 않는다는 이유를 들어 에반에게 작위를 내려 주었다.

한 대에서 끝나는 종신 작위와 달리 에반에게 내려진 것은 자식에게까지 작위를 물려줄 수 있는 세습 작위였다.

평민에게 세습 작위를 내리는 것은 황제에게도 쉽지 않은 일이었지만, 시스는 그에게 영토를 내려 주지 않음으로써 다른 귀족들의 반발을 잠재웠다.

현재 비이의 수호 기사로서 대부분의 시간을 황궁 안에서 보내는 에반에게 꾸준히 관리해 주어야 하는 영토는 귀찮기만 할 뿐이다. 영토 따위는 훗날, 필요한 시기에 마땅한 이유를 들어 내리면 그만이었다.

시스는 여전히 에반을 마음에 들어 하지는 않았지만 그런 시스의 마음과는 별개로 에반은 비이에게 꼭 필요한 존재였다. 그에게 평민의 굴레를 벗겨 주는 것이 시스가 에반에게 해 줄 수 있는 최선의 호의였다.

"제가 없는 동안 무슨 일이 생겼습니까?"

얼마 후면, 제국의 건국제다.

1년에 한 번씩 돌아오는 건국제였지만 올해는 좀 더 특별했다. 작은 왕국에 불과했던 프리스턴 왕국을 제국으로 선포하고 1,000년을 맞이하는 해였기 때문이다.

제국은 안팎으로 어수선한 상태였다. 하지만 오늘따라 유독 더 부산스럽다.

에반은 오늘 잠시 일이 생겨 아침부터 밖에 나갔다 돌아오는 길이었다. 그는 혹시나 자신이 자리를 비운 사이에 큰일이 생긴 것은 아닌지 얼굴을 굳혔다.

"그게, 황녀님께서 사라지셨습니다."

에반의 질문에 마리가 민망하다는 듯 얼굴을 붉혔다.

에반은 바로 그 의미를 알아차렸다. 그는 알아들었다는 뜻으로 마리를 향해 고개를 끄덕였다.

제국의 하나밖에 없는 황녀는 종종 이런 식으로 궁녀들을 곤란하게 만들곤 했다. 샤샤의 의도는 딱히 궁녀들을 괴롭힐 목적은 아니었지만 어찌 되었든 그녀를 담당하는 시녀들은 황녀가 이런 식으로 돌발 행동을 할 때마다 놀라 이리저리 뛰어다녀야 했다.

이미 화려한 전적들을 가지고 있는 샤샤다. 황녀가 사라졌다는 말에 에반은 별로 놀라지 않았다.

에반은 긴장으로 굳어져 있던 근육을 풀며 입을 열었다.

"아직 찾지 못하신 겁니까?"

"네."

"어디 계시는지는 짐작도 가지 않으십니까?"

"네, 요즘은 행동반경이 더 넓어지신지라……."

에반의 질문에 마리가 말끝을 흐렸다.

제국에서, 아니 대륙에서 제일 넓다고 알려진 황궁이다. 그런 황궁 안이 좁다며 활개를 치고 다니던 샤샤가 급기야 내궁을 지나 외궁까지 진출했다.

외궁은 내궁과 달리 외부인들의 출입이 잦은 곳이다. 그만큼 샤샤가 궁녀들의 눈을 피해 숨어들 곳은 많았다. 궁녀들이 찾아봐야 할 곳도 더 많아졌다는 뜻이다. 딱히 위험한 일이 아니라면 샤샤가 무엇을 하든 내버려 두는 비이와, 샤샤의 말이라면 무조건 '좋아'를 외치는 시스 덕에 죽어 나가는 것은 샤샤를 전담하고 있는 궁녀들뿐이었다.

"샤샤 님이 보고 싶어 최대한 빨리 돌아왔는데, 곤란하게 되었군요."

에반이 눈동자를 굴려 나무 위를 슬쩍 곁눈질했다. 곤란하다는 말과는 달리 그의 얼굴엔 잔잔한 미소가 걸려 있었다.

사람의 기에 민감하지 못한 궁녀들은 전혀 눈치채지 못하고 있었지만 기사인 에반에게는 나무 위에 있는 작은 기척이 너무나도 또렷이 느껴졌다.

더구나 극성스럽다고 할 정도로 샤샤의 안전에 민감하게 반응하는 시스가 아이를 혼자 둘 리가 없다. 샤샤의 주위에는 항상 몸을 숨긴 기사들이 포위하듯 지키고 있었다. 기사들의 기운을 쫓는 것만으로도 에반은 샤샤가 있는 곳을 알아낼 수 있었다.

바로 지금처럼 말이다.

"샤샤 님이 안 계시다고 하니 실망스럽군요. 일이 이렇게 되었으니, 저는 밖에서 좀 더 있다 돌아와야겠습니다."

"안 돼!"

"황녀님!"

또다시 밖으로 나가겠다는 에반의 말에 샤샤가 다급히 소리를 질렀다. 나무 위에서 샤샤를 발견한 마리의 얼굴에서 순식간에 핏기가 사라졌다.

"세상에, 대체 거긴 어떻게 올라가신 거예요? 위험해요! 어서 내려오세요. 아니, 내려오지 마세요. 거기 계세요."

마리가 어찌할 줄을 모르고 우왕좌왕했다. 성인의 키를 훌쩍 넘은 나무다. 떨어진다면 팔이나 다리 하나쯤은 각오해야 할 높이였다.

마리는 끔찍한 상상에 절로 식은땀이 났다.

"내가 올라가서 모시고 내려와야겠다. 너희는 빨리 사다리를 가지고 오너라."

"네, 부시녀장님."

어떻게 해야 샤샤를 나무 위에서 무사히 데리고 내려올 수 있을지를 고민하며, 마리가 자신의 옆에 있던 궁녀들을 재촉했다. 궁녀들은 다급히 사다리를 구하러 가기 위해 달려갔다.

"나 여기 있으니까. 가지 마! 가면 안 돼!"

자신을 걱정하는 마리는 안중에도 없다는 듯, 샤샤가 에반에게 시선을 고정시키고 다급히 말했다.

"알았지? 응?"

에반이 대답하지 않자, 샤샤가 불안한 얼굴로 그의 대답을 재촉했다. 샤샤를 바라보는 에반의 입가엔 여전히 미소가 걸려 있었다.

"가지 않겠습니다."

"정말이지?"

"네."

샤샤의 얼굴이 환해졌다. 햇살을 머금은 미소가 눈이 부실 정도였다.

구불구불 허리까지 내려오는 머리카락과 초원의 녹음을 박아 넣은 것 같은 선명한 녹색 눈동자, 그리고 보기 좋게 자리 잡은 도톰한 입술은 영락없이 비이의 어린 시절 모습이다. 이제 갓 5살이 된 비이와 시스의 딸은 눈부신 백금발을 제외하면 비이의 미니어처라고 할 수 있을 정도로 꼭 닮아 있었다.

"나 내려간다!"

"까악!"

샤샤가 별안간 에반을 향해 몸을 날렸다.

샤샤의 돌발 행동에 마리가 비명을 지르며 얼어붙었다. 놀란 마리와 달리 에반은 미리 짜 놓기라도 했던 사람처럼 두 팔을 벌려 아래로 떨어져 내리는 아이를 능숙하게 받아 냈다.

"헤엣!"

아이의 작은 몸이 에반의 품에 폭 안겼다. 굳어진 에반의 표정과 달리 샤샤는 무엇이 그리도 좋은지 에반의 품에 안겨 헤실거렸다.

"이런 행동은 위험합니다."

"하나도 안 위험한걸?"

에반의 말에 샤샤가 이해할 수 없다는 듯 고개를 갸웃거렸다.

"떨어져 다치기라도 하면 어쩌시려고요?"

"하지만 에반이 받아 줄 거잖아."

"제가 받지 못했으면 크게 다치셨을 겁니다."

"에반인데?"

아이의 무한한 신뢰가 담긴 눈빛에 에반의 얼굴이 곤란하게 변했다.

샤샤의 말대로 떨어지는 아이쯤은 가뿐하게 받아 낼 수 있는 에반이다. 아이가 나무 위에서 뛰어내리는 순간 몸은 자연스럽게 아이를 받아 낼 준비를 하며 움직였다. 머리로 생각하기 전에 몸이 먼저 반응하는 것이다.

실수로라도 아이를 떨어트릴 확률은 적었다. 하지만 확률이 적다 뿐이지 무조건 아니라고는 할 수 없었다.

"저도 실수할 때가 있습니다."

아이의 믿음이 고맙기는 하지만 이런 행동은 위험했다. 장난기 서린 표정과 뛰어내리기 전의 움직임만으로 아이의 돌발 행동을 짐작하고 있었기에 그리 놀라지는 않았지만 그래도 위험한 것은 위험한 것이다.

에반은 아이를 향해 엄하게 말했다.

"다시는 이런 행동은 하지 마십시오."

"나 안 다쳤는데?"

"샤샤……."

"황녀님, 괜찮으세요? 어디 다치지는 않으셨어요?"

샤샤는 에반이 함께 있는 한, 다치지 않을 것이라는 절대적인 믿음을 가지고 있었다. 대체 무엇이 문제냐는 듯 이해하지 못하는 아이의 모습에 에반은 한숨을 내쉬었다.

어떻게 해야 아이를 이해시킬 수 있을까 고민하며 입을 여는 에반을 제지한 것은 뒤늦게 정신을 차린 마리였다.

"도대체 나무에서 왜 뛰어내리시는 거예요? 제가 얼마나 놀랐는지 아세요? 저 진짜 심장이 멎는 줄 알았다고요."

"마리, 귀 따가워."

"지금 귀 따가운 게 문제예요?"

손가락으로 귀를 후비는 샤샤의 행동에 마리가 뺙 소리를 질렀다.

비이의 전속 시녀로 황궁에 입궁한 마리는 샤샤가 태어나고 바로 샤샤의 담당이 되었다. 비이를 꼭 닮은 샤샤의 모습에 한눈에 반해 버렸기 때문이다.

어릴 때의 아가씨를 모시지 못한 한을 이번에야말로 꼭 풀고 말리라 다짐했던 마리는 샤샤가 뛰기 시작했을 때부터 자신의 꿈이 무너지는 소리를 들어야 했다.

어릴 때부터 매사 조용하고 우아했던 비이와 달리 샤샤는 선머슴이 따로 없었다.

황제의 집무실이 있기에 언제나 조용해야 할 중앙궁 안의 복도들을 우악스럽게 뛰어다니는 것은 물론이거니와, 어디서 땅바닥이라도 구르고 왔는지 하루에도 몇 번씩 더럽혀진 드레스를 갈아입혀야 했다. 외모만큼이나 성격 또한 비이를 쏙 빼닮았을 거라고 철석같이 믿고 있던 마리에게는 청천벽력이 따로 없는 일이었다.

더구나 최근엔 아이들을 모아 놓고 후궁 안의 궁들을 놀이터 삼아 땅따먹기 놀이를 하고 있는 중이다.

시스가 황제의 자리에 오르자마자, 관례에 따라 황자들은 물론 선황제의 후궁들과 황녀들까지 모두 황궁 밖으로 나갔다.

시스의 부인이라고는 황후인 비이가 전부다. 자식 또한 황녀인 샤샤가 유일했다. 후궁을 들일 생각은 티끌만큼도 없는 시스에게 후궁들을 위해 존재하는 궁들은 제국의 예산을 갉아먹는 골칫덩이에 불과했다.

'이참에 확 밀어 버릴까?'

시스는 예산을 위한 정기 회의를 할 때마다 입버릇처럼 말했다.

궁 하나를 유지하기 위해 들어가는 돈은 꽤 많았다. 그 궁들이 한두 개도 아니고 두 자릿수가 넘어갔다. 모두 후궁의 숫자가 곧 자신의 힘이라고 믿어 의심치 않던 선황제들 탓이다.

시스는 쓸모도 없고 돈 잡아먹는 하마 같은 궁들을 없애 버리고 싶어 했지만, 귀족들이 거세게 반발했다. 제국의 유산을 함부로 없앨 수는 없다는 이유였다.

그러던 참에 샤샤가 후궁의 궁들을 점령했다는 소식이 전해졌다.

'역시 내 딸이라 그런지 배포도 크군.'

시스는 박장대소를 하며 후궁 전체를 샤샤의 놀이터로 바꿔 버렸다. 딸의 놀이터를 유지하는 데 드는 돈은 하나도 아깝지 않았다.

'이게 다 황제 폐하 때문이야!'

마리가 속으로 시스를 욕하며 울부짖었다.

매사 오냐오냐 샤샤를 대하는 시스 덕에 샤샤의 그러한 행동들은 나날이 거침이 없어졌다. 마리는 시스가 원망스러웠다.

"일은 할 만하니?"

"네."

당당함이 서린 란트의 대답에 비이의 입가에 뿌듯한 미소가 서렸다.

5년 만에야 여행을 마치고 집으로 돌아온 란트는 누가 보더라도 군침을 흘릴 정도로 멋진 남자가 되어 있었다. 예전의 앳된 모습은 눈을 씻고 봐도 찾을 수 없다. 비이는 뿌듯함과 동시에 섭섭함을 느꼈다.

"다행이로구나."

비이는 스며 나오려는 섭섭함을 찻잔을 들어 올려 감췄다.

이제는 성인이 된 아이다. 아니, 더 이상 아이라 부를 수도 없다. 완연한 남자가 되어 돌아온 란트의 모습에 비이는 또다시 흐뭇한 미소를 지었다.

"어려운 점은 없고?"

"아버님께서 모두 준비해 주셔서 별다른 어려움은 없습니다."

"그렇구나."

란트가 여행에서 돌아오자마자 엘리언트 후작은 란트에게 후계 교육을 시작했다. 마치 금방이라도 후작의 작위를 넘길 것처럼 구는 엘리언트 후작의 모습에 많은 이들이 염려를 표했다.

란트의 나이가 어린 것도 문제였지만 가장 큰 문제는 란트가 가진 출생의 오점과 5년간의 빈 시간이었다. 5년 동안 한량처럼 돌아다녔다고 알고 있는 사람들은 란트의 능력을 의심했다. 경험도 없고, 제대로 된 교육도 받지 못한 란트가 미덥지 못했던 것이다.

하지만 그런 사람들의 걱정이 무색하게도 란트는 마치 스펀지가 물을 흡수하듯, 엘리언트 후작의 가르침을 빠르게 흡수했다. 칭찬에 인색한 엘리언트 후작도 혀를 내두를 정도로 빠른 습득력이었다.

란트의 교육 기간을 3년 정도로 잡고 있던 엘리언트 후작은 자신의 계획을 빠르게 수정했다. 넉넉잡아 1년. 그는 그 기간 안에 후작의 작위를 란트에게 넘기기로 마음먹었다.

엘리언트 후작은 현재 세상에 단 하나뿐인 손녀의 재롱에 푹 빠져 있었다. 비이가 어릴 때는 느껴 보지 못한 잔재미를 그는 이제야 만끽하고 있는 중이다. 하지만 일 중독자라고 할 수 있을 정도로 일이 파묻혀 살고 있던 엘리언트 후작에게는 손녀와 함께할 수 있는 시간이 별로 없었다.

그는 조금이라도 손녀와 함께하는 시간을 늘리기 위해 후작위뿐만 아니라, 재상직까지도 넘기려고 하고 있었다. 요즘 그의 주요 일과는 재상직을 떠넘길 만한 인재를 물색하러 다니는 것이었다.

"집으로 돌아온 지 얼마 되지도 않았는데, 고생이 많구나."

"언젠가는 해야 할 일이었는걸요."

세상의 전부라 할 수 있는 누님을 지켜 낼 수 있는 힘을 기르기 위해 떠났던 여행이다. 작위를 물려받는 것 또한 란트에게는 같은 의미였다.

비이가 황후로서 굳건하기 위해서는 그녀의 가문인 엘리언트 후작가가 단단히 뒤를 받쳐 줘야 했다. 란트는 엘리언트 후작가의 수장으로서 그 역할을 충실히 맡을 생각이었다.

'그러기 위해 떠난 여행이었으니까.'

5년 동안 많은 곳을 돌아다녔다. 란트는 서부에만 머물러 있지 않았다. 이나야리들의 습성과 행태를 익힌 란트는 동부와 북부, 남부까지 발길이 닿는 곳이라면 어디든 돌아다녔다.

여행을 떠나기 전, 비이가 챙겨 줬던 돈은 여행을 시작하고 얼마 지나지 않아 금방 떨어졌다. 정확히는 순진한 도련님처럼 보이는 란트를 노리고 접근한 사람들에게 당해 한 푼도 남기지 못하고 털렸다.

비이의 보호 아래서 세상 물정 모르던 란트는 여행을 하는 동안 많은 것을 배웠다. 자신이 얼마나 안락하게 생활해 왔는지, 자신이 지키고자 했던 비이가 얼마나 큰 사람이었는지, 란트는 5년이라는 시간 동안 그 사실을 뼈저리게 느낄 수 있었다.

더구나 사람이 가질 수 있는 악의가 이나야리보다도 더 험악할 수 있다는 것도 알았고, 각박한 삶 안에서도 희망이 생길 수 있다는 것도 배웠다.

몇 번이나 죽을 고비를 넘기고 란트는 더욱 단단해졌다.

"그래, 너라면 잘하리라 믿는다."

비이의 부드러운 미소에 란트가 마주 웃어 보였다. 지금까지는 저 미소를 지키기 위해 준비했던 시간이었다. 이제부터는 그녀의 곁에서 저 미소를 지켜 줘야 할 때였다.

"그러고 보니 건국제가 며칠 남지 않았군요."

샤샤가 치고 다니는 사고만 아니라면 언제나 조용하던 황궁 안이 꽤 부산스럽다. 건국제에 맞춰 단장을 하고 있기 때문이다.

이번 건국제에는 내국의 귀족들뿐만 아니라 외국의 사절단까지도 오기로 되어 있었다. 황궁 전체가 그 준비로 부산스러운 것은 당연한 일이었다.

"아무래도 천 번째 건국제이니 다른 때와는 달라야겠지."

비이가 또다시 차를 마시며 대꾸했다. 샤샤를 가지고 보기 좋게 살집이 오르던 때가 언제였냐는 듯, 그녀는 아이를 낳기 전보다 더 말라 있었다.

'레탄 후작 부인과는 다른 모습이군.'

후덕하게 살집이 오른 레탄 후작 부인의 모습을 떠올리며 란트는 안타까움을 느꼈다. 왠지 비이가 앉아 있는 황후의 자리가 그녀를 괴롭히고 있는 것만 같아 속이 상했다.

란트는 서부에 있는 동안 레탄 후작의 도움을 많이 받았다. 특히 레탄 후작의 부하인 카산과는 호형호제하며 형제처럼 지냈다. 비이의 친우이자, 레탄 후작 부인인 레비나와 친해진 것은 말할 것도 없었다.

심한 입덧으로 임신 기간 동안 바짝 말랐던 레비나는 그 보상이라도 하려는 듯 아이를 낳고 살집이 오르기 시작하더니, 어느 순간 동글동글한 모습이 되었다.

레탄 후작은 레비나의 그 모습에 매우 흐뭇해했다. 통통할수록 미인으로 보는 서부의 특성 탓도 있었지만, 이미 콩깍지가 단단히 쓰인 레탄 후작의 눈에는 레비나가 어떤 모습이든 상관이 없었다. 그저 풍만한 쪽이 안기에는 더 흡족했을 뿐이다.

시스도 매년 열리는 신년 파티를 통해 해마다 살집이 올라 풍만해지는 레비나를 봤다. 마치 '나는 사랑받고 있는 만큼 살이 찌고 있어요'라는 분위기를 풍기는 그녀의 모습에 시스는 전의를 불태웠다.

비이를 사랑하는 것만큼은 누구에게도 지고 싶지 않았다.

빼빼 마른 모습보다 적당히 살집이 오른 비이의 모습이 더 예쁘다는 사실을 이미 눈으로 확인한 후였다.

그렇지 않아도 갈수록 말라 가는 비이의 몸에 살을 붙이기 위해 시스는 백방으로 노력하고 있는 중이었다. 몸에 좋다는 것은 무슨 수를 써서라도 손에 넣어 비이에게 먹였고, 비이의 일거리를 조금이라도 줄이기 위해 인재라는 인재는 모두 황후궁 소속으로 집어넣었다.

심지어 그는 잠자리가 과한 것은 아니었는지, 궁의를 불러 진지하게 상담을 하기도 했다.

그러한 시스의 노력을 전혀 알지 못하는 란트는 그저 레비나에 비해 바짝 마른 자신의 누이를 보며 시스를 원망할 뿐이었다.

비이가 살이 찌지 않는 이유는 두 남자가 생각하고 있는 것처럼 일이 많다거나 먹는 것이 부실해서가 아니었다. 단지 그녀의 체질 자체가 기초대사량이 높아 살이 찌기에 어려웠을 뿐이다.

그 사실을 꿈에도 모르는 두 남자는 어떻게 해야 비이의 살을 찌울 수 있을지 고민하고 또 고민했다.

"어?"

이곳의 주인인 비이의 허락도 받지 않고 갑작스레 문이 열렸다.

"란트 삼촌이다!"

굳이 허락을 받지 않아도 어디든 들어갈 자격을 가지고 있는 샤샤가 란트를 발견하고 활짝 웃었다.

란트는 마주 웃어 보이며 소파에서 몸을 일으켰다. 고목나무의 매미처럼 에반의 목에 매달려 있던 샤샤가 자신에게 다가오는 란트를 향해 두 팔을 뻗었다.

"그동안 잘 계셨습니까?"

"네!"

란트가 샤샤를 안아 들며 그녀의 뺨에 입을 맞췄다. 샤샤가 간지러운 듯, 까르륵 낭랑한 웃음을 터트렸다.

"삼촌, 까칠까칠해요."

샤샤가 손바닥으로 란트의 턱을 문질렀다. 삐쭉삐쭉 올라온 수염의 느낌이 고사리 같은 손바닥을 간질였다.

"이런."

란트가 난감한 얼굴이 되었다. 나름 몸단장을 한다고 한 것이었지만 지난 5년간 거지꼴로 돌아다니던 습관이 남아 있었던 모양이다.

란트의 난감함을 아는지 모르는지 아이가 또다시 란트의 턱을 쓰다듬으며 까르르 웃었다. 손바닥에서 느껴지는 거슬거슬한 느낌이 재미있었다.

"아빠도 까칠까칠해요."

경직된 호칭을 질색하는 시스로 인해 샤샤는 아바마마나 어마마마와 같은 황궁에서 쓰는 호칭 대신 사가에서 쓰는 호칭으로 시스와 비이를 불렀다.

비이 또한 아이는 아이답게 있어야 한다고 생각하고 있었기에 자신의 딸을 예법이라는 테두리 안에 가두지 않았다. 그러한 비이의 교육관과 자유분방한 아이의 천성이 어우러져 샤샤는 구김살 없이 자라나고 있었다.

"그렇습니까?"

"네, 밤마다 샤샤를 안고 괴롭혀요. 여기가 따끔따끔해요."

아이가 자신의 두 뺨을 문지르며 대답했다.

매일 아침 단장을 한다 해도 밤이 되면 수북하게 수염이 올라오는 것은 남자라면 당연한 일이었다.

시스는 샤샤가 잠들기 전, 삐죽삐죽 올라온 수염으로 샤샤의 뺨을 비비며 장난을 걸었다. 그때마다 숨넘어갈 것처럼 까르르 웃는 딸이 너무나 사랑스러웠기 때문이다.

"삼촌도 따끔따끔해요."

란트가 샤샤의 뺨에 자신의 뺨을 대고 비비자 아이가 또다시 웃음을 터트렸다.

샤샤가 태어나고 바로 여행을 떠난 탓에 샤샤는 란트를 전혀 기억하지 못했다. 하지만 그동안 비이와 에반이 전해 주는 이야기를 통해 삼촌이라는 존재에 대해서는 잘 알고 있었다.

대륙 전체에 깔려 있는 피스온 상단을 통해 란트의 편지를 전해 받을 때마다 비이는 샤샤를 품에 안고 자신의 동생에 대해 이야기해 주었다.

그래서였을까. 첫 만남의 서먹함도 잠시, 제법 낯을 가리는 샤샤가 란트는 금방 따랐다. 란트 또한 비이의 어렸을 때와 똑같이 닮은 조카가 매우 사랑스러웠다.

"샤를휘나 아르네 비안 프리스턴."

자신을 부르는 비이의 목소리에 란트의 품에 안겨 장난을 치던 샤샤가 몸을 흠칫 떨었다. 비이는 샤샤의 잘못을 지적하거나 혼을 낼 때마다 샤샤라는 애칭 대신 풀 네임으로 불렀다.

평소 샤샤에게 매우 너그러운 비이였지만 몇 가지 일만은 매우 엄하게 가르쳤다.

"오늘 마담 미엘라가 온다고 했을 텐데?"

그중 하나가 약속이었다.

신용이란 매우 중요한 것이다. 특히, 높은 자리에 있는 이일수록 자신이 입에 담은 말은 반드시 지켜야 했다.

자신과 한 약속이라면 두말할 것도 없다.

비이는 한번 한 약속은 반드시 지켜야 하는 것이라고 샤샤에게 가르쳤다.

샤샤가 비이의 엄한 눈길을 피해 란트의 품으로 파고들었다. 약속을 어기는 짓이 나쁜 일이라는 것은 샤샤도 알고 있었다. 하지만 마담 미엘라와의 시간은 정말 끔찍했다.

샤샤가 울상이 되어 란트를 올려다봤다. 삼촌이라면 그 끔찍한 시간이 오지 않게 도와주지 않을까 하는 기대감을 가진 눈동자였다.

기대에 가득 찬 녹색 눈동자를 마주한 란트의 이마에 식은땀이 흘러내렸다. 자신 또한 마담 미엘라와의 시간이 얼마나 끔찍한 것인지 경험을 통해 알고 있었다. 성인식을 맞이하기 위해 마담 미엘라와 함께했던 몇 날 며칠은 5년간의 고생과도 비교될 정도로 힘들고 지루한 것이었다.

란트에게는 누님의 말을 거역할 힘이 없다. 하지만 사랑스러운 조카의 바람을 거절할 배짱도 없었다.

"누님, 저……."

"그리고 보니, 너도 건국제 때 입을 옷이 없겠구나."

이제야 생각이 났다는 듯, 비이가 란트의 말을 자르며 말했다.

란트가 여행을 마치고 돌아온 것은 겨우 두 달 전의 일이다. 비이와 샤샤를 보기 위해 황궁을 들락거리는 것을 빼면 란트는 그동안 후계자 교육을 받느라 저택 안에서 두문불출했다.

그런 란트에게 건국제 같은 큰 파티에 입고 나갈 만한 옷이 있을 리가 만무했다.

어릴 때 입었던 옷들은 이미 모두 작아져 입을 수 없다. 더구나 5년이나 지난 후였기에 지금 유행에는 매우 뒤처진 것들이었다.

비이는 매우 잘되었다는 듯, 손뼉을 쳤다.

"이참에 샤샤와 함께 너도 옷을 맞춰 놓는 것이 좋겠구나."

"저, 저는……."

"너는 가서 마담 미엘라를 이곳으로 불러오거라."

란트가 자신의 의견을 꺼내 보기도 전에 비이가 궁녀를 불러 명령했다. 명령을 받은 궁녀는 마담 미엘라를 부르러 가기 위해 즉각 몸을 움직였다.

란트는 방을 나가는 궁녀의 뒷모습을 허망하게 바라보았다.

"삼촌."

샤샤가 불안한 얼굴로 란트를 바라보았다. 란트는 자신도 어쩔 수 없다는 듯 고개를 가로저었다.

이 제국에서 비이를 이길 사람은 없었다. 제국의 황제 또한 그녀의 손안에서 꼼짝없이 잡혀 사는 마당에 자신들이야 오죽할까?

"황후 폐하를 뵈옵니다."

"어서 오세요, 미엘라."

마치 이때만을 기다리고 있었다는 듯, 얼마 지나지 않아 마담 미엘라가 모습을 드러냈다. 그녀의 뒤로 궁인들의 손에 들려 있는 색색의 수많은 천들이 보였다.

켜켜이 쌓여 있는 천들을 본 순간 샤샤와 란트의 얼굴이 급격히 어두워졌다.

"많이 기다리게 해서 미안합니다."

"어머, 아니에요. 기다리는 시간 동안 꽤 많은 디자인을 더 고안해 낼 수 있었답니다. 황녀님께 어울리는 것으로요."

마담 미엘라가 전혀 개의치 않은 얼굴로 손사래를 쳤다. 마치 달빛을 뿌려 놓은 것처럼 보이는 샤샤의 백금발과 비이를 꼭 닮은 깜찍한 외모는 그녀의 창작욕을 불러일으켰다. 샤샤에게 자신이 만든 드레스를 입힐 수만 있다면 몇 날 며칠을 기다려야 한다고 해도 기꺼이 감수할 가치가 있었다.

"다행이군요. 황녀의 드레스는 전적으로 미엘라 당신에게 맡기겠습니다."

"황공하옵니다, 황후 폐하."

마담 미엘라가 함박웃음을 지으며 고개를 숙였다. 샤샤의 드레스를 전적으로 맡기겠다는 것은 머리부터 발끝까지 샤샤의 치장을 모두 맡기겠다는 뜻이나 다름없었다.

샤샤를 자신의 취향대로 꾸밀 생각을 하며 마담 미엘라가 좋아하고 있을 때였다. 비이가 상상의 나래를 펼치고 있던 마담 미엘라를 현실로 끌어냈다.

"바쁘겠지만 건국제 전까지 남성용 예복도 맞출 수 있을까요?"

"남성용 예복이요?"

비이의 시선이 샤샤를 안고 있는 란트에게로 닿았다. 지금껏 란트가 있다는 것을 알아채지 못한 마담 미엘라의 눈동자가 동그랗게 변했다.

"엘리언트 공자!"

"오랜만에 뵙습니다, 마담 미엘라."

"어머, 어머, 돌아오셨다는 소식은 들었습니다. 굉장히 멋진 남자가 되어 돌아오셨군요."

비록 옷을 입고 있긴 했지만 천성이 디자이너인 마담 미엘라의 눈에는 옷 속에 감춰진 란트의 탄탄한 근육들이 적나라하게 보였다.

자신의 몸을 보며 눈을 반짝이는 마담 미엘라의 모습에 란트는 등골이 오싹해짐을 느꼈다.

"남성용 예복이라는 것이 엘리언트 공자의 예복을 말씀하시는 건가요?"

"네, 가능할까요?"

"물론이죠. 가능합니다. 가능하고말고요."

마담 미엘라가 냉큼 대답했다. 혹시나 비이가 말을 바꾸는 것은 아닐까 덧붙이는 것도 잊지 않았다.

"혹여 불가능하더라도 가능하게 만들 수 있습니다. 제게 맡겨만 주십시오, 황후 폐하."

두 손을 맞잡고 황홀경에 빠진 마담 미엘라의 얼굴과 달리 샤샤와 란트의 얼굴은 처참하게 일그러졌다.

또깍또깍.

대리석에 구두 굽 부딪히는 소리만이 적막한 복도 안을 울렸다. 비이는 궁인들을 모두 물리고 홀로 에르하라크 홀로 가고 있는 중이었다.

벌써 몇 번이나 이 길을 지났다.

하지만 지금처럼 에르하라크 홀로 가는 복도를 혼자 걷는 것은 그때 이후로 처음이었다.

차가운 적막감과 달빛만이 어두운 복도를 겨우 비추던 그때와 달리 건국제를 하루 앞둔 지금은 환한 불이 복도 전체를 밝히고 있었다.

"황후 폐하를 뵈옵니다."

시스의 명령으로 에르하라크 홀 앞에는 항상 그곳을 지키고 있는 기사들이 있었다.

그들은 비이를 발견하고 무릎을 꿇었다. 비이를 바라보는 그들의 눈에는 그녀를 향한 존경과 경외감이 가득했다.

카난 왕국을 흡수한 것을 시작으로 시스가 황위에 오르고 제국은 부흥기를 맞이했다. 시스는 문화와 상업을 키우는 것은 물론, 다른 한편으로는 평민들의 교육에도 힘을 쏟았다.

당연한 일이지만, 시스의 그러한 행보에 귀족들은 거세게 반발했다. 그들은 평민들이 똑똑해지는 것을 바라지 않았다. 본능적으로 자신들의 자리를 위협당할 수 있다고 느꼈기 때문이다.

하지만 제국민들이 잘살아야 제국이 부강해진다는 논리를 내세워 시스는 강력하게 대응했다.

다소 무리한 정책이었지만 강해진 황권과 비이의 물밑 작전이 어우러져 시스의 정책들은 차츰 궤도에 올랐다.

특히, 문관들에게 치우쳐 있던 제국의 권력은 비이가 사교계를 잘게 조각냄으로써 무관들에게도 힘이 실리기 시작했다. 기사들에게도 더 높이 올라갈 수 있는 가능성이 생긴 것이다.

시스의 그러한 정책 뒤에 황후인 비이가 존재하고 있다는 사실은 제국민이라면 누구나 다 알고 있는 일이었다. 평민들뿐만 아니라 제국을 지키고 있는 기사들까지 자신들의 황후를 우러러보고 있었다.

"문을 열거라."

"황, 황후 폐하?"

생각지도 못한 비이의 명령에 홀 앞을 지키고 서 있던 기사들이 당황하며 서로의 얼굴을 바라보았다.

큰 행사가 있을 때는 어쩔 수 없었지만 시스는 비이가 에르하라크 홀 근처에만 가도 난리를 쳤다. 황궁 안이라면 어디든 거침없이 돌아다니는 샤샤도 에르하라크 홀 주변만은 얼씬도 하지 않았다. 언제나 샤샤에게 관대한 시스도 그 문제에 있어서만큼은 눈물이 쏙 빠질 만큼 혼을 냈기 때문이다.

비이를 쏙 빼닮았기는 했지만 금갈색 머리카락이 아닌 백금발을 가지고 태어난 샤샤는 이나야리를 막는 결계의 핵이 아니었다.

카산과 라이를 불러 몇 번이나 확인한 사항이었지만 시스는 마음이 놓이지 않았다. 혹시나 만에 하나 있을지도 모를 위험을 방지하기 위해 시스는 두 모녀를 에르하르크 홀 근처에도 가지 못하게 했다.

하루 종일 기사들을 시켜 문 앞을 지키게 하는 것은 물론 에르하라크 홀로 가는 복도 곳곳에도 기사들을 배치했다. 비이가 이곳으로 향하는 동안, 시스의 귀에는 비이의 행보가 이미 전해졌을 것이다.

비이는 기사들을 향해 힘을 주어 말했다.

"열어라."

머뭇거리던 기사들이 비이의 명령에 몸을 움직였다.

누가 오더라도 절대 문을 열지 말라는 황제의 명령이 있었지만 자신들의 눈앞에 있는 것은 황제와 동등한 위치에 있는 황후였다. 황제가 직접 이곳에 있지 않는 이상, 황후의 명령을 거역할 수 있는 사람은 없었다.

기사들의 힘에 의해 거대한 문이 소리 없이 열렸다. 비이는 시스에게 보고하기 위해 달려가는 기사의 뒷모습을 보며 문 안으로 들어갔다.

홀 안은 비이가 지나왔던 복도처럼 환한 불이 곳곳에 켜져 있었다. 내일의 행사를 위해 화려하게 치장된 홀 안의 모습은 그때의 삭막했던 모습과는 판이하게 달랐다.

비이의 발이 홀의 중심을 향해 천천히 움직였다.

한 발, 두 발 움직이던 그녀의 다리가 한 지점에서 우뚝 움직임을 멈췄다.

'후회하고 또 후회해서 평생 나만을 생각하기를 바랍니다, 나의 황제여.'

바로 이곳에서 비이는 시스와 세상을 저주하며 죽었다. 그리고 오늘은 그녀가 자살을 선택한 날이었다.

비욘느는 오늘 이곳에서 죽었다.

"비이!"

시스가 새파랗게 질린 얼굴로 비이를 불렀다. 급하게 뛰어왔는지, 그의 머리카락은 잔뜩 헝클어져 있었다.

"시……."

"도대체 무슨 짓이야!"

그가 달려와 비이의 양어깨를 잡아챘다. 시스를 부르기 위해 입을 열던 비이는 갑작스럽게 당기는 강한 힘에 하마터면 혀를 깨물 뻔했다.

"이곳이 어떤 곳인지 몰라서 이래?"

시스는 잔뜩 화가 나 있었다. 비이가 에르하라크 홀로 향하고 있다는 말을 듣는 순간 머릿속이 새하애져 버렸다.

시스가 걱정하고 있다는 것을 잘 알고 있기에 매사 조심하던 비이다. 평소의 비이는 시스가 함께하지 않으면 에르하라크 홀 안에는 들어오지 않았다. 그랬던 비이가 갑자기 에르하라크 홀을 향해 가고 있다고 하니, 시스는 제정신을 차릴 수가 없었다.

집무실에서 에르하라크 홀로 달려오는 동안 시스는 별의별 상상을 다 해야 했다.

그리 조심하고 또 조심했건만 이나야리들의 수에 또 당한 것은 아닌지, 누군가 비이를 협박한 것은 아닌, 10분도 채 되지 않는 거리가 천 리라도 되는 듯 까마득하게 느껴졌다.

"젠장, 내 심장을 멎게 할 생각이라면 차라리 검을 꽂아. 그 편이 덜 고통스러울 것 같으니."

시스가 비이를 와락 껴안았다. 맞닿은 그의 심장은 그 두근거림이 비이에게도 전해질 정도로 심하게 요동치고 있었다.

비이는 두 팔을 들어 그의 등을 천천히 쓸어내렸다.

그때의 그녀는 오늘 이 자리에서 자살을 했다. 그동안 행복한 삶에 취해 까마득히 잊고 있었던 일이다. 건국제 준비로 정신없는 와중이건만 누군가 자명종을 울린 듯, 불현듯 그때의 일이 머릿속에 떠올랐다.

그날의 일이 떠오른 순간, 몸이 저절로 움직였다.

시스가 놀라 달려올 것임을 알면서도 저절로 움직이는 다리를 멈출 수가 없었다. 분명 떨쳐 내 버린 기억이었지만 오늘만큼은 비이도 어쩔 수 없었다.

"내일 있을 건국제 준비가 잘되었는지 확인하러 왔을 뿐입니다."

비이는 사실을 토해 내는 대신 그럴듯한 핑계를 댔다.

"두 번만 확인하려 했다간 내 명대로 못 살겠군."

시스가 비이의 목덜미에 얼굴을 묻으며 투덜거렸다. 그는 힘껏 숨을 들이켜 비이의 향을 들이마셨다.

'살아 있다.'

시스는 끊임없이 자기 자신에게 되뇌었다. 거세게 요동치던 그의 심장이 그녀의 체향에 서서히 잠잠해지는 것을 느꼈다.

"정말 한시도 마음을 놓을 수 없는 여자야, 그대는."

그가 비이의 몸을 더욱 힘주어 안았다. 몸이 욱신거릴 정도로 강한 힘이었지만 비이는 시스를 밀치는 대신 팔을 뻗어 그의 허리를 감싸 안았다.

매사 그녀의 안전에 촉각을 세우고 있어야만 하는 그의 고통이 느껴졌다. 자신의 잘못은 아니었지만 비이는 그것이 미안했다.

데이샤 공작의 죽음으로 한동안 잠잠하던 이나야리의 습격이 최근 또다시 시작되었다. 황궁 안에 스며든 세력은 아직 없었지만, 서부의 경계에서는 이나야리들의 노략질로 몸살을 앓고 있었다.

시스는 레탄 후작과 합심하여 이나야리들을 전문으로 사냥할 수 있는 이나야리 전담 기사단을 만들었다. 대외적으로는 이나야리들에게 괴롭힘을 당하는 제국민들을 황제로서 더 이상 두고 볼 수 없다는 이유였지만 실상은 비이의 안전을 위해 이나야리들의 씨를 말리려는 계획이었다.

이나야리 전담 기사단은 귀족뿐만 아니라 평민도 재능이 있다면 무조건 받아들였다. 이나야리 전담 기사단의 기준은 무조건 실력이었다. 기사의 실력만이 평가의 기준이었고, 실력만 좋다면 출신 따위는 문제가 되지 않았다.

기사는 준귀족이나 다름없었다. 평민에게는 이보다 더 좋은 출셋길은 없었다. 현재 평민 남자아이들이 꿈꾸는 최고의 꿈은 이나야리 전담 기사단에 들어가는 것이었다.

황제 직속 기사단에 속한 기사단이니만큼 이나야리 전담 기사단에 소속된 기사들의 대우는 귀족 가문에 속한 기사단에 비해 매우 좋은 편이었다. 또한 황제인 시스의 무한한 신뢰와 관심을 받고 있는 중이다. 출셋길이 보장된 것이나 다름없다는 뜻이었다. 비단 평민뿐만이 아니라 낮은 작위의 귀족 출신이나 고위 귀족의 서자들까지 많은 관심을 보이고 있었다.

"루이스 자작은?"

비이의 곁에서 한시도 떨어지지 않던 에반이 보이지 않았다. 에반만 곁에 있었어도 비이는 절대 에르하라크 홀 안으로 들어오지 못했을 것이다.

시스가 자신의 본분을 지키지 못한 에반을 신 나게 씹고 있을 때였다.

"샤샤와 함께 있습니다."

"샤샤와? 지금은 잘 시간이 아닌가?"

이미 아이가 잘 시간이 훌쩍 넘었다. 건국제 준비로 바빠 며칠째 딸의 잠든 얼굴밖에 보지 못한 시스가 미간을 구겼다.

"오늘따라 잠투정이 심해 에반에게 부탁했습니다."

"유모도 있는데, 왜?"

"그는 아이를 다루는 데 능숙하니까요."

피스온 상단에 속한 아이들뿐만 아니라 엘 또한 에반의 손을 거쳐 자랐다고 해도 과언이 아니었다. 그는 그 누구보다 아이들을 다루는 것에 능숙했다.

잠투정이 심한 편에 속하는 샤샤도 에반과 함께라면 쉽게 잠이 들곤 했다. 특히 비이가 바빠 샤샤와 함께해 주지 못할 때면 아이는 으레 에반을 찾았다.

비이의 대답에 시스의 얼굴이 더더욱 구겨졌다. 아무리 능숙하다 한들, 유모보다 더 할까? 어째서 제 딸의 곁에 에반이 있어야 하는지 시스는 이해가 가지 않았다.

"이미 잠들었을 겁니다."

당장이라도 샤샤에게 가려는 시스를 비이가 막았다.

"내 눈으로 확인해야겠어."

비이의 말림에도 시스가 성큼성큼 발을 움직였다. 비이는 재빨리 그의 곁에 다가가 그의 허리에 팔을 둘렀다.

"이대로 저를 두고 가실 생각이십니까?"

자신을 올려다보며 속눈썹을 파르르 떠는 비이의 얼굴이 아찔하게 유혹적이다. 시스의 목울대가 크게 울렁거렸다.

"당연히 같이 가야지."

시스가 비이의 유혹을 모르는 척하며 눈동자를 굴렸다. 비이의 손가락이 그의 척추를 타고 천천히 올라갔다. 그녀의 나긋나긋한 손길에 잠자고 있던 시스의 욕망이 서서히 깨어났다.

벌써 며칠째 일이 바빠 그녀를 안지 못했다. 사실 시스의 욕구불만은 한계까지 차오른 상태였다.

비이는 시스의 욕망에 불을 지폈다.

"저는 우리 둘만 있을 수 있는 곳으로 가고 싶은데요?"

노골적인 비이의 유혹에 그는 더 이상 참을 수 없었다. 아니, 참기 싫었다.

시스의 입술이 비이의 입술을 강하게 덮쳤다. 그는 굶주려 있었던 만큼 그녀의 입술을 거칠게 탐했다. 여린 입술이 순식간에 부풀어 오르고 아릿한 통증이 느껴졌지만 비이는 개의치 않았다. 그녀 또한 시스와 같은 심정이었기 때문이다.

누가 먼저라고 할 것 없이 입술이 벌어지고 타액과 타액이 오고 갔다. 이곳이 에르하라크 홀 안이고 문 바로 밖에는 기사들이 서 있다는 사실 따위는 안중에도 없었다. 그 문이 열려 있다는 사실조차도 말이다.

"하아, 하아."

시스가 게걸스럽게 탐하고 있던 입술을 간신히 떼었다. 마음 같아서는 이곳이 어디든 당장이라도 비이를 안고 싶었지만 실낱같은 이성 한 가닥이 시스의 행동을 막았다.

이곳은 많은 이들이 오고 가는 곳이다. 이런 곳에서 비이를 안고 싶지는 않았다.

시스는 비이의 무릎 사이에 손을 집어넣어 그녀를 가볍게 안아 들었다. 비이는 자연스럽게 그의 목에 팔을 감았다.

시스는 기억을 더듬어 이곳에서 가장 가까운 방을 떠올려 보았다. 그리고 바로 자신의 기준에 맞는 방을 찾아냈다. 그의 발걸음이 바빠졌다.

비이는 그의 품에 안겨 다시 한 번 에르하라크 홀을 눈에 담았다. 화려한 불빛 사이로 검은 장막이 드리워지는 것 같은 착각이 일었다.

'행복해요?'

여자도, 남자도 아닌 것처럼 기묘하게 울리던 검은 사제의 목소리도 들리는 듯했다.

황후가 된 후, 몇 번이나 그 장소에서 검은 사제를 불렀다. 하지만 그는 비이의 부름에 다시는 답하지 않았다. 마치 처음부터 존재하지 않았던 것처럼 혹은 자신들의 인연은 그것으로 다했다는 듯, 그의 자취조차 찾아낼 수 없었다.

'행복해요?'

에르하라크 홀의 문이 닫히기 직전, 또다시 검은 사제의 목소리가 들려오는 것 같았다.

비이는 시스의 목을 힘주어 껴안았다.

빠르게 움직이던 시스가 발을 멈추고 무슨 일이냐는 듯, 그녀를 내려다보았다. 시스의 황금빛 눈동자에 자신의 얼굴이 오롯이 비쳐졌다.

"행복해요?"

검은 사제에게서 받았던 질문을 시스에게 던졌다. 그가 새삼스럽다는 얼굴로 피식 웃었다.

"당연한 말을 하는군."

그가 또다시 성큼성큼 발을 움직였다. 어서 빨리 비이를 품에 안고 마음 껏 그녀를 취하고 싶었다. 안달이 나 있는 몸과는 별개로 그의 입이 자연스 럽게 움직였다.

"그대는?"

비이가 그의 품에 얼굴을 묻었다. 달콤한 스피어민트 향기와 함께 쿵쿵거 리는 그의 심장박동 소리가 느껴졌다.

"그대는 행복한가?"

그가 그녀를 힘주어 안으며 대답을 재촉했다. 비이는 그의 가슴에 뺨을 비비며 입술을 움직였다.

"……행복해요."

그때의 그녀가 바라던 것, 하지만 절대 가질 수 없었던 것이 지금의 비이 에게는 있었다.

그의 심장, 그의 향기, 그의 모든 것이 자신의 것이었다.

-마침-